KB036129

2

이옥李鈺(1760~1815)

이옥의 자는 기상其相, 호는 문무자文無子 · 매사梅史 · 경금자絅錦子 등이 있다. 정조 14년(1790) 증광增廣 생원시에 합격한 후 성균관成均館 상재생上齋生으로서 정조 16년(1792) 응제문應製文으로 작성한 글의 문체가 패관소설체稗官小說體로 지목되어 국왕의 견책譴責을 받았다. 이후 정조 19년(1795) 경과慶科에서도 문체가 괴이하다는 지적을 받고, 과거 응시를 금지하는 '정거停擧'에 이어 지방의 군적에 편입되는 '충군充軍'의 명을 받았다. 처음에는 충청도 정산현定山縣에 편적되었다가 경상도 삼가현三嘉縣으로 이적되어 사흘 동안 머무르고 돌아왔다. 이듬해 다시 별시別試 초시에서 방수傍首를 차지했으나, 계속 문체가 문제되어 방말傍末에 붙여졌고, 정조 23년(1799) 삼가현으로 다시 소환되어 넉 달을 머물게 되었다. 해배된 이후에는 경기도 남양南陽에서 글을 지으며 여생을 보냈던 것으로 보인다. 이옥의 문학 작품들은 그의 절친한 벗 김려金鑢가 수습하여 《담정총서薄庭叢書》에 수록해 놓았으며, 그 밖에 《이언俚諺》, 《동상기東床記》, 《백운필白雲筆》, 《연경烟經》이 전한다.

실시학사實是學舍 고전문학연구회古典文學研究會

벽사 이우성 선생과 젊은 제자들이 모여 우리의 한문 고전을 정독하고 연구하는 모임이다. 1993년부터 매주 한 차례씩 독회를 열어 고전을 강독해왔고, 그 결과물의 일부를 《이향견문록》, 《조희룡 전집》, 《변영만 전집》 등으로 정리해 출간하였다. 고전 텍스트의 정독이야말로 인문학의 기초이자 출발점임을 명심하며 회원들은 이 모임의 의미를 각별히 여기고 있다.

이우성李佑成 학술원 회원, 성균관대학교 명예교수
송재소宋載邵 성균관대학교 한문학과 명예교수
김시업金時鄴 성균관대학교 국어국문학과 교수
이희목李熙穆 성균관대학교 한문학과 교수

권순긍權純肯 · 세명대학교 한국어문학과 교수 | **권진호**權鎭浩 · 한국국학진흥원 연구원 | **김동석**金東錫 · 중국 북경대학교 한국학연구중심 연구원 | **김명균**金明鈞 · 한국국학진흥원 연구원 | **김영죽**金玲竹 · 성균관대학교 한문학과 강사 | **김용태**金龍泰 · 부산대학교 점필재연구소 연구교수 | **김진균**金鎭均 · 성균관대학교 대동문화연구원 연구교수 | **김채식**金菜植 · 성균관대학교 박물관 연구원 | **김형섭**金炯燮 · 성균관대학교 대동문화연구원 연구교수 | **나종면**羅鍾冕 · 서울대학교 규장각 한국학연구원 책임연구원 | **신익철**申翼澈 · 한국학중앙연구원 한국학대학원 교수 | **윤세순**尹世旬 · 동국대학교 문화학술원 연구교수 | **이신영**李信暎 · 한국고전번역원 상임연구원 | **이지양**李知洋 · 연세대학교 국학연구원 전임연구원 | **이철희**李澈熙 · 성균관대학교 대동문화연구원 연구교수 | **이현우**李鉉祐 · 동국대학교 문화학술원 연구교수 | **정은진**丁殷鎭 · 영남대학교 한문교육과 교수 | **정환국**鄭煥局 · 동국대학교 국어국문학과 교수 | **최영옥**崔煐玉 · 성균관대학교 대동문화연구원 연구원 | **하정승**河政承 · 한림대학교 기초교육대학 교수 | **한영규**韓榮奎 · 성균관대학교 대동문화연구원 연구교수 | **한재표**韓在熛 · 세명대학교 한국어문학부 강사

그물을 찢어버린 어부

完譯 李鈺全集 2

이옥 지음 — 실시학사 고전문학연구회 옮기고 엮음

휴머니스트

완역 이옥 전집을 펴내며

실시학사實是學舍에서 이옥 문학의 역사적 의의와 그 가치를 인정하고, 그 유문遺文들을 수집하여 한 전집으로 만들 것을 계획한 것은 비교적 이른 시기의 일이었다. 그러다가 1999년에 고전문학연구회 제군들이 분담하여 역주譯註 작업에 착수한 지 2년여인 2001년에 비로소 역고譯稿를 완성하였고, 곧이어 시중市中 출판사를 통하여 발행하였다.

이 책이 세상에 나간 뒤에 상당히 인기를 얻어 얼마 안 가서 초판이 품절된 형편이었다.

그런데 그 뒤에 우리는 다시 이옥이 남긴 몇 종의 글을 새로 발견하였다. 《백운필白雲筆》과 《연경烟經》이 그것이다. 이 두 종류의 유문은 이옥의 해박한 지식과 참신한 필치를 유감없이 발휘한 것으로, 그의 전집에서 결코 빠뜨릴 수 없는 것이다. 이에 다시 역주 작업에 착수하여 많은 시일을 끌면서 끝내게 되었다.

이번에 이 두 종류의 글을 첨부하여 새롭게 서점가에 선을 보인다. 참고가 될 도판을 찾는 데 노력했으며, 기간旣刊의 글들을 추가로 교정하는 데 신경을 썼다. 나는 이번 완역 이옥 전집을 발간하면서 고전문학연구회 제군들이 끝까지 변함없이 일치 노력하는 것을 보면서 충연充然한 기분을 느꼈다. 특히 도판 작성과 교정에 많은 수고를 해온 이현우, 김채식, 한재표, 김형섭 회원에게 상찬해주고 싶다.

휴머니스트 출판사의 호의로 완역된 이옥 전집을 출간할 수 있어서 감사히 생각하며, 우리 선민先民의 문학유산이 오늘날 젊은 세대들의 살이 되고 피가 되어 훌륭한 성장 동력제가 되기를 기대해 마지않는다.

2009년 2월 고양 실시학사에서

이우성

간행사

실시학사 고전문학연구회에서 《조희룡 전집趙熙龍全集》에 뒤이어 이제 《이옥 전집李鈺全集》을 내게 되었다. 이옥李鈺은 18세기 말에서 19세기 초의 한 문사文士로서 우리나라 소품체小品體 문학의 뛰어난 작가라고 할 수 있는 분이다.

그런데 이옥의 성명姓名은 지난날 어떠한 사승史乘이나 민간 학자의 기록에도 별로 나타나지 않는다. 따라서 그의 작품들도 그다지 세상에 공표되지 않은 채 내려왔다. 우리나라 한우충동汗牛充棟의 그 많은 문집 가운데서 이옥의 것은 전혀 보이지 않았다. 오직 당시 문학동인집文學同人集이라 할 수 있는 김려金鑢(1766~1821)의 《담정총서藫庭叢書》 속에 산만하게 수록되어 있는 것이 대부분이고, 그 밖에 보잘것없는 단행본 형식의 한두 가지가 도서관의 한구석에 끼어 있거나 시중 책가게에 간혹 보인 적이 있었을 뿐이다. 그러니까 이옥의 글은 그가 죽은 지 2백여 년에 한 번도 체계적으로 편집된 것이 없었고, 또한 한 번도 인쇄를 겪은 적이 없었으며, 다만 필사筆寫된 것이 이것저것 분산적으로 남아 있었을 뿐이다.

이옥의 존재가 이와 같이 된 데에는 몇 가지 이유가 있다고 추정된다. 첫째 그의 가문이 한미하여 조야朝野를 막론하고 그를 급인汲引 발탁해줄 사람이 적었고, 둘째 그의 문학 성향이 소품체에 편중되어 있어서 당시 국왕 정조正祖의 강력한 문체반정文體反正 정책에 배치됨으로써 과거科擧 진출이 전혀 불가능했으며, 셋째 그의 생득적生得的 체질이 외곬으로 나가서 국왕의 정책적 요구에 자기를 굽혀가며 타협할 수 없었던 때문이다. 그리하여 수차례에 걸친 국왕의 견책과 두 번의 충군充軍 등 가혹한 제재 조치를 받았다. 당시 사족士族에게 충군의 처분은 정말 참담한 죄벌이었다. 그러나 이옥은 끝까지 그의 문학을 지켜 나갔다. 같은 시기에 적지 않은 명사들이 정조 임금의 엄중한 명령 아래 자기의 문학세계에서 방향을 돌려, 정조의 정치 교화에 순응하는 입장을 취했는데 이옥은 그렇지 않았다. 이옥의 그 후 창작 활동은 변치 않고 더욱 치열한 자기 탐구와 자기 표현에 열중했음을 보여주었다. 말하자면 이옥은 그의 문학을 생명으로 여기며 어떤 무엇과도 바꾸거나 포기할 수 없었던 것이다.

이옥 문학의 내용에 대해서는 이 책의 해제에서 자못 상세하게 다루어져 있으므로 여기 첩상가옥疊床架屋을 하지 않는다. 다만 그 문학의 시대적 상황과 문학사적 의의에 대해서 일언一言하고자 한다. 18세기 후반은 이조 중세 사회의 하향기 · 해체기에 있으면서 상대적으로 정치적 안정 속에 농업 생산이 향상되고 상업 · 수공업이 활기를 띠고 있었으며 학술사상 면에서는 실학實學이 흥성하였다. 그런데 당시 소수 특권 귀족들의 벌열閥閱 정치를 청산하고 왕권王權 신장에 의한 통치 체제의 확립을 추구한 것이 정조 임금의 기본 방침이었다. 그러기 위해서는 소수 특권 귀족을 견제하고, 전통적 사대부士大夫들의 지지 위에 넓은 기반을 가지는 동시에 사대부들의 정통 교양—성리학과 순정문학醇正文學을 확보하여 왕조王朝의 정치 교화를 펼쳐 나가려 하였다. 이

점에서 정조는 비교적 성공한 편이다. 그러나 이미 중세적 계급지배 관계가 해체 과정에 들어섰고 전국 농촌에 변화가 일어나는 한편, 상업·수공업의 발달에 의한 도시 평민층의 대두는 체제 유지에 적지 않은 방해 요소가 있는 것이었다. 거리의 전기수傳奇叟나 사랑방 이야기꾼에 의해 조성造成된 패사稗史가 양반관인兩班官人들에게 흥미를 끌게 되고, 문사文士들은 즐겨 소품체로 글을 써서 일반 지식층에 매혹적 대상이 되었다. 이 패사와 더불어 소품은 순정문학의 아성牙城을 허물 우려까지 있는 것이었다. 실학이 등장하면서 성리학이 공리공론으로 비판되는 데다가 순정문학이 패사소품에 의해 허물어지는 것은 보통 문제가 아니었다. 실학은 유교 경전을 바탕으로 개혁을 주장하는 것이어서 정조의 정치 이념에 위배됨이 없지만 패사소품은 사대부의 정통 교양에 수용할 수 없는 것으로, 그대로 방임하면 문풍文風은 물론, 국민의 심성에 큰 해가 된다고 생각하였다. 정조의 강력한 문체반정 정책은 여기에서 나온 것이다.

문체반정 정책의 시행에서는 사람에 따라, 신분과 처지에 따라 문책이 달랐다. 남공철南公轍과 같은 사환가仕宦家의 자제에 대해서는 정조가 직접 엄하게 훈계하여 문체를 고치게 하였고, 안의현감으로 나가 있는 박지원朴趾源에 대해서는 남공철을 통하여 "문체를 고치면 남행南行이지만 문임文任(홍문관·규장각 등의 청화淸華한 관직)을 주겠다"라고 달래기도 하였다. 그런데 이옥과 같은 한사寒士에 대해서는 한 번의 기회도 주지 않고 가차 없이 처분을 내려 전도를 막아 버렸다. 이 얼마나 불평등하고 불공정한 일인가.

그러나 이옥은 이로 인해, 그의 불우한 생애와는 반대로 그의 문학은 독자적 창작 태도를 일관하여 우리나라 소품체 문학의 한 고봉高峰을 이룸으로써 그 이름은 영원히 빛나게 될 것이다.

18세기 말에서 19세기 초의 커다란 역사적 전환을 앞둔 시대의 경사傾斜 속에 소품체 작품을 통하여 인정人情 풍물風物의 이모저모를 참〔眞〕그대로 묘사하면서 종래 성리학적 사고와 순정문학의 권위에 대한 도전으로 근대적 문학정신에 가교자架橋者 역할을 한 것이 이옥 문학의 문학사적 의의인 것이다.

이 전집에 수록된 자료를 간단히 말해둔다. 통문관通文館 소장《담정총서》에서 뽑아온 것이 그 대부분이고, 다만《이언俚諺》은 국립중앙도서관에서, 희곡《동상기東床記》는 한남서림翰南書林의《동상기찬東廂記纂》에서 취해온 것이다. 이 밖에 다른 자료가 혹시 더 있을지 모르지만 현재 이옥의 작품으로 확인할 만한 것은 거의 다 망라된 것으로 여겨진다.

2년 유반에 걸쳐 실시학사 제군들의 성실한 독회讀會와 활발한 토론을 거치는 동안 우리는 이옥 문학의 진수眞髓를 체인體認할 수 있었으며, 이로 인해 우리 선민들의 진실한 삶을 다시금 깨우치게 되었다. 우리의 작업이 그만큼 값진 것으로 여겨진다. 끝으로 우리의 작업을 지원해주신 한국학술진흥재단에 감사의 뜻을 전한다.

2001년 8월 고양시 화정에서

이우성

이옥의 생애와 작품 세계

1. 이옥의 시대와 생애

이옥李鈺(1760~1815)은 성균관 유생으로 있던 1792년(정조 16) 응제문應製文에 소설식 문체를 구사하여, 임금으로부터 '불경不經스럽고', '괴이한 문체'를 고치라는 엄명을 받았다. 이 일로 그는 실록實錄에 이름이 오르고, 일과日課로 사륙문四六文 50수를 지어 올리는 벌을 받기도 하였다. 그 후로도 문체로 인해 수차 정거停擧를 당하고 충청도 정산현定山縣과 경상도 삼가현三嘉縣에 충군充軍에 처해지는 등 파란곡절을 겪었다. 유배지에서 돌아온 뒤, 그는 더 이상 과장科場에 출입하지 않고 경기도 남양南陽에 칩거하면서 글쓰기에 열중하며 여생을 마쳤다.

조선조 후기에는 경화세족京華世族이 아니어서, 출신이 서족庶族이어서, 또는 시대를 앞서서 사유한 탓에 권력 체계에서 소외되어 방황하는 지식인이 양산되었다. 이옥은 이러한 조건을 두루 갖춘 인물로서 그가 문제적인 것은 기성 문학의 권위에 도전하여 개성적이고 주체적인 글쓰기를 하였기 때문이다. 그가 주로 활동했던 정조 연간의 문풍은 유가 경전에 기반한 고전적이고 격식을 추구하는 당송唐宋의 시와 고문古文 외에, 시속의 변화와 개인의 서정을 진솔하게 표현하는 소품小品이 한 줄기 새로운 문학 조류로 등장하였다. 이옥은 이 새로운 문학의 가치를 발견, 창작하는 데에 평생을 진력한 인물이다.

(가) 가계와 생애

현재 이옥의 묘지墓誌나 행장行狀을 발견할 수 없어 그 생애에 대해 불분명한 것이 많다. 문체파동文體波動에 연루되어 실록에 두어 차례 이름이 올랐을 뿐, 다른 문사들처럼 사우師友 간에 왕복한 서신도 없고, 김려金鑢의 기록을 제외한 동시대 문인의 저작에서도 이옥에 대한 기록을 거의 찾아볼 수 없다. 그 이유를 다음 몇 가지로 추정해볼 수 있다.

지엄한 임금으로부터 견책譴責을 받고 군적에 오른 낙인찍힌 인물이라는 것, 불우한 개인의 이력 외에도 그가 지향했던 연문학적軟文學的 문체가 후대에 지속되지 못한 것, 그의 저작이 문집으로 출간되지 못하고 흩어져 어렵게 전해진 것, 문과文科에 급제하지 못하고 관계官界로 나간 일이 없다는 것 등이 그것이다.

미흡하지만 이옥의 글에 나타난 단편적인 기록과 김려의 발문跋文, 최근 밝혀진 그의 가계를 통해 그의 삶을 복원하면 대략 다음과 같다.

이옥은 자가 기상其相이고, 호는 경금자絅錦子이며, 문무자文無子·화석자花石子·매화외사梅花外史·매암梅庵·매계자梅谿子·청화외사青華外史·도화유수관주인桃花流水館主人·화서외사花溆外史·석호주인石湖主人·문양산인汶陽散人이라는 호를 쓰기도 하였다. 그는 1760년(영조 36)에 진사進士 이상오李常五의 4남 6녀 중 3남으로 태어났다. 위로 두 형 영鍈과 박鏷은 전취소생이고, 이옥은 동생 집鏶과 함께 재취소생인데, 모친은 이원현감利原縣監을 역임한 홍이석洪以錫(평안도 병마절도사 홍시주洪時疇의 서자)의 딸이다. 관향은 전주로 효령대군의 11대손이며, 직계 조상 가운데 주목할 만한 이로는 고조高祖 이기축李起築(1589~1645)이다.

이기축은 인조반정仁祖反正에 가담하여 정사공신靖社功臣 3등에 녹훈되고 완계군完溪君에 봉해지면서 하루아침에 신분이 격상된 인물이다. 그는 원래 얼속孼屬으로 반정 후에 승적承嫡이 되었다. 《인조실록》(1년 10월 19일조)에 사촌형 이서李曙가 이기축을 두고 "신臣의 얼속孼屬"이라 칭하는 대목이 보이고, 《계서잡록溪西雜錄》에는 기축은 원래 점사店舍의 고노雇奴인데 아내의 선견지명으로 반정에 가담하여 출세한 이야기가 나온다. 《대동기문大東奇聞》에는 인조가 《공신록》을 작성할 때 '기축己丑'이라는 아명兒名을 개명해준 일화가 수록되어 있기도 하다. 증조 만림萬林은 무과로 부사를, 조부 동윤東潤은 어모장군禦侮將軍 용양위 행부사과龍驤衛行副司果 벼슬을 지냈다. 부친 상오는 진사에 합격하였으나 관료 생활을 한 적이 없고, 아들 경욱景郁(초명 우태友泰)과 손자 명달明達의 대를 살펴보더라도 과거 급제자가 없고 관계로 나아간 이도 없었다. 그리고 북인北人의 계보를 적은 《북보北譜》에 그의 가계가 올라 있다.

이처럼 이옥의 집안은 한미한 무반계의 서족庶族으로, 당색은 오래전에 실세失勢하여 권력 기반을 잃은 북인계였으니, 애초에 사환仕宦하는 길이 요원했던 것이다. 무엇보다 심각한 콤플렉스로 작용한 것은 세상이 다 아는 집안 내력일 것이다. 그의 고조부는 벼락출세한 시전 바닥의 미천한 인물로 희화화되어 사람들의 입에 오르내렸고, 왕명으로 승적된 신분임에도 실제 통혼은 서얼 집안과 이루어졌다. 이 출신의 흠결이 그가 생을 걸고 글쓰기에 몰입한 것이나, 그의 복잡한 내면세계를 이해하는 데에 중요한 단서가 될 것 같다.

이옥의 집안은 상당한 재력이 있었던 것 같다. 서울에서 생활할 때

집 안에 함벽정涵碧亭이라는 정자가 있었고 담용정淡容亭이 딸린 남판서南判書의 구택을 구입해 살기도 하였다. 그의 집안이 남양 매화산梅花山 아래 정착한 것은 1781년(22세)인데 바닷물을 막아 어장을 만드는 일에 아흐레 동안 오십여 명의 공력을 투입하였으며, 차조 밭을 일구는 데 여덟 명의 종복을 동원하기도 하였다. 새 자료《백운필》에는 "나의 집 전장의 곡식을 운반"하는 사람이 "배를 끌고 면양沔陽에 가서 옹포甕浦 가까이에 정박했다"는 얘기가 나온다. 또 호서湖西의 농가에서 견문한 일화와 그 지역의 농사법을 기술한 글이 적지 않은 것으로 보아, 호서 지역에도 이옥 집안의 전장이 있었던 것으로 여겨진다. 여유 있는 경제적 여건 아래 독서와 창작에 몰두할 수 있었던 셈이다.

(나) 교유 관계

이옥이 어떤 인물과 교유하였는지 또한 소상히 알 수 없다. 생평을 알 수 있는 이들은 대부분 성균관 시절에 만난 사람이다. 그중에 담정藫庭 김려(1766~1821)는 이옥 문학을 이해한 평생의 지기로서 이옥의 많은 글이 후세에 전해지는 데에 큰 역할을 하였다.《담정총서藫庭叢書》가운데 이옥의 유고遺稿 11종을 수습, 편정하고 그 제후題後를 썼던 것이다. "붓 끝에 혀가 달렸다"라고 이옥을 극찬했던 강이천姜彝天(1769~1801) 역시 성균관 시절에 교유한 인물이다. 그는 김려, 김선金䥧(1772~ ?) 형제와 함께 정조로부터 문체가 초쇄噍殺하다고 질책을 받았는데, 이옥의 〈남쪽 귀양길에서南程十篇〉에 대한 독후기 〈서경금자남정십편후書絅錦子南程十篇後〉를 써서 공감을 표하기도 하였다. 짧았던 성균관 시절, 이들을 만나 비평을 주고받으면서 자신의 문학세계에 더욱 확고한 인식을 가졌던 것으로 여겨진다.

북학파北學派이자 사검서四檢書의 한 사람인 영재泠齋 유득공柳得恭(1748~1807)은 이옥에게 매우 중요한 인물이다. 이옥의 외조부 홍이석은 유춘柳瑃을 맏사위로, 이상오를 셋째 사위로 맞았다. 유춘은 유득공의 부친이므로 이옥과 유득공은 이종사촌이 된다. 유득공이 쓴 〈선비행장先妣行狀〉에 의하면 그는 다섯 살 때 부친을 여의고, 일곱 살 때 모친과 함께 남양 백곡白谷에 있는 외가에 의탁하였다. 외가는 누대의 무반가로, 유득공의 모친은 어린 아들의 교육을 우려하여 열 살 무렵 서울 경행방慶幸坊 옛집으로 돌아왔다고 한다. 남양에 이사한 해 가을 이옥은 백곡의 외가를 방문하였는데, 《백운필》에는 유득공을 통해 들은 이야기가 여러 편 수록되어 있다. 즉 유득공이 청나라에 갔을 때 각국 사신들 앞에서 '감달한堪達漢'을 알아맞혀 박학을 떨친 일화(〈기이한 동물들〉), 심양瀋陽의 낙화생(〈낙화생〉), 유득공에게 석화石花를 대접하고 물명을 물은 일(〈석화〉) 등 두 사람이 친밀하게 교유했음이 확인된다.

유득공은 서계庶系로서 문명이 높아 1779년(정조 3) 규장각 검서관으로 발탁되었고, 세 차례나 사행단에 들어 심양과 연경燕京을 다녀왔다. 그때 기윤紀昀, 나빙羅聘 등 당대 내로라하는 청조淸朝 문인들과 교분을 쌓았고, 명물지리학에 대단히 밝았으며 각국의 언어에도 관심이 높았다. 백과사전적 지식을 소유한 당대 최고의 재사才士였던 것이다. 그런데 이옥은 유득공이 애독하였던 전겸익錢謙益과 왕사정王士禎을 빈번히 인용하고, 동시대 나빙의 저서를 환히 꿰고 있었던 것이다. 당시에 구하기 어려웠던 일본의 백과사전 《화한삼재도회和漢三才圖會》, 역관들이 주로 보던 만주어 · 한어漢語 교재인 《한청문감漢淸文鑑》까지 열람하였다. 새로운 것에 지적 호기심이 강했던 이옥이 유득공을 통해서 이런 책들을 입수했을 것이다. 이옥의 글을 읽으면서 조선조 후기 한 재야

지식인의 굉박한 독서량에 놀라게 되는데, 왕실 서고의 관원이자 중국 왕래가 잦았던 유득공과 같은 존재가 있었던 관계로 보인다.

이옥에게서 실학적 사고를 발견하기 어려우나, 여기서 유득공을 매개로 연암 그룹과의 관계를 언급해두고자 한다. 이옥은 1795년 10월, 충군의 명을 받고 안의安義를 경유하여 삼가로 내려가는데, 당시 안의 현감이 연암燕巖 박지원朴趾源(1737~1805)이었다. 경화문벌의 도도한 연암이 한미한 서생 이옥을 어떻게 대했을까? 안의 관아에 들러 신축한 하풍죽로당荷風竹露堂을 구경한 이옥은 하룻밤을 유하면서 〈집에 대한 변〉을 지어 연암을 옹호하였다. 연암이 중국에서 보고 온 벽돌건축을 관아에 재현하자 당풍唐風이라는 비난을 받았던 것이다. 연암 역시 신문체新文體로 지목을 받은 처지였으니 저간의 세상 소식을 전했을 수도 있겠다. 연암과 같은 노성한 문호와 접촉한 데는 유득공과의 연이 작용했을 수도 있다고 여겨진다.

연암이 지은 〈열부전烈婦傳〉을 보았다는 언급이 있으나, 지금으로서는 이옥이 연암의 저술을 얼마나 읽었으며, 북학파의 사유가 그에게 어떤 영향을 끼쳤을지 단언할 수 없다. 다만 정조가 신문체를 유행시킨 인자로 연암을 지목하였고, 이덕무李德懋와 유득공 역시 초년기에 완물玩物 성향의 잡저소품雜著小品을 남겼다는 것, 기존의 시문에 염증을 느끼고 새로운 사조에 민감하게 반응했다는 것, 하찮은 사물에서 진眞을 발견한 것, 우리 국풍과 물명에 지대한 관심을 보인 것, 그리고 패설稗說을 중시하는 문학관 등 여성 취향을 제외하면 이옥은 연암 그룹의 그것과 크게 다를 바 없어 보인다. 그러나 본령을 고문에 둔 연암과 달리, 이옥은 "고문을 배우면서 허위에 빠진다"는 발언조차 서슴지 않았다. 연암 그룹이 소품을 한때의 여기적餘技的 취미로 삼았던 것과도 다르다. 그만큼 각기 추구한 미의식, 관심 영역, 진을 재현하는 방법 등에서 현저한 차이를 보이는 것이 사실이다.

2. 이옥의 작품 세계

이옥은 부賦 · 서書 · 서序 · 발跋 · 기記 · 논論 · 설說 · 해解 · 변辨 · 책策 · 전傳과 같은 전통적 장르는 물론, 문여文餘 · 이언俚諺 · 희곡戲曲과 같이 실험성이 짙은 장르까지 두루 창작하였다. 여기에 전하지 않는 사집詞集 《묵토향초본墨吐香草本》, 최근 발굴된 잡록류 《백운필》, 잡저류 《연경》을 포함시키면 그가 다루지 않은 장르가 없는 셈이다. 이 가운데 비리鄙俚하거나 쇄세瑣細한 대상을 섬세하고 이속적俚俗的 언어로 재현한 소품 성향의 글이 거의 전부를 차지한다고 할 수 있다. 아래에 장르별로 간략히 소개한다.

(가) 부 · 서발 · 기 · 논변 등

부賦는 《경금소부絅錦小賦》와 《경금부초絅錦賦草》라는 두 질로 묶을 만큼 많은 양을 차지한다. 김려는 이옥을 사부詞賦의 대가라고 극찬한 바 있거니와, 이옥의 재사다운 자질은 20대에서 30대 초반에 쓴 13편의 단편 부에 잘 발휘되어 있다. 관념적이고 모작에 치우친 기존의 부를 문학성이 높은 장르로 부활시켜 섬세하고 명징한 언어로 그려내었다. 거미 · 벼룩 · 흰 봉선화와 같은 미소微小한 세계를 재현하는데, 편마다 착상이 기발하고 사물에 대한 성찰적 자세가 예사롭지 않다.

서書는 〈병화자 최구서에게 보내는 편지〉 한 편이 전한다. 사륙변려문四六騈儷文으로 된 이 글은 함축적인 비유와 궁벽한 전고를 많이 사용하였다. 금란지교의 사귐을 추억하며 문체파동에 연루되어 '길 잃은 사람〔失路之人〕'이 된 처지를 서정성이 짙은 문장으로 엮었다.

서序는 대개 본 글에서 다루고 있는 내용을 소개하는 글 형식이다. 그런데 〈《묵취향》의 서문〉과 〈《묵토향》의 앞에 적는다〉와 같은 이옥의 서문은 자신이 사詞 장르를 연찬하게 된 이유, 사가 지닌 정서적 감응력을 기술하여 특색을 보이고 있다. 〈《구문약》의 짧은 서문〉은 구양수歐陽脩의 산문 152권을 2권으로 선집하면서 쓴 서문으로, 정조 당시에 여러 형태의 당송팔가의 선집이 간행된 것에 비추어볼 때, 역대 고문이 구양수 한 사람에게로 귀일한다고 본 점이 흥미롭다. 유전流轉 면연綿延한 구양수의 문장 풍격을 선호했던 것 같기도 하다.

제후題後 가운데 주목되는 글은 〈《검남시초釼南詩鈔》의 뒤에 적어본다〉와 〈원중랑 시집袁中郎詩集 독후감〉이다. 정조는 《육률분운陸律分韻》 등을 간행하여 육유陸游를 시의 모범으로 권장한 바 있는데, 이옥은 육유 시가 원만하기만 하여 늙은 기녀의 가무에 비유된다고 하였다. 원굉도袁宏道의 시집을 읽은 뒤에도 '희제戲題'라는 글제를 붙였지만 당시 원굉도에 대한 거센 비판을 의식한 것으로 여겨진다. 원굉도의 특징으로 든 학고學古의 배격, '세쇄연약細瑣軟弱'한 문체, '마음에서 우러나오는 말'은 이옥 자신이 지향하는 문학이기도 한 것이다.

세 편의 독후기讀後記는 탈유가적 지향을 살필 수 있는 글이다. 이옥은 주자학에 대해 아무런 비판적 언급을 남기지 않았다. 그러나 주문朱文을 '농가의 힘센 계집종', '늙은 암소'와 같은 일상의 천근淺近한 대상과 병렬함으로써 주자학에 신복信服하지 않는 태도를 보이기도 하였다.(〈주자의 글을 읽고讀朱文〉) 이에 반해 노자의 세계를 우리 삶에서 필수

불가결한 요소이자 자유자재로 그 모습을 바꾸는 물이라 하여 예찬하였다.(〈노자를 읽고讀老子〉) 경직된 틀을 벗어나 자유롭게 사고하려는 열망을 표현한 것으로 보인다.

기記라는 제명이 붙은 가운데 〈남학의 노래를 듣고〉·〈호상에서 씨름을 구경하고〉 등 단형 서사체의 기사문記事文 4편은 시정에 떠도는 기이하고 흥미로운 이야기를 취재한 것으로, 패설을 중시하는 그의 문학관을 엿볼 수 있다. 〈세 번 홍보동을 노닐고〉·〈함벽루에 올라〉와 같은 유기遊記는 서정성이 풍부하며 경물의 미세한 부면을 아름답게 묘사한 수작이다. 형식과 내용에서 이채를 띠는 글은 〈중흥사 유기〉이다. 경물에서 촉발된 흥취와 유람객의 행보를 시간순으로 엮은 이 기문은 기존에 볼 수 없던 형식이다. 시일時日 · 반려伴旅 · 행장行李 · 약속約束 · 천석泉石 · 초목艸木 · 면식眠食 등 15목 47칙으로 세목을 나누어 빠짐없이 기록하고, 맨 뒤 '총론總論' 조목에서 사흘 동안의 산행을 총평한 것이다.

논論 가운데 〈도화유수관에서의 문답〉은 당시 사람들이 사詞에 대해 갖는 음화영월吟花咏月하고 기화섬교綺華纖巧한 장르라는 부정적 인식을 논박한 글이다. 스스로 창작 사집을 남길 정도로 사에 능했던 이옥은 만년에 사법을 탐구하고 사 창작에 열중하였는데, 역대 사의 변천과 사 작가, 사가 지닌 장점을 세세히 기술하고 이 또한 정감을 담아내는 훌륭한 장르임을 주장하였다.

해解는 〈선비가 가을을 슬퍼하는 이유〉 한 편이 있다. 만물의 영장인 인간만이 감정을 가졌기에 가을에 슬픔을 느낀다는 구양수의 설을 가져와, 선비의 지감知感으로서 자신이 살고 있는 시대가 가을이 아닌가라는 의미심장한 질문을 던진다. 사회의 병폐를 곳곳에서 목도하고 점차 쇠미해가는 조선조 왕조의 운세를 예감했던 것 같기도 하다.

책策으로 분류되는 편은 〈과책〉·〈오행〉·〈축씨〉 세 편이다. 이것이 실제 시책試策인지는 알 수 없지만, 김려가 "옛사람의 저서 체제를 본받은 것"이라 하여 이옥의 일반 글과 성격이 다름을 언급하였고, 당시 책문策問 가운데 이와 유사한 시제試題가 있어 대책對策으로 습작한 글이 아닌가 싶다. 그중 〈오행〉이라는 글은 주자학의 철학적 기반인 오행 상극설에 대해 너무도 근거가 없음을 논박하였다. 극剋이란 강한 것이 이기는 것이며, 생生이란 따로 없다고 하였다. 홍대용洪大容 등 북학파가 주장한 것과 내용에 차이가 있지만, 그 역시 오감五感은 물론 인간의 품성까지 오행에 결박하는 사유를 배척했던 것이다.

(나) 문여·전·이언·희곡 등

문여文餘 1에는 《봉성문여鳳城文餘》 67편을 수록하였다. 〈남쪽 귀양길의 시말을 적다〉와 〈소서小敍〉를 제외한 다른 글은 모두 삼가 유배 때, 그곳의 민풍 토속을 적은 것이다. '문여'란 김려가 《담정총서》에 '봉성필鳳城筆'을 편정하면서 붙인 말로, "비록 문文의 정체正體는 아니지만 기실 문의 나머지〔文餘〕이다"라며 이 글을 옹호한 바 있다. 인물이나 사건의 핵심적 부면만 제시하여 편폭이 대단히 짧으며, 그 가운데 세태를 다룬 글이 큰 비중을 차지하기 때문에 '문의 정체'가 아니라고 한 것 같다. 즉 가마 탄 도둑, 집단을 이루어 엽전을 주조하는 도적, 한 자리에 아홉 지아비의 무덤을 쓴 어느 과부 이야기 등 기문奇聞을 선호하는 그의 취향을 엿볼 수 있는데, 당시 향촌 사회의 변화상을 "창 틈으로 바깥을 엿보듯이" 관찰하고 아무런 논평이 없이 기술하여 더욱 문제적이다.

문여 2에는 잡제雜題류를 수록하였다. 거울이나 파리채, 오이와 가라지와 같은 생활 주변의 자질구레한 사물, 투전놀이 · 골동품 · 화폐와 같은 도회의 시정인들이 선호하는 대상을 정치하게 묘사하였다. 대개 이런 사물을 매개로 하여 자신의 불우의식을 표출하였으며, 때로 정치 현실을 우의하기도 하였다.

전傳의 부류에 속하는 글은 모두 25편이다. 이 분야에서 박지원과 함께 조선조 후기를 대표하는 작가로 여겨져왔고, 연구 성과도 상당히 축적되어 재론이 필요 없을 듯하다. 소설적 성향이 높은 작품은 《연암 · 문무자 소설정선》(이가원 역)과 《이조한문단편집》(이우성 · 임형택 역편)에 진작부터 번역되어 알려졌던 것이다. 그 밖에 충 · 효 · 열의 인물을 입전한 작품도 문장이 섬세, 곡진하여 그의 능력을 잘 보여준다. 인물전 외에도 탁전托傳과 가전假傳, 동물전이 각각 한 편씩 있어 제재의 폭도 다양함을 알 수 있다.

이언俚諺이란 원래 우리나라 민간에서 쓰는 속된 말 또는 속담을 가리킨다. 중국에서 고대 민가로 국풍이 있었고 그것을 계승한 한대의 악부, 송대의 사곡이 있었듯이, 이옥은 지금 조선 땅에 살면서 '이언'을 노래할 수밖에 없다는 것, 그것을 '참 그대로' 그려내는 것이 중요한데 남녀지정이야말로 가식이 없는 참[眞]이라고 보았다. 또한 그 참을 재현하는 방법으로써 속담이나 방언과 같은 민중언어를 구사해야 한다는 문학론을 펼치고, 실례로서 조선식 민가 66수를 창작하였다.

희곡은 《동상기東床記》 한 편이 전한다. 1791년(정조 15) 왕명에 의해 노총각 김희집과 노처녀 신씨의 혼인이 성사된 일을 듣고 사흘 만에 완성한 것이다. 총 4절로 구성된 이 희곡은 우리 문학사에서 그 유례가 없던 것으로, 육담 · 음담패설이 혼재한 구어투 문장에다 혼례품 ·

혼례 절차 · 신랑 다루기 등 전래의 혼인 풍속이 다채롭게 구현돼 있어, 이옥 문학의 실험성과 파격성이 어떠한 경지를 이루고 있는지 잘 보여준다. 그중 물명을 열거하는 방식은 판소리 사설의 한 대목이, 한바탕의 흥겨운 놀이마당으로 마무리하는 결말 구조는 전통극을 연상케 한다. 이는 시정의 서민 문화를 깊이 이해했던 작가의식의 소산이라 여겨진다.

(다)《백운필》

여기에서는 새로 역주譯註한 자료《백운필白雲筆》을 중심으로 기술하고자 한다.《백운필》은 해배解配된 후, 1803년 5월 본가가 있는 경기도 남양에서 탈고한 저작이다. 서명書名을 붓 가는 대로 기록한다는 '필筆'이라 하고, 매 장마다 '담談'이라는 표제를 붙인 데서 알 수 있듯이 소한적消閑的 글임을 표방하고 있다. 경세적 글이 아닌 것은 분명하나 대단히 다양한 내용과 형식을 담고 있다.

이옥은《백운필》서문에서 이 책을 저술하게 된 동기를 다음과 같이 말하였다.

> ①이 글을 어찌하여 '백운白雲'이라 이름하였는가? 백운사白雲舍에서 쓴 것이기 때문이다. 백운사에서 왜 글을 썼는가? 대개 어쩔 수 없이 쓴 것이다. 어찌하여 어쩔 수 없이 썼다고 하는가? 백운은 본디 궁벽한 곳인 데다가 여름날은 바야흐로 지루하기만 하다. 궁벽하기에 사람이 없고 지루하니 할 일도 없다. 이미 일도 없고 사람도 없으니, 내가 어떻게 하면 이 궁벽한 곳에서 지루한 시간을 보낼 수 있겠는가? …… ②내가 장차 무엇을 하며 이곳에서 이 날들을 즐길 수 있겠는가? 어쩔 수 없이 손으로 혀를 대신하여 묵경墨卿(먹), 모생毛生(붓)과 더불어 말을 잊은 경지에서 수작을

할 수밖에 없다. 그런데 나는 또한 장차 어떤 이야기를 해야 하는가? …… 조정朝廷의 이해 관계, 지방관의 잘잘못, 벼슬길, 재물과 이익, 여색女色, 주식酒食 등에 대해서는 범익겸范益謙의 칠불언七不言이 있으니, 나는 일찍이 이를 나의 좌우명으로 삼았다. 그것도 이야기할 수 없다. ③그렇다면 나는 또한 장차 어떤 이야기를 하며 끼적여야 하는가? 그 형세상 이야기를 하지 않을 수 없는데, 이야기를 하지 않는다면 그만이겠지만 이야기를 한다면 부득불 새를 이야기하고, 물고기를 이야기하고, 짐승을 이야기하고, 벌레를 이야기하고, 꽃을 이야기하고, 곡식을 이야기하고, 과일을 이야기하고, 채소를 이야기하고, 나무를 이야기하고, 풀을 이야기해야 하겠다. 이것이 《백운필》이 부득이한 데서 나온 것이고, 또한 어쩔 수 없이 이런 것들을 이야기한 까닭이다. 이와 같이 사람은 이야기하지 않을 수 없는 것이고, 또한 이야기할 수 없는 것이 있다. 아, 입을 다물자!

소한의 글쓰기를 내세운 것은 《동상기》 서문과, 자문자답의 문장 형태는 《이언》 서문을 연상케 한다. 왜 이런 글을 쓸 수밖에 없는가를 세세하게 늘어놓았고, 원망의 감정을 제어하지도 않았다. 사士는 오로지 출사로서 자신의 존재를 드러내던 시대에 관계로 진출할 길이 막힌 지금, 자신이 할 수 있는 일이란 글쓰기밖에 없는데 어떤 화제는 시비是非에 말려들기에, 또는 자신과 무관한 일이어서, 또는 글 읽은 사士가 취할 만하지 않다는 것이다. 사유의 다양성이 용인되지 않는 사회에 대한 불만, 나라의 경영을 논할 위치에 있지 않다는 분수의식, 약자 또는 소수자로서의 절규가 깊이 담겨 있다.

이 짧은 서문에 고문가들이 비판하는 소품의 부정적 속성이 고스란히 들어 있는 셈인데, 불평의 감정을 과도하게 드러낸 불우지사不遇之士

의 글이라는 것, 글쓰기의 대상을 생활 주변의 자잘한 사물로 한 것이 그러하다. 그리고 문답의 형태를 일곱 차례, '吾欲~不可'의 통사 구조를 열 차례나 반복하고, 동일한 글자를 빈번하게 사용하는 등 번쇄함을 전혀 꺼리지도 않았다. 일반 고문과 비교할 때, 파격적인 글쓰기가 아닐 수 없다.

전체 체재는 조선조 후기에 많이 저록著錄되었던 백과전서적 저술을 의식한 것 같다. 〈담조談鳥〉(21칙)·〈담어談魚〉(17칙)·〈담수談獸〉(17칙)·〈담충談蟲〉(19칙)과 같은 조충류 74칙과, 〈담화談花〉(15칙)·〈담곡談穀〉(12칙)·〈담과談果〉(17칙)·〈담채談菜〉(15칙)·〈담목談木〉(17칙)·〈담초談艸〉(14칙)와 같은 초목류 90칙을 10목目으로 나누었다. 각 동식물의 생태적 특성과 그 이용에 대한 다양한 정보를 절목節目으로 분류하는 체제를 보이고 있으며, 당시 우리나라에 널리 서식하고 분포하던 종을 거의 다루고 있다.

다음에 《백운필》에서 흔히 보이는 자료 인용과 기술 방식 하나를 들어본다. 우리나라 바닷가에서 익히 볼 수 있는 도요새를 기사화한 것이다.

> ① 해상海上에 봄이 끝날 무렵이면, 어떤 새들이 떼 지어 날아와서는 울곤 하는데, '도요桃夭'라고 소리 내며 울어서 바닷사람들은 그 새를 '도요새'라 부르면서 도요새 물때의 절후節候라고까지 한다. 부리가 뾰족하고 긴 편이며 몸은 가볍고 다리는 조금 긴데, 작은 놈을 '미도요米桃夭'라 하여 언뜻 보기에 참새보다 크고, 큰 놈을 '마도요馬桃夭'라 하여 메추라기보다 조금 작다. 발바닥에는 소금기를 지니고 있어 논의 물을 밟고 부리로 쪼면 볏모가 자라지 못한다. ② 내가 살펴보니 도요새를 《훈몽자회訓蒙字會》에서는 흙鷸이라 하였고, 《한청문감漢淸文鑑》에서는 수찰자水札子(논병아

리)라 하였다. 鷸鷸을 《설문해자說文解字》의 진장기陳藏器 주註에서는 "메추라기와 비슷하여 색은 푸르고 부리는 길며 뻘에서 사는데, 촌사람들은 전계田鷄가 변한 것이라고 한다"라 하였고, 《이아爾雅》의 곽박郭璞 주註에서는 "제비와 비슷하며 감색이다"라 하였고, 이순李巡 소疏에서는 "또 다른 이름은 '취우翠羽'이며 장식물로 쓸 수 있다"라고 하였다. 찰鶖을 《유편類篇》에서는 "백설百舌(지빠귀)과 비슷하여 부리가 길고 물고기를 잘 먹는다"라 하였고, 《광아廣雅》에서는 "벽체鷿鷈(논병아리)이니 '수찰水札'이라 하기도 하고, '유압油鴨'이라 하기도 한다"라고 하였다. ③ 지금 도요새를 보니 그 깃털이 관冠을 꾸밀 만하지 못하고, 그 부리가 길다 할 수 없으며, 鷸鷸과 찰鶖 중에서 어느 것에 더 맞는지 결정할 수가 없다. 이와 같구나, 이아학爾雅學의 어려움이여!

해안가에 도요라는 새 떼가 출몰하는 철을 그린 뒤, 그 이름의 유래, 그 새의 모양과 종류를 소개하고 농작물에 어떤 피해를 주는지도 기록하였다. 짧은 글 속에 다양한 정보를 제시하고는, 국내외의 여러 유서類書와 자전에서 도요새 비슷한 새 이름들을 적시하면서 자신의 견해를 덧붙였다. 《백운필》에는 이런 식으로 비슷한 동식물을 연관 지어 그 물명과 생태적 특성을 고증한 기사가 적지 않으며, 대개 자료의 출처나 인용 문구가 적확하게 제시되어 있다. 그중에 《사문유취事文類聚》나 《연감유함淵鑑類函》에도 실린 내용이 많은데, 이는 자료를 폭넓게 섭렵하고 깊이 소화하지 않고는 불가능한 일이다.

앞 인용문에서 관심을 끄는 서지는 《훈몽자회》(1527)와 《한청문감》(1527)이다. 전자는 어린이를 대상으로 펴낸 한자사전이고, 후자는 역관들이 주로 보던 만주어 · 한어 사전으로, 모두 훈민정음을 이용하여 음을 달아 놓은 책이다. 《백운필》에는 이 서적들을 빈번하게 인용하고 있다. 이옥이 국문으로 된 글을 남겼는지 알 수 없으나, 이런 책들을 숙독했다는 것은 의미가 깊다.

이옥이 섭렵한 책은 대단히 광범하다. 전래의 경사자집은 기본서이고, 명 · 청대에 쏟아져 나온 각종 소설류와 희곡류, 동시대 청조 문인의 저작에 이르기까지 그의 독서 범위는 어떠한 제한도 없었던 것 같다. 《백운필》을 집필하는 데에 활용한 자료는 워낙 방대하여 지면 관계상 다 거론할 수가 없다. 다만 《본초집해本草集解》나 《정자통正字通》 같은 유서류나 자서류가 주종을 이룬다는 것(23종), 고금의 국보류菊譜類와 화사류花史類를 거의 소개하고 있다는 것(10종), 《술이기述異記》 같은 패설잡록류를 빈번하게 인용하였다는 것을 지적해둔다. 이 밖에 일본의 《화한삼재도회》, 국내 문인들의 문집, 국내외 여러 의서醫書들도 활용하고 있다. 이옥은 이러한 백과사전적 지식을 종횡으로 펼치는 데 전혀 막힘이 없었다.

이 책이 지닌 값진 성과의 하나는 당시에 사용하던 우리말을 풍부하게 채록한 것이다. 자하紫蝦라 적지 않고 權精〔곤쟁이〕이라 적었고, 각응角鷹과 추어鰍魚를 각각 寶羅〔보라매〕와 米駒〔미꾸라지〕로 표기하였다. 이런 식으로 바닷사람들이 이르는 어휘 수십여 종을, 농부가 전하는 품종 서른다섯 가지를, 나물 캐는 아낙이 이르는 말 서른여덟 가지를 적어 나갔다. 이는 동시대에 어패류의 명칭을 적으면서 뜻을 모르는 방언으로 된 이름은 기록하지 않았다는(〈우해이어보서牛海異魚譜序〉, 1803) 김려나, 곡식 · 풀 · 나무 등 우리말 명칭은 비속하고 전아하지 못해 한자어로 고쳐야 한다고(《과농소초課農小抄》, 〈제곡명품諸穀名品〉 '안설按設') 했던 연암의 사유와 비교되는 것이다.

또한 이옥은 국어國語 · 향음鄕音 · 방언方言이라는 용어를 변별하고 구사하였다. 우리 국어에 虎를 범犯이라 하고 赤을 치治라고 읽기 때문에, 범처럼 사나운 물고기를 '범치'라 부르게 되었다는 의견을 밝히기도 하였다. 그는 우리 국어의 음가音價가 어떤 환경에서 실현되는지도 알고 있었다. 물고기 이름 어魚자의 초성에 양陽이나 경庚의 종성이 있어서, 백어白魚는 '뱅어', 리어鯉魚는 '잉어'라 발음한다는 것이다. 艫魚(농어)를 '農魚', 葦魚(웅어)를 '雄魚'라 적는 것은 이런 원리를 모르는 소치라고 보았다. 우리말을 깊이 탐구한 결과 자득의 경지를 얻게 된 것이다.

《백운필》에는 이옥 자신의 경험담과 민간의 전언傳言을 많이 수록해 놓았다. 기문일사에 대한 관심과 애호를 여기서도 잘 보여준다. 그중에 말 모양을 한 물고기, 사람과 교접하는 인어, 괴상한 짐승 박駮, 커다란 흑사黑蛇를 잡아먹는 사람 등 기이한 이야기가 많으며, 이전에 쓴 자신의 작품을 인용하는 경우에도 〈발이 여섯 달린 쥐〉 · 〈강철에 대한 논변〉 · 〈신루기 이야기〉 · 〈용부龍賦〉와 같이 기사奇事가 대부분이다.

이 책의 제명 '붓 가는 대로 기록한다'는 '필筆'의 성격은 이옥 자신의 삶이나 취향, 성벽을 이야기할 때 특히 잘 나타나 있다. 꽃과 나무를 유달리 좋아했던 그는 남양 향제鄕第 주위에 어떤 꽃, 어떤 나무를 어디에 심었는지, 언제 누구에게서 구했는지, 생장 상태는 어떠한지 일일이 기록하였다. 사경을 헤매는 다섯 아이에게 삶은 지렁이로 응급 처방을 하였고, 양송養松을 위해 장청사長靑社를 조직하였으며, 내세에는 꽃 세상인 대리 땅에서 환생하고 싶다는 소망을 밝히기도 하였다. 그 밖에 산나물과 생강을 유별나게 좋아하여 생긴 에피소드, 작은 과일도 반드시 즙을 내어 마시는 까다로운 성벽 따위를 누에가 고치를 만들어내듯이 유려하게 엮어 놓았다. 생활에서 비롯한 이러한 글은 오늘날의 에세이를 대하는 듯하다. 《백운필》에는 그간 알려지지 않았던 이옥 개인에 대한 정보나 인간적인 면을 진솔하게 드러낸 기록이 적지 않다.

이처럼 《백운필》에는 동식물의 생태적 특성을 기록하면서 관련되는 민간의 전언을 많이 포함시켰다. 또한 섬세하고 경쾌한 필치로 자신의 생활 감정을 세세하게 이야기하며, 군데군데 교유 관계나 창작한 시문들을 끼워 넣었다. 이것이 실용을 목적으로 저술한 《산림경제山林經濟》나 《임원경제지林園經濟志》와 같은 실학서와 구별되는 점이다. 백과전서적 체재에 다채로운 내용과 형식의 글들을 두루 수록하여, 새로운 글쓰기 유형을 유감없이 보여준 것이다.

(라) 《연경》

최근 발굴된 자료 《연경烟經》은 이옥이 1810년에 집록한 담배 관련 저작이다. '담배의 경전'이라는 뜻에서 알 수 있듯이 이 책에 실린 내용은 연초 재배에서부터 담배의 제조 공정과 사용법, 흡연에 소용되는 도구, 즐겁게 향유하는 법에 이르기까지 담배에 관련된 주요 사항을 폭넓게 다루고 있다.

이 책의 분량은 25장張에 불과하지만 모두 4권, 58칙으로 구성되어 있다. 각 권마다 소서小序를 두어 권을 집필한 동기를 밝혔으며, 각 칙에 번호를 매기고 소제목을 부여하고, 다시 매 칙을 세분하여 빠짐없이 기술하려 하였다.

기록한 내용은 상당히 다양하다. 첫째 권에서는 담배 씨를 뿌리고 키우고 수확하는 방법을, 둘째 권에는 담배의 원산지와 성질, 담뱃잎을 썰고 보관하는 방법, 그리고 담배 피우는 법 등을 설명하였다. 셋째 권에는 채양蔡襄의 《다록茶錄》이 오로지 다구茶具에 대해서 쓴 것처럼 담배에 관련된 도구들을 모았다. 넷째 권은 원굉도袁宏道의 《상정觴政》의 예를 들면서 《연경》에서는 담배의 효과, 담배 피우기 좋은 때와 그렇지 않은 경우 등을 기록하였다.

각 권의 집필 의도를 밝힌 소서는 모두 옛 성현의 말을 인용하였다. 첫 문장을 《논어論語》와 《중용中庸》에서 공자가 채마밭을 가꾸는 일과 맛에 대해 언급한 구절, 《주자어류朱子語類》에서 꽃병의 이치를 말한 주자의 글귀를 가져왔다. 옛 성현들이 일상의 자잘한 사물에서 촉발하여 고원한 도를 논하였듯이, 이 책이 보잘것없는 사물을 다루었지만 의미를 지닌다는 주장을 하고 싶었던 것이다.

이옥은 하루라도 차군此君이 없으면 안 된다고 할 정도로 담배에 벽癖이 있었다. 이전에도 담배 관련 글을 여러 편 남겼다. 1791년(32세) 담배를 의인화한 가전假傳 형식의 〈남령전南靈傳〉을, 1795년 삼가로 내려갈 때는 송광사 중과 담배 연기를 담론하고 또 글을 지었다. 1803년에 완성한 《백운필》에도 '담배' 이야기를 실었는데, 그 글은 《연경》 둘째, 셋째 권과 중복되는 내용이 상당히 많다. 즉 《연경》은 자신이 지은 담배 관련된 글의 완결편인 셈이다.

이옥은 국보류와 화사류 외에도, 각종 기호품 종류의 저록을 탐독하였던 것 같다. 《연경》 서문에는 주보酒譜와 다보茶譜 종류 저작이 여덟 종, 향보香譜 종류가 세 종, 꽃과 과실에 관련된 것이 여섯 종, 대나무에 관한 것이 두 종 등 무려 열아홉 종이나 거론하고 있다. 생활 주변의 사물을 깊이 관찰하는 성벽에, 이런 종류의 서적을 두루 읽으면서 자연스레 담배 관련 글에 주목하였을 것으로 여겨진다.

택당澤堂 이식李植(1584~1647)이 읊은 〈남령초가南靈草歌〉를 읽었고,

임경업林慶業의《가전家傳》에 나오는 기사 한 구절까지 유의 깊게 보았다. 담배의 네 가지 공功을 극찬한 옛 선인의 발언도 눈여겨보았다. 중국 자료로는 담배의 전래에 대해서는《인암쇄어蚓菴瑣語》(淸, 李王逋)에, 애연으로 유명한 한담韓菼에 관한 일화는《분감여화分甘餘話》(明, 王士禎)에 들어 있는 기사를 숙독하였고,《수구기략綏寇紀略》(明, 吳偉業)에 나오는 담배 기사도 열람하였다. 그는 이 과정에서 담배를 단편적으로 언급하는 것은 있어도 체계적 저술이 없음을 확인하였다.

> 우리나라에 담배가 전해진 지도 또한 장차 이백 년이 된다. …… 꽃에 취하고 달을 삼키듯 하니 담배에는 술의 오묘한 이치가 있으며, 푸른 것과 붉은 것을 불에 사르니 향香의 뜻이 서려 있고, 은으로 만든 그릇과 꽃무늬가 새겨진 통이 있으니 차茶의 운치가 있으며, 꽃을 재배하여 향기를 말리니 또한 진귀한 열매와 이름난 꽃과 비교해도 손색이 없다 하겠다. 그렇다면 이백 년간 마땅히 문자로 기록한 것이 있어야 할 터인데, 편찬하고 수집한 자들이 이를 기록하였다는 것을 들어보지 못했으니, 아마도 자질구레하고 쓸모없는 사물은 문인들이 종사하기에 부족하다고 생각해서인가?

이식·이덕무 등 그 폐해를 지적한 사람들과 달리, 이옥은 담배를 극찬하였다. 담배가 술의 오묘함, 향의 뜻, 차의 운치를 다 연출할 수 있는 일용품이라는 것이다. 그런데도 관련 저작을 발견할 수 없어서 집필하게 되었다고 한다. 금연론 또한 팽배하던 당시에 이옥이 아니라면 어느 문인이 담배와 관련된 글을 집록했겠는가.

그런데 애연가였던 다산茶山 또한《연경》을 읽었다. 아들 학유學游에게 보낸 편지(〈기유아寄游兒〉)에 닭을 기르는 경험을 살려 유득공의 《연경》의 경우처럼 《계경鷄經》을 편찬하도록 권하는 얘기가 나온다. "속된 일을 하면서도 맑은 운치를 지니려면 매양 이러한 사례를 기준으로 삼을 일이다(就俗務, 帶得淸致, 須每以此爲例)"라고 《연경》의 가치를 높이 평가하였다. 유득공이 《연경》을 지었다면 이옥이 그것을 몰랐을 리 없을 터인데, 혹 담배가 크게 성행하던 때였으므로 이옥의 글이 유득공의 것으로 오전誤傳되어 다산의 수중에 흘러들어갔을 수도 있겠다.

소품 문학으로서 《연경》이 관심을 끈다면 그것은 제4권 때문일 것이다. 사실 1권과 3권은 농작법과 도구 사용법을 담은 실용서의 성격이 짙다. 다음에 예시한 〈담배 피울 때의 꼴불견〉은 이옥 소품의 묘미를 잘 보여준다.

> 아이 녀석이 한 길 되는 담뱃대를 물고 서서 담배를 피우다가 이따금 이 사이로 침을 뱉는다. 가증스러운 일이다.
>
> 규방의 치장한 부인이 낭군을 대하고 앉아 태연하게 담배를 피운다. 부끄러운 일이다.
>
> 나이 어린 계집종이 부뚜막에 걸터앉아 안개를 뿜어내듯 담배를 피운다. 통탄할 일이다.
>
> 시골 남정네가 길이가 다섯 자 되는 백죽통白竹筒을 가지고 가루로 된 담뱃잎을 침으로 뭉쳐 넣고는 불을 댕겨 몇 모금 빨아들여 곧 다 피우고는 화로에 침을 뱉고 앉은자리를 재로 뒤덮어 버린다. 민망한 일이다.
>
> 다 떨어진 벙거지를 쓴 거지가 지팡이만 한 긴 담뱃대를 들고 길거리에서 사람들을 막아서서 한양의 종성연鐘聲烟 한 대를 달란다. 두려운 일이다.

대갓집의 말몰이꾼이 짧지 않은 담뱃대를 가로로 물고 고급 서연西烟을 마음대로 피워대는데 손님이 그 앞을 지나가도 잠시도 멈추지 않는다. 곤장을 칠 만한 일이다.

남녀, 노소, 귀천을 불문하고 모두 담배에 빠져든 정황을 보여준다. 어린아이, 규방의 젊은 부인, 나이 어린 계집종, 시골 남정네, 거지, 대갓집의 말몰이꾼의 흡연 모습이 참으로 가관이다. 흡연으로 인한 풍기문란 사례를 하나씩 들고 감정을 실어 품평하였다. 그러고는 품격 있는 흡연의 예, 곧 관리가 지니는 귀격貴格, 노인의 복격福格, 젊은 낭군의 묘격妙格, 사랑하는 남녀의 염격豔格, 농부의 진격眞格이 지닌 멋을 구체적으로 기술하였다. 이 다섯 가지는 각각 그 나름대로 품격이 있고 운치가 있다는 것이다. 이 책에서 이옥이 말하고자 한 내용은 이것이 아니었을까.

《백운필》과 마찬가지로 《연경》에는 당시 사회사를 이해할 자료들이 풍부하게 들어 있다. 전국의 이름난 담배 산지와 각 지역의 맛이 기록되어 있고, 서울 저자의 담배 상점이 어떻게 분포되어 있으며, 가격을 흥정하는 모습도 나와 있고, 담배 가격이 등귀할 때 가짜 담배가 성행하는 사례도 알 수 있다. 19세기 초에 담배가 전국적 기호품으로 애호되었던 현상을 확인할 수 있다.

《연경》 역시 색다른 글쓰기의 유형을 보여준다. 구두가 끊어지지 않을 정도로 글이 까다롭고, 한 문장의 길이는 서른 자 내외로 매우 단소하며, 관련 내용을 가능한 잘게 쪼개어 빠짐없이 집록하고자 하였다. 보잘것없는 사물이라도 기록할 가치가 있으면 저술에 착수하는 치열한 산문정신의 표현이라 하겠다. 《연경》은 아마도 조선조 시대에 담배를 가장 폭넓게 기술한 문헌이 아닌가 싶다.

끝으로 새 자료 《백운필》·《연경》의 발굴과 관련하여 이옥의 유고遺稿에 대해 언급해두고자 한다. 이옥이 다작의 작가인 만큼 생전에 어떤 글을 얼마나 남겼는지 알 수 없다. 《담정총서》를 찬집할 때 포함되었던 사집 《묵토향초본》은 현재 발견되지 않고, 22세 때 지었다는 거질의 《화국삼사花國三史》도 전하지 않는다. 장지연張志淵의 《대동시선大東詩選》, 〈이옥〉 조에는 "著牟尼孔雀稿"라는 설명이 있는 것으로 보아 《모니공작고》라는 이름의 저작이 있었던 것 같기도 하나, 이 또한 현재로서는 그 내용을 알 수 없다. 이런 글들이 발굴되어 이옥 문학의 전모가 밝혀지기를 고대한다.

3. '참 그대로' 자기 시대를 재현한 이옥

이옥은 자신을 "길 잃은 사람〔失路之人〕"이라 자조한 바 있고, 구양수의 글을 선집하면서 "소차疏箚는 세상과 어긋난 사람〔畸人〕이 일삼지 않는 바이기에 취하지 않는다"라고 하였다. 또 "나는 초야에 사는 백성"이라 자인하기도 하였다. 그는 자신을 체제 바깥의 국외자 또는 소수자로 인식하였고, 사士의 일원으로 생각하지도 않았던 것 같다.

깊은 소외의식이 반영되어, 이옥의 글 가운데 경세를 논한 글이 드물며 사회의식을 쉽사리 간취하기도 어렵다. 아무런 주장을 내보이지 않고 늘어놓은 듯하다. 그에게 백성은 훈도의 대상이 아니고 예실구야禮失求野의 대상도 아니며, 이욕을 추구하는 인간일 뿐이다. 이것을 더욱 밀고 나가 감정이 풍부한 하층 여성, 시정의 인정물태人情物態와 생활 주변의 자잘한 사물 등 기성 문인들이 몰가치하다고 여기는 영역을 주목하였다. 대상에 접근하여 세밀하고 경쾌하게 그리되, '참 그대로' 자기 시대를 재현하는 데 있어 민중언어를 대단히 풍부하게 구사하였다. 각 지역의 방언, 도둑들의 은어, 시정의 음담패설이나 욕설, 심지어 소지장所志狀에 이르기까지 사용하지 못할 언어문자가 없었다.

이옥은 자신의 문학세계나 글쓰기 방식에 대해 확고한 인식을 가지고 있었다. 문체반정에서 정조 임금과 평행선을 달린 것은 불가피한 일이었을지도 모른다. 여기에 입신출세할 기회가 주어지지 않으리라는 서얼의식과 타협할 줄 모르는 개결한 그의 성격이 작용했을 터이다. 소품에 빠져들었던 인사들이 한때의 여기로 여기면서 왕명에 의해 곧장 고문으로 선회한 것과는 그 처지가 달랐던 것이다. 문인 지식인이 국가체제 안에서만 성장할 수 있었던 사회 조건하에서 이옥의 선택은 지극히 어려운 것이었다.

만년에도 소외된 처지를 의식했던 이옥은 쉼 없이 글쓰기에 열중하고 치열하게 새 장르를 탐구하였다. 세상 어디에도 마음을 붙이지 못한 채 오로지 문학 창작으로 위안을 삼았다. 그는 그 자리에서 글을 구상하고 써 내려갔으며 고치지도 않았고, 아무리 긴 편폭의 글이라도 사흘을 넘기지 않았다. 그런데도 매 편 우열을 논하기 어려울 정도로 고른 수준을 보여준다. 정조는 순정醇正함으로 돌이켜야 할 문장이라 폄하했지만, 이옥의 존재로 인해 우리나라 소품 문학은 질과 양의 양면에서 최고 수준에 이르게 되었다고 할 수 있을 것이다.

이현우

| 차례 |

문여文餘 1 — 봉성문여鳳城文餘

문여 文餘 2— 잡제 雜題

전 傳

이언 俚諺

희곡 戱曲 – 동상기 東床記

부록 – 김려 金鑢의 제후 題後

1권

◉ — 부賦

개구리 울음을 읊은 부의 후편 後蛙鳴賦 • 칠석부 七夕賦 • 거북을 읊은 부—아울러 서문을 적는다 龜賦 幷序 • 벌레 소리를 읊은 부 蟲聲賦 • 학질을 저주하는 사 詛瘧辭 • 물고기를 읊은 부 魚賦 • 흰 봉선화를 읊은 부 白鳳仙賦 • 초룡을 읊은 부 草龍賦 • 거미를 읊은 부 蜘蛛賦 • 용부 龍賦 • 벼룩을 읊은 부 蚤賦 • 벼룩을 읊은 부의 후편 後蚤賦 • 다섯째 아들을 낳은 한 어미에 대한 부 五子嫗賦 • 규장각부—아울러 서문을 적는다 奎章閣賦 幷敍 • 삼도부—아울러 서문을 적는다 三都賦 幷敍 : 남도 南都·서도 西都·동도 東都 • 나비를 애도하다 哀蝴蝶 • 도정절의 〈한정부〉에 차운하다 次陶靖節閑情賦韻 • 반안인의 〈한거부〉를 본받아 짓다 效潘安仁閑居賦

◉ — 서書

병화자 최구서에게 보내는 편지 與病花子崔九瑞狀

◉ — 서序 · 발跋

《묵취향》의 서문 墨醉香序 • 《묵토향》의 앞에 적는다 墨吐香前敍 • 《묵토향》의 뒤에 적는다 墨吐香後敍 • 《구문약》의 짧은 서문 歐文約小序 • 《검남시초》의 뒤에 적어본다 戲題釼南詩鈔後 • 원중랑 시집 독후감 戲題袁中郎詩集後 • 《노자》를 읽고 讀老子 • 《초사》 읽는 법 讀楚辭 • 주자의 글을 읽고 讀朱文

◉ — 기記

호상에서 씨름을 구경하고 湖上觀角力記 • 농사 잘 짓는 종의 이야기 善畊奴記 • 시정의 협잡꾼에 대한 이야기 市奸記 • 반촌의 네 정려문에 대한 이야기 頖村四旌閭記 • 남학의 노래를 듣고 聽南鶴歌小記 • 장악원에 놀러 가 음악을 듣고 游梨院聽樂記 • 물고기를 기르는 못에 대하여 種魚陂記 • 세 번 홍보동을 노닐고 三游紅寶洞記 • 합덕피를 보고 觀合德陂記 • 함벽루에 올라 登涵碧樓記 • 신루기 이야기 蜃樓記 • 남쪽 귀양길에서 南程十篇 : 서문 敍文·길을 묻다 路問· 절 寺觀·연경 烟經·방언 方言·물에 대하여 水喩·집에 대한 변 屋辨·돌에 대한 단상 石嘆·영남에서의 의문 嶺惑·고적을 찾아서 古蹟·면포의 공력 棉功 • 중흥사 유기 重興遊記 : 산행 날짜 時日·함께 간 사람 伴旅·행장 行峷·약속 約束·성곽 譙堞·누정 亭榭·관아 건물 官廨·사찰 寮刹·불상 佛像·승려 緇髡·천석 泉石·꽃과 나무 艸木·숙식 眠食·술 盃觴·총론 總論

◉ — **논論 · 설說 · 해解 · 변辨 · 책策**

말에 대하여 논함 斗論 • 북관 기생의 한밤중 통곡—아울러 원 사실을 적어둔다 北關妓夜哭論 幷原 • 촉규화에 대하여 蜀葵花說 • 메추라기 사냥 獵鶉說 • 야인과 군자 野人養君子說 • 용경 이야기 龍畊說 • 전세에 대하여 田稅說 • 꽃에 대하여 花說 • 도화유수관에서의 문답 桃花流水館問答 • 선비가 가을을 슬퍼하는 이유 士悲秋解 • 강철에 대한 논변 犺辨 • 과책 科策 • 축씨 竺氏 • 오행 五行

3권

◉ — 백운필白雲筆

소서小敍

갑甲 — **새 이야기 談鳥**

호응 • 귀촉도 • 협조峽鳥 • 비둘기 • 꿩 • 매 사냥 • 양계養鷄 • 새 기르기 • 도요새 • 뜸부기 • 종다리 • 거위 • 귀거조 • 단조 • 매의 종류 • 참새 • 물총새 • 납취조蠟觜鳥 • 까마귀 • 새집

경庚 — 과일 이야기 談果

감의 품종 • 과일의 산지와 출시 • 세 가지 경계 • 명자 • 제수 과일 • 빈과 선매先買 • 복분자 • 앵두즙과 청포도즙 • 봉산배 • 낙화생 • 복숭아와 제수 • 산앵두와 머루 • 제수 과일의 사치 • 과일벽 • 잣의 종류 • 음식 사치 • 헐지와 교양목

신辛 — 채소 이야기 談菜

나의 채마밭 • 가지 • 시금치 • 산나물 • 무 • 배추 • 취나물 • 고추와 호박 • 나물 뿌리를 먹는 것 • 오이 • 외 종류 • 훈채 • 수박마마 • 생강 • 상추쌈

임壬 — 나무 이야기 談木

동산의 잡목들 • 합환목 • 비슷하게 생긴 나무들: 떡갈나무·소리참나무·참나무 • 비슷하게 생긴 나무들: 참죽나무·가죽나무·옻나무·붉나무 • 뜰에 심은 수양버들 • 양과 류에 대하여 • 내가 심은 나무들 • 소나무의 종류 • 장청사 • 수유나무 • 계족과 • 두충나무 • 나무의 성질 • 나무의 암수 • 계수나무 • 솔 마디와 송진의 생약 효능 • 느릅나무의 종류

계癸 — 풀 이야기 談艸

칡끈 • 술독을 없애주는 칡 • 양부래 • 궁궁이 • 약초 • 인삼 • 풀의 색깔 • 목면 • 담배 • 연지 • 꽃의 귀천 • 고구마 • 완전한 식물 • 서울 민가와 시골 민가의 차이

◉ — 연경烟經

서문

첫째 권 — 연초 재배

1. 씨 거두기 收子 • 2. 씨 뿌리기 撒種 • 3. 구덩이 심기 窩種 • 4. 담배 모내기 行苗 • 5. 뿌리 북주기 壅根 • 6. 뿌리에 물대기 漑根 • 7. 약주기 下藥 • 8. 곁순 치기 剔筍 • 9. 꽃순 치기 禁花 • 10. 벌레 잡기 除蟲 • 11. 담배역병을 조심하기 愼火 • 12. 잎 제거하기 驅葉 • 13. 잎 따기 采葉 •

14. 잎 엮기 編葉 • 15. 잎 말리기 暴葉 • 16. 잎 쬐기 曬葉 • 17. 뿌리 싸기 罨根

둘째 권–담배의 유래와 성질

1. 담배의 유래 原烟 • 2. 담배의 별칭 字烟 • 3. 담배의 전설 神烟 • 4. 담배의 효능 功烟 • 5. 담배의 성질 性烟 • 6. 담배를 가장 즐긴 사람 嗜烟 • 7. 담배의 품등 品烟 • 8. 담배 품질의 감별 相烟 • 9. 가짜 담배의 판별 辨烟 • 10. 담배의 가격 校烟 • 11. 담배 맛을 보강하는 방법 輔烟 • 12. 담배에 물을 뿜는 방법 噀烟 • 13. 담뱃잎을 펴는 방법 鋪烟 • 14. 담뱃잎을 써는 방법 剉烟 • 15. 담뱃잎을 보관하는 방법 儲烟 • 16. 담배를 채우는 법 斟烟 • 17. 담배에 불을 붙이는 법 着烟 • 18. 담배 피우는 법 吸烟 • 19. 통담배 피우는 법 洞烟

셋째 권–담배 도구

1. 담배 써는 칼 烟刀 • 2. 담배 써는 받침 烟質 • 3. 담배꼬바리 烟杯 • 4. 담배설대 烟筒 • 5. 담배주머니 烟囊 • 6. 담배쌈지 烟匣 • 7. 담배합 烟盒 • 8. 화로 火爐 • 9. 부젓가락 火筯 • 10. 부시 火刀 • 11. 부싯깃 火茸 • 12. 담뱃대받침 烟臺

넷째 권–담배의 쓰임

1. 담배의 효용 烟用 • 2. 담배 피우기 좋을 때 烟宜 • 3. 담배를 피워서 안 될 때와 장소 烟忌 • 4. 담배가 맛있을 때 烟味 • 5. 담배 피울 때의 꼴불견 烟惡 • 6. 담배로 시간 짐작하기 烟候 • 7. 담배벽 烟癖 • 8. 담배의 소비 烟貨 • 9. 흡연의 품격 烟趣 • 10. 흡연법의 여러 종류 烟類

일러두기

1 현재 전하는 이옥의 모든 글을 장르별로 재편집하여 번역 · 주석하였다(《완역 이옥 전집》 제 1~3권). 원문(제 4권)은 번역한 순서대로 편집하여 수록하고, 저본(제 5권)은 영인하여 붙였다.

2 현재 이옥의 글로 알려진 것은 모두 수습하였다. 《담정총서藫庭叢書》 소재 글은 통문관 소장본(필사본, 10종)이 유일하며, 《이언俚諺》과 《동상기東床記》는 각 글에서 이본異本 종류를 밝혀두었다. 《백운필白雲筆》은 연세대학교 소장본(필사본 2책)을, 《연경烟經》은 영남대학교 소장본(필사본 1책)을 저본으로 하였다. 이 자리를 빌려 원 소장처에 감사의 뜻을 표한다.

3 번역문은 원전의 뜻을 충실히 반영하도록 하였다. 독자들이 읽기 쉽도록 원문을 적절히 끊어서 번역하고, 필요한 경우 주석을 달아 설명하였다. 동의어나 간단한 설명은 ( ) 안에 병기하였다. 저자가 사용한 우리말 음차 표기는 〔 〕 안에 밝혀두었다.

4 번역문의 제목들은 원제原題를 우리말로 풀이하여 달았다. 원래 제목이 없는 《백운필》 164칙則과 《연경》의 각 권에도 새로 제목을 부여하였다.

5 원문은 독자들이 읽기 쉽도록 구두句讀를 표시하고 문단을 나누었다. 저본 자체의 오자誤字는 바로잡고 주석을 달았다.

6 《담정총서》 소재 이옥의 글 뒤에 붙은 김려金鑢의 제후題後를 번역하여 제 2권 부록에 수록하였다.

7 번역문과 원문에 문장부호를 붙였다. 【 】-원주原註, 《 》-책명, 〈 〉-편명, 〔 〕-동의이음同意異音 한자 표시, ' '-강조 · 간접 인용, " "-대화 · 직접 인용을 뜻한다.

8 《완역 이옥 전집》 제 1~3권의 옮긴이는 각 편의 끝에 적어두었다. 동일인이 계속 옮겼을 경우에는 담당 부분이 끝나는 편에만 밝혔다.

문여 文餘 1 — 봉성문여 鳳城文餘

흰색 저고리와 치마

白衣裳

우리나라는 푸른색을 숭상하여 백성들이 대부분 푸른 옷을 입는다. 남자는 겹옷과 장삼이 아니면 일찍이 이유 없이 흰옷을 입지 않았고, 여자는 치마를 소중히 여기는데, 더욱 흰색을 꺼려 붉은색과 남색 이외에 모두 푸른 치마를 둘렀으며, 상의는 한 가지 색깔이 아니지만 삼년복을 입지 않으면 또한 일찍이 이유 없이 흰옷을 입지 않았다.

그러나 유독 영남의 우도右道만은 남녀가 모두 흰옷을 입으며, 아녀자들 중에 비록 갓 시집온 사람일지라도 또한 흰 저고리와 치마를 입는다. 내가 처음 이곳에 이르렀을 때 젊은 아낙들이 대부분 머리에는 다리를 대어 꾸미지 않고, 무명옷에 흰색 짧은 치마를 입은 것을 보고 청상과부인가 의심했는데, 알고 보니 모두 갓 시집와서 치장治粧한 사람들의 모습이었다. 오직 기녀와 무녀巫女만이 푸른 저고리와 치마를 입고 있었다. 그 사람들은 대개 푸른색을 천시하고 흰색을 숭상하기 때문이다.

동자가 술을 경계하다

童子戒酒

진양晉陽 사람 유급柳汲은 나이 열네댓 살 때 마을 글방에 가면서 못가를 지나게 되었다. 한 수령이 가던 행차를 멈추고 못가의 대숲 사이에 앉아 있는 것을 보고, 유급은 수풀 사이로 서서 엿보았다. 수령은 수풀과 연못이 궁벽하여 사람이 없음을 보고 한 죽통을 꺼내어 작은 표주박에 기울여 그것을 마시는 것이었다. 갑자기 유급을 보고는 불러서 앞으로 오게 하여, 그에게 성명과 나이를 묻고는 말하였다.

"잘생긴 동자로군."

또 한 작은 표주박을 기울여서 말하였다.

"이것을 마셔라."

"저는 이것을 마실 줄 모르옵니다."

"너는 이것을 무엇으로 여기는가? 이는 '대나무 이슬'인데, 약으로써 온갖 병을 고칠 수 있는 거란다. 그러니 너는 억지로라도 이것을 마셔라."

유급이 굳이 사양하니, 수령이 말하였다.

"너는 시를 지을 줄 아느냐?"

"지을 줄 아옵니다."

운을 내어 그에게 시를 짓게 하니, 유급이 즉시 응하여 지었다.

진양의 동자와 낙양의 손님이	晉陽童子洛陽賓
우연히 큰 못가에서 서로 만났네.	偶爾相逢大澤濱
지금은 잔 속의 물건 권하지 마소서	如今莫勸杯中物
위로는 현명한 군주, 아래로는 어버이 계십니다.	上有明君下有親

수령은 깜짝 놀라 낯빛이 변하였다. 당시 나라에는 크게 금주령禁酒令이 있어 감히 술을 마시는 자는 사형에 처하였다. 수령은 드디어 유급을 따라 그의 집에 이르러, 유급의 아버지께 죽음에서 구해줄 것을 간곡히 청하여, 발설하지 않을 것을 허락받은 뒤에 떠났다. 그는 유급에게 종이와 붓 등 많은 선물을 주었다.

삼가현三嘉縣 일대

김정호金正浩(?~1866), 〈청구도靑邱圖〉, 1834년. 《봉성문여鳳城文餘》에 언급된 가회 · 초계 · 의령 · 단성 · 대평 등 삼가 고을 일대.

조 장군의 칼

曺將軍劍

삼기三岐[1]의 판치촌板峙村에 조씨曺氏가 있는데, 대대로 한 자루의 칼을 전해오고 있다. 그 칼은 그의 조상인 조 장군曺將軍이 사용하던 것이다. 장군은 남명南冥[2] 선생의 일족으로 출중한 용맹을 지니고 있었는데, 임진년(1592) 왜구의 난리 때에 장군은 분노하여 의병을 일으킬 것을 생각했으나 따르는 자가 없었다. 마침 임자 없는 말이 제 스스로 이르렀는데 상당한 준마였고, 또한 건장한 사람이 찾아와서 죽음으로 따를 것을 원하였다. 장군은 드디어 말을 타고 건장한 사람을 좇아 칼을 휘두르며 적진으로 나아가니, 적들은 모두 바람 앞에 풀이 쓰러지듯 달아나 감히 가까이 오지 못하였고, 삼기 땅은 이로 인해 한 고을이 온전히 보존되었다. 그러나 그가 혼자이기 때문에 그 지경地境을 벗어나서 멀리까지 나아가 싸울 수 없었다. 따라서 그 전공은 홍의장군紅衣將軍[3]

1_ **삼기**三岐 | 지금의 경남 합천군 삼가면三嘉面에 있었던 옛 고을. 조선조 태종 때 '삼기三岐'와 '가수嘉樹' 두 고을을 통합하여 삼가현三嘉縣을 설치하였다. 그 외에 봉성鳳城 · 가수嘉壽 · 삼지三支 · 기산岐山 · 마장麻杖 · 가주화加主火라는 별칭이 있다.

2_ **남명**南冥 | 조식曺植(1501~1572). 남명은 그의 호. 자는 건중楗仲, 본관은 창령昌寧. 조선조 명종 때의 산림처사山林處士. 평생 세상에 나오지 않고 김해의 산해정山海亭과 지리산 아래 덕산에 산천재山天齋를 지어 놓고, 학문 연구와 후진 양성에 힘썼으며, 그의 학행學行은 온 나라의 사표師表가 되었다. 시호는 문정文貞이고, 영의정에 추증되었다.

휘하의 여러 장수들에게 미치지 못하였다고 한다.

애석하도다! 장군께서 돌아가신 지 이제 이백 년이 되는 터에 그 자취가 민몰泯沒되어 아는 자가 별로 없다. 그러나 장군의 칼은 여태껏 아무 탈이 없고, 흙꽃(곰팡이)에 부식되지 않았으니, 사람들은 모두 보검이라 칭도稱道한다. 혹시 한 물건의 전해옴이 사람보다 나은 까닭인가? 그러나 장군이 아니면 또한 어찌 그 칼이 칭도될 수 있단 말인가!

3_ **홍의장군**紅衣將軍 | 곽재우郭再祐(1552~1617)의 별명. 본관은 현풍玄風, 자는 계수季綏, 호는 망우당忘憂堂. 임진왜란이 일어나자 의령에서 의병을 일으켜 진두지휘할 때, 항상 홍의紅衣를 입고 왜적을 무찔렀다 하여 천강홍의장군天降紅衣將軍이라 불렸다. 필체筆體가 웅건 활달하고 시문에도 능하였다. 시호는 충익忠翼.

정인홍의 초상

鄭仁弘像

정인홍鄭仁弘[1]은 본래 합천陜川 사람이다. 합천 사람들이 전하는 말에, "가야산伽倻山[2]에 풀이 마른 뒤에 인홍이 태어났다"고 한다. 그가 죽은 뒤에 띳집이 그 옛터에 있었고, 그 띳집에는 인홍의 초상肖像이 있었다. 마을 백성들은 두려워하며 받들어 모시기를 음사淫祠[3]와 같이 한 것이 백여 년이었다. 마침 합천군수가 이곳을 지나다가 이 사실을 물어서 알고는, "죽은 적賊이 무슨 사당인가?" 하고 불을 지르도록 명하였다. 집에 불을 지르자 집이 다 타 버렸고, 초상에 불을 지르자 불이 붙지 않으며, 바람이 휙 불어 들려 올라가 마치 귀신이 있는 듯하였다. 군수가 성을 내며 초상에다 돌을 눌러 불을 지르니 비로소 불이 붙었다. 얼마 안 되어 군수의 부인과 자식이 모두 병으로 죽었고, 군수 또한 마침내 법에 걸려 죽었다. 합천 사람들은 지금까지 불 때문에 부른 화

1_ **정인홍**鄭仁弘 | 1535~1623년. 조선조 중기의 학자 · 의병장. 합천 출신으로 자는 덕원德遠, 호는 내암來庵. 남명 조식의 수제자로 최영경崔永慶 · 김우옹金宇顒 · 곽재우郭再祐 등과 함께 경상우도의 남명학파를 대표하였다. 광해군 때 북인의 영수가 되어 정국을 주도해 나갔으나 지나치게 강경한 성품으로 대인 관계가 원만하지 못하였고, 또한 당대 정치적 현안 문제에 대해서도 좌충우돌하였다. 결국 1623년 인조반정이 일어나자 참형을 당하였다.

2_ **가야산**伽倻山 | 경상북도 성주군과 경상남도 합천군 사이에 있는 산. 높이는 1,430m.

3_ **음사**淫祠 | 예절에 합당하지 않게 설한 사묘祠廟. 또는 사사邪祠.

禍라고 여기고 있다.

생각건대, 귀신이 있다고 한 그 말은 반드시 진실로 믿을 만한 것은 아니다. 그러나 또한 기이하구나! 그 초상은 늙은 여우〔老狐〕를 닮았다고 한다.

전답을 향교에 바치다

納田鄕校

김간金柬은 고을의 옛 진사進士로, 지금으로부터 오륙 대代 전의 사람이라고 한다. 김간의 집은 매우 부자였지만 아들이 없고, 단지 두 딸만이 있는데 이미 시집을 갔다. 김간은 또한 나이가 많았는데, 하루아침에 죽게 되면 두 딸이 그 재물을 차지하고 제사를 지내주지 않을 것을 염려하여 장차 시험해보려고 하였다. 이에 염殮한 이불을 덮고 평상에 누워 병풍을 둘러치고 두 딸에게 부고를 전하였다. 두 딸은 곧장 와서 가슴을 두드리며 아버지를 부르면서 병풍 밖에서 매우 슬프게 곡하였다. 한 딸이 통곡을 하면서 말하였다.

"일전에 아버지께서 저를 만나러 오셨지요. 제가 떡과 술, 그리고 삶은 암탉을 장만하여 올리니 매우 기뻐하셨지요. 음식을 거의 다 잡수시고는 저에게 아무 곳의 밭 약간 경頃과 사내종 아무개와 계집종 아무 아무개를 줄 것을 허락하고 돌아가셨지요. 그 말씀이 아직도 귓가에 가시지 않았는데, 얼마 안 되어 이런 일이 있을 줄이야! 흑흑."

한 딸이 또 통곡을 하면서 말하였다.

"일전에 아버지께서 역시 저를 만나러 오셨지요. 저 또한 술을 사고 밥을 짓고 암탉을 삶아서 올리니, 또한 매우 기뻐하셨지요. 음식을 거의 다 잡수시고 또한 저에게 밭 몇 이랑과 노비 몇 명을 주신다고 하면서 돌아가셨지요. 저도 아버지께서 아직도 예전처럼 건강하심을 기뻐했는데, 얼마 지나지 않아 이런 일이 일어날 줄이야! 지금에 와서 생각해보니, 그것은 아버지와의 결별이었고 또한 치명治命[1]이 되었어요. 흑흑."

김간은 화를 참지 못하여[2] 급히 덮었던 이불을 젖히고 병풍을 걷어차고는 벌떡 일어나 앉아 꾸짖어 말하였다.

"짐승만도 못한 자식들아! 내가 언제 너희들에게 들렀더냐? 그리고 너희들이 언제 나에게 술과 밥을 주었으며, 내가 언제 너희들에게 전답과 노복을 준다고 허락했느냐? 짐승만도 못한 자식들, 빨리 내 눈 앞에서 사라져 버려라."

두 딸은 모두 놀랍기도 하고 부끄러워서 얼굴을 가리고 도망치듯 떠나와, 감히 다시는 문안하지 못하였다.

이에 김간은 딸자식들에게 후사後事를 맡길 수 없으며, 자기가 죽으면 반드시 자신의 재물을 다투고 자신을 제사하지도 않을 것으로 여겼다. 그래서 전답과 노복들을 모두 향교에 바쳤는데, 재산이 또한 적지 않았다. 김간이 죽자 향교의 노복들이 그를 위해 사당을 세워 그 신주를 받들었다. 해마다 봄가을 상정일上丁日[3]에 경건하고 정성스럽게 제사를 지냈다. 지금까지 그치지 않는다고 한다.

옛날 고려 때 나라의 태학太學이 흥성하지 않자 문성공文成公 안향安

1_ **치명**治命 | 부모가 병중에서 맑은 정신으로 남긴 유언. 반면에 정신이 흐려져서 골자 없이 하는 유언은 '난명亂命'이라 하여 반드시 지킬 필요가 없는 것으로 간주하였다.

2_ 화를 참지 못하여 | 원문은 "불분不忿"인데, 사전에 의하면 '몹시 불평스럽다'는 뜻이다.

3_ **상정일**上丁日 | 음력 2월과 8월의 첫 정일丁日 날로, 중앙의 성균관과 각 지방의 향교에서 석전釋奠 의식을 거행한다.

珦[4]이 노비를 바쳐 태학에 도움을 주었는데, 이는 학교를 위함이요, 자기 개인을 위한 것이 아니었다. 그런데 태학에서는 오히려 생사당生祠堂을 건립하여 그를 사당에 모시고 있으며, 안씨는 지금까지 제사를 받아먹음이 끊이지 않는다. 김간이 향교에 전답과 노비들을 바친 것과는 진실로 같은 차원에서 논할 수 없으나, 그 정황 또한 슬프다. 하지만 시전施田을 불사佛寺에 바치는 것보다는 낫지 아니한가?

그러나 김간의 두 딸이 본래 잘못이지만 김간 역시 좋은 사람은 아니다. 딸을 계집자식〔女子子〕이라고 하니, 딸자식도 자식〔子〕이다. 자식이 비록 믿을 수 없다고 하더라도 아비가 어찌 죽은 시늉을 하여 자식들을 속일 수 있단 말인가? 속담에 이르기를, "너의 죽음이 어찌 진정한 죽음이며, 나의 통곡이 어찌 진정한 통곡이겠는가?"라고 한 말이 있으니, 그 말이 이와 비슷하다. 또한 김씨의 딸을 두고 이른 것일진저!

김간의 묘소는 상실上室에 있다. 마을 사람 중에 압장壓葬[5]하는 자가 있어, 향교의 선비들이 논의하여 압장한 무덤을 옮기려고, 나에게 와서 물었다. 대개 김간에게 있었던 일은 믿을 만하다.

4_ **안향**安珦 | 1243~1306년. 고려의 명신名臣이자 학자. 자는 사온士蘊, 호는 회헌晦軒, 본관은 순흥順興. 원종 1년(1260) 문과에 급제, 교서랑校書郎·국자사업國子司業 등을 거쳐 도첨의중찬都僉議中贊으로 치사致仕하였다. 중국 원元나라에 들어가 주자학을 연구하고 우리나라에 전파했으며, 문교文敎 진흥을 위해 섬학전贍學錢이라는 육영재단育英財團을 설치하고, 국학대성전國學大成殿을 낙성하여 공자의 초상화를 비치하는 등 유학 진흥에 크게 이바지하였다. 시호는 문성文成, 순흥의 소수서원紹修書院에 제향되었다.

5_ **압장**壓葬 | 남의 무덤에 압력을 가하여 장사 지내는 것을 말한다.

글자 없는 비

白碑

삼기읍三岐邑에는 이씨李氏 성으로 인천仁川을 본관으로 한 사람이 많은데, 지체가 맑은 사람은 선비가 되고, 아랫사람은 아전 노릇을 하고 있다. 스스로 말하기를, "그들의 먼 조상은 고려 말을 당하여 벼슬을 버리고 삼기로 돌아왔으며, 곧장 삼기 땅에 묻히게 되었는데, 청백淸白하고 염직廉直한 행실이 많았다"고 한다. 고려 왕이 그를 위해 비碑만 세우고 묘를 만들지 않았는데, 그 덕이 널리 알려져서 찬양할 필요조차 없기 때문이며, 또한 글이 없더라도 그 사람을 칭송할 수 있기 때문에 비만 세우고 글을 짓지 않았다고 한다. 지금까지 이를 일컬어 '백비白碑'라고 한다.

일찍이 당唐나라 때 '몰자비沒字碑'[1]가 있어, 이 일과 유사하다고 들었으나 나는 고루固陋하여 기억하지 못한다. 그 말을 그대로 믿는다면, 또한 기이한 포장褒奬이라고 할 만하다.

1_ **몰자비沒字碑** | 여기서는 '글이 새겨 있지 않은 석비石碑'란 뜻으로 쓰였다. 원래 '몰자비'는 풍채는 좋으나 글을 모르는 사람을 조롱하여 이르는 말로 《오대사五代史》, 〈안숙천전安叔千傳〉에 "叔千狀貌堂堂, 而不通文字, 所謂鄙陋, 時人謂之沒字碑"라는 구절이 보인다.

시를 잘하는 기생

能詩妓

내가 삼기에 이르렀을 때 고을에 일찍이 글을 조금 아는 기생이 있었는데, 그가 죽은 지 벌써 십여 년이 되었다고 들었다. 나는 미처 만나지 못한 것을 애석하게 여기고, 사람들에게 전해오는 시가 있는지를 물었더니, 어떤 아전이 그의 시 한 수首를 외웠다. 그 시는 다음과 같다.

배학봉拜鶴峯 머리에 달은 정녕 둥글고	拜鶴峯頭月正團
정금당淨襟堂 아래에 물은 잔잔하구나.	淨襟堂下水潺潺
원컨대 밝은 달이 영원히 이지러지지 않고	願如明月長無缺
물이 흘러 돌아오지 않음과 같지 않게 하여라.	莫似水流去不還

대개 《전등신화剪燈新話》를 조금 읽어, 소대죽지시蘇臺竹枝詩의 체體를 모방[1] 한 것이다. 또한 바둑을 잘 두었다고 하였다.

1_ **소대죽지시蘇臺竹枝詩의 체體를 모방** | '소대죽지시'는 《전등신화》, 〈연방루기聯芳樓記〉에 설난영薛蘭英과 설혜영薛蕙英이 죽지사의 체를 모방해 지은 시 제목으로 모두 10장章이다. 여기서 모방한 것은 그중 첫 장으로 다음과 같다. "姑蘇臺上月團團, 姑蘇臺下水潺潺. 月落西邊有時出, 水流東去幾時還."

노생 이야기

盧生

삼기에 도착한 뒤, 며칠 만에 마침 날씨가 화창하고 따뜻하였다. 산보하여 숲 밖으로 나와 시내를 따라 걸어가니 시냇물은 매우 맑았다. 곧장 그 흐름을 따라 올라가는데 삼 리가 못 되어 시내 위에 사립문이 있어, 그곳이 선비의 집으로 생각되었다. 사립문을 밀치고 들어가니 초당草堂이 있고, 초당 안에는 두 사람이 있는데 의관衣冠을 한 채 지게문을 마주하고 있는 이가 주인이었다.

주인은 객이 온 것을 보고는 신발을 신지 않고 나와 섬돌 아래에 서서, 객에게 읍揖을 하고 먼저 오르도록 하거늘, 객이 읍하고 주인에게 사양하니 주인이 비로소 오른다. 또 객에게 읍을 하고 먼저 들 것을 청하거늘, 객이 또 읍하고 주인에게 사양하니 주인이 들어간다. 이미 들어와 주인이 객에게 읍을 하고, 머리를 숙이고 허리를 구부린 채 소매가 땅에 닿은 뒤에 일어난다. 예가 끝나자 주인이 객에게 물을 것이 있으면 반드시 자리에 앉은 이후에 말하는데, 말씨가 공손하고 성의가 넘쳐서 일찍이 교분이 있는 사이와 같았다.

잠시 뒤에 동자童子가 네모난 반柈에 찐 밤과 잘 익은 홍시, 그리고 감떡의 세 사발을 올리는데, 주인은 가난하고 후미져서 술을 사서 대접하지 못한다고 미안해하였다. 그런 뒤에 주인은 객에게 유숙留宿하고 갑자기 돌아가지 말 것을 청하거늘, 객은 사양하고 나왔다. 주인은 재삼 그러지 말라고 하다가 끝내 객을 모실 수 없게 된 후에는 객의 뒤를 따라 나와, 문 안에 이르자 다시 객에게 읍하기를 처음과 같이 하였다. 나 또한 정중히 답하고 돌아왔다.

아! 세상에 빈주賓主의 예가 없어진 지 오래이다. 할아버지 세대의 나이이거나 벼슬이 정승 판서가 아니라면 주인은 일찍이 섬돌에 내려와 객을 맞이하지 아니하고, 그 전송 또한 이와 같으며, 읍을 할 때는 단지 부채를 들고 눈썹과 가지런히 한 뒤에 그만둔다. 이 어찌 사상견례士相見禮[1]이겠는가? 내가 그 사람을 보니 반드시 겉모습을 닦고 용모와 몸가짐에 익숙하지는 않다. 그런데도 이같은 것을 행할 수 있었으니, 그렇다면 이는 영남 사람들은 아직도 옛 예속禮俗이 있어서 모두 그렇고 그럴 것이다. 애석하게도 나는 이것을 다른 곳에서 체험하지 못하였다. 만약 서울의 젊은이들로 하여금 이것을 보게 한다면 깔깔거리며 크게 웃지 않을 자가 또한 드물 것이다.

주인의 성은 노씨盧氏라고 한다.

1_ **사상견례**士相見禮 | 선비가 서로 만나는 의례에 관해 적어 놓은 글. 《의례儀禮》 편명의 하나.

당인이 양식을 구걸하는 글

唐人乞粮文

동자童子 윤신允新이 나의 무료함을 위해 하나의 해진 책을 가지고 와서 보여주는데, 그 책에는 '당인唐人[1]이 양식을 구걸하는 글' 두 편이 있었다. 내가 여기에 수록하는 것은 그 정황이 가엾기 때문이요, 그 문장 때문이 아니다.

1

정종원程宗元[2]의 글은 다음과 같다.

종원은 듣자 오니 "곤궁한 사람은 그 말을 통하게 하려 하고, 근로勤勞한 사람은 오히려 그 일을 노래한다"고 하였습니다. 종원은 명나라 사람으로, 이제 이곳의 떠도는 나그네가 되어, 의지하여 돌아갈 곳이 없으니 곤궁함이 심한 자요, 아침저녁 끼니 걱정을 면하지 못하고 허둥대며 미칠 곳이 없으니 근로함이 심한 자입니다. 장차 그 일을 노래하고 그 말을 통하

1_ **당인**唐人 | 여기서는 중국 명나라 사람을 가리킨다. 신라시대 때부터 중국을 '당唐', 우리나라를 '향鄕'이라고 지칭하였다.

2_ **정종원**程宗元 | 명나라가 멸망한 후에 조선으로 흘러 들어온 장졸將卒과 지식인이 많이 있었는데, 정종원은 그중에 한 사람인 듯하다.

게 하여 합하閤下의 불쌍히 여김을 입을 수 있기를 바랍니다.

지난날 중원中原에 병란이 많아 대국大國에 주인이 없음에, 북쪽 오랑캐가 허점을 틈타 쳐들어오니, 요동遼東은 부서져 흩어졌고, 철기금갑鐵騎金甲[3]의 적병賊兵들이 청제青齊[4] 숭낙嵩洛[5] 사이를 짓밟았으며, 수백만의 백성들이 모두 어육魚肉이 되었습니다. 종원은 태어난 지 스무 해가 되었는데 곧장 사상死喪과 화란禍亂을 만나 정처 없이 떠돌고 뒤집혀 엎어졌으며, 또 풍수風樹[6]의 슬픔이 어느덧 어머니에게 미쳐옴에 비감한 나머지, 나는(종원은) 아버님을 모시고 동서로 달아나 숨고 좌우로 도망쳤으며, 해도海島에서 생을 구하고 모수毛帥[7]에게 몸을 의탁하여, 드디어 한 부대의 장교가 되었습니다. 일찍이 두 해도 채 안 되어 주수主帥[8]가 무고를 당해 죽으니, 온 가족은 돌아갈 곳이 없게 되었습니다. 위로 자애로운 아버님과 우리 형제들은 바다에 떠서 오吳 땅으로 들어가고, 이 한 몸은 쇠락한 데다가 또 적병의 성한 기세를 만나, 한 척의 배로 밤에 도망쳐 국경을 넘어 의주義州로 들어왔습니다. 시골 마을에서 구걸을 하며 전전하다가 영남으로 굴러 들어오게 되었습니다.

고향은 어느 곳이며,[9] 친척들은 어디로 갔는가? 중원으로 머리 돌리니,

3_ **철기금갑**鐵騎金甲 | 철갑鐵甲을 두른 기병騎兵과 황금 갑옷을 입은 병사.

4_ **청제**青齊 | 중국 청주青州와 제주齊州로 지금의 산동성 일대.

5_ **숭낙**嵩洛 | 중국 하남성河南省의 숭산嵩山과 낙양洛陽 일대.

6_ **풍수**風樹 | 부모가 돌아가 봉양할 수 없음을 비유한 말이다. 《한시외전韓詩外傳》에, "樹欲靜而風不止, 子欲養而親不待"에서 인용한 것으로, 여기서 '풍수지탄風樹之嘆'이라는 고사성어가 유래한다.

7_ **모수**毛帥 | 모문룡毛文龍. 중국 명나라 무장으로, 광해군 14년(1622)에 평안도 철산鐵山 앞바다 가도椵島에 진을 치고, 우리 조정에 후금後金을 치도록 강요하는 등 외교상 막대한 지장을 초래하던 중 원숭환袁崇煥에게 피살되었다.

8_ **주수**主帥 | 군대의 총책임자. 여기서는 모문룡을 가리킨다.

비린 먼지만 하늘을 덮을 뿐입니다. 떨쳐 날고자 해도 이미 미칠 만한 날개가 없고, 아버지를 바라보려 해도 또한 오를 만한 호岵가 없습니다.[10] 산하山河에 눈을 드니, 길게 백인伯仁의 눈물을 뿌리게 하고,[11] 고국故國에 회포가 많으니, 중선仲宣의 근심을 사라지게 하기 어렵습니다.[12] 생부生父가 즐기던 것을 생각해도 맛있는 음식으로 봉양하기 어렵고, 죽은 어머니의 무덤을 회상해도 첨소瞻掃[13]의 예를 펼 수 없습니다. 부질없이 촌초寸草의 정성을 품고 있을 뿐 삼춘三春의 햇볕[14]을 저버리고 있으니, 일생의 슬픈 한을 어떻게 다 말하겠습니까? 육지가 침몰한 우리 신주神州[15]를 버리고,

---

9_ **고향은 … 곳이며** | 이것은 최호崔顥의 〈황학루黃鶴樓〉 시 마지막 부분인 "日暮鄕關何處是, 煙波江上使人愁"에서 인용한 것이다.

10_ **아버지를 … 없습니다** | 《시경詩經》, 〈위풍魏風 · 척호陟岵〉편에 "陟彼岵兮, 瞻望父兮. 父曰嗟予子行役, 夙夜無已. 上愼無已, 猶來無止"에서 인용한 말로, 효자가 부역을 가서 부모를 사모하는 정을 기술한 시인데, 여기서는 타국를 떠도는 나그네 신세로서 고국에 계시는 부모를 그리워하는 심정을 나타낸 것이다.

11_ **산하山河에 … 뿌리게 하고** | 백인伯仁은 주의周顗의 자字로, 중국 진晉나라 안성安成 사람. 진나라가 북호北胡의 침입으로 강남에 위축되어 있을 때 주의가 술자리에서 탄식하며 말하기를 "풍경은 다르지 않은데, 눈을 들어 보면 산하가 다르다"라고 하니, 모두 눈물을 흘렸다. 그런데 오직 왕도王導만이 추연愀然히 안색을 바꾸고 말하기를, "우리 모두 힘을 합해 나라를 되찾아야 한다. 초수楚囚처럼 서로 마주 보며 울고 있어서야 되겠는가?"라고 한 일이 있다. 《진서晉書》, 〈열전列傳〉 35권, '왕도전王導傳' 참조.

12_ **고국故國에 … 어렵습니다** | 중선仲宣은 왕찬王粲의 자로, 중국 삼국시대 위魏나라 고평高平 사람. 당시에 동탁董卓이 난을 일으키자 왕찬은 난을 피해 형주荊州로 가서 유표劉表에 의지하고 있었는데, 어느 날 강릉江陵 성루城樓에 올랐다가 〈등루부登樓賦〉를 지어 고국을 그리는 심정을 읊었다. 《문선文選》 권11, 〈등루부〉 참조.

13_ **첨소瞻掃** | '첨소봉영瞻掃封塋'의 뜻으로, 부모님의 무덤을 바라보고 소제掃除하며 받들어 모신다는 뜻이다. 일반적으로 묘사廟祠의 축문祝文에 많이 쓴다.

14_ **촌초寸草의 … 햇볕** | '촌초'는 짧은 풀로 자식의 조그마한 효심을 비유하고, '삼춘三春의 햇볕'은 '봄볕'으로 부모의 은혜를 비유한다. 여기에서 '촌초춘휘寸草春暉'라는 고사성어가 생겼는데, 이는 자식이 부모의 은혜에 대해 만 분의 일도 갚기 어려움을 비유한 말이다. 맹교孟郊의 〈유자음遊子吟〉에 "慈母手中線, 遊子身上衣. 臨行密密縫, 意恐遲遲歸. 誰言寸草心, 報得三春暉"라는 시에서 인용한 것이다.

15_ **신주神州** | 자신의 나라인 중국을 가리킨다.

동방으로 군자의 빛난 거동을 모시게 되었지만, 구차스럽게 아침저녁으로 성명性命을 보전한 지 지금 삼십여 년이 되었습니다. 때는 옮겨가고 일은 지나가며, 만물은 바뀌고 별들은 주행하고 있습니다. 지난날 건강했던 몸, 오늘에는 노쇠하였으며, 고향의 말씨는 모두 바뀌었고, 귀밑머리만 눈처럼 하얗게 되었습니다.

전날 놀며 연회하던 누대와 연못, 그리고 옛날 깃들어 휴식하던 높은 나무는 때때로 꿈 속의 유관游觀으로 들어올 뿐, 화표華表의 기둥[16]과 만 리의 장성은 다시 볼 수 있는 기약이 영원히 끊어졌습니다. 이 육신肉身은 장차 이역異域의 먼지 흙이 될 것이요, 남은 여생 또한 불행하게 몇 해의 흉년을 만났습니다. 옛날 자기 고장에서 편안히 살던 자가 이제는 오히려 객지의 떠돌이 생활을 하게 되었으니, 그전부터 빌어먹던 자가 어찌 음식을 지공支供받을 수 있겠습니까? 초라한 나그네는 한 소쿠리의 밥과 한 표주박의 음료[17]도 자주 비었으니, 한 실오라기 같은 미미한 명도 살릴 방도가 없습니다. 그러나 또한 사정事情 중에 더욱 절실한 것은 떠돌던 여자에게 뒤늦게 장가들어, 기추箕箒[18]를 받드는 아내로서 아들딸을 낳았습니다. 두세 명의 어린 아이들은 발가벗은 몸으로 둘러앉아 배고파 울며 죽으려고 하니, 그 가련함은 또한 어떠하겠습니까? 《시경詩經》에 이르기를, "부자富

16_ **화표華表의 기둥** | 궁성이나 성곽 등의 출입구에 세워두는 아름답게 꾸민 돌기둥. 중국 한나라 때에 요동 사람 정령위丁令威가 도를 닦아 신선이 되었다가 천년 뒤에 학이 되어 고향인 요동에 돌아와 성문의 화표주 위에 앉아 내려다보고 있는데, 마침 소년들이 학을 쏘려고 하였다. 이에 학은 공중을 배회하며 시 한 수를 읊조리고 높이 올라가 버렸다고 한다. 그 시는 다음과 같다. "有鳥有鳥丁令威, 去家千歲今來歸. 城郭如故人民非, 何不學仙冢纍纍." 《수신후기搜神後記》, 〈정령위丁令威〉 참조.

17_ **한 소쿠리의 … 음료** | 《논어論語》, 〈옹야雍也〉편에 "子曰: 賢哉, 回也! 一簞食, 一瓢飮, 在陋巷, 人不堪其憂, 回也, 不改其樂, 賢哉, 回也!"에서 인용한 것이다.

18_ **기추箕箒** | 키와 빗자루. 부녀자가 집 안에서 하는 일.

者들은 괜찮거니와 이 경독煢獨이 애처롭도다"[19]라고 하였습니다. 원하옵건대, 합하께서는 이 곤궁한 사람들을 가엾게 여기시어 굽어 보살펴주옵소서.

2

유진문劉振文[20]의 글은 다음과 같다.

당인唐人 유진문은 방백方伯 합하께 글을 올립니다. 옛사람이 이르기를, "만물이 그 화평을 얻지 못하면 울게 된다"[21]고 하였습니다. 그 화평을 얻지 못한 상태에서도 오히려 또한 울게 되는데, 그 살 곳을 얻지 못함에 있어서야 어찌 울지 않을 수 있겠습니까? 우는 자가 비록 애처로워도 듣는 이가 가엾게 여기지 않는다면 그 우는 것이 무익無益할 것입니다. 이제 천한 이 몸이 우는 것은 그 정황이 슬프고 그 일이 비참하기 때문이니, 진실로 목석간장木石肝腸[22]의 사람이 아니라면 누가 이 몸의 애절하고 측은한 일을 알아주지 않겠습니까? 저는 집이 산동山東에 있으며, 대대로 나라의 은혜를 받아 조정에서 활동한 이가 한둘이 아닙니다. 저의 아버지는 향공진사鄉貢進士[23]로서 경신년(1620)에 국빈國賓[24]으로 충원되어 미처 고향으

19_ **부자富者들은 … 애처롭도다** | 《시경》, 〈소아小雅 · 정월正月〉편에 나오는 것으로, '경煢'은 형제가 없는 사람이고 '독獨'은 자식이 없는 사람으로 모두 의지할 곳 없는 외로운 사람을 가리킨다.

20_ **유진문劉振文** | 명나라가 멸망한 후에 조선으로 흘러 들어온 장졸과 지식인이 많이 있었는데, 유진문은 그중에 한 사람인 듯하다.

21_ **만물이 … 울게 된다** | 한유韓愈가 지은 〈송맹동야서送孟東野序〉의 앞부분 "大凡物不得其平則鳴, 草木之無聲, 風撓之鳴"에서 인용한 것이다.

22_ **목석간장木石肝腸** | 나무와 돌 같은 간장肝腸으로 '아무런 감정이 없는 사람'을 이르는 말이다.

로 돌아오지 못했는데, 신유년(1621) 2월에 북로北虜가 본진本鎭을 습격함에 본진이 함락되어 건장한 자는 포로가 되었고, 늙은이는 주검이 되었으며, 자녀와 세간은 모두 오랑캐의 손으로 들어갔습니다.

저에게는 이미 가장家長이 없고, 오직 연약한 누이와 어린 동생, 그리고 늙은 어머니만이 있었습니다. 졸지에 흉적凶賊의 칼날을 만나 온 집안이 어육이 되었는데, 어머니께서는 의리상 흉적의 손에 죽을 수 없다고 하시며, 줄을 끌어다가 안방에서 자결을 하니, 이 몸은 이에 의지하여 보진保全할 데가 없었습니다. 집에는 두 종이 있었는데, 이 몸을 범의 아가리에서 벗어나게 하여, 나귀를 채찍질하여 밤에 달아나, 강물을 건너서 여러 곳을 떠돌며 걸식하게 되었습니다. 한번 모영毛營[25]에 들어가니 굶주린 백성들이 길에 가득하여 살아갈 방도가 없었습니다. 드디어 두 종과 더불어 그곳을 나와 황해도로 가서 군현郡縣과 사찰에 양식을 구걸하였습니다. 이때 장張씨 성姓을 가진 한 노인이 길에서 저를 보고 측연한 마음을 참지 못하여 서울로 데리고 왔습니다. 두 종은 신을 짜서 팔기도 하고, 저자에서 구걸을 행하여 그것으로 먹고살았습니다.

지난해 차관差官[26]이 와서 그들을 잡아 돌아감에 이 몸이 홀로 이곳에 떨어져, 한 치의 땅도 다닐 수 없고, 한 되의 쌀도 옮길 수 없게 되어, 허둥지둥 의지할 곳 없음이 마치 세상에 막 태어난 갓난아이와 같았습니다. 속

23_ **향공진사**鄕貢進士 | 중국 당대唐代에 인재를 선발할 때, 주현州縣의 장관이 선발하여 경사京師에 추천한 사람을 가리킨다. 《신당서新唐書》, 〈선거지選擧志〉 상에 "由學館者曰生徒, 由州縣者曰鄕貢"이라 하였다.

24_ **국빈**國賓 | 선비가 과거를 통하여 벼슬길에 나아감을 말한다.

25_ **모영**毛營 | 모문룡의 진영을 가리킨다.

26_ **차관**差官 | 파견한 관리. 여기서는 중국 청나라에서 우리나라에 관리를 파견하여 도망친 노비를 추쇄推刷한 일을 가리킨다.

사정을 하소연하고자 해도 말이 통하지 않아, 가슴을 치며 하늘을 우러러 봄에 심장이 찢어지려 합니다. 하루에 몇 번이고 울부짖어 애통해하고, 한밤중에도 잠을 잘 수 없어 홀로 앉아 생각해봅니다. 이 땅이 어느 땅이며, 이 삶이 어떤 삶인가? 오늘은 여기에 있으나, 내일은 어디로 갈 것인가? 굶주림과 추위를 누가 생각해주며, 질병을 누가 보살펴주겠는가? 차라리 한 번 강물에 빠져 이 슬픔과 회한을 없애려고 하면서도 여태껏 결행하지 못한 것은 이미 비否[27]하고 태泰[28]가 오는 것이 천도天道의 정상正常이니, 하늘이 만약 재앙을 뉘우쳐서 저 오랑캐들을 없애 버린다면 요광遼廣[29]이 또한 반드시 트일 것이기 때문입니다. 또한 저는 겨우 스무 살로 갠 하늘의 햇볕을 쬔 적도 없이, 남으로 달아나고 동으로 도망쳐서 어려움과 고통스러움을 말로써 형언하기 어려운 상황입니다. 길가는 사람들은 비록 모두 범연히 보아 넘길지라도[30] 의리 있는 군자는 불쌍하게 여기지 않을 수 없을 것입니다.

임천林川[31] 군수이신 황黃 사또께서 음식을 내려서 나에게 먹이고 자기 옷을 벗어 나에게 입히며,[32] 불쌍히 여기고 돌봐주기를 자기 자식처럼 해

27_ **비否** | 《주역周易》의 육십사괘의 하나. 하늘과 땅의 음양이 서로 통하지 않아 사물이 꽉 막힌 상象. 막힌 운수를 말한다.

28_ **태泰** | 《주역》의 육십사괘의 하나. 음양이 조화를 이루어 만사형통하고 편안함을 누리는 상.

29_ **요광遼廣** | 요동遼東과 광령廣寧을 가리킨다. 조선에서 중국 쪽으로 가는 길을 말한다.

30_ **범연히 … 넘길지라도** | 원문에 "월시越視"라고 되어 있는데, 이는 '월시진척越視秦瘠'에서 온 말이다. 이것은 월越나라 사람이 진秦나라 땅 메마른 것을 보듯 한다는 뜻으로, '남의 환난을 범연히 보아 넘김'을 이르는 말이다.

31_ **임천林川** | 지금의 충청남도 부여군扶餘郡 세도면世道面을 말한다.

32_ **음식을 … 입히며** | 《사기史記》, 〈회음후전淮陰侯傳〉에 "漢王授我上將軍印, 予我數萬衆, 解衣衣我, 推食食我, 言聽計用, 故吾得以至于此"에서 인용한 것으로, '남에게 은혜를 베풂'을 말한다.

주었습니다. 이는 조선의 풍속이 중국과 다르지 않음을 알 수 있습니다. 하늘을 향해 감축, 감축하였습니다. 그러나 문자를 펴서 알리지 않는다면 어느 누가 이 몸의 애처롭고 측은한 일을 알아주겠습니까? 원컨대, 합하께서는 이러한 간절하고 애틋한 마음을 굽어 살피시어 구제해주옵소서.

그 글을 읽어보니, 유진문 또한 중국에서 벼슬을 하던 집안 사람으로 그 정황과 심리가 더욱 비참한 자이다. 중원이 들끓을 때를 당해 흩어져 정처 없이 떠돌던 자 중에 진실로 정종원과 유진문의 유類들이 많았을 것이다. 백 년이 지난 뒤에도 살펴서 읽어보면 사람으로 하여금 눈물을 뚝뚝 떨어지게 하여, 스스로 자기 마음을 달랠 수 없을 것이다. 아! 또한 마음이 아프도다!

사당

社黨

1

서울 이남에 무당 같으면서 무당이 아니고, 광대 같으면서 광대가 아니고, 비렁뱅이 같으면서 비렁뱅이 아닌 자들이 있어, 떼 지어 다니면서 음란한 짓을 행하고 있다. 손에 부채 하나를 가지고 장터를 만나면 연희를 하고, 집집 문전을 따라 다니며 노래를 불러 남의 옷과 음식을 도모하는데, 방언에 이를 일컬어 '사당社黨'[1]이라고 하며, 그 우두머리를 일컬어 '거사居士'라고 한다. 거사는 단지 소고小鼓를 두드리며 염불만을 하고, 사당은 오로지 가무歌舞만을 행하지 않고, 남자를 잘 농락하는 것으로 그 재능을 삼는다.

매양 훤한 대낮, 많은 사람들 가운데서 남자의 입술을 깨물고 손을 끌어당겨 온갖 꾀로 돈을 요구한다. 그러면서 보통 예사로 여기고, 얼굴은 조금도 붉어지지 않는다. 대개 생명이 있는 유類들 중에 가장 극히 추하고 더러우며, 천리天理와 인도人道를 상실함이 이 무리보다 심한 자가 없다. 암퇘지[2]도 하지 않은 짓을 하는 것이 많다.

1_ **사당社黨** | 여러 지방을 떠돌아다니며 노래와 춤을 팔던 여자, 또는 그들의 무리를 가리킨다. 사당패. 한자로는 지금과 다르게 '사당寺黨'이라 쓰기도 한다.

내 일찍이 그들을 매우 미워했는데, 대매大梅[3] 객점에서 만나보니, 모두 튀어난 이마, 불룩한 뺨, 그리고 누런 머리에 흰 치마를 입고 있는 자가 십여 인이었다. 그중에 붉은 옷을 입은 조금 예쁘고 젊은 여인이 있는데, 코 왼쪽에 이미 헌데 딱지가 있고, 지팡이로써 겨우 다리를 움직일 수 있었다. 또한 한 계집아이가 있는데 나이가 열두세 살이었으며, 점방의 안주인을 위해 솜을 켜고 있었다. 내가 물었다.

"저 어린아이도 사당인가?"

"저 부채를 안고 있는 여인의 딸인데, 어미를 쫓아다니고 있소."

"너희 무리들은 이미 버린 몸이라 이제 어찌할 수 없거니와, 저 곱고 고운 아이가 무슨 허물이 있기에 유독 일반 백성들과 더불어 부부가 되어 부잣집에 의탁하여 계집종이라도 되게 할 수 없단 말인가? 너는 너희 무리가 행한 것이 사람이 행할 일이라고 여기는가? 비록 너는 그렇게 했지만 너의 자식에게 그것을 차마 시킬 수 있는가? 저 곱고 고운 자도 너의 자식이니, 무슨 허물이 있단 말인가?"

그 어미로서 부채를 안고 있는 여인이 그 말에 수긍하며 비시시 웃었다.

아! 근래 나라에 금법禁法이 있어, 이르는 곳마다 그들을 관에 몰입沒入[4]하여 계집종으로 만드니, 사당이 모두 흩어져, 숨어서 감히 일어나지 못하였다. 이제 또 길에서 이 사당을 만나니, 금법이 오래되어 지방 관청에서 이를 규찰하지 않았기 때문이다. 나라에 금법이 있는데도 백

2_ **암돼지** | 원문에 "누저婁猪"로 되어 있는데, 《춘추좌씨전春秋左氏傳》, 〈정공定公 14년〉조에 "旣定爾婁猪, 盍歸吾艾豭?"에서 인용한 것이다.

3_ **대매大梅** | 지명인 것 같은데 어디인지 알 수 없다.

4_ **몰입沒入** | 죄인의 재산과 살림을 강제로 국가가 압수하고, 죄인은 노예로 삼는 일.

성들로 하여금 이런 짓을 하게 한 것은 법을 지키는 자의 책임이 아닐 수 없다.

2

병목竝木[5]에 사는 송생宋生이 나와 함께 자면서 마을의 일들을 많이 이야기하여 웃음거리로 삼았다. 일족 중에 소처럼 힘이 세고, 또한 크게 음탕한 사람이 있었는데, 일찍이 사당 중에 나이 젊고 예쁜 여자와 더불어 하룻밤 동침을 하였다. 여자는 밤새도록 자신을 추스를 수 없었는데, 새벽이 되자 피곤하고 나른하여 기운이 실처럼 거의 끊어질 듯하다가, 밥을 먹은 후에 비로소 일어났으나 다리와 허리가 서로 따라주지 않아 오히려 걸을 수가 없었다. 인사하고 떠날 적에 예전例錢[6]을 요구하니, 그 남자는 거짓으로 모르는 척하며 말하였다.

"무슨 예전을 말하는가?"

"사당과 더불어 잠을 자고도 오히려 예전을 모른단 말입니까? 사당의 법에 사당과 더불어 잠을 잔 사람은 하룻밤에 이백 전인데, 이것이 예例입니다. 돈을 받아가지 못하면 거사가 장차 이년을 몰아칠 것입니다."

"원래 이것 또한 값이 있는가? 나는 가격이 없는 것으로 생각하고, 힘을 들이지 않았는데, 이미 가격이 정해져 있다고 하니, 다시 너를 위해 힘을 쏟아, 이백 전의 값어치를 한 후에 너를 돌려보내리라."

5_ **병목**竝木 | 지금의 합천군 대병면에 있는 마을 이름. 대대로 송宋씨들이 세거世居해오고 있다.
6_ **예전**例錢 | 화대花代, 해웃값. 기생이나 창녀들과 상관하고 주는 대가.

여자는 손사래를 치고 미간을 찌푸리고 떠나면서 말하였다.

"이백 전을 비록 받아내지 못하더라도 다시는 당신을 가까이하지 않겠소. 당신이 나에게 상처를 입힌 것이 거사의 주먹보다 심하니, 그럴 수 없소."

말을 마치자 드디어 가버렸다. 마을에는 지금까지 웃음거리로 전해 온다고 한다.

내가 그 이야기를 듣고 나도 모르게 손뼉을 치며 크게 웃었다. 대개 통쾌한 것은 음淫으로써 음을 다스린 것인데, 그것은 오형五刑[7] 밖의 형벌로 다스렸기 때문이다.

7_ **오형**五刑 | 죄인을 다스리던 다섯 가지 형벌로 태형笞刑 · 장형杖刑 · 도형徒刑 · 유형流刑 · 사형死刑을 가리킨다. 또는 중국 주대周代의 다섯 가지 형벌인 묵형墨刑 · 의형劓刑 · 비형剕刑 · 궁형宮刑 · 대벽大辟을 가리키기도 한다.

붓의 모양

筆製

동자童子로서 글씨를 배우는 자가 있는데, 그 손에 잡은 붓을 보니, 모두 가느다란 허리에 끝이 뾰족하여 마치 난초 꽃봉오리가 터지지 않은 듯하였다. 내가 행장 속의 붓을 꺼내어 그에게 보여주니, 모두 처음 본 듯 도리어 그것을 이상하게 여겼다. 영남의 붓은 대부분 모두 붓 허리가 기다랗게 되어 있는데, 아마도 그 필공筆工이 모두 중국 형型을 배웠으나 제대로 되지 않았기 때문이다.

합천의 효부

陜川孝婦

효부는 성이 박씨朴氏인데, 함양咸陽 향리鄕吏의 딸이다. 나이 열일곱에 합천 아전의 자식에게 시집가서 이씨李氏의 며느리가 되었다. 시어머니가 이틀거리[1]에 걸려서 매우 위중하게 되자 부인은 몰래 자신의 넓적다리를 베어 소고기와 섞어 익혀 올리니, 병이 곧장 나았다. 그 일이 알려져 복호復戶[2]되었고, 명절 때마다 관官에서 쌀과 고기를 제공하여 그를 표창表彰하였다. 스물다섯에 남편을 잃고, 지금까지 홀로 사는데, 몸가짐이 매우 깨끗하고 엄정嚴正하다고 한다.

1_ **이틀거리** | 원문은 "이일학二日瘧"으로 학질의 일종. 이틀씩 걸러서 앓는 졸처럼 낫지 않는 학질.

2_ **복호復戶** | 충신 · 효자 · 절부節婦가 나온 집의 호세戶稅나 기타 국가적 부담을 면제해주던 제도.

중의 옥사

僧獄

봉성鳳城[1]의 주민 노대천盧大千은 그 집이 명적암明寂庵 가까이에 있어, 절의 중인 한영漢英과 더불어 친하였다. 중은 대천의 집을 오고 가며 대천의 처와 정을 통하였다. 대천의 처는 중과 더불어 대천을 죽일 것을 도모했는데, 중은 대천과 더불어 저자에 가서 대천에게 술을 많이 마시게 하였다. 대천이 몹시 취하게 되자 중은 대천을 부축하여 대천의 집으로 돌아와, 대천이 깊이 곯아떨어지기를 기다렸다가 부엌칼을 가지고 대천의 목을 찔렀다. 칼끝이 무딤으로 인해 숨통은 끊어지지 않고 피가 흘러 방 안에 가득하였다. 대천이 비로소 잠에서 깨어나 급히 일어나서 중의 손을 깨무니, 중은 드디어 처와 더불어 도망을 쳤다. 대천은 이 사실을 관官에 알리니, 관에서 뒤쫓아 초계草溪 땅에서 그들을 체포하여 돌아왔다. 대천의 처는 장살杖殺되고, 중은 오래도록 감옥에 갇혔으나 옥사가 결말이 나지 않은 채, 또 달아나 도망쳤다. 또한 하나의 괴이한 일이다.

1_ **봉성鳳城** | 지금의 경남 합천군 삼가면의 다른 이름.

호음 선생

湖陰先生

현縣 북쪽에 병목촌竝木村[1]이 있다. 마을에 문씨文氏 성을 가진 사람이 있는데, 그 먼 조상은 무과武科로서 벼슬이 만호萬戶[2]에 그쳤다. 일찍이 하나의 정자를 지었는데, 자못 승경勝景이 있었다. 읍지邑誌에 그 정자를 기재하고, "호음湖陰[3]이 일찍이 이곳을 지나다가 시를 지었다"라고 했는데, 그 자손들은 무지無知하여 이에 '호음'을 그 조상 '만호'의 별호로 생각했으며, 심지어 유허비遺墟碑를 세우고, 호음 선생의 도덕 문장의 훌륭함을 성대하게 칭송하기에 이르렀고, 또한 남명南冥[4] 선생과 더불어 도의교道義交가 되어 서로 견주었다고 말하였다. 조씨曺氏들이 분노하여 그 비를 부숴 버리려고 하니, 뇌물을 써서 그대로 두게 되었다고 한다.

1_ **병목촌**竝木村 | 지금의 합천군 대병면에 있던 마을 이름.

2_ **만호**萬戶 | 조선조에 각 도의 진鎭에 배치되었던 종4품의 무관직.

3_ **호음**湖陰 | 정사룡鄭士龍(1494~1573)의 호. 조선조 중기의 문인. 본관은 동래東萊, 자는 운경雲卿. 부사 광보光輔의 아들이며, 영의정 광필光弼의 조카. 1512년 생원시에 합격한 이후로 부제학, 예조판서 등을 거쳐 대제학에 올랐다. 특히 공조판서 동지사가 되어 명나라로 사신 가서 문명을 떨쳤으며, 시문詩文에 뛰어나 당시 신광한申光漢과 쌍벽으로 꼽기도 한다. 저서로는 《호음잡고湖陰雜稿》, 《조천록朝天錄》 등이 있다.

4_ **남명**南冥 | 조식의 호. 그에 대한 자세한 사항은 앞의 글 〈조 장군의 칼〉 참조.

남을 위해 비갈碑碣을 찬술하는 자가 사실 여부를 자세히 살피지 아니할 수 있겠는가?

백조당

白棗堂

정옥성鄭玉成[1]은 본관이 초계草溪인데, 삼기의 평천平泉 마을 사람이다. 어머니를 지극한 효성으로 섬기더니, 어머니의 상喪을 당하자 어머니가 일찍이 대추를 좋아했으므로, 제사와 치전致奠에 대추를 올리지 않은 적이 없고, 매양 뜰 앞의 대추나무를 부여잡고 통곡을 하니, 대추나무가 열매를 맺음이 전보다 훨씬 많아졌는데, 그 열매가 모두 흰색이었다. 이로 말미암아 사람들은 '효자孝子 백조당白棗堂'이라고 일컬었다. 그 자손이 지금까지 옛 마을에 살고 있고, '향현사鄕賢祠'가 세워져 그를 제향하게 되었다. 내가 일찍이 중국 사람의 잡록雜錄을 보니, 효성으로 흰 대추를 얻었다는 자가 있었는데 그 성명姓名을 잊어버렸다.

아! 효감孝感의 신이神異함이 이와 같도다. 요즘 시골에서 효로써 천거받은 자들은 대부분 모두 겨울 눈밭에서 죽순을 얻고,[2] 얼음 속에서 잉어를 얻었다는[3] 기이한 일이 있으나, 그 실상을 따져보면 허황된 것

1_ **정옥성鄭玉成** | 《삼가읍지三嘉邑誌》에는 '정옥량鄭玉良'으로 표기되어 있다.

2_ **겨울 눈밭에서 죽순을 얻고** | 원문에 "동순冬笋"으로 되어 있는데, 이것은 맹종孟宗의 고사에서 유래한 말이다. 맹종은 중국 삼국시대 오吳나라 강하江夏의 효자로 자는 공무恭武, 벼슬이 사공司空에 이르렀다. 어머니가 겨울철에 죽순을 먹고 싶어함에 맹종은 눈밭에 나가 죽순이 없음을 슬퍼하자 홀연히 죽순이 솟아났다고 한다. 이것이 '맹종읍죽孟宗泣竹'의 고사이다.

이다. 그러므로 세상 사람들은 대개 그 일을 믿지 않지만 효감의 지극함은 또한 그 이치가 있을 법한 것이다. 그렇다면 어찌 한결같이 모두 믿지 않을 수 있겠는가?

3_ **얼음 속에서 잉어를 얻었다는** | 원문에 "빙리氷鯉"로 되어 있는데, 왕상王祥의 고사에서 유래한 말이다. 중국 서진西晉시대에 태보太保 벼슬을 지낸 왕상은 어려서부터 효성이 지극하여 그의 계모가 생선을 먹고 싶어하자, 한겨울에 얼음을 깨고 잉어 두 마리를 얻었다고 한다. 이것이 '왕상득리王祥得鯉'의 고사이다.

운득으로 잘못 부르다

錯呼雲得

내가 임자년(1792) 봄, 성균 생원으로 있을 때 매양 상사庠舍[1]에 가서 유숙하였다. 양운득梁雲得이라는 아이가 있어, 당시 나이가 겨우 열두 살이었는데, 성품은 매우 총명하였고, 체구는 단소短小하지만 그래도 예쁘장하게 잘생겨 사랑할 만하였다. 동재東齋의 세 번째 방[2]의 재직齋直[3]으로, 나에게 와서 일을 도와주었는데, 내가 매우 그 아이를 사랑하였다. 내가 이미 운득을 사랑하니 나와 같이 있는 사람들도 모두 그 아이를 사랑하였고, 운득 또한 나를 뒷바라지하며 차마 가지 못하여, 먹을 때는 반드시 나의 대궁[4]을 먹었고, 잠잘 때는 나의 발꿈치에서 잠들었다. 무릇 내가 성균관에 있을 때 일찍이 운득이 내 곁에 있지 않은 적이 없었다. 을묘년(1795) 이후로 나는 다시 성균관에 노닐지 못하였고, 운득은 병진년(1796) 봄에 박상좌朴尙左를 따라 금강산을 유람하고 돌아와서 병이 들어 그해 겨울에 죽었다. 서울의 옛 친구들이 해상

1_ **상사**庠舍 | 성균관을 가리킨다.

2_ **동재**東齋**의 세 번째 방** | 장의방掌議房을 가리킨다. 장의掌議는 성균관·향교의 재임齋任 중 으뜸자리.

3_ **재직**齋直 | 조선조 성균관에서 재齋의 각 방에 딸려 잔심부름을 하던 관비館婢 소생의 소년.

4_ **대궁** | 윗사람이 먹고 남은 음식을 아랫사람이 받아서 먹는 식생활.

海上[5]으로 나에게 부음訃音을 전해줄 정도였다. 내가 지금까지 아직도 운득을 잊지 못하지만 다시 볼 수는 없다.

금년 겨울에 봉성에 와서 체류하는데, 마을의 동자童子 중에 염시갑廉時甲이라는 아이가 있어 나에게 와서 노닐며, 또한 밤낮으로 뒷바라지하면서 내 곁을 떠나지 않았다. 나이와 모습이 운득이었고, 말씨와 일을 함이 운득이었으며, 몸이 가벼우면서도 영리하고, 과감하고도 꾀가 많음이 모두 운득이었고, 내가 그를 사랑함에 친히 와서 날마다 일을 하는 것도 또한 운득이었다. 내가 시갑을 사랑함은 단지 시갑을 사랑할 뿐만 아니라 운득을 사랑함으로써 시갑을 사랑한 것이다. 내가 이미 그를 운득으로 보았으니, 그러므로 매양 새벽꿈이 아직 깨지 않을 즈음, 일이 있어 급히 부를 때 부지불식간에 그를 운득으로 불렀다. 자주 그런 식으로 부르게 되자 그도 또한 때때로 응하게 되니, 곁에 있는 사람들이 모두 이상하게 여겼다. 나 또한 스스로 잘못 부른 것을 부끄럽게 여기나 내가 운득을 사랑함이 깊고, 시갑이 운득을 닮음이 흡사하기 때문이다.

5_ **해상**海上 | 여기서는 경기도 화성시 남양 바닷가에 있던 이옥의 고향집을 가리킨다.

생채계

生菜髻

서울 유녀游女들의 머리 장식에는 천도계天桃髻[1]와 등자계鐙子髻[2] 등의 모양이 있고, 영남의 젊은 아낙들에게는 생채계生菜髻가 있다. 그 방식은 머리에 다리[3]를 대지 않고, 다만 자신의 모발을 빗질하되 땋지 않으며, 대략 휘어진 끈을 더하여 이마 위에 교차하여 묶고서는, 서로 고운 머리 장식이라고 자랑한다. 내가 볼 때에는 그 모습이 해산하고 갓 일어난 것 같고, 목욕하고 빗질하지 않는 것과 같으며, 사내에게 매 맞고 버림을 받아 울면서 대충 머리를 추슬러 놓은 것 같았다.

1_ **천도계**天桃髻 | 비녀를 꽂은 여자의 쪽을 찐 머리 모양이 천도복숭아와 같다는 뜻이다.

2_ **등자계**鐙子髻 | 비녀를 꽂은 여자의 쪽을 찐 머리 모양이 말등자와 같다는 뜻이다.

3_ **다리** | 예전에 여자들의 머리숱이 많아 보이라고 덧넣었던 딴 머리. 다른 사람의 머리카락을 이용하여 머리를 치장하는데, 월이月伊 · 월내月乃 · 월자月子라고도 하며, 방언으로는 다래 또는 달비라고도 한다.

여자는 '심心'으로 이름을 짓는다

女子名心

우리나라는 여자의 이름을 천히 여겨 금매琴梅 · 단월丹月의 유類가 대부분인데, 성주星州의 객점客店에서 여자를 부르는 소리를 들었는데 대심大心이라고 하였다. 그래서 매우 희한하게 여겼다. 봉성에 도착하여 거리에서 서로 부르는 소리를 들어보니, 계심桂心 · 화심花心 · 녹심綠心 · 채심彩心 · 분심粉心 · 금심琴心 · 옥심玉心 · 향심香心 · 이심二心 · 고읍심古邑心 등이 있어, 다섯 집의 이웃에서 대부분 '심心'자를 쓰고 있다. 이곳에 이르러보니, 영남 여자가 모두 '심心'으로 이름을 짓고 있음을 미루어 알 수 있다.

소요자의 시

逍遙子詩

소요자逍遙子 윤주첨尹周瞻은 본래 호남湖南 사람이다. 떠돌아다니다가 영嶺을 넘어 우거寓居했는데, 가난하여 삼기에서 아전 노릇을 하며 부모를 봉양하였다. 부모가 돌아가자 다시 아전 노릇을 하지 않았다. 그에게 시문詩文 두 권卷이 있어, 그 집에서 소장하고 있는데, 나는 그 손자 덕준悳俊을 통해 얻어서 읽어보니, 또한 '혼원渾圓'하여 쓸 만한 것이 있었다. 〈객과 함께 기양루에 올라與客登岐陽樓〉의 시에

먼 산은 처마와 마주하여 솟았고	遠峀當簷秀
긴 냇물은 난간을 보호하며 흐르네.	長川護檻流
집 떠난 어느 곳의 객이	離家何處客
하루 종일 서쪽 누에 기대어 있는가.	終日倚西樓

라 하였고, 〈벗을 이별하며別友〉의 시에

강가의 성곽은 푸른 연기 밖이요	江郭青烟外
봄 산은 흰 비 가운데라.	春山白雨中
갈림길에서 근심스레 이별하니	臨岐愁送別

서늘한 기운 대숲의 바람에서 나오네. 涼動竹林風

라 하였고, 또 〈행화杏花〉의 시에

정원의 바람은 가볍고 해그림자 돌아드니 庭院風輕日影回
꽃잎은 어지러이 날리고 동구 문은 열렸네. 飛花撩亂洞門開
우습구나. 봄 경치를 찾는 저 유람객이 笑他游俠探春子
잘못 산가山家를 향해 술을 물으러 오네.[1] 誤向山家問酒來

라고 하였다. 또 《규문정언閨門正言》은 비록 옛 교훈을 뽑아 모은 것이지만 또한 가도家道를 바르게 할 수 있는 것들이며, 《선정록善政錄》은 매우 상세하고 또 넓어서 수령들의 가칙柯則[2]이 될 수 있다. 그는 일찍이 마을 글방에 노닐면서 문학에 뜻을 두었으나 집이 가난하여 뜻을 이루지 못한 것이다. 그 집에는 아직도 전하는 교양이 있어서, 여느 아전들과는 다르다고 들었다. 배움이 사람에게 영향을 끼침이 이와 같도다.

—이상 권진호 옮김

1_ 잘못 … 오네 | 두목杜牧의 〈청명淸明〉 시의 "淸明時節雨紛紛, 路上行人欲斷魂. 借問酒家何處在, 牧童遙指杏花村"에서 인용한 것이다. 당시에 '행화촌杏花村'은 주막으로 여겨졌는데, 지금 행화가 핀 마을을 주막으로 잘못 알고 찾아온다는 뜻이다.

2_ 가칙柯則 | 지침이라는 뜻이다.

늙은 여종의 붉은 치마

老婢紅裙

나는 합천의 객점에서 가마를 따라가는 자를 보았는데, 연두저고리에 붉은 치마를 입고 있었다. 기생인가 싶었으나 그러기엔 오히려 소박한 차림새였다. 내가 유숙하는 곳은 길갓집이었는데, 때때로 가마가 지나가매 시비侍婢로서 가마 행렬에 앞서 가는 자들은 반드시 붉은 치마를 입었고, 심지어 백발의 노파까지 붉은 치마를 입고 느릿느릿 뒤따랐다. 그러다가 또 비를 만나면 바지와 버선이 모두 붉게 물들어 길가 사람들의 웃음을 사기도 하였다. 영남 풍속에 여자의 신행을 따라가는 자는 비록 늙었더라도 붉은 치마를 입어야 한다고 한다. 이 또한 볼 만한 풍경이다.

정금당

淨襟堂

삼기에 유명한 누각은 없고 다만 '정금당淨襟堂'을 일컬을 따름이다. 이 정금당은 고을 객사의 바깥채인 것이다. 시내를 따라 성을 축조하였고, 성을 따라서 이 당이 만들어졌는데, 농사를 살펴볼 수 있고 낚시를 할 수도 있는 곳이다. 내가 일찍이 달밤에 올라 굽어보니 뭇 산들이 멀리서 내 앞으로 다가오는데, 한 봉우리가 우뚝 빼어났으니 '배학봉拜鶴峰'이라는 것이다. 물이 굽이돌아 멀리서부터 흘러오는데, 혹은 괴어 있기도 하고 혹은 여울지기도 하면서, 정금당 아래로 지나가는 것이 바로 '수정강水晶江'이었다. 들판은 넓게 툭 트였으며 나무는 늙어서 성글게 있으니, 족히 한때나마 소회所懷를 풀 만한 곳이었다. 당 위에는 고금의 시판詩板[1]이 많다.

1_ **고금의 시판**詩板 | 《삼가읍지》에 의하면 정금당에는 김일손金馹孫, 조식曺植 등의 제영시題詠詩가 있었다고 한다. 지금 정금당 건물은 소실되고 없다.

사마소

司馬所

성내 동북쪽 모퉁이에 기와집 네다섯 칸이 있는데, 거처하는 사람은 없고 이를 '사마소司馬所'라고 부른다. 이 고장 사람들의 얘기로는 "옛날 고을 사람들이 자재를 모으고 재물을 합쳐 몇 이랑의 밭과 이 집을 마련하고, 이 지방 출신으로 성균관 진사의 합격자를 기다렸기 때문에 이곳을 사마소라 하였다"고 한다. 그런데 합격한 사람이 오래도록 없어 밭은 우선 향교에 소속되었고, 이 집은 거처하는 사람 없이 가끔 마을 아이들이 모여서 글을 배우고 있다고 한다.

산청의 열부

山淸烈婦

산청山淸의 열부 하씨河氏는 거창居昌 호장戶長의 여식이다. 어려서 부모를 여의고 조모祖母에게서 자라, 조모 모시기를 어머니처럼 하였다. 열여섯 살에 산청의 송씨宋氏에게 시집을 갔는데, 송씨 또한 호장의 자식이었다. 혼례를 치르고 아직 신행新行을 못하고 있은 지 한 달 남짓한데, 남편이 병으로 죽게 되었다. 하씨가 시댁에 이르렀을 때, 남편은 정신이 가물가물하며 숨이 끊어지려 하다가 부인이 왔다는 소리를 듣고 벌떡 일어나 부인의 팔을 잡고 머리로 부인에게 부딪치면서 울며 말하기를, "내가 당신에게 차마 못할 짓을 하게 되었소"라 하며 세 번을 되뇌다가 죽고 말았다. 하씨는 여느 사람처럼 곡을 할 뿐 특별히 애통해하는 기색이 없었다.

장례를 아직 치르지 않았는데 조모가 또한 병으로 위독하다는 전갈이 왔다. 집안 형제들이 모두 어려서 하씨는 부득이 거창으로 돌아갔으나, 조모를 또한 끝내 구할 수 없었다. 하씨는 조모의 염殮과 장례를 맡아 처리하였다. 장례를 치르고 나자 남편의 장례가 이미 치러진 후라, 시가에서는 며느리의 모습을 보지 않겠다고 하여, 그대로 머무른 채 시댁으로 갈 수 없었다.

기년朞年이 되어 하씨는 시댁을 찾아왔는데, 그동안 살이 찌고 고와

져서 다시 알아보는 사람이 없을 정도였다. 도착해서는 겨울과 여름, 가을과 봄의 옷을 각각 한 벌씩 탁자 위에 펼쳐 놓고 크게 통곡하였다. 이 옷은 모두 하씨가 손수 지은 것으로 마치 살아 있는 사람의 아내가 계절에 따라 남편의 옷을 만들어주는 것과 같았다.

이웃 사람들은 하씨의 통곡 소리를 듣고 모두 그를 위해 침식을 이루지 못했으며, 집안사람들은 그가 반드시 죽을 것이라 생각하여 단속하기를 매우 엄하게 하였다. 상제祥祭[1]를 마친 뒤에 하씨는 측간에 갔는데, 오래도록 나오지 않아 찾아보니 이미 죽어 있었다. 시신 곁에는 사발이 하나 있었고 치마끈에 편지 한 통이 있었는데, 살 형편이 아닌 사정을 진술했던 것이다. 또한 남편과 함께 꼭 관을 나란히 하여 장사해 줄 것을 부탁하면서 그렇지 않으면 못내 서운할 것이라는 내용이었다.

그러나 시가에서는 이는 예가 아니라고 하여, 하씨를 남편의 묘 발치에 장사 지냈다. 그러자 하씨가 호장의 꿈에 나타나 원망하는 말을 많이 하였는데, 호장은 이내 병을 얻어 죽었고, 호장의 다른 자식도 병으로 죽고 말았다. 집안사람들은 두려운 나머지 이장하여 한 구덩이에 묻어주었다. 이 무덤을 직접 본 어떤 사람이 이 사실을 자세히 알려주었다.

나는 일찍이 연암燕巖 박지원朴趾源이 지은 〈열부전烈婦傳〉[2]을 보았는데, 그 여자가 또한 산청의 지인知印[3] 홍씨洪氏의 아내였다. 산청은 외

1_ **상제祥祭** | 사후 1년이 되어 지내는 소상小祥과 2년이 되어 지내는 대상大祥의 제사를 말한다.

2_ **〈열부전烈婦傳〉** | 구체적으로 어떤 작품인지 미상. 〈열녀함양박씨전烈女咸陽朴氏傳〉을 지칭하는 듯하나, 함양 박씨는 안의현安義縣 출신으로 함양의 임씨林氏에게 시집을 갔기 때문에 여기 내용과 부합되지 않는다. 《연암집燕巖集》에는 이외에도 〈이열부사장李烈婦事狀〉이라는 작품이 있으나, 역시 해당되지 않는다.

3_ **지인知印** | 지방 원님의 도장과 관인을 책임지는 사람. 대개 아전 중에서 뽑았다.

진 고을이요, 지인은 보잘것없는 작은 백성이다. 그런데도 이곳 부녀들은 삶을 버리고 남편을 따르는 자가 한둘이 아니다. 우리 왕도王道의 교화가 어찌 다만 〈한광漢廣〉[4]뿐이겠는가? 아, 거룩하도다!

4_ 〈한광漢廣〉 | 원래 《시경》, 〈주남周南〉의 편명으로, 문왕文王의 덕화德化가 멀리 강한江漢의 지역에까지 미쳐 그곳 백성들이 교화됨을 칭송한 내용이다. 조선 왕조의 덕화가 산청과 같은 시골에까지 미친다는 것을 의미한다.

곽씨의 정문

郭氏旌閭

현풍玄風 곽씨郭氏의 정려旌閭의 성대함은 진작 세상에 알려져 있었다. 나는 고령高靈에 사는 곽씨를 만나 물어보니, "정문旌門에 든 분이 모두 열셋인데, 존재存齋 곽준郭䞭[1]과 그 두 아들과 두 며느리는 한 집안에서 삼강三綱을 이루었습니다. 그 후 형제 네 분도 모두 효로 정문에 올랐으며, 나머지 분들도 모두 효자나 열녀였습니다. 또한 곽씨 집안사람으로 시집을 가서 열녀로 정문에 든 분도 또한 십여 집이나 됩니다"라고 한다.

아, 거룩하도다! 서울 자연항紫烟巷의 이씨李氏 집안에 여덟 사람이 홍살문에 들어 사람들이 모두 장하게 여겼는데, 곽씨는 이보다 더 많다. 혹시 씨족이 남들과 달라서인가? 또한 가훈의 유풍이 예로부터 전수되어서인가? 또한 거룩하도다.

1_ 곽준郭䞭 | 1551~1597년. 자는 양정養靜, 존재存齋는 그의 호. 임진왜란 때 김면金沔이 이끄는 의병 부대에서 선봉으로 활약했으며, 정유재란 때 안음현감安陰縣監으로 김해부사 백사림白士霖과 함께 호남의 요충지인 황석산성黃石山城을 지키던 중 왜병과 격전을 벌이다 전사하였다. 이때 그의 아들 이상履常·이후履厚도 아버지를 따라 죽었으며, 그의 딸과 며느리도 정절을 지킨 것으로 유명하다.

향음주례

鄕飮酒禮

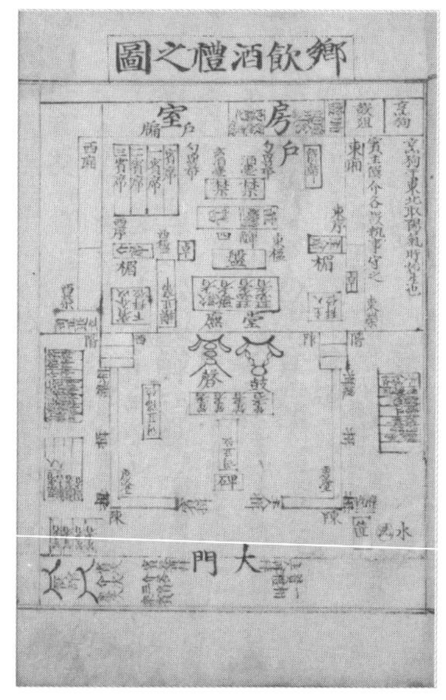

〈향음주례도鄕飮酒禮圖〉
조선조 후기. 무자년戊子年(1828) 필사본. 1책 20장.
성균관대학교 존경각 소장.

국가에서 향음주례鄕飮酒禮[1]를 여러 고을에 반포하여, 고을마다 많이 이를 시행하고 있었다. 삼기의 선비들이 향교의 교문校門을 신축하면서 향음주례를 행하여 낙성식할 것을 청하였다. 이에 현감이 향대부鄕大夫로서 주인主人의 일을 맡았으나, 고을에 빈賓으로 모실 만한 사람이 없었다. 고을 향교에는 또한 붕당朋黨이 있어 서인과 남인으로 나뉘어 있었다. 나이로 치면 남인의 선비가 마땅히 빈이 되어야 하는데, 주인이 무리들에게 이끌린 바 되어 서인의 선비를 끌어다가 빈으로 앉히니, 남인의 선비들이 원망하며 이 모임에 참석하지 않았다. 들으니 향음례가 시작되었을 때 빈으로부터 이하 사람이 두서없이 움직여 예를 이루지 못한 자가 많았다고 한다.

아! 다만 개를 잡았을 뿐, 왕도王道가 쉬이 행해지는 것을 나는 보지 못하였다. 편벽되도다, 작은 현縣의 향교에서 또한 어찌 서와 남으로 갈린단 말인가!

1_ **향음주례**鄕飮酒禮 | 향촌의 선비 유생들이 학교 · 서원 등에 모여 학덕과 연륜이 높은 이를 주빈主賓으로 초청하여 술을 마시며 잔치를 베푸는 향촌 의례. 어진 이를 존중하고 노인을 봉양하는 데 뜻을 두었다. 매년 음력 10월에 고을 관아가 주인이 되어 나이와 덕이 많은 이를 주빈으로 삼고, 그 밖의 유생을 빈賓으로 하여 읍양揖讓하고 주연을 베풀며 함께 '효제목린孝悌睦隣'을 서로 권장하였다.

꽃이 피어 풍년을 점치다

花開占豊

11월에 약간 따뜻했는데, 나무하는 아이가 대평산大平山 골짜기에서 돌아와 말하기를, "산중에 꽃이 피었습니다"라고 하였다. 내가 무슨 꽃이더냐고 물었더니, "참꽃〔此巖花〕이 피었습니다"라고 하였다. 일찍이 보지 못한 꽃이라 생각되어 찾아가 살펴보니, 바로 두견화〔鵑花〕였다. 이 고장 사람들은 "두견화가 참 꽃〔眞花〕이기 때문에 참꽃이라고 부른다"고 하였다. 주인 노파가 듣고는 기뻐하며, "겨울에 붉은 꽃이 붉게 피었으니, 내년에는 풍년이 들겠구나"라고 하였다.

불두화

佛頭花

읍지邑誌에 이 고장 토산土產으로 불두화佛頭花가 기재되어 있어, 고을 사람들에게 물어보았더니 모두 무슨 꽃인지 모른다고 하였다. 나 또한 이 꽃이 어떻게 생겼는지 모른다. 대개 이 꽃은 꽃 중에 희귀한 것으로 지금 이 고을에는 없는 것이다. 지금 만약 읍지를 근거로 하여 이 고장의 토산을 찾는다면, 거의 고인이 두약杜若[1]을 논란하는 것과 같을 것이다. 이처럼 읍지는 족히 취할 것이 없다.

1_ **두약**杜若 | 양하蘘荷과에 속하는 다년생 숙근초宿根草. 들판 음지에 잘 자라며, 흰색의 꽃이 핀다. 《본초강목本草綱目》, 〈두약杜若〉에 "두형杜衡 · 두련杜蓮이라고도 하는데, 옛사람들이 이 꽃을 여기저기서 인용하면서 다른 이름으로도 불려, 후에 이 꽃을 제대로 아는 자가 드물게 되었다. 지금 초楚 땅 산중에 간혹 있는데, 산사람들이 '양강良薑'이라 한다"라고 나와 있다.

사찰의 흥망성쇠

僧寺興廢

읍지에 절 이름이 많이 실려 있는데, 무릇 십여 곳이다. 그중 묵방墨房 · 금곡金谷 · 두려頭黎 등 세 곳은 관동官僮들 중에 노약자가 모두 그 절의 한창일 때의 규모를 보았다고 하는데, 지금은 남아 있지 않고 오직 두려에 암자 하나가 남아 있다. 그곳 중은 종이 만드는 일을 하고 있는데, 얼마 안 있어 또한 떠난다고 하였다. 평민으로 머리를 깎고 중이 된 자들은 편안히 백성 노릇을 하기 위함인데, 막상 중이 되고 보면 요역徭役(부역)이 또한 빈번하고 관의 주구誅求와 서리의 침탈侵奪이 날로 심해질 뿐이다. 그래서 중들은 다시 흩어져 일반 백성으로 돌아가 버리니, 이곳의 절이 대부분 폐쇄된 까닭이다. 백성 되기도 이미 어려운데, 중 되기도 또한 어렵구나!

제석날 선대에 대한 제사

除夕祭先

정월 초하룻날 떡국으로 선대先代에 대한 제사를 지내는 것은 비록 고례古禮는 아니지만, 또한 우리나라 서울과 지방에 통용되는 풍속이다. 영남의 하층 백성들은 섣달 그믐날 정오에 선대에 대한 제사를 지내는데, 떡국을 사용하지 않고 밥과 국, 어육과 주과酒果를 차려 놓고 흠향하게 하니 일반 풍속과는 다르다. 마을 아이 중에 나에게 술과 과일을 가져온 자가 있어, 내가 웃으며 말하였다. "우리나라 풍속에 떡국 그릇으로 나이를 계산하는데, 나는 금년에 떡국을 먹지 않았으니 한 해를 얻은 셈이요, 너희들은 지금까지 세월을 헛먹은 것이다."

반과와 호궤

盤果犒饋

이 고장 풍속에 집에 혼례가 있거나 혹은 상제祥祭를 지내거나 혹은 신에게 제사를 드릴 때에 부조하는 사람들이 큰 쟁반에 과일 및 생선과 포, 그리고 돼지고기 혹은 쇠고기를 모두 네다섯 그릇, 혹은 예닐곱 그릇을 마련하여 보내는데, 이를 '반과盤果'라 한다. 또 밥과 국, 절인 나물 및 어육과 지짐 등의 반찬을 배설하는데, 가난한 집에서는 일고여덟 그릇, 여유 있는 집에서는 열대여섯 그릇에 이른다. 숟가락과 젓가락을 갖추고 노란 유지油紙를 덮어 가져다주는데, 이를 '호궤犒饋'라고 한다. 동가東家가 서가西家를 부조하고, 동가에 일이 있으면 서가에서 또한 그렇게 한다. 이 또한 미풍양속이다. 삼사십 쟁반에 이르는 경우도 있다.

타구놀이

打空戲

아이들이 나무를 거위 알만 한 크기로 둥글고 매끄럽게 깎아 한 곳에 고정되지 않게 하여 광장 가운데 두고 굴리면, 뭇 아이들이 둘러서서 아래가 굽은 막대를 들고 그 구르는 공을 따라 쫓으며 쳐서 공이 한시도 멈추지 않고 움직이게 한다. 이를 '타공打空'[1]이라 한다. 이 또한 격구의 한 종류이다. 그러나 때때로 공이 솟았다가 튀어서 사람을 다치게 하기도 한다. 고을 아이들 중에 이마에 다친 흉터가 있는 자들이 많았다.

1_ **타공**打空 | 타구놀이. 장치기라고도 한다.

방언

方言

지방에 방언方言이 있는 것은 어디나 그렇지 않은 곳이 없다. 영남의 말은 더욱 기호畿湖 지방과 다른 것이 많다. 내가 처음 이곳에 왔을 때는 대부분 알아들을 수 없었으나, 한 달 남짓이 되자 점점 익숙해지고 이해할 수 있게 되었다. 이 방언 중에는 잘못 전해져서 그렇게 된 것도 있고, 말이 빨라 그렇게 달라진 것도 있었다. 아래에 그 대략을 적어둔다.

아버지를 '아배씨阿陪氏', 어머니를 '어매씨御每氏', 할머니를 '할마씨〔豁媽氏〕', 여자 아이를 '가산아假山兒', 고용살이를 '담사리淡沙里', 무당의 남편인 화랑이를 '양중揚衆', 음란한 여자를 '화은영花隱影(화냥년)', 공역公役 및 세금을 '구이九二', 산을 '매梅', 돌을 '돌기突其', 바깥채를 '모정茅亭', 부엌을 '경자庚子', 발이 없는 솥〔鼎〕을 '대갈大曷', 뾰족한 입이 있는 작은 동이를 '사기使器', 키〔箕〕를 '청靑', 작대기를 '작지綽地', 둥구미〔篅〕를 '거치擧致', 볏짚을 얽어 지붕을 덮는 것을 '나래羅來', 책상을 '토음吐音', 소박한 자리를 '맹석孟席', 새끼를 '산라山羅', 바짝 말린 대를 '간지대竿地臺', 통을 '대롱大弄', 병을 '쇠용衰用', 화로를 '화덕火德', 어망 중에 난선暖扇처럼 생긴 것을 '족대簇擡', 말계襪係를 '가부可夫', 잠방이 짜는 베를 '배排', 벼를 '나락羅落', 두견화를 '차암화此

巖花', 유수유油茱萸를 '두려지杜荔支', 말〔馬〕을 '모을毛乙', 병아리를 '빈가리貧家利', 대구를 '멸장蔑醬', 전날〔日前〕을 '아을애阿乙厓', 졸리는 것을 '저불음低拂陰', 성질이 고약한 것을 '상기霜氣', 기운이 넘치는 것을 '늑삼勒三', 누워 있는 것을 '두부여頭扶餘', 잠을 깨우는 것을 '가박여可撲汝', 일이 끝남을 '막족莫足', 고치는 것을 '공개公改', 먹는 것을 '묵담默談', 옛날을 '예백例白', 때리는 것을 '자돌라者突羅', 안는 것을 '보동기寶同器', 큰소리를 '고함鼓喊', 시비를 따지는 것을 '시거을是去乙', 꾸짖는 말을 '지저괴知底怪(지청구)', 물건을 달라고 청하는 것을 '돌아突阿', 글 읽는 것을 '이로理路', 응하는 것을 '우애라〔于噫囉〕', 혀 차는 것을 '어을내於乙乃', 발어사發語辭를 '함불애咸不厓', 홀로 말하는 것을 '호분胡分' 등등이다.

이런 말들은 대개 소리가 매우 촉급하여 자못 격설鴃舌의 뜻이 있어 이해할 수 없는 것이 많다.

저자 풍경

市記

내가 머물고 있는 집은 저자와 가까운 곳이다. 매양 2일과 7일이면 저자에서 들려오는 소리가 왁자지껄하였다. 저자 북쪽은 곧 내가 거처하는 남쪽 벽 아래인데, 벽은 본래 바라지〔牖〕[1]도 없는 것을 내가 햇빛을 받아들이기 위해 구멍을 뚫고 종이창을 만들어 놓았다. 종이창 밖, 채 열 걸음도 되지 않는 곳에 낮은 둑이 있는데, 저자에 가기 위해 드나드는 곳이다. 종이창에는 또한 구멍을 내어 놓았는데, 겨우 한쪽 눈으로 내다볼 만하였다. 12월 27일 장날에 나는 무료하기 짝이 없어 종이창 구멍을 통해서 밖을 엿보았다. 때는 금방이라도 눈이 내릴 것 같고 구름 그늘이 짙어 분변할 수 없었으나, 대략 정오를 넘기고 있었다.

소와 송아지를 몰고 오는 사람, 소 두 마리를 몰고 오는 사람, 닭을 안고 오는 사람, 문어를 들고 오는 사람, 멧돼지 네 다리를 묶어 짊어지고 오는 사람, 청어青魚를 묶어 들고 오는 사람, 청어를 엮어 주렁주렁 드리운 채 오는 사람, 북어北魚를 안고 오는 사람, 대구大口를 가지고 오는 사람, 북어를 안고 대구나 문어를 가지고 오는 사람, 잎담배를 끼고 오는 사람, 미역을 끌고 오는 사람, 섶과 땔나무를 매고 오는 사람,

---

1_ **바라지〔牖〕** | 방에 햇빛을 들게 하려고 벽에 낸 작은 창.

누룩을 지거나 이고 오는 사람, 쌀자루를 짊어지고 오는 사람, 곶감을 안고 오는 사람, 종이 한 권을 끼고 오는 사람, 접은 종이 한 폭을 들고 오는 사람, 대광주리에 무를 담아 오는 사람, 짚신을 들고 오는 사람, 미투리를 가지고 오는 사람, 굵은 노끈을 끌고 오는 사람, 목면 포로 만든 휘장을 묶어서 오는 사람, 자기磁器를 안고 오는 사람, 동이와 시루를 짊어지고 오는 사람, 돗자리를 끼고 오는 사람, 나뭇가지에 돼지고기를 꿰어 오는 사람, 강정과 떡을 들고 먹고 있는 어린아이를 업고 오는 사람, 병 주둥이를 묶어 휴대하고 오는 사람, 짚으로 물건을 묶어 끌고 오는 사람, 버드나무 상자를 지고 오는 사람, 광주리를 이고 오는 사람, 바가지에 두부를 담아 오는 사람, 사발에 술과 국을 담아 조심스럽게 오는 사람, 머리에 인 채 등에 지고 오는 여자, 어깨에 무엇을 얹은 채 어린아이를 이고 오는 남자, 머리에 이고 다시 왼쪽에 물건을 낀 사람, 치마에 물건을 담고 옷섶을 잡고 오는 여자, 서로 만나 허리를 굽혀 절하는 사람, 서로 이야기를 나누는 사람, 서로 화를 내며 발끈하는 사람, 손을 잡아끌어 장난치는 남녀, 갔다가 다시 오는 사람, 왔다가 다시 가고 갔다가 또다시 바삐 돌아오는 사람, 넓은 소매에 자락이 긴 옷을 입은 사람, 저고리와 치마를 입은 사람, 좁은 소매에 자락이 긴 옷을 입은 사람, 소매가 좁고 짧으며 자락이 없는 옷을 입은 사람, 방갓에 상복을 입은 사람, 승포僧袍와 승립僧笠을 한 중, 패랭이를 쓴 사람 등이 보인다.

여자들은 모두 흰 치마를 입었는데, 혹 푸른 치마를 입은 자도 있었고, 아이로서 의대를 갖춘 자도 있었다. 남자가 머리에 쓴 것 중에는 자줏빛 휘양을 착용한 자가 열에 여덟아홉이며, 목도리를 두른 자도 열에 두셋이었다. 패도佩刀는 어린아이들도 역시 차고 있었다. 서른 살 이상

된 여자는 모두 조바위를 썼는데, 흰 조바위를 쓴 이는 상喪 중에 있는 사람들이다. 늙은이는 지팡이를 짚었고, 어린아이는 어른들의 손을 잡고 갔다. 행인 중에 술 취한 자가 많아 가다가 엎어지기도 하고, 급한 자는 달려갔다.

아직 다 구경을 하지 못했는데, 나무 한 짐을 짊어진 사람이 종이창 밖에서 담장을 정면으로 향한 채 쉬고 있었다. 나 또한 궤안几案에 의지해 누웠다.

세모歲暮인 터라 저자가 더욱 붐비고 있었다.

입춘 쓰기

春帖

나는 평생 서법書法에 익숙하지 못한 데다 또 기억력도 없어, 외우는 당송唐宋의 시구가 십여 구에 지나지 않으며, 붓을 잡아도 감히 배권杯圈[1] 만한 크기도 그리지 못한다. 매양 춘첩春帖을 만들려고 할 때는 반드시 남의 손을 빌려야 했다. 금년 봄 객지에서 입춘을 맞게 되었는데, 마을 사람들이 내가 글씨를 잘 쓸 것이라 생각하고 사흘 전부터 종이를 들고 찾아온 자들이 발을 이었다. 처음에는 기쁜 마음으로 받아 써주었으나, 십여 폭이 넘어가자 그만 사양하려 해도 되지 않아 밤을 이어 써야 했다. 모두 사흘 낮밤 동안 차 한 잔 마실 시간도 없었고, 써서 준 것이 몇 백 폭인지 알 수도 없었다. 내 행장 속에 큰 해주먹〔海州墨〕 한 자루가 있었는데, 이것이 다 닳아도 부족하여 다른 먹을 더 써야 하였다. 이웃의 노파가 종이를 사 와서 장사하고 있었는데, 사흘 동안 다섯 권卷 남짓을 팔았다고 한다. 내 이미 외우는 시구가 많지 않았기 때문에 그 청하는 사람들에 따라 말을 만들어 축원해주었다.

대개 이 고장의 춘첩 하는 법은 당堂이나 마구간, 부엌이나 뒷간을 가리지 않고 기둥이 있고 종이가 있으면 써서 붙이면 그만이다. 비록

1_ **배권杯圈** | 구부러진 나무로 만든 작은 술잔.

달팽이집처럼 작은 집에서도 이 습속을 면치 못하고 있다. 요컨대, 종이는 흔한데 글씨는 귀한 까닭이다.

따뜻한 겨울

冬暝

나는 10월 그믐날 봉성에 도착하여, 겨울을 여사旅舍에서 보냈다. 여사의 종이창이 매우 엉성하였고, 흙벽에는 틈이 난 곳이 많아, 매양 바람이 불면 등불이 흔들리곤 하였다. 또 옷과 이부자리의 따뜻함과 포근함이 집에 있을 때만 못하였다. 그래서 추위를 크게 걱정하였으나 겨울이 다 지나가도록 춥지 않았다. 마을 아이들은 바지도 입지 않은 채 달리며 장난을 쳤다. 때때로 눈이 내린 날도 있었으나 그 눈은 모두 공중의 꽃일 뿐이요, 땅에 떨어져서는 녹아 없어졌다. 삼동三冬을 지내는데 추위 때문에 한 번도 걱정된 적이 없었다.

이 고장 사람들의 말에 "이곳은 서울에 비해 겨울이 매우 따뜻하여, 매양 서울에서 오는 사람들은 이곳에 이르러 옷의 솜을 줄였다"고 한다.

매구굿

魅鬼戲

12월 29일 밤에, 고을 사람들이 봉성문 밖에서 매구굿〔魅鬼戲〕[1]을 벌이는데, 이는 관례라고 한다. 아이들이 구경하고 돌아와서 말하기를, "광부狂夫 세 사람이 가면을 썼는데, 한 사람은 조대措大(선비), 한 사람은 노파, 한 사람은 귀면鬼面을 하고 꽹과리와 북을 서로 치면서 노래를 함께 불러서 즐거웠어요"라고 하였다. 정월 초이튿날, 무어라고 외치면서 창밖 길을 지나가는 자가 있어서 엿보니, 종이 깃털 장식과 흰 총채를 잡고 앞서는 한 사람, 작은 동발銅鈸[2]을 든 세 사람, 구리 징을 든 두 사람, 북을 쥔 일곱 사람이 보였다. 모두 붉은 쾌자〔掛子〕를 입고 전립을 썼는데, 전립 위에는 지화紙花를 꽂고 있었다. 남의 집에 이르러 떠들면서 놀이를 벌이면, 그 집에서는 소반에 쌀을 담아 문 밖으로 나온다. 이를 '화반花盤'이라 한다. 이 또한 나례儺禮의 남아 있는 풍습 중 하나일 것이다.

1_ **매구굿**〔魅鬼戲〕 | '매굿', '답장踏場'이라고도 한다. 세시풍속의 하나로 섣달 그믐날 밤에 치르는 의식 농악이다. 지방에 따라 정초에 하는 곳도 있다. 해가 바뀌는 시기를 맞이하여 악귀를 쫓아내고 새해의 복을 빌기 위한 풍속이다.

2_ **동발**銅鈸 | 쟁반 같은 모양의 구리판 두 개를 서로 부딪쳐서 소리를 내는 악기. 바라와 비슷하나 크기가 더 작다.

걸공

乞供

매구굿을 하며 촌락을 돌아다니면서 쌀과 돈을 요구하는 것을 또한 '걸공乞供'이라 한다. 정월 열이튿날, 큰 둑 아래에서 걸공을 하는 이들이 있었다. 한 사람은 흑의黑衣에 전립을 쓰고 큼지막한 푸른색 기를 든 채 앞장을 섰고, 한 사람은 백로 깃털의 지화를 꽂은 종이갓을 쓰고 누런 웃옷에 부채를 들었으며, 한 사람은 공작 깃털을 꽂은 갓을 쓰고 흰 웃옷을 걸쳤으며, 다섯 사람은 전립을 쓰고 검은 겹옷을 입고 북을 들었으며, 두 명의 아이는 붉은 깃털을 드리운 전립을 쓰고 검은 겹옷을 걸치고 춤을 추었고, 또 두 명의 아이는 전립을 쓰고 꽹과리를 들었고, 세 사람은 전립을 쓰고 징을 들었으며, 한 사람은 전립에 흰 겹옷을 입고 큰 죽통竹筩을 들었으며, 한 사람은 개가죽 모자를 쓰고 짧은 옷에 조창鳥鎗(화승총)을 들었다.

북과 꽹과리와 징을 든 자는 모두 머리에 한 발쯤 되는 흰 천을 드리웠고, 상양商羊[1]이 뛰듯이 걸으며 징과 꽹과리와 북을 치면서 머리를 흔들면, 머리 위에는 흰 무리가 생겨 수레바퀴처럼 보이는데, 이를 '중

1_ **상양**商羊 | 전설상의 새. 부리는 붉고 아름다운 날개를 가졌으며, 낮에는 숨어 있다가 밤에 날아다닌다고 한다. 이 새는 발이 하나여서 걸음걸이가 기우뚱하다고 한다.

피衆皮'라 한다. 모두 광장을 돌며 뛰놀고 노래 부르고 춤도 추는데, 징과 꽹과리와 북이 조금도 쉬지 않고 울린다. 얼마 후 백로 깃털의 갓을 쓴 자는 붉은 깃털 장식을 한 아이를 어깨 위에 얹고 달려가는데, 이 아이는 어깨를 밟으며 춤을 춘다. 이것을 '동래무東萊舞'라 한다. 며칠 뒤 또다시 먼 데서 온 자가 있었는데, 또한 그 무리가 매우 많았다. 마당에 들어오기 전에 세 차례 신포信砲를 울리고 쌍각雙角을 불며 두 개의 큰 깃발을 세우고 있었다. 징과 북이 땅을 울리니 마을 사람들은 모두 놀랐다. 현감은 그 우두머리 세 사람에게 매를 때려 놀이를 하지 못하도록 하고, 조창과 나팔을 몰수하여 병고兵庫에 넣어 버렸다.

발이 여섯 달린 쥐

六足鼠

정월 열이튿날, 삼기 양문陽門 밖 아전 이경일李敬日의 집에 불이 났는데, 불길이 담장으로 뻗치자 쥐들이 연기에 그을려 모두 구멍을 나와 도망쳤다. 불을 끄던 자가 쥐를 때려잡았는데, 그중 한 마리는 크기가 북〔梭〕만 하고 다리가 여섯 개였다. 지인知印[1] 이정돈李正敦이 직접 목격하고 돌아와 그 생김새를 상세하게 알려주었다. 쥐는 충蟲류이면서 짐승이기도 하다. 네 발이 달린 것을 짐승이라 하는데, 지금 여섯 발이 달린 것이 있으니, 또한 괴이한 일이다.

1_ 지인知印 | 조선조에 경기·영동 지역에서 수령의 잔심부름을 하던 구실아치.

성주 저고리

星州衣

남에게 고용살이 하는 자가 세밑이 되어 일을 마치고 돌아갈 때면 주인은 으레 새로 만든 솜옷 한 벌을 주는데, 그 옷의 제도가 매우 넓고 크고 길고 두껍다. 길이는 거의 무릎까지 내려오고 소매길이도 한 팔 반이며, 넓이는 팔 열 개가 들어갈 만하다. 이것을 '성주 저고리'라 한다. 성주 사람들의 상의가 모두 길고 컸기 때문이다. 그들이 좋은 의복을 말할 때엔 반드시 '성주 저고리에 대구 바지〔星州衣大邱袴〕'라고 한다.

개고기를 꺼리다

忌狗

이 고장 사람들은 9월부터 개고기를 먹지 않다가 이듬해 4월이 되어서야 비로소 먹는데, 때가 아니면 먹지 않는다는 의미는 아니다. 그들 말에 이때 먹게 되면 신神이 부정하다고 여겨 집안에 해가 된다고 한다. 이런 까닭에 이때는 개가 매우 헐값이어서 살찐 것도 겨우 삼사십 전밖에 나가지 않는다. 바다 가까이에서는 더욱 헐값이 되는데, 뱃일 하는 사람들은 일 년 내내 먹지 않기 때문이다.

생해삼

生海蔘

해삼은 바다에서 나는 것이다. 나는 일찍이 말리지 않은 것을 본 적이 없었는데, 이곳 삼기에서 보게 되었다. 그 큰 것은 돼지 새끼 새로 난 놈과 비슷하고, 그 색깔은 검푸른 데다 옅은 황색을 띠고, 그 육질은 매우 물러 우무에 비하여 조금 단단하다. 회로 떠서 홍로주紅露酒의 안주로 먹었는데, 처음에는 시원한 맛이 있는 것 같았으나, 한 접시를 다 비우기도 전에 흉격胸膈이 꽉 차며 배가 부른 것처럼 느껴졌다. 비록 맛은 없지만 사람의 정력을 보강하는 것 같았다. 듣자 하니 따뜻한 방에 하룻밤만 두어도 곧 녹아서 물이 되어 버린다고 한다. 대개 수모水母, 해파리의 종류인 것이다.

국화주

菊花酒

성 안에 술을 파는 곳이 많은데, 오직 흰 탁주와 홍로주뿐이다. 누가 말하기를, "기생 덕절德節의 집에 새로 빚은 술이 있는데, 그 맛이 전에 없는 것이다"라고 하였다. 내가 술 이름이 뭐냐고 물었더니, "국화주"라고 하였다. 즉시 가서 사서 보니 탁주 중에 맑고 묽은 것인데, 다만 국화를 띄웠다. 값이 두세 배는 비싸면서 맛은 오히려 떨어졌는데, 그것이 국화주라는 이유 때문에 마시는 자들이 파리 떼처럼 몰려들었다. 처음에 큰 사발 하나에 서 푼 하던 것이 며칠이 지나자 너 푼이 되었고, 다시 며칠이 지나자 다섯 푼에 이르렀는데, 술이 이미 동이 나고 말았다. 이처럼 사람들은 모두 소문만을 믿고 마신 것이니, 헛된 명성이 능히 사람을 속이게 되는 것이다. 듣자 하니 청명주淸明酒 맛이 매우 좋다고 하는데 나는 아직 맛보지 못하였다.

목면에 빌고 농사를 점치다

祈棉占稼

성주 이하 지방[1]은 매양 정월 대보름 하루 전날 밤에 문 밖에 겨릅대[2]를 꽂고, 가지 위에 목화를 걸쳐 놓았다가 이튿날 새벽에 소녀들이 마당에 큰 보를 펼쳐 놓고 모여서 목화꽃을 따는데, 이를 '명따기〔摘木棉〕'라 한다. 또 보름날 새벽 백반과 나물들을 풍성히 장만하여 머슴꾼을 먹인다. 그런데 밥이 다되면 먼저 나물을 버무려 밥과 나물을 소에게 준다. 그 소가 밥을 먼저 먹으면 곧 풍년이 들고, 나물을 먼저 먹으면 반드시 흉년이 든다고 한다.

1_ **성주 이하 지방** | 성주가 낙동강 오른쪽, 즉 경상 우도의 중심지이기 때문에 이렇게 언급한 것이다.

2_ **겨릅대** | 껍질을 벗긴 삼대.

무당굿

巫祀

이 고장에서는 귀신을 숭상하는 습속이 있어 가을걷이가 끝나면 집집마다 모두 귀신에게 굿을 하고, 조그마한 질병이 있어도 반드시 무당을 부른다. 제를 지낼 때는 떡과 주과, 어육을 매우 성대하게 차려 놓으며, 무당은 붉은 옷에 남색 띠를 두르고 왼손에는 총령叢鈴을, 오른손에는 종이 깃발을 들고 노래하고 춤추는데, 남자 무당인 여러 화랑이는 피리를 불고 징을 치고 장구를 두드리며 노래로써 화답한다. 매양 한 번 벌이는 굿판을 '한 자리[一席]'라 불렀다. 혹은 산에서 혹은 마당에서 혹은 길거리에서 제를 지내는데, 혹은 집주인의 조상에게 제를 지내는 것 같기도 하고, 혹은 부처에게, 혹은 재관宰官[1]에게 제를 지내는 것 같기도 하다.

매양 한 판이 끝나려 할 즈음이면 음악은 빨라지고 노래는 더욱 빨라지며 거기에 꾸중하는 소리와 웃음소리까지 뒤섞인다. 뛰며 빙빙 돌기를 마치 광대처럼 하는데, 간혹 해학도 곁들여 온갖 추잡한 모습을 다 보여준다. 이어서 무당은 귀신의 명령으로써 주인과 좌중에게 일일이 술을 권하는데, 받아 마신 자는 반드시 잔을 되돌려줄 때 돈을 내야 한

1_ **재관**宰官 | 옛날 재상이나 장군으로 최영崔瑩·남이南怡 등 무속에서 섬기는 인물들을 가리킨다.

다. 제를 마당에서 할 경우 큰 대나무 간짓대에 집주인의 옷을 걸쳐 마구 흔들면서 획획 소리를 내는가 하면, 주인의 노파나 며느리를 새끼로 묶어 탁상 앞에 꿇어앉혀 제수를 풍성하게 차리지 못한 죄를 묻고, 종이칼을 그 목에 씌워서 포布나 돈을 받은 연후에야 벗겨준다. 대개 괴탄한 가운데도 더욱 황당한 것이다.

내 일찍이 들으니, 무당이 굿을 하는 대상으로 '황아皇娥'는 상부인湘夫人[2]을 견준 것이며, '군웅軍雄'은 국상國殤의 유類이며, '제석帝釋'은 불가佛家의 천왕이며, '만명萬明'[3]은 김유신金庾信의 아버지로 무당이 남들 조상의 영을 지목한 한 예이다. 이 모두 근거한 바가 있는 것 같은데, 영남의 무당은 이와 모두 다르다. 함께 비교할 것이 못 된다.

2_ **상부인**湘夫人 | 순舜임금의 비妃로, 순임금이 죽자 뒤따라 상수湘水에 몸을 던져 죽은 아황娥皇과 여영女英을 말한다.

3_ **만명**萬明 | 《삼국사기三國史記》, 〈김유신전金庾信傳〉에 의거하면, 만명은 김유신의 어머니이고, 아버지는 서현舒玄으로 되어 있는바, 만명을 김유신의 아버지라고 한 것은 잘못된 것이다.

황당한 무가

巫歌之訛

객점의 주인이 무당을 데려와 귀신에게 굿을 하였다. 나는 벽 하나를 사이에 두고 누워서 그 소리를 들었는데, 포복절도할 말이 많았다. 그중 더욱 실소를 금치 못할 것이 있었으니, 귀신에게 청하여 말하길, "홍기받아 온 자, 청기받아 온 자"라고 하였다. 그러더니 갑자기 다시 "대양바다 온 자"라고 하였다. 대개 방언에 '받아〔奉持〕'의 발음이 '바다〔海〕'와 서로 같기 때문에 와전되어 '바다'라고 한 것이다. 인하여 어린 시절을 생각해보매, 행걸行乞하는 중이 있었는데, 그가 주문을 외워 사귀邪鬼를 쫓아낼 수 있다고 말하였다. 노비老婢가 한번 시험해보니, 그는 귀신 쫓기를, "압록강으로 가거라, 뒷록강으로 가거라"라고 하는 것이었다. 대개 압鴨을 앞〔前〕으로 간주하여 '앞록강'이라 하고, 다시 '뒷록강'이 있는 것으로 생각한 것이다. 내가 다그쳐 뒷록강이 어디에 있느냐고 물었더니, 그만 받은 쌀을 버리고 도망가 버렸다. 어떻게 하면 대양바다에서 온 자로 하여금 무당과 걸승을 모두 잡아다가 뒷록강으로 쫓아 버릴 수 있을까?

일찍이 월파정月波亭에 올랐다가 큰 무당이 귀신을 놀리는 것을 들었는데, 그 소리가 청월淸越하고 또한 기어奇語가 많았다. 그 말 중에,

백비단白飛緞이여, 장삼이로다 白飛緞兮長衫
공작의 깃이여, 옷깃이 되었네. 孔雀羽兮爲領

라고 하였고, 또

호구신虎口神이여, 원방에서 왔구려 虎口神兮遠來
가야금이여, 들보가 되었네. 伽倻琴兮爲梁
금현琴絃이 열두 줄인데 琴絃兮十二
무슨 현絃을 좇아 높이 날고 도는고? 從何絃兮翺翔

라고 하였다. 느린 박자로 요고腰鼓를 치자 금방울이 부서지는 듯하고, 나이 어리고 목소리가 맑은 자들이 서로 부르며 화답하니, 자못 〈구가九歌〉[1]를 읽는 뜻이 있어 족히 이 삶을 즐길 만한 것이었다. 영남의 무당은 사람들로 하여금 다만 귀를 시끄럽게 하여 잠을 이루지 못하게 할 뿐이다.

1_ 〈구가九歌〉 | 굴원屈原(기원전 343?~기원전 289?)이 지은 《초사楚辭》. 위로는 신神을 섬기는 경건함과 아래로는 자기 자신의 원망怨望을 드러냈다고 한다. 풍간風諫의 뜻이 강한 노래로 유명하다.

영등신

影等神

해마다 2월 초하루면 집집마다 영등신影等神[1]에게 제를 지내는데, 제를 지내기 삼 일 전에 문 앞에 적토赤土를 펼쳐 놓고, 사람을 제한하여 들어오지 못하게 한다. 기일이 되자 닭이 울기 전에 집안사람들은 모두 새 옷을 갈아입어 경건하고 엄숙하게 하고, 밥과 국 · 떡 · 주과 · 어육 · 절인 나물을 마당에 차리고 대나무에 종이를 끼워 울타리에 죽 늘어놓고는 수없이 절을 하였다. 절을 하면서 소원하는 바를 빌기도 하였다. 제가 끝나면 제를 올린 장소에 나무 하나를 세우고 그 위에 명수明水[2]를 올리는데, 매일 아침 이 물을 바꿔 새로 올리다가 십오 일이 되면 비로소 이 의식을 끝낸다. 집안에 질병이 없고, 해마다 곡식이 풍년이 들며, 재물이 모이는 것은 모두 이 신이 내려준 것이라고 한다.

영남의 고을에서는 모두 이 굿을 하는데, 이 고장 사람들의 말에,

1_ **영등신**影等神 | 영등할망. 영등할망은 원래 음력 2월 초하룻날 제주도에 입도入島하여 15일에 나가는 내방신來訪神인데, 이 기간 동안 섬 주변 바다의 소라 · 전복 · 미역 등 해녀의 채취물을 증식시켜주며, 어로 일반까지 보호해준다고 한다. 그 후 전국의 해안 마을에서 모두 영등할망을 받들었던바, 이때가 되면 어로의 풍년을 기원하며 제사를 지냈는데, 이를 영등굿〔影等祭〕이라고 한다.

2_ **명수**明水 | 제사에 쓰는 맑은 물. 정화수.

"옛날에 영등신을 섬기기를 매우 엄격히 하였는데, 읍邑의 어떤 한 주리主吏가 읍을 위하여 시정하기를 청하였다. 그 주리의 처가 정성을 다해 장식을 하고 내실에 앉아 신을 기다렸더니, 한밤중이 되자 무엇이 깨달아지는 듯 감통함이 있었다. 신이 떠나고 나자 옷이 땀에 흠뻑 젖었다"고 한다. 이는 대개 옛날 두두리豆豆里[3]의 유속流俗으로, 음사淫祠의 귀신이었다.

3_ **두두리**豆豆里 | 귀신을 가리키는 말로, 주로 남의 몸에 붙은 악귀를 지칭한다. 《신증동국여지승람新增東國輿地勝覽》, 〈경주부慶州府〉편에, "王家藪, 在府南十里, 州人祀木郎之地. 木郎俗稱豆豆里, 自鼻荊之後, 俗事豆豆里甚盛"이라는 대목이 보인다.

《전등신화》 주석

剪燈新語註

《전등신화剪燈新話》[1]는 종길宗吉 구우瞿佑[2]가 원 · 명 시대 소설들을 수정하여 만든 것이다. 〈등목취유취경원기藤穆醉遊聚景園記〉, 〈추향정기秋香亭記〉 등은 또한 그가 직접 지은 것이다. 〈모란등기牧丹燈記〉는 진음陳愔, 〈금봉차기金鳳釵記〉는 유관柳貫, 〈녹의인전綠衣人傳〉은 오연吾衍, 〈위당기우기渭塘奇遇記〉[3]는 명마룡明馬龍이 지은 것이다.[4] 그 문사가 모두 속되고 가벼워 쉽게 이해되고 쉽게 본받을 수 있기 때문에 우리나라의 이서吏胥들은 반드시 이 작품을 읽었다.

수호자垂胡子[5]는 성이 임林이요, 이름은 알 수 없고 벼슬이 군자감정軍資監正에 이르렀는데, 이 책의 주석을 매우 근실하게 달았다. 지인知

1_ 《전등신화剪燈新話》 | 중국 명나라 때 구우瞿佑가 지은 전기소설傳奇小說. 김시습金時習의 《금오신화金鰲神話》 창작에 간접적인 영향을 미친 작품으로 전소 4권, 부록 1권으로 이루어졌다.

2_ 종길宗吉 구우瞿佑 | 중국 명나라 전당錢塘 사람. 종길宗吉은 그의 자. 박학다재했으며, 특히 소설 및 잡록류에 관련한 작품을 많이 남겼다. 저서로 《전등신화》 외에도 《전등록剪燈錄》, 《유예록游藝錄》 등이 있다.

3_ 〈위당기우기渭塘奇遇記〉 | 원문에는 〈위당기우록渭塘奇遇錄〉으로 되어 있으나 《전등신화》에는 〈위당기우기〉로 되어 있기에 번역은 《전등신화》의 제목을 따랐다.

4_ 원 · 명 … 것이다 | 여기 열거된 작품들은 모두 《전등신화》 20편에 수록된 것들이다. 그리고 이는 모두 《전등신화》의 작자 구우의 작품으로 되어 있는데, 이옥이 각각 작자가 다른 사람이라고 밝힌 것은 어디에 근거한 것인지 확실치 않다. 그리고 여기에 열거된 인물들은 모두 미상.

印 장종득張宗得이 《전등신화》를 가지고 와서 배우기를 원하기에 나 또한 때때로 뒤져보니, 주석이 자못 자세하였다. 그러나 오직 〈위당기우기〉의 추경시秋景詩에 '철마鐵馬'를 융마戎馬로 해석한 것은 잘못이다. 철마는 원元나라 궁중의 고사에서 나온 것으로, 원나라 황후가 댓잎의 바람 소리를 듣기 좋아했는데, 댓잎이 다 지고 나자 옥편玉片과 철을 조각하여 댓잎을 만들어 바람이 드는 처마에 매달아 놓았으니, 이를 '철마鐵馬'라 하기도 하고 또는 '죽준竹駿'이라고도 하였다. 지금 만약 '철기鐵騎'로 해석한다면 "소리가 시끄러워지고 바람이 거세지네"라는 시구는 변방의 풍경이 되는 것이다. 어찌 규방의 추흥秋興이 있겠는가?

듣자 하니, 《전등신화》의 인본印本이 심히 많아 예닐곱 본本에 이른다고 한다. 그 인쇄와 그 주석은 정말 다사多事스러운 일로 느껴진다. 다만 도도평장都都平丈[6]을 위하여 밥그릇을 준비해줄 뿐이다.

5_ **수호자**垂胡子 | 임기林芑(?~1592). 수호자는 그의 호. 서출로서 명종·선조 연간에 이문학관을 지냈다. 학음學音 윤춘년尹春年과 함께 《전등신화》에 주석을 달아 《전등신화구해剪燈新話句解》를 간행하였다. '전등신화주'라는 것도 바로 이 《전등신화구해》를 두고 말한 것이다.

6_ **도도평장**都都平丈 | 제대로 배우지 못한 시골 서당의 훈장을 가리킨다. 일반적으로 단견천식短見淺識함을 조소하는 말로 쓰인다. 도도평장이라는 말은 《논어論語》, 〈팔일八佾〉편에, "周監於二代, 郁郁乎文哉. 吾從周"라는 어구의 '욱욱호문郁郁乎文' 부분을 글자가 비슷한 관계로 '도도평장都都平丈'이라고 받아들인 데서 유래한 것이다.

언문소설

諺稗

어떤 사람이 언문소설을 가지고 와서 나에게 긴 밤을 지새우는 데 도움이 된다 하기에, 그것을 보니 바로 인본인데, 《소대성전蘇大成傳》이었다. 이 책은 서울의 담배 가게에서 부채를 치며 낭독하는 것들이 아닌가? 크게 윤리가 없고, 다만 사람들에게 웃음이 그치지 않게 할 뿐이다.

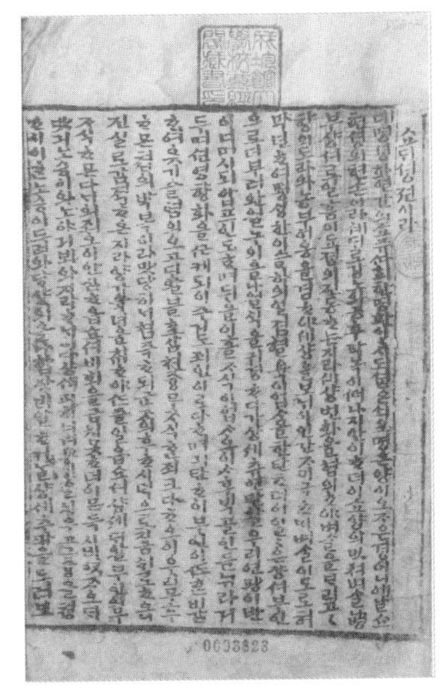

《소대성전蘇大成傳》
목판본. 1907년 간행. 성균관대학교 존경각 소장. 조선조 후기에 필사본과 방각본으로 엮어져 널리 읽힌 작자 미상의 국문소설.

그러나 나는 이것이 패사稗史보다는 낫다고 생각한다. 무릇 패사는 짓는 자가 정사正史의 의안처疑案處를 교묘하게 엿보아 이를 가지고 이야기 자루를 만들어낸다. 이사사李師師[1]가 임금의 출유出遊를 맞은 사실은 곧 《충의수호전忠義水滸傳》의 송강宋江이 밤에 창루娼樓에서 배알한 이야기[2]가 된 것이고, 유목천楡木川[3]에서의 졸봉卒

崩한 일은 곧《여선외사女仙外史》[4]의 새아賽兒가 검을 귀모鬼母 천존天尊에게 준 이야기[5]가 된 것이다. 천재지하千載之下에 이목耳目을 괴롭히는 음란한 소리를 하는 자는 그 죄가 진실로 큰 것이다. 어찌 저 거짓말로써 거짓말을 불려 스스로를 짐짓 망언하는 부류로 만들어 다만 남의 한 번 웃음을 더하는 것과 같단 말인가? 그러나 떡갈나무 판에 새기고 닥나무로 만든 흰 종이에 찍으니, 두 나무 또한 원통할 일이다.

—이상 정환국 옮김

1_ **이사사李師師** | 중국 송나라 변성汴城의 명기名妓. 재색을 두루 갖춰 당대의 문사 진관秦觀·주방언周邦彦 등과 어울렸으며, 휘종徽宗 또한 그의 집을 몰래 방문하여 뒤에는 후비로 책봉되기도 하였다. 정강靖康의 변이 일어났을 때 폐비가 되어 서인庶人으로 강등, 호수湖水와 상수湘水 사이에 유락流落하였다. 때문에 그를 소재로 한 잡록류의 작품이 많이 남아 있다.

2_ **송강宋江이 … 이야기** | 《충의수호전》에서 양산박梁山泊의 송강宋江이 조정에 투항할 생각을 가지고 연청燕青·이규李逵 등과 경성에 잠입, 이사사의 집에 와 있던 휘종을 배알한 부분을 말한다.

3_ **유목천楡木川** | 지금 찰합이성察哈爾省 다륜현多倫縣에 있던 지명. 명나라 성조成祖가 이곳에서 죽었다.

4_ **《여선외사女仙外史》** | 이른바 '정강의 변'을 배경으로 여웅呂熊이 찬한 중국 청대 소설. 전신이 신선인 여주인공 당새아唐賽兒가 반란을 일으킨 연왕燕王, 곧 태종을 물리치고 나라를 수복하는 과정을 그렸다. 여주인공 당새아는 이 시기 반란을 일으켜 한동안 횡행했던 역사상의 인물인데, 이를 허구화한 것이다.

5_ **새아賽兒가 … 이야기** | 작품상에는 당새아가 수하의 귀모鬼母 천존天尊에게 비검을 주어 연왕을 죽이는 것으로 나와 있다. 이는 실정과는 거리가 멀다.

애금의 진술서

愛琴供狀

삼가 진술하옵니다.

마음이 슬프니[1] 말하는 것조차 욕스럽습니다.[2] 사실은 제가 본래 조실방造實坊[3]에서 태어나 살고 있던 양가 여자로, 열다섯 살에 신지촌新支村에 있는 우영익禹令益에게 시집갔습니다. 여자가 시집감에 그 집안을 잘 가꾸어야 했기에[4] 삼 년 동안 가난하게 살면서도 집안일을 수고로이 여기지 않았습니다.[5] 그러나 남편이 불량하여[6] 사람으로서 예의가 없어서[7] 저를 제대로 돌보지 않고,[8] 도리어 원수로 생각할 뿐만 아니라 헐뜯고 중상하는 말이 끝이 없어 우리 두 사람을 죄인으로 얽어매기에 이르렀습니다. 이웃

1_ **마음이 슬프니** | 《시경詩經》, 〈패풍邶風·종풍終風〉편의 "中心是悼"를 인용하였다. 이하도 모두 이와 같은 형식으로 구성되어 있으므로, 앞으로 인용의 경우 《시경》의 편篇과 장章만을 표시하도록 한다.

2_ **말하는 것조차 욕스럽습니다** | 〈용풍鄘風·장유자牆有茨〉편의 "言之辱也"를 인용하였다.

3_ **조실방造實坊** | 경상북도 성주군 용암면龍岩面 대봉동大鳳洞에 있던 마을.

4_ **여자가 … 했기에** | 〈주남周南·도요桃夭〉편의 "之子于歸, 宜其室家"를 인용하였다.

5_ **삼 년 … 않았습니다** | 〈위풍衛風·맹氓〉편의 "三歲食貧, 靡室勞矣"를 인용하였다.

6_ **남편이 불량하여** | 〈진풍陳風·묘문墓文〉편의 "夫也不良"을 인용하였다.

7_ **사람으로서 예의가 없어서** | 〈용풍·간모干旄〉편의 "人而無禮"를 인용하였다.

8_ **저를 … 않고** | 〈패풍·곡풍谷風〉편의 "不我能慉"을 인용한 것인데, 원문에서는 '慉'이 '畜'으로 바뀌어 있다.

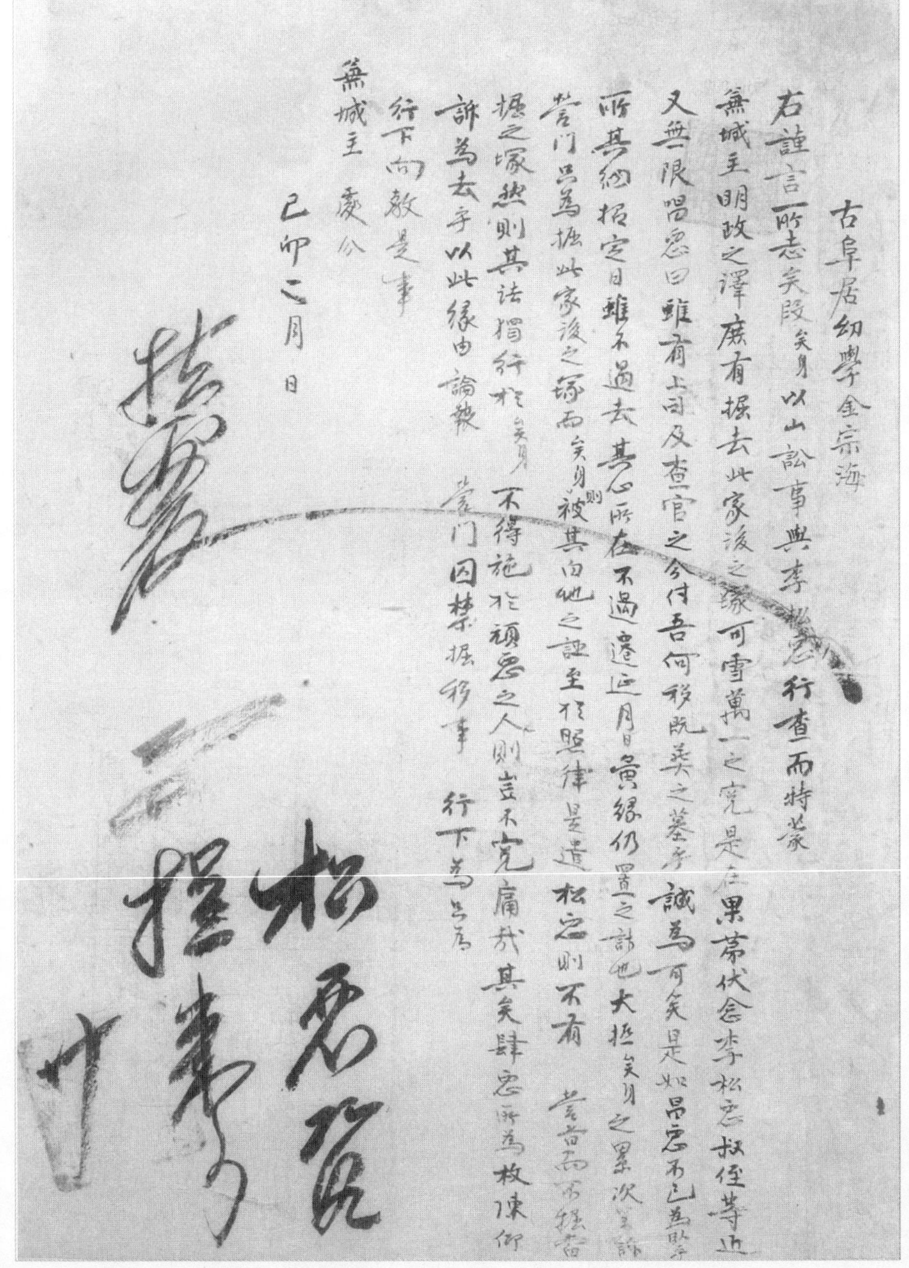

〈소지장所志張〉

성균관대학교 박물관 소장. 〈소지장〉은 백성들이 사정이 있을 때 관아에 내던 청원서. 이 소지장은 고부古阜에 거주하는 유학幼學 김종해金宗海가 선대 묘소의 산송山訟을 관가에 호소하는 내용이다.

에 사는 김기문金起文과 몰래 간통하였다 하면서, 끝내 좋아하지 않고[9] 문 안에서 저를 내보냈습니다.[10] 이렇게 될 줄은 생각조차 못하였지만 또한 어쩔 수 없었습니다.[11]

제가 우리 아버지와 여러 어른들께 돌아가 말씀을 드렸으나[12] 끝내 어렵고 가난하여[13] 홀로 거처하게 하고,[14] 저의 생활을 돌볼 수 없었기에[15] 마침 갈명곡葛明谷에 있는 장계생張桂生의 집에 베 짠 삯을 받아 오기 위하여, 동이 트기도 전에[16] 저 높은 산을 올랐습니다.[17] 이슬이 흥건히 내린 길을[18] 외로이 가는데[19] 저 어떤[20] 힘이 범 같은 놈이[21] 노산猺山의 사이에서 저를 만났습니다.[22] 우연히 만났는데[23] 저를 원수처럼 붙들고는[24] 넘어뜨리고 덮치고 하여[25] 저를 희롱하며[26] 저를 쉬지도 못하게 하였습니다. 마음이 취한 듯하여[27] 잠든 채 깨어나지 못하였습니다.[28] 제 몸도 주체하지 못

9_ **끝내 … 않고** | 〈패풍 · 일월日月〉편의 "逝不相好"를 인용하였다.
10_ **문 안에서 … 내보냈습니다** | 〈패풍 · 곡풍〉편의 "薄送我畿"를 인용하였다.
11_ **이렇게 … 없었습니다** | 〈위풍 · 맹〉편의 "反是不思, 亦已焉哉"를 인용하였다.
12_ **우리 … 드렸으나** | 〈소아小雅 · 황조黃鳥〉편의 "復我諸父"를 인용하였다.
13_ **끝내 … 가난하여** | 〈패풍 · 북문北門〉편의 "終窶且貧"을 인용하였다.
14_ **홀로 … 하고** | 〈빈풍豳風 · 동산東山〉편의 "敦彼獨宿"을 인용하였다.
15_ **저의 … 없었기에** | 〈패풍 · 격고擊鼓〉편의 "不我活兮"를 인용하였다.
16_ **동이 … 전에** | 〈제풍齊風 · 동방미명東方未明〉편의 "東方未晞"를 인용하였다.
17_ **저 높은 … 올랐습니다** | 〈주남 · 권이卷耳〉편의 "陟彼崔嵬"를 인용하였다.
18_ **이슬이 … 길을** | 〈소남召南 · 행로行路〉편의 "厭浥行露"를 인용하였다.
19_ **외로이 가는데** | 〈당풍唐風 · 체두杕杜〉편의 "獨行踽踽"를 인용하였다.
20_ **저 어떤** | 〈소아 · 교언巧言〉편의 "彼何人斯"를 인용하였다.
21_ **힘이 … 놈이** | 〈패풍 · 간혜簡兮〉편의 "有力如虎"를 인용하였다.
22_ **노산猺山의 … 만났습니다** | 〈제풍 · 환還〉편의 "遭我乎猺之間兮"를 인용하였다.
23_ **우연히 만났는데** | 〈정풍鄭風 · 야유만초野有蔓草〉편의 "邂逅相遇"를 인용하였다.
24_ **저를 … 붙들고는** | 〈소아 · 정월正月〉편의 "執我仇仇"를 인용하였다.
25_ **넘어뜨리고 … 하여** | 〈제풍 · 동방미명〉편의 "顚之倒之"를 인용하였다.
26_ **저를 희롱하며** | 〈정풍 · 진유溱洧〉편의 "伊其相謔"을 인용하였다.

하는 형편에 하물며 뒷일을 근심하겠습니까?[29] 조금 쉴 만하면 다시 악한 행동을 하여[30] 심지어 저의 등이 까지고, 다리가 저려 혼절하였는데, 저도 모르는 사이에 그놈이 제 적삼을 빼앗아 가버렸습니다.

저는 기다시피 하여 집으로 돌아와 며칠 동안 일어나지 못하였는데, 이에 저의 아버지께서 그 사유를 들으시고 혹시라도 딸이 혼자 살다가 다시 흉포한 욕을 당할까 염려하여 이웃집 늙은 홀아비 정귀남丁貴南에게 시집가는 것을 허락하였습니다. 혼인을 한 까닭에 그의 집에 가서[31] 저의 재물을 옮겨[32] 함께 해로하려고 하였는데,[33] 뜻밖에 지금, 전날 그놈이 와서 처음에는 용의곡龍儀谷에 사는 김명길金命吉이라고 하면서 손에 관패官牌와 잃어버린 제 적삼을 가지고 말하기를, "이 여자가 나의 손을 잡고 함께 가면서 아침마다 함께 살기를 맹세했는데,[34] 어찌 옷이 없어진 것인가?[35] 당신이 주었기 때문이요,[36] 다른 사람과 사는 것은[37] 너무도 신의가 없는 것이다"[38]라고 하였습니다. 수없이 무고하게 모함을 하였으나 대저 아내를 어떻게 얻는 것입니까? 중매가 없으면 얻지 못하는 것인데[39] 그에게 좋은

27_ **마음이 … 듯하여** | 〈왕풍王風 · 서리黍離〉편의 "中心如醉"를 인용하였다.
28_ **잠든 … 못하였습니다** | 〈왕풍 · 토원兎爰〉편의 "尙寐無吪"를 인용하였다.
29_ **제 몸도 … 근심하겠습니까?** | 〈소아 · 소변小弁〉편의 "我躬不閱, 遑恤我後?"를 인용하였다.
30_ **다시 … 하여** | 〈소아 · 우무정雨無正〉편의 "覆出爲惡"을 인용하였다.
31_ **그의 … 가서** | 〈소아 · 아행기야我行其野〉편의 "言就爾居"를 인용하였다.
32_ **저의 … 옮겨** | 〈위풍 · 맹〉편의 "以我賄遷"을 인용하였다.
33_ **함께 … 하였는데** | 〈패풍 · 격고〉편의 "與子偕老"를 인용하였다.
34_ **아침마다 … 맹세했는데** | 〈위풍 · 맹〉편의 "信誓旦旦"을 인용한 것인데, 원문에서는 '旦旦'을 '朝朝'로 바꿨다. 이는 태조 이성계李成桂의 이름인 '단旦'을 휘諱한 것으로 판단된다.
35_ **어찌 … 것인가?** | 〈진풍秦風 · 무의無衣〉편의 "豈曰無衣?"를 인용하였다.
36_ **당신이 … 때문이요** | 〈패풍 · 정녀靜女〉편의 "美人之貽"를 인용하였다.
37_ **다른 … 것은** | 〈당풍唐風 · 산유추山有樞〉편의 "它人入室"을 인용하였다.
38_ **너무도 … 것이다** | 〈패풍 · 체동蝃蝀〉편의 "大無信也"를 인용하였다.

중매쟁이가 없으니[40] 어찌하겠습니까.[41] 명길은 말을 하더라도 또한 심히 추악합니다.[42] 저 미친 놈의 미친 행동은,[43] 저는 전혀 마음에 없습니다.[44] 저를 옥사獄事에 불렀으나 가정을 이루기에는 부족합니다.[45] 비록 저를 송사訟事에 엮었으나 또한 그를 따르지 않겠습니다.[46] 귀남貴南은 처자와 화합할 만하여[47] 그와 해로하며[48] 누런 머리와 새 이가 나도록[49] 진실로 저의 짝이 될 만합니다. 죽어도 다른 곳에 시집가지 않겠습니다.[50]

이에 감히 사연을 갖추어 우러러 하소연하오니, 위의 연유를 자세히 헤아리신 후에 다른 사람 말을 믿지 마시고,[51] 이 외로운 사람을 가엾게 여기시어,[52] 돌아가고 싶은 곳에 돌아가[53] 제가 소원을 이루도록 해주소서.[54]

이 공장供狀은 성주 지방 양녀 애금愛琴의 소장으로 아이들 중에 그것을 베껴 전하는 것이 있어, 그 일이 우스울 뿐만 아니라 진술한 말도

39_ **대저 … 것인데** | 〈빈풍 · 벌가伐柯〉편의 "取妻如何? 匪媒不得"을 인용하였다.
40_ **그에게 … 없으니** | 〈위풍 · 맹〉편의 "子無良媒"를 인용하였다.
41_ **어찌하겠습니까** | 〈용풍 · 군자해로君子偕老〉편의 "云如之何"를 인용하였다.
42_ **심히 추악합니다.** | 〈소아 · 십월지교十月之交〉편의 "亦孔之醜"를 인용하였다.
43_ **저 … 행동은** | 〈정풍 · 건상褰裳〉편의 "狂童之狂"을 인용하였다.
44_ **저는 … 없습니다** | 〈정풍 · 출기동문出其東門〉편의 "匪我思存"을 인용하였다.
45_ **저를 … 부족합니다** | 〈소남 · 행로〉편의 "雖速我獄, 室家不足"을 인용하였다.
46_ **비록 … 않겠습니다** | 〈소남 · 행로〉편의 "雖速我訟, 亦不女從"을 변용하여 사용하였다.
47_ **처자와 … 만하여** | 〈소아 · 상체常棣〉편의 "妻子好合"을 인용하였다.
48_ **그와 해로하며** | 〈위풍 · 맹〉편의 "及爾偕老"를 인용하였다.
49_ **누런 … 나도록** | 〈노송老松 · 비궁閟宮〉편의 "黃髮兒齒"를 인용하였다.
50_ **진실로 … 않겠습니다** | 〈용풍 · 백주栢舟〉편의 "實維我儀, 之死矢靡他"를 인용하였다.
51_ **다른 … 마시고** | 〈정풍 · 양지수揚之水〉편의 "無信人之言"을 인용하였다.
52_ **이 외로운 … 여기시어** | 〈소아 · 정월〉편의 "哀此惸獨"을 인용하였다.
53_ **돌아가고 … 돌아가** | 〈소남 · 은기뢰殷其靁〉편의 "歸哉歸哉"를 인용하였다.
54_ **제가 … 해주소서** | 〈정풍 · 야유만초〉편의 "適我願兮"를 인용하였다.

포복절도할 만하다. 혹시 어떤 사람이 장난삼아 지은 글이었을까? 이에 대략 다듬고 고쳐서 무료할 때에 이야깃거리로 삼고자 한다.

아홉 지아비의 무덤

九夫冢

삼기에 묏자리를 함께한 열 개의 봉분이 있었다. 전하는 말에, "어떤 여자가 시집을 가서 곧 과부가 되어 장례를 치르고, 또 시집가서 다시 과부가 되니, 무릇 아홉 번 시집가서 아홉 번 과부가 되었다. 이에 아홉 지아비를 한 곳에 나란히 묻어두고 자기도 죽어서 옆에 묻히어 모두 열 개의 봉분이 되었다"고 한다. 또한 기이하다. 부장祔葬 제도가 있은 이래로 이런 경우는 없었다. 다만 구원九原, 무덤에서 다시 살아난다면 누구와 함께 살아갈 것인지 알 수 없다.

가마를 탄 도적

乘轎賊

대구大邱의 한 군교軍校가 김천역金泉驛에서 가마 하나를 만났다. 가마는 매우 화려하고, 따르는 하인들도 모두 건장하며, 뒤에 모시고 가는 사람도 빼어나고 단아하여 유한공자游閑公子 같았다. 그러나 자세히 살펴보니, 녹림綠林[1]의 낌새가 있어서 드디어 뒤를 밟아 청도읍淸道邑에 이르렀다. 도착한 날이 마침 장날이었다. 그들은 여관에 가마를 머물게 하고 시장으로 흩어져 들어가더니, 비단과 돈, 재물을 아주 많이 훔쳐왔다. 군교가 드디어 발로 차고, 뒤를 묶어 몽둥이로 심하게 매질하였다. 가마에 있던 부인이 급히 나와서 말렸다.

"나그네께서는 우리 장사꾼들을 다그치지 마셔요. 제가 떡을 드릴게요."

그녀의 자태는 절세미인이어서 보는 사람으로 하여금 마음이 황홀하게 하고 손에 맥이 풀리게 하였다.

대개 떡은 도적의 말로 '간음'을 뜻하는 것이다. 도적들은 본래 자기

1_ 녹림綠林 | 산속에 모여 위정자에게 반항하거나 재물을 약탈하는 집단. 중국 한말漢末, 왕망王莽 때 왕광王匡·왕봉王鳳 등이 호북성湖北省 녹림산綠林山을 근거지로 농민군을 조직하여 녹림군이라 한 데서 유래되었다.

들끼리만 통하고 남은 알아듣지 못하는 말이 있다. 예를 들면, 중은 '산나귀〔山驢〕'라 하고, 여자는 '심주心主'라 하고, 사람〔人〕은 '연주烟主'라 하고, 말〔馬〕은 '용龍'이라 하고, 소〔牛〕는 '죽竹'이라 하고, 도둑은 '장사꾼〔賈〕'이라 하고, 포교〔捕校〕는 '나그네〔旅〕'라 하여 모든 사물에 없는 말이 없는데, 포교만은 다 알아들을 수 있다. 내가 길에서 포교에게 들었다.

그물을 찢어버린 어부

漁者毁網

어떤 어부가 그물 하나로 생업을 삼았는데, 단성丹城 쟁탄錚灘의 굽이에 그물을 쳐 놓고 여울가에 있는 반석 위에 앉아 고기를 기다리고 있었다. 날이 이미 저물자 웬 횃불이 번개처럼 번쩍거리며 다가왔다. 어부는 그것이 호랑이인 줄 알았으나 피할 수가 없어서, 드디어 알몸으로 물속에 뛰어들어 여울목으로 헤엄쳐 갔다. 호랑이는 어부가 앉아 있던 곳에 걸터앉아 자리를 지키고 떠나지 않았다.

얼마 후 물 밑에서 꿈틀거리며 뭔가 다가오는 것이 있음을 깨닫고 만져보니 이번에는 이무기였다. 달아나기도 전에 이무기가 재빨리 어부의 다리를 감았는데, 굵기가 허벅지만 하고 조이는 것은 쇠로 감는 듯하였다. 어부가 급히 손으로 이무기의 턱을 잡고 대가리를 바위에 쳤는데 단단하여 깰 수가 없었다. 곧바로 바위 위에 누워 이무기 다리를 바위의 모서리 진 곳에 매우 급하게 갈았더니, 드디어 이무기가 네다섯 토막으로 끊어졌다.

이무기가 죽고 호랑이도 떠나고 나서야 어부는 물에서 나와 하늘을 우러러 통곡하며, "하늘은 내가 고기 잡는 것을 바라지 않는구나. 내 차라리 집에서 굶어 죽으리라" 하고는 드디어 그물을 찢어버리고 떠나갔다.

아! 어떤 산인들 호랑이가 없으며, 어떤 물인들 이무기가 없겠는가마는 어부 중에 그물을 찢어버린 사람을 나는 보지 못하였다.

묵방사의 북

墨房寺鼓

묵방사墨房寺[1]에 잘 울리는 오동나무 북이 있었다. 절이 없어지자, 고을 원이 현縣의 문루門樓를 새로 단장하고 그 북을 가져다 걸려고 하였다. 북은 매우 커서 직경이 구 척쯤 되고, 높이는 직경의 반이었다. 여러 사람들이 같이 메고 올 것을 상의하였는데, 그래도 모두 어렵게 여겼다. 문졸門卒 중에 혼자서 가져오겠다는 자가 있어서, 가더니 북을 분해하여 오동나무 북 조각을 가죽으로 싸서 돌아왔는데 겨우 한 짐이었다. 북은 가져왔으나 다시 북을 만들 수가 없었다. 원이 화가 나서 그를 꾸짖으니, 문졸은 골이 난 듯이 말하였다.

"가져오기는 어렵지 않았지만 참으로 고생은 되었습죠. 그리고 한 조각도 멋대로 훔치지는 않았습니다."

사람들이 모두 웃었다.

1_ **묵방사墨房寺** | 경남 합천군 가회면 중촌리 절골 남쪽에 있던 절.

석굴에서 엽전을 주조하는 도적

石窟盜鑄

진주晉州 토포군討捕軍 허남許南은 염탐을 잘한다고 이름이 나 있었다. 한번은 진양晉陽 저자에서 세 명의 아름다운 부인이 돈을 물 쓰듯이 쓰는 것을 보았다. 그들의 뒤를 밟았더니, 또 다섯 명의 사내가 그들이 사온 물건을 짊어지고 고성固城의 밤고개〔栗峙〕 아래에 이르렀다. 길을 버리고 어지러운 나무 사이로 일 리里쯤 갔다. 돌로 닫힌 굴이 있었는데, 그들이 돌을 들어 치우고 들어가더니 다시 닫았다.

허남은 높은 나무를 타고 접근하여 뒤따라 굴속으로 들어갈 수 있었다. 굴속은 밤낮의 구분이 없어 횃불을 비추고 살고 있었다. 초가집이 있는데 꽤 넓었고 남녀노소가 매우 많이 있었다. 철로鐵爐가 십여 군데 있었는데, 한창 풀무질하고 불려서 상평통보常平通寶[1]를 만들고 있는 중이었다. 허남이 온 것을 보자, 정성스럽게 대접하고 앞다투어 술과 음식을 내었다. 허남이 방에 누워 자는 척하면서 문 밖에서 하는 말을 들었다.

1_ **상평통보**常平通寶 | 조선조에 쓰던 엽전葉錢으로, 구리와 주석의 합금으로 주조되었다. 인조 11년(1633)에 처음 만들어 사용하였고, 그 후 중앙 관서 · 지방 관아 및 군영軍營에서 수시로 주조 유통되었다.

"이 사람을 밖으로 내보낼 수가 없으니 칼로 죽일까요, 몽둥이로 죽일까요?"

한 노인이 말하였다.

"육만 전錢만 쓰면 입막음을 할 수가 있는데, 어찌 오륙만 전 때문에 사람의 목숨을 해치겠는가?"

드디어 허남을 불러 말하였다.

"자네 어떻게 여기에 왔나? 나는 자네를 알고 있네. 빨리 돌아가라. 육만 전을 선물로 줄 테니, 그것을 받고 입조심하게. 그렇지 않으면 칼을 선물로 줄 것일세."

허남은 두려워 급히 자신의 집으로 돌아갔는데, 밤이 되자 삼만 전이 마당에 놓여 있었다. 그 후 허남이 여러 포교들과 함께 다시 가서 탐색하였는데, 집과 철로는 그대로 있었으나 사람은 볼 수 없었다.

필영의 진술서

必英狀辭

아뢰옵니다.

저는, 비록 벼슬하는 집안은 아니지만 또한 양가良家에서 태어나 어려서부터 정절을 지니고 깊은 규중에서 양육되었습니다. 홍안紅顔은 박명薄命이요, 청춘靑春은 이로易老라, 열다섯 고운 시절도 벌써 가버리고, 아홉 가지 열 가지의 혼인 의식[1]도 못 보았습니다. 가을 달과 봄바람을 헛되이 보냈으며, 여름날과 겨울밤을 누구와 함께 하오리까? 가정을 갖고 싶은 소원은 부질없이 더해가고, 매양 중매가 없으매 탄식만 간절하였습니다. 들보 위에 제비가 쌍쌍이 깃드는 것을 부러워하고, 거울 속에 난새가 외로이 우는 것을 원망하였습니다.

마침 서울에 사는 최랑崔郎이 약관弱冠의 나이로 울타리 하나를 사이에 두고 이사를 왔습니다. 옥을 깎은 듯한 청신한 외모와 향을 훔쳐줄 만한[2] 다정한 운치가 있어, 한 번 보고 마음이 움직였고, 두 번 보자 정이 생겼습

1_ **아홉 가지 … 혼인 의식** | 《시경詩經》, 〈빈풍 · 동산東山〉편의 "之子于歸, 皇駁其馬. 親結其縭, 九十其儀"를 인용한 것이다.

2_ **향을 훔쳐줄 만한** | 원문에는 "투향偸香"으로 되어 있는데, 여자가 남자를 사랑하는 것을 의미한다. 중국 진晉나라 때 가충賈充의 딸 오午가 한수韓壽와 몰래 정을 통하여 아버지의 향을 훔쳐서 주었는데, 나중에 가충이 한수에게서 풍기는 향기 때문에 그 사실을 알게 되어 두 사람을 혼인시켰다. 《세설신어世說新語》, 〈혹닉惑溺〉 참조.

니다. 재자才子가 가인佳人을 만났고, 사랑스러운 여자가 정겨운 남자를 사모하여 그윽한 생각이 비파 한 곡조와 같고, 일렁이는 흥은 봄날의 나비나 벌과 같았습니다. 처음에는 제가 담장 틈으로 송옥宋玉을 엿보는 것 같았으나,[3] 마침내 금琴에 이끌려간 탁문군卓文君[4]과 같게 되었습니다. 삼생三生[5]의 원업寃業이 하룻밤의 아름다운 인연이라, 초어스름에 만나기로 기약하면서 차고 있던 패물을 풀어 서로 주었습니다. 복사꽃이 봄에 활짝 피고, 넝쿨 풀에 이슬이 함초롬하였습니다. 비록 육례六禮의 예물 준비 없었으나, 가히 일생을 해로할 만하였습니다.

어찌 뜻하였겠습니까? 북당北堂[6]의 노여움을 사서 동헌의 송사를 부르기에 이를 줄이야. 규방의 처녀로서 행실이 이지러졌으니 기적妓籍에 이름을 얹어야 한다고 합니다. 정원에 있던 꽃이 길가의 버들이 될 줄 누가 생각하였겠습니까? 스스로 돌아보니 부끄럽고 창피하며 슬픔과 아픔이 절실하였습니다. 비록 춘심春心을 억제하지 못하여 물의 흐름이 잘못되기도 하였습니다만, 아침에 구름이 되고 저녁에 비가 된 것일 뿐,[7] 그래도 동가식서가숙東家食西家宿[8]을 한 것은 아닌데, 어찌 이 약한 몸을 영구히 물에 빠트려, 지금껏 꽃다운 인연을 막아 버리려 합니까? 하물며 저는 노래부채와

3_ **담장 … 같았으나** | '송옥동장宋玉東牆'이란 고사를 말한다. 송옥宋玉의 이웃집에 한 여자가 송옥을 사모하여 담장에서 기다리기를 삼 년이나 하였으나, 송옥이 끝내 만나주지 않았다고 한다.

4_ **금琴에 … 탁문군卓文君** | 사마상여司馬相如가 탁문군을 마음에 두고 있었다. 그녀가 과부가 되자, 사마상여는 금琴을 뜯어 유혹하여, 마침내 탁문군은 사마상여의 아내가 되었다. 《사기史記》 권 117, 〈사마상여열전司馬相如列傳〉에 나온다.

5_ **삼생三生** | 불교 용어로 전생前生·금생今生·내생來生을 말한다.

6_ **북당北堂** | 어머니의 거처.

7_ **아침에 … 뿐** | 운우지정雲雨之情이란 고사를 말한다. 중국 전국시대 초나라 회왕懷王이 고당高唐에서 놀다가 꿈에 어떤 여자와 동침하였는데, 그 여자가 떠나면서 자신은 무산巫山의 신녀神女로서 아침에는 구름이 되었다가 저녁에는 비가 되어 내린다고 하였다.

춤옷〔舞衫〕[9]에 발걸음 한 적이 없고, 홍겨운 가야금과 애절한 피리에 손이 익지 못하며, 군루郡樓 홍군紅裙의 모임과 객관客館 푸른 일산日傘의 행차에 적당한 사람이 못 되니, 어찌 그런 일을 하겠습니까?

엎드려 바라옵건대, 주렴을 걷어 앵무새를 놓아주시고, 매를 부러뜨려 원앙을 보호해주소서. 구멍을 뚫고 담을 넘은 죄를 용서하시어, 손을 잡고 옷소매를 끌어당기는 소원을 이루게 해주소서.

먼 시골의 학동들이 배우기를 원하는 것은 소지장所志狀[10]의 글이다. 그러므로 베껴서 전하고 외우는 것이 대부분 이러한 것이다. 여기 이 이야기의 내용은 의령宜寧의 양녀良女 필영必英의 소지장인데, 대체로 《전등신화》를 많이 읽어 거기에서 얻은 것이다. 내가 대강을 수정하여 《전등신화》를 읽는 시골 학동들에게 보이려 한다.

8_ **동가식서가숙**東家食西家宿 | 중국 제齊나라 때 딸을 둔 어떤 부부가 신랑감을 구하였는데, 동가東家는 부유하되 추남醜男이고, 서가西家는 빈곤하나 미남美男이었다. 선택할 수가 없어 딸아이에게 선택하라고 했더니, "동쪽 집에서 먹고 서쪽 집에서 자겠다"라고 대답하였다는 고사가 있다.

9_ **노래부채와 춤옷**〔舞衫〕 | 가무歌舞하는 사람이 입고 사용하는 적삼과 부채를 뜻하며, 가무하는 기생을 말하기도 한다.

10_ **소지장**所志狀 | 백성이 관아에 내던 청원서.

저자의 도둑

市偸

읍의 서문 밖에 장터가 있었다. 장날에 물고기 파는 사람이 이천오백 전錢을 잃어버렸는데, 찾아보았으나 찾지 못했고 붙들고 따질 만한 사람도 없었다. 마침 읍의 군교軍校가 장터 북쪽에 있는 작은 골목을 지나는데, 어떤 사람이 옷자락에 묵직한 것을 싸고는 고개를 구부린 채 앞을 향해 걸어가고 있었다.

군교가 물었다.

"무얼 안고 가시오."

"대춥니다."

"그럼 대추 한 알만 주시구려."

"제사에 쓸 거라서……."

"제사에 쓴다고 어찌 한 알도 맛보지 못한단 말이오?"

급히 가서 손으로 뒤지니 돈이었다.

"이게 대추요?"

"좀 조용히 하세요, 반을 드릴게요."

군교가 포박하여 고을 원에게 뵈었더니, 원은 물고기 파는 사람에게 돈을 돌려주고 돈을 훔친 자에게는 곤장 스무 대로 벌하였다. 돈을 훔친 자가 풀려나와 웃으면서 말하였다.

"평지에서도 다리가 부러질 수 있구나. 큰 장에만 출입한 지 십여 년이 되었어도 실수 한 번 없었는데, 사람으로 하여금 부끄러워 죽게 만드네. 내일은 의령 장날이니 지금 간다면 제때에 도착할 수 있을 게야."

그러고는 이내 큰 걸음으로 갔다.

도둑에 대한 벌은 마땅히 중벌이어야 할 터인데, 중벌을 줄 수 없었기 때문이다.

장익덕의 보인

張翼德保

읍의 장교 중에 장익덕張翼德이라는 사람이 있었다. 읍의 장교는 으레 보인保人[1]이 있어서, 그에게 포布를 징수하였다. 익덕은 대평大平 사람 조자룡趙子龍을 보인으로 하였다. 조자룡이 억울하게 여겨 관청에 호소하니, 고을 원은 그 소장에 대해 이렇게 판결하였다.

"장익덕張翼德[2]이 조자룡趙子龍을 보인保人으로 한 것은 매우 희귀한 일이나, 다시 호소하지 말아야 한다."

나는 말한다. 그 사람이 누구인지 따질 필요는 없지만, 그들의 이름만 가지고 말한다면 상산공常山公[3]이 반드시 크게 꿀린다고 여길 것이다. 웃을 만한 일이다.

1_ **보인**保人 | 병역에 복무하지 아니하고 보포保布를 바치는 장정壯丁.

2_ **장익덕**張翼德 | 장비張飛. 중국 삼국시대 탁군涿郡 사람. 익덕翼德은 그의 자. 시호는 환후桓侯. 관우關羽와 함께 유비劉備를 섬겼으며, 용맹스럽고 무예가 뛰어나 '만인적萬人敵'이라는 칭호가 있었다. 오吳나라를 칠 때에 부하에게 살해당하였다.

3_ **상산공**常山公 | 조운趙雲. 자는 자룡子龍으로 중국 상산常山 출신이다. 장판長坂에서 조조曹操에게 패하여 유비가 달아날 때, 십만 대군을 뚫고 유비의 부인과 아들을 구하였다.

신화

慎火

창고를 지키는 사람은 그 명칭을 '신화慎火'라고 한다. 매양 적糴[1]을 받아들일 때 양量을 헤아린 뒤에, 신화가 반드시 스스로 둥구미를 잡고서 백성들에게 곡斛을 들어부으라고 시킨다. 바야흐로 곡식이 폭포처럼 쏟아져 내릴 때, 신화가 급히 둥구미의 뚜껑을 닫으면 곡식이 땅에 흩어지게 된다. 떨어진 곡식은 신화가 먹는 것이다. 사람들이 힐난하면, 신화는 말한다.

"이미 곡으로 잰 것이니 관청의 곡식이지, 너희들 것은 아니야."

창감倉監이 꾸짖기라도 하면, 이렇게 대꾸한다.

"내년 봄에 곡으로 재지 않고 백성들에게 꾸어줄 것이니, 백성들 것을 먹는 것이지, 관官의 것을 먹는 것이 아니다."

이 때문에 관청이나 백성들이 모두 금지하지는 않았다. 그러나 실제로는 백성들 것을 훔치는 것이다. 내가 신화를 두고 말하였다.

"신화라고 부르는 것은 창고지기에게는 알맞다. 그렇지만 신도慎盜라고 했으면 더욱 좋을 것 같다."

1_ 적糴 | 환곡還穀의 조적糶糴 제도에서 곡식을 거두어들이는 것을 말한다.

재물에 인색한 풍속

俗吝於財

내가 묵고 있는 곳이 주막이었으므로, 주막에서 밥을 먹는 사람들을 많이 보게 된다. 밥을 다 먹고 나서는 밥값으로 다투지 않는 사람이 적다. 심한 경우는 긴 수염에 옷과 안장이 화려하고 살찐 말을 타고 양쪽에 두 개의 주머니를 늘어뜨렸는데도, 그 다투는 것이 좀스러워 주모와 밥값을 따진다.

"국이 한 푼, 김치가 한 푼, 생선이 한 푼이고, 밥은 내가 가져온 쌀인데 어떻게 닷 푼을 달라고 하는가?"

또 어떤 이는 여러 하인을 거느리고 와서 하인의 밥은 너 푼으로 하고, 자기 밥은 한 푼으로 해 달라고 한다. 주모가 두 푼으로 하자고 하니, 그는 동의하지 않았다. 끝내 밥을 반만 먹고 한 푼을 주고 갔다.

대개 그 풍속이 재물에 인색하여, 돈으로 인해 체면의 경중이 생기는 것을 인식하지 않기 때문이다. 그런데 주막은 다른 도道에 비하여 후한 편이어서 한 푼어치 밥을 먹으면 수십 리를 갈 수 있다.

소송을 좋아하는 풍속

俗喜爭訟

어떤 세 사람이 동헌에 소송하여, 섬돌 앞에 나란히 꿇어앉았다. 그들이 소송하는 것은 삼백 전짜리 송아지 한 마리였다. 원이 책망하기를 "그대들은 이 고을 양반이 아닌가? 또한 노인인데, 송아지 한 마리가 무슨 대단한 것이라고 세 사람씩이나 와서 이렇게 하는가?"라고 하자, 그들은 사과하면서 "부끄럽습니다. 그렇지만 소송할 일은 반드시 해야지요" 하고는, 말을 마치고 돌아갔다.

또 읍에서 북쪽으로 육십 리나 떨어진 곳에 사는 어떤 이는, 열두 푼 때문에 동헌에 와서 소송하였다. 원이 말하기를 "네가 말을 타고 육십 리를 왔으니 필시 길에서 경비가 들었을 것이고, 그 경비는 필시 열두 푼이 넘었을 텐데, 소송을 안 하는 것이 이익이 되는 줄 왜 모르느냐?" 하니, 소송한 사람이 "비록 열두 꿰미를 쓸지라도 어찌 소송을 안 할 수 있겠습니까?"라고 말하였다.

그들의 풍속이 매우 억세고 융통성이 없어, 무슨 다툴 일이 있기만 하면 꼭 소송을 하는 것이다.

파낸 금덩어리

挖金

어떤 어리석은 백성이 밤에 판치板峙[1] 아래를 지나다가 별과 달이 땅에서 거울처럼 번쩍이는 것을 보았다. 다가가서 파내어 덩어리 하나를 얻었는데 크기가 한 자가 넘고 두터웠다. 들어서 보니 멀리 있는 불빛도 투과하여 비치는 것이 유리를 사이에 두고 보는 듯하였다. 금이라 생각하고 짊어지고 멀리 달아났다. 관리官吏 또한 금을 파간 것이라 생각하고, 그를 추적하여 잡으려고 무척 애를 썼다. 내가 들은 바로, 이것은 아마도 운모雲母[2]인 것 같다.

1_ **판치**板峙 | 경남 밀양군 단장면 동북쪽에 있는 산고개로 추정된다.
2_ **운모**雲母 | 조각 형태의 규산염珪酸鹽 광물로 화강암 안에 많이 들어 있다. '돌비늘'이라고도 한다.

까치 둥지

鵲巢

내가 머무르고 있는 집 바로 남쪽 문 밖에 둑이 있고, 둑 위에는 나무가 있는데, 나무 꼭대기에 까치가 둥지를 틀었다. 나의 방에서는 남작南鵲[1]이 되는 것이다. 마을의 부로父老들이 와서 축하해주는 이가 많았다.

내가 입춘에 시 한 연聯을 써서 벽 위에 걸었다.

젊은 날 웅대한 계획은	少日雄圖
북해의 큰 붕새[2]를 잡는 것이었는데,	搏鉅鵬於北海
신년의 길어吉語는	新年吉語
남쪽 까치집에서 신령스런 까치로 징험하리라.	驗靈鵲於南巢

1_ **남작**南鵲 | 집의 남쪽에 위치한 나무 위에 집을 짓고 사는 까치. 길조吉兆를 나타낸다고 한다.

2_ **큰 붕새** | 하루에 구만 리를 날아간다는 매우 큰 상상의 새. 북해北海에 살던 곤鯤이라는 물고기가 변해서 되었다고 한다. 《장자莊子》, 〈소요유逍遙遊〉 편에 나온다.

폭포 구경

觀瀑之行

읍의 북쪽 삼십 리에 폭포가 있는데, 황계비폭黃溪飛瀑[1]이라고 한다. 이른 봄철에 날씨가 매우 화창하여 사람들이 나에게 한 번 가서 놀자고 권하는 이가 많았다. 2월 초이튿날, 마침 송생宋生이 와서 폭포의 아름다움을 장황하게 말하면서 나를 일으키려 매우 노력하였다. 그 다음날 드디어 가보기로 하였다.

같이 간 사람으로는 이정돈李正敦 · 이우득李雨得 · 윤덕준尹德俊 · 이원식李元植 · 박기준朴驥俊 · 강말득姜末得 · 이익손李翌孫 · 동자童子 이윤신李允新 · 장종득張宗得 · 이광종李光宗 · 강시대姜時大 · 전치석全致石 · 유복상劉卜尙 · 박돌몽朴突夢 등 모두 열네 명이었다.

감떡 사십 개와 마른 청어 오십 마리를 준비하고, 지팡이를 짚고 가서 고개를 넘고 시내를 건넜다. 마을을 지나다가 술이 있느냐고 물어, 있으면 사 마셨다. 반쯤 가니 주막이 있어 같이 가던 사람이 모두 밥을 사서 먹었다. 밥은 적고 사람은 많아 사람마다 한 푼어치를 먹었는데도 오히려 다 돌아가지 않았다. 폭포에 도착해보니 큰 바위가 우뚝 솟아 병풍처럼 둘렀는데, 높이가 십여 길 정도나 되고 폭포가 바위 위에서

1_ **황계비폭**黃溪飛瀑 | 황계폭포. 경남 합천군 용주면 황계리 택계 동남쪽에 있다.

날아 내린다. 사람들이 말하기를, "폭포가 거쳐 오는 길에 옛날에는 돌부리가 있어서 마치 기름장수가 기름을 쏟아 붓는 것 같았다. 폭포 물이 멀리 날아가 더욱 기이하였는데, 주민들이 감사와 고을 원이 놀러 오는 것을 괴롭게 여겨 그것을 쪼아 무너뜨렸다"고 한다. 지금도 쪼은 흔적과 다녀간 사람들의 이름이 있다. 슬프다, 벼슬아치가 명승지에 누를 끼치는 것이 많다.

폭포의 바위가 높고 골짜기가 깊기 때문에 폭포 아래에는 아직도 얼음이 있었다. 폭포도 기이하고 얼음 또한 매우 기이하였다. 함께 폭포 옆에 있는 평퍼짐한 돌 위에 앉아서, 사람을 마을에 보내 술을 사 오게 하여 마셨다. 마른 고기와 곶감으로 안주하며 서로 바라보니 매우 즐거웠다.

그러나 날이 저물어, 송생이 자기 집으로 가자고 청하였다. 내가 여러 사람들이 곧 다 돌아갈 터이니, 그리로 갈 수 없다고 사양하였다. 어떤 사람이 두려암頭黎庵을 거쳐 가면 거리가 같으니 거기서 쉴 수 있다고 하였다. 갈 길이 정해짐에 윤신과 종득으로 하여금 송생과 먼저 작별하게 하고, 느린 걸음으로 길을 물으면서 앞으로 갔다. 길에는 조지소造紙所가 많았다. 가다 쉬고 가다 쉬고 하면서 계속 갔다. 자실령紫室嶺에 이르니, 고개가 심히 높고 험준하였다.

날이 이미 저물자, 동자들 중 술을 마시지도 못하고, 밥도 먹지 못하여 굶주려 힘이 없어 스스로 걷지 못하는 자가 있었다. 광종으로 하여금 업고 가라고 하였다. 겨우 고개 꼭대기에 오니, 풀 사이에 누워 있는 사람이 있는데 보니까 종득이었다. 대개 술이 깨자 허기가 진 것이다. 여러 사람이 겨드랑이를 부축하여 갔다.

얼마 가지 않아 덕준이 또 땅에 쓰러졌다. 옆에 있던 사람이 허리띠를 당겨 억지로 세우자 눈을 감고 보지도 않은 채 "나를 죽여라" 한다. 그를 일으켜 세울 수가 없었다. 이때 앞서 간 사람은 벌써 멀어졌고, 덕준을 지키고 앉아 있는 사람은 오직 나와 우득과 익손이었다. 원식은 내가 몹시 사랑하므로 곁을 떠나지 않았다. 밤이 이미 캄캄해지고 숲과 골짜기에는 바람이 불어 두려웠으나 또한 어찌할 수가 없었다. 갑자기 원식이 말하였다.

"저 나무 아래에서 부스럭 소리가 나는데요, 무엇이 오는 듯합니다."

거짓으로 호랑이가 온다고 시험 삼아 말하니, 덕준이 비로소 머리를 쳐들고 일어나려 하다가 다시 누우면서 말하였다.

"호랑이가 날 잡아먹어도 할 수 없다."

밤이 점점 깊어져 대략 이경二更쯤 되었는데, 어떤 횃불이 우리를 맞이하러 다가오고 있었다. 바로 두려암 승려 두 명이 대나무 횃불을 들고 다가왔는데, 윤신의 배려였다. 스님에게 업혀서 내려왔는데 고개 끝에 마을이 있었다. 그곳에 가서 문을 두드리니 주인이 소리를 듣고 놀라서 맞아들여 앉히더니, 다급히 따뜻한 꿀물을 가져와 마시게 하고, 또 각기 따뜻한 술 한 대접과 마채馬菜국[2]과 자진 밥 네 그릇을 내왔다. 식사를 마치고 덕준에게 병이 어떠냐고 물었더니, 덕준은 벌써 다 나았다고 하였다.

드디어 절로 향하여 떠나는데, 내가 웃으면서 말하였다.

"평생에 맛있는 것을 많이 먹어 봤지만, 오늘 마채국같이 맛있는 것은 없었다."

원식이 말하였다.

2_ 마채馬菜국 | 말냉이의 어린 싹으로 끓인 국.

"아까 주인이 준 술도 정말 좋았습니다만, 혹 술만 주고 밥은 주지 않을까 심히 걱정되었습니다."

다들 크게 웃었다.

절에 도착하여 밥을 먹으니, 새벽닭이 벌써 울고 있었다. 절에서 자고 다음날 평구平邱에서 출발하여 거소로 돌아오니, 해가 이미 정오正午를 지나고 있었다.

내가 〈관폭기觀瀑記〉를 지으면서 짐짓 폭포의 기이함은 자세히 기록하지 않고, 전후 낭패 당한 일을 모두 기록한 것은 훗날 잊지 않고 경계하기 위함이다.

용혈

龍穴

대평大平에 땅이 크게 저절로 갈라졌는데, 직경이 수십 간間이나 되고 깊이도 또한 그와 같았다. 확 열린 것이 마치 산골 물이 휩쓸고 간 것 같았다. 사람들이 "용이 나간 혈〔龍穴〕"이라고 하였다. 몇 년 전에 갑자기 비바람이 크게 불고 벼락이 떨어지고 번개가 치는 가운데, 어떤 물체가 땅에서 나와 요동치더니, 구름과 안개를 타고 공중으로 올라가 버렸는데 땅이 그로 인하여 갈라졌다고 한다. 한 나무꾼이 마침 그것을 보았는데 용이라고 말하였다.

용이 또한 평평한 땅에서 나올 수 있는 것인가? 내가 황계폭포를 구경하는 길에 지나면서 들러 보았다. 또한 기이한 일이다.

대나무

竹

대나무는 본디 우리나라 동남 지방의 미관美觀인데, 조령鳥嶺 이남에서 생산되는 것이 더욱 흔하다. 산언덕에는 화살대 같은 것이 종종 숲을 이루고, 큰 대나무는 가꿔주지 않아도 절로 대밭이 된다. 웬만한 백성들의 집에도 오히려 수백 그루의 대나무가 둘려 있으므로 그 백성들이 중하게 여기지 않는다. 그들의 집을 살펴보면 울타리 · 처마 · 창문 · 사립문이 모두 대나무이다. 열 말들이 광주리와 몇 척이 되는 삼태기가 모두 집에서 쓰는 유용한 물건이고, 심지어 밤에 다닐 때 대나무에 불을 붙여 횃불을 만들어, 그 불이 퍼렇게 빛나기도 한다.

아! 대나무의 쓰임이 어찌 이러할 뿐인가? 흔하면 귀한 것도 천하게 되는 것이 물건의 실정인가 보다.

남쪽 귀양길의 시말을 적다

追記南征始末

을묘년(1795, 정조 19) 8월이었다. 내가 성균관 상재생上齋生[1]으로 영란제迎鑾製[2]에 응하였는데, 임금께서 내 글의 문체가 괴이하다고 하여 정거停擧[3]를 명하시더니 바꾸어 충군充軍으로 명령하였다. 대사성大司成이 나를 불러 성교聖敎를 깨우쳐주면서, "경과慶科[4]가 멀지 않았는데, 만약 정거를 당한다면 과거에 응할 수 없을 것이다. 그래서 명령을 바꾸어 충군으로 하였으니, 너는 곧 갔다가 돌아와서 응시하고, 앞으로 모든 과거에 전과 같이 응하도록 하라" 하였다.

또 편적編籍[5]된 읍에 명하여 과거에 응시할 휴가를 주라고 하시니,

1_ **상재생**上齋生 | 상재上齋에서 거처하는 유생. 상재는 조선조 성균관의 생원·진사들이 거처하던 숙소로, 사학四學에서 성균관에 입학한 유생들이 거처하던 하재下齋와 구별하여 일컬어진다.

2_ **영란제**迎鑾製 | 영란을 제목으로 하는 제술製述. 곧 성균관 유생이 임금의 행차를 맞이하여 글을 짓는 것을 말한다.

3_ **정거**停擧 | 유생에게 주는 형벌의 하나로, 얼마간의 연한年限 동안 과거에 응시할 자격을 정지시키는 것이다.

4_ **경과**慶科 | 조선조에 나라에 경사스러운 일이 있을 때, 이를 기념하고자 치르던 과거. 문무과文武科에만 한정하였으며 별시別試·정시庭試·증광시增廣試 따위가 있었다.

5_ **편적**編籍 | 원래 지방의 인구나 토지 등을 문건에 차례로 적어 올리는 일을 말하는데, 여기서는 작가 자신이 죄를 지어 지방으로 귀양을 가서 그 지방에 편입되어 그곳 지방관의 통제를 받게 된 것을 의미한다. '편관編管'의 의미와 같다.

나는 황공하고 감격하여 울기까지 하였다. 곧바로 충청도忠淸道 정산현定山縣[6]에 달려가서 편적을 마치고, 다시 서울로 와서 9월에 과거에 응시하였다. 엄중하신 닭달 아래 임금께서 초쇄噍殺[7]가 또 심하다고 하여 좀 더 먼 읍으로 충군하라고 명하였다. 나는 더욱 황공하고 감격하여 정산에서 웅치熊峙를 넘어 경상도慶尙道 삼가현三嘉縣에 이르러 편적하고 사흘을 머문 후에 곧장 돌아왔다.

다음해 2월에 이르러 별시別試의 초시初試에 응시하여 외람되게 방榜에 수석을 차지하였다. 임금께서는 내가 지은 책문策文이 근래의 격식에 어긋난다고 하여 방의 끝자리로 강등을 명하였다. 국법에 충군된 자가 한 번 과거에 붙으면 죄를 용서해준다고 하였는데, 나는 법만 알았지 청원서를 올리는 예例를 알지 못하였다.

3월에 남양南陽으로 돌아왔는데, 5월에 부친상을 당하였다. 거적자리에서 흙덩이 베개를 베고 울부짖으며 구차하게 목숨을 연명하고 있었다. 정사년(1797) 봄, 뜻밖에 삼가현에서 저인邸人[8]에게 통지서를 보내 내가 오랫동안 돌아오지 않는 사정을 물어왔다. 나는 비로소 내 군적이 아직 삼가현에 매여 있다는 것을 알았다. 삼년상을 마치고 형부刑部에 호소하니, 형부에서는 병부兵部로 넘기고 병부는 다시 예부禮部로 미루었다. 예부에 하소연하기에 이르자, 예부에서는 그런 예를 따를 수 없다고 하였다. 이렇게 한 번 막는 조치를 당하매 뒤이은 자들이 모두

6_ **정산현**定山縣 | 충청남도 청양군 정산면 일대에 있던 조선조의 고을.

7_ **초쇄**噍殺 | 원래 소리나 가락이 촉급하여 온화하지 못함을 뜻하지만, 여기서는 글이나 문장이 순하지 못하다는 의미이다.

8_ **저인**邸人 | 경저리京邸吏·경저인京邸人을 가리킨다. 고려·조선 시대에 중앙과 지방 관청의 연락 사무를 맡아보던 향리를 말한다.

마찬가지였다.

기미년(1799)이 되어 삼가현에서 돌아오라는 독촉이 더욱 빈번해지고 더욱 괴로웠다. 형부에서는 "우리는 장부 문서만 알 뿐 방에 관한 것은 모른다"라고 하였고, 예부에서는 "비록 억울한 것은 알지만 앞사람이 이미 허락하지 않았는데, 우리가 어떻게 허락한단 말인가?"라고 하였다. 이에 경기도관찰사와 남양군수가 강제로 핍박하여 내려가게 하는데, 마치 죄수로서 도망간 자를 다루듯 하였다. 내가 10월에 다시 삼가현으로 가니 관에서 관례적으로 머무를 곳을 주었으나, 나는 스스로 서쪽 성문 밖 박대성朴大成의 주막에 머물면서 방을 빌려 자고 밥을 사서 먹었다. 휴가를 청하였으나 관에서 허락하지 않았다.

다음해 2월에 나라에 큰 경사가 있어서 또 과거를 베풀자, 삼가현감이 내가 서울에 가는 것을 비로소 허락하였다. 밤낮으로 찾아와 노닐던 마을의 부로父老와 동자童子들이 삼사십 명이었는데, 내가 떠난다는 말을 듣고 모두 잔치를 베풀어 전송해주었다. 드디어 떠날 때 관인館人과 이원식李元植 등 십여 명이 십오 리 밖까지 송별하면서 모두 울었다. 내가 드디어 팔량치八良峙에서 남원南原과 전주全州를 지나 공주〔公山〕에 이르니, 위로부터 석방하라는 명령이 있어 사면되었음을 알았다. 나는 감읍感泣하는 심정이 더욱 절실하였다.

내가 기미년 10월 18일 삼가에 도착하여 경신년(1800) 2월 18일에 삼가를 떠났으니, 무릇 삼가에 체류한 것이 118일간이다. 삼가는 서울과 거리 팔백 리인데, 내가 둘러서 왕래한 것이 무릇 천칠백팔십 리이다. 삼가는 일명 봉성鳳城이요, 일명 삼기三岐요, 일명 가수현嘉樹縣이다.

소서

小敍

나의 동인同人 중에 걱정이 많아 술 좋아하기를 일삼는 사람이 있는데, 술이 맑아도 마시고 흐려도 마시고, 달아도 마시고 시어도 마시고, 진해도 마시고 묽어도 마시고, 많아도 마시고 적어도 마시고, 벗이 있어도 마시고 벗이 없어도 마시고, 안주가 있어도 마시고 안주가 없어도 마신다.

내가 물었다.

"왜 술을 마시는가?"

"내가 마시는 것은 맛〔味〕을 얻으려 하는 것이 아니요, 취함〔醉〕을 얻으려 하는 것도 아니요, 배부름〔飽〕을 얻으려 하는 것도 아니요, 흥興을 얻으려 하는 것도 아니요, 이름〔名〕을 얻으려 하는 것도 아니다. 걱정〔憂〕을 잊기 위하여 마시는 것이다."

"어떻게 걱정을 치료한단 말인가?"

"나는 걱정할 만한 몸으로 걱정할 만한 땅에 처했고, 걱정할 만한 때를 만났다. 걱정이란 마음 가운데 있는 것인데 마음이 몸에 있으면 몸을 걱정하고, 마음이 처하는 곳에 있으면 처하는 곳을 걱정하고, 마음이 만난 때에 있으면 만난 때를 걱정하는 것이니, 마음이 있는 곳이 걱정이 있는 곳이다. 그러므로 그 마음을 이동하여 다른 곳으로 가면 걱정이 따라오지 못한다. 지금 내가 술을 마시면서 술병을 잡고 흔들어 보면 마음이 술병에 있게 되고, 잔을 잡아 술이 넘치는 것을 경계하면 마음이 술잔에 있게 되고, 안주를 덜어 목구멍으로 넘기면 마음이 안주에 있게 되고, 손님에게 잔을 돌리면서 나이를 따지면 마음이 손님에게 있게 되어, 손을 펼칠 때부터 입술을 닦는 데에 이르기까지 잠시 걱정이 없다. 신변에 걱정이 없어지고 처한 곳에 걱정이 없어지고 때를 잘못 만난 것에 대한 걱정이 없어지니, 이것이 내가 술을 마시면서 걱정을 잊는 방법이요, 술을 많이 마시는 까닭이다."

나는 그의 말을 옳게 여기고, 그의 심정을 슬프게 여겼다. 아아! 내가 봉성에서 지은 글이 또한 동인이 술을 마시는 것과 같은 것인가.

봉성에서 돌아온 후 경신년(1800) 5월 하순에 화석정사花石精舍에서 쓴다.

—이상 김동석 옮김

문여 文餘 2

잡제 雜題

일곱 가지의 밤

夜七

경금자絅錦子가 등불 심지가 다 되자 잠자리에 들었고, 잠에서 깨어나 아이종을 불러 물었다.

"밤이 얼마나 되었느냐?"

아이종이 말하였다.

"아직 자정이 되지 않았습니다."

도로 자다가 또 잠에서 깨어나 다시 물었다.

"밤이 얼마나 되었느냐?"

"아직 닭이 울지 않았습니다."

다시 억지로 잤는데, 잠을 이루지 못하고 뒤척뒤척하다가 깨어나 또 물었다.

"밤이 얼마나 되었길래 방이 훤하냐?"

"달이 지게문에 마주 비추어서입니다."

"허참! 겨울밤이 몹시 길구나."

"어찌 길겠습니까? 어르신에게만 긴 것입니다."

경금자가 화가 나서 꾸짖어 말하였다.

"네가 설명할 근거가 있느냐? 그렇지 못하면 매를 들 것이다."

아이종이 말하였다.

“먼 길의 좋은 친구와 예전에 가까웠던 벗을 우연히 서로 만나, 어르신과 함께 약주를 든다고 가정해보십시다. 이에 앙제盎齊[1]가 한 섬, 추로秋露[2]가 다섯 말, 술병과 술단지, 이彝[3]와 아雅[4]가 좌우에 늘어서 있고, 다시 통째로 구운 새끼 돼지 · 푹 익힌 송아지 고기 · 구운 꿩고기 · 잉어국 · 향기 나는 채소 · 잘 담근 김치 · 금귤 · 홍시가 있고, 다시 피리를 대려大呂[5]에 맞추고, 금琴으로 유수流水[6]를 타며, 방중房中의 악樂[7]을 연주하여 군자의 기쁨을 더해줍니다. 그리고 노래합니다.

객이 있어 아름답기도 한데	有客孔嘉
술 또한 많구나!	有酒亦多
마시고 먹으니	飮之食之
이처럼 좋은 밤을 어떻게 할까?	如此良夜何

이에 검을 뽑아 일어나 춤추고, 비파琵琶에 맞추어 스스로 노래 부르

1_ **앙제**盎齊 | 술 이름. 오제五齊의 하나로 백색이다. 지금의 백차주白醝酒를 말한다.

2_ **추로**秋露 | 술 이름의 하나.

3_ **이**彝 | 술동이보다 약간 작은 술그릇. 옛날에는 주로 제기祭器로 쓰였다. 후세에는 종묘宗廟에 상치常置하는 종정류鐘鼎類도 이彝라 하였다.

4_ **아**雅 | 악기 이름. 칠통漆筩 모양의 길쭉한 옛 악기.

5_ **대려**大呂 | 중국 음악의 12율律 중 두 번째 음.

6_ **유수**流水 | 유수운流水韻을 가리킨다. 금琴의 달인達人 백아伯牙가 흐르는 물을 염두에 두고 금을 타자, 종자기鍾子期가 “훌륭하구나! 그 소리 양양洋洋하기 강하江河와 같구나”라고 하였다 한다. 후인들이 이것을 고상하고 묘한 악곡이라 일컬었다. 《열자列子》, 〈탕문湯問〉 참조.

7_ **방중**房中**의 악**樂 | 후부인后夫人이 풍송諷誦으로 그 군자를 섬김에 있어, 종鐘과 경磬의 가락으로써 하지 않고, 현악기에 맞추어 《시경》의 〈주남周南〉과 〈소남召南〉의 시를 노래한 것을 말한다.

며, 석 잔 술에 취하지 않고, 열 통의 술도 사양하지 않습니다. 이러한 때를 당한다면 밤이 길다고 하겠습니까?"

아이종이 말하였다.

"서울의 젊은이들이 도박으로 놀이를 삼아 지패紙牌[8]를 던지고 골패骨牌를 어루만지며 길을 다투고 숫자를 점검합니다. 그리하여 큰 촛불은 쌍을 이루고 좋은 술은 흘러넘치는데, 점을 쳐서 판돈을 곱절로 걸고, 짝을 지어 번갈아가며 쉽니다. 그러다가 이기던 자가 도리어 빚을 지고, 잃었던 자가 도리어 따게 됩니다. 천성이 마시고 먹는 것을 기본으로 하고, 소견所見은 도박을 공훈과 사업으로 여겨 나아감은 있으나 물러남은 없습니다. 눈에는 눈곱도 끼지 않은 채, 주먹을 휘둘러 벽에 대고 성을 내며, 소리치고 지껄이다가 혀를 차며 탄식하기도 합니다. 이러한 때를 당한다면 밤이 길다고 하겠습니까?"

아이종이 말하였다.

"열여섯 살 아리따운 아가씨와 열여덟 살 정다운 낭군이 떨어져 있을 때가 많아 만날 때마다 새로워서, 마음이 가득하고 그리움이 더욱 깊습니다. 이에 비단 옷자락을 잡고, 침실 문을 열고, 조호雕胡[9]를 먹고, 도량都梁[10]을 태웁니다. 이윽고 보대寶帶를 풀고, 희디흰 팔을 끌어당기는데, 마음은 자리를 따라 더욱 은밀해지고, 정은 이불과 함께 점점 두터

8_ **지패**紙牌 | 종이로 만든 놀이 도구의 이름.

9_ **조호**雕胡 | 줄의 열매. 줄은 볏과의 여러해살이풀. 잎은 자리를 만드는 데 쓰이고, 열매와 어린 싹은 식용으로 쓰인다.

10_ **도량**都梁 | 향초 이름. 택란澤蘭의 별명이다.

워집니다. 그리하여 몸은 나른하기가 봄과 같고, 정신은 술을 마신 듯 협협합니다. 꽃다운 땀이 가늘게 배어지는데, 좋은 꿈은 오래가지 않습니다. 닭이 먼저 울까 염려하고, 비단 창이 여전히 어두운 것을 좋아합니다. 천신天神이 이러한 정황을 보살펴서 밝은 달을 달아서 비춰주지 않기를 원합니다. 이러한 때를 당한다면 밤이 길다고 하겠습니까?"

아이종이 말하였다.

"물건 파는 소상인이 길가 집에서, 먼저 닭이 울고 이어서 파루罷漏를 알리는 종소리[11]가 들리면 곧 일어나 자지 못합니다. 어린 딸아이는 화장품〔粉〕을 정리하고, 막내아들 녀석은 연초煙草를 저울에 달며, 동이〔盎〕를 세척하여 누룩을 빚고, 등잔불을 지펴 돈을 셉니다. 또 육공六工[12] 및 필부匹夫들은 각자 그 재주로 먹고사는데, 정해진 기일이 여러 번 어긋나게 되면, 등불로써 햇빛을 이어가며 구리를 갈고 나무를 대패질하여 관과 띠와 옷과 신을 쉬지 않고 만드는데, 감히 제 마음대로 그만두지 못합니다. 이러한 때를 당한다면 밤이 길다고 하겠습니까?"

아이종이 말하였다.

"대부大夫는 금초金貂[13]를 하고, 학사學士[14]는 붉은 비단옷[15]을 입는

11_ **파루罷漏를 알리는 종소리** | 오경삼점五更三點에 쇠북을 서른세 번 치던 일. 서울에서 인정人定 이후 야간 통행을 금하였다가 파루를 치면 통행 금지가 풀렸다.

12_ **육공六工** | 육공은 여섯 가지 재료를 사용하여 물건을 만드는 공인工人. 즉 토공土工·금공金工·석공石工·목공木工·수공獸工·초공草工 등을 말한다.

13_ **금초金貂** | 금당金璫(금으로 만든 관의 장식)과 초미貂尾로 장식한다. 후세에 시종侍從하는 사람들이 주로 이 관을 썼으므로 전하여 지위가 높은 근신近臣의 뜻으로 쓰였다.

14_ **학사學士** | 홍문관·승정원 등의 관료들을 학사라고 칭한다.

데, 바쁘게 일하는 때를 만나서, 일찍 조회朝會에 나갔다가 늦게 귀가합니다. 그런데 마음을 쓰고 힘을 다하여, 화급히 밥을 먹고 별을 이고 나갔다가, 관청에서 귀가하여 보면 객들의 신이 섬돌 위에 그득한데, 우두머리 하인은 말을 머뭇거리고 시중드는 여인들은 이리저리 엿보고 있어 자주 탓하고 여러 번 하품을 하니, 마음이 지치고 몸이 피곤합니다. 이윽고 관청에 소속된 노복들이 나란히 이르자 등불이 밝게 빛나는데, 이미 가고街鼓[16]가 그치고 대궐문이 열려 밤이 또한 아침 같고, 오늘이 또한 어제와 같습니다. 이러한 때를 당한다면 밤이 길다고 하겠습니까?"

아이종이 말하였다.

"수재秀才[17]와 노유老儒[18]들은 과거 기일이 멀지 않은데, 끊임없이 자기의 욕망에 그치지 않는 간절한 소원이라, 그리하여 싸늘한 모포를 덮고 책상에 의지하여 깊은 등잔, 짧은 심지에 《시경詩經》을 외우고 《주역周易》을 읊조리며, 글월을 연결 짓고 구절을 분석하되, 마치 닭이 알을 품듯 정신을 안으로 집중합니다. 다행히 여유가 있으면 표문表文 · 전문箋文 · 사부詞賦를 짓기도 합니다. 옛날에 소진蘇秦[19]은 다리를 송곳으로 찔렀고,[20] 사마온공司馬溫公[21]은 둥근 나무를 베개로 하였습

15_ 붉은 비단옷 | 당상관堂上官의 관복.

16_ 가고街鼓 | 새벽을 알리기 위해 거리에서 치던 북.

17_ 수재秀才 | 과거 시험에 응모할 자격이 있는 사람을 가리킨다.

18_ 노유老儒 | 나이가 들었지만 아직 과거 급제를 하지 못한 선비를 일컫는다.

19_ 소진蘇秦 | 중국 전국시대의 유세객遊說客. 연燕나라 · 조趙나라 등 육국六國을 합종동맹合從同盟하여 진秦나라에 대항하게 하고, 스스로 육국의 재상이 되었다.

니다.[22] 우리들 또한 뜻한 바 있으니, 어느 시대인들 현자賢者가 없겠습니까? 부지런히 힘써 이렇게 하고, 꼿꼿이 혼자 앉아 마음을 다지며 해를 보냅니다. 이러한 때를 당한다면 밤이 길다고 하겠습니까?

아이종이 말하였다.

"옛날 어떤 지인至人[23]이 집에 칩거하면서 행동이 적막했습니다. 구멍을 막고[24] 내관內觀[25]하면서 앉아 있는 모습이 허물 벗은 매미와 같았고, 음은 있으되 양은 없으며 낮도 아니고 밤도 아닙니다. 이에 희미함이여! 광활함이여! 그윽함이여! 황홀함이여! 혼돈스러움이여! 손으로 오묘한 상象을 잡았습니다. 이러한 때를 당한다면 밤이 길다고 하겠습니까?"

경금자가 여연犂然히[26] 느낀 바 있어 한참 만에 물었다.

"너는 무엇을 하는 자이길래 밤이 길다는 것을 모른단 말이냐?"

20_ **다리를 송곳으로 찔렀고** | 원문은 "추고錐股"인데, 소진이 넓적다리를 송곳으로 찔러 졸음을 물리치며 공부했던 사실을 말한다.

21_ **사마온공**司馬溫公 | 중국 송宋나라 학자이며 정치가였던 사마광司馬光(1019~1086)을 말한다. 자는 군실君實. 왕안석王安石의 신법新法에 반대한 일이 유명하다. 사후死後에 태사온국공太師溫國公으로 추증되었기 때문에 사마온공이라고도 한다. 저서에 《자치통감資治通鑑》, 《독락원집獨樂園集》, 《서의전가집書儀傳家集》 등이 있다.

22_ **둥근 … 하였습니다** | 사마온공이 둥근 나무로 베개를 만들어 베었는데, 베개가 구르면 일어나서 공부한 사실을 말한다.

23_ **지인**至人 | 도를 닦는 사람. 도인道人이란 말과 같다.

24_ **구멍을 막고** | 외부 세계와의 접촉을 막기 위해 귀와 눈을 막는 것.

25_ **내관**內觀 | 자신의 정신 상태나 그 동작을 내면적으로 관찰함. 또는 마음을 고요하게 하여 외부 세계를 잊고 오로지 진리를 추구함.

26_ **여연**犂然**히** | 마음에 와 닿는 것을 느끼는 모양.

아이종이 말하였다.

"소인은 천하의 천한 자로, 겉으로는 온갖 일을 알지 못하고, 안으로는 칠정七情을 알지 못하며, 생각하는 것이 없고, 경영하는 것이 없으며, 밥이 되면 먹고, 날이 어두워지면 잡니다. 아직도 두 가지 맛 중에서 어느 것이 더 맛있는지를 가리지 못하는데, 어찌 밤 시각의 경과를 일일이 기억하겠습니까?"

말을 마치자 다시 잠을 잔다. 경금자가 탄식하며 말하였다.

"아! 내가 듣건대, '성인은 하늘을 본받고, 하늘은 어린아이를 본받고, 어린아이는 골란鶻卵[27]을 본받는다'고 한다. 그것은 부지不知함을 뜻함이다. 대개 알면서도 부지한 것과 몰라서 부지한 것은 그 부지함이 같은 것이다. 내가 누구를 따를꼬? 아이종을 따를 수밖에!"

—윤세순 옮김

27_ **골란**鶻卵 | 미상.

일곱 가지 끊어야 할 일

七切

어떤 객이 화석자花石子를 찾아와서 물었다.

"자네는 병이 든 게 아닌가?"

화석자는 대답하였다.

"아니오. 나는 곡식이 익으면 밥을 먹고, 때가 되면 잠을 잔다. 그리고 걸음은 지팡이로 삼 리를 갈 수 있고, 눈으로는 다섯 종류를 분간할 수 있다. 게다가 무모한 일을 하거나 남과 대적함이 없으며, 나쁜 기운이나 빌미에 걸린 적도 없다. 그러니 나는 병이 든 게 아니오."

객이 말하였다.

"아아! 자네의 정신을 살펴보니 몽䒐한 듯 승䒋한 듯하고,[1] 자네의 기운을 진단해보니 릉殑한 듯 등殌한 듯하며,[2] 자네의 뜻을 음미해봄에 증憕한 듯 행悻한 듯하다.[3] 경혈에 종기가 난 듯하고, 가슴에 체증이 있는 듯한데, 망양증亡陽症[4]에 걸리고도 괴로움을 느끼지 못하고, 정신을 잃고도 아픔을 알지 못하는 것 같다. 대저 병에 걸리더라도 그 병을 아

1_ **몽䒐한 … 듯하고** | 몽䒐과 승䒋은 어지럽고 맑지 못한 모양.
2_ **릉殑한 … 듯하며** | 릉殑과 등殌은 괴로워하고 걱정하는 모양.
3_ **증憕한 … 듯하다** | 증憕과 행悻은 실의에 빠져 있는 모양.
4_ **망양증亡陽症** | 몸의 양기가 없어 심한 허탈 상태에 빠지는 병.

는 자는 약으로 치유할 수 있으나, 알지 못한 채 병에 걸린 자는 치료할 수가 없다. 자네의 병은 이미 고질이 심한 상태이다. 자네는 어찌하여 병을 근심하지 않는단 말인가?"

화석자가 말하였다.

"나는 밥을 비록 배불리 먹어도 신맛과 짠맛을 모른 지 벌써 삼 년이 되었고, 잠이 들면 아침까지 자지만, 깨고 나면 무슨 꿈을 꾸었는지조차 알지 못한다. 가을 터럭을 자세히 볼 수 있어도 눈에 백태가 낀 듯하고, 개미가 싸우는 걸 살펴볼 수는 있어도 오히려 침침하게 느껴진다. 두리번두리번 관리가 벼슬을 잃은 듯하고, 안절부절 떠나간 아내를 기다리는 것 같아 심신心神이 그 때문에 편안하지 못하고, 소망이 그 때문에 시원하게 트이지 못한다. 그런데 원래 처방할 만한 증세가 없고, 또한 후회할 만한 잘못도 없다. 거울을 끌어다가 비춰보면 혈색[5]이 좋지 못하고, 얼굴과 눈은 더욱 꺼칠하며 털은 날로 더욱 하얗게 세어 버린다. 내가 또한 초조하게 의심하면서도 다스리지 못했는데, 자네가 만약 재주를 가지고 있다면 나의 위태로움을 보살필 수 있겠는가?"

객이 말하였다.

"덮인 것은 풀어주고, 막힌 것은 내려보내며, 웅조熊鳥[6]로 인도引導하고, 금화金火[7]로 쏟아내는 것은 의원이 증세가 있는 질병을 치료하는 방법이다. 지금 자네는 그렇지 않다. 어릿하여 깨닫지 못하고 그렁저렁 되는 대로 끝내려 한다. 옛날 매승枚乘은 초楚 태자에게 세태의 경향을

5_ **혈색** | 원문의 "영위榮衛"는 혈기血氣, 즉 혈액血液과 생기生氣를 이르는 말이다.

6_ **웅조熊鳥** | 웅경조신熊經鳥伸. 신선의 도인법導引法의 한 가지. '웅경熊經'은 곰이 나무를 붙잡고 숨을 쉬는 것처럼 하는 것이고, '조신鳥伸'은 새와 같이 목을 길게 빼는 것이다.

7_ **금화金火** | 오행五行으로 치료하는 것을 말한 듯하다.

설명하여 도리어 도움이 되게 하였으며,[8] 진림陳琳이 격문을 돌림에 조조曹操의 머리를 누르고 있던 투구 같은 통증이 깨끗이 떨어져나간 것과 같다.[9] 내가 비록 불민하지만 청컨대 약간의 틈을 내어 더듬거리는 어눌한 말솜씨로 그 빈 것을 소통케 하고 갈라진 틈을 메우고자 한다. 괜찮겠는가?"

화석자가 말하였다.

"좋다. 자네가 한 번 말해보라."

객이 말하였다.

"마음이란 한 몸을 주재하는 군주이다. 매어두지 않으면 달아나고, 막지 않으면 허둥거린다. 지인至人은 그것을 융해시키고, 성인聖人은 그것을 억제한다. 평범한 사람은 쉽게 움직이므로 잘 간직하지 않으면 잃어버려서 모든 병이 이로부터 나와 허虛를 엿보고 실實을 덮친다. 마

8_ **매승枚乘은 … 하였으며** | 매승은 중국 한漢나라의 문인. 자는 숙叔. 사마상여司馬相如 · 동방삭東方朔 등과 같은 시대의 사람. 양梁의 효왕孝王에게 중용되었으며, 태자太子에게 충고하기 위하여 〈칠발七發〉이라는 부체賦體의 글을 지었다. 〈칠발〉은 일곱 가지의 일을 설명하여 초 태자楚太子를 계발啓發시키기 위한 것이었다. 효왕이 모반할 것을 두려워하였으므로, 〈칠발〉을 지어 풍간諷諫의 뜻을 덧붙였다. 후대의 많은 사람들이 이것을 모방하였는데, 부의傅毅의 〈칠격七激〉, 장형張衡의 〈칠변七辯〉, 최인崔駰의 〈칠의七依〉 등이 그것이다.

9_ **진림陳琳이 … 같다** | 진림은 중국 동한東漢 말의 광릉인廣陵人. 자는 공장孔璋. 문학으로 왕찬王粲 등과 이름을 나란히 하였고, 건안칠자建安七子 중의 한 명이다. 처음에는 하진주부何進主簿가 되었다가, 원소袁紹를 섬기게 되고 나서는 문장을 맡았다. 일찍이 원소를 위해 조조曹操에게 편지를 보냈는데, 원소의 허점을 낱낱이 기록하는 바람에 원소는 패하게 되었다. 그는 조조에게 귀의하였는데 조조가 그의 재주를 아껴서 벌주지 아니하고 기실記室로 삼으니, 군국軍國의 서격書檄 중 많은 것이 그의 손에서 나왔다. 한번은 격문檄文의 초안을 작성하여 조조에게 바쳤는데, 때마침 조조는 몹시 심한 두통에 시달리고 있었다. 그 글을 읽더니 조조는 벌떡 일어나 말하기를, "이것이 내 병을 낫게 하였다" 고 하였다.

음을 존양存養하는 방법은 반드시 일一[10]에 속해 있어야 한다. 일찍이 세상 사람들 가운데는 놀이하는 도구에 마음이 속해 있는 자가 많은 것을 보았다. 그 놀이란 도대체 어떤 것인가? 또한 여러 가지가 있다. 말하자면, '지패紙牌'라는 것이 있는데 가장 번잡하고 또 친근하다. 잘린 종이에 길고 둥근 것을 가지런히 만들고, 늙은이와 젊은이를 붓으로 무리 지어 패를 나열한 모양으로 종류를 나누고, 일정한 수를 기준으로 삼아서 펴 놓고 차례를 매긴다. 야단스럽게 강함을 빙자하여 약한 것을 먹어 없애고, 의회衣會의 순서대로 번갈아 내놓는 것이다. 대개 옛날 엽자희葉子戱[11]와 마조馬弔[12] 같은 종류이다. 낙양洛陽[13]의 재자才子로서 문장과 풍류를 겸한 자들이 흥미를 기울여 꿀과 같이 즐기지 않는 이가 없다. 이에 붉은 모포를 겹겹이 깔고 은촛불을 쌍으로 돋우어, 손님이 있고 돈이 있으며 술이 있고 안주가 있는데, 위아래가 번을 갈아 여섯 명이 합하여 한 조가 된다. 오각건烏角巾을 뒤로 제껴 삐딱하게 쓴 채, 각각 푸른 도포를 벗어 던지고, 팔뚝을 걷고 주먹으로 치며 소리를 지르고 떠드는 것을 힘들어하지 않는다. 패를 배열하는 것은 마치 날아가는 새가 깃을 펴듯이 하고, 끌어당기는 것은 전사가 칼을 뽑듯이 한다.

10_ **일一** | 한 가지, 한 길을 뜻한다.

11_ **엽자희葉子戱** | 일종의 유희 도구, 또는 그 놀이.

12_ **마조馬弔** | 장기놀이의 이름. 중국 명나라 천계天啓 때에 시작되었는데 그 도구는 지패紙牌이다. 네 사람이 한 판에 들어가며, 사람의 이름은 여덟 가지이고 큰 것으로 작은 것을 치니, 그 변화가 매우 다채롭다. 판에 낀 자는 기운이 고요하고 소리가 화순和順하여 '무성낙엽無聲落葉'이라 칭하기도 한다. 혹 지금 세속에서 이른바 마장麻將이라는 것은 곧 마조馬弔의 음이 변한 것이며, 마장패麻將牌를 만드는 법과 그 놀이 방법이 거의 마조에서 약간 변형된 것일 뿐이다.

13_ **낙양洛陽** | 원문에는 "낙양雒陽"으로 되어 있는데, 낙양洛陽과 같다.

혹 용이 잡아채고 호랑이가 움켜잡으며, 혹 매가 날아오르고 봉황이 나는 듯하다. 혹 미끼를 던져주면 반드시 끌려오고, 혹 덮어 가린 물건을 맞춰보면[14] 서로 들어맞는다. 혹 양쪽이 마주하여 제비를 뽑기도 하고, 혹 세 개를 삼키고 승리를 독점하기도 한다. 이에 기묘하게 획책함이 가로 세로 줄을 그은 것 같고, 훌륭한 솜씨를 얻은 것이 두둑과 같다. 잠자는 것과 먹는 것도 잊고 햇빛을 등잔불로 이어가니 즐겁도다, 이 놀이여! 그 즐거움이 끝이 없도다. 이 때문에 벼슬에 있는 인재들,[15] 젊고 아름다운 선비들에서부터 아래로는 말 모는 하인, 마을의 놀량패에 이르기까지 그것을 좋아함이 지나쳐, 미치게 되고 습관이 되어 탐욕스러워진다. 금부禁府에서 금령禁令이 있어도 근절할 수가 없고, 관정官庭에서 훈계하여도 바로잡을 수가 없다. 이것이 어찌 삼십육궁三十六宮의 선화지패宣和之牌와 십구로十九路의 냉난지기冷暖之棊와 쌍륙雙陸[16] · 장기[17] · 기전㩻錢의 종류이겠는가. 비록 그 취미가 아직 시속에 혼용되지는 않지만 아름답다고 여길 만하다. 비록 종사함이 늦었지만 마음속으로 권면해봄이 어떠한가?"

화석자가 발끈 성을 내며 말하였다.

"자네는 어찌 나에게 이러한 것으로 논하려 하는가? 그 몸은 반드시 망가질 것이고, 그 집은 반드시 쇠퇴해질 것이다. 만약 우리 집의 돼지 기르는 놈이 그것을 일삼는다고 하더라도, 내가 오히려 그놈을 붙들어

14_ **덮어 … 맞춰보면** | 원문의 "사복射覆"은 덮어 가린 물건을 알아맞히는 유희.

15_ **벼슬에 있는 인재들** | 원문의 "주의朱衣"는 중국 당唐 · 송宋 시대에 4 · 5품 관원이 입었던 관복을 말하며, 여기에서는 벼슬을 하고 있는 관리를 뜻한다.

16_ **쌍륙雙陸** | 주사위를 굴려 말이 먼저 궁에 들어가기를 겨루는 놀이.

17_ **장기** | 원문의 "상희象戲"는 장기將棋 · 상기象棋를 말한다.

와 매질을 할 것인데, 독서하는 선비에게 이러한 것에 물들라고 할 수 있는가?"

객이 말하였다.

"술은 사람에게 '환백歡伯'이라는 자字로 불렸다. 예로부터 성현들은 천종千鍾과 백고百觚로 술을 마셨다. 하늘이 진실로 경계함이 없었으니 누가 좋아하지 않으리오. 술은 사람의 마음과 뜻을 온화하게 하고, 사람의 혈맥을 고르게 하며, 사람의 안색을 물들이고, 사람의 골격骨骼을 두루 적신다. 중선仲宣은 나그네 회포를 잃었고, 백이伯夷는 불우함을 잊었다.[18] 세상에서 술 마시는 자들은 부지런히 쉬지 않고 마신다. 양은 비록 같지 않지만 좋아하는 것은 균등하여 간격이 없다. 나는 자네가 원래 술을 즐긴 것이 오랜 세월로부터였음을 알고 있다. 내가 장차 자네를 위해 진귀한 녹두로 누룩을 만들고, 새 찹쌀로 거듭 술을 빚어 생사生絲로 된 촘촘한 주머니로 걸러서, 먼지 하나 없는 항아리에 담아두려 한다. 한가한 날, 빼어난 경치 속에 호방한 친구들이 자리를 가득 메우고, 때로는 찬란하게 꽃이 피어 있는 숲에서, 때로는 밝은 달이 비추는 물가에서, 때로는 상쾌한 바람이 불어오는 저녁에, 때로는 흰 눈이 내리는 새벽에 그 술은 어떠한 것인가? 기도箕都[19]의 감홍로甘紅露,[20]

18_ **중선仲宣은 … 잊었다** | 중선은 중국 삼국시대 위魏나라 고평高平 사람인 왕찬王粲의 자이다. 왕찬은 실위失位하고 고향을 그리워하는 마음으로 누樓에 올라 부賦를 지었다고 한다. 백이는 중국 은殷나라 말기 사람으로 주周나라 무왕武王이 은나라를 치려 하자, 아우인 숙제叔齊와 함께 수양산首陽山에 들어가 고사리를 캐먹으며 삶을 마쳤다 한다.

19_ **기도箕都** | 평양의 옛 지명.

20_ **감홍로甘紅露** | 평양에서 나는 붉은 소주. 내릴 때 지치 뿌리를 꽂고 꿀을 넣어 거른 것으로, 맛이 달고 도수가 높다.

호읍湖邑의 삼산춘三山春[21]이며, 가래를 낫게 하는 죽력고竹瀝膏,[22] 입술에 딱 붙는 이강주梨薑酒,[23] 일 년 백 일에 두 번 끓이는 삼해주三亥酒,[24] 두견주杜鵑酒[25] · 송순주松笋酒[26] · 벽향주碧香酒[27]와 같은 종류, 그리고 신선한 청주, 맑은 탁주와 같은 진한 술이다. 술잔은 말로 나누고 술병은 줄로 늘어져 있다. 그 안주는 어떠한 것인가? 저민 소고기와 구운 돼지고기, 구운 꿩고기와 구운 메추라기가 있고, 짠 게젓, 얇게 썬 신선한 생선회, 구슬 같은 오리알, 바퀴처럼 둥근 향기로운 전복이다. 그 채소는 어떠한 것인가? 젓갈로 버무린 배추, 달고도 매운 산의 당귀,[28] 삶은 미나리와 쪼갠 오이, 울퉁불퉁한 표고버섯들, 매화의 신맛으로 섞고 봉선화의 진액으로 조절한다. 이에 삽을 메고 다니는[29] 객을 모으고 별음鱉飮[30]을 하는 늙은이들을 불러서, 취하지 않으면 돌아가지 못하게 하고, 머리를 적실 때까지 마시기로 기약한다. 세 번 술을 따라서 우아

21_ **삼산춘**三山春 | 충청도와 전라도 지방의 춘주春酒인 '노산춘魯山春', '호산춘壺山春', '이산춘尼山春'을 가리키는 듯하다.

22_ **죽력고**竹瀝膏 | 죽력을 섞어서 만든 소주. 생지황, 꿀, 계심, 석창포 따위와 함께 조제하여 아이들이 중풍으로 별안간 말을 못할 때 구급약으로도 쓰인다.

23_ **이강주**梨薑酒 | 이강고梨薑膏. 소주에 배즙, 새앙즙, 꿀을 넣고 중탕하여 내린 것이다.

24_ **삼해주**三亥酒 | 정월 세 번의 해일亥日에 담가 익힌 술. 상해일과 중해일과 하해일에 각각 찹쌀가루 죽에 누룩가루와 밀가루를 섞어서 독에 넣고 익힌다. 춘주에 속한다.

25_ **두견주**杜鵑酒 | 진달래주. 진달래 꽃잎으로 담근 술.

26_ **송순주**松笋酒 | 소나무의 새 순을 넣고 빚은 술.

27_ **벽향주**碧香酒 | 맑고도 향내가 좋은 술.

28_ **당귀** | 승검초의 뿌리. 성질은 따뜻하고 맛은 단데, 혈액 순환을 돕거나 강장제 · 진정제로 쓰이고, 특히 부인병에 좋다.

29_ **삽을 메고 다니는** | 유령劉伶이란 사람은 항상 녹거鹿車를 타고 술이 든 호리병 하나를 들고 다니며, 사람들을 시켜 삽을 메고 그 뒤를 따르게 하였다. 그리고 그들에게 "죽거든 곧 나를 묻어라"고 하였다. 여기서는 술을 좋아하는 사람을 지칭한다.

30_ **별음**鱉飮 | 일종의 술 마시는 유희.

하게 번갈아가며 돌리고, 순배가 모든 자리에 한 번 돌고서야 다시 일어설 수 있다. 밤으로 낮을 잇고 다섯 섬 열 말을 마셔서, 흐릿하기가 마치 태고의 시작 같으며, 꿈틀거림이 마치 봄날 꿈을 오래 꾼 것 같고, 뚫어지게 바라보는 것은 마치 속이 텅 빈 불상과 같다. 취한 후에는 멍하게 아무 생각이 없으니, 그러므로 옛사람은 그것을 '근심을 쓸어내는 빗자루'라고 하였고, 일명 '태화탕太和湯'이라고도 하였다. 나는 자네가 술 마시는 데 힘쓰기를 바란다."

화석자가 말하였다.

"술이란 절제하면 하늘이 내려준 복이 되지만, 지나치면 광약狂藥이 된다. 크게는 본성을 잃게 되고,[31] 작게는 절도가 없어진다. 또한 근심이 있는 자가 얻으면 슬픈 것이고, 기쁨이 있는 자가 대하면 즐거운 것이다. 그 사람에게 달린 것이요, 술 마시는 데 있는 것이 아니다. 나는 일찍이 스스로의 교훈이 있으니, 술을 석 잔만 마시는 것으로 지켜 나간다."

객이 말하였다.

"선비들의 눈을 즐겁게 하는 것에는 서책書冊만큼 좋은 것이 없다. 그러나 경經은 깊이 통달할 것을 요구하고, 사史는 고증하고 분별하는 것에 이바지하며, 많은 자子와 집集들은 또한 두루 열람하기가 어렵다. 그리고 이런저런 패관잡기稗官雜記[32]가 나와서 한漢나라 때부터 선집해 놓은 것이 있으니, 어떤 것은 신선과 마귀가 등장하는 연극이고, 어떤

31_ **크게는 … 되고** | 원문의 "곡멸梏滅"은 어지럽혀서 본성本性을 잃는 것을 말한다. 《맹자》, 〈고자告子〉 상에, "其旦晝之所爲, 有梏亡之矣"라는 구절이 있다.

것은 장사들이 힘을 다해 결판이 날 때까지 싸우는 이야기이고, 어떤 것은 귀신과 산 사람이 서로 교접하는 이야기이고, 어떤 것은 호방하고 사치스럽게 놀고 즐기는 이야기이니, 모두 한번 보면 곧 소원한 친구의 얼굴과 같다. 오직 최씨의 《춘추春秋》는 쌍문雙文의 아름다운 전傳인데,[33] 그 내용이 부드럽고 정다우며 그 문장은 찬란하여서 동왕董王이 창화倡和했던 바이고,[34] 탄가歎可가 춤추고 손뼉 치던 것으로,[35] 남방의 가곡에도 맞아서 단락을 나누어 극장에서 축丑 · 정淨[36]을 공연하는 것과 방불하다. 그것을 읽는 자는 모두가 사탕수수를 씹는 것 같고, 술에 취해 눈이 어질어질한 듯하며, 미루迷樓[37] 안으로 들어가 돌아오고 싶어도 자기 마음대로 할 수 없는 것과 같고, 경국지색傾國之色을 가진 여인을 대하는 것과도 같아서, 공연公然히 어떤 물건이 서로 잡아끄는 듯, 손에서 놓을 수도 없고 눈을 돌릴 수도 없다. 마치 은퇴한 별장[38]에서

32_ **패관잡기稗官雜記** | 민간에서 떠도는 정치 · 인물 · 풍속 · 민속 · 일화 등 여러 가지 이야기를 모아 기록한 것이다.

33_ **최씨의 … 전傳인데** | 중국 당나라의 문학가 원진元稹이 지은 《앵앵전鶯鶯傳》을 가리키는 듯하다. 《앵앵전》의 주인공이 최앵앵이다. 명 · 청대 소품가들이 《앵앵전》을 《춘추》에 견주기도 하였다.

34_ **동왕董王이 … 바이고** | '동왕'은 중국 금대金代와 원대元代에 활약했던 문학가 동해원董解元과 왕실보王實甫를 가리키는 듯하다. 원진이 지은 《앵앵전》을 바탕으로 동해원은 《서상기제궁조西廂記諸宮調》를 지었고, 왕실보는 《서상기西廂記》를 지었다.

35_ **탄가歎可가 … 것으로** | 중국 청대淸代의 문학가 김성탄金聖歎이 《서상기》를 극찬하여 '제육재자서第六才子書'라 칭하고, 《서상기》에 비평을 붙여 비주본批注本 《제육재자서第六才子書》를 내기도 한 것을 이르는 듯하다.

36_ **축丑 · 정淨** | 중국 원대元代의 잡극雜劇에서 등장인물을 그 성격에 따라 붙인 각색脚色 명칭. 대체로 정은 권세가나 엉터리 관리, 비열한 부자 영감, 건달과 같은 역할에, 축은 우스꽝스럽거나 바보스런 역할을 하는 각색이다.

37_ **미루迷樓** | 중국 수 양제隋煬帝가 세운 누대로 수만 명의 사람들이 수년에 걸쳐서 세웠으며, 크고 아름답기로 유명했다. 옛터는 지금 강소성江蘇省 양주시揚州市 서북쪽에 있다.

늙어가며 생을 마치려 하면서도 싫증 나지 않는 것과 같다. 자네는 어찌 오부吳婦의 전주箋註를 사들이고, 명화名花의 수상繡像을 마련하지 않는가? 낮에는 비자나무로 만든 책상이 맑고 깨끗하며, 밤에는 짧은 등잔걸이가 환하게 밝은데, 오롯이 앉아 정취를 다하고, 깊숙하고 조용하게 생각을 간직하며, 점점 그 속으로 머리를 묻게 되고, 신이 나서 손뼉을 치게 된다. 하늘하늘 그 걷는 그림자를 보는 듯, 낭랑하게 그 말소리를 듣는 듯, 은은히 신神이 들리고, 몽롱히 혼이 태탕해진다. 진실로 한중閑中의 묘한 이해요, 참으로 인간 세상의 아름다운 관상이다. 부딪쳐 깨달음을 얻게 되고, 가히 자양滋養을 얻을 수도 있다. 수호水湖에 관한 지誌[39]는 비견할 것이 없고, 모란牡丹[40]으로 된 극은 둘도 없다. 비록 늙고 병들어도 그것을 잊을 수 있다. 자네 혹시 기왕에 이런 것을 얻어본 적이 있는가?"

화석자가 말하였다.

"고운 부녀 중에는 부정한 이가 많고, 재주 있는 젊은이 중에는 경박한 자가 많다. 작약과 같은 꽃이나 음악과 같은 소리 또한 나는 그 빼어남을 사랑하지만 사람들은 그 정을 사랑하고, 나는 그 재주를 사랑하지만 사람들은 그 이름을 사랑한다. 자네 또한 이러한 것에 빠진 것인가?

38_ **은퇴한 별장** | 원문의 "토구菟裘"는 중국 노魯나라 은공隱公이 은거한 곳으로 지금 산동성山東省 태안현泰安縣에 있다. 은거 또는 은거지라는 의미로 쓰인다.

39_ **수호水湖에 관한 지誌** | 중국의 원말명초元末明初 때 사람인 나관중羅貫中이나 시내암施耐庵이 지었다는 《수호지水湖誌》를 말한다. 《수호지》는 북송北宋 선화宣和 연간에 송강松江을 수령으로 한 108명의 호걸이 양산박梁山泊에 모여 간악한 무리와 탐관오리를 징벌한 후 조정에 귀순하여 반란군을 정벌하였다는 이야기.

40_ **모란牡丹** | 《모란정환혼기牡丹亭還魂記》 또는 《환혼기還魂記》. 명明나라 탕현조湯顯祖가 지은 전기傳奇로 《비파기琵琶記》와 더불어 유명하다.

아니면 분명히 알지 못한 탓인가? 사랑의 참과 거짓을 논할 것 없이 나는 실로 후배들에 대해 그것을 부끄러워한다."

객이 말하였다.

"사람에게 있어 거처居處라는 것은, 낮고 비좁은 곳에 가까이 있으면 답답함에 해를 입고, 너무 높은 곳에 있으면 밝음에 해를 입는다. 그래서 옛날의 군자는 그 사는 곳을 마련하되, 그 마음에 꼭 적합한가를 귀하게 여겼다. 내 장차 자네를 위해 집 몇 칸을 도모해보겠다. 뒤편으로는 작은 언덕이 굽이굽이 둘려 있고, 곁으로는 둥근 연못이 깊고 크게 파여 있다. 돌은 갈지 않아도 숫돌처럼 평평하고, 섬돌은 들쑥날쑥 견고하게 만들어져 있다. 아랫목에 구들을 만들어 따뜻하게 지내고, 시원한 곳에 누각을 만들어 맑은 바람을 받아들인다. 이미 장부[41]를 합쳐 산자檄子[42]를 이어 놓고, 이에 추녀를 날게 하며 처마를 만든다. 비록 크고 화려하진 않지만 또한 치밀하고도 정교하게 된다. 여기에다 깨끗한 방에 여덟 자짜리 와탑臥榻이 있다. 꽃무늬가 그려진 담요를 펼치고 등藤으로 된 자리를 깔아 놓는다. 비자나무 책상이 앞쪽에 놓여 있는데 검지도 않고 붉지도 않다. 구리병은 쓸개와 같은 담갈색이고, 옥호리병은 희미한 푸른색을 띠고 있다. 공작의 꼬리는 금색과 푸른색인데 날아다니는 먼지를 이것으로 떨어낸다. 검정 소의 털로 된 총채에 구슬을 매어 서로 엉키지 않게 한다. 그리고 문원사우文園四友[43]를 방위로 나

41_ **장부** | 한쪽 끝을 다른 한쪽 구멍에 맞추기 위하여 얼마쯤 가늘게 만든 부분.
42_ **산자檄子** | 지붕의 서까래 위에 흙을 받쳐 기와를 이기 위하여 가는 싸리나무 따위로 엮은 것.
43_ **문원사우文園四友** | 붓, 벼루, 먹, 종이 등 문방사우를 가리킨다.

누어 함께 있게 하는데, 유미隃麋[44]의 먹과 단계端溪[45]의 벼루에, 분지粉紙[46]는 깨끗하고 매끄러우며, 자색 붓끝은 보리 이삭과도 같다. 산호로 만든 필가筆架와, 백옥으로 만든 연적硯滴이며, 알록달록 채색된 영모翎毛의 축軸과 금질錦帙[47]과 아첨牙籤[48]으로 된 책들이 왼쪽 오른쪽에 놓여 있는데, 오직 마음이 가는 대로 취하면 된다.

게다가 문왕의 교鐈[49]·운언雲甗과 봉화鳳盉가 있는데, 품질은 가짜 솥이 아니고 형식은 완씨阮氏의 것과 일치한다. 그것으로 향을 피우고 그것으로 차를 끓여 보기도 하는데, 향기는 찌는 듯 상서로운 구름이 공처럼 뭉게뭉게 오르고, 차는 용단龍團[50]의 싹처럼 맑기도 하다. 화병을 좌석의 오른쪽에 두고, 사계절에 따라 꽃을 갈아주는데, 매화와 난초, 모란과 작약, 부용과 비파枇杷,[51] 서향瑞香[52]과 추당秋棠,[53] 금라金羅

44_ **유미**隃麋 | 중국 섬서성陝西省에 있는 현명縣名. 먹의 산지로 유명하다. 먹의 이명異名으로 쓴다.

45_ **단계**端溪 | 중국 광동성廣東省 고요현高要縣 동남쪽에 있는 시내 이름. 벼루의 재료가 되는 돌이 생산되는데, 이것으로 제조된 벼루는 '단계연端溪硯' 혹은 '단연端硯'이라고 불리며, 벼루 중 상품이다. 후에는 단계端溪가 곧 벼루를 가리키는 말로 쓰이게 되었다.

46_ **분지**粉紙 | 분주지粉周紙를 말한다. 무리풀을 먹이고 다듬어서 빛이 희고 몸이 단단한 종이 두루마리.

47_ **금질**錦帙 | 비단으로 된 책의 겉표지.

48_ **아첨**牙籤 | 상아로 만든 찌.

49_ **문왕의 교**鐈 | 중국 주周나라 때 유명한 솥의 명칭. 높이가 8촌 9분이고, 무게는 12근 3량이다. 《박고도博古圖》, 〈주문왕정도고周文王鼎圖考〉 참조.

50_ **용단**龍團 | 중국 송나라 때 공물로 바치던 유명한 차茶의 이름.

51_ **비파**枇杷 | 장미과에 속하는 상록 교목. 높이는 5~10m이며, 꽃은 황백색이다.

52_ **서향**瑞香 | 팥꽃나뭇과의 상록 관목. 높이는 1m 정도이며, 잎은 어긋나고 타원형인데, 두껍고 광택이 난다. 향기가 진하게 풍겨 '천리향千里香'이란 별명이 있다.

53_ **추당**秋棠 | 추해당秋海棠. 베고니아과의 여러해살이풀. 높이 60㎝ 정도. 잎은 어긋나며 잔 톱니가 있는 달걀꼴이다. 자웅 동주로 7~9월에 담홍색 꽃이 핀다. 중국이 원산이며, 관상용으로 정원에 흔히 심는다. 일명 난장초爛腸草.

와 홍라紅羅이다. 꽃은 사람으로 인해 우아해지고, 사람은 꽃으로 인해 화사해진다. 게다가 꽃무늬의 창살을 반쯤 열어 놓고, 갈대발을 걸쳐 놓아 바깥을 가려둔다. 산수병풍을 두르고 오목烏木[54]에 꽃을 조각해둔다. 가리개는 화조花鳥로 두르고, 벽에는 용과 뱀이 싸우고 있다. 사람들로 하여금 그 집에 들어오면 오직 맑고 한가로움만을 보게 하고, 그 화려함은 보지 못하게 된다. 마치 석실에 상진上眞[55]을 앉혀둔 듯, 연좌에 석가를 모셔둔 듯 청허淸虛함은 날마다 다가오고 번뇌는 절로 멀어진다. 자네는 어떻게 생각하는가?"

화석자가 말하였다.

"아! 그 집을 꾸미는 것은 그 몸을 꾸미는 것만 못하고, 그 몸을 밝게 하는 것은 그 정신을 밝게 하는 것만 못하다. 그 집이 얼음같이 맑더라도, 그 마음은 먼지와 같이 탁할 수 있다. 또 나는 우리 시골 사람이라, 기氣가 그 거처에 따라 변하는 것임에 본래 비루하고 가난하니, 한 개의 경연驚硯[56]을 쓰고 하나의 부들자리를 깔 뿐이다."

객이 말하였다.

"자네는 또한 돈을 아는가? 사람이 만약 돈을 알게 되면 그것에 대한 애착을 스스로 막을 수가 없다. 옛사람이 말하지 않았던가? 위태로운 것을 편안하게 할 수 있고, 죽은 것을 살릴 수 있으며, 귀한 것을 천하게 할 수 있고, 산 것을 죽일 수도 있다. 다투어 변론하는 것도 돈이 아

54_ **오목**烏木 | 흑단黑檀의 심재心材. 순흑색 또는 담흑색이며 단단하여 젓가락 · 담뱃대 · 문갑 등의 재료로 쓰인다.

55_ **상진**上眞 | 상선上仙. 즉 도교에서 말하는 최상의 진인眞人.

56_ **경연**驚硯 | 벼루의 일종인 듯하나 자세한 것은 알 수 없다.

니면 이길 수 없고, 침체되어 있는 사람도 돈이 아니면 발탁될 수 없으며,[57] 원망하고 한을 품은 것도 돈이 아니면 풀 수가 없고, 아름다운 명성도 돈이 아니면 발천할 수 없다고 하였다. 이 말이 돈에 대해서 다 말한 것 같지만, 오히려 오늘의 말폐와는 같지 않다. 시험 삼아 오늘의 돈이라는 것을 보면, 초조한 자가 돈을 얻으면 여유롭게 되고, 울분한 자가 돈을 얻으면 가슴이 확 트이게 된다. 수척한 자가 돈을 얻으면 살이 찌고, 어리석은 자가 돈을 얻으면 영리하게 된다. 금은과 주옥보다 민첩하게 쓸 수 있고, 곡식이나 온갖 갖옷 · 베옷보다 요긴하게 쓰인다. 영단靈丹[58]으로 끊어진 목숨을 구하는 것보다 신통하고, 감로수甘露水[59]로 갈증을 해소시키는 것보다 시원하다. 대개 몰라서 말이지, 알았다면 허유許由[60]는 이미 팔뚝을 걷어붙이고 빼앗았을 것이며, 또한 접하지 못해서 그렇지, 접하였다면 오릉於陵[61]은 반드시 지혜를 다하여 거두어 담았을 것이다. 무릇 지금 사람들은 위로는 높은 벼슬아치에서부터 아래로는 천한 사람[62]에 이르기까지 성심으로 그것을 좋아하여 피부와 뼈를 깎을 정도가 아닌 사람이 없다. 자네는 어찌하여 〈화식열전貨殖列傳〉[63]의 이利를 바라지 않고, 화폐[64]의 이론에 부지런히 힘쓰지 않는가?

57_ **침체되어 … 없으며** | 중국 원나라 무명씨無名氏의 《내생채來生債》, 〈제일절第一節〉에 "是故忿爭非錢而不勝, 幽滯非錢而不拔"이라는 구절이 있다.

58_ **영단靈丹** | 신령스러운 효험이 있다는 환약丸藥. 일명 영약靈藥.

59_ **감로수甘露水** | 불사不死 또는 천주天酒라고도 하며, 한 번 맛보면 불로장생한다는 이슬.

60_ **허유許由** | 고대 중국의 고사高士. 양성陽城 괴리槐里 사람이며, 자는 무중武仲. 요堯임금이 천하를 물려주려 하였으나 거절하고 기산箕山에 들어가 은거하였고, 그 뒤 또 불러 구주九州의 장長을 삼으려 하자, 그 말을 듣고 영수潁水 물가에서 귀를 씻었다 한다.

61_ **오릉於陵** | 진중자陳仲子. 중국 전국시대 제齊나라의 청렴한 선비.

62_ **천한 사람** | 원문의 "갈褐"은 천한 사람이 입는 모직 옷이고, "관寬"은 헐렁하고 크게 지은 의복을 말한다. 전하여 천한 사람을 가리킨다.

청부靑蚨의 피를 돈에 발라서 또 한 종류가 돌아오게 하고,[65] 주판을 가지고 문서의 계산을 맞추어, 하나를 쌓아 백을 이루고 백으로 말미암아 만에 이르러서 구리산의 채광과 제련을 관리하고, 아침에 베 판 돈을 두루 모아 자색의 표로 패牌를 나누고, 푸른 돈 꾸러미[66]로 줄을 엮어 반 냥의 적측赤仄[67]과 세 치의 아안鵞眼[68]이 높이가 악공鄂公[69]이 쌓아 놓은 것보다 더하고, 그 수량은 치수淄帥[70]가 바친 것보다 많다. 이에 손으로 만지고 있으면 마음이 화락해지고, 눈으로 보고 있으면 정신이 건강해져서 물건은 바랄 것이 없고, 일은 한恨될 것이 없으며, 문을 나감에 근심할 것이 없고, 방 안에 거처함에 원망할 것이 없다. 좋은 벼슬, 후한 녹봉도 바랄 것이 못 되고, 맑은 담론 · 빛나는 명성도 기뻐할 것이 못 된다. 마음이 형통하여 막힘이 없고, 기운이 충만하여 곤하지 않으며, 몸은 든든하여 허하지 않다. 다시 어찌 괴롭고 민망함을 염려할 필요가 있겠는가?"

63_ **〈화식열전貨殖列傳〉** | 사마천司馬遷이 지은 《사기》, 〈열전〉의 편명. 중국 춘추시대부터 한나라 때까지 부자가 된 사람들의 이야기를 중심으로 각 지방의 풍속 · 물산 · 교통 등 여러 가지 모습이 서술되어 있다.

64_ **화폐** | 원문의 "천포泉布"는 화폐를 가리키는 말.

65_ **청부靑蚨의 … 하고** | 청부는 매미 비슷한 벌레로 중국 남해南海에서 난다. 그 어미와 새끼의 피를 따로따로 돈에 바르고, 하나를 곁에 두고 다른 하나를 쓰면 그 돈이 곧 도로 돌아온다 한다.

66_ **푸른 돈 꾸러미** | 원문의 "청민靑緡"은 옛날에 동전을 꿰던 파란 실을 말한다. 전하여 전폐錢幣를 가리킨다.

67_ **적측赤仄** | 중국 한 무제漢武帝 때 처음 주조된 붉은 구리로 만든 돈. 당시의 돈들이 너무나 가벼웠기 때문에 일반적으로 통용되던 돈들보다 훨씬 무겁게 만들었다.

68_ **아안鵞眼** | 아안전鵞眼錢. 고대 중국에서 사용되던 돈으로 거위의 눈처럼 작고 가벼워 아안이라 불렸다.

69_ **악공鄂公** | 중국 월越나라의 악군鄂君 자석子晳인 듯하다. 벼슬은 영윤令尹에 이르렀고, 용모가 매우 뛰어나 후대에 '악군'은 미남의 통칭으로 쓰인다.

70_ **치수淄帥** | 미상.

화석자가 말하였다.

"돈에 구멍이 네모난 것은 사물의 함정일 수 있고, 돈의 바퀴가 둥근 것은 일의 거울이 될 수 있다. 허리에 두 갈래의 창을 차고, 정신으로 그 자루를 쥐어야 한다. 돈이 없으면 비록 가난하겠지만, 많아도 또한 경사스러운 것은 아니다. 가끔은 사람들 중에 그것으로 생명을 해치는 자들이 있다. 자네는 나를 병으로 여기는가? 곧 자네의 말이 병이로세!"

객이 말하였다.

"남국의 미인은 열여섯 살의 꽃다운 나이로 상방尙方[71]과 내원內院[72]의 향적香籍[73]에 처음 올려진다. 빼어난 자는 '월月'이 되고, 슬기로운 자는 '연蓮'이 되며, 밝은 자는 '춘春'이 되고, 요염한 자는 '선仙'이 되며, 온화한 자는 '옥玉'이 되니, 각각 아름다움의 극치이다. 뺨은 천도복숭아와 같고, 눈동자는 돌 틈에서 나는 샘물과 같으며, 입술은 성혈猩血을 점찍은 것 같고, 귀밑털은 매미의 더듬이로 마련한 것 같으며, 코는 하얀 분으로 빚어 만든 것 같고, 귀는 옥고리 같으며, 허리는 버들가지 같고, 틀어올린 머리는 산꼭대기와 같은데, 춤추는 것은 뱅뱅 도는 바람 같고, 걸음은 날아가는 제비 같다. 그런데 보배로 장식한 머리채를 나지막하게 하고, 향기로운 어깨를 늘어뜨리며, 담박한 복장에 연한 화장으로 비단 장옷을 걸치고, 금채찍으로 말을 달려 약속 장소에 이르러 화려한 잔치 자리에 오른다. 부용에 매달린 꽃받침 같고, 질끈

71_ 상방尙方 | 상의원尙衣院. 조선조 어의御衣와 재화財貨 · 금보金寶 등을 맡아보던 관아.
72_ 내원內院 | 내의원內醫院.
73_ 향적香籍 | 향기로운 명부, 즉 여인들의 명부.

묶은 가는 허리를 하늘하늘 흔든다. 흰 버선을 당겨 반쯤 발돋움하는데, 어찌 그리 뒤를 이어 살랑살랑 온단 말고. 어리석은 듯 수줍은 듯, 눈으로 미소를 짓고, 일부러 이를 드러내 웃으며 시간을 끌면서 얼마 있다가 술잔을 나누고 자리를 재촉한다. 연지를 바른 얼굴이 발그스름하고, 어여쁘게 생각에 잠긴 듯하다가 다정하게 가까이하며, 토라진 듯 화를 내는 듯, 간드러지게 잠깐 피곤한 듯하다가, 금琴을 끌어당겨 스스로 연주하며 노래로써 근심을 씻어내니, 그 소리가 허공을 감돌고 갑자기 풍류 운치가 있어 보인다.

술을 권하고 다시 권하노니	勸酒兮更勸
그대 취함이 바로 내가 원하는 것이라네.	君之醉兮適我願
꽃 떨어지고 봄은 가는데	花落兮春去
방초는 어찌 그리 고운가.	芳艸兮何嫩
인생은 잠깐이니	人生兮須臾
지금 마시지 않으면 그 한을 어찌하랴.	今不飮兮奈何恨

화답하여 노래하는 자가 있었다.

황금은 수만 근이요	黃金兮鉅萬
공명도 흡족하지만	功名兮十分
부귀가 얼마나 가겠는가	富貴兮能幾時
세상일은 묻지 마오.	世事兮莫問
그대와 마주하여	與君兮相對
좋은 술 마시는 것만 못하다네.	不如飮兮良醞

이에 정이 은밀히 생기고 술에 그것을 빙자하여 붉은 입술을 깨물고, 하얀 팔꿈치를 끌어당겨 옥팔찌를 벗겨내며, 붉은 옷고름을 풀고는 서로 엉켜 기대면서, 그와 더불어 하나가 된다. 사사로운 정담으로 속삭이며 귀를 입에다 가까이 가져간다. 여자는 그것을 혐오스러워하지 않고, 옆의 사람은 허물로 여기지 않는다. 한때의 풍정風情을 발산하여 진실로 유쾌함을 얻게 된다. 분주하게 아침에 이별하고 저녁에 맞이하면서, 누구보다 나에게 후대한다. 누가 됨이 없음을 알아 잊지 못하고, 차라리 병이나 옆에서 지켜주길 바란다."

화석자가 일어나 얼굴빛을 고치며 말하였다.

"뭐라! 그것이 무슨 말인가? 홍장취미紅粧翠眉에 빠지는 것은 음탕한 사내가 죽는 바요, 꽃을 노래하고 달을 희롱하는 것은 군자가 부끄러워하는 것이다. 어찌 유자의 관복冠服을 입고서 몸을 파는 기녀들과 외설스럽게 지내겠는가? 내가 비록 양대제楊待制[74]에 미치지는 못하지만 누가 즐겨 탕자가 되려 하겠는가?"

객이 말하였다.

"즐거운 것으로는 술만 한 것이 없지만 그래도 토해내고 싶어질 때가 있고, 아름다운 것으로는 돈만 한 것이 없지만 그래도 그 때문에 두려워할 때가 있고, 좋은 것으로는 여색을 좋아함만 같은 것이 없지만 그래도 그 나쁨을 알게 되면 싫어하게 된다. 남이 지닌 마음을 알 수 있

74_ **양대제**楊待制 | 중국 송나라 때 주자朱子의 선배인 양시楊時를 말하는 듯하다. 양시의 자는 중립中立, 호는 구산龜山이며, 정문사대제자程門四大弟子 중 한 사람으로 당대의 유명한 성리학자였다. 대제는 송나라 때의 관직명이다.

겠으니, 그것은 월궁月宮에 올라 계수나무를 찾아 항아嫦娥가 한번 정을 주기를 바라는 것이 아니겠으며, 명성과 역량을 쌓아 청운의 길에 올라 대붕大鵬의 날개를 펼치려는 것이 아니겠는가? 아! 아미蛾眉가 비록 고우나 반드시 궁중에 들어갈 것이라는 질투를 받게 되고, 명월주明月珠를 가만히 던짐에 칼부림의 노여움을 많이 이루게 된다. 자네가 비록 마음으로는 정주程朱의 성리학[75]에 통달하고, 입으로는 왕정王鄭[76]의 전주箋註를 이야기하며, 손으로는 문소文蘇[77]의 커다란 근원을 찾아내고, 발로는 왕유汪劉[78]의 예포藝圃[79]를 섭렵하여, 찬란함은 교룡과 난새의 무궁한 변화요, 내달리는 기세는 준마의 걸음과 나란하지만, 지금 세상에서는 뜻을 얻기 어려울 것이다. 만일 행하면서 은밀한 청탁을 함이 없고, 나아가면서 사잇길로 뇌물을 바침이 없으면, 화씨벽和氏璧을

75_ **정주程朱의 성리학** | 정호程顥·정이程頤 형제와 주희朱熹의 학문을 말한다. 이들은 모두 송대의 대학자로서 경전의 자구字句 해석뿐만 아니라, 그 깊은 뜻을 연구하여 유학의 철학적 체계를 세운 사람으로서 그 학문을 성리학性理學 또는 송학宋學이라고도 한다.

76_ **왕정王鄭** | 중국 삼국시대 위魏나라의 왕숙王肅(195~257)과 후한後漢의 정현鄭玄(127~200). 왕숙이 관계한 책으로는 《공자가어孔子家語》, 《공총자孔叢子》, 《위고문상서僞古文尙書》 등이 있다. 정현의 자는 강성康成이고, 산동성山東省 고밀인高密人이다. 《주서周書》, 《상시尙書》, 《모시毛詩》, 《의례儀禮》, 《예기禮記》, 《논어論語》, 《효경孝經》, 《상서대전尙書大傳》 등의 주해를 썼다.

77_ **문소文蘇** | 문천상文天祥(1236~1282)과 소식蘇軾(1036~1101)을 말한다. 문천상은 중국 남송南宋의 충신으로 호는 문산文山이다. 원병元兵에게 잡혀 순절하였다. 〈정기가正氣歌〉가 유명하며 저서에 《문산집文山集》이 있다. 소식은 송대의 문호文豪로 당송팔대가唐宋八大家의 한 사람이다. 자는 자첨子瞻, 호는 동파東坡이며, 시호는 문충文忠이다. 저서에 《동파전집東坡全集》 130권, 《역전易傳》 9권, 《동파서전東坡書傳》 13권 등이 있다.

78_ **왕유汪劉** | 왕정눌汪廷訥과 유기劉基를 말한다. 왕정눌은 중국 명明나라 휴령인休寧人으로 자는 창조昌朝, 호는 좌은坐隱이다. 시詩·부賦·사詞·곡曲·악부樂府 등에 뛰어났고, 문집으로 《환취당집環翠堂集》이 있다. 유기는 명나라 청전인靑田人으로 자는 백온伯溫·여미공黎眉公이다. 경사經史에 널리 통달하였고, 학문도 매우 뛰어났으며, 시문詩文에서도 명초明初의 일인자였다. 저서로 《여미공집黎眉公集》 등이 있다.

79_ **예포藝圃** | 전적典籍을 모아 보관하는 곳. 전하여 문학과 예술의 세계, 예원藝苑을 가리킨다.

파는데도 돌이라고 꾸짖고, 구름 무늬로 수놓은 비단이 화려한데도 베라고 비웃는다. 자네는 어찌하여 세속과 섞여서 함께 나아가며 시류時流들의 힘쓰는 바를 따르지 않는가? 아래로 지렁이와 더불어 연결되고, 위로는 파리처럼 달라붙어 남궁南宮[80]에 모여서 사열하고, 금용金墉[81]에서 극성棘城을 엄하게 하는 데 미쳐서 빈틈을 찾아 몰래 아뢰고, 경로를 따라 가만히 통하면서, 육랑陸郞[82]의 폐백이 없음을 기롱하고, 안공顔公이 뇌를 태울 것을 염려한다. 비경飛卿[83]의 누차屢叉를 부리고 성설姓薛[84]의 혼충混充에 다다른다. 환랍丸蠟을 던져 안팎을 가르고, 호명하는 것을 처음부터 끝까지 본다. 잘못 점검함을 두려워하여 제함遞函[85]으로 연락하여 모르고 있는 것을 깨우친다. 장공은 마시고 이공은 취하니 또 도모할 수 있다. 대개 유사有司는 공명하지 못한 자가 많고, 세도世道 또한 공정함이 없다. 진실로 지극히 신통한 기지가 있어 능히 스스로 요로要路에 주선할 수 있는 자라면, 사詞가 반드시 굉장할 필요가 없고, 문文이 반드시 공교로울 필요가 없으며, 글씨는 반드시 정하게 쓸 필요가 없고, 제출하는 것은 반드시 몸소할 필요가 없다. 하루아침에 방이 나붙으면, 과연 큰 공으로 승리하게 된다. 사람들이 누가 그것을 알 것이며, 또한 알더라도 서로 덮어줄 것이다. 아름다운 녹색 도포를 입고

80_ **남궁**南宮 | 중국 당대唐代의 이부吏部 또는 예부禮部를 말한다.

81_ **금용**金墉 | 금성金城과 같으며, 견고한 성장城墻을 말한다.

82_ **육랑**陸郞 | 중국 삼국시대 오吳나라 사람인 육적陸績. 박학다식博學多識하고, 특히 역학易學에 정통하였다. 저서에 《혼천도渾天圖》, 《주역석현注易釋玄》이 있다.

83_ **비경**飛卿 | 중국 당나라 온정균溫庭筠을 말한다. 비경은 그의 자. 젊어서부터 재주가 있고 문장이 훌륭하여 이상은李商隱과 아울러 온이溫李라 일컬어진다. 저서에 《악란집握蘭集》, 《금전집金荃集》 등이 있다.

84_ **성설**姓薛 | 미상.

85_ **제함**遞函 | 갑甲에서 을乙, 을乙에서 병丙으로 한 사람씩 차례로 전달하는 것을 말한다.

득의만면하며, 어사화가 길게 늘어져 붉은빛을 떨친다. 인생이 마침내 뜻을 이루어 나아갈 길이 확 트이고 모든 것이 풍성하니 서투른 문장이 무슨 방해가 되겠으며,[86] 곡탁鶻濁의 벌레[87]가 되는 것은 그나마 잃지 않는다. 마음이 넓어지고 몸이 펴지며, 뜻과 기개가 절로 든든해진다. 이것이 세상에서 능사能事를 다한 것이다. 다시 어찌 근심 걱정으로 끙끙대고 있겠는가?"

화석자가 씩 웃으며 말하였다.

"하고 싶어도 할 수 없는 것이 있고, 할 수 있는데도 하지 않는 것이 있다. 하지 않는 것과 할 수 없는 것을 세상에서는 운수가 나쁜 것이라고 한다. 아! 사람은 속일 수 있어도, 하늘은 속일 수 없다. 만일 이것이 할 수 있는 것이라면, 내 어찌 늙어 백발이 되어 이렇게 병든 채 있겠는가?"

객이 기뻐하지 않는 태도로 말하였다.

"내 비록 언변이 찬화粲花[88]에 미치지는 못하지만, 또한 일찍이 스스로 경기鏡機[89]에 속한다고 여겼는데, 반나절 동안 모시고 이야기했지만 곤란함을 풀어드릴 수 없다. 온천을 다 마르게 하고서 얼음을 구하며, 누런 나뭇잎으로 다 채우고 굶주림을 그치게 하려 했던 것이다. 내 한

86_ **서투른 … 되겠으며** | 원문의 "영치부詅癡符"는 천치를 파는 표라는 뜻으로, 서투른 문장을 명문인 체 자랑하다가 창피를 당하는 일을 말한다.

87_ **곡탁鶻濁의 벌레** | 원문의 "곡탁鶻濁"은 '어리석음'을 꾸짖는 말. 《주자어록朱子語錄》에서는 '골돌鶻突'이라 하였다. 여기서는 문장이 시원치 않지만 출세하였으니, 문장에서 곡탁의 벌레가 되는 것도 괜찮다는 뜻이다.

88_ **찬화粲花** | '찬화'는 언론言論이 전아준묘典雅雋妙함을 가리킨다.

89_ **경기鏡機** | 은미隱微한 것을 통찰하는 것.

치의 혀에 조리가 없었던 것이 아니고, 자네가 실로 자물쇠로 문을 걸어 잠그고 있는 것이라네. 청컨대 이를 좇아 떠나려 하오."

화석자가 말하였다.

"앉거라! 내 장차 자네에게 심중에 있는 말을 고하리라. 굶주림으로 괴로워하는 자는 반드시 산 남쪽의 기장을 기다리지 않고 거친 밥을 먹어도 절로 살찔 것이요, 갈증으로 괴로워하는 자는 반드시 약하주若下酒[90]를 필요로 하지 않고 물만 마셔도 또한 절로 기쁠 것이다. 내 나이는 이미 반평생을 넘어섰고, 생각은 이미 지금의 세상에서 떠나 있다. 다만 나의 백 이랑 경지가 가꾸어지지 않음을 걱정하고, 왕도王道가 기울어지지 않음을 즐거워한다. 내가 바로 원하는 것은 십 묘의 뽕나무와 삼이며, 몇 칸의 초가집이다. 고당高堂에 노래자老萊子[91]가 받드는 어머니와 가통家統을 전하는 왕패王霸[92]와 같은 아들에다, 지아비는 밭을 갈고 아내는 베를 짜며, 아들은 수확하고 아비는 땅을 간다. 나뭇가지의 뱁새처럼 둥지에서의 꿈을 편안히 여기며, 진흙 속의 거북처럼 짧은 꼬리를 끌고 다닌다.[93] 심어 놓은 것은 서리를 이겨내는 국화가 있고, 식용으로는 해를 향하고 있는 아욱이 있다. 때는 살아서 요순堯舜과 같은 임금을 만나, 아래로는 고요皐陶[94] · 기夔[95]와 같은 신하가 있으며, 교화

90_ **약하주**若下酒 | 중국 장흥현長興縣 약계若溪에서 생산되는 유명한 술의 이름.

91_ **노래자**老萊子 | 중국 춘추시대 초楚나라 사람. 성품이 매우 효성스러워서, 일흔의 나이에 백세된 부모 앞에서 색동옷을 입고 어린아이처럼 춤을 추며 부모를 즐겁게 해드렸다 한다.

92_ **왕패**王霸 | 중국 후한後漢의 은둔지사. 자는 유중儒中. 그는 젊어서부터 절개가 곧았는데, 왕망이 왕위를 찬탈하자 벼슬을 버리고 은거하였다. 그가 은거할 때 같은 고을 사람이 초楚나라의 재상이 되어 사람을 시켜 편지를 보내자, 왕패의 아들이 밭 갈던 것을 그만두고 돌아왔으며, 왕패는 몸져누워 일어나지 않았다. 처가 "당신은 젊어서부터 청절淸節을 닦았는데 어찌 그 뜻을 잃고 아녀자를 부끄럽게 만드나요?" 라고 하자, 왕패가 웃으며 일어났다고 한다. 《후한서後漢書》, 〈왕패전王霸傳〉 참조.

는 말하지 않아도 조용히 운용되고, 정치는 흔적 없이도 널리 베풀어진다. 아전들은 탐욕으로써 일하지 않고, 관인들은 사사로움으로써 행정을 하지 않아, 향기가 피어오르고 은택은 말없이 퍼져 나간다. 삼십육우三十六雨[96]가 때에 따라 내리고, 칠십이풍七十二風[97]이 윙윙 불어와, 더위는 찌지 않고 추위는 심하지 않으며, 물은 넘치지 않고 산은 무너지지 않는다. 곡식은 넉넉하고 백성은 화락하며, 밭두둑에는 묵은 양식이 쌓여 있고, 고을에는 유리流離하는 사람이 없다. 이제 나는 또한 뭇 풀들과 비슷하게 함께 자라나고 나의 농사가 알찬 것이 많음을 다행스럽게 여긴다. 남쪽 밭이랑을 따라가 들밥 먹는 것을 기쁘게 여긴다. 가을날의 내 곳집이 천 섬이라, 이삭은 모두 잘 자라나고, 콩은 빈 깍지가 되지 않는다. 쌀이 있고 기장이 있고, 차조가 있고 보리가 있다. 이것들이 집에 가득한데, 이것을 찧고 키질하여 밥을 짓고 인절미를 만들며, 죽을 만들고 엿을 곤다. 이것을 술로 만드니 진하여 묽지 않으며, 물고기는 통발에 넣어두고 닭은 횃대에서 잡는다. 큰 말로 술을 쳐서 미수眉壽[98]에 이르도록 축수한다. 형제와 친구들은 술을 마시며 매우 화목

93_ **진흙 … 다닌다** | '예미니중曳尾泥中'을 말한다. 중국 춘추전국시대 초나라 위왕이 장자가 현명하다는 얘기를 듣고 후한 폐백으로 그를 초빙하고자 했을 때에 죽어서 감옥에 잘 모셔지는 거북보다 차라리 살아서 진흙 구덩이 속에서 뒹구는 거북이 더 낫다고 말했다. 곧 어떠한 것에도 구속받지 않는 자유로운 생활을 비유한 말이다.

94_ **고요皐陶** | 순舜임금의 신하. 옥관獄官의 장長을 지냈다.

95_ **기夔** | 순임금의 신하. 음악을 담당하였다.

96_ **삼십육우三十六雨** | 바람과 비가 순조로움을 말한다. 열흘마다 한 번 비가 내려 일 년에 서른여섯 번 비가 내린다는 뜻이다.

97_ **칠십이풍七十二風** | 닷새에 한 번씩 바람이 불어, 일 년에 일흔두 번 바람이 불어서 날씨가 순조롭다는 것을 말한다.

98_ **미수眉壽** | 《시경》, 〈빈풍 · 칠월七月〉편에 "以介眉壽"라는 말이 있는데, '장수를 돕는다'는 뜻으로 축수할 때 쓰는 말이다.

하고, 처자와 동복僮僕은 스스로 득의한 듯 즐거워한다. 이때가 되어서는 뜻이 훈훈熏熏하고, 기운이 왕성하며, 마음이 기쁘고, 얼굴색이 화기애애해진다. 마치 노씨老氏[99]의 대에 올라 아름다운 봄빛의 원기를 접한 듯, 선인仙人의 나라에 들어가 신령한 샘의 짙은 향기를 마신 듯, 소소簫韶[100] · 함영咸英[101]의 음악을 듣고 난새와 봉새, 물고기와 용이 야단스럽게 움직이는 것을 보는 듯하다. 심기가 평온하여 피를 고르게 하고, 정신이 화락하여 근육을 이완시킨다. 백 년의 기약할 만한 것을 지향하고 묵은 병을 거두어 구름처럼 사라지게 한다. 아! 나는 그것을 즐기고 있을 뿐, 스스로 무어라고 말하지 못하겠다."

객이 일어나 절을 하면서 말하였다.

"이것이었군! 자네의 병은 마음속에서 발하여 정기精氣를 손상하였다. 단구丹邱[102]에 올라 약제를 달이거나, 금고金膏[103]를 가지고 체액을 윤택하게 해야 한다. 나로서는 치료할 수 있는 바가 아니다. 자네는 저 강구康衢의 노인에게 그것을 물어보라."

—하정승 옮김

99_ **노씨**老氏 | 노자학파老子學派를 지칭하는 말이다.
100_ **소소**簫韶 | 순임금의 음악.
101_ **함영**咸英 | 요堯임금의 음악인 함지咸池와 제곡帝嚳의 악인 육영六英의 병칭.
102_ **단구**丹邱 | 신선이 산다는 땅.
103_ **금고**金膏 | 도교의 전설에 나오는 선약仙藥.

원통경

圓通經

이와 같이 나는 생각해본다. 대한大寒 · 소한小寒 날씨가 추울 때에 나는 한 곳에 머물면서, 엉성하고 차가운 방에서 옷을 벗고 혼자 누웠다. 이때는 삼경三更인데, 눈보라가 크게 몰아쳤다. 이때 아궁이의 불이 갑자기 온기가 없어지고, 이불이 점점 모두 가볍고 얇아진다. 나는 이때 추위를 두려워하여 온몸이 떨려 일어나 앉을 수도 없고, 잠잘 수도 없었다. 그래서 기다란 몸이 문득 짧게 되고 목을 움츠려 이불 속으로 들어갔다.

나는 이때 생각해본다. 서울 성 안에 가난한 선비가 이 같은 밤을 당하여 삼 일 동안 쌀이 없고, 열흘 동안 땔감이 없으며, 말똥과 쌀겨가 있을 뿐이다. 일절 세상에 사람을 따뜻하게 해줄 물건은 이미 저절로 오지 않고, 털 빠진 개가죽과 구멍 뚫린 부들자리만 있다. 휘장도 없고 이불도 없고, 요도 없고 모포도 없고, 병풍도 없고 등잔도 없고, 깨진 화로에는 불씨도 없다. 그러나 이 방 안에 마주하여 이렇게 심한 추위를 견디며, 이렇게 긴 밤을 지내지 않을 수 없다. 이에 오른쪽 어깨를 드러내고, 곧바로 죽을 마음으로 머리를 땅으로 향하게 하고, 무릎을 가슴에 붙이고, 귀를 젖가슴에 파묻고, 등뼈를 활처럼 둥글게 하고, 손은 새끼줄로 동여맨 듯이 하였다. 처음엔 젖먹이 양 같고, 또 잠자는 소

같고, 또다시 조는 고양이 같고, 또다시 묶인 사슴 같아 그 형세가 살아 있다고도 할 수도 없고, 죽었다고 할 수도 없는 채, 다만 한 가닥 온기溫氣가 목구멍 사이에서 나왔다 들어갔다 하였다. 가깝게는 오직 태양이 속히 나오기를 바라고, 멀게는 오직 화창한 봄이 빨리 돌아오기를 바랄 뿐, 이 밖에 다시 한 점 다른 생각이 없다.

이것은 '제팔빙상지옥第八冰床地獄'이라 할 만한데, 그래도 사람이 활동하는 세상을 없앨 수는 없는 것이다. 그런데 내가 거처하는 곳을 저 곳에 비교하면, 바로 이곳은 따뜻한 방, 따뜻한 이불, 따뜻한 구들이다. 내가 이런 생각을 하니, 문득 훈훈한 바람이 뱃속에서 일어나 방 안을 두루 가득 채워서, 당장 내 방 안이 마치 활활 타는 큰 화로 같았다.

나는 이런 생각을 가는 곳마다 떠올린다. 위 속이 비어 있을 때는 도리어 굶주리는 백성을 생각해본다. 이들은 삼순구식三旬九食, 즉 한 달 동안 아홉 번밖에 먹지 못하여 책력을 보고 불을 지핀다. 오랫동안 집을 떠나 있을 때는 도리어 멀리 떠난 나그네를 생각해본다. 이들은 만리 타향에서 십 년 동안 집에 돌아가지 못하고 있다. 몹시 졸릴 때는 도리어 아주 바쁜 벼슬아치들을 생각해본다. 이들은 파루罷漏를 알리는 종소리가 울고 각루刻漏[1]의 물이 다할 적에 닭 울음소리를 듣고 입궐하여 서리 내린 새벽에 퇴궐한다. 처음 과거에 떨어졌을 때는 도리어 궁색한 유생을 생각해본다. 이들은 머리가 허옇게 세도록 경전을 궁구하였지만 향시鄕試에 한 번도 합격하지 못하였다. 외롭고 적막함을 한탄할 때는 도리어 노승을 생각해본다. 이들은 인적 없는 산을 쓸쓸히 다

1_ **각루**刻漏 | 누각漏刻이라고도 한다. 물시계. 좁은 구멍에서 일정한 속도로 떨어지는 물의 양을 누호漏壺 속에 세운 누전漏箭의 눈금으로 읽어서 시각을 알게 되는 장치이다.

니고 홀로 앉아 염불한다. 음탕한 생각이 일어날 때는 도리어 환관(黃門)들을 생각해본다. 이들은 어떻게 할 방법도 없이 외딴 방에서 홀로 잠을 잔다.

이 생각 저 생각, 온갖 생각이 떠오르는데, 아승기阿僧祇[2] 같은 생각이요, 항하恒河의 모래[3] 같은 생각이다. 매양 이런 생각을 일으키면 목마른 자가 제호탕醍醐湯[4]을 마시거나, 병든 자가 대의왕大醫王[5]의 옥약玉藥을 복용하는 것과 같다. 이는 '나무관세음보살南無觀世音菩薩의 양지楊枝와 병 속 감로법수甘露法水'[6]라고 이를 만한 것이다.

—윤세순 옮김

2_ **아승기**阿僧祇 | 무한無限 또는 무량無量을 의미한다. 산스크리트어 Asamkhya의 음역어이다.

3_ **항하**恒河**의 모래** | 항하는 인도의 갠지스 강. 항하의 모래는 항사恒沙, 곧 불교에서 무량의 수를 가리키는 말이다.

4_ **제호탕**醍醐湯 | 원유를 정제한 자양이 풍부한 음료인데, 불가에서는 이것을 '최상의 지극한 정법正法' 또는 '불성佛性'에 비유한다.

5_ **대의왕**大醫王 | 부처가 불법을 베풀어 중생의 번뇌를 치유한 데서 부처를 달리 이르는 말.

6_ **나무관세음보살**南無觀世音菩薩**의 … 감로법수**甘露法水 | 불화佛畫에는 관음보살이 버들가지(楊枝)와 법수가 담긴 병을 들고 있는 형상으로 그려져 있다. 《무량의경無量義經》에 "醫王大醫王, 分別病相, 曉了藥性, 隨病授藥, 令衆生服"이라는 내용이 보이고, 《법원주림法苑珠林》에는 일곱 가지 병을 제거하는 일곱 가지 물건으로 정수淨水와 양지楊枝 등을 들었다.

매미의 권고

蟬告

내 집이 매화산梅花山 아래 있으므로 이에 '매암梅庵'이라고 자호하였는데, 그 음이 마침 매미소리와 서로 비슷하다. 일찍이 길을 가던 중에 매미소리를 듣고 구점口占하여 말하길, "괴이하도다! 가을 매미 능히 나그네 알아보고, 수풀 곁 종일토록 매암을 부르네"라 하였으되, 대개 스스로 유희한 것이다.

신해년(1791) 7월에 서울에 유游하면서 오래도록 돌아가지 아니하였다. 마침 장맛비가 갑자기 개어 돌아온 햇빛이 홀연 밝고 서풍西風이 사람의 수염을 흔드는데, 나는 바야흐로 목침을 베고 자다가 집에 돌아가는 꿈을 꾸었다. 몽롱한 가운데 밖에서 매암을 부르는 소리가 있어 깨어보니, 사람은 없고 매미가 바야흐로 나뭇가지를 안고 읊조리고 있는데, 마치 나를 향하여 부르는 듯하였다. 나는 드디어 마음속에 느낌이 있어 〈매미의 권고〉를 지어 스스로 깨우치려고 한다.

매미가 주인에게 말한다.

"매암, 매암! 하고 있으니 이 어찌 그대의 매암이겠으며, 또한 어찌 그대가 매암이라고 일컫는 이유가 되리오! 산마루, 바다 굽이의 쓸쓸하고 적막한 가운데 있는 것이 나는 바로 그대의 매암임을 알고 있으며, 산에서 나무하고 바다에서 낚시하며 한가롭게 자유자재함을 누리는 것이 나는 바로 그대가 매암이라 이름 붙인 이유임을 알고 있다. 화죽花竹과 함께 살면서 어조魚鳥를 벗 삼아 즐거워하며 세상사를 잊는 것이 그대가 매암에 일찍이 부친 뜻이 아닌가? 어째서 매암을 버려두고 거처하지 않으며, 매암이라고 일컬으면서 그 실상이 없단 말인가? 성문이 지척에 있고 저잣거리 근처의 낮고 협소한 곳에 있으니, 그 땅이 매암이 아니오. 과거 공부에 몰두하여 영화榮華를 엿보고 이익을 바라고 있으니, 그 사람 또한 매암이 아닌 것이다. 그럼에도 오히려 매암을 생각하여 그치지 않고, 매암이라는 이름을 무릅쓰고 있다. 물고기를 보거나 새소리를 들으며 마음속에 떠올리고 담아두는 것이 매암이며, 산수의 경색景色을 시속에 발하는 것이 매암이고, 나아가 새벽 종소리, 저녁 등불에 몽매夢寐에도 느끼는 것이 매암이라면, 그대가 매암에 대하여 어찌 그렇게 멀리 버려두고 그러면서 그렇게 그리워하고 있는가? 진실로 그대의 그리움이라면 건장한 노새 걸음으로는 하루, 짧막한 지팡이로도 사흘이면 문득 매암을 매암 속에 둘 수 있을 것이다. 누가 말리기에 이것을 하지 못한단 말인가? 아! 매암이여, 매암이여, 돌아감이 좋으리라.

그대로 하여금 그대가 원했던 것처럼 하루아침에 모든 꽃들의 머리를 차지하게 한다면 그 가는 길을 대강 미루어 알 수 있다. 공경公卿에 자리잡아 밝은 임금을 도와 옥촉玉燭을 고루고 태평을 찬양하려면 다만 세상이 그대를 허여하지 않을 뿐만 아니라 그대의 재주도 또한 감당할 수 없을 것이다. 생용笙鏞의 영광과 보불黼黻의 지위로 국가를 빛내고 일세를 울리는 일은 다만 그대가 미치지 못할 뿐만 아니라 세상도 장차 그대를 허여하지 않을 것이다. 이를 외면한다면 좋은 벼의 남은 붉은 곡식이 시골집의 누른 기장보다 반드시 곱지도 않을 것이요, 가장 괴로운 푸른 도포가 낚시터의 푸른 도롱이보다 반드시 곱지도 않을 것이다. 세상에 그대가 없다고 하여 손실될 바가 없고, 그대에게 세상이 없어서 또한 욕될 바가 없다. 그러니 그대는 그대의 뜻을 행하고, 그대가 좋아하는 것을 따를 것이다. 그대가 돌아가지 않으면 누가 돌아갈 것인가? 매암이여, 매암이여, 마땅히 돌아갈 것이로다.

그대의 매암을 나는 진실로 익숙히 알고 있다. 매암의 마루에는 학발鶴髮의 어버이가 계시고, 매암의 방에는 처와 자식이 있다. 매암의 뒤에는 산이 있어 올라 굽어볼 수 있고, 매암의 앞에는 냇물이 있어 거슬러 오를 수 있고, 매암의 아래에는 밭이 있어 김맬 수 있다. 매암에는 어떤 새 있어 이름을 '학鶴'이라 하고, 매암에는 어떤 꽃 있어 이름을 '복사꽃〔桃〕'이라 한다. 매암에는 책 있어 읽을 수 있고, 매암에는 술 있어 마실 수 있다. 사람들을 벗어나 속세를 끊고 길이 가서 돌아오지 않는다면 나는 여기가 매화림梅花林 아래 임 처사林處士[1]의 매암인지, 여기가 매화산 아래 이 처사李處士의 매암인지 알지 못하리라. 매암, 매암! 어찌 돌아가지 않으리오?"

1_ 임 처사林處士 | 중국 송나라의 은사隱士 임포林逋를 가리킨다. 그는 서호西湖의 고산孤山에 은둔하며 20년간이나 시정市井에 내려오지 않았다. 결혼하지 않고 매화와 학을 사랑하며 살았다 하여 '매처학자梅妻鶴子'라는 고사가 생겼다.

황학루 사적에 대한 고증

黃鶴樓事蹟攷證

"이백李白[1]이 황학루黃鶴樓[2]에 올라 최호崔顥의 시[3]를 보고 감히 시 한 수 짓지 못하고 떠났다"라고 했는데, 고증考證하여 말한다.

세간에서 "이백이 최호의 시를 보고 붓을 던지고 떠났다"고 하는데, 이는 전한 자의 잘못이다. 일찍이 듣건대, 이는 이백의 소싯적 일이다.

이백이 소싯적에 문장으로 자처하여 매양 작은 산수에 오르고 내리면, 반드시 시를 지었는데 사람들은 별로 기이하다고 하지 않았다. 이백이 말하기를, "이는 경계가 좁기 때문이다. 만약 큰 산수를 만나면 내

1_ **이백李白** | 701~762년. 중국 당나라의 대시인. 자는 태백太白. 호는 청련青蓮. 두보杜甫와 함께 시종詩宗으로 존앙받는다. 시문집에《이태백집李太白集》30권이 있다.

2_ **황학루黃鶴樓** | 중국 호북성 무창武昌의 장강長江가에 있던 누각. 촉蜀나라 귀위貴褘가 신선이 되어 이곳에서 놀았다는 전설이 있다. 또 한 신선이 있어 신씨辛氏의 주막에 와서 술값 대신 벽에 황학을 그렸는데, 사람들이 손뼉을 치면 황학이 박자에 맞추어 춤을 춘다는 소문이 나자 주막은 손님으로 붐볐다. 십 년 뒤 그 신선이 와서 황학을 타고 사라졌고, 그 후 신씨가 그 자리에 누각을 세우고 '황학루'라는 현판을 달았다는 얘기가 전한다.

3_ **최호崔顥의 시** | 최호는 중국 당나라의 시인. 개원開元 11년에 진사가 되어 벼슬이 사훈원외랑司勳員外郎에 이르렀다. 그의 〈황학루黃鶴樓〉 시는 이백李白이 "眼前有景道不得, 崔顥題詩在上頭"라고 격찬한 바 있다. 그 시의 전문은 다음과 같다. "昔人已乘黃鶴去, 此地空餘黃鶴樓. 黃鶴一去不復返, 白雲千載空悠悠. 晴川歷歷漢陽樹, 芳草萋萋鸚鵡洲. 日暮鄉關何處是, 煙波江上使人愁."

가 반드시 사람들을 놀라게 하는 시를 짓게 되리라" 하였다.

남으로 초楚땅을 유람하여 황학루에 오르게 됨에, 누樓의 높이가 삼백 척이고, 그 아래에 호수가 있어 아득하게 넓어 끝이 없었다. 천지天地를 담고 해와 달이 거기서 목욕하듯 하고, 앵무鸚鵡와 청초靑艸[4]가 눈 아래 펼쳐져 마치 굽어보고 침을 튀길 수 있을 것 같았다.

이백은 눈이 휘둥그레지고 입이 딱 벌어지고 정신이 황홀하여 종일 괴롭게 읊조리면서 석련石蓮 붓 대롱을 씹어 깨뜨리고, 수염을 비벼 쉰 여섯 가닥이나 끊어뜨리면서도 능히 한 글자의 시도 이루지 못하였다. 마침내 가지고 온 술 삼백 배杯를 통음痛飮하고도 분憤을 이기지 못하여 쇠망치로 난간을 두드려 부셔 버리고 욕하였다.

"높은 것도 대중이 있고 넓은 것도 어림이 있다. 어찌 너의 지극히 높고 지극히 넓음으로써 나로 하여금 능히 한 수의 시도 읊어내지 못하게 하느냐?"

그러고서 바로 취해 넘어져 선잠에 들었다. 어떤 학을 탄 신선 한 분이 어루만지며 웃으며 말하였다.

"멀었다! 네가 오늘 이후에도 역시 시에 능하다고 할 수 있겠느냐? 힘쓸지어다! 진실로 너의 기백氣魄을 공부로써 구제한다면 무어 넓다고 탓할 것이 있겠느냐? 내가 장차 삼상三湘[5]의 한 굽이로 연지硯池를 삼도록 너에게 허락하겠다."

이백이 놀라 일어나 드디어 광려산匡廬山[6]에 들어가 주야로 글을 읽

4_ **앵무鸚鵡와 청초靑艸** | 앵무주鸚鵡洲와 청초주靑艸洲.

5_ **삼상三湘** | 상수湘水. 중국 광서성廣西省 홍안興安에서 발원하여 호남성湖南省 동정호洞庭湖로 흘러 들어가는 강이다. 중간에 이수灕水·소수瀟水·증수蒸水와 회합하므로 삼상이라고도 한다.

은 지 무릇 십 년 만에 마침내 천하의 문장이 되었다.

유석로柳錫老[7]가 강화江華에 가서 고을의 늙은 기녀와 매우 가까이 지냈다. 또 마니산의 정상에 올라서 능히 시 한 수 이룰 수 없었다고 한다. 그래서 다시 갔을 때 장난삼아 글 이칙二則[8]을 지어주었는데, 하나는 경계로 삼게 하기 위해서이고, 하나는 면려勉勵하기 위해서이다.

6_ **광려산**匡廬山 | 중국 강서성江西省 북부에 있는 여산廬山의 별칭. 은주殷周 때 광유匡裕라는 신선이 이 산에 여막을 짓고 살았다는 데서 생긴 이름이다.

7_ **유석로**柳錫老 | 유정양柳鼎養(1767~1833?). 석로는 그의 자. 이옥이 성균관 재학 때에 가까이 교제했던 인물이다. 당시 성균관 대사성으로 있던 만송晩松 유당柳戇의 아들이다.

8_ **이칙**二則 | 이 글과 〈마상란 보유馬湘蘭傳 補遺〉를 가리킨다. 원래 이 두 편은 《매화외사梅花外史》에 앞뒤로 나란히 수록되어 있던 것이다.

바다의 경관 강화로 유람 가는 유석로를 송별하다

海觀 送柳錫老往游沁都

나라 서쪽에 물이 있으니 그 이름은 바다라. 그 깊이는 끝이 없고, 그 크기는 몇 천 리가 되는지 알지 못한다. 모든 시내가 그 쪽으로 흐르고, 이수二水[1]가 그 쪽으로 궤도를 하여 날마다 동으로 흘러[2] 그치지 않는다.

마니산摩尼山의 신이 굽어보고 웃으며 말하였다.

"나는 우뚝이 서 있거늘 저것은 왜 흘러가고, 나는 모래와 돌로 굳세게 다듬어져 단단하거늘 저것은 어찌하여 부드러운가? 나는 그칠 데에 그치거늘 저것은 어찌 유유하며, 나의 덕목은 드높거늘 저것은 어찌 깊고 그윽한가? 나는 적이 취하지 않노라."

서해약西海若[3]이 말하였다.

"아! 내가 흐르지 않는다면 강과 냇물과 못[澤]물들이 썩어 버릴 것이며, 내가 부드럽지 않다면 물고기·자라가 깃들지 못할 것이며, 내가 유유하지 않으면 주집舟楫의 이로움이 클 수가 없으며, 내가 깊고 그윽

1_ 이수二水 | 한강과 임진강을 가리키는 듯하다.
2_ 동으로 흘러 | 모든 강물이 동으로 흐른다는 중국의 관습적 표현을 그대로 따른 것이다.
3_ 서해약西海若 | 서해의 신神을 말한다.

하지 않으면 신룡神龍과 양교陽喬[4]가 장차 어부의 비웃음거리가 될 것이니, 내가 어찌 그렇지 않을 수 있겠는가? 소인의 덕은 작고 대인의 덕은 큰 것이니, 네가 시비할 바가 아니다."

해상장인海上丈人[5]이 새벽에 나와 바다를 바라보는데, 지팡이에 기대어 서서 눈동자도 움직이지 않는 채, 해가 기울어도 오히려 돌아가지 않고 있었다. 어부가 지나가다가 물었다.

"어른께서는 무엇을 바라보고 계십니까? 이토록 그것이 재미있으십니까?"

장인이 말하였다.

"위대하도다, 바다여! 위대하도다, 바다여! 도道는 모두 여기에 있도다."

어부가 말하였다.

"감히 듣기를 청합니다."

장인이 다시 말하였다.

"조수가 밀려왔다가 밀려가고 밀려갔다가 다시 밀려온다. 우리는 그로써 천지의 영허盈虛·소장消長의 기틀을 알 수 있고, 개울물과 못물, 논밭의 고랑물이 모두 바다로 돌아간다. 우리는 그로써 덕이 있는 자에게 대중이 귀의하는 것을 알 수 있다. 물은 밤낮으로 흘러 한순간도 쉬지 않는다. 우리는 그로써 스스로 힘써 쉬지 않고 부지런히 할 것을 생각한다. 드렁허리와 가물치, 큰 고기, 작은 고기가 모두 그 등을 잠글 수 있다. 우리는 그로써 관용의 다스림을 생각한다. 바람과 파도가 일

4_ **양교陽喬** | 큰 고기인 듯하나, 자세한 것은 알 수 없다.
5_ **해상장인海上丈人** | 바닷가의 노인, 여기서는 이옥 자신을 가리킨다.

고 벼락과 눈이 들이치다가도 바람이 그치면 다시 고요해진다. 우리는 그로써 고요히 하여 지탱함을 생각한다. 만곡萬斛의 배가 말이 달리듯이 달려 잠깐 사이에 수천 리에 도달한다. 우리는 그로써 만물을 구제하며 의미 있는 일을 하기를 생각한다. 물이여, 물이여! 우리의 도道가 여기에 있도다!"

관해생觀海生[6]이 무릎을 꿇고 나아가 말하였다.

"잘 들었습니다. 감히 묻건대 바다의 도를 또한 문장으로 구현할 수 있겠습니까? 다시 듣기를 청합니다."

장인이 말하였다.

"그렇다. 바다는 깊고도 넓어서 당할 것이 없지만 바다를 만든 분은 텅 빈 채로 둘 수 없다고 여겨 가장자리와 낭떠러지를 두어 막고, 섬을 던져 띄우고, 어류와 갑각류로 집을 삼게 하고, 구름과 노을을 빚어 놓았다. 멀리서 바라보면 형용할 수 없으나 가까이서 살펴보면 포구와 갯벌, 물갈래와 항구, 큰 배와 작은 배가 가지런히 질서가 있어 이미 뚫리고 확 트인 데다 산호珊瑚와 낭간수琅玕樹를 아래에다 심고 늙은 신蜃으로 그 위에 누각을 두었다. 진기하도다, 호탕하도다! 무엇이 이보다 더 장하리오!"

말을 마치기도 전에 관해생이 일어나 사례하며 말하였다.

"제가 이미 알았습니다. 선생께서는 이제 말씀을 거둬주십시오."

—이상 김명균 옮김

6_ **관해생觀海生** | 어떤 특정인이 아니라 이옥이 자신의 말을 전개하기 위해 설정한 가상의 인물이다.

거울에게 묻는다

鏡問

화석자가 말하였다.

"아, 자진紫珍[1]이여! 사람이 자신의 얼굴을 알지 못하고 반드시 너에게서 얻어보니, 곧 네가 내 얼굴을 얼굴로 보여주는 것이다. 네가 얼굴로 보여주는 것이 다름이 있음을 네 어찌 모른단 말이냐? 나는 모르겠노라. 네가 보여준 얼굴이 그 옛날 가을물처럼 가볍고 밝던 것이 어이하여 마른 나무처럼 축 처져 있으며, 그 옛날 연꽃이 물든 듯 노을이 빛나듯 하던 것이 어이하여 돌이끼의 검푸른 빛이 되었으며, 그 옛날 구슬처럼 빛나고 거울처럼 반짝이던 것이 어이하여 안개가 해를 가린 듯 빛을 잃었으며, 그 옛날 다림질한 비단 같고 볕에 말린 능라 같던 것이 어이하여 늙은 귤의 씨방처럼 되었으며, 그 옛날 부드럽고 풍만하던 것이 어이하여 죽어서 쓰러진 누에의 죽은 것과 같이 되었으며, 그 옛날 칼처럼 꼿꼿하며 갠 하늘에 구름처럼 무성하던 것이 어이하여 부들숲처럼 황량하게 되었으며, 그 옛날 단사丹砂를 마신 듯 앵두를 머금은 듯

1_ **자진**紫珍 | 중국 후한後漢 때 왕도王度의 보경寶鏡. 전염병이 돌자 이 거울을 비치니 모두 병이 나았는데, 이 거울에는 자진이라 불리는 붉은 관과 자색 옷을 입은 용두사신龍頭蛇身의 정령이 있었다 한다. 여기서는 일반적인 거울을 지칭한다.

하던 것이 어이하여 바랜 붉은빛 헤어진 주머니와 같이 되었으며, 그 옛날 조개를 둘러 쌓은 성곽 같던 것이 어이하여 둘쑥날쑥 누렇게 때가 끼었으며, 그 옛날 봄풀이 파릇파릇 돋아난 것과 같던 것이 어이하여 흰 실이 고치에서 길게 뽑혀 나와 늘어져 있는 것과 같이 되었는가?[2] 지금의 얼굴로 옛날의 얼굴을 대질해보면 친족, 형제들이 혹 서로 비슷할 수도 있으련만 어이 그리도 다르단 말이냐?

아! 나는 칠팔 세부터 이미 너에게서 내 얼굴을 보았고, 지금까지 또 사십여 년이 흘렀으니 내 나이도 오십에서 하나가 부족한 것이다. 정신은 졸아들고 안색은 말라가며, 살은 쇠락하고 피부는 주름지며, 눈썹은 희게 세고 안력은 흐릿하며, 입술은 거뭇하고 이빨은 엉성해짐이 또한 진실로 기약된 것이기는 하나, 내 나이를 다른 사람에 견주어보면 요즘 더욱 사치스럽고 영화로워진 자가 간혹 많이 있기도 한데, 어찌 오직 나에게만 늙음이 빨리 온단 말인가? 또한 모발이 초목이라면 지력地力의 성쇠와 기후의 조만朝晩에 크게 관련되었을 것인데, 네가 내 머리털을 희끗희끗하게 보여준 것이 그 몇 해란 말인가?

생각해보니 십칠 년 전 너를 보며 빗질하면서 자주 놀라게 되었는데, 이로부터 일 년, 이 년 이마에 보이고, 다음은 귀밑머리에 보이고, 다음은 코 앞에 보이고, 또 그 다음은 턱에 보였으며, 처음에는 하나, 둘 세더니, 지금은 망건 위에 있는 것은 그대로 두고 입 언저리에서 족집게로 뽑는 것만도 매양 사나흘마다 반드시 여남은 개가 된다. 지난날부터 너와 함께 족집게로 뽑지 않았더라면 벌써 반백이 되어 얼룩져

2_ 그 옛날 … 되었는가? | 이 글은 피부, 뺨, 눈, 이마, 눈썹, 모발, 입술, 치아, 수염 등 얼굴 각 부분의 노화를 표현한 것이다.

있을 것이다. 나는 모르겠노라! 어이하여 나에게만 이리도 혹독하단 말인가?

아! 내 평생에 체질이 약하지 않다 할 수 없으나 유리처럼 견고치 못함에는 이르지 않았고, 정신은 소모하지 않았다 할 수 없지만 곡신穀神[3]이 도망하는 데에는 이르지 않았으며, 너는 노고가 없다 할 수는 없으나, 등불과 기름에 타거나 다려지는 데에는 이르지 않았고, 음식의 기호에 있어서 어떤 것이든 좋아하고, 성품이 호방하니 살이 문드러져 묵은 술지게미처럼 되지는 않았으며, 기갈飢渴이 없지 않지만 매미 허물이나 실 뽑힌 번데기처럼 되는 데에 이르지 않았으며, 비애悲哀가 없다 할 수 없으나 창자를 도려내는 작은 칼날에는 이르지 않았으며, 추구하고 소원所願함이 없지도 않았지만 얼음과 불이 서로 싸우는 데에는 이르지 않았으며, 간난신고艱難辛苦의 고생이 없진 않았지만 체증이 쌓여 고단하게 여위지는 않았으며, 어둡고 답답함이 없진 않았지만 우울하고 안타까운 〈이소離騷〉[4]에까지 이르지 않았다. 자연子淵[5]의 학문이나 중장仲將[6]의 글씨나 홍사興嗣[7]의 글과 같은 것은 더욱이 내가 따라할 수 있는 것이 못 되나, 조용히 그 소종래所從來를 궁구해보면 진실로 알 수

3_ **곡신穀神** | 곡식의 신. '곡신이 도망하지 않는다'는 것은 입에 제대로 음식을 넣지 못하거나 흘릴 정도로 정신이 노쇠하지 않았다는 표현이다.

4_ **〈이소離騷〉** | 중국 전국시대 초楚나라 굴원屈原의 장편시로서, 이 작품을 통하여 억울하게 핍박당한 자신의 불만과 충정을 토로하였다.

5_ **자연子淵** | 안회顔回의 자. 공자가 그의 호학好學을 높이 평가하며 가장 촉망받았으나 젊은 나이에 요절하였다.

6_ **중장仲將** | 중국 위魏나라 위탄韋誕의 자. 당대 최고의 명필로서 명제明帝가 능운전凌雲殿을 조성할 때 이미 올린 대들보에 올라가 글씨를 쓰고 내려오니, 머리와 수염이 하얗게 세었다고 한다.

7_ **홍사興嗣** | 중국 양梁나라 사람 주홍사周興嗣로 왕희지王羲之의 글에 차운次韻하여 천자문千字文을 단 하룻밤 만에 완성하였는데, 그 사이 머리가 하얗게 세었다고 한다.

가 없다. 혹시 중년의 나이 또한 저문 것이라 진실로 그것이 마땅하단 말인가? 혹시 다가올 연수가 많이 남지 않아 다른 사람의 칠팔십 세에 견주게 된단 말인가? 너에게 듣고 싶구나."

거울이 말하였다.

"아! 그대는 하나도 모르고 둘도 모르오. 부귀에 거하는 사람은 순모淳母[8]와 앙재盎齊[9]를 날마다 오장에 부어 넣어 마치 곡물이 분뇨를 끼고 자라는 것과 같으니 혈색이 활짝 펴 있고, 살이 풍만한 것이며, 신선술을 배우는 자들은 신경申經[10]을 호흡하고 단황丹黃[11]을 늘상 곁들여 먹음이 마치 사슴이 들판에서 먹이를 먹는 것과 같으니 피부가 아름답고, 털에 윤기가 흐르는 것이다.

지금 그대는 고기를 먹지 못하고, 또 약도 먹지 못하니 어찌 옛날과 지금 사이에 변함이 없겠는가? 세상에서 그 얼굴을 다듬는 자들은 버들을 씹어 양치질하고, 녹두를 타서 씻고, 베고 깎고 수건질을 하였다가 다시 고르게 하여 쓸어내고, 밤 껍데기로 주름을 펴고, 육향六香으로 마른 피부를 윤택하게 하고, 명주 수건을 손에 들고 어루만지며 스스로를 보물처럼 다룬다. 지금 그대는 한 달이 지나도록 빗질을 안 하고, 사흘이 지나도록 세수를 않고 눈곱만 비벼 떼고 보며, 찌꺼기를 묻히며 먹고, 땀이 옷에 젖어 더럽혀 있고, 볕에 그을려 새까맣게 되어 있다. 비록 나를 들어 말하더라도, 먼지가 껴도 털지 않고 녹이 나도 닦지 않는다면 어찌 낡아빠진 기와 조각이 되지 않겠는가? 이것은 그대가 자

8_ **순모**淳母 | 팔진미八珍味의 하나. 젓갈을 다려 기장밥에 얹고 기름을 첨가한 음식.
9_ **앙재**盎齊 | 술의 이름. 《주례周禮》에 나오는 다섯 가지 술, 오재五齊 중의 하나이다.
10_ **신경**申經 | 음양 조화를 이루기 위하여 자기 몸의 경락을 조절하는 것.
11_ **단황**丹黃 | 신선술에서 불로장생을 위하여 복용하는 붉고 누런빛의 환약丸藥.

초한 것이라는 것을 그대는 모른단 말이오?

또한 저 산 아래 돌은 생겨나면서부터 울퉁불퉁한 것인데 세월을 겪어도 그대로 울퉁불퉁하고, 돌 위의 소나무는 생겨나면서부터 옹종한데 늙어가면서 그대로 옹종하게 되어 기뻐할 것도 슬퍼할 것도 없다. 그러나 소나무 아래 꽃은 생겨나서 아리땁고 부드러운 모습이더니 사흘이 되면 마르고【꽃의 변색은 한유韓愈의 시에 보인다.】, 또 사흘이 지나면 시들어가고, 다시 사흘이 지나 가보면 색과 향기와 자태가 거의 옛 모습을 잃게 되는 것이다. 그대의 어린 시절에는 기생이 던진 꽃들이 다발을 이루었고, 성인이 되어서는 거리의 구경꾼이 나귀를 막아섰고, 겨우 삼십을 넘어서는 비록 구면舊面이 아닌데도 과거 합격자[12]의 반열에서 칭찬을 받기도 하였다. 그러나 아름다움이란 진실로 오래 머물러주는 것이 아니며, 명예란 진실로 오랫동안 함께할 수 없는 것이니, 일찍 쇠락하여 변하는 것이 진실로 그 정해진 이치이다. 그대는 어찌 절절히 그것을 의심하며, 또 어찌 우울히 그것을 슬퍼한단 말인가? 그대가 만약 묻고 싶다면 조물주에게 물어보시게나."

12_ **과거 합격자** | 원문에는 "석책射策"이라 되어 있는데, 이는 중국 한대漢代 과거시험의 일종이다. 이옥이 생원시에 합격한 것을 가리킨다.

오이 이야기

瓜語

재齋에서 내려가면 뜰이요, 뜰에서 내려가면 채마밭인데, 채마밭 크기는 보리 두 말을 심을 만한 것이다. 해마다 오이를 심는데, 오이는 육십 모종 남짓을 심을 수 있다. 3월에 파종하여, 4월에 오이가 넝쿨지고, 5월에 오이가 처음 꽃을 피운다. 꽃이 피고 달포 즈음 곧 오이가 열려 먹을 수 있게 된다. 오이가 먹을 만하게 되면 첫날 따고, 삼 일째 되는 날 따고, 또 오 일째 되는 날 따는데, 작은 것은 엄지손가락만 하고 큰 것은 양의 뿔만 하다. 또 큰 것은 굵기가 손으로 감싸 쥘 만하고 크고 늙은 것은 둘레가 한 자가 된다. 작은 것은 깨끗이 씻어서 소금물에 담갔다 껍질 채 씹어 먹으면 소주燒酒의 적당한 안주가 되고, 큰 것은 자르고 금을 내어 미나리, 파, 마늘 등으로 속을 넣거나, 혹 소금물에 담가두거나 젓갈을 첨가하여 절이거나 간을 한 물에 살짝 데쳐 김치로 담기도 하는데, 날씨가 추우면 김치가 익지 않아 매실처럼 시기도 한다. 둘레가 손아귀만 한 것은 국을 만들거나 채로 만드는데, 채는 네모나게 썰거나 둥글게 썰기도 하며, 국은 대부분 말발굽 모양으로 삭둑삭둑 자른다. 반찬으로 잘 만들 수 있는 오이의 적당한 용도는 한두 가지가 아닌데, 이것은 그 대략일 뿐이다.

늙고 큰 것과 같은 것은 껍질이 누런색이고, 질기고 주름진 것이 마치 큰 나무껍질 같으며, 그 속은 붙어 있지 않고 비어 있기도 한데, 그 맛은 조금 시고, 씨는 딱딱하여 저장할 수는 있어도 먹을 수는 없다. 회를 쳐서 깨끗이 씻은 다음 그 신 부분을 발라내고, 누런 부분을 잘라 버리면 더위를 물리치는 채가 된다. 그렇지 않으면 쪼개어 그 씨를 취하고 그 나머지 부위는 버린다. 이것이 오이의 용도가 대소에 따라 다른 것이다. 그러나 오이는 자라면서 쉽게 늙는다. 꽃이 떨어지고 삼 일이 지나 가보면 비록 작은 것이라도 안주로 쓸 만하며, 하루를 사이에 두고 가보면 벌써 커 있고, 또 삼 일이 지나 가보면 더 커져 있는데, 혹 오이 잎의 그늘이나 해바라기, 비름의 잎에 겹쳐 가려져 있어 여러 번 보아도 보이지 않다가 갑자기 입이 딱 벌어질 듯 놀랍게 늙어 버렸거나 졸지에 커져 버리기도 한다.

그러므로 채마밭을 가꾸는 사람이 오이를 딸 적엔 모양으로 살피고 눈으로 대중하여 작은 것은 남겨두고 큰 것을 거두는데, 살펴보기를 마치 쌓인 나뭇잎 속에서 밤알을 고르듯 하며, 헤아려 취하기를 장대에 주머니를 달아 감을 따듯 하여 뿌리도 밟지 않고 그 넝쿨을 해치지도 않는다. 작은 것은 안주거리로, 큰 것은 김치나 국이나 채거리가 되며, 큰 것 중 먹을 수 없는 것은 한두 개를 후사後嗣로 삼아 해마다 저장해 둔다. 이렇게 한 연후에야 채마밭의 도道를 얻는 것이다. 나는 모르겠노라! 오이를 심는 자가 안주를 만들기 위함인가? 김치를 만들기 위함인가? 국을 만들고, 채를 만들기 위함인가? 늙어 버려져 그 씨만을 남기기 위함인가? 이는 알 수 없는 것이다.

파리채에 새긴 글

蠅拂刻

파리는 매우 천하고 더러운 물건이다. 채를 만들어 내치는데, 종불鬃拂, 혁불革拂, 마불麻拂이 있다. 종불은 반죽斑竹[1] 5척 길이에 갈기는 흰 말의 것을 사용하는데, 구리를 겹쳐 구부리고 수술에 구슬을 사이에 엮어 오른쪽으로 휘두르기를 깃발과 같이하면 파리란 놈이 맞아 떨어져 마치 칼로 형벌을 가하는 것과 같다. 혁불은 그 재질이 부드럽고 체제는 길쭉하게 홀과 같이하여 노끈을 묶어 감탕나무에 꽂아 놓은 것인데, 그것으로 등짝을 내리치면 문드러져 죽은 놈은 마치 만 근의 무게에 눌린 듯하다. 마불은 마麻나 혹은 칡을 쓰는데, 모아 묶어서 단단히 하여 채찍에 벼이삭을 맨 듯한데, 그 가닥이 거칠고 성글어서 내쳐도 맞지 않는 경우가 많다. 나의 용도에는 모두 마땅치가 않다.

나는 쇠꼬리 하나를 얻었는데, 털이 매우 무성하고 길었다. 뼈마디를 빼어 버리고 쇠코뚜레로 이어 놓고, 베 조각 푸른 것으로 두르고 구리를 꽂아 벗어지는 것을 막으니 하나의 좋은 채가 되었다. 이것을 시험 삼아 써보니 파리 중에 나는 놈, 기어다니는 놈, 무리 지어 모인 놈, 매

1_ 반죽斑竹 | 줄기 표면에 자갈색 반점 무늬가 있는 대나무. 순임금의 죽음을 슬퍼하여 두 비妃 아황과 여영이 흘린 눈물 자국이 무늬를 이루었다는 전설이 있다.

달려 쉬는 놈, 벽을 안고 있는 놈 등 겁먹지 않는 놈이 없었다. 한 번 휘두르면 술에 취한 듯하고, 두 번 휘두르면 병든 듯하고, 세 번 휘두르면 비로소 고요해진다.

한 번 치면 술에 취한 듯 날개로 앵앵 소리를 지르고 등짝으로 파득파득 빙빙 돌다가 세 번 숨쉴 동안 다시 휘두르지 않으면 황황히 일어나 망망히 떠나는데 문턱을 넘어서 감히 서지 못할 듯한다. 두 번째 치면 마치 병든 듯 몸통은 완연히 온전하고 다리는 면면히 움직일 듯하지만, 죽으려는 듯【甏毳: 음은 몰란沒亂으로 죽음이 드리운 모습이다.】 까무러쳐 있다가 거의 반 시각이 되어서야 비로소 소생한다. 소생하면 비실비실 벌벌 떠는 것이 물에 빠졌다가 덜 마른 것 같고, 몸이 얼어 막 잠들려는 듯한다. 세 번째 치면 비로소 고요해지는데, 이 또한 목이 떨어져 나가거나 몸통이 터지지 않아 사람이 보면 곧 날아갈 듯 여기나 잡아다가 본 연후에야 그것이 죽어 있음을 알게 된다.

이것이 우미불牛尾拂의 쓰임〔用〕으로 관대히 하려면 관대해지고, 엄하게 하려면 엄해지고, 느슨히 하려면 느슨해지고, 긴장하게 하려면 긴장되는 것이니, 종불, 혁불, 마불, 갈불葛拂에 비교해보면 훨씬 좋다. 옛날 갈천씨葛天氏[2]가 춤을 만들 때 소꼬리를 사용하였고, 진晉나라 사람들은 매양 청담淸談을 이야기하며 진塵을 터는 꼬리채를 애용하였으며, 범씨梵氏(부처)도 그의 법을 설명함에 반드시 채를 세웠는데, 모두가 우미불의 종류이다. 옛날에 쇠꼬리와 채를 숭상하던 것은 그 또한 이러한 이유 때문일까? 드디어 파리채에 다음과 같이 새겼다.

2_ **갈천씨**葛天氏 | 중국 전설상의 고대 제왕. 이상적 정치를 실현한 성군聖君으로 추앙되며, 그의 음악에 맞춰 세 사람이 쇠꼬리를 잡고 발을 구르며 추는 춤이 있었다고 전한다.

강건함을 드리워 健之垂

천한 것을 떨쳐 버림이요, 賤之揮

검소하게 함이요 儉之爲

인仁에 마땅함이다. 仁之宜

차조 이야기

衆語

이자李子의 집 근처 북쪽에 만전縵田[1] 한 뙈기가 있었다. 가로는 두 묵墨【다섯 자를 묵이라 한다.】이 될 만하고, 세로는 열 주肘【두 자를 주라 한다.】인데, 영부족법盈不足法[2]으로 측량하면 쌍雙【오 무五畝를 쌍이라 한다.】의 십분에 일에도 미치지 못한다. 그 토양은 희고 부풀어 있으며, 또 소금기로 지력이 없어 오곡이 자랄 수 없었다. 몇 해를 묵히고 있었는데, 삼년 전에는 바닷물이 넘쳐 들어와 사흘 만에 빠지니, 그 흙의 본성이 더욱 상실되었다. 비가 내리면 가루반죽이 되었고, 볕에 말랐다가 바람이 불면 희게 꽃이 핀 듯 멀리서 보면 눈과 같았다. 이자가 마을의 인부를 시켜 갈아서 보리씨를 뿌리게 하였는데 보리는 싹도 나지 않았으며, 가을이 되어 보리를 옮겨 심었는데도 일이 또 성공하지 못하였다.

그 이듬해 봄에 홍화紅花[3]가 토양을 가리지 않는다고 말하는 이가 있기에, 곧 갈지 않은 땅에 씨를 뿌려 키우고자 하였더니, 백 알 중 한두 알만이 싹이 났다. 이자는 "어찌 이런 일이 있단 말이냐. 아마 힘을 들

1_ **만전**縵田 | 이랑을 만들 수 없는 밭, 즉 경작할 수 없는 불모지를 말한다.

2_ **영부족법**盈不足法 | 남거나 부족한 것을 절장보단絶長補短하여 합산하는 방법.

3_ **홍화**紅花 | 일명 잇꽃으로 어혈瘀血, 산후 악혈을 푸는 데에 효과가 있으며, 통경약通經藥으로도 쓰인다.

이지 않았기 때문이다."

라고 말하고는, 종들을 재촉하여 차조【중衆은 차조(秫薥)이다.】로 바꾸어 심도록 하였다. 종이 간하여 말하였다.

"안 됩니다. 이 땅은 토질이 약하고 맛 또한 짜니, 심는 것이 옳지 않고 심더라도 반드시 자라지 못할 것입니다."

이자가 말하였다.

"돌이라면 그만두고 물이라면 그만두겠지만, 설마 흙이 곡식을 마다하고 받아들이지 않는단 말이냐? 네가 고생스러울까 싫어하여 그러는 것이냐? 나는 반드시 농사가 되게 하고야 말겠다."

이에 어른 종 하나에 아이 넷과 계집종 셋이 반나절 동안 일을 하는데, 종은 재와 인분 십여 통을 그곳에 운반해 놓고 가래로 땅에 구덩이를 팠다. 매양 세 발자국마다 한 구덩이를 파는데, 구덩이는 닷 되 정도의 박이 들어갈 만한 것이었다. 아이들은 동이나 표주박으로 그 재를 뿌리며 뒤따라 다니면서 구덩이마다 채워 넣었다. 여종은 이보다 앞서 사흘 전 오줌 물에 차조를 담가두고 크게 불어 배倍가 되길 기다렸다가, 구덩이마다 네다섯 알씩 던져 넣고, 손으로 덮고 발로 단단히 밟았다. 심은 것이 한 되 남짓이었다.

이에 이자는 날마다 그곳으로 가서 살피면서 기다렸다. 그러는 사이에 비가 쏟아져 내리니, 물살이 흙을 몰아 달아나서 높고 낮았던 땅바닥이 평평해져 아무런 자취도 없어져 버렸다. 열흘 남짓 지나서 차조의 싹이 나기 시작하였다. 한 구덩이에서 네다섯 개가 나오기도 하였고, 한 구덩이에서 오직 하나만 나오기도 하였으며, 대여섯 개의 구덩이에서 살아난 것이 보이지 않는 경우도 있었다. 모두 통틀어 헤아려보니 열 구덩이에 한두 개도 나지 못한 셈이었다.

이자는 허망한 듯 바라보고 부끄러운 듯 한탄하며 말하였다.

"위대하도다, 땅이 하는 일이여! 참으로 인간으로서 대항할 수 없구나. 땅이 곡식을 원하지 않으니, 내가 원한들, 저 삼태기와 삽이 그 땅에 어찌하겠는가? 산의 밭에는 기장을 심고, 논에는 찰벼를 심는 것이 또한 흙의 성질에 순종한 것이로구나. 아, 아! 성도成都[4]는 협곡에 있었기에 제갈공명諸葛孔明[5]이 한漢나라를 심고자 했으나 이룰 수 없었고, 건강建康[6]은 연해沿海에 있었기에 주자朱子[7]가 송宋나라를 배양하려 했으나 이룰 수 없었다. 저들은 여러 무리 중에 빼어난 사람으로 그 힘을 다했는데도, 오히려 그 땅에서는 그 뜻을 이룰 수 없었던 것이다. 하물며 어린 종과 계집종들과 같은 저들의 힘으로야 어찌하랴? 하늘이 사람을 이길 수 있는 것만이 아니라 땅 또한 사람을 이기는 것이다. 아, 아!"

차조의 싹이 난 지 십여 일이 되어 가서 보니 전과 같았다. 차조는 바야흐로 축 늘어져 누렇게 떠서 마치 누차 서리를 맞은 것 같았다. 종이 원망하며 말하였다.

"차조야, 차조야! 무성하여라, 울창하여라! 소금기가 올라 그러하냐, 내 손질이 게을러 그러하냐?"

4_ **성도**成都 | 중국 삼국시대 촉한蜀漢의 수도. 현재 사천성四川省 지역.

5_ **제갈공명**諸葛孔明 | 제갈량諸葛亮, 공명은 그의 자. 유비劉備의 삼고초려三顧草廬로 정계에 나와 촉한의 부흥에 마지막까지 공헌하였다.

6_ **건강**建康 | 중국 삼국시대 오나라의 도읍 건업建業 지역으로, 회수淮水의 연안에 위치함. 현재의 남경南京시 남쪽 지역.

7_ **주자**朱子 | 주희朱熹. 중국 남송南宋시대의 유학자로 성리학을 집대성하였을 뿐만 아니라, 정치가로서 금나라에 대항하는 적극적 북방정책을 주장하여 송나라의 고토故土 회복에 진력하였다.

이자는 무연히 한참 있다가 말하였다.

"그만두어야겠다. 나는 다시는 이 일을 하지 않으리라. 아아! 땅에도 역시 버릴 것이 있단 말이냐?"

종이 말하였다.

"제가 일찍이 늙은 농부에게 들으니, '기름진 땅에는 콩과 보리가 알맞고, 자갈땅에는 검은 기장이 알맞고, 마른 땅에는 흰 조가 알맞고, 돌이 많은 곳에는 깨가 알맞고, 물이 있는 곳에는 메벼가 알맞은데, 땅이 척박하고 소금기 있는 곳에는 모두가 맞지 않는다'고 합니다. 이 흙을 혀에 대어보니 그 맛이 침채와 같습니다. 쟁기를 가지고 갈 필요도 없습니다. 이 땅이야말로 실로 척박하고 소금기 있는 곳이니 버린들 무엇이 아깝겠습니까?"

이자가 탄식하여 말하였다.

"종전에 나는 알지 못하였다. 땅에도 역시 버릴 것이 있는 것인가. 사람이 하늘에 대한 것으로 말하자면, 아무것도 하지 않는 날이 없고 해와 더불어 일을 시작할지라도 오직 날이 부족할 뿐이다. 그러나 크게 바람이 불고 비가 내리거나 크게 춥고 많은 눈이 내릴 때면, 여정에 있는 사람은 가던 길을 멈추고, 집에 있던 사람들도 문을 닫아거니, 날을 허비할 뿐 아무것도 하질 못한다. 이것은 하늘에도 또한 날을 버릴 때가 있는 것이다.

임금이 세상을 다스림에 있어서 어진 자에게 일을 맡기고, 재능 있는 자를 부리는데, 역량을 헤아려 관직을 제수하니, 위로는 재상에서부터 아래로 종을 치는 자나, 옥경玉磬을 이고 있는 자나, 장대로 재주를 부리는 자나, 등불을 잡는 자[8]에 이르기까지 하나도 필요 없이 있는 자가 없다. 그러나 또한 세상과 맞지 않아 우울하고 무기력한 듯 살면서 다만 스스로 언덕과 못에서 밭을 갈고 낚시를 하며 시대에 쓰이지 않으려는 자도 있으니, 이는 세상에 또한 버림받은 백성이 있는 것이다. 버림받은 자는 진실로 운명이 박한 것이지만, 오히려 스스로 한가로이 지낼 수 있으니, 그 스스로의 버림이 버림받지 않은 것보다 현명하다. 이 땅은 아마도 한가히 지내려 했던 것인가? 진실로 한가할 수 있다면 버려진다한들 또한 무엇을 한탄하겠는가? 아, 아!"

이자는 차조로 밭 구실을 못하게 되자 한스럽게 여겨, 그곳을 묵혀두려 하였다. 그곳을 파서 물을 담아, 작은 둑과 섬을 만들어 물고기가 살 수 있도록 하거나, 그렇지 않으면 평평하게 닦아 마당으로 만들고 소요하며 거닐고자 하여 의논해보았다. 이에 종에게 물어보니, 종이 말하였다.

"안 됩니다. 무릇 못이 되기 위해서는 수맥을 보고 토질을 살펴서, 물기가 마르지 않아야 하며, 흙이 굳어서 허물어지지 않아야 합니다. 그래야 물을 받을 수 있고, 고기를 기를 수 있고, 연蓮과 갈대와 부들이 자랄 수 있습니다. 또한 무릇 소요할 장소가 되기 위해서 높이는 사방을 조망할 수 있어야 하며, 양지바르기는 마음을 화창하게 할 수 있어야 하며, 꽃과 대나무를 관상할 수 있어야 하며, 자리를 펼 수 있어야 하고, 또 마루 아래 섬돌 가까이까지 붙일 수도 있어서 앉아 있거나 서 있거나 모두 마음에 맞아야 하는 것입니다. 지금 이 땅은 가옥 사이에

8_ **종을 … 잡는 자** | 꼽추 · 난쟁이 · 장님 · 귀머거리 등 신체장애자에게도 적당한 직임을 주었다는 이야기로, 중국 주周나라의 좌구명左丘明이 지었다고 전해지는 역사서 《국어國語》, 〈진어晉語〉 4권에, "戚施直鎛, 籧篨蒙璆, 侏儒扶盧, 矇瞍修聲, 聾聵司火"라고 되어 있다.

있고, 한쪽은 움푹 꺼져 있고, 아래로는 물이 없고, 비가 오면 정강이가 빠지고, 볕이 들면 딱딱하여 손톱도 들어가지 않습니다. 차조 또한 키우지 못하였는데, 어찌 화죽花竹을 키우는 것이 가능한 일이겠습니까? 또 주인 어른께서 이미 버리셨으니, 어찌 그 자연에 맡겨 양제羊蹄[9]와 압설鴨舌[10]과 마료馬蓼[11]와 우현牛莧,[12] 그리고 해홍海紅[13]들이 이곳에서 무리를 이루고, 이곳에서 서로 넝쿨을 이루어, 망아지와 송아지를 방목하여도 걱정될 것이 없고, 처음 나서는 나물로 먹고 이미 쇠해지면 땔감으로 쓰도록 하여 주인 어른께 도움이 되게 하는 것이 어떻습니까?"

이자가 말하였다.

"그렇다. 지난번 너는 할 수 없는 일이라 하였는데, 나는 너의 말을 듣지 않았음을 후회한다. 나는 이제 너의 말을 따를 것이다. 아! 나는 버려진 것이라 생각했으나, 너의 말을 듣고 보니 이는 버려진 것이 아니다. 풀이 자라나면 왜 반드시 곡식으로 기름져야 하며, 무성하면 왜 반드시 사람을 부유하게 하여야 하는가? 땅은 만물을 낳게 하는 것인데, 낳았으면 자라게 할 뿐이지. 악초라 하여 억누르지 않고, 좋은 곡식이라 하여 후대하지 않아서 그 자연의 공효가 다 미치는 것인데, 사람이 스스로 다르게 대하는 것일 뿐이다. 짠 바다 가운데에서도 녹각鹿角[14] ·

9_ **양제**羊蹄 | 일명 순채蓴菜. 수련과에 속하는 다년생 수초水草. 어린잎은 식용한다.

10_ **압설**鴨舌 | 일명 지부초地膚草, 곧 댑싸리를 말한다. 명아주과에 속하는 한해살이풀로 과실은 지부자地膚子라고 하여 한약재로 쓰인다.

11_ **마료**馬蓼 | 일명 말여뀌 또는 개여뀌. 여뀟과의 한해살이풀.

12_ **우현**牛莧 | 일명 쇠비름. 쇠비름과에 속하는 한해살이풀. 사료나 약재로 쓰인다.

13_ **해홍**海紅 | 명아주과에 속하는 한해살이풀. 어린잎은 식용되며 바닷가에서 자란다.

14_ **녹각**鹿角 | 일명 청각靑角. 청각과의 해초로서 김장할 때 김치의 고명으로 쓰인다.

자영紫英 · 윤조綸組[15] · 산호수珊瑚樹[16]가 자라며, 염수의 연못에서는 낙타가 먹는 꼴이 자라고, 바닷가 모래에서는 해당화와 해방풍海防風이 나니, 어느 곳인들 나고 자라지 않겠는가? 지난번에는 차조의 본성이 맞지 않았던 것이지, 땅의 본성이 맞지 않았던 것은 아니다. 또한 어찌 차조에 맞지 않았다 하여 바로 버려두겠는가? 아, 아!"

이웃의 한 영감이 차조 짓는 것을 보고 키득키득 웃으며 이자에게 말하였다.

"아깝도다. 당신의 노고여! 당신이 만약 좋은 밭의 비옥한 토양을 얻어서 이렇게 하였다면, 무논이라면 벼 천 종鍾[17]을, 산답이라면 차조 천 동이를 얻었을 것이며, 드넓은 들판이라면 세 종류의 콩과 두 종류의 깨, 그리고 기장과 조 각각 천 말씩 얻었을 것이요, 모래자갈밭이라면 해마다 목면 천 근을 얻었을 것이니, 또한 부자가 되지 않았겠는가? 그렇지 않다면, 인삼을 업으로 하는 사람에게 배워서 바꾸어 다스린다면 삼 년 만에 천 금 이상을 이룰 것이다. 아깝도다. 당신의 노고가 허사로 됨이여! 어찌 당신은 헛된 곳에 힘들여 애쓰는가? 당신은 큰 추위에 솜뭉치를 잘라 화분을 감싸고 끓는 물로 나무를 쪄서 꽃을 피게 하려는 것인가? 무더운 날 쇠가 녹아 흐르는데 우물에 물병을 던져 뜨거운 물을 얼음으로 바꾸려는 것인가? 아니면 또 닻줄을 당기고 키를 돌려 돛

15_ **자영紫英 · 윤조綸組** | 해초海草의 이름. 《문선文選》, 여연제呂延濟의 주註에 "綸 · 組 · 紫 · 絳四者, 北海中草"라고 하였다.

16_ **산호수珊瑚樹** | 바다 밑 산호충이 나무 모양으로 군체를 이룬 것. 골격은 석회질로 되어 있어 장식품을 만드는데, 칠보七寶의 하나로 여겨진다.

17_ **종鍾** | 옛날 용량의 단위. 1종이 64말, 80말, 100말이라는 설이 있다.

단배를 몰아 산으로 올라가려는 것인가? 돌을 던지고 나무를 얽어 연못을 메우고 집을 지으려는 것인가? 쓸모없는 땅에 힘을 다 쏟고, 효용 없는 일에 정력을 낭비하니, 한 가지 일이 그러하면 백 가지 일이 모두 그러할 것이다. 당신은 평소 무엇을 만들거나 생각하거나 운영하거나 할 때에 꼭 차조밭과 같이 됨이 많을 것이다. 아깝도다. 저 노고의 헛됨이여!"

이자는 고개를 숙이고 웃으며 멋쩍은 듯 대답하지 않고 한참 있다가 이내 노래를 불렀다.

비옥한 땅에 사는 백성이여	沃土之民兮
편안하여 게을러지도다.	逸而怠而
척박한 땅에 사는 백성이여	瘠土之民
힘을 써도 굶주리도다.	勞而餒而
나의 허물도 아니요	非余之辜兮
땅에 회한을 품을 수도 없구나.	土不可悔而

차조를 버려둔 지 열흘 뒤 이자는 때마침 외출하여 그곳을 지나다가 차조 중에 살아난 것이 있음을 보게 되었다. 두 잎이 나서 한 마디 정도 자란 것도 있고, 네다섯 잎이 나서 잎이 나부끼는 것도 있는데, 풀들에 싸여 스스로 살아나지 못할 지경이었다. 차조는 몇 포기가 아닌데 풀은 많고, 차조는 약한데 풀은 우거져 있고, 차조는 엎드려 있는데 풀은 버티고 서 있어, 마치 울타리를 쳐 지키는 것 같고, 동이로 덮어둔 것 같고, 깃발로 둘러친 것 같았다. 이자는 아직도 미련이 남아 있어, 손으로 제쳐서 차조 잎이 아닌 것은 제거하고, 차조 마디가 아닌 것은 제거하

고, 차조 색이 아닌 것도 제거하고, 차조의 속고갱이가 아닌 것을 제거하니, 어느새 풀은 모두 제거되고 오직 차조만 남게 되었다.

김매던 여인이 지나가다 물었다.

"샌님은 여기서 무얼 열심히 하시나요?"

"나도 김을 매고 있다네."

여인이 웃으며 말하였다.

"차조를 위해 김을 매시나요? 풀을 위해 김을 매시나요?"

"차조를 위해 풀을 제거한다네."

여인은 곧 차조 밭으로 들어가 차조를 두세 줄기 뽑아들고 묻는다.

"이게 차조란 말입니까? 이것은 발앙發仰[18]이고, 이것은 잔디 싹이고, 이것은 구미狗尾[19]가 아직 이삭을 패지 않은 것입니다. 차조를 위해 김을 맨다는 것이 또한 이렇단 말입니까?"

이자는 하늘을 우러러보며 탄식하여 말하였다.

"아아! 내가 어리석었다. 대저 그 속고갱이가 차조였고, 그 색이 차조였고, 그 마디가 차조였고, 그 잎이 차조였으니, 이는 정말 차조이다. 내가 또 어찌 발앙과 잔디와 구미를 알겠는가? 아, 아! 어찌 그리도 비슷하단 말인가? 가라지는 벼와 비슷하고, 귀리는 보리와 비슷하고, 삽주〔薊〕[20]는 쪽〔藍〕[21]과 비슷하고, 달래[22]는 파와 비슷하고, 도갱盜庚[23]은

18_ **발앙發仰** | 잡초의 하나. 원문에 "발앙發仰"이라고 되어 있으나 '발앙拔秧'이라고 표기한다.

19_ **구미狗尾** | 일명 강아지풀. 볏과의 한해살이풀로 여름에 강아지 꼬리 모양의 꽃이 줄기 끝에 핀다. 종자는 구황식물로서 식용으로 쓴다.

20_ **삽주〔薊〕** | 일명 산계山薊, 산강山薑이라고 한다. 여러해살이풀로 어린잎은 식용으로 쓰고, 뿌리는 한방에서 백출白朮 또는 창출蒼朮이라 하여 이뇨利尿, 건위제健胃劑로 쓴다.

21_ **쪽〔藍〕** | 마디풀과에 속하는 한해살이풀. 잎에 남색 색소가 들어 있어 염료로 쓰인다.

국화와 비슷하고, 구민求黽[24]은 대와 비슷하고, 제니薺苨[25]와 황기黃芪[26]는 인삼과 비슷하다. 어찌 이것뿐인가? 초명焦明[27]은 봉새와 비슷하고, 부부負釜[28]는 학과 비슷하고, 부발符拔[29]은 기린과 비슷하고, 숙등儵騰[30]은 추우騶虞[31]와 비슷하고, 육박六駮[32]은 말과 비슷하고, 이무기〔蛟蜃〕[33]는 용과 비슷하고, 능能[34]은 영귀靈龜[35]와 비슷하다.

22_ 달래 | 원문은 "홍란紅蘭"인데, '란'은 달래를 뜻한다. 달래는 파와 같은 냄새가 나며, 양념 또는 나물로 쓴다.

23_ 도갱盜庚 | 선복화旋覆花 또는 금비초金沸草라고도 한다. 여러해살이풀로 꽃의 색깔은 황색이다. 《본초강목》에는 꽃의 모양이 금전국金錢菊과 같다고 하였다.

24_ 구민求黽 | 미상.

25_ 제니薺苨 | 일명 지삼地參이라고 한다. 뿌리는 단맛이 나고 약용한다. 《본초강목》의 집해集解에는 "뿌리와 줄기가 모두 인삼과 같다"고 하였다.

26_ 황기黃芪 | 일명 단너삼이라고 하며 약재로 쓴다.

27_ 초명焦明 | 새의 이름. 《사기史記》, 〈사마상여전司馬相如傳〉에 대한 배인裴駰의 집해集解에 "초명은 봉황과 비슷하다(焦明似鳳)"라는 구절이 있다.

28_ 부부負釜 | 관작鸛雀, 즉 황새의 별칭. 《본초강목》에 "황새는 학과 비슷하나 정수리가 붉지 않다(鸛似鶴而頂不丹)"고 하였다.

29_ 부발符拔 | 짐승의 이름. 《후한서後漢書》, 〈서역전西域傳 · 안식安息〉조에, "부발의 모습은 기린과 비슷한데 뿔이 없다(符拔形似麟而無角)"고 하였다.

30_ 숙등儵騰 | 혹 숙홀儵忽이 아닌가 한다. 중국 전설상에 나오는 신수神獸로서 곽박郭璞의 《산해경도찬山海經圖贊》, 하편 〈해내북경海內北經 · 추우騶虞〉조에, "怪獸五彩, 尾參於身, 矯足天理, 儵忽若神, 是謂騶虞, 詩嘆其仁"이라고 하였다.

31_ 추우騶虞 | 중국 전설상에 나오는 짐승의 이름. 《시경詩經》, 〈소남召南〉에 '추우'라는 편명이 있다. 《모전毛傳》에는 "추우는 의로운 동물이다. 백호로서 검은 무늬가 있으며, 살아 있는 것은 먹지 않는다(騶虞, 義獸也. 白虎, 黑文, 不食生物)"라고 하였다.

32_ 육박六駮 | 짐승의 이름. 육박六駁이라고도 한다. 《시경》, 〈진풍秦風 · 신풍晨風〉편에 나오는데, 《모전》에서는 육박을 설명하여 "박駁은 말과 비슷하다(駁如馬)"라고 하였다.

33_ 이무기〔蛟蜃〕 | 원문은 "교신蛟蜃", 즉 교룡蛟龍으로 용의 한 종류이다. 《광아廣雅》, 〈석어釋魚〉에 "비늘이 있으면 교룡이고, 날개가 달렸으면 응룡應龍이다(有鱗曰蛟龍, 有翼曰應龍)"라고 하였다.

34_ 능能 | 중국 전설에 나오는 짐승의 이름. 양梁나라 임방任昉의 《술이기述異記》에, "육지에 살면 웅熊이고, 물에 살면 능能이다(陸居曰熊, 水居曰能)"라고 하였다.

35_ 영귀靈龜 | 신령스러운 거북을 말한다.

어찌 이것뿐인가? 소인은 군자와 비슷하고, 간신奸臣은 충성스러운 듯하고, 탐욕스런 신하는 능력이 있는 듯하고, 참소하는 신하는 정직한 듯하고, 어리석은 신하는 어진 듯하다. 한나라는 홍공弘恭[36]을 몰랐으니 그를 등용하였고, 당나라는 노기盧杞[37]를 몰랐으니 그를 총애하였고, 송나라는 진회秦檜[38]를 몰랐으니 그를 중용하였다. 진짜가 있으면 반드시 가짜가 있고, 바른 것이 있으면 반드시 사악한 것이 있으니, 명철함이 없으면 어찌 그 실정을 파악할 수 있으며, 정밀함이 없으면 어찌 그 이름을 구별할 수 있으며, 공평함이 없으면 무엇으로 그 표식을 다르게 하랴? 아, 아! 적어도 이것을 살펴보지 못한다면 백인百人의 윗사람이 될 수 없고, 십인十人의 장長이 될 수 없고, 다른 사람의 짝이 될 수 없다. 비록 차조를 위하여 김맬 사람을 구하려 해도 또한 얻을 수 없으리라. 또한 슬프지 아니한가!"

36_ **홍공**弘恭 | 중국 한漢대의 인물로 어려서 부형腐刑을 받았는데, 법령고사法令故事에 매우 밝았다. 원제元帝의 신임을 받고 권력을 전횡하여 소망지蕭望之 등을 참언으로 살해하였다.

37_ **노기**盧杞 | 중국 당唐대의 인물로 재주가 매우 뛰어나 덕종德宗 때 문하시랑門下侍郎과 동중서문하평장사同中書門下平章事 등에 발탁되었으나, 성격이 음험하여 정치를 혼란에 빠뜨렸다.

38_ **진회**秦檜 | 중국 송宋대의 인물로 금金과의 화의和議를 주장하였다. 악비岳飛, 장준張浚 등 주전파의 충신들을 죽이고 탄압했으며, 만년에 더욱 잔인무도해져서 사후에 왕작王爵이 추탈追奪되고 시호諡號를 목추繆醜로 바꾸었다.

서풍을 논하다

論西風

삼가 생각건대, 상천[上穹]이 만물을 생육하는 것이 인仁하지 않은 곳이 없었고, 힘을 다하지 않을 때가 없었는데, 만물 중에서도 특히 백성을 더욱 자상하게 보살펴서 백성이 하고자 하는 바는 반드시 모두 따라주었다. 백성의 하고자 하는 바는 진실로 하나가 아니지만 먹는 것보다 더 중요한 것이 없다. 그러므로 먹는 것은 팔정八政[1] 가운데서 으뜸이 되고, 곡식이 오행五行의 대열에 끼어 있다.[2] 그런즉 곡식을 생산하는 것은 곧 백성을 중시하였기 때문이니, 더욱 인仁하고 힘쓰지 않을 수 없는 것이다. 자양이 되어 길러주는 것은 자애로운 어머니가 이당餌糖[3]을 먹이는 것과 같고, 소생하고 섭생攝生하는 것은 노련한 의원이 용황茸黃[4]을 넣어주는 것과 같다. 무릇 경우에 따라 정성을 다하여 낳아

1_ **팔정**八政 | 고대 국가의 여덟 가지 시정施政 분류. 《서경書經》, 〈홍범洪範〉편에는 팔정을 식食, 화貨, 사祀, 사공司空, 사도司徒, 사구司寇, 빈賓, 사師 등으로 분류하고 있으며, 《한서漢書》, 〈왕망전王莽傳〉에는 "民以食爲命, 以貨爲資, 是以八政以食爲首"라는 구절이 보인다.

2_ **곡식이 … 끼어 있다** | 《서경》, 〈대우모大禹謨〉편에는 백성들이 살아가는 데 없어서는 안 될 여섯 가지 요소를 제시하고 있는데, 수水·화火·금金·목木·토土의 오행에 '곡穀'을 추가하였다. 다음은 그 원문이다. "禹曰, 於, 帝念哉. 德惟善政, 政在養民, 水火金木土穀惟修, 正德利用厚生惟和. 九功惟敍, 九敍惟歌."

3_ **이당**餌糖 | 떡과 사탕.

4_ **용황**茸黃 | 녹용鹿茸과 지황地黃으로, 보혈 작용을 하는 긴요한 약재.

주고 만들어준 것이 과연 어떠한가? 그러나 지극히 존귀하고 지극히 큰 존재로서 여러 임무를 몸소 행할 수 없는 것이다. 이것이 곧 유사有司의 직임을 둔 이유이니, 우러러 상천의 지극히 인仁한 생각을 체득하고, 굽어 백성의 가장 바라는 바를 이루어주는 것은 전적으로 인도하고 보좌하는 것이 어떠한가에 달려 있는 것이다.

그런데 5월이 이미 지나 삼농三農[5]이 한창일 때라, 모는 옮겨 심어야 하고, 뿌리를 내린 것은 김을 매어야 하고, 낮고 습한 곳은 호미질을 해야 하고, 높고 메마른 곳은 쟁기를 끌어야 할 때인데, 백성이 단비를 기다리는 것은 배고픈 아이가 한밤중에 어미 젖을 그리워하는 것 같고, 부인이 독수공방 십 년에 지아비와의 만남을 기다리는 것같이 하고 있다. 하루이틀 지나면서 백성의 심정은 만 가지로 고통인데, 피어오르던 구름은 잠깐 합해졌다 다시 흩어지고, 쏟아질 듯한 비도 막 내리다 다시 아까운 듯 멎어 버린다. 마침내 논은 흙먼지가 휘날리고, 밭은 돌덩이를 두드리듯 딱딱해지고, 가까운 우물도 퍼 올릴 걱정을 하게 되고, 바다 가까운 곳은 짜고 거칠게 된다. 그리하여 복숭아잎에 단맛이 돌고, 호박잎이 처마에 드리울 때에 이르러서도 백성의 가장 큰 욕구는 따르고자 해도 할 수 없는 지경에 이르게 된다. 백성들이 무지하여 우러러 울부짖으며 모두 원망하는 것이 혹 구름을 탓하기도 하고, 혹 비에게 책임을 돌리기도 하는데, 적이 지금의 이 가뭄을 살펴보니 구름과 비가 직임을 다하지 못했기 때문이 아니다. 진실로 그 원인을 따져보면 죄가 돌아갈 곳이 있다.

5_ **삼농**三農 | 평지平地, 산지山地, 수택水澤 세 지역의 농민이나 봄 · 여름 · 가을 세 시기의 농사철을 지칭하는 말로, 여기서는 일반적인 농사를 의미한다.

아아, 슬프다! 오직 저 서풍은 성질이 본래 매섭고 살벌하며 하는 일은 묶고 거둬들이는 것이어서, 강물이 만나면 마르게 되고, 초목이 당하면 낙엽이 진다. 비록 혹 사좌四佐[6]의 등속에 끼어 열을 짓기도 하고, 육기六氣[7]의 조화에 공로가 있기도 하나, 지금 하늘이 인仁으로 만물을 덮어 기르고 있는 시절에 진실로 자신의 직임이라 하여 멋대로 힘을 부려서는 안 되는 것이다. 그런데 더욱이 어리석어 시기를 분간하지 못하고 오만하게 제 차례도 지키지 않는 것이다.

매양 하지夏至[8]의 달, 진사辰巳일이 되면 남풍은 일어날 준비를 하고 동풍도 그 뒤꿈치를 따라 일어나면서, 숲에서는 새 떼가 지저귀고 혈穴에서는 개미 떼가 옮기게 된다. 이때에 구름은 붉게 물들다 검게 변하며, 얇은 것은 두텁게 쌓이고, 찜질할 때 가득 피어오른 증기가 마치 덮개가 되어 내리누르는 듯한다. 또 비가 내린다면 강물을 진동시키고 바다를 풍족하게 하여, 높게 쌓이고 넓게 펴지며 경륜이 오래되매 천지의 기운이 가까이 합쳐지게 될 것이다.

이때가 되면 도랑을 터 놓고, 도롱이를 손질해두며, 채마밭 오이를 보살피고, 타작마당의 보리를 거둬 놓는다. 가득 차고 갖추어져, 이제 막 이르러 오려 하니, 농민들은 서로 기뻐하여 밤잠을 못 이루고 있는데, 네가 기회를 엿보고 틈을 타서 떨치고 일어나 힘차게 펼쳐서, 획하

6_ **사좌**四佐 | 천자의 전후좌우에서 보필하는 대신大臣을 지칭하는 말로, 서풍 또한 동서남북 사방 중 한 곳을 담당하므로 비유한 것이다.

7_ **육기**六氣 | 자연 기후가 변화하는 여섯 가지 현상. 음陰·양陽·풍風·우雨·회晦·명明 등을 지칭한다.

8_ **하지**夏至 | 24절기 중의 하나. 하지 이후에는 논에 물을 대는 것이 농가에서는 가장 중요한 일이므로 "하지를 지나면 발을 물꼬에 담그고 산다"라는 속담이 있을 정도이다.

며 맹금이 덮치듯, 사납게 멧돼지가 돌진하듯, 잇속 빠른 장사꾼이 시장으로 달려가듯 한다. 혹 앞선 것이 있을까 염려하는 것은 용사가 적진을 함락시킬 때와 같고, 비록 죽더라도 앞서려는 것이 광부狂夫가 올가미에서 빠져나올 때와 같으며, 또 몰려오고 쏟아지는 것은 큰 못에 둑이 터질 때와 같고, 갑자기 하늘까지 넘칠 듯하는 것은 마른 섶이 불을 만난 것과 같다. 불꽃이 미처 피어오르기 전에는 연기가 미친 칼날에 부딪히듯 구름은 자신의 행동을 실현할 수 없고, 불꽃이 타올라서는 비도 자기 뜻대로 할 수 없어서 모두 쓰러지고 달아나고 움츠리지 않을 수 없게 된다. 이에 푸른 하늘은 마치 쓸어낸 듯하고, 붉은 해는 불에 타는 듯하니, 백성들이 이를 바라보면 기가 막혀 말도 못한다.

그런데 너는 자신의 득의함을 기뻐하고, 자기 전횡을 자랑하며, 다시 가볍게 숲을 흔들어 큰 나무도 빼어난 색을 변하게 하고, 낮게 밭이랑을 스쳐 아름다운 벼도 그 생기를 잃게 한다. 아, 또 이상도 하다! 도대체 무슨 심사인가?

지금 만약 경經에 의거해 율律을 논하여 그 범한 바를 엄격히 한다면, 이치상 용서하기 어려움이 많다. 대저 따뜻함과 차가움은 징후가 다르고, 팽창하고 수축함은 용도가 다른 것이다. 서풍과 같은 것은 그 순서가 태괘兌卦[9]의 자리에 있고, 맡은 소임은 가을에 해당한다. 굳이 그 직임을 묻는다면 마땅히 금률金律을 조정하고, 옥로玉露를 뿌리며,[10]

9_ **태괘**兌卦 | 《주역周易》의 괘 이름으로 소택沼澤과 서방西方을 상징하는데, 오행에서는 금金 · 흰색 · 가을과 통한다.

10_ **금률**金律**을 … 뿌리며** | 율律은 시령時令으로 가을이 오행五行상 금金에 해당하기에 '금률'이라 한 것이며, 옥로玉露는 이슬을 미화한 표현으로 24절기 중 백로白露에서부터 가을 기운이 시작됨을 말한 것이다.

오강吳江에 낙엽을 재촉하고, 연燕나라 변방의 기러기를 맞이하게 하는 것인데, 감히 나오는 것이 때가 아니고 그 용도가 마땅하지 않게 하니, 이는 5월에 8월의 시령時令을 시행하는 것이다.

경經에 이르길, "때에 앞서는 자는 용서받지 못한다(先時者無赦)"[11]고 하였는데, 대저 구름이 찌는 듯 우기가 쌓여 있다가 푸는 것도 그 때가 있는 것이며, 쇠가 녹아 흐르듯 돌이 타 들어가는 듯하는 것도 그 공효가 필요하기 때문이다. 그러니 더위 먹은 농부의 탄식을 하늘이 모르는 바 아니요, 한여름날 논밭의 고통을 하늘이 자애롭게 보살피지 않는 바 아니나, 한창 질서가 무너짐에 급하여 그 원망을 구휼救恤할 틈이 없는 것이다. 그런데 저 서풍은 그 성질이 차갑고 그 덕이 실로 냉하여 한 번 움직이면 오吳 땅의 소가 헐떡거림[12]을 진정하고, 두 번 불면 탁룡逴龍[13]도 희색이 되며, 율리栗里[14]의 창가에 누운 노인도 기쁘게 하고, 난대蘭臺[15]에서 옷깃을 열어제친 제왕도 상쾌하게 하니, 이는 진실로 사사로이 재주를 부려 남에게 아부하는 것이다.

11_ **때에 … 못한다** | 《서경》, 〈윤정胤征〉에 나오는 것으로, "先時者殺無赦, 不及時者殺無赦"라는 대목을 인용하였다.

12_ **오吳 땅의 소가 헐떡거림** | 오吳나라는 중국의 남방으로 날씨가 매우 무더웠으므로 소가 달만 떠도 해인 줄 알고 헐떡거렸다는 '오우천월吳牛喘月'이라는 고사가 있다.

13_ **탁룡逴龍** | 중국 신화에는 구음九陰을 촛불로 밝혔다는 인면사신人面蛇身의 신명神名 또는 중국 북방의 해가 보이지 않아 초목이 자라지 않는 음지의 산명山名을 지칭한다. 서풍이 불면 모든 산의 초목이 시들고 음기가 강해지니 탁룡이 기뻐한다고 표현한 것이다.

14_ **율리栗里** | 중국 진대晉代 도연명陶淵明이 살던 마을. "청풍북창하淸風北窓下"라는 도연명의 유명한 시구가 있어 '창가에 누운 노인'이라고 한 것이다.

15_ **난대蘭臺** | 중국 초楚나라 양왕襄王이 유오遊娛하던 궁宮. 초나라는 중국 남방의 국가로 날씨가 매우 무더웠는데, 당시 양왕이 송옥宋玉·경차景差 등과 함께 노닐다 바람이 불어오니 "상쾌하도다. 이 바람은 나와 모든 이가 함께 누릴 것이다"라고 말하였다. 이에 송옥이 이 바람은 왕의 것이지 다른 사람의 것이 아니라는 내용의 〈풍부風賦〉를 지었다고 한다.

경에 이르길, "도를 어기며 명예를 구하지 말라(罔違道以干譽)"[16]라고 하였는데, 대저 바람은 각자의 절후를 지니고 있고, 시절마다 각기 주어진 임무가 있다. 《시경》에서 말하지 않는가? "산뜻산뜻 곡풍谷風이여, 구름이 끼고 비가 내린다(習習谷風, 以陰以雨)."[17] 또 말하지 않았는가? "개풍凱風은 남쪽에서 와, 저 대추나무 속에서 분다(凱風自南, 吹彼棘心)"[18]라고 했는데, 곡풍이라는 것은 동풍이니 살지고 윤택한 것에 공로가 드러나고, 개풍이라는 것은 남풍이니 키우고 기르는 데 능하다. 그러니 농사의 절기를 살펴보면, 농정農政은 두 바람의 권한에 속한 것이다. 그런데 저 서풍은 어진 것을 시기하고 능력 있는 것을 방해하며, 질투심에서 자기보다 나은 재주를 싫어하고, 오로지 남의 아름다움을 빼앗으려는 마음을 품은지라, 그 행적은 월권越權을 꺼려하지 않고, 그 마음은 남의 팔을 비트는 것과 다르지 않다. 이는 그 뜻이 사실 남의 것을 빼앗으려는 데에 있는 것이다.

경에 이르길, "남이 지닌 재주를 시기하여 미워한다(人之有技, 媢嫉而惡之)"[19]라고 하였는데, 대저 은혜로 백성을 기르고 아랫사람을 사랑하는 정사政事와 근면으로 명을 따르고 윗사람을 섬기는 공경으로써 곧 행할 것은 행하고 그만둘 것은 그만두는 것, 이것이 윗사람의 명을 행하는 것이다. 자기 임무가 아닌데 일을 만들고 공을 세울 수 없는데 일

16_ **도를 … 말라** | 《서경書經》, 〈대우모大禹謨〉에 나오는 구절. 원문은 다음과 같다. "罔違道以百姓之干譽."

17_ **산뜻산뜻 … 내린다** | 《시경詩經》, 〈패풍邶風 · 곡풍谷風〉편의 시구.

18_ **개풍凱風은 … 분다** | 《시경詩經》, 〈패풍 · 개풍凱風〉편의 시구.

19_ **남이 … 미워한다** | 《서경》, 〈진서秦誓〉에 나오는 구절. 원문은 다음과 같다. "人之有技, 媢嫉而惡之."

어나는 것, 이것은 윗사람의 명령을 행하는 것이 아니다. 그런데 저 서풍이 행한 바를 추적해보면 과연 어떠한가? 독단으로 인한 실수와 사특한 마음은 비록 옛날 발호跋扈하는 신하[20]와 방명비족方命圮族하는 무리[21]라도 이보다 심하지는 못할 것이다. 이는 모두 윗사람을 거스르고 명령을 거역한 죄에서 나온 것이다.

경에 이르길, "명을 따르지 않으면 사社[22]에서 죽인다(不用命, 戮于社)[23]"라고 하였다. 아! 여기 한 가지라도 걸리는 것이 있으면 오히려 용서할 수 없는데, 하물며 배반과 침범이 모두 이 극한에 이르렀음에랴? 하물며 만백성의 원망과 전 농민의 한이 그 한 몸에 모아지고 만 개의 입에 오르니, 또 어찌 그 거리낌없는 소행에 맡겨두고 응징함이 없는 채 그대로 방치할 수 있겠는가! 옛날에 형천形天[24]이 직분을 다하지 않아 그 머리를 베어 버렸고, 흠비欽䲹[25]가 전횡하여 방자하자 그 죄를 용서하지 않았고, 이부貳負[26]가 뜻을 거역하자 소속疎屬의 들판에 결

20_ **발호跋扈하는 신하** | 중국 후한後漢시대 권신權臣 양익梁翼을 지칭한다. 당시 양익의 전횡이 심하여 발호장군이라 하였고, 이후 권신를 지칭하는 말로 쓰였다.

21_ **방명비족方命圮族하는 무리** | 방명비족은 임금의 명을 거역하고 동족을 훼손한다는 뜻으로, 《서경書經》, 〈요전堯典〉에 요임금의 명을 받아 치수治水하다 실패한 곤鯀의 무리를 지칭한다. 곤은 후에 순임금에게 저항하다 우산羽山에서 처형을 당하였다.

22_ **사社** | 지신地神 또는 지신에게 제사 지내는 곳. 곡신穀神에게 제사 지내는 직稷과 함께 사직社稷이라고 불린다.

23_ **명을 … 죽인다** | 《서경書經》, 〈감서甘誓〉에 나오는 구절. 원문은 다음과 같다. "不用命, 戮于社."

24_ **형천形天** | 중국 신화에 나오는 인물. 제帝에게 저항하다 그 머리가 잘려 젖이 눈이 되고, 배꼽이 입이 되었다고 전한다. 《산해경山海經》, 〈해외서경海外西經〉 참조.

25_ **흠비欽䲹** | 제帝에게 죄를 짓고 처형을 당하여 수리의 일종인 큰 악조鶚鳥가 되었다고 한다. 《산해경》, 〈서산경西山經〉 참조.

26_ **이부貳負** | 죄를 짓자 제帝가 소속산疎屬山 나무 위에 양손과 머리카락을 묶고, 오른쪽 발에 족쇄를 채워 놓았다고 전한다. 《산해경》, 〈해외서경〉 참조.

박해 놓았으며, 지기支祈[27]가 해악을 끼치니 푸른 돌자물쇠로 칼을 채웠다. "하늘이 죄 있는 자를 벌함에 다섯 가지 형벌을 각기 맞게 사용하였도다."[28] 오직 바라옵건대, 비천한 일을 잘 들으시고 명철하게 판단하소서.

삼가 한유韓愈가 풍백風伯을 송사한 뜻[29]을 본받아 감히 주문奏聞[30]을 거듭합니다.

27_ **지기**支祈 | 중국 신화에 수신水神으로 원숭이처럼 생기고 말을 잘하였다고 한다. 하夏나라 우禹왕이 잡아다 큰 새끼줄로 목을 묶고 코에 구멍을 뚫어 금방울을 달아 회수淮水 북쪽 귀산龜山 아래로 옮겨 회수가 바다로 잘 흘러가도록 하였다고 한다. 이공좌李公佐, 《고악독경古岳瀆經》 참조.

28_ **하늘이 … 사용하였도다** | 《서경》, 〈고요모皐陶謨〉에 나오는 구절로 원문은 다음과 같다. "天討有罪, 五刑五庸哉."

29_ **한유**韓愈**가 … 뜻** | 한유는 바람이 구름을 몰고 가 만민이 비의 은혜를 입을 수 없다는 내용의 〈송풍백訟風伯〉이라는 글을 지었는데, 이는 당시 권신들의 전횡으로 군주의 은택이 백성들에 미치지 못하는 것을 풍자한 것이다.

30_ **주문**奏聞 | 신하가 나라의 실정實情을 보고하는 일.

고양이를 탄핵하다

劾猫

개에게 물었다.

"너는 고양이에 대하여 같지 않으면서도 같은 점이 있으니, 비록 같은 종족은 아니나 대개 동료와 친구 같은 것이다. 나에게서 함께 길러져 한 아궁이의 밥을 먹고, 한 마당에서 노닐고 있으니, 원수 사이가 될 일도 없으며 또한 서로 간섭하지도 않을 터인데, 너는 고양이를 보면 으르렁거리며 화를 내고 떼 지어 일어나 쫓아 버리며, 요행히 마주치면 물고 뜯고 죽인 후에나 그만둘 듯이 하고 있다. 그 뜻이 무엇이냐? 저것이 여우나 토끼나 들고양이가 아니어서 네 뜻대로 잡아먹지 못해서인가? 아니면 주인이 대하는 것이 가깝거나 멀고 후하거나 박하여 똑같지 않다고 여겨, 그 때문에 질투와 시기를 하여 그런 것인가? 아니면 주인에게서 감화感化받은 것이 고양이가 서로 젖을 먹여주고,[1] 닭이 강아지를 먹여주는 것[2]에는 미치지 못하여, 그 때문에 사납고 삐뚤어진 것에 익숙해져 그런 것인가? 네 속마음을 숨기지 말고 사실대로 대답

1_ **고양이가 … 먹여주고** | 원문에는 "묘상유猫相乳"로 되어 있다. 중국 당나라 한유의 〈묘상유설猫相乳說〉이란 작품에는 같은 날 새끼를 낳은 두 어미 고양이 중 한 마리가 죽자, 그 새끼를 다른 어미 고양이가 젖을 먹여 길러준 이야기를 전하며, 이 미행美行은 그 주인으로부터 감화를 받은 것이라고 하였다.

하라.”

개가 대답하였다.

“무릇 물物이 사람의 밥을 먹음에 있어서 사람이거나 아니거나 간에 반드시 공功이 있은 후에 먹게 됩니다. 그러므로 또한 먹는 것에도 반드시 맡은바 직분이 있는 것입니다. 이제 주인댁을 들어 말한다면, 사내종은 밭을 갈고 나무를 하며, 계집종은 방아를 찧고 물을 길으며, 아래로 말은 사람을 태우고, 소는 밭을 갈고, 닭은 시간을 알리며, 신과 같은 족속은 살아서는 집을 지키고 죽어서는 국이 되어 바쳐집니다. 그 노고의 대소大小에 따라 먹는 것 또한 그 고하高下가 정해짐은 일의 당연한 이치입니다.

저 고양이와 같은 놈은 신이 우매하여 잘 모르겠으나, 주인께서 놈을 먹이는 것이 무엇 때문이며, 저것이 주인에게서 밥을 얻어 먹는 것이 무슨 공이 있어서입니까? 노는 곳이 마루 위이고, 털가죽으로 더없이 따뜻하면서도 추위에 떠는 양 사칭詐稱하여 반드시 온돌방에 들어가 잠을 자며, 매양 밥 먹을 때면 위로 달려가 밥상 아래 엎드려 고개 들고 ‘응앵’ 소리치기를 마치 배고픈 아이가 밥을 찾는 양하니, 밥상을 물리기도 전에 먼저 나눠 받아 마음껏 배를 불리고, 때때로 다시 생선과 고기로 사치를 누리기도 합니다. 이는 부지런히 쟁기를 끄는 소나 힘을 다해 짐을 싣는 말도 주인에게서 얻지 못하는 것들입니다.

그러나 저것의 직분을 살펴보면 다만 쥐를 잡는데 있을 뿐이온데, 광

2_ **닭이 강아지를 먹여주는 것** | 원문은 “계포구鷄哺狗”인데, 주인의 덕행德行이 그 집의 가축에까지 미침을 말한다. 중국 당나라 동생董生의 집에 새끼를 낳은 개가 먹이를 구하러 나가자 그 집의 닭이 먹이를 쪼아다주었고, 이를 먹지 않자 슬프게 울며 날개로 덮어주었다는 이야기가 한유의 〈차재동생행嗟哉董生行〉에 나온다.

이나 곳간에서 요행히 한 마리 쥐새끼를 잡기라도 하면, 펄쩍 뛰어 던지고 장난을 쳐 자신의 능력을 뽐내며 현혹시키는 것이 마치 기특한 공훈을 세우고 큰 적의 목을 베어 바친 자인 양합니다. 그런데 저것의 재주가 노루를 쫓고 토끼를 잡을 수 없는 데다가 힘은 비록 작으나, 그래도 그 지키는 바가 부지런하여 날마다 한 마리 쥐라도 잡은 적이 있습니까? 그런데도 주인댁의 해害를 제거할 수 있다 하여 음식을 받아먹는 은혜에 보답한 것뿐입니다.

그런데 먹는 양은 몸집에 따라 커지고, 잠은 꼬리와 같이 길어지며, 원래 교활한 성질이 늙어갈수록 게으르고 미쳐가서 담과 벽과 항아리와 둥구미에 쥐구멍이 뚫리고, 탁자 위 묵은 먼지에 쥐 발자국이 종횡으로 나 있고, 쥐의 발 빠른 소리가 낭자할 뿐인데도 놈은 추적할 생각도 하지 않아 한 번도 쥐의 발뒤꿈치를 밟아 살피려 하지 않습니다. 곳간 속의 곡물은 일곱 낟알 중 세 개가 빈 껍질이며, 횃대 위의 옷은 좀이 슬기 전에 먼저 구멍이 나는 지경에 이르고 있습니다. 저것이 직분을 다하지 못함을 논한다면 모두 용서하기 어려운 것입니다. 그러나 이는 오히려 사소한 것입니다.

가축이라면 하루 두 번 먹고, 암컷이라면 일 년에 한 번 새끼를 낳아 젖을 먹이는 것은 그 이치에서 정상적인 것입니다. 그런데 이 고양이란 놈에 이르러서는 이미 배가 불렀음에도 뒤미처 다시 구걸하고, 다 먹고 나자마자 또다시 뒤지고 다녀, 아침 나절에 네 번 먹고 다섯 번 먹어, 배가 무거워져 졸음이 많아지며, 밥이 지겨워져 고기를 생각하는 것입니다. 저번에는 부엌 사람이 동이에 두부를 담아두고 쟁반으로 덮어두었는데도 덮어둔 것을 들치고 그 반을 훔쳐갔으며, 기둥에 생선을 매달아두어 높이가 어깨보다 높았는데도 항아리 위로 올라가 뛰어서 그 꼬리를 잘라가 버렸습니다. 어찌 쥐에는 그렇게 게으르고, 생선에는 그렇게 날랠 수 있단 말입니까? 굴, 조개, 회, 자반 등 맛있는 것이면 좋아하지 않는 것이 없으며, 비늘째 뼈까지 씹을 사이도 없이 삼켜 버렸다가 곧 또 심연㖘然히【㖘: 음은 심沁으로, 고양이나 개가 토하는 소리이다.】 밥상보자기 옆에 더러운 것을 토해 놓아 사람들이 매스껍게 여겨 밥상을 물리친 적이 무릇 몇 번이란 말입니까?

이미 살이 찌고, 또 편하게 됨에 밤낮으로 울부짖으며 그 수컷을 불러, 꽃무늬 놈, 얼룩진 놈, 꼬리가 길고 얼굴이 큰 놈들이 무리로 몰려와 추잡한 짓을 해대는데, 그 소리가 사방에 요란하여 욕하고 꾸짖으며 쫓아내도 어찌할 수가 없습니다. 겨우 석 달이 되면 숨어서 새끼를 낳게 되는데, 봄에 교미를 하고 가을이 되기도 전에 또 그 짓을 하는 것입니다. 그 새끼는 점차 커가면서 각기 그 아비를 본받아 사람을 보면 두려워하고 닭을 보면 사나워지니, 가르치기라도 한 듯 족제비가 아니면 승냥이를 닮게 됩니다.

이에 쥐를 잡는 것은 이미 싫증 나고, 닭을 엿보는 것은 또 꾸중을 두려워하여 밤을 틈타 지붕 위로 올라가 수키와, 암키와를 걷어내고 참새 새끼를 찾아 둥지를 헤집어 알을 깨뜨리게 됩니다. 이럴 때에 잠자던 객은 도둑이 들었는가 의심하고, 아낙과 어린아이는 도깨비인가 겁을 먹게 되니, 처마 가까운 곳은 탈이 나기 쉬워 원앙기와가 즉시 부서지고, 잠시 후에 비라도 퍼부으면 천장 구석에 빗물이 쏟아지게 되는 것입니다. 이것은 고양이가 쥐를 잡지 않을 뿐만 아니라, 또 한 마리의 쥐인 것입니다. 사람의 것을 훔치고 집을 해롭게 하는 것이 쥐에 비하여 누가 더합니까? 삼묘三苗[3]의 해악도 그 저지른 짓에 견주기에 부족하고, 임보林甫[4]의 간교함도 그 심보를 흉내 낼 수 없을 정도입니다. 경經

에 이르길 '잠시 간교한 도적을 만나도 코를 싹 베어가 그 종자를 남겨 두지 않는다(暫遇奸宄, 劓盡滅之, 無遺育)'[5]라고 하였고, 전傳에 이르길 '기와를 헐고 벽에 개칠을 하는 것은 그 뜻이 장차 먹을 것을 구하려는 것이다(毁瓦畫墁, 其志將以求食)'[6]라고 하였으니, 바로 이것을 말하는 것이 아니겠습니까?

신은 비록 미천하고 용렬하오나 그 지키는 바가 도둑입니다. 밥을 물에 말아 국을 타고, 한 노구솥 밥에 태반이 콩인 것으로 하루 두 번 배고픔을 면하는 것은 오로지 주인의 은혜입니다. 그리하여 밤이면 감히 눈을 붙이지 못하고, 구멍마다 돌면서 경계하여 오직 도둑을 잡으려는 것입니다. 저 울타리 밖의 도둑도 몰아 쫓아내고자 하는데, 하물며 집안의 도둑이겠습니까? 오지 않는 도적도 오히려 방어를 하는데, 하물며 한창 길러지는 도적이겠습니까? 이는 신이 저것을 보면 반드시 쫓아 버리고, 마주치면 반드시 물어뜯는 이유입니다. 다만 힘이 부족하더라도 반드시 문 앞 뜨락에 놈의 주검을 늘어놓고 난 후에야 그만두려는 것입니다. 어찌 주인께서는 무슨 사심이 그 사이에 있을 것이라고 의심하십니까?

아! 간사한 사람은 총애를 구하기에 공교로운 재주를 부리고, 충신

3_ **삼묘**三苗 | 중국 요순시대 변방의 종족으로 순임금이 형벌을 정하여 귀양을 보낸 사흉四凶 중의 하나이다.

4_ **임보**林甫 | 이임보李林甫(?~752). 중국 당나라 종실宗室로서 환관과 후궁들과 결탁하여 권력을 전횡하였다. 성격이 교활하고 권모술수에 능하여 '입에는 꿀이 있고 뱃속에는 칼이 있다'는 뜻의 '구밀복검口蜜腹劍'이라는 고사성어의 유래가 되기도 하였다.

5_ **잠시 … 않는다** | 《서경》, 〈반경盤庚〉의 구절. 원문은 다음과 같다. "乃有不吉不迪, 顚越不恭, 暫遇姦宄, 我乃劓殄滅之, 無遺育, 無俾易種于玆新邑."

6_ **기와를 … 것이다** | 《맹자孟子》, 〈등문공滕文公〉 하에 나오는 구절이다.

은 스스로 용기를 낸 곳에서 해를 당하는 것입니다. 예로부터 악한 자를 미워하다가 도리어 그 죄에 걸려들었던 것이 저 도도한 물의 흐름과 같았습니다. 장차 고양이는 배가 불러 죽고, 신은 가마솥에서 죽게 됨을 보게 될 것입니다."

이에 주인은 고양이를 송산松山[7]으로 유배 보냈다.

7_ **송산**松山 | 소나무가 우거진 산을 뜻한다.

용을 힐난하다

詰龍

용의 집은 바다이고 용의 직임은 비를 내리는 것이다. 그러니 바다에 의거하여 바다를 서로 바라보며 사는 자는 용의 이웃이 된다. 물을 날라서 올라갔다가 다시 내려와서 뿌려, 시든 것을 소생하게 하고, 마른 것을 적시는 것은 용의 인仁이다. 그렇다면 용이 비를 베풂에 있어, 마땅히 가까운 데를 먼저 주고 먼 데를 뒤에 주어야 하며, 마땅히 친한 것에 후하게 주고 소원한 것에 박하게 주어야 하며, 마땅히 연안에 사는 자에게는 자주 주고 내륙에 사는 자를 드물게 주어야 한다. 그런데 몇 년 전부터 바다 가까이는 유달리 가물어, 저들은 물이 차 양양한데 나는 바싹 말라 있으며, 저들은 편안한데 나는 안절부절못하고 있으니, 이것은 무엇 때문인가?

옛날 희문왕姬文王[1]은 필畢 땅에 살면서 인을 베푸니, 강수江水와 타수沱水와 잠수潛水와 한수漢水 땅이 먼저 그 은택恩澤을 입었으며, 경상초庚桑楚[2]가 외루畏壘 땅에 거처하니 외루의 곡식이 연이어 풍년이 들

1_ **희문왕**姬文王 | 중국 주周나라 문왕. 주나라가 희성姬性이었으므로 희문왕이라고 한 것이다. 은殷나라 말기 서방西方 제후의 수장, 즉 서백西伯으로 묘가 필畢 땅에 있다.

2_ **경상초**庚桑楚 | 중국 춘추전국시대 주나라 사람으로 항상亢桑 또는 항창亢倉이라고 한다. 《장자莊子》, 〈경상초庚桑楚〉 편에는 노자의 도道를 실현한 제자로 등장한다.

었다. 정견씨庭堅氏[3]가 말하길 "가까운 곳에서부터 먼 곳까지(邇可遠)"[4]라고 하였고, 군자가 말하길 "성인의 도는 집에서 국가로 천하로 이어진다(聖人之道, 家而國而天下也)"[5]라고 하였다. 그러므로 가까운 것에서부터 먼 것으로 나아가야 한다. 증자曾子[6]는 말하길 "먼저 할 것과 나중 할 것을 알면 도道에 가깝다 할 것이다(知所先從, 則近道矣)"[7]라고 하였으며, 또 말하길 "후하게 대할 자에게 박하게 대하고, 박하게 대해야 할 자에게 후하게 대하는 자는 있을 수 없다(所薄者厚, 所厚者薄, 未之有也)"[8]라고 하였다.

만약 용으로 하여금 뱃속에 창자가 없는 것이 뱀과 같고, 심장이 없는 것이 지렁이와 같다면, 지렁이에 대해서 더 이상 말할 것도 없다. 만약 용이 심장을 지녔다면, 심장이 있으니 성정性情이 있을 것이요, 성정이 있으니 반드시 지각知覺이 있을 것이요, 지각이 있다면 반드시 먼저 할 것과 나중 할 것, 먼 것과 가까운 것, 후대함과 박대함이 있을 터인데, 이는 진실로 무슨 마음에서인가?

혹시 남에게 베풀어주면서 자신이 주장을 하지 못하고, 그 지위에 있

3_ **정견씨庭堅氏** | 고요皐陶의 자. 고요는 순임금의 현신賢臣으로 법리法理에 통달하여 법을 세우고 형옥刑獄을 다스림. 《서경書經》, 〈고요모皐陶謨〉편은 순임금 앞에서 고요가 우禹와 함께 국정에 대한 계책을 논한 내용이다.

4_ **가까운 … 곳까지** | 《서경》, 〈고요모〉편에 나오는 구절. 원문은 다음과 같다. "皐陶曰, 都, 愼厥身, 修思永, 惇敍九族, 庶明勵翼, 邇可遠在玆. 禹拜昌言曰, 兪."

5_ **성인의 … 이어진다** | 《대학大學》의 "修身齊家治國平天下"를 말한 것이다.

6_ **증자曾子** | 증삼曾參. 공자의 제자로서 효의 실천을 강조한 그의 사상은 후에 맹자에게 계승되었다. 《대학》의 저자로도 알려져 있다.

7_ **먼저 … 것이다** | 《대학》에 나오는 구절. 원문은 다음과 같다. "物有本末, 事有終始, 知所先後, 則近道矣."

8_ **후하게 … 없다** | 《대학》에 나오는 구절. 원문은 다음과 같다. "自天子以至於庶人, 壹是皆以修身爲本, 其本亂而末治者否矣. 其所厚者薄, 而其所薄者厚, 未之有也."

으면서도 그 용무를 주관하지 못하여 우사雨師와 뇌공雷公[9]의 손에 맡겨 버리고 아무 일도 하지 못하는 것일까? 혹시 게으름으로 인해 고질이 되어 우활하고 넋이 나가 십 리 안의 일도 까맣게 모르고 땅이 타들어가서 샘이 마르는 것을 살피지 못하는 것인가? 혹시 깊숙한 곳에 살고 성질이 음험하여 사람과 더불어 양계陽界에서 서로 핍근하는 것이 싫어서 핍박하려 그곳 백성들의 죄를 묻고 그 땅을 폐허로 만들어서 은근히 그들로 하여금 옮겨서 멀리 떠나게 하려고 그러는 것인가? 혹시 바닷가에 많은 물고기가 있어 날마다 송어, 농어, 굴, 참조기 등속을 노려 잡아먹으니, 자신도 이들과 같은 유類라서 미워하고 적대하여 마치 원수를 갚듯 하는 것인가? 혹시 우리 바다에 용을 받들어 모시는 장소가 없었는데 하늘이 오랫동안 가뭄에, 비로소 제향祭享을 올리고 비를 구하는 까닭에, 인색하게 미루면서 우리에게 요구하여 저민 고기와 술을 얻어먹기 위한 술수인가?

온 세상에 비가 내리지 않아 골짜기의 농사도 그러하고 들판의 농사도 그러하다면 그뿐이겠으나, 지금 저들의 땅에는 모두 비가 내려 흡족하다. 용의 집과 떨어진 삼십 리 밖에는 보리가 익어 넘어져 있고, 모를 옮겨 심으며 가을 추수의 기대로 넉넉한 기분이다. 그런데 우리 땅에 한하여 유독 그렇지 못하다. 몇 년 전부터 올해까지 해마다 비가 내리지 않았고, 올해 정월부터 이번 달에 이르기까지 또 비가 내리지 않았다. 이 달은 5월이라 비가 안 온 것이 아니라 비가 와도 비가 안 온 것이다. 산에서 구름이 나와 뭉게뭉게 비를 내릴 듯하다가 이동하여 바다에 가까워지면 곧 섶을 빼 버린 연기와 같이 되고 만다.

9_ **우사雨師와 뇌공雷公** | 비와 천둥을 주관하는 신神.

남풍은 훈풍薰風이니, 백성이 재물을 넉넉히 쌓을 수 있는 때이다.[10] 바람이 하루 종일 불며 거의 비가 올 듯하다가 해가 정오가 되어 돌도 땀을 흘리려 하면, 곧 바람이 바다에서 일어나 살살 불다 시원히 불다 조금 뒤에 위세를 부리듯 갑자기 휘몰아친다. 그렇지 않고서는 그치지 않는다. 이것은 그 누가 그렇게 시킨 것인가? 우리를 비호해주지 않을 뿐만 아니라 또한 해치려 하니, 그 의도가 어디 있단 말인가? 나라의 법에 하늘에서 비가 내리지 않으면 용을 그려 놓고 푸닥거리를 하고, 푸닥거리를 하여 효험이 없으면 매를 쳐서 다스린다. 용은 아마도 그것을 유념해야 한다.

10_ **백성이 … 때이다** | 원문은 "民之所阜財也"로, 순임금의 〈남풍가南風歌〉에서 인용한 것이다. 〈남풍가〉는 다음과 같다. "南風之薰兮, 可以解吾民之慍兮. 南風之時兮, 可以阜民之財兮."

가라지에게서 깨닫다

莠悟

이자李子는 성질이 가라지[1]를 싫어한다. 무릇 축담 · 마당 · 채마밭 · 밭두둑 사이에 가라지가 있으면, 혹 손으로 뽑아내고, 혹 기구로 제거하며, 가라지가 없어진 뒤에야 그만두기로 마음먹었다. 이로 인하여 깨달은 바가 많아 〈가라지에게서 깨닫다〉라는 글을 짓는다.

가라지는 본래 한 종류의 풀이다. 그것이 곡식을 해칠 수 있기 때문에 가라지를 악초惡艸라 한다. 그렇다면 풀 중에 곡식을 해칠 수 있는 것은 모두 가라지라고 할 수 있으니, 가라지만 가라지인 것이 아니라, 가라지가 될 수 있는 것은 모두 악초인 것이다. 풀 중에 어찌 모두 가라지라고 하여 나쁘겠는가마는 곡식을 해치기 때문이니, 사람 또한 그러하다. 환두驩兜[2]는 우虞나라의 한 사람이고, 소정묘少正卯[3]는 노魯나라

1_ **가라지** | 일명 강아지풀.

2_ **환두驩兜** | 요임금의 신하. 공공共工 · 삼묘三苗 · 곤鯀과 더불어 요순시대 사흉四凶의 하나로서, 악행을 저질러 순임금이 그를 숭산崇山으로 내쫓았다고 한다. 《서경書經》, 〈순전舜典〉 참조.

3_ **소정묘少正卯** | 중국 춘추시대 노魯나라의 대부大夫. 공자가 사구司寇가 된 지 7일 만에 그를 처형하였다. 공자는 그를 평하여 다섯 가지 대악大惡을 겸한 자라고 하였다. 《공자가어孔子家語》 권1, 〈시주始誅〉 참조.

의 한 사람이고, 자란子蘭[4]은 초楚나라의 한 사람이고, 홍공弘恭[5]이나 노기盧杞[6]나 진회秦檜[7] 또한 모두 한나라 · 당나라 · 송나라의 한 사람이다. 그러나 현인을 해치고, 바른 사람을 해치고, 충신을 해친다면, 곧 환두가 될 수 있고, 혹은 소정묘가 될 수 있고, 혹은 자란이 될 수 있고, 혹은 홍공, 노기, 진회가 될 수 있는 것이다. 이는 후세에 자란이나 노기와 같은 부류들이 많은 까닭이니, 초나라의 귀인이 아니고 당나라의 총신이 아니더라도, 자란이 되고 노기가 되는 것이다. 진실로 사람을 해칠 수 있는 자는 모두 옛날에 사람을 해쳤던 그들인 것이다. 사람이 어찌 사람을 해칠 수 있단 말인가? 하물며 사람 중에 어진 사람을 또 어찌 해칠 수 있단 말인가?

가라지 중에 억세고 큰 것은 잘라 버리기는 어렵지만 뽑아 버리기는 쉽고, 가라지 중에 부드럽고 작은 것은 잘라 버리기는 쉬우나 뽑아 버리기는 어렵다. 그 억세고 큰 것은 열 걸음 밖에서 이미 그것이 가라지임을 보게 되는데, 두 손가락을 감아 잡아당겨도 되지 않으면, 곧 오른손으로 잡고 끌어당기고, 그래도 안 되면 두 손으로 끼고 당기면서 눈을 부릅뜨고 얼굴이 시뻘겋게 달아올라도 되지 않는다. 또다시 뽑지 못

4_ **자란**子蘭 | 중국 전국시대 초楚나라 회왕懷王의 아들. 진秦나라의 초대를 받은 회왕이 굴원의 반대를 물리치고 자란의 말을 듣고 갔다가 결국 죽임을 당하였다. 《사기》, 〈굴원전屈原傳〉 참조.

5_ **홍공**弘恭 | 중국 한대의 인물로 어려서 부형腐刑을 받았는데 법령고사法令故事에 매우 밝았다. 원제元帝의 신임을 받고 권력을 전행하여 소망지蕭望之 등을 참언으로 살해하였다.

6_ **노기**盧杞 | 중국 당대의 인물로 재주가 매우 뛰어나 덕종德宗 때 문하시랑門下侍郎과 동중서문하평장사同中書門下平章事 등에 발탁되었으나, 성격이 음험하여 정치를 혼란에 빠뜨렸다.

7_ **진회**秦檜 | 중국 송대의 인물로 금金과의 화의和議를 주장하였다. 악비岳飛, 장준張浚 등 주전파의 충신들을 죽이고 탄압했으며, 만년에 더욱 잔인무도해져서 사후에 왕작王爵을 추탈追奪하고 시호諡號를 무추繆醜로 바꾸었다.

하면 반드시 분통이 터져 급히 호미나 가래를 가져다 파서 뽑아내니, 비록 손에 쥘 만한 뿌리라도 남아 있지 않게 된다. 그 약하고 물러서 아주 작은 것은 허리를 굽혀 막 엄지손가락 손톱으로 겨우 닿으면 곧 끊어진다. 그곳을 보면 다시는 가라지가 나지 않을 듯하더니, 사흘 만에 가서 보면 다시 전에 있는 그대로이다. 대개 끊어 버린 것이지 뽑아내지 않았던 까닭이다.

한나라의 동탁董卓[8]은 사람들이 모두 동탁의 됨됨이를 알아서 힘을 쓴 뒤에 비로소 잘라 버렸고, 잘려진 뒤에 다시는 동탁이 없었다. 송나라의 왕안석王安石[9]은 사람들이 그 간교함을 알지 못하여 한 번 물리쳐서 물러나게 하였는데, 희녕熙寧 연간의 왕안석이 다시 소성紹聖 연간에 살아나고, 또다시 정화政和 연간에 살아났다.[10] 이것은 동탁은 뿌리 뽑을 수 있었으나, 왕안석은 뿌리 뽑을 수 없었던 것이다. 그러므로 가라지가 억세고 큰 것은 뽑아 버리기는 쉬우나, 가라지가 부드럽고 작은 것은 뽑아 버리기가 어렵다고 말하는 것이다. 그러나 가라지가 억세고 큰 것도 뽑히고 나면 그 흙은 뿌리로 파헤쳐지고, 그 기운은 토양을 고갈시키니 곡식을 병들지 않게 하는 경우가 드물다.

8_ **동탁**董卓 | 중국 후한시대의 장수. 영제靈帝가 죽자 군사를 이끌고 입조入朝하여 소제少帝를 폐하고, 하태후何太后와 함께 시해하고 헌제獻帝를 옹립한 뒤 스스로 상부尙父라 칭하고 한나라를 장악하였다. 후에 왕충王充의 계략으로 자신의 수하 장수 여포呂布에게 살해되었다.

9_ **왕안석**王安石 | 중국 송대의 문인 정치가. 신종神宗 때 재상이 되어 전 분야에 걸친 새로운 정치 개혁을 단행, 신법파新法派의 영수로 활약하였다. 사마광司馬光 등 구법파舊法派의 반대와 시행 미숙으로 인하여 신법의 폐단이 많았으므로 후세의 비판을 받기도 하였다.

10_ **희녕**熙寧 **연간의 … 살아났다** | 희녕熙寧·소성紹聖·정화政和는 각각 송나라 신종神宗·철종哲宗·휘종徽宗의 연호로서 희녕 연간에 왕안석이 재상이 되어 신법을 시행하였고, 소성 연간에 장돈章惇이 재상이 되어 폐지되었던 신법을 또다시 시행하였고, 정화 연간에 채경蔡京이 재상에 복직되어 또다시 신법을 시행하였다.

심지 않았는데도 스스로 나는 것을 가라지라고 하고, 같은 종류가 아닌데도 함께 자라는 것을 가라지라 한다. 그러나 그 사이에 가짜가 섞여 있는 것도 있다. 찰벼 속에 찰벼 아닌 찰벼가 있으며, 기장 속에 기장 아닌 기장이 있으며, 보리 속에 보리 아닌 보리가 있으며, 밀보리 속에 밀보리 아닌 밀보리가 있고, 차조 속에 차조 아닌 차조가 있는 것이다. 숙련된 농부는 떡잎만 나도 알아볼 수 있으나, 미숙한 자는 이삭이 팬 후에야 비로소 알아본다. 대개 같은 점이 있으면서도 또한 다른 점이 있으니, 같은 점에서 본다면 같고, 다른 점에서 살펴본다면 다르다. 다른 점을 아는 자만이 그 다른 점을 볼 줄 아는 것이다.

사람과 사람 또한 그러하다. 면목面目이 같고, 언어가 같고, 걷고 서 있는 모습이 같고, 심지어 교묘하게 같은 자는 기상氣象이 같고, 의사意思가 같고, 기호가 같고, 의논이 같고, 문장이 같고, 하는 일도 같아 다른 점이 없다. 그러나 또한 다른 점이 있으니, 마음이 다르다. 위조품은 진품과 같지 않고, 잡된 것은 순수한 것과 다르고, 흐린 술은 진한 술과 다른 것이다. 그 같은 점은 쉽게 보이나, 그 다른 점은 쉽게 보이지 않는다. 이 때문에 사람을 알아보는 것을 철哲이라고 하니, 천제天帝도 그것을 어렵게 여기는 바이다. 노자老子는 "큰 간신은 충신과 비슷하다(大奸似忠)"라고 말하기도 하였다.

가라지도 풀이요, 곡식 또한 풀이다. 하늘이 낳은 것과 땅이 키우고자 하는 것이 어찌 풀에게서 피차 구별이 있겠는가? 오직 사람만이 그렇지 아니하여 '무슨 곡식', '무슨 곡식', '무슨 가라지', '무슨 가라지'라고 구별하여 이름을 짓고 그 애정과 미움을 표현하니, 또한 이해 관계일 뿐이지, 천지의 정情은 아니다. 그러나 나에게 이로운 것은 은혜롭게 대하지 않을 수 없으며, 나의 이익에 피해를 주는 것은 원수로 대하지 않을 수 없는 것이니, 또한 만물의 정情이 진실로 그러한 것이다. 그런데 군이 나에게 피해를 입히지 않는다면 내 어찌 반드시 가혹하게 그것을 없애려 하겠는가?

천하의 땅은 농경지가 적고 벌판이 많으며, 천하의 풀은 곡식이 적고 가라지가 많으니, 또 어찌 모두 없애 버릴 수 있겠는가? 가라지로 하여금 한적한 곳에 있게 하고 곡물과 서로 방해하는 데 끼지 못하도록 하여, 어린 것은 꼴로 사용하고, 다 자란 것은 땔감으로 쓴다면 비록 후직后稷[11]이 다시 살아난다 해도 또한 어찌 가라지를 죄줄 수 있겠는가? 개보介甫[12]가 한원翰苑[13]에서 늙고, 여혜경呂惠卿[14]이 부사府使에서 그치고, 장돈章惇[15]이 사액詞掖[16]에서 오래 머물고, 채경蔡京[17]이 공봉供奉[18]에서 그쳤다면, 이들은 모두 괜찮은 사람으로 반드시 그 직책에 맞는 구실을 했을 것이다. 다시 어찌 송나라에서 가라지가 곡식을 해치는 격이 되었

11_ **후직**后稷 | 중국 상고시대에 농업을 관장하던 관직명.

12_ **개보**介甫 | 왕안석王安石의 호.

13_ **한원**翰苑 | 한림원翰林院을 지칭한다. 문사文詞 경학經學에 뛰어난 사람들이 선발되어 임금의 측근에서 중대한 조칙詔勅을 기초하거나 기밀문서를 작성하며, 시종으로서 호종하던 벼슬.

14_ **여혜경**呂惠卿 | 왕안석 신법파의 인물. 왕안석이 천거하여 태자중충太子中充이 되었으며, 모든 일을 그와 상의하였다고 한다.

15_ **장돈**章惇 | 왕안석 신법파의 인물. 중국 송나라 철종 때 구법파의 공격으로 좌천되었다가, 다시 재상으로 등용되어 왕안석의 뒤를 이어 신법을 시행하였다.

16_ **사액**詞掖 | 문한文翰을 담당하던 벼슬.

17_ **채경**蔡京 | 왕안석 신법파의 인물. 장돈과 더불어 왕안석의 신법을 복원하여 시행하였다. 후에 북송北宋을 피폐시켜 정강靖康 연간 금金의 침입을 불러들인 육적六賊의 우두머리로 칭해진다.

18_ **공봉**供奉 | 임금의 측근에서 보좌하던 벼슬. 조서詔書・칙서勅書 등 내명內命을 담당하는 한림공봉翰林供奉, 시종侍從의 역할을 하는 동・서두공봉東西頭供奉 등이 있다.

겠는가? 그러니 비록 소인이라 하더라도 또한 모두 배척할 필요가 없다. 소인으로 소인의 직책을 맡게 한다면 소인은 소인이 아닌 것이다.

가라지 중에 양부래羊負來[19]라는 것이 있는데, 대개 옛날에는 이런 것이 없었다. 변새邊塞의 북쪽에 많이 있었는데, 그 씨가 양의 가는 털에 얽혀서 중국 땅에 떨어졌고, 이때부터 중국에는 양부래가 자라게 되었다. 그 물건이란 것이 뿌리는 깊은지라 엉겨 붙은 흙이 많아 뽑기가 어렵고, 잎은 무성한지라 하늘의 볕을 가리기를 좋아하여 다른 것은 제대로 자라나지 못하도록 한다. 실로 가라지의 괴수이다. 또한 그 씨 낱알 한 개가 두 개의 알을 지니고 있어서 스스로 땅에 심어지게 된다. 봄날 얼었던 흙덩이가 풀어지면 양부래는 반드시 다른 풀보다 앞서 싹을 터서, 어른스럽게 관을 쓴 도인道人의 머리처럼[20] 일어나서 땅에서 두 마디 정도 올라오면 다시 그 관을 벗어 버리고 흙 속으로 감춰진다.

다음해 봄이 되면 그 반이 또 싹이 나서 자라나니, 이 때문에 황무지로서 경작하지 않는 땅은 모두 양부래 그것이다. 마을의 한 노인이 양부래를 잘 다루는 자가 있어, 어린 것은 캐내어 머리에 이고 있는 것이 땅에 떨어지지 않도록 하고, 억센 것은 그 열매가 단단해지기 전을 기다렸다가 키의 반을 베어서 불태워 버린다. 이렇게 하기를 삼 년 만에 양부래가 없어졌다. 아! 나라에서 소인을 다스리는 것도 이를 본받는 것이 옳지 않겠는가?

19_ **양부래羊負來** | 일명 도꼬마리. 국화과에 속하는 한해살이풀로 갈고리 모양의 가시가 많아 사람 몸에 잘 붙는다. 과실은 창이자蒼耳子라고 하여 약재로 쓰이고, 잎은 가루를 내어 쌀가루와 섞어 떡을 만들기도 한다.

20_ **어른스럽게 … 머리처럼** | 원문은 "冠道人頭"인데, 양부래는 속칭 '도인두道人頭'라고 부른다.

손으로 가라지를 다루는 방법에서 줄기가 약한 것은 힘들고, 뿌리가 곧게 아래로 깊이 뻗은 것도 힘들고, 뿌리가 얽혀 넓게 퍼진 것도 힘들고, 냄새가 나는 것도 힘들고, 가시가 난 것도 힘들고, 가지와 잎이 매우 무성하여 나무와 같은 것도 힘이 든다. 그러나 넝쿨진 것이 제일 힘들다. 넝쿨지는 것은 그 뿌리가 매우 약하나 아주 먼 곳까지 뻗어가니, 줄기가 얽히고설켜 좌우로 잡고 얽으며, 강한 것에 뻗어가서 당기고, 또 곡식에 붙어서 의지한다. 그러므로 제거하자니 곡식이 다칠까 두렵고, 제거하지 않자니 또한 곡식을 병들게 할까 두렵다. 이 때문에 넝쿨진 것이 가장 힘든 것이다. 사람 중 강력한 세력의 비호를 받고 은밀한 도움을 받으며, 총애를 묶어두어 매우 견고한 자가 그와 비슷하다. 가라지를 다스리는 자가 또한 알지 않으면 안 될 것이다.

배추는 좋은 채소인데, 종자가 좋지 않으면 자라면서 만청蔓菁[21]이 된다. 힘써 잘 기르면 오히려 나물로 쓸 만한 것인데, 가라지가 뒤섞여 덮어씌우기에 종을 시켜 아침에 모두 뽑아 버리도록 하였다. 채소를 가꾸는 여인이 지나가며 말하였다.

"아깝도다! 모두가 나물이다. 이것은 명아주[22]이고, 이것은 비름이고, 이것은 도꼬마리로서 먹을 수 있는 것이고, 이것은 댑싸리[23]로 나물

21_ **만청蔓菁** | 일명 무청蕪菁 또는 순무라고 한다. 십자화과의 한해살이풀 또는 두해살이풀로 무의 한 종류인데, 뿌리가 통통하며 물이 많다.

22_ **명아주** | 원문은 "명화자明花子"로 되어 있는데 명아주의 이두吏讀식 표현인 듯하다. 명아주과의 한해살이풀로 잎은 먹거나 약재로 쓴다.

23_ **댑싸리** | 원문은 "대입살大入煞"로 되어 있는데, 댑싸리의 이두식 표현인 듯하다. 명아주과의 한해살이풀로 씨는 지부地膚라는 약재로, 어린잎은 식용하며, 줄기로는 빗자루를 만든다.

로 먹지 못하는 것은 빗자루로도 또한 좋고, 이것은 당아욱[24]으로 비록 나물은 아니지만 붉고 흰 꽃이 사랑할 만하다. 어찌 용서하여 살려두지 않는가?"

아! 저것들은 명아주이고, 비름이고, 도꼬마리이고, 지부초이고, 여뀌란 말인가? 내가 쓸모없는 것이라 말하는 것이 아니요, 내가 또한 모르는 것이 아니다. 나의 배추를 범하고, 나의 배추를 막고 가려, 나의 배추가 그 아름다움을 이루지 못하는 데야 어찌하랴? 종으로 하여금 빨리 뽑아 버리도록 해야 한다. 내가 사랑하지 않은 것이 아니요, 사랑함이 배추만 못한 것이다. 나는 배추를 심었지 가라지를 심지 않았으니, 가라지에 대하여 무엇을 해주겠는가? 아! 가라지라 하여 죄주는 것은 오히려 용서해줄 것이요, 내 배추가 아니라면 또 어찌 억울해하겠는가? 꽃다운 난초라도 문 앞에 서 있으면 그 뿌리를 파내야 하는 것이다. 이는 그 원인이 저에게 있는 것이지, 나에게 있는 것이 아니다. 아! 사람에게도 또한 이러한 것이 있다.

축담 앞에 담배를 심은 적이 있다. 그때 날씨가 오랫동안 가물었고 땅은 말라서 볕에 쬐어 심은 것이 제대로 안 될까 염려되었다. 이에 가라지를 먼저 처리하지 않고 가라지 사이에 담배를 심었다. 가라지의 가지와 잎이 뻗어가는 곳과 풀의 기운에 자양이 대주는 곳에 하늘은 덮지 않아도 그늘지고 땅은 물을 주지 않아도 축축하였다. 사흘이 지나고 보

24_ **당아욱** | 원문은 "당료화唐蓼花"로 되어 있는데, 당아욱의 이두식 표현인 듯하다. 아욱과의 두해살이풀로서 온 그루에 거쳐 털이 있으며, 초여름에 붉거나 흰색의 꽃이 피어 관상용으로 키운다.

니 담배는 이미 뿌리를 내렸고, 또 사흘이 지나고 보니 담배는 줄기와 잎이 나고 있었다. 그런데 가라지에 휩싸여 거의 시들게 되었다. 이에 담배를 위하여 가라지를 뽑아 버려서 담배 주위로 오 촌 이내의 것은 그대로 두지 않았다.

아! 담배가 뿌리를 내린 것은 가라지의 힘이요, 가라지를 뽑아 버린 것은 담배를 위한 일이다. 가라지가 어찌 담배에게 저버림을 당하는가? 그러나 가라지는 담배에게 필경 용납될 수 없는 것이니, 어찌 이러한 공격이 없겠는가? 이는 같은 유가 아닌 것은 같아질 수 없고, 맞지 않는 것은 끝까지 같이할 수 없음을 알게 된다. 자후子厚는 소자첨蘇子瞻의 젊은 시절 친구가 아니던가?[25] 담배와 담배가 친해지고, 가라지와 가라지가 의지하는 것이니, 비록 서로 사귀어 내가 없고 네가 없는 사이가 되어 마치 담배와 가라지가 섞이고, 가라지와 담배가 붙어 처음에는 비록 서로 돕는 듯하나 결말에는 반드시 해악을 당하는 것이다. 가라지가 있으면 담배가 있을 수 없으니, 담배를 살게 하려면 일찍 가라지를 없애야 한다.

—이상 이철희 옮김

25_ **자후子厚는 … 아니던가?** | 자후는 장돈章惇이고, 소자첨은 소식蘇軾이다. 장돈은 소식과 어린 시절 친구였으나, 왕안석의 신법파로서 구법파인 소식을 원우元祐 연간에 배척하여 좌천시켰다.

문신께 고하는 글

祭文神文

유세차維歲次 갑진년(1784) 한 해가 마감되는 경술일에 경금주인絅錦主人이 삼가 옛사람이 섣달 그믐에 시신詩神을 제사 지낸 뜻[1]을 본받아, 글을 지어 공경히 문신文神의 혼령에 고한다.

아아, 문신이여, 내가 그대를 저버린 것이 또한 많았구나! 내가 배냇니를 갈지 않았을 때부터 그대에게 종사했으니, 그대가 나와 짝한 지가 대개 이십이 년이라, 오래되었구나. 그러나 내가 본래 천성이 게으르고 능히 스스로 부지런하지 못하여 전후로 읽은 책이 《서경書經》은 겨우 사백 회, 《시경詩經》은 전후 백 회인데 그중에 아송雅頌은 그 갑절이었다. 《주역周易》은 삼십 회, 공자 · 맹자 · 증자曾子[2] · 자사子思[3]의 책은 《주역》보다 이십 회 많이 읽은 정도이다. 내 성정이 〈이소離騷〉[4]를 가장

1_ **시신詩神을 … 뜻** | 중국 당나라 때 시인 가도賈島에게서 나온 말. 가도가 해마다 섣달 그믐이 되면 한 해 동안 자신이 지은 시를 가져다가 술과 고기포로써 제사 지내며 "나의 정신을 위로하노니 이로써 도움을 주시오(勞吾精神, 以是補之)"라고 하였다는 기록이 전한다. 풍지馮贄, 《운선잡기雲仙雜記》, 〈금문세절金門歲節〉 참조. 송나라 시인 대복고戴復古가 쓴 〈임인제야壬寅除夜〉 시에 "杜陵分歲了, 賈島祭詩忙"이라는 구절이 있다.

2_ **증자曾子** | 중국 춘추시대 노魯나라 사람 증삼曾參. 자는 자여子輿. 효행으로 이름이 높았으며, 공자의 제자로서 그 학문을 자사子思에게 전해주었다. 《대학》을 술述하고 《효경》을 지었다.

3_ **자사子思** | 중국 춘추시대 노나라 사람 공급孔伋. 자사는 그의 자. 공자의 손자로서 증삼에게 학문을 전수받았고, 《중용中庸》을 지었다.

사랑하여 어느 때이건 일찍이 입에서 읊조리지 않은 적이 없었으나 또한 천 회를 채우지는 못하였고, 그 밖의 것은 대체로 눈으로 섭렵하였으니 서산書算을 들어 말할 수 있는 것은 아니다.

또 그 눈이 섭렵한 것을 말해본다면 주씨朱氏의 《강목綱目》,[5] 축가祝家의 《사문유취事文類聚》,[6] 유주문柳州文[7] 약간 편에 조금 힘을 쏟았다. 그것을 통합하여 헤아려봐도 책이 수레를 채우지 못할 정도이니, 부지런한 자의 몇 해 간의 공부에나 견줄 것이다. 진실로 응당 내가 말을 하면 거칠고, 생각을 추출하면 졸렬하여 문인文人의 반열에 오름을 얻지 못한 것이리라.

또한 일찍이 지금의 세상을 보건대, 박람자博覽者라고 일컬어지는 자가 있어 좇아가 질문해보면 항아리 속에서 별을 말하는 듯[8]하고, 사詞·부賦·고문古文을 잘한다고 일컬어지는 자가 있어 찾아서 들어보면 벽을 뚫어 호로葫蘆를 그린 듯[9]하고, 시문時文에 능하여 과장科場에 이름을 날리는 자가 있어 구하여 완상해보면 모두 허수아비를 장식하여

4_〈이소離騷〉| 중국 전국시대 초楚나라 굴원屈原의 장편시로서, 이 작품을 통하여 억울하게 핍박당한 자신의 불만과 충정을 토로하였다.

5_《강목綱目》| 중국 송나라 주희가 사마광司馬光의 《자치통감資治通鑑》에 의거하여 지은 책으로 《자치통감강목資治通鑑綱目》을 말한다. 그의 문인門人 조사연趙師淵이 도와서 완성하였다. 59권.

6_《사문유취事文類聚》| 중국 송나라 축목祝穆과 원나라의 부대용富大用, 축연祝淵이 편찬한 백과사전류의 책. 군서群書의 중요 어휘, 고금의 사실, 시문 등을 모아 정리하였다. 전집 60권, 후집 50권, 속집 28권, 별집 32권의 방대한 분량이다.

7_유주문柳州文 | 당송팔대가의 한 사람인 유종원柳宗元의 글을 가리킨다. 유종원이 예부원외랑禮部員外郎의 직책에 있을 때 왕숙문王叔文의 당黨으로 몰려 영주사마永州司馬로 좌천되었고, 후에 유주자사柳州刺史를 지내다가 그곳에서 생을 마쳤으므로 '유유주柳柳州'라고 부르기도 한다.

8_항아리 … 듯 | 좌정관천坐井觀天, 혹은 관견管見과 같은 말이다. 우물에 앉아서 하늘을 본다든가, 붓대롱으로 밖을 본다는 것은 모두 견문이 좁다는 것을 뜻한다.

9_벽을 … 듯 | 원문은 "천벽이화호穿壁而畫葫"인데, 고사故事에 대해서는 미상.

저자에서 춤추게 하는 듯하다. 그러나 저들은 모두 도성에서 이름을 팔고 밝은 시대[10]에 연줄을 찾아, 살아서는 과장과 관각館閣에서 그것을 쓰며 스스로 여유작작하게 여기고, 죽어서는 또 그것을 대추나무 책판에 수놓고 좋은 돌에 새겨서 몸은 죽어도 글은 사멸되지 않는다.

낮으면서 그것을 써서 높아지고 자잘하면서 그것을 써서 커졌으니, 모두 스스로 문신이 있어서 저버리지 않은 것이다. 그런데 오직 나는 능히 그렇지 못하다. 비록 경전에 몰입하기를 술과 같이 하고, 일반 서책에 탐닉하기를 여색과 같이 했으며, 나의 귀와 눈이 빠뜨린 것을 계속하여 베끼고 기록하였지만 남들이 일찍이 나를 다문多聞하다고 말한 적이 없고, 마을의 어리석은 아이들이 도리어 업신여기었다. 꽃과 달을 읊조리는 시사詩社에서, 그리고 친구를 송별하거나 노닐며 경치를 감상할 때 서술한 것은 산문이 되고, 운율을 넣은 것은 시가 되었는데, 일부러 애쓰지 않는 가운데 그 수가 또한 많아졌다. 그러나 당唐의 시詩도 아니고 명明의 문文도 아니요, 두보杜甫의 시도 아니고 소동파蘇東坡의 문장도 아니다. 비록 간혹 두세 사람의 지기知己가 있어 과도하게 장려하여 "평가할 만하다"고 말한다. 그러나 슬프다! 한유韓愈를 만나지 못했으니 항사項斯를 누가 말해주리오?[11] 나서매 이웃집 피리 소리[12]요,

---

10_ **밝은 시대** | 현재의 임금이 통치하는 시대를 미화한 표현.

11_ **한유韓愈를 … 말해주리오?** | 항사項斯는 중국 당나라 문종文宗 때 시인. 자는 자천子遷. 처음에는 사람들에게 거의 알려지지 않았으나 장적張籍과 양경지楊敬之에게 인정받아 시명詩名을 얻게 되어 그의 시가 장안에까지 알려졌으며, 종단도위終丹徒尉의 벼슬을 지냈다. 양경지가 그에게 준 시는 이러하다. "幾度見詩詩盡好, 及觀標格勝於詩. 平生不解藏人善, 到處逢人說項斯." 한유가 항사를 인정한 일에 대해서는 미상이나, 장적이 한유의 가장 가까운 제자임을 생각할 때, 항사가 한유에게 인정받은 일이 있었을 것으로 추정된다.

12_ **이웃집 피리 소리** | 원문은 "인통鄰筒"인데, 자세한 것은 미상.

머물러 있으매 시낭詩囊[13]뿐이라. 어찌 저 전대를 가지고 큰 소의 허리에 부담을 주겠는가?[14]

과장의 문자와 같은 것은 비록 대방가大方家가 달갑게 여기는 바 아니지만, 수재秀才·학구學究[15]는 반드시 이것을 소중하게 여긴다. 또 이는 선비가 자신을 출세시키는 계제階梯이니, 반평생 마음을 쓰는 토제어전兎蹄魚筌[16]이다. 그러므로 과거에 뜻을 둔 지 십육 년에 거의 천 편에 가까운 시가 있고, 거기에 이백 편의 변려문騈儷文이 섞여 있으며, 책문策文은 오십 편을 엮었고, 부賦·논論·명銘·경의經義[17]가 틈을 타서 번갈아 나왔다. 망령되이 스스로 '한 번쯤 과거에 합격함이 부끄럽지 않다'라고 생각하였다. 그러나 나무라는 이들은 오히려 "시는 화려해야 하는데 그대는 소박하고, 변려문은 섬세해야 하는데 그대는 창고蒼古하고, 책문은 적절해야 하는데 그대는 지나치게 풍부하고, 부賦 이하는 시원찮은 나무와 같아 비평할 것도 없다"라고 말한다. 이러한 까

13_ **시낭**詩囊 | 원문은 "해낭奚囊"으로, 시초詩草를 넣어두는 주머니. 중국 당나라 때 이하李賀가 명승지를 구경하며 지은 시를 시중드는 아이가 종이주머니를 가지고 다니며 받아 넣은 고사에서 나온 말이다.

14_ **전대를 … 주겠는가?** | 소의 등허리에 싣고 다닐 만큼 시축詩軸이 크고 무거운 것을 말한다. 중국 당나라 시인 이백李白의 싯구에 "書禿千兎筆, 詩載兩牛腰"라는 구절이 있고, 송나라 시인 반빈노潘邠老가 방회方回를 축하하여 준 시 〈반빈노증하방회潘邠老贈賀方回〉에 "詩束牛腰藏舊稿, 書訛馬尾辨新讎"라는 구절이 있다.

15_ **수재**秀才·**학구**學究 | 과거를 준비하는 선비들을 말한다.

16_ **토제어전**兎蹄魚筌 | 토끼 잡는 올가미와 물고기 잡는 통발. 즉 목적을 달성하기 위한 방편을 뜻한다. 《장자莊子》, 〈외물外物〉편의 "筌者所以在魚, 得魚而忘筌; 蹄者所以在兎, 得兎而忘蹄"라는 구절에서 나온 말이다.

17_ **경의**經義 | 과거 과목의 하나. 삼경三經에서 문의하는 것을 '의義'라 하고, 사서四書에서 문의하는 것을 '석의釋義' 혹은 '의심疑心'이라고 한다. 시詩와 삼경양의三經兩疑는 소과小科 시험 과목에 있고, 표表·책策·잠箴·명銘·송頌은 대과大科 시험 과목에 있으며, 부賦는 두 과에서 모두 치른다.

닭에 잠시 반상泮庠[18]에 머물러 있으면서 거의 장원이 될 뻔하였으나 결국 여러 차례 미치지 못하였고, 일곱 차례나 과장에 들어갔지만 필경 한 차례의 해解도 얻지 못하였고, 한 번 금전金殿[19]에 대책對策을 하였으나 또한 내침을 당하였다.[20] 장차 나이가 스물여섯이 되려는데 아직도 여전히 한 사람의 조대措大[21]일 뿐이다. 누가 이 사람을 과체科體에 능하다고 말하겠는가? 비록 능하다고 말하더라도, 나 또한 스스로 믿지 못한다. 묵묵히 시종始終을 생각해보건대, 내가 문신文神 그대를 저버리지 않은 것이 무엇이었는가?

아! 같은 봄이로되 연꽃과 국화의 경우에는 반드시 느리디 느려 꽃 피기가 어려우니, 복사꽃 오얏꽃이 일찍 피어남에 비교하지 못하지만 이것이 어찌 봄의 잘못이겠는가? 연꽃과 국화가 봄을 저버린 것이다. 고요히 생각해봄에 얼굴이 붉어지고 위로 열이 올라 내가 차마 그 말을 많이 하지 못하겠다. 다행스럽게도 그대 문신이 나를 낮고 비루하게 여기지 말고, 나의 어리석은 성품을 더욱 도와주어 이전의 나를 한번 씻어준다면, 내가 비록 불민하나 또한 마땅히 새해부터는 조심조심하여 오직 그대를 저버리지 않을 것을 도모하겠다. 금일은 세모歲暮라, 내가 느낌이 많아 붓꽃을 엮어 안주로 삼고 연지硯池를 술항아리로 삼아,

---

18_ **반상**泮庠 | 반상頖庠. 중국의 주周나라 때 제후의 도읍에 설립한 학교를 반泮, 향리에 설립한 학교를 상庠이라 한 데서 유래한 말로, 여기서는 우리나라의 성균관을 가리킨다.

19_ **금전**金殿 | 금으로 장식하여 장엄하고 화려한 집, 즉 궁궐을 뜻한다. 중국 당나라 이상은李商隱의 〈송궁인입도送宮人入道〉 시에 "九枝燈下朝金殿, 三素雲中侍玉樓"라는 구절이 있다.

20_ **금전**金殿**에 … 당하였다** | 이 글에서 "내침을 당하였다"는 것은 '합격되지 않았다'는 의미이다. 이옥의 응제시應製施나 표문表文의 문체가 패관소설체라 하여 정조가 문책을 한 일은 《조선왕조실록》, 정조 16년(1792) 10월 19일, 10월 24일조에 나타나 있다. 그러니까 이 글에서 "내침을 당하였다"는 것은 그의 문체가 문제시되기 이전에 속한 일이다.

21_ **조대**措大 | 궁한 선비. 일반적으로 남자를 가리키는 말로도 쓰인다.

'심향心香' 한 줄기 가늘고 파르스름하게 실오라기처럼 피어오르는데, 제문을 들고 문신에게 고한다.

문신은 이를 흠향歆饗하시라.

제야의 기도

除夕文

오늘 저녁은 어떤 저녁인가? 한 해를 마감하는 저녁을 만났다. 저녁의 이름을 '마감한다'는 것으로 붙였으니, 하늘이 장차 마감해주심이 있을 것인가? 내가 마감할 만한 일을 들어, 이 저녁에 마감해주시기를 청합니다.

아! 우리 왕조가 불행하여 조정의 안정되지 못함이 요즘과 같은 적이 없었다. 파도가 강장康莊[1]에서 일어나고, 요기妖氣가 예경轝景[2]을 침범하며, 통솔자도 없는 불법한 무리들이 발길을 이어 저자에서 서로 물어뜯어 위로는 요·순 임금님의 우려를 조장하고, 아래로는 사대부의 수치를 끼치니, 아, 또한 심한 일이로다! 지금부터 주행周行[3] 사이에 간혹 날뛰기는 원숭이와 같고, 성내는 것은 임기林杞[4]와 같고, 탐욕스럽기는 올철抓餮[5]과 같고, 시샘 많기는 우리牛李[6]와 같아 나라의 녹을 반

1_ **강장**康莊 | 사방으로 통하고 팔방으로 이르는 큰 길을 뜻한다. 《이아爾雅》, 〈석궁釋宮〉에 "五達謂之康, 六達謂之莊"이라는 구절이 있다.

2_ **예경**轝景 | 안락한 분위기. 예轝는 《시경》, 〈소아小雅·요소蓼蕭〉편에 "燕笑語兮, 是以有轝處兮"라는 구절에 주자가 주註하기를, "蘇氏曰: 轝豫通, 凡詩之轝, 皆言樂也"라고 하였다. 예轝는 안락함, 경景은 경색景色, 풍경이라는 뜻이다.

3_ **주행**周行 | 대도大道, 도로道路. 혹은 중국 주나라 조정의 열위列位라는 뜻도 있다. 《시경》, 〈주남周南·권이卷耳〉편에 "嗟我懷人, 彼周行"이라는 구절이 있다.

아먹으면서도 나라일을 마음에 두지 않는 자가 있으면, 오직 창천蒼天이 명확히 살피고 세밀히 점검하여 사람의 조치를 기다리지 말고, 하늘이 스스로 그들을 제거해주옵소서.

농가는 실농失農을 하여 농사가 매년 제대로 이루어지지 못하였다. 어떤 때는 한발이 들어 크게 가물고, 어떤 때는 용이 정상을 잃어 큰물이 지고, 어떤 때는 남명螨螟[7]이 다 먹어 버렸고, 근해近海에는 바람이 불고, 산협山峽에는 우박이 떨어지고 서리가 내려 우리의 좋은 벼이삭을 해친 것이 한두 가지 장난이 아니다. 벼는 끝내 병들어 한 해 농사가 성숙되지 못하였고, 하늘이 또한 능히 가을 구실을 못한 것이다. 무릇 이러한 몇 가지 것은 사람의 힘으로 할 수 있는 바가 아니다.

지금부터는 빗속에 도롱이가 가볍고, 호미는 갠 날에 매끄러우며, 밭에 있어서 가뭄에 벌레가 새끼 치는 것을 제거해주고, 찬바람에 수확이 되지 못하게 하는 것을 제거해주고, 서리와 우박으로 곳집이 손실되는 것을 제거해주고, 담벽을 뚫는 쥐를 제거해주어 곡식에 마땅하지 못한 이 모든 것은 하늘이 스스로 그것을 제거해주옵소서.

4_ **임기**林杞 | 중국 송나라 사람. 자는 경재卿材. 인종仁宗 천성天聖 연간에 진사進士에 급제하여 지강아태치사주知康雅泰淄四州를 지냈다. 《상우록尙友錄》 권13에 나온다. 임기가 성을 잘 내었다는 사실에 관해서는 미상.

5_ **올철**杌餮 | 도올檮杌과 도철饕餮. 나쁜 짐승의 이름. 도올은 싸우기를 좋아하여 죽더라도 물러서지 않으며 사람을 잡아먹는다고 한다. 모양은 호랑이와 비슷하고 털의 길이는 3척, 사람 얼굴에 호랑이 발톱, 어금니가 1장丈 8척이라고 한다. 도철은 양의 몸뚱이에 사람 얼굴, 눈은 겨드랑이 아래에 있고, 호랑이 이빨에 사람 손톱을 하였으며, 소리는 어린아이 같고, 사람을 잡아먹는다고 한다.

6_ **우리**牛李 | 중국 당나라 때 우승유牛僧孺와 이종민李宗閔을 가리키는데, 이들은 당파를 만들어 서로 세력을 다투었다. '동료 사이의 싸움'을 비유하는 말로 쓰이기도 한다.

7_ **남명**螨螟 | 명충螟蟲과 누리의 유충을 가리킨다. 벼나 식물의 줄기를 파먹어 농작물을 해치는 벌레.

질병이 올 때에 사람에게 미침이 이유가 없어, 무릅쓰면 추위에 상하고 더위를 먹으며 속으로 부딪혀 풍風이 된다. 밖으로 볼록하게 못처럼 튀어나오고 안으로 체증이 쌓이기도 한다. 어린아이에겐 단두구증丹豆龜蒸,[8] 아낙에겐 대산로경帶產勞經,[9] 노인은 비痺[10] 또는 불인不仁,[11] 융역癃疫[12]이 되어 또한 금수와 마찬가지이다. 하물며 시골 골짜기에 의원과 약이 거의 없음에랴! 여름 이후로 집에는 학질, 나라에는 염병이 돌아 가을 · 겨울에 이르기까지 그치질 않는다. 관을 짜는 가게는 황금빛이 돌고, 무당의 문전에는 음식이 쌓인다. 이는 이미 모든 살아 있는 사람에게 있어 온 일이지만, 또한 살아 있는 사람들에게 있어서는 안 될 일이다. 지금부터는 하늘이 그들을 불쌍하게 여겨 미미한 선개癬疥(옴 종류)에 이르기까지 제거해주지 않는 것이 없게 하소서. 그런데 이 세 가지는 나라에서는 나라의 사람이 그것을 원하고, 집에서는 집안사람들이 그것을 원한다. "사람이 하고자 하는 바는 하늘이 반드시 들어주신다"고 하니,[13] 내가 축원함을 일삼지 않아도 제거해주실 것이다.

8_ **단두구증**丹豆龜蒸 | 아이들이 흔히 앓는 네 가지 질환을 통칭한 말. 단丹은 단독丹毒으로 태열이나 아토피성 피부염을, 두豆는 두창痘瘡 · 수두水痘를, 구龜는 구흉龜胸 · 구배龜背로 구루병을, 증蒸은 변증變蒸으로 소아의 성장기에 발생하는 생리적인 가벼운 발열을 가리킨다.

9_ **대산로경**帶產勞經 | 부인들이 흔히 앓는 대하帶下 · 출산 후유증 · 과로 · 월경불순 등의 병을 통칭한 말인 듯하나 자세한 것은 알 수 없다.

10_ **비**痺 | 병명. 바람 · 더위 · 습기 등이 몸에 침범하여 관절, 혹은 살갗이 아프고 종기가 생기는 증상을 가리킨다.

11_ **불인**不仁 | 몸이 나무처럼 뻣뻣해져서 감각을 잃어버리는 증세. 《황제내경黃帝內經》, 〈소문素問 · 비론痺論〉에 "其不痛不仁者, 病久入深, 榮衛之行, 經絡時疎, 故不通, 皮膚不營, 古爲不仁"이라고 나와 있다.

12_ **융역**癃疫 | 융병癃病. 쇠약해져서 등이 곱사처럼 되는 병. 《사기史記》, 〈평원군전平原君傳〉에 "余不幸有罷癃之病"이라는 구절이 있고, 《색은索隱》에 "罷癃謂背疾, 言腰曲而背隆高也"라는 주석이 있다.

내가 이에 또한 개인적인 소원이 있다. 하늘이 나에게 후하게 주시지 않아, 그 자질을 척박하게 하고, 그 성性을 옹졸하게 하고, 재주가 말〔斗〕에도 차지 못함이 크다. 그런데도 스스로 헤아리지 않고, 이에 내가 하고 싶은 바를 말하련다. 어려서부터 스스로 힘써 뜰에서 부친의 가르침을 받고, 어머니에게는 말을, 스승에게는 글을 배우고, 친구들에게 예藝를 연마하고, 집에 들어와서는 남은 힘으로 학문을 하고, 집을 나서서는 친구들과 좇아 노닐고, 나아가 도성에 관광하였다. 오직 선업先業을 실추하지 않기를 도모하고 있으나, 슬프게도 나의 재주가 한정되어 둔마鈍馬가 바람을 따르지 못함과 같고, 성품이 졸렬하여 비둘기가 자기 집을 짓지 못함[14]과 같다.

담화하는 자리에서 우레가 구르고 눈발이 나부끼는 듯한데, 줄줄 입담 좋은 사람이 소매를 걷어붙이고 떠들썩하게 이야기하여 이미 황하수를 터놓은 데다가, 다시 꿀을 타서 소蘇의 금金[15]과 우虞의 벽璧[16]이 한마디 말로 포包[17]에 가득 찬다. 그러나 나는 머뭇머뭇 더듬더듬하여 둥글고 모난 것을 엮지 못한다. 입술 무게는 다섯 근이요, 혓바닥은 아

13_ **사람이 … 하니** | 《서경》, 〈태서泰誓〉 상에 "天矜于民, 民之所欲, 天必從之"라는 말이 나오는데, 여기서는 "人之所願, 天必從之"라고 인용하고 있다.

14_ **비둘기가 … 못함** | 비둘기는 집을 짓지 못하고 까치집에서 살기 때문에, 아내가 남편의 집에 와서 사는 것을 비유하기도 하고, 남의 집을 빌려 사는 것을 비유하기도 한다. 《시경》, 〈소남召南·작소鵲巢〉에 '維鵲有巢, 維鳩居之'라는 구절이 있다.

15_ **소蘇의 금金** | 미상. 중국 전국시대의 소진蘇秦이 성공적 유세로 재상이 되어 금의환향한 것을 가리킨 것이 아닌가 한다.

16_ **우虞의 벽璧** | 언변으로 성공한 것을 가리킨다. 중국 춘추전국시대에 유세하던 선비 우경虞慶이 조趙나라 효성왕孝成王을 처음 만나 황금 백일百鎰과 백벽白璧 한 쌍을 하사받고, 다시 만나 조나라의 상경上卿으로 봉해져 우경虞卿이라 일컬어진 데서 생긴 말이다. 《사기史記》, 〈우경전虞卿傳〉에 그 내용이 있다.

17_ **포包** | 물건을 포장하는 용기容器.

교를 붙인 듯하다. 이는 내가 말에 능하지 못한 것이다.

대과大科·소과小科에 백패白牌를 다투고 홍패紅牌를 겨냥함에 시속 선비들과 세상 아이들은 재주를 발휘하고 솜씨를 드러내어 꽃의 정수와 달의 넋으로 꼭두각시와 같고 예쁘장한 여인과 같으며, 용문龍門[18] 안탑鴈塔[19]을 아침저녁으로 오르내린다. 그런데 나는 붓이 흔들리고 먹이 둔하여 애써도 공이 없고, 종일 위를 깎아내고 허리를 종횡으로 졸라맨다. 이는 내가 글에 능하지 못한 것이다.

말세의 풍속이 같기도 하고 다르기도 하여, 저 향원鄕原[20]을 거룩하게 여기기도 한다. 굽실굽실 아첨하는 자가 경수涇水[21]처럼 흐린 생각을 하면서도 위수渭水[22]처럼 맑은 말을 하여 기름진 듯 부드러운 듯 세상이 흐리면 또한 나도 흐리니, 주문朱門에서 크게 기뻐하여 비단을 풀어 존귀한 이를 맞이하듯 한다. 그러나 나는 다리는 단단하고 무릎은 뻣뻣하여 한길에서도 촉도蜀道의 수레를 탄 것[23]같이 하니, 보는 사람이 초개草芥같이 여기지 않으면 구름처럼 모여 구경한다. 이는 내가 행보에 능하지 못한 것이다.

18_ **용문龍門** | 중국 황하 상류에 있는 산 이름. 또 그곳을 통과하는 여울목 이름이기도 하다. 잉어가 이곳을 거슬러 오르면 용이 된다고 한다. 여기서는 대과에 급제하는 것을 가리킨다.

19_ **안탑鴈塔** | '안탑제명鴈塔題名'을 줄여서 일컫는 말. 소과에 급제하여 진사에 오르는 것을 말한다. 중국 당나라 때 진사에 급제한 사람들이 자은사慈恩寺의 탑에 자기 이름을 적어 넣는 습속이 있었는데, 진사에 급제하는 것을 뜻하게 되었다.

20_ **향원鄕原** | 한 고을에서 성실한 사람으로 칭송을 받지만, 사실은 정의를 지키는 자세 없이 시류에 영합하고 원만하기만 하여 오히려 덕德을 해치는 사람을 말한다. 《논어》, 〈양화陽貨〉와 《맹자》, 〈진심盡心〉 하에서 "鄕原, 德之賊也"라고 하였다.

21_ **경수涇水** | 중국 감숙성甘肅省 화평현化平縣과 고원현固原縣에서 발원하여 합류한 후 섬서성陝西省에 이르러 위수渭水로 흘러 들어가는 강. 경수는 흐리고 위수는 맑아 사물의 청탁淸濁을 비유하는 말로 쓰이기도 한다.

22_ **위수渭水** | 중국 감숙성 위원현渭源縣에서 황하로 흐르는 강. 물이 맑다고 한다.

어찌 다만 이것뿐이랴? 남들이 백을 할 때 나는 겨우 하나로, 어느 것도 능한 것이 없다. 만약 이러한 것으로 하고 싶은 바를 구한다면, 이는 수레에 싣고 남으로 가는 데 있어서 월越[24]에 도착할 기약이 없는 것과 같다. 어찌 민망하지 않겠는가? 예전에 한창려韓昌黎는 〈송궁문送窮文〉[25]이 있고, 유자후柳子厚는 〈걸교문乞巧文〉[26]이 있다. 예원藝苑에서 기도함은 예로부터 시작된 바가 있는 것이다. 엎드려 바라건대, 오직 천신은 이 작은 정성을 굽어 살피시어 그 제거하고자 하는 것을 제거해주시고, 저의 소원을 이루게 해준다면 지금 이후로는 거의 하늘이 다시 내려준 바라고 할 것이다.

—이상 이지양 옮김

23_ **촉도蜀道의 … 것** | 매우 험준한 길을 가는 모양. 촉도는 중국 사천성에서 섬서성으로 통하는 매우 험준한 길인데, 가파른 산에 사다리길[棧道]로 이어져 있어 이곳을 수레를 타고 가는 것은 비웃음을 살 만한 무모한 방법이라는 뜻이다.

24_ **월越** | 중국의 극 남방 지역을 가리키는 말.

25_ **〈송궁문送窮文〉** | 당나라 이전부터 중국에는 정월 그믐날 궁귀窮鬼를 물리치는 풍속이 있었는데, 〈송궁문〉은 궁귀를 물리쳐 보내는 글이다. 한유의 이 글은 문인학사로 글을 짓고 살더라도 빈궁한 생활에서 벗어나게 해 달라는 내용으로 되어 있다.

26_ **〈걸교문乞巧文〉** | 중국에는 7월 7일 견우와 직녀가 만날 때를 당하여 여인네들이 수를 놓거나 바느질하는 솜씨가 있게 해 달라고 비는 풍속이 있다. 〈걸교문〉은 그런 소원을 적어 놓은 것이다. 유종원의 이 글은 시문詩文을 잘 짓게 해 달라고 기원하는 내용으로 되어 있다.

동짓날의 축원

冬至祝

동지란 다음해의 시작이며, 축원이란 소원대로 되기를 바람이다.

원컨대, 우리나라가 만세토록 태평하소서. 원컨대, 우리 임금 전하께서 성덕이 더욱 높으시고, 천세천세 천천세를 누리소서. 원컨대, 우리 대비마마 중전마마 아울러 천세를 누리소서. 원컨대, 우리 원자元子의 체질이 날로 튼실해지고, 학문이 날로 성취되어 일찍 책봉을 받고 그 복록과 수壽를 얻으소서.

원컨대, 우리 부모 장수하시면서 근심 걱정 없으시고, 마음 편히 여유롭게 지내소서. 원컨대, 우리 형제 근심 걱정 없고 후회도 없고, 욕심도 없게 하소서. 원컨대, 우리 농사 처음 씨 뿌림에 가뭄이 없고, 싹이 틈에 세찬 비가 없고, 꽃이 핌에 사나운 봄바람이 없고, 이삭이 팸에 서리 내림이 없고, 이삭이 영긺에 우박 피해가 없어, 시작에서 끝까지 멸구도 누리도 없게 하고, 둑이 조수潮水에 무너지지 않게 하고, 언덕배기 모래로 인해 황무지가 됨이 없게 하고, 쥐도 방蟒[1]도 없게 하고, 곳집에는 참새도 들어옴이 없게 하고, 마을에 염병도 학질도 마마도 임질도

1_ 방蟒 | 며루. 벼 · 보리 · 조 따위의 뿌리와 싹을 잘라먹는 해충.

이질도 닭과 소의 황달도 없게 하고, 제 주변 사람 중에 근거 없는 말을 퍼뜨리는 사람이 없게 하고, 저와 친한 사람 중에 덕을 잃어버린 사람이 없게 하고, 저와 아주 친밀한 사람 중에 더불어 나쁜 짓을 하는 사람이 없게 하소서.

원컨대, 제 아내가 쌀이 있으면 찧고, 베가 있으면 바느질하고, 어버이를 섬김에 온순하고 공손하며, 손위 · 아래 동서와 사이좋게 지내게 하소서. 원컨대, 제 자식이 몸은 건강하여 재앙이 없고, 뜻인즉 성실하여 사특함이 없고, 글공부인즉 둔중하여 재주를 부림이 없게 하소서.

원컨대, 저는 나라의 은혜로써 풀려나 전원으로 돌아가서 부모님 곁에서 즐겁게 해드리고, 그 온정溫凊[2]의 직분을 다하면서 밤이 다하도록 잠을 자고, 때맞춰 밥을 먹고, 하루 종일 일 년 내내 문을 나서지 않아 사는 것도 아니요, 죽은 것도 아닌 채 그럭저럭 지나가게 하소서.

하늘이 백성을 어여삐 여겨 백성이 하고자 하는 바를 하늘이 반드시 들어주시리니, 감히 간절한 소원을 펼쳐 하늘에 호소합니다.

—윤세순 옮김

2_ **온정**溫凊 | 동온하정冬溫夏凊을 말한다. 자식이 어버이를 섬김에 겨울에는 따뜻하게 해드리고, 여름에는 시원하게 해드리는 일, 즉 효성을 다하여 부모를 봉양함을 의미한다.

전
傳

두 의사 차예량 · 최효일

車崔二義士傳

우리 조선朝鮮이 명明나라를 섬긴 지 이백여 년에 다른 나라에 비하여 매우 정성스러웠다. 게다가 신종황제神宗皇帝[1]가 우리 왕조를 다시 세워준 은혜가 있었으므로 이로부터 조선 사람들은 모두 주씨朱氏[2]를 위해 한번 죽으려는 마음을 갖게 되었다. 하루아침에 천운天運이 바뀌어 청淸나라가 우리 북쪽 변경 밖에서 일어나더니, 얼마 안 있어 우리를 압박하여 신하로 삼으려 하였다. 이때에 이르러 청나라는 아직 우리에게 은덕이 있었던 것도 아니고, 다만 힘으로 누르려 할 뿐이었다. 우리 조정이 남한산성 아래에서 맹약하고[3] 납치를 당하여 금주錦州[4]에 이르게 된 것[5]이 어찌 좋아서 한 것이겠는가? 그러므로 조정은 종묘사직宗廟社稷의 중함을 위하여 힘으로 대적할 수 없을 때에 굴복할 수밖에

1_ **신종황제**神宗皇帝 | 중국 명나라 제14대 황제. 만력제萬曆帝. 재위 기간은 1572~1620년.

2_ **주씨**朱氏 | 중국 명나라를 가리킨다. 명나라를 주원장朱元璋이 세웠으므로 이렇게 말한 것이다.

3_ **우리 조정이 … 맹약하고** | 인조 14년(1636) 12월에 병자호란丙子胡亂이 일어나 조정이 남한산성으로 피난했다. 이듬해인 1637년 1월에 삼전도三田渡에서 청 태종淸太宗에게 항복한 것을 말한다.

4_ **금주**錦州 | 금주위錦州衛. 지금의 중국 요녕성遼寧省 성경盛京 지방.

5_ **납치를 … 이르게 된 것** | 1641년 6월 소현세자昭顯世子가 청나라의 요구로 금주성錦州城 공격에 참가하게 된 것을 말한다.

없는 것이다. 그러나 이때에 혈기를 가진 남아들은 다만 의義가 있음을 알 뿐, 세력의 강약強弱이 있음을 따지지 않고 다투어 명나라의 충신이 되려는 자가 매우 많았다.

삼학사三學士[6]와 청음淸陰 김상헌金尙憲[7] 제공諸公은 척화斥和로써 일어났고, 김응하金應河[8]와 남이흥南以興[9] 여러 장군들은 패퇴함에 선후로 죽었고, 이확李廓[10]은 하례賀禮에 참여하지 않았고, 정뇌경鄭雷卿[11]은 청나라 여러 장수로 하여금 서로 죽이게 하려다 이루지 못한 채 죽었고, 임경업林慶業[12]은 중원中原으로 들어가 회복을 도모하다가 성과는 없었으나 사졸士卒 중에는 총을 거꾸로 하여 만인滿人을 쏘아 죽인 자가 있었다. 비유컨대, 하늘이 기울어질 때 사람이 지탱할 수 없음을 모르는 바 아니지만, 눌림을 당하는 자는 자기도 모르는 사이에 손이 위

6_ **삼학사**三學士 | 척화파斥和派 중 강경론자인 홍익한洪翼漢 · 윤집尹集 · 오달제吳達濟를 가리킨다.

7_ **김상헌**金尙憲 | 1570~1652년. 자는 숙도叔度, 호는 청음淸陰 또는 석실산인石室山人. 본관은 안동安東. 1596년 문과에 급제, 인조반정仁祖反正 이후 서인西人 청서파淸西派의 영수가 되었고, 병자호란이 일어나자 주화론主和論을 배척하고 끝까지 주전론主戰論을 폈다. 문집에 《청음전집淸陰全集》 40권이 전한다.

8_ **김응하**金應河 | 1580~1619년. 자는 경의景義, 본관은 안동. 광해군 11년(1619)에 명나라의 원병 요청으로 건주위建州衛를 치러 출병하였다가 역전力戰 끝에 전사하였다.

9_ **남이흥**南以興 | 1576~1627년. 자는 사호士豪, 호는 성은城隱, 본관은 의령. 이괄李适이 난을 일으켰을 때 도원수 장만張晩의 지휘 아래 중군을 이끌고 싸워 무공을 세웠다. 평안도 병마절도사로 국경을 방어하던 중, 정묘호란丁卯胡亂이 일어나 안주성安州城을 방어하게 되었는데 성이 함락되자 불을 지르고 거기서 죽었다.

10_ **이확**李廓 | 1590~1665년. 자는 여량汝量, 본관은 전주. 무과에 급제하여 이항복李恒福의 추천으로 선전관이 되었다. 인조 14년(1636)에 회답사回答使로 심양瀋陽에 갔을 때, 후금後金이 국호를 청淸, 연호를 숭덕崇德이라 하고 교외에서 제사를 올리면서 그의 일행을 조선 사신 자격으로 참여시키려 하였으나, 결사적으로 항거하여 불참하고 돌아왔다.

11_ **정뇌경**鄭雷卿 | 1608~1639년. 호는 운계雲溪, 본관은 온양. 인조 8년(1630) 별시 문과에 급제하여 정언正言 등의 언관을 역임하였고, 소현세자를 배종, 필선弼善이 되었다. 반역자 정명수鄭命壽의 처벌을 주장하다 일이 누설되어 청나라의 관헌에 의해 처형당하였다.

로 올라가게 마련이다. 이리하여 충신忠臣과 의사義士는 성패成敗로써 논할 수 없는 것이다. 그러므로 우리 조정에서 포상하고 후인이 흠앙欽仰하니, 모두 그들의 한 조각 단심丹心을 가상히 여길 뿐이다. 청나라가 이 사람들에 대하여 비록 당시에는 죽이거나 유폐를 시켰지만 백 년이 지나 논평이 정해지면서 또한 차탄하며 아름답게 여기지 않을 수 없었다. 백이伯夷 숙제叔齊는 진실로 은殷나라에 충성한 사람이면서도 또한 주周나라의 의사이기 때문이다. 그렇다면 나는 모르겠지만 차車·최崔 두 의사가 명나라를 위해 죽었는데, 청나라의 여러 장수 가운데 땅에 마동馬湩[13]을 붓고 책에 쓰기를, "명나라 때 조선 의사를 죽였다(殺明朝鮮義士)"고 말한 자가 있었을까, 없었을까?

최효일崔孝一은 의주義州 사람이다. 고리눈에 키가 팔 척이나 되었고, 담력이 컸다. 평소에 항상 척당倜儻한 기개가 있어, '대호大豪'라고 의주 지방에 알려졌다. 무과에 급제함에 이르러 정승 이덕형李德馨이 그를 보고 매우 기이하게 여겼고, 점차 승진하여 훈련원訓鍊院 판관判官에 이르렀으나 얼마 안 있어 시류時流에 즐거워하지 않아 관직을 버리고 고향으로 돌아왔다. 천계天啓[14] 갑자년(1624)에 부원수副元帥 이괄李适[15]

12_ **임경업**林慶業 | 1594~1646년. 조선조 인조 때의 명장. 자는 영백英伯, 호는 고송孤松, 시호는 충민忠愍. 본관은 평택. 무과에 급제하여 병자호란 때 의주부윤義州府尹이 되어 청병淸兵을 국경에서 막으려 했으나, 뜻을 이루지 못하고 청나라에 포로가 되었다. 심기원沈器遠의 모반사건에 연루되었다는 혐의로 국내로 송환되어 장살杖殺되었다. 그의 무용담과 충의를 기린 국문소설에 《임충신전林忠臣傳》과 《임장군전林將軍傳》이, 전傳에는 이선李選의 《임장군전》과 이재李栽의 《임장군경업전》 등이 있다.

13_ **마동**馬湩 | 말의 젖을 양성釀成하여 만든 술. 원호문元好問의 시 〈과응주過應州〉에 "隨俗未堪嘗馬湩, 敵寒直欲禦羊裘"라는 구절이 있다.

14_ **천계**天啓 | 중국 명나라 희종熹宗의 연호. 1621~1627년.

이 반란을 일으켜 국가를 침범하여 상황이 절박해지자, 효일은 그 부윤府尹을 위해 계책을 세우고 국난에 뛰어들어 백기百騎로 북산北山의 전투에서 공을 세웠다.

정묘년(1627)에 청병淸兵이 동東으로 침략하여 의주가 먼저 함락되매 효일은 서성문西城門에 올라 홀로 큰 칼을 휘둘러 십여 인을 베었다. 청의 이태자二太子가 멀리서 바라보다가 "장사壯士로다" 하고는 반신叛臣 강홍립姜弘立을 시켜 황기黃旗로써 불렀다. 효일은 거짓으로 투항하여 청을 위해 성을 지켰다. 이에 사람을 시켜 가도椵島[16]에 주둔하고 있던 모문룡毛文龍에게 은밀히 알리고 청을 협공하기로 약속하였다. 이 일이 누설되자, 드디어 국내성國內城으로 달아나 포로가 된 의주 사람들과 더불어 밤에 한윤韓潤[17]의 진영을 습격하여 순암順巖[18] 등 수십 명을 베었다. 순암이란 자【본래 의주의 관노였다.】는 한윤을 감추고 보살펴주면서 청나라와 내통하던 자였다. 병자년(1636) 겨울, 남한산성은 이미 포위되었고 청의 유격병游擊兵은 여기저기서 날뛰며 거리끼는 것이 없었다.

15_ **이괄**李适 | 1587~1624년. 인조반정에 공을 세웠으나 김류金瑬와 반목하여 평안병사平安兵使로 좌천되자 불만을 품고 인조 2년 군사를 일으켰다. 한때 서울을 점령하였으나 관군에 패하여 도망치다 부하에게 피살되었다.

16_ **가도**椵島 | 평안북도 철산군鐵山郡에 소속된 섬. 광해군 3년(1621), 청 태종이 요동을 공격하자 명明의 요동도사遼東都司 모문룡毛文龍은 요동에서 쫓겨 의주義州로 와서, 이듬해 이 섬에 진鎭을 설치하였다. 모문룡은 이 섬을 거점으로 청의 배후를 자주 위협하였으므로 청은 1627년 조선을 침략함과 동시에 가도를 습격하였다.

17_ **한윤**韓潤 | 황해도 문화文化 출신. 1624년 아버지 한명련韓明璉이 이괄과 함께 반란을 일으켰다 살해되자, 탈출하여 구성龜城에 숨었다. 이듬해 관군의 추격을 받아 후금後金의 건주建州로 도망하여 강홍립姜弘立의 휘하에 들어갔고, 정묘호란이 발발하자 후금의 군대에 편입되어 그 공격에 앞장섰다.

18_ **순암**順巖 | 미상. 한윤이 의주부윤에 있을 때, 관노로서 한윤의 총애를 받았던 인물로 보이나 정확하지 않다.

임경업은 이때 의주부윤義州府尹으로 백마성白馬城[19]을 지키고 있으면서 요호堯虎【〈임충민전林忠愍傳〉에는 '要退'로 되어 있다.】를 압록강에서 무찔렀는데 그 일 또한 효일의 계책이었다. 정축년(1637)에 청나라 군사들이 득의得意하여 돌아가니, 효일은 더욱 심사가 울울鬱鬱하여 그칠 줄 몰랐다. 큰 뜻을 품고 있었으나 발휘할 수가 없었던 것이다.

선천宣川 사람 차예량車禮亮은 평소에 《춘추春秋》 읽기를 좋아하였고, 효우孝友로 사람들에게 알려졌다. 정축년 이후에 또한 분개하여 계책을 세워 몰래 지모 있고 용맹한 이를 찾던 터에 효일의 명성을 듣고는 기뻐하며 넌지시 더불어 친밀하게 지냈다. 얼마쯤 지나 차예량은 팔뚝을 움켜쥐고 효일에게 고하였다.

"요즘 고기를 잡거나 나무를 벌채하는 사람 중에 중원을 왕래하는 자들이 많다. 내가 그들을 통하여 그대를 알려둔 것이 오래되었다. 지금 그대가 서쪽으로 가면 반드시 장수가 될 것이고, 장수가 되어 수로水路를 따라 심양瀋陽을 치면 심양에서는 반드시 우리에게 원군을 요청할 것이다. 나라에서는 또한 청북淸北[20]의 무사武士를 파견하려 할 것이니, 이때 나와 모모某某는 그 대열을 따를 것이다. 그대가 바깥에서 공격하고 내가 안에서 호응한다면 일이 이루어지지 않을 것이 없다."

효일은 좋다고 허락하였다. 의주부윤 황일호黃一皓[21]가 이 사실을 살

19_ 백마성白馬城 | 평안북도 의주義州의 백마산白馬山에 있던 성. 지금도 그 터가 남아 있다.

20_ 청북淸北 | 청천강淸川江 이북 지역을 말한다.

21_ 황일호黃一皓 | 1588~1641년. 자는 익취翼就, 호는 지소芝所, 본관은 창원. 병자호란 때 인조를 모시고 남한산성에 들어가 독전어사督戰御史로서 공을 세웠다. 1638년 의주부윤이 되어 명나라를 도와 청나라를 치려고 최효일崔孝一 등과 모의하다 발각되어 청병에게 피살되었다.

피어 알고 몰래 효일에게 백금百金을 주었고, 차예량과 용천龍川 사람 안극함安克諴[22]에게는 큰 배 한 척과 쌀 백 곡斛을 갖추어 보내주었다. 효일은 자기가 떠난 뒤에 의심하는 자가 있으면 장차 나라에 화를 입힐까 염려하여, 계책으로 절도사節度使【당시 임충민공林忠愍公이 절도사였다.】에게 심하게 곤장을 맞고는 이에 크게 말하였다.

"장부가 치욕을 심하게 당했으니, 어찌 고향에서 얼굴을 들고 다닐 수 있으리오? 내 장차 깊은 산에 들어가 사람들을 만나지 않겠다."

드디어 처자식을 예량의 집에 맡겨 숨기고, 정해진 날에 장차 떠나려는 계획을 아는 사람과 여러 의사들이 모두 차씨車氏의 집에 모여 술을 벌이고 그를 전송하였다. 효일은 예량에게 말하였다.

"나는 당신이 관귀管貴【가도椵島의 구장舊將으로 포로가 되어 심양에 있던 자이다.】와 친한 사이라는 것을 알고 있습니다. 내가 떠나면 당신 또한 심양에 가서 관귀를 방문하여 일을 도모하십시오."

극함을 돌아보고 말하였다.

"만일 나의 계획이 이루어지면 나는 수군水軍으로 심양을 공격할 것인데, 저들은 반드시 우리에게 원군을 요청할 것이나. 그대는 지모 있고 용맹하며 함께 싸울 만한 이들을 모집하여 북으로 와서 나와 심양에서 만나게 된다면 천하의 일을 거의 도모할 만하다."

또 부탁하여 말하였다.

"제군諸君들은 이 일을 비밀로 하여 새어 나가지 않게 하라."

술이 세 순배에 이르매 효일은 일어나 칼을 치며 노래하였다.

22_ **안극함安克諴** | ?~1641년. 정묘호란 때에는 용천에서 의병으로 활약하였으며, 1641년 최효일 등과 병자년의 치욕을 씻고자 모의하다 정명수鄭命壽에게 발각되어 처형되었다.

장한 기개는 하늘에 연하여 쌓이고　壯氣連天菀
정수精粹한 충의는 해를 꿰뚫어 밝았네.　精忠貫日明
남아가 한 움큼 눈물을 흘림은　男兒一匊淚
오늘의 행보 때문만이 아니라네.　不獨爲今行

끝내 몇 줄기 눈물을 떨어뜨리니, 좌중이 모두 강개慷慨하여 그를 위해 흐느꼈다.

때는 기묘년(1639) 8월이다. 바다의 하늘은 맑게 개고 바람은 매우 거세게 불었다. 돛을 들어 미곶彌串[23]을 떠나 큰 바다로 나와 서쪽으로 향하여 곧바로 산동山東에 닿았다. 오삼계吳三桂[24]를 군문軍門으로 방문하니, 오삼계가 더불어 이야기해보고 크게 기뻐하여 장령將領에 임명하고 매사每事를 반드시 그에게 자문하였다. 청나라 첩자諜者가 이 사실을 탐지하고 최효일의 편지를 만들어 두 달〔二韃〕[25]로 하여금 그의 생질甥姪 장후건張厚健에게 전해주고 또 속여 말하기를, "최효일이 이제 수군水軍을 이끌고 동東으로 온다"고 하였다. 장후건은 그것을 믿고 답장을 보냈다.

"작년에 척화신斥和臣 김상헌이 또 심양에 잡혀가 나라 안이 물 끓듯 하였습니다. 원컨대, 외삼촌께서는 빨리 대사大事를 이룩하여 우리 종족이 살 수 있게 해주십시오."

23_ **미곶彌串** | 평안도 용천龍川에 있는 곶串.

24_ **오삼계吳三桂** | 중국 명말청초明末淸初의 무장武將. 자는 장백長白. 북경北京을 점령한 이자성李自成을 청군淸軍의 원조로 토벌한 뒤에 청에 항복하여 귀주貴州·운남雲南 지역의 절도사가 되었다. 그 강세를 두려워한 청조淸朝가 영토를 축소하자 삼번三藩의 난亂을 일으켰다가 실패하였다.

25_ **두 달〔二韃〕** | '달韃'은 오랑캐에 대한 비칭卑稱. 두 달韃은 곧 '두 사람의 되놈'이라는 뜻이다.

또 말하였다.

"뜻을 같이 하는 여러 의사들은 모두 무양無恙하며, 차예량 군君은 이미 심양으로 들어갔습니다."

청나라가 이 편지를 입수하고는 정명수鄭命壽[26]와 두 박씨博氏[27]를 파견하여, 우리나라로 달려들어와 황일호와 안극함 · 장후건 · 차예량의 동생 충량忠亮과 아들 맹윤孟胤 등 열한 명을 숙소인 홍령문紅欞門 밖에서 죽였다. 이날 큰 바람이 모래를 날리고 해는 빛을 잃었다. 정명수는 다시 의주에 이르러 효일 등의 계획에 뜻을 같이했던 사람들을 대거 살해하였다.

차원철車元轍이란 이는 차예량의 종제從弟인데 또한 용맹으로 이름이 있었다. 옥관獄官으로 정명수를 따라온 자가 그를 안타깝게 여겨 짐짓 말을 만들어 물었다.

"너는 차원철이 아니지 않느냐?"

원철은 크게 부르짖으며 말하였다.

"나는 의사 차예량의 종제 차원철이다. 대장부가 한 번 죽는 마당에 어찌 성명姓名을 바꾸어 구차하게 살기를 바라겠느냐?"

끝내 차원철이 죽임을 당하니, 사람들은 모두 그를 장하게 여기고 슬퍼하였다.

이보다 앞서 평안감사 정태화鄭太和[28]가 여러 사람에게 은밀히 통하

26_ **정명수**鄭命壽 | ?~1653년. 평안도 은산殷山 출신의 천예賤隷. 명나라가 후금 토벌을 위해 원병을 요청할 때 강홍립의 휘하로 출정하였다가 인조 7년(1629)에 포로가 되었다. 이듬해 다른 포로들은 석방되었으나, 정명수는 청나라에 남아 조선의 사정을 밀고하여 청나라 황제의 신임을 얻었다. 병자호란 때에는 용골대龍骨大의 통역으로 따라 들어와 온갖 만행을 저질렀다.

27_ **두 박씨**博氏 | 미상.

여 죽음을 피할 수 있게 하였으니, 백대호白大豪 · 장초張超 등 수십 명이 그나마 살 수 있게 되었다.

일이 이미 발각되매 차예량과 관귀는 심양에서 국문을 받게 되었는데, 대나무침으로 열 손가락을 찌르는 지경에 이르렀어도 함구緘口한 채 말을 하지 않고, 다만 "빨리 나를 죽여라"라고 할 뿐이었다. 죽음에 임하여 정명수를 돌아보며 꾸짖어 말하였다.

"네놈을 일찍 죽이지 못하여 이렇게 되었다. 오, 하늘이여!"

차예량의 죽음은 실은 신사년(1641) 섣달 그믐 사흘 전이었다. 우리나라 사람으로 심양에 있던 이들은 친척의 죽음을 통곡하듯 울지 않은 이가 없었다. 그의 친구 김경백金敬白은 시신을 거두어 묻어주고, 그의 옷으로 초혼招魂[29]하여 고향으로 보내주었으며, 그의 처자에게 재물을 보태주기를 매우 후하게 하였다.

차예량 등이 죽고 나매 최효일은 계획을 이루지 못하고 오삼계를 따라 영원위寧遠衛로 갔다. 갑신년(1644) 3월, 명나라 궁성이 유적流賊에게 점령되어 의종황제毅宗皇帝가 사직社稷에 순사殉死하였다. 오삼계는 이에 천하를 들어 청나라에 바쳤다. 청나라 세조황제世祖皇帝가 이미 순천부順天府에 들어와서 무영전武英殿[30]에 올라 백관百官들의 경하慶賀를

28_ **정태화**鄭太和 | 1602~1673년. 자는 유춘囿春, 호는 양파陽坡, 본관은 동래. 인조 때 문과에 급제, 북변北邊의 위급에 대비한 원수부元帥府의 종사從事를 역임하였다. 소현세자를 따라 심양에 가 그 재주와 인품으로 이름을 날렸다. 그 뒤 우의정, 좌의정을 거쳐 여섯 차례 영의정을 지냈다. 문집으로 《양파유고陽坡遺稿》가 있다.

29_ **초혼**招魂 | 발상發喪하기 전 죽은 이의 혼魂을 부르는 일. 여기서는 그가 입었던 옷으로 혼을 불러 가족에게 보내준 것을 말한다.

30_ **무영전**武英殿 | 중국 북경 구황성舊皇城 안에 있는 전殿. 청나라 건륭乾隆 초에 이곳에서 십삼경十三經과 이십이사二十二史 등을 교각校刻하였다.

받고, 온 천하에 영令을 내려 모두 체발剃髮하도록 하니, 오삼계 이하의 장졸들은 바야흐로 춤추고 땅을 구르며, 갑옷을 벗고 책건幘巾을 풀고는 머리를 깎으면서 남에게 뒤질까 저어하였다. 오직 최효일만은 하례賀禮를 하지 않고, 단발도 하지 않은 채 날마다 의종의 능陵에서 통곡하더니, 열흘 동안 음식을 먹지 않고 능 부근의 숲속에서 죽었다. 오삼계가 그의 시신을 묻어주고 글을 지어 곡哭하였다. 그 후 칠십 년, 우리 조정에서 최효일에게 호조참판戶曹參判을 증직하였고, 차예량 · 안극함에게 병조참의兵曹參議를 증직하였으며, 다른 이들도 모두 증직하기를 차등 있게 하였다.

외사씨外史氏는 말한다.

우리나라가 정묘, 병자년의 일을 당할 무렵 사대부들이 청담淸談으로 서로 고상한 척하지 않는 이가 없었다. 그 말을 들으면 마치 경모耿某[31]와 공모孔某[32]를 효수梟首하고, 정모鄭某와 유모劉某[33]를 매질할 것 같았다. 그러나 한 사람의 장경章京[34]을 포박하여 주어도 반드시 팔뚝이 떨려 칼을 휘두르지 못할 것이니, 그 어디에 쓸데가 있겠는가? 차예량 · 최효일 등 여러 의사에서는 그 숭고한 의義가 가을 서리 빛과 다툴

31_ **경모**耿某 | 경계무耿繼茂. 중국 요동遼東 사람. 경계무의 아버지 경중명耿仲明은 명明의 참장參將이었으나 청淸에 항복하여 정남왕靖南王에 봉해졌다. 경계무는 경중명의 작爵을 이어 받아 복건福建 지역을 진압하고, 정성공鄭成功 · 정금鄭錦 등을 격파하였다.

32_ **공모**孔某 | 공유덕孔有德. 중국 요동 사람으로 명나라의 장수였는데 청나라에 항복하였다. 순치順治 연간에 청병과 더불어 농민 반란을 진압하여 정남왕에 봉해졌다. 경계무 · 오삼계吳三桂 · 상지신尙之信과 함께 청초淸初의 사번四藩으로 불린다.

33_ **정모**鄭某**와 유모**劉某 | 미상. 정모鄭某는 정명수를 칭하는 것이 아닌가 한다.

34_ **장경**章京 | 중국 청대에 사용된 말로 '장군將軍'의 음역音譯. 참령參領에 해당한다.

만할 뿐이 아니다. 진실로 그 계획이 당시에 성공하였더라면 또 어찌 이보李寶[35]와 위승魏勝[36]의 승리가 요동遼東 심양 간에 있지 않으리라고 말하겠는가? 아아! 하늘이 폐廢하는 바는 가히 도모할 수가 없는 일이니, 공功이 이루어지지 않았음을 누구에게 탓하리오? 그런데 그들의 뛰어나고 훌륭한 사적事蹟이 또 그 사람의 처지로 인하여 무몰蕪沒됨을 면치 못하고, 도리어 청담하는 자들이 세상에 현양顯揚되어 알려지는 것에 미치지 못하니, 이는 더욱 우리가 책을 어루만지며 칼을 땅바닥에 치고 울음을 삼키기를 그치지 못하는 바이다. 이에 그 사실을 엮어 최의사崔義士 차의사전車義士傳을 짓는다.

—한영규 옮김

35_ **이보李寶** | 중국 송나라 하북河北 사람. 절서로浙西路 부총관副總官으로 금金나라가 송나라의 해안을 노략질하는 것을 방어하였고, 금나라와 당도唐島에서 싸워 크게 이겨 정해군절도사靖海軍節度使에 임명되었다.

36_ **위승魏勝** | 중국 송나라 숙천宿遷 사람, 자는 언위彦威. 금나라가 남침할 때 의사義士 삼백 명을 모아 회수淮水를 건너 해주海州를 취하는 등 여러 차례 금군金軍을 무찔렀다. 그 공으로 합문지후閤門祗候 겸 산동로山東路 충의총독忠義總督이 되었다. 큰 칼을 휘두르고 활을 잘 쏘았으며 깃발에는 '산동위승山東魏勝'이라 썼는데, 금인金人들이 멀리서 그것을 보기만 해도 도망쳤다고 한다.

문묘의 두 의로운 수복

文廟二義僕傳

정신국鄭信國과 박잠미朴潛美[1]는 문묘文廟[2]의 수복守僕[3]이었다. 숭정崇禎[4] 병자년(1636) 겨울에 청나라 군사가 갑자기 침입하자 서울 사람들은 모두 성을 비우고 달아났으며, 생원 · 진사로서 성균관을 지키던 자들도 꿩이나 토끼처럼 도망쳐 버렸다.

신국은 잠미와 함께 문묘 뜰에 들어가 곡을 하고, 동무東廡 · 서무西廡[5]의 여러 위패와 제기 · 악기들을 꺼내 명륜당明倫堂[6] 뒤에 묻고, 오성五聖[7]과 십철十哲[8]의 위패만 포대로 싸서 등에 지고 나씨羅氏 성의 진사 한 사람[9]을 호위 삼아서 임금이 계신 남한산성으로 가려 하였는데, 따

1_ **정신국**鄭信國 · **박잠미**朴潛美 | 이옥의 〈반촌의 네 정려문에 대한 이야기頖村四旌閭記〉 및 이가환李家煥의 〈정신국전鄭信國傳〉과 《태학지太學誌》 권10, 〈기적紀蹟〉 등에도 문묘의 두 의복義僕에 대한 기사가 보인다.

2_ **문묘**文廟 | 성균관의 공자孔子를 봉향하는 사당. 오성五聖 · 십철十哲과 송조宋朝의 육현六賢, 그리고 우리나라 신라 · 고려 · 조선의 십팔현十八賢을 종사從祀하는 곳.

3_ **수복**守僕 | 묘廟 · 사社 · 능陵 · 원園 · 서원書院 등의 제사에 관한 일을 맡아보던 구실아치. 고려 때는 '토소土所'라 불렀으며, 조선조 세종 20년(1438)에 수복이라 고쳤다.

4_ **숭정**崇禎 | 중국 명나라 의종毅宗의 연호. 재위 기간 1628~1644년.

5_ **동무**東廡 · **서무**西廡 | 문묘의 동 · 서쪽 행각行閣으로 여러 유현儒賢의 위패를 모신 곳.

6_ **명륜당**明倫堂 | 성균관의 강학하던 장소.

7_ **오성**五聖 | 성균관 문묘에서 봉향하고 있는 다섯 성인. 즉 공자孔子 · 안자顔子 · 증자曾子 · 자사子思 · 맹자孟子.

라가기를 원하는 종들이 또한 열 사람이나 되었다. 동쪽 성문을 나오니 말을 탄 청병清兵들이 이미 길에 꽉 차서 갈 수가 없었다. 신국과 잠미가 드디어 큰 소리로 외치고 꾸짖어 호령하기를, 말에서 내려 길을 비키라 하니, 말 탄 군사들이 모두 놀라 말에서 떨어지듯 내려서 허리를 굽히고 서서 일행이 지나가도록 기다렸다. 천천히 길을 걸어 행재소行在所[10]에 이르니, 임금이 그 일을 듣고 아름답게 여겼다. 우선 절에다 위패를 만들어 모시도록 하니 신국이 반대하며 말하기를, "비록 두서없는 상황에 있지만 우리 공자님의 위패를 어떻게 이단異端의 처소에 모실 수 있겠습니까?"라고 하였다. 사람들이 모두 옳다고 여겼다. 신국 등이 식당례食堂禮를 행하기를 평상시처럼 하고, 뜻을 같이하는 사람들과 더불어 글을 지어 맹세하되 죽음으로써 의리를 지키기로 굳게 다짐하였다.

이듬해 봄, 청나라와 화약和約이 결성됨에 또 위패를 모시고 돌아와 대성전大成殿에 모셨는데, 매일 비를 들고 소제하면서 자기 집으로 돌아가려고 하지 않았다. 뒤에 조정에서 충성스럽게 여겨 면천免賤을 해주고 통정대부通政大夫의 품계까지 내리니 신국이 말하기를, "직책을 했을 뿐인데 무슨 상을 받을 수 있겠습니까?"라고 하면서 끝내 명을 받지 않고 한 사람의 수복으로 늙어 죽었다.

8_ **십철**十哲 | 공자 문하의 뛰어난 열 제자. 덕행으로는 안회顔回 · 민자건閔子騫 · 염백우冉伯牛 · 중궁仲弓, 언어로는 재아宰我 · 자공子貢, 정사로는 염유冉有 · 자로子路, 문학으로는 자유子游 · 자하子夏 등 열 사람을 말한다.

9_ **나씨**羅氏 **… 사람** | 나이준羅以俊. 병자호란 때 정신국 · 박잠미와 함께 성균관의 위판과 제기를 남한산성으로 보호 · 운송하였다. 환도 후에 수찬 · 교리 · 사간 등을 두루 역임하였고, 사후에는 그 공로로 인하여 이조참판에 추증되고, 사계서원四溪書院에 배향되었다. 〈반촌의 네 정려문에 대한 이야기〉에도 나온다.

10_ **행재소**行在所 | 임금이 왕궁을 떠나 멀리 거둥할 때에 일시 머무는 곳.

외사씨는 말한다.

임진왜란 · 병자호란에 재상으로 종묘의 신주를 받들어 피난 가던 자 중에 죄가 있는 자가 많았다. 그러한즉 신국 · 잠미와 같은 사람은 비록 재상보다 훌륭하다고 말해도 또한 지나친 것이 아니다. 아! 선비 출신도 오히려 어려운 일이거늘 하물며 종복임에랴! 나라에서 그가 살던 집에 정려旌閭를 세워 '의사義士'라고 표시하고, 봄가을 석전釋奠에는 문선왕文宣王[11]의 음복을 내려 물러가 뜰에서 제사 지내게 하였다. 또 반민泮民[12]들이 사당祠堂을 세워 정향丁享[13]을 마칠 수 있도록 허락해주었다. 아! 그 태어남은 비록 종의 신분이었지만, 그 죽음은 또한 재상보다도 훨씬 영광되도다.

신해년(1791) 봄, 만송晩松 유공柳公[14]이 성균관 대사성으로 있으면서 반민들을 독려하여 반교泮橋[15] 동쪽에 사당을 세우고, 그 사당에 들어가 읍을 하니 반민들이 영광스러워하였다. 신국의 자손들은 매우 번성하여 지금 수복과 성균리成均吏를 맡아하고 있는데, 잠미는 후손이 없다고 한다.

—김명균 옮김

11_ **문선왕**文宣王 | 공자의 시호諡號. 정식 명칭은 대성지성문선왕大成至聖文宣王.

12_ **반민**泮民 | 반촌의 주민. 주민 가운데에는 성균관에서 각종 천역에 종사하던 사람들이 많았다.

13_ **정향**丁享 | '정丁'자일에 제사 지내는 것. 한 달에 상정上丁 · 중정中丁 · 하정下丁이 있다.

14_ **만송**晩松 **유공**柳公 | 유당柳戇(1723~1794). 본관은 전주, 자는 직보直甫. 영조 29년(1753)에 문과에 급제하여 지평 · 대사성 · 이조참의 · 도승지 등을 역임하였다. 이재李栽의 문인이다. 호가 '만송'인 것은 확인하지 못했는데, 이옥의 다른 글 〈장악원에 놀러 가 음악을 듣고〉에서 신해년(1791)에 '만송 유공'이라는 표현이 나오는 것으로 미루어 '유당'임을 알 수 있었다. 1791년 2월 유당이 성균관 대사성에 임명, 장악원 제거를 겸임하고 있었다.

15_ **반교**泮橋 | 반수泮水를 건너 다니기 위해 놓은 다리. 반수는 성균관 둘레에 흐르던 개울.

상랑

尙娘傳

옛책에 이르기를, "충신은 두 임금을 섬기지 않고, 열녀는 두 남편을 고쳐 섬기지 않는다(忠臣不事二君, 烈女不更二夫)"[1]고 하였다. 옛날 위공백衛共伯의 처 강씨姜氏는 일찍 혼자 되었는데, 그 어머니가 그녀를 개가改嫁시키려 하자, 강씨는 〈백주栢舟〉 시를 지어 스스로 맹세하였다. 그 시는 이러하다. "둥둥 떠 있는 저 잣나무 배, 저 강기슭에 있네. 늘어진 두 갈래 다팔머리, 실로 나의 짝이로다. 죽어도 맹세코 나쁜 마음 먹지 않으리(汎彼栢舟, 在彼河側. 髧彼兩髦, 實維我特, 之死矢靡慝)." 공자가 노나라로 돌아와 《시경》을 엮을 때에 이 시를 〈용풍鄘風〉의 첫머리에 실었다.

청화외사青華外史[2]는 말한다.

사책史冊에 이르기를, 조선은 예의를 숭상하고, 그 풍속이 정절과 결백을 좋아하여, 여자들은 죽을 때까지 한 길을 지키는 이가 많다고 하

1_ **충신은 … 않는다** | 《사기史記》, 〈전단전田單傳〉에 나오는 말로, 중국 연燕나라에 투항하기를 권하는 전단田單에게 제齊나라의 신하 왕촉王蠋이 거절하며 한 말이다.

2_ **청화외사**青華外史 | 이옥의 별호.

였다. 영남의 상랑尙娘 박씨朴氏[3]와 같은 이는 바로 그런 사람이 아니겠는가!

열녀 상랑 박씨라는 이는 영남 상주尙州 사람이다. 시집갈 나이가 되어 선산善山 최씨崔氏에게 출가했는데, 최씨의 아들이 어리고 사나워서 몸 붙일 곳이 되지 못하자, 상랑은 현숙하면서도 어쩔 도리 없이 집을 나왔다. 친정에 돌아오매, 계모가 아들 형제와 모의하여 그녀의 뜻을 빼앗으려고 하자, 상랑은 그것을 알아채고 틈을 타 최씨 집으로 다시 돌아왔다. 최씨는 여전히 뉘우치지 않았고, 그 시아버지가 문을 막기까지 하였다. 상랑은 이에 의지까지 없어져, 물에 빠져 죽을 생각을 하고 낙동강으로 갔다.

최씨의 이웃에 아직 시집가지 않고 나무를 하는 처자가 있었는데, 그녀를 보고 물었다.

"최씨 집 새댁이 여기에 왜 왔나요?"

상랑은 그 까닭을 모두 얘기하고 울며 말하였다.

"네가 온 것은 하늘의 뜻이다. 나의 죽음을 명백히 알려주게."

다리머리를 풀고 미투리를 벗어 증거로 삼았다. 〈산유화山有花〉[4] 한 곡조를 부르고 한탄하며 다시 말하였다.

"하늘은 높고, 땅은 넓구나. 슬프다 내 이 몸, 갈 곳이 없네."

3_ **상랑**尙娘 **박씨**朴氏 | 상랑은 향랑香娘이라고도 하며 실제로 1702년 선산善山에서 자살한 여성이다. 당시 선산부사로 그 일에 관한 보고를 직접 들은 조귀상趙龜祥의 〈향랑전香娘傳〉을 비롯하여 이광정李光庭의 〈임열부향랑전林烈夫香娘傳〉, 이안중李安中의 〈향랑전香娘傳〉 등 그에 관한 전이 여러 편 있다.

4_ **〈산유화**山有花**〉** | 경상 · 전라 · 충청도에 전해오는 민요. '메나리'라고도 한다.

탄식을 오래하다가, 또 일어나 한숨을 쉬며 말하였다.

"남편은 나를 받아주지 않고, 어머니는 다른 뜻이 있으니, 내 마음의 비통함은 죽지 않고 어쩌겠습니까?"

드디어 치마를 뒤집어 얼굴을 덮고 물로 뛰어들어 쓸려 내려갔다. 최씨의 이웃 처자가 돌아와 최씨 집 식구에게 알리고 또 그 유품을 전하니, 최씨 집은 크게 놀랐다. 박씨의 어머니와 형제들도 비로소 모두 슬프고 애처롭게 여겨, 낙동강가에 가서 찾아보았다. 물가에 고려 충신비[5]가 있었다.

청화외사는 말한다.

〈곡례曲禮〉[6]에 "자식을 가르침에 있어서, 말을 할 나이가 되면 여자는 공손히 대답해야 하며, 명주로 허리띠를 해야 하고, 일곱 살이 되면 남녀는 자리를 함께하지 않고, 열 살이 되면 외출하지 않으며 유모가 순하고 정숙하게 어른의 말씀에 따르게 한다"라고 하였고, 《사마씨예司馬氏禮》[7]에 이르기를, "여자가 일곱 살이 되면 《효경孝經》·《논어論語》·《열녀전列女傳》을 가르친다"고 하였다. 이것은 모두 일찍부터 가르치고 깨우쳐서 단정하고 절개 있는 여자로 키우고자 하기 때문이다. 그런데 세상 풍속은 여자가 왕왕 예를 지키지 않는데, 저 상랑은 미친

5_ **고려 충신비** | 길재吉再의 충절忠節을 기리는 지주비砥柱碑로 선산에 있다.

6_ **〈곡례曲禮〉** | 《예기禮記》의 편명. 본문에 〈곡례〉에서 인용하였다는 말들은 〈곡례〉에 보이지 않고 〈내칙內則〉에 보인다. 〈내칙〉의 원문은 이러하다. "能言, 男唯, 女兪. 男鞶革, 女鞶絲. 六年, 敎之數與方名. 七年, 男女不同席 … 女子十年, 不出, 姆敎婉娩聽從."

7_ **《사마씨예司馬氏禮》** | 송나라의 사마광이 편찬한 《서의書儀》. 관례冠禮·혼례婚禮 등 의례儀禮에 관한 내용이 실려 있다.

한 사람으로 순하고 정숙하라는 가르침이나 《효경》·《논어》·《열녀전》을 배운 적이 일찍이 없었는데도, 그 이룩한 바가 마침내 저와 같이 뛰어났다. 자질이 순수한 자는 꾸밈이 없어도 아름다운 것인가? 《시경》에 "옥과 같은 여인이여"[8]라는 말이 있는데, 박씨의 딸이 그러한 사람이다.

8_ **옥과 같은 여인이여** | 원문은 "유녀여옥有女如玉"으로 《시경詩經》, 〈소남召南 · 강유범江有汜〉에 나오는 구절이다.

열녀 이씨

烈女李氏傳

열녀烈女 이씨李氏는 이름이 아무개이며, 선비 김 아무개의 처이다. 나이 스물하나에 그 남편이 병으로 죽었는데, 곧 머리를 풀어헤치고 풀을 깔고 방 안에 틀어박혀 있었다. 입관入棺을 함에 관에 기대어 곡하며 말하였다.

"장례를 치르고 따라가겠습니다."

달을 넘기면서 임신한 것을 알게 되었다. 졸곡卒哭[1]할 때 곡하며 말하였다.

"홀몸이 아니니, 당신이 남겨준 생명을 감히 버릴 수 없습니다. 소상小祥[2]를 지내고 따라가겠습니다."

이씨는 해산을 하여 사내아이를 얻었으나 자기가 기르지 않고 계집종을 골라 젖을 먹이게 하였다. 옷을 고쳐 입지 않고, 거처를 옮기지 않고, 음식을 바꾸지 않고, 여전히 머리를 풀어헤치고, 거친 베옷을 입고 풀을 깔고서 방 안에 틀어박혀 있었다. 소상을 치를 때 곡하며 말하였다.

1_ **졸곡**卒哭 | 사람이 죽은 지 석 달째의 첫 정일丁日이나 해일亥日을 택하여 지내는 제사.

2_ **소상**小祥 | 기년제朞年祭. 사람이 죽은 지 1년 만에 지내는 제사.

"유복자가 이미 뒤를 잇게 되었으니 삼년상을 마치고 따라가겠습니다."

이씨가 기한을 늦추자 집안사람들은 경계하지도 않고 대상大祥[3] 제사를 준비하여 새벽녘에 마치게 되었다. 그날 이씨는 몸종을 시켜서 머리를 빗질하고, 목욕하고 세수하고 양치하였으며, 새 옷을 갖춰 입고 대청으로 나아가 시부모와 동서들, 위 · 아랫사람과 내외 친척들을 빠짐없이 모이게 하여 모두와 결별하는데, 몸이 들뜬 마음을 종잡지 못하는 듯 산사람의 행동 같지 않았다. 사당에 절하고, 시부모께 절하고, 내외 여러 친척에게 절하였다. 시부모가 말하였다.

"어미가 자식이 있으니 여자로서 따를 곳이 있다. 어찌 이러느냐? 죽지 마라."

이씨가 말하였다.

"신부가 복이 없어 남편이 일찍 죽었으니, 직분은 마땅히 따라 죽어야 하는 것입니다. 이제 만약 저 어린 자식으로 핑계를 삼는다면 남편이 이 신부를 뭐라 여기겠습니까? 감히 삼가 약속을 지키지 않을 수 없습니다."

어린 자식을 불러 그 이마를 세 번 쓰다듬고 방에 들어갔다. 유모와 시녀, 여러 사람들이 엄하게 막았다. 이씨는 계집종을 부르며 말하였다.

"내 자리를 바로 하고 내 베개를 편히 해다오."

계집종이 자리를 바로 하고 베개를 편히 해주니, 손을 가지런히 배 위에 놓고 눈을 감고 죽었다. 일이 알려지자 그 집에 정려문旌閭門이 세

3_ **대상**大祥 | 사람이 죽은 지 2년 만에 지내는 제사.

워졌다.

아! 예로부터 열녀가 어찌 한정이 있겠는가마는, 모두 창졸간에 행한 것이다. 칼이나 비녀로 스스로 찌르기도 하고, 목을 매기도 하고, 이레를 굶기도 하고, 물에 몸을 던지기도 하고, 몰래 짐약酖藥[4]을 먹기도 하였다. 이씨는 유독 그렇게 하지 않으면서 그렇게 되었으니, 어찌 진실로 탁월한 열녀가 아니겠는가? 남편을 따른 것은 의義이고, 약속을 지킨 것은 신信이고, 죽은 것은 성誠이다. 이 세 가지가 없었다면, 어찌 이것을 능히 하였겠는가. 《주역周易》에 '고절苦節'[5]이란 말이 있는데, 김씨의 부인이야말로 거의 거기에 해당됨이 아니겠는가!

—이상 김진균 옮김

4_ **짐약酖藥** | 짐독酖毒. 짐새의 깃에서 추출하는 맹렬한 독.

5_ **고절苦節** | 《주역周易》, 〈절節〉 괘에 있는 말이다. "절제는 형통하다. 괴로운 절제는 항상 할 수 없다.(節亨, 苦節不可貞.)"

수칙

守則傳

천지天地의 지정至貞 지열至烈한 기운은 물物에 모이기도 하고, 사람에 모이기도 한다. 물에 모일 경우 해 · 달 · 서리가 되고, 졸졸 흐르는 여울이 되고, 높게 솟은 돌이 되고, 소나무와 잣나무 그리고 대의 푸르름이 되고, 연꽃 · 매화 · 국화가 된다. 사람에 모일 경우 남자는 충신이 되고, 여자는 절부가 되어 강유剛柔와 순박純駁이 그 바탕을 따르게 되는 것이니, 비록 서로 같지는 않으나 그것이 천지의 정렬貞烈한 기운을 모은 것임에는 동일하다.

외사씨外史氏는 말한다.

눈〔雪〕은 반드시 희고, 옥보다 반드시 못한 것도 아닌데, 사람들이 옥만을 귀하게 여기고 눈을 쳐주지 않는 것은 그 희고도 오래갈 수 있음을 취한 것이기 때문이다. 《주역》에 이르기를, "길이 곧은 것이 이롭다"[1]고 하였다.

1_ **길이 … 이롭다** | 《주역周易》, 〈곤坤〉 괘에 나오는 말이다. "用六, 利永貞. 象曰 用六永貞, 以大終也."

외사씨는 말한다.

기氣가 사람에게 있어서 굳센 것은 남자가 되고 부드러운 것은 여자가 되는데, 큰일을 처리하고 큰 절조節操를 지키는 데에는 의당 남자가 여자보다 나을 것이다. 그런데 옛책을 두루 살펴보면, 부인으로서 능히 늙어 죽을 때까지 사특하지 않는 이는 많고, 남자로서 힘겹게 평생토록 절조를 지키는 이가 세상에 드무니 이것은 어째서인가? 어쩌면 부인의 치우친 성품이 한 번 맺으면 스스로 풀리지 않으니 그 이치가 그런 것인가? 아아! 사람이 일에 있어서 살기는 어렵고 죽기는 쉬운 것이니, 창졸간에 한 치의 뾰족한 칼날과 한 잔의 독한 약을 마시는 것은 의義가 있음을 알 뿐이요, 몸이 있음을 알지 못하는 것이다. 무릇 혈성血性이 있는 자는 모두 한 번 죽음에 이르게 된다. 하루에도 만 번 변하는 마음을 가지고 두려워하지 않고 후회하지 않으면서, 마치 산악山岳이 땅에 뿌리박혀 있는 것처럼 의연하게 수십 년 동안을 한결같이 한다. 이는 살아 있는 세월이 곧 죽어 있는 날들이니, 그 어려움을 어찌 한 번 죽는 것에 비할 수 있겠는가? 이런 까닭으로 "살기는 어렵고 죽기는 쉽다"고 하는 것이며, 사는 것을 오래 지속함이 더욱 어려운 일이다.

바로 왕성王城 서쪽 월암月巖에 큰 돌이 서 있어 백 척이나 되고 빛깔은 매우 흰데, 성 밖의 가장 거칠고 구석진 곳이 된다. 바위 가까이에 조그만 집 한 채가 있는데 두 여인이 살고 있었다. 한 여인은 성 밖에 살면서 점을 쳐주거나 침선針線으로써 생계를 삼았는데 흐트러진 머리를 빗질하지 않아, 마치 쑥대를 인 듯한 모양새였다. 또 한 여인은 방안에 있으면서 밖을 내다보지 않아 사람들은 그의 모습을 알 수 없었다. 항상 사나운 개 십여 마리를 길러 여인을 지켰으며, 낮에도 안으로

外史氏曰我 太祖既受命崇獎麗氏節義之臣李穡朝見不
屈吉再趙狷終老山中賜禮有加 太宗 世宗令史臣正書
鄭夢周之忠以勸後之爲臣子者 聖人之意遠矣由是賢士
衆多卒能立節明義大有辭於靖難之日彭年三問等旣死而
時習癡雖所趣異途而心志皦然明白人至今仰之若麟厚所
遭之時爲尤難其事隱其跡晦雖其以大儒名世不爲詭異之
行而幽憤抑塞卒不可明言其故云

李守則傳

李氏漢陽南門外良家子也 英宗末其母黨有充掖庭者李
氏年十五隨母入禁中偶得侍 莊獻世子一夕而出旣出深

明美堂集 卷十六 傳 五

自匿人無知者亡何 世子薨李氏卽不梳洗晝夜處小室中
飮食便旋不離狀若病狂者父母問之不答旣久臭惡不可近
隣里怪笑遂以不售女稱後父母死依弟而居弟嘗問姊似非
病者何居李氏乃微告之且曰愼勿洩居十數年 正宗卽位
凡中外人嘗事先世子者皆推恩及其家李氏愈勅其弟匿如
故然自是里中稍稍有聞又十年而 上方大行仁政令五部
按問男女窮貧不能婚者大賚錢帛相與爲嫁娶其過時不願
者周之有加南部令按行視老處女至李氏里正白其事南部
令大驚走告宰相宰相從容白 上上以問老宮人對曰有之
於是 上召李氏入禁中詢之李氏爲 上言 世子容貌皆

〈이수칙전李守則傳〉

조선조의 대문장가 이건창李建昌(1852~1898)도 이수칙을 입전立傳하였다. 위의 것은 《명미당집明美堂集》(1917년)에 수록된 것이다.

문을 걸어 잠갔고, 밖에 있는 여인이 외출을 하면 비록 닷새 동안이라도 밥 짓는 연기가 나지 않았다. 이웃 사람들이 일찍이 실화失火하여 불길이 그 집에 옮겨 붙었으나 방 안에 있던 여인이 나오지 않자, 마을 사람들이 먼저 불을 꺼 해를 면할 수 있었다. 그 마을에 한 노파가 있어 몰래 살펴보았는데, 다만 홑이불에 싸인 듯 덮어쓰고 벽을 향해 누워 있는 것이 보일 뿐이었다. 이로써 잠긴 방문 안에서도 그 얼굴을 함부로 내민 경우가 없음을 알 수 있었다. 밖에 있는 여인은 비록 인가에 출입하며 사람들과 함께하면서도 그 출자出自를 말하지 않았고, 장에서 본 작은 새우와 물고기를 사서 연지蓮池 속에 놓아주고, 그 자리에서 잠깐 바라보다가 탄식하며 떠나곤 하였다. 평소에 좋게 지내던 여자가 억지로 뒤를 밟아 보았더니, 다만 말하기를 "나와 이 방 안에 있는 분이 궁宮에서 나온 지 몇 년이 되었다"고 하는데, 그 해를 헤아려보니 계미년 한 해 전이다.[2] 이에 잘 알지 못하면서도 안타까워하는 사람이 있었고, 의심으로 잘못 말하는 자도 있었는데, 비록 이웃이라 할지라도 끝내 그 여인에 대해 상세히 알 수는 없었다.

신해년(1791, 정조 15) 7월에 임금은 조회朝會로 인하여 좌승상左丞相과 경조京兆의 제윤諸尹과 소종백小宗伯[3]을 앞으로 불러 다음과 같이 전교를 내렸다.

"올 봄에 오부五部[4]에서 혼인을 권하는 일로 인하여 도성都城 서쪽 밖에 한 처녀가 바야흐로 삼십 년을 홀로 지내왔다는 보고를 들었다. 그 뒤로 내가 밤마다 잠을 이루지 못한 것이 오래되었다. 근자에 늙은 궁인을 보내 살펴보니 그 사람의 나이는 마흔여섯인데, 몸시중으로 이모姨母를 따라 액정掖庭에 들어와 이어 은총을 입었으나, 그를 알아보는 사람이 없었고, 얼마 뒤 또 따라서 궁 밖으로 나갔다는 것이다. 궁에서 나간 지 지금 삼십 년이 되었는데, 사람도 보지 않고 하늘의 해도 보지 않은 채 스스로를 방 안에 유폐하여 용변을 볼 때에도 밖으로 나가지 않았으며, 마을 사람들이 불로써 시험해도 또한 나오지 않았다. 내가

2_ **계미년 … 전이다** | 계미년은 영조 39년(1763)이며, 한 해 전인 임오년(1762)은 사도세자가 죽임을 당하는 사건이 있었던 해이다. 이 글에는 이씨李氏와 사도세자의 관계가 드러나 있지 않지만, 이건창李建昌이 지은 〈이수칙전李守則傳〉에는 "李氏年十五, 隨母入禁中, 偶得侍莊獻世子一夕而出"이라 하여, 그 사정이 보다 자세히 서술되어 있다.

3_ **소종백**小宗伯 | 예조참판禮曹參判을 가리키는 말이다. 예조판서禮曹判書는 종백宗伯 또는 대종백大宗伯이라 칭하였다.

4_ **오부**五部 | 조선조에 서울을 나눈 다섯 개의 부部. 즉 중부 · 동부 · 서부 · 남부 · 북부.

이미 그 상세한 사정을 알게 된 터에 정려문을 세워 장려하고자 하는데 어떻게 생각하는가?"

승상 이하의 관리들이 모두 놀라고 차탄嗟歎하여 드디어 종이품從二品의 수칙守則[5]을 봉하였고, 그날로 정려문을 세웠다. 방 안에 있던 여인이 지금의 수칙이며, 밖에 있던 여인이 그의 이모이다. 부部[6]의 처녀로 보고된 것을 마을 사람들이 잘못 알고 전했던 것이다. 임금의 하교가 있은 뒤에야 사람들은 비로소 그의 정렬貞烈을 상세히 알게 되어 지극히 차탄한 나머지 눈물을 흘려 울고자 하는 이도 있었다. 수칙은 성이 이씨李氏라고 한다.

외사씨는 말한다.

수칙이 방 안에서 삼십 년을 보내는 동안 사람들이 그의 동정을 파악한 자가 없었다. 내가 감히 억지로 말하려는 것이 아니라 가만히 마음으로 추정해보건대, 사람을 보지 않고 하늘과 해도 보지 않았다는 것은 눈물이 반드시 하루라도 줄줄 흐르지 않은 날이 없어서였을 것이다. 웃어도 반드시 이를 드러내기에 이르지 않았을 것인데, 하물며 빗질하고 목욕하는 데 있어서겠는가? 그 이모 또한 하지 않았는데, 하물며 그분에 있어서랴! 이는 억지로 남의 이목을 의식하여 한 것이 아니요, 마음에서 우러나와 일로 드러난 것이다. 대궐문을 나온 이래 어느 날인들 은혜를 잊을 수 있었겠으며, 어느 날인들 고통을 잊을 수 있었겠는가?

5_ 수칙守則 | 수칙은 동궁東宮 소속의 여관女官으로 일반적으로 6품직이다. 이건창이 지은 〈이수칙전〉에는 종3품에 봉하였다고 되어 있으며, 이 글과 《정조실록正祖實錄》의 기록에는 종2품에 봉하였다고 되어 있다.

6_ 부部 | 여기서는 오부五部 가운데 서부西部를 가리킨다.

삼십 년은 한 세대인데, 정일貞一하기를 하루같이 하였으니, 사람으로서 마음을 굳게 잡는 일이 또한 큰 어려움이 아니겠는가! 난꽃 핀 골짜기에서 향기가 나고, 구슬 잠긴 못에서 무지개가 솟아나기 마련이니, 그의 정절이 세상에 알려진 것은 진실로 그분이 원한 바가 아니면서도 그렇게 된 것이다. 생각건대, 월암 근처에 밤마다 필시 흰 기운이 열렬히 솟아 달과 별에 뻗쳐 있기를 오래도록 하였을 것이다. 애석하게도 그 기운을 엿보고 그분을 찾아가 인사 드린 자가 없었다. 아아!

외사씨는 말한다.

묵태윤墨胎允이 서산西山의 고사리를 캐면서 굶어 죽으니,[7] 온 세상의 완악하고 게으른 자들이 깨우치는 바 되었다. 그런데 수칙이 세상에 대해 끼친 바가 적지 않겠지만 나는 이에 대하여 오히려 유감스러운 바 있다. 만일 그분이 아녀자가 아니라 사내로 태어나, 불행히도 국가의 큰 변고가 있을 때를 당했더라면, 나는 모르겠지만 배를 가르고 창자를 끄집어내어 그 충적忠赤을 드러내지 않았을까? 아니면 대궐 섬돌에 이마를 부딪혀 돌과 더불어 부서지지 않았을까? 또는 슬픔과 원망을 이기지 못하여 통곡하고 피를 뿌리며 죽지 않았을까? 만일 옛 충신 열사와 같은 처지가 되었더라면, 사람들이 할 수 없는 바의 일을 진실로 넉넉하게 행하고 남음이 있었을 것이다. 하필 한 이불을 머리에 뒤집어쓰고 한 방에 갇힌 그림자 신세가 되어 울음을 삼키는 삼십 년이 되게 하

7_ **묵태윤墨胎允이 … 굶어 죽으니** | 묵태윤은 백이伯夷를 말한다. 묵태墨胎는 중국 은殷나라 때 고죽국孤竹國 임금의 성姓. 묵태초墨胎初의 두 아들 윤允과 지智가 곧 백이伯夷와 숙제叔齊이다. 서산西山은 수양산首陽山을 말한다.

였는가? 아마도 살아 정절을 지키는 것은 어렵고, 죽음으로 정절을 지키는 것은 쉬운 일이므로, 하늘이 지정至貞 지열至烈의 기운을 저곳에 모이게 하지 않고, 이곳에 모이게 하여 큰 어려움으로 그를 시험해본 것인가? 아아, 슬프다!

살아 있는 열녀

生烈女傳

살아 있는 열녀 신씨申氏는 본관이 평산平山으로 용인龍仁 사람이다. 유학幼學[1] 정모鄭某에게 시집을 갔는데, 얼마 되지 않아 남편에게 몹쓸 종기가 생기더니 온몸에 퍼져 장차 죽을 지경이 되었다. 열녀는 인육人肉이 효험이 있다는 말을 듣고, 몰래 칼로 자기 허벅지 살을 베어 구워 남편에게 올리니, 종기가 곧 나았고 허벅지 또한 심하게 상하지 않게 되었다. 이 일이 알려져 그의 집에 정려문이 세워졌는데 '열녀 유학정모처 평산신씨지문烈女幼學鄭某妻平山申氏之門'이라 하였다. 어떤 사람이 남부南部 묵사동墨寺洞[2]에서 이 일을 보았다고 한다.

외사씨는 말한다.

여자가 두 남편을 섬길 수 있는데도 섬기지 않은 경우에 열녀가 되는 것이다. 왕촉王蠋은 "열녀는 두 남편을 섬기지 않는다"고 하였다.[3] 우리나라의 여자는 정절을 중히 여기고 음란하지 않아서, 사족士族의 딸이

1_ **유학幼學** | 벼슬하지 않은 유생儒生을 이르는 말이다.

2_ **묵사동墨寺洞** | 먹절골. 지금의 서울 중구 필동 부근.

3_ **왕촉王蠋은 … 하였다** | 왕촉은 중국 전국시대 제齊나라 사람. 연燕나라가 제나라를 치면서 왕촉을 회유하였으나, 그는 "忠臣不事二君, 烈女不更二夫"라는 말로 거절하고 목을 매어 죽었다.

초례만 치르고도 과부가 되어 다른 곳으로 시집가지 못하였다. 이 법이 풍속을 이루어 일반 서민 중에 조금이라도 부끄러움을 아는 자들 역시 그렇게 하였다. 그러므로 온 나라 안의 젊은 아낙네로 소복을 입은 자들은 모두 옛날의 열녀이다. 여기에서 남편을 따라 죽은 뒤라야 정려를 하게 되므로, 우리나라의 열녀는 모두 죽은 사람들이고 살아서 환하게 정려문을 세우게 된 자는 없었다. 나는 신씨에게서 지금 오직 그런 사실을 들었을 뿐이다.

아아! 시퍼런 칼날을 쥐고 자기 살점을 베어내는 것을 사람으로서 능히 해냈으니, 이는 한 번 죽는 것보다 매우 어려운 일이다. 생각건대, 그의 성품은 매우 굳세고 과감했던 것 같다.

그런데 일찍이 사람들에게 들어보니, 정씨의 집은 매우 곤궁한 데다 시아버지가 술주정을 일삼아 매일 한 번씩은 항아리를 깨고 솥에 금이 가게 하는 일이 일어나, 이웃에서 모두 이마를 찡그렸다고 한다. 그런데 열녀는 화평한 기색과 부드러운 음성으로 시아버지를 모셨으며, 가난과 술주정을 탓하며 조금도 원망하는 말을 한 적이 없었다. 그가 일찍이 말하기를, "남의 며느리가 되어 어찌 집안이 가난하다고 하여 어른을 봉양하는 데 소홀함이 있으리오?"라고 하였다. 날마다 고기 반찬 한 가지를 드시게 하였고, 해마다 명주옷 한 벌을 장만해 드려 시아버지가 돌아가실 때까지 그렇게 하였는데, 모두가 그의 손끝에서 마련된 것이었다고 한다. 내가 살아서 열녀가 되는 일이 죽어서 되는 것보다 어렵다고 했는데, 그가 시아버지께 효도했던 것은 또한 자기 살점을 베는 것보다 어려운 일이다.

—이상 한영규 옮김

산골의 어느 효부[1]

峽孝婦傳

어느 산골에 한 아낙이 있었는데, 남편은 일찍 죽었다. 집이 깊은 산속에 있어 아무 이웃도 없고, 시어머니는 늙고 병든 데다 또 눈마저 멀었는데 봉양할 사람이 없었다. 그는 시어머니를 잘 섬겨 감히 하루라도 그 곁을 떠나지 않았다. 친정집이 삼십 리 되는 곳에 있었는데도 과부가 된 뒤로는 일절 가지 않았다. 어느 날, 그의 아버지가 어머니의 병환을 알려왔다. 그는 죽 한 동이를 쑤어 놓고 시어머니께 말씀드렸다.

"죽을 잘 잡숫고 계시면 제가 저녁에 돌아오겠습니다. 친정 어머니 병환이 비록 중하더라도 내일엔 꼭 돌아오겠습니다. 죽은 동이에 있고, 화로엔 불이 있으니 잘 데워 드시길 바랍니다."

친정집에 당도하니 그의 어머니는 아무 탈이 없었다. 아버지가 말하였다.

"너는 아직 젊다. 어찌 네가 눈먼 노파의 종 노릇으로 그치겠느냐? 우리 집에 잠시 머물고 있는 장사꾼이 한 사람 있는데, 용모가 반듯하

1_ **산골의 어느 효부** | 유재건劉在建이 편찬한 《이향견문록里鄕見聞錄》에 〈안협효부安峽孝婦〉라는 글이 있는데, 내용이 이 글과 매우 흡사하다. 자세한 것은 실시학사 고전문학연구회에서 역주한 《이향견문록》, 글항아리, 2008 참조.

고 재산도 좀 있는 것 같다. 너를 기다려 함께 떠나려고 하니, 너는 돌아가지 말고 그 사람을 따라가거라. 만일 그렇게 하지 않으면 너를 죽여 버리겠다."

"저도 역시 그런 생각을 가진 지 오래입니다. 얼마나 다행입니까? 다만 오래도록 화장을 하지 않아 새 손님을 볼 수 없으니, 조용한 방을 얻어 단장하는 곳으로 삼았으면 합니다."

딸의 말을 들은 부모는 기뻐하여 별실에 들여보냈다. 그 아낙은 이에 사람이 없는 틈을 엿보아 뒤쪽 바라지문을 열고 울타리를 뚫고 달아났다. 반드시 자신을 뒤쫓으리라 생각하고 산골짝 샛길로 달려갔다.

날이 이미 저물매 무늬가 찬란한 큰 호랑이 한 마리가 길을 가로막았다. 아낙은 앞으로 다가서며 호랑이에게 말하였다.

"호랑아! 나는 과부인데, 우리 친정 부모님이 나의 뜻을 저버린 채 개가를 시키려 하시니 죽는 것은 내가 아깝게 여기지 않지만, 다만 집에 시어머니가 계셔서 하직 인사를 하지 않을 수 없다. 그렇지 못하면 죽어도 눈을 감을 수 없을 것이다. 바라건대, 나에게 잠깐 시간을 주어 우리 집 문 앞에서 나를 잡아먹도록 해라."

호랑이는 일어나 길을 비키고 아낙의 뒤를 따랐다. 이윽고 집에 도착하자, 아낙은 시어머니를 껴안고 흐느끼며 말하였다.

"제가 왔습니다. 그렇지만 이로부터 하직 인사를 드려야겠습니다."

이처럼 그 연유를 말하고 한참 울다가 당부 말씀을 드렸다.

"제가 어머님을 끝내 봉양하지 못하는 것은 천명입니다. 바라옵건대, 산 아래 마을로 가서 사셔야겠습니다. 호랑이가 필시 지체한다고 여길 터이니, 저는 이만 가보아야겠습니다."

절을 올린 다음 문을 나서니, 호랑이는 뜰에 쭈그리고 앉아 있었다.

아낙이 말하였다.

"이미 하직 인사를 올렸으니 이제 아무 여한이 없다. 네 맘대로 해라."

호랑이는 머리를 흔들며 마치 그렇게 하지 않을 듯이 하였다.

"네가 나를 불쌍히 여겨서 잡아먹지 않으려 하는 거냐?"

호랑이가 머리를 끄덕이는 모양을 하였다.

"아아, 어질구나, 호랑아! 네가 굶주리지 않았느냐?"

부엌에 들어가 죽을 가져다 먹이니, 호랑이는 꼬리를 흔들며 귀를 붙이고 개처럼 핥아먹었다. 아낙이 호랑이의 머리를 어루만지며 당부하였다.

"호랑아, 너는 과연 영물이로구나! 이제부터는 노루나 토끼만을 잡아먹고, 사람 근처에는 가지 마라. 저 함정과 틀〔機〕이 너의 착한 뜻을 저버릴까 걱정스럽구나."

호랑이는 죽을 다 먹더니, 몇 번이나 뒤돌아보면서 갔다. 아낙은 다시 예전과 같이 시어머니를 봉양하고 있었다.

며칠이 지나 꿈에 호랑이가 나타나 말하였다.

"전일에 당부하신 말씀을 따르지 않아, 지금 어느 곳의 함정에 빠져 있습니다. 빨리 오시면 구해주실 수 있습니다."

아낙이 놀라 깨어나 가서 보니 과연 그러하였다. 마을 사람들이 바야흐로 틀을 발發하여 죽이려고 하는데, 아낙이 그 실상을 상세히 말하며 놓아주기를 빌었다. 마을 사람들이 허황되게 여겨, 아낙의 간청을 들어주지 않았다. 아낙은 강개한 심정으로 말하였다.

"내가 살아난 것이 호랑이의 은덕인데, 이제 호랑이가 죽어도 구출하지 못한다면 내가 살아서 무엇하리오?"

드디어 함정으로 뛰어들었다. 호랑이는 눈을 흘기고 크게 포효하며 사람들이 저를 엿보는 것을 노여워하고 있다가, 아낙이 뛰어내리는 것을 보고는 갑자기 엎드려 눈물을 흘리면서 마치 슬픔을 이기지 못하는 듯이 하였다. 아낙 역시 호랑이를 쓰다듬으며 울었다.

그제야 마을 사람들은 호랑이가 아낙을 물지 않음을 기이하게 여겨 사다리를 놓아 호랑이를 구해주었다. 호랑이는 먼저 함정에서 나오고도 가지 않고, 아낙이 나오기를 기다려서 그의 옷에 몸을 비비고 손을 핥기도 하며 마치 기르던 개가 주인을 반기듯이 하였다. 아낙은 다시 한번 호랑이를 타일러 보내고, 마을 사람들에게 감사하다는 말을 남기고 돌아왔다.

이 뒤로부터 호랑이는 다시 산을 내려오지 않았고, 아낙의 부모도 감히 다시금 개가시키려고 하지 않았다.

외사씨는 말한다.

내가 일찍이 듣건대, "도성의 서쪽에 호랑이가 있어 남의 예쁘장한 과부를 납치해갔는데, 그의 치마와 띠는 울타리에 걸려 있고, 뒤안엔 피가 흘러 있어서 사람들이 모두 가엾게 여겼다. 그런데 그 뒤에 그 과부를 여관[客館]에서 본 사람이 있다"고 하였다. 이 또한 호랑이가 잡아먹지 않아서 그렇게 된 것일까? 아아! 호랑이가 어찌 사람마다 잡아먹지 않는단 말인가?

—이지양 옮김

호랑이를 잡은 아낙

捕虎妻傳

정읍산성井邑山城 아래에 숯을 굽는 일을 업으로 하는 백성이 있었다. 그는 홀로 처妻와 함께 살고 있었는데, 집에는 개 한 마리뿐 사방 십 리에 이웃이 없었다. 그의 처가 아이를 가져 해산달이 임박하였다. 그 백성은 숯을 가지고 장터로 가면서 처에게 당부하였다.

"내가 가지 않으면 미역과 쌀을 마련할 수 없다오. 비록 밤이 늦더라도 꼭 돌아올 터이니 기다려주구려."

이날은 비가 크게 오고 벼락이 치기도 하여 숯이 팔리지 않았고, 누구에게 돈을 꾸려고도 해보았으나 얻을 수 없어, 먼 마을까지 돌아다니느라 일찍 돌아올 수 없었다. 밤중에 그의 처는 아이를 낳았는데 개 또한 마침 아궁이 곁에 새끼 세 마리를 낳았다. 집에는 아무것도 없고 다만 싸라기만 조금 남아 있었다. 숯으로 땔감을 대신할 수 있었으므로 드디어 돌을 가지고 질그릇 항아리를 화로에 괴고, 방 안에서 숯을 피워 죽을 끓이고 있었다.

큰 호랑이 한 마리가 와서 지게문을 밀치고 막 들이닥칠 찰나였다. 그 처는 몸을 일으켜 개를 쓰다듬고 타일러 말하였다.

"내 아이는 사람이고, 네 아이는 짐승이다. 어미의 자정慈情이 비록 마찬가지겠지만 경중輕重의 차이가 있으니, 너는 나를 원망하지 마라."

이에 갓난 강아지 한 마리를 호랑이에게 던져주며 말하였다.

"산군山君은 굶주렸는가? 너에게 한 주먹 살점을 바치노니, 얼른 돌아가서 사람에게는 해가 미치지 않게 했으면 좋겠다."

호랑이가 입을 벌려 받아 삼키는데 마치 학이 음식을 먹듯 하였고, 다 삼키고도 떠나지 않기에 다시 한 마리를 던지니 또 삼켜 버리고는 으르렁거리며 포식하길 바라는 기색이었다. 그 처가 생각하기를, 강아지 세 마리 중 내가 두 마리를 던져주었으니 더 이상 줄 수 없고 또 저 짐승의 욕심을 키워줄 수 없으니, 꾀를 써서 쫓아야겠다고 마음먹었다. 이에 몰래 헌 솜에다 화로 속에 있던 돌멩이를 싼 다음 다시 던졌더니, 호랑이는 그것이 강아지인 줄 알고 씹지도 않은 채 꿀컥 삼켜 버렸다. 목구멍을 지나서야 비로소 뜨겁게 느끼고 드디어 곰이 말[斗]을 뒤엎고, 사자가 공을 굴리듯 날뛰고 포효하다가 죽어 버렸다.

새벽에 남편이 빈손으로 돌아와 보니, 처는 탈 없이 아이를 낳은 데다 마당에 큰 호랑이가 자빠져 있었다. 관가에 달려가 보고하였더니 관에서는 그 처에게 쌀 한 섬을 보내주었고, 장醬과 미역 따위도 많이 딸려왔다. 관에서는 대신 호랑이의 가죽을 벗겨갔다.

이자李子는 말한다.

아! 호랑이의 죽음은 마땅한 일이다. 호랑이가 틈을 엿보아 그 방 앞에 이르렀을 때 눈 앞에 꼼지락꼼지락하는 것을 모두 고깃덩이로만 보았지, 사람이라고 보지 않았다. 그러므로 죽음의 덫을 밟았으면서도 깨닫지 못했던 것이다. 만일 그 백성이 그 방 안에 지키고 있었더라면 반드시 호랑이가 감히 집에 이르지 않았을 것이며, 설령 이르렀다 하더라도 잡을 수 없었을 것이다. 게다가 그의 처는 여자로서 만일 여러 사람이 있는 곳에서 갑자기 호랑이를 만났다면 눈을 가리고 먼저 달아났을 것인데, 어찌하여 호랑이를 잡으려는 데에 뜻을 둘 수 있었겠는가? 그런데도 홀로 깊은 밤에 처하여 낯빛 하나 변하지 않은 채 장사壯士의 공을 거두게 되었다. 이런 까닭에 형세가 급박하면 약한 사람도 강한 것을 이길 수 있고, 사려가 미치지 못하면 강한 자도 자신自信할 수가 없는 것이다. 옛글에 "근심은 소홀한 데서 생겨난다(患生於所忽)"고 하였으니 이는 호랑이를 두고 한 말이고, 병법에 "죽을 땅에 놓여진 뒤라야 살게 된다(置之死地而後生)"라고 하였으니, 이는 그 백성의 처를 두고 한 말인가 보다.

—한영규 옮김

의협심이 있는 창기

俠娼紀聞

서울에 어떤 창기가 있었는데 자색姿色과 기예技藝가 일세의 최고였다. 그 몸가짐이 매우 고급스러워 손님의 신분이 귀하고도 요부饒富하지 않으면 예우하지 않았으며, 그중에서도 용모와 신색이 아름답고 명성이 드러나고 풍류에 익숙한 사람이라야 골라 사귀었다. 이 때문에 가깝게 지내는 사람이 기필코 많지 않았다. 일시 가까이한 사람 중에 문반文班으로는 홍문관 · 승정원 사람이요, 무반武班으로는 절도사였고, 이 밖에는 오히려 여염의 요부한 자제子弟로 화려한 옷, 날랜 말로 행세하는 자들이었다. 이때에 손님으로 그 창기에게 문전박대를 받은 자들은 헐뜯으려고 속을 끓였지만, 그에게 지키는 바가 있을 줄은 알지 못하였다.

을해년(1755) 나라에 큰 옥사[1]가 있어 멀리 유배된 사람이 많았다. 창기의 정인情人 하나가 그 형의 일에 연루되어 홍문관 · 예문관의 반열에서 제주 관노로 떠나게 되었다. 창기가 그러한 사실을 듣고 가까이 지내는 자들에게 고하였다.

1_ **을해년 … 옥사** | 을해옥사乙亥獄事를 말한다. 나주羅州 괘서掛書의 변變, 혹은 윤지尹志의 난亂이라고도 한다. 영조 31년(1755) 소론少論 일파가 모역을 꾀한 사건이다.

"나를 위하여 속히 행장을 좀 꾸려주십시오. 나와 모某는 그저 심상한 하루저녁 사귄 것에 불과합니다. 내가 이 모임을 차린 지도 십 년이고 친밀한 사람 또한 근 백 사람이지만, 가만히 따져보면 모두 고기 반찬에 비단옷을 입고 행세하면서 궁핍한 생활을 맛보지 않은 분들입니다. 지금 모가 제주에서 장차 굶어 죽게 되었으니, 나의 정인이면서 굶어서 죽는다는 것은 나의 수치입니다. 나는 장차 그를 따라가려 합니다."

드디어 넉넉한 재물을 가지고 바다를 건너 따라갔다.

제주도에 이르러서는 그 사람에게 지공하기를 지극히 화려하고 풍성하게 하였다. 그 사람에게 일렀다.

"나리께서 한양으로 다시 돌아가지 못할 것은 뻔한 일입니다. 곤궁하게 살아가는 것이 즐기다가 죽는 것만 같지 못합니다. 그것을 도모함이 어떠합니까?"

이에 매일 화주火酒를 갖추어 잔을 쳐서 취하게 하고, 취하면 문득 이끌어 함께 자되 밤과 낮을 가리지 아니하였다. 얼마 있지 않아 과연 병이 들어 죽자, 관곽棺槨과 수의壽衣를 매우 아름답게 마련하여 장사 지내주었다. 또 스스로 장사 지낼 물품을 마련하고, 편지 십여 통과 남아 있는 돈을 이웃 사람에게 주면서 부탁하였다.

"내가 죽거든 이것으로 염을 하고, 이 재물로는 나를 강진康津의 남쪽 언덕으로 보내주십시오. 그리고 이 편지는 서울에 전해주십시오."

이에 술을 몹시 마시고 한 번 통곡하고서 절명하였다. 제주 사람들이 불쌍히 여겨 유언을 따라 해주었는데, 부친 편지는 모두 한양의 옛날 사귀던 사람들에게 전해졌다. 편지를 받은 사람들은 애통해하고 그 일을 의롭게 여겨, 금품을 거두어 가서 맞이해오고 적당한 땅을 구하여 묻어주었다. 사람들은 그제서야 그 창기가 고상한 의기義氣를 가지고 돈과 권력에 추부趨附하는 자가 아님을 알았다.

아! 이와 같은 사람은 참으로 자기를 잘 지킨다고 말할 수 있고, 여자 가운데 관부灌夫[2]이다. 이 어찌 세속에 머리를 분장하고 오직 돈과 재물을 쫓는 기녀들에게 비할 수 있겠는가? 아! 어떻게 하면 그 나머지 분粉과 나머지 향香을 얻어 세간의 시교市交하는 사람들에게 체득시켜 삶을 영위하게 할 수 있을까? 슬프다!

2_ **관부**灌夫 | 중국 한漢나라 때 영음潁陰 사람. 자는 중유仲孺, 본성은 장張이다. 아버지 맹孟이 관영灌嬰의 사인舍人이 되었기 때문에 관성灌姓을 가지게 되었다. 오吳와 초楚나라가 반기를 들자 아버지와 함께 그들을 공격할 때 용맹을 떨침으로써 천하에 이름이 알려졌다. 윗사람을 위하여 자신의 위험을 돌아보지 않고 의협심을 발휘하는 아랫사람을 비유하는 말로 사용된다.

마상란 보유

馬湘蘭傳 補遺

명나라 가정嘉靖 연간에 금릉金陵[1] 지방의 노기老妓 마수진馬守眞이라는 여인이 있었는데, 자는 월교月嬌요, 호는 상란湘蘭[2]이었다. 소싯적에는 자못 재색이 있어 육원六院[3]에서 제일이었으나, 늙어 안색顔色이 초췌하고 뜰 안이 썰렁하였다.

어떤 한 소년이 금릉 향교에서 공부하고 있었는데, 그 여인을 몹시 사모하였다. 한 번 만나보고는 스스로 마음을 진정하지 못하여 돈 삼백 냥을 가지고 강물을 가리켜 맹세하며 함께 부부가 되고자 하였다. 그때 여인의 나이 꼭 쉰이었고, 소년의 나이는 반이 채 못 되었다. 여인은 웃

1_ **금릉**金陵 | 중국 남경南京의 미칭. 전국시대에 초나라가 금릉읍을 설치한 이래 오吳·송宋·양梁의 도읍지였다. 또 명나라의 도읍지가 되어 남경이라 칭해졌다. 지금의 강소성의 성도省都.

2_ **상란**湘蘭 | 마수진馬守眞(1548~1604)의 호. 중국 명나라 때의 여류 시인·화가. 금릉의 이름난 기녀. 자는 현아玄兒 또는 월교月橋. 시에 공교롭고 난을 잘 그렸다. 진회秦淮의 승처勝處에서 풍류방탄風流放誕한 생활을 보냈으며, 후에 왕치등王稚登과 교제하였는데, 당시 치등의 나이 일흔을 넘기고 있었다. 금릉에 거주하면서 주연을 베푸는 것으로 수壽를 삼고 잔치와 음주로 세월을 보내다가 졸하였다. 시집 2권과 전기 극본傳奇劇本《삼생전三生傳》을 지었으나 전하지 않는다. 시집의 서문은 왕치등이 지었다.

3_ **육원**六院 | 가기歌妓들이 모여 있는 곳을 가리킨다. 중국 명나라 초, 남경의 기원妓院 가운데 이름난 것에 내빈來賓·중역重譯·담분淡粉·매연梅姸·유취柳翠의 육원이 있었다. 후에 육원은 기원을 대신하는 이름이 되었다.

으면서 말하였다.

"내가 선비님과 사사로이 관계를 맺는 것은 구슬을 파는 아이의 짓과 같습니다. 어찌 나이 반백半百의 기생으로 키〔箕〕와 비〔帚〕를 잡고 신부가 될 수 있겠습니까?"

그러나 소년의 뜻은 더욱 견고하였다. 하는 수 없이 향교의 좨주祭酒[4]가 회초리로 때려서야 비로소 안타까운 생각을 품고 떠났다.

보유補遺에서 말한다.

소년이 기녀에게 빠져 있을 때, 어떤 사람이 물었다.

"그대는 지금 젊고 저쪽은 늙어 빠진 가죽 주머니와 같은 몸매에 얼굴마저 퇴색하였는데, 무엇 때문에 그렇게 심히 사모하고 있는가?"

소년은 답하였다.

"그렇지 않다. 내가 그 여인을 만나고부터 다른 기녀가 왜타머리〔倭墮梳〕를 구름같이 빗질한 것을 보면 그것이 반백이 아닌 것을 싫어하였고, 빰이 살찌고 입술이 붉은 것을 보면 그것이 주름지고 또 마르고 누렇지 않음을 싫어하였으며, 살갗이 기름진 것을 보면 그것이 마른 귤껍질 같지 않음을 추하게 여겼다. 사람의 식성이 고기를 좋아하는 경우도 있고, 부스럼딱지를 좋아하는 경우도 있으니,[5] 자신에게 맞는 것이 귀한 것이지 남이 따질 바가 아니다."

4_ **향교의 좨주祭酒** | 향교의 교수를 가리킨다.

5_ **부스럼딱지를 … 있으니** | 원문은 "기창가嗜瘡痂"로, 중국 남송南宋 유옹劉邕의 고사이다. 유옹이 평소 부스럼딱지가 진 마른 전복 같은 맛을 좋아하여, 한번은 맹영휴孟靈休를 방문했는데 영휴는 자창炙瘡을 앓고 있는 중이었다. 마침 병상에 부스럼딱지가 떨어져 있는 것을 유옹이 보고 주워 먹었다. 후에 편벽된 기호를 가진 경우를 비유하는 말로 사용된다.

여인이 사양하고 달가워하지 않자, 소년은 근심하고 허둥거려 먹지도 못하였다. 점방에 가서 점을 쳐보니, 박剝괘 여섯 번째 효爻의 동動을 만났다. 점치는 사람이 말하였다.

"길하지 못하다. 박은 음陰이 다섯이고 양陽은 하나로 괘사卦辭를 삼가 살펴보니 '큰 과실은 먹지 않는다〔碩果不食〕'라고 되어 있다."

대저 과일은 맛있는 것이지만 그 크기가 너무 크면 대추의 경우는 이미 주름지고, 감과 밤의 경우는 이미 갈라지며, 복숭아 · 살구의 경우에는 반드시 속에 벌레가 생기고, 배의 경우에는 반드시 시어지고 또 짓무른다. 먹어서 병이 되니 먹을 수 없는 음식이다. 그런데 소년은 듣지 않고 끝내 욕심을 부리다가 매 일백 대의 벌을 받고서야 떠나게 되었다.

—이상 김명균 옮김

성 진사

成進士傳

세상에 이 인간들이 있은 지 오래되었다. 간교함이 날로 심해지고 사기詐欺가 날로 들끓고 있다. 이런 일도 있었다. 굶어 죽은 시체를 업고 밤에 남의 집 문을 열어젖혀 주인을 급히 부르고는 성질을 돋게 하여, 서로 주먹질을 하는 데까지 이른 뒤에, 비로소 큰소리로 "주인이 내 친구를 죽였다! 관가에 가서 고발하겠다"라고 한다. 주인은 영문도 모른 채 무거운 대가를 치르고서야 일이 겨우 가라앉게 된다. 또한 험악한 일이로다! 그러나 지극히 몸가짐을 삼가는 사람에게는 간사한 자도 감히 흥정을 하지 못하고, 사기꾼도 감히 꾀를 내지 못한다. 속담에 "세 사람의 귀인貴人을 사귀지 말고 내 한 몸 삼가는 게 낫다"라고 하는데, 성씨成氏의 아들이 거의 그런 사람이 아닐까 한다.

성희룡成希龍은 상주 사람이다. 집안이 원래 부유하였다. 흉년이 되자 밥 얻어먹는 사람이 많았다. 계집종이 막 밥을 주려고 밥상을 내가는데, 어느 계집종이 달려와 말하였다.

"포대기를 등에 진 거지 놈이 까마귀처럼 밥상을 채갔습니다!"

희룡이 말하였다.

"굶주렸던 게다, 주어 버려."

잠시 후, 어느 계집종이 또 달려와 말하였다.

"그릇을 포대기에 넣고 가려 합니다!"

"괜찮아."

하고는 그를 불러오게 하였는데, 그 자는 도리어 싸울 기색이었다. 희룡이 말하였다.

"팔 겐가?"

"그래."

"내게 팔게."

"천오백 냥 아래로는 안 팔아."

희룡은 천오백 냥을 주게 하였다. 거지는 한참을 쳐다보다가 바깥을 향해 그의 처를 불러들였다.

"이 어른은 사람이 아니야, 부처님이야."

그 묶은 것을 푸는데, 죽은 아이가 나왔다.

"제가 남에게 불법을 저지르면 사세事勢는 반드시 저를 내쫓으며 떠밀게 되어 있고, 저를 내쫓으며 떠밀면 저는 아이가 죽었다고 위협하여 무거운 대가를 얻을 수 있었습니다. 지금 그 계교를 이루지 못한 것은 어른께서 몸을 근신하는 수양이 있는 까닭입니다. 감히 사양하겠습니다."

곧 돈과 그릇을 내놓고 갔다.

성씨는 결국 잃은 것이 없었다.

화서외사花溆外史는 말한다.

그때 만약 성씨가 그렇게 하지 않았더라면 옥사獄事가 성립됐을 것이고, 옥사가 성립되면 법을 담당한 자가 반드시 '죄가 의심스럽다'고 하여 여러 해 동안 판결을 내릴 수 없었을 것이다. 성씨로서는 또한 억울하지 않겠는가? 아! 진실로 서문표西門豹[1]같이 밝은 안목을 가진 사람이 있어 법을 맡았다면 거지가 감히 이런 짓을 하지 못했을 것이 확실하다.

—김진균 옮김

1_ 서문표西門豹 | 중국 전국시대 위魏나라 사람. 업鄴의 영令이 되었을 때, 하백河伯을 빙자하여 백성의 생활을 위협하는 무녀巫女와 촌로村老들을 물에 빠뜨려 죽인 일과, 당장의 수고로움 때문에 백성들이 반대하던 수로水路 만드는 일을 강행하여 백성들의 생활에 큰 이익을 준 일에 대한 일화가 있다. 《사기史記》, 〈골계열전滑稽列傳〉 참조.

최 생원

崔生員傳

어떤 친구가 나에게 물었다.

"남들이 모두 귀신이 있다고 말하는데, 귀신이 정말로 있는 것일까?"

나는 "있네"라고 하였다. 어느 날 그가 또 물었다.

"어떤 이는 귀신이 없다고도 하는데, 정말 귀신이 없는 것일까?"

나는 "없네"라고 하였다. 그는 말하였다.

"일전에 내가 자네에게 '귀신이 있나?' 하니까 '있네'라고 하더니, 이제 다시 '귀신이 없나?' 하니까 '없네'라고 하는군. 적이 자네의 미혹됨이 염려되네."

이에 나는 다시 말하였다.

"그렇다네. 자네가 있다고 하면 있는 것이고, 없다고 하면 없는 것일세."

"감히 묻건대, 그게 무슨 말인가?"

"대개 귀신의 이치는 지극히 현묘하고, 귀신의 자취는 지극히 신비하며, 귀신의 일은 지극히 번잡하여, 내 눈으로 직접 본 바가 아니므로 분명히 단정적으로 귀신을 말할 수 없네. 내 일찍이 본 바로, 저 담장 남쪽에 집 한 채가 있었는데, 그 집은 원래 귀신이란 없어서 주인이 산지 다섯 해가 되도록 나뭇잎 하나 놀라지 않았네. 그런데 마침 그 남쪽 이웃집 사람과 사이가 나빠져, 남쪽 이웃 사람이 그를 몹시 미워하여 밤마다 일어나 돌 서너 개씩을 던졌지. 처음에는 그 집주인이 '도둑의 짓'이라 여기더니, 그런지 사흘이 지나자 여자 무당을 맞이하여 큰 나무 밑에다가 떡을 차려 놓고 신 내리는 말을 하며 방울을 흔들고 협篋을 두드리더군. 남쪽 이웃 사람이 그것을 알고 담 구멍으로 엿보고 슬며시 웃으며 다시 돌을 나무에 던져 가지를 맞추니 그 소리가 매우 컸지. 곁에 있는 나무까지 우수수 소리를 내었는데, 그 돌이 떡에 떨어져 공교롭게도 떡시루를 깼네. 무당은 혀를 떨며 한참 동안 말을 못하더니, 그대로 버리고 달아나며 '귀신의 노여움이 심하여 도저히 풀어볼 수가 없군요'라고 했지. 남쪽 이웃 사람 또한 오래가면 발각될까 염려하여 드디어 그만두었다네. 이미 끝났는데도 그 집은 밤만 되면 더욱 놀라, 그들 중에는 얼굴이 신발에 차여 퍼렇게 멍이 든 자도 있고, 곳집 속에 들었던 물건을 지붕에서 찾은 일도 있고, 기와는 어지럽게 날아다니고, 처마나 기둥이 모두 상했으며, 몇 달 만에 안주인이 죽고, 초상과 병이 잇달아서 결국 그 집은 흉가로 소문나고 말았지. 나는 여기서 귀신은 있다면 있으되, 무당은 믿을 것이 없음을 알았네.

이 동네 북쪽에 집 하나가 있었는데 귀신이 많다고 하여 그 집을 헐하게 내놓았지. 그 일을 잘 알면서 그 집을 산 사람이 있었는데, 날을 정하여 입주하려고 할 때 처자와 노비를 불러 놓고, '우리가 옮겨갈 곳에 귀신이 많다고 한다. 그러나 그곳에 가지 않으면 갈 곳이 없다. 내 이제 너희들에게 당부하노니, 들어간 뒤에 비록 귀신이 나타난다 하더라도 귀신이 있다는 말조차 하지 말아야 한다. 만약 그렇지 않으면 우리가 함께 살 수 없다'라고 하였다네. 여러 사람들은 모두 할 수 없이 그렇게 하기로 했어. 급기야 그 집에 들자 귀신이 휘파람 불며 춤추고 날뛰면서 주인에게 치성을 드리라고 백방으로 요구하였다네. 그래도 오히려 들은 체하지 않았더니, 이에 물 긷던 여종을 섬돌에서 자빠뜨리고, 지붕 위 기와를 주워서 던지기도 했어. 사흘째 되는 밤에는 신을 뜰에다 쌓아 부도浮屠 모양을 만들어 놓기도 하였는데, 그 식구들은 그것 또한 대수롭지 않게 여겼지. 어떤 사람이 와서 '이게 누구 짓이요?' 하고 물었지만, 모두들 웃기만 하고 말하지 않았다네. 그런 지 열흘이 지나니 온 집안이 깨끗하고 고요해져서 쥐 한 마리도 나오지 않았지. 그리고 거기에서 스무 해를 살았으나 아무 걱정도 없었다네.

나는 여기에서 귀신이란 없다고 여기면 없앨 수 있다는 것을 깨달았네. 사람들이 '귀신이 있다'고 하면 귀신은 있는 것이고, 또 사람들이 '귀신이 없다'고 하면 귀신은 없는 것일세. 내 말이 옳지 않은가?"

그는 "그렇겠네"라고 하였다.

또 한 친구가 최 생원의 일을 이야기하였다.

최 생원은 다만 그의 성만 알려졌는데, 이야기하는 사람은 '영남 사람'이라고 하였다. 우리나라 말에 선비를 '서방님'이라 하고, 늙은 서방님을 높여서 '생원님'이라 한다. 그러니 최 생원은 대개 서방님이면서 늙은이라는 말이다. 그 서방님의 사람됨이 평소 귀신을 업신여겨, 마을 백성들 중에 귀신을 제사 지내는 자가 있으면 반드시 찾아가서 분탕질을 쳐서 못하게 하고서야 그만두었다. 한번은 그가 서울에 가는데, 길가 당집에서 바야흐로 귀신을 제사 지내고 있었다. 무당은 갓을 쓰고 비단옷을 입은 채 왼편에는 신장대를 꽂아 놓고 오른손으로 부채를 흔들고 있었으며, 시골 영감들은 허리를 굽혀 음식을 올리는 것이었다.

최 생원은 크게 노하여 그의 마부를 꾸짖어 앞으로 나아가 채찍으로 무당을 몰아내어 쫓고, 종이로 만든 칼을 꺾어 버리고 젯상과 탁자는 발로 차서 땅 위에 거꾸러뜨렸다. 그리고는 꾸짖어 말하였다.

"귀신이 어찌 감히 백성을 유혹하는가?"

몇 리 정도 가서 노여움이 풀리기도 전에 그가 탄 말이 별안간 땅에 쓰러져 죽었다. 마부가 말하였다.

"아이구! 제 잘못이 아닙니다. 아까 그 신은 본디 영검한데 왜 그 신의 노여움을 산단 말입니까? 말이 지궐地厥을 맞아 죽은 것입니다."

'지궐'이란 시골 사람들이 '신벌神罰'을 일컫는 말이다. 최 생원은 말하였다.

"귀신이 어찌 감히 이런단 말이냐?"

최 생원은 분한 기운을 삭이지 못하고 미친 듯이 다시 당집으로 달려가 띠풀을 가져다가 당집 지붕에 불을 질렀다. 물동이 크기만 한 검은 사기邪氣가 당집을 나와서 고개를 넘어가 버렸다. 최 생원은 나이가 들어감에 지기志氣가 점차 쇠하여 다시는 귀신에 대해 종전처럼 까다롭게 하지 않았다.

하루는 우연히 산길을 가다가 날이 저물어 한 촌가를 찾아가 묵어가기를 청하자, 주인이 말하였다.

"오늘 저녁은 신에게 드리는 제祭가 있어 예의상 손님을 받을 수 없습니다."

최 생원이 웃으며 말하였다.

"내가 어찌 귀신에게 제를 올리는 것 때문에 묵지 못할 사람이리오?"

하고 기어이 방으로 들어갔다. 그러나 그들이 제를 올리는 것을 저지하지는 않았으며, 또 그곳이 자기가 옛날에 당집을 불태운 마을인 줄도 몰랐다.

이윽고 누워서 들은즉, 무당이 신의 뜻을 빌려 말할 때에 그 주인을 뜰에 꿇어앉히고 정연히 말하는 것이었다.

"너는 내가 어떤 신인 줄 아느냐? 제물이 풍부하냐? 차린 것이 정결하냐? 네가 나의 수배隨陪들 상床을 차리더라도 저 허주墟主나 군웅軍雄 또는 여러 신들과 나란히 해서는 안 되며, 또 내게 상을 차리되 저 수배상과 같게 해서는 안 된다. 그리고 너는 최 생원님의 상을 따로 차렸느냐? 최 생원님의 존귀함은 더욱 내게 비할 바 아닌즉 그 상을 차릴 때는 내 상에 비해서 열 배나 높아야 할 것이다. 그렇지 않으면 최 생원님이 반드시 너를 죽일 것이다."

주인은 공손히 이 말에 따랐다. 이른바 이는 대개 무당의 '안반고사安盤告辭'[1]라는 것인데, 수배는 신神의 종자이며, 허주와 군웅은 무당이 섬기는 신들이다. 최 생원은 웃으며 혼자 말하기를,

"귀신 중에도 나와 성이 같은 자가 있구나!"

라고 하였다. 잠시 후 주인이 방문 앞을 지나가기에 불러서 물어보았다. 주인이 말하였다.

"우리 마을에 예전에 당집이 저 언덕 밖에 있어 해마다 가을걷이를 마치면 마을 사람들이 추렴하여 제사를 드려야만 온 마을이 병도 없고 곡식도 잘 영글었습니다. 어느 해에 손님 한 사람이 와서 신을 모독한 탓으로 그가 탄 말이 신벌을 맞아 죽었지요. 그는 미친 듯 사나워져서

1_ 안반고사安盤告辭 | 굿의 한 순서. 정식으로 본 굿에 들어가기에 앞서, 굿을 하는 자리와 집 둘레에 있는 모든 나쁜 기운을 쫓으며, 정성을 다해 굿을 하겠노라고 여러 신께 고하는 말이다.

당집을 불태워 버렸습니다. 당집은 드디어 자리를 옮겼고 신은 촌가에서 공양을 받았는데, 그 집에서 해마다 한 번씩 제사를 지내야 노하지 않습니다. 그리고 옮겨온 뒤로는 매양 별도로 한 상을 차리게 하고, 이를 '최생원공崔生員供'이라 하는데, 아마도 옛날 당집을 불태운 손님의 영靈을 위함인 듯합니다."

최 생원은 돌이켜 생각해보고는 자기도 모르게 깜짝 놀랐다. 이에 크게 웃으면서 "그 최 생원이 바로 나요. 내가 당집을 불태운 그 사람이니, 빨리 '최생원공'을 드리시오. 내 포식해 보리다"라고 말하자, 주인이 이상하게 여기고는 들어와 무당에게 말하였다.

"바깥에 손님 한 분이 있는데, 스스로 '최 생원'이라고 하는군요."

무당은 별안간 땅에 거꾸러졌다가 한참 만에 비로소 깨어났으나 신은 떠나 버렸다. 밤이 새도록 신이 내리길 빌었지만 끝내 내리지 않았다고 한다.

주인은 말한다.

세상에서 전하기를, "남이장군南怡將軍[2]이 능히 요귀에게 위엄을 부리기를 마치 경수재景秀才[3]가 산소山魈[4]를 물리치듯이 하였다"고 한다.

2_ **남이장군**南怡將軍 | 1441~1468년. 본관은 의령宜寧. 태종의 외손外孫. 세조 3년(1457)에 무과에 장원, 세조의 두터운 신임을 받았다. 세조 13년 이시애李施愛의 난을 평정하고 의산군宜山君에 봉해졌으며, 서북 변방의 건주위建州衛를 정벌하고 27세의 나이로 병조판서에 올랐다. 예종 즉위 초에 유자광柳子光의 모함으로 죽임을 당하였다. 1818년에 관작이 복구되었다. 무속신앙에서 남이장군을 주신主神으로 섬기는 경우가 많이 있다.

3_ **경수재**景秀才 | 미상.

4_ **산소**山魈 | 산의 요괴. 《포박자抱朴子》에 모습은 아이 같고 발은 하나인데, 밤에 즐겨 나와서 사람을 침범하는 것으로 설명되어 있다.

사람이 진실로 귀신을 두려워하겠지만, 귀신도 역시 두려워하는 사람이 있는 것이 아닐까?

내가 어려서 들은 바로는, "무당이 지목하는 것 중에 성주城主나 허주墟主는 일반 민가의 토지 신인데 귀천의 차별을 둔 것이고, 말명末明은 남의 조상 혼령을 가리킨 것이며, 군웅은 신 가운데 무사武士로서 귀신 중에 용맹한 자를 일컫는 것이다. 삼신三神은 사람이 태어나도록 점지해주는 신이요, 제석帝釋은 부처요, 호구파파虎口婆婆는 두신痘神을 이르는 것이다. 또 그들이 말하는 선왕船王이란 것은 성황城隍을 잘못 말한 것이요, 사자使者라는 것은 저승 차사差使를 말하는 것"이라고 하였다. 그렇다면 최 생원이 제압했던 귀신도 역시 그중 하나일 것이다. 요컨대, 그들은 모두 정당한 신이 아닌 것이다. 진실로 정직하고 훌륭한 사람이 있으면 귀신들이 장차 두려워할 겨를도 없을 것이다. 어찌 귀신을 섬겨서 복福을 구하겠는가?

또 이 마을 사람이 최 생원에게 공供을 드린 지 이미 몇 해나 되었는데, 최 생원은 캄캄하게 알지 못했고 꿈속에서조차 일찍이 한 번 가서 먹어본 적이 없었던 것이다. 어찌 저 촌가 사람들이 꽃을 꽂고 과일을 늘어놓아 십 금金을 하나의 탁자 위에 허비한 것이 모두 최생원공으로 돌아가지 않은 줄 알겠는가? 그리고 최 생원이 이미 벽 하나를 사이에 둔 곁방에 이르렀는데도 무당은 오히려 알지 못했고, 신도 역시 이를 알지 못하다가 급기야 그 말을 듣고서 곧장 달음질쳐 버렸으니, 이는 귀신 중에도 더욱 눈멀고 귀먹은 것이 있어 그러한가! 근래에 조정에서 무당을 도성 밖으로 몰아내어 그들로 하여금 이런 좌도左道를 가지고 도성 안에 살지 못하게 하였다. 무당이 모두 노강鷺江(한강 노량진) 남쪽에 모여들어 춤추고 둥당거림으로써 완구宛丘[5]의 유풍遺風이 있게 되었다. 마을 사람 중에 그들을 의지하기 좋아하는 자가 줄을 이어 찾아 들고 붉은 가마, 푸른 옷이 끊임없이 발길을 이어 길에 꼬리를 물고 있다. 완구가 또 한 번 변하여 상궁上宮[6]이 되어 버렸다. 뜻하지 않게도 수양버들 늘어선 아름다운 서호西湖[7]가 모두 이런 무리들에게 더럽힌 바 되었다. 아! 어찌해야 최 생원 같은 이를 모셔다가 저 노량진 남쪽에 둘 수 있겠는가?

—이지양 옮김

5_ **완구**宛丘 | 중국 하남성河南省 회양현淮陽縣 동남쪽의 지명. 춘추시대 진陳나라의 도읍이었던 이곳은 분지盆地인데, 《시경》, 〈진풍陳風 · 완구宛丘〉편에 "子之湯兮, 宛丘之上兮"라는 구절에 보인다. 이 시에 대하여 고주古注는 진나라의 질탕한 풍속과 놀이를 풍자하였다고 하는데, 청유淸儒들은 그 무용이 제전祭典에 관계된 것이라고 설명한다.

6_ **상궁**上宮 | 궁실 혹은 누각의 이름. 《시경》, 〈용풍鄘風 · 상중桑中〉편에 "期我乎桑中, 要我乎上宮"이라는 구절에 보인다. 고주古注에는 이 시가 남녀 간의 문란한 풍속을 풍자한 것으로 설명되어 있다. 《맹자》, 〈진심盡心〉 하에 "孟子之滕, 館於上宮"이라는 구절에도 '상궁'이 언급되어 있다.

7_ **서호**西湖 | 서강西江의 별칭. 서강은 한강의 서쪽 지역, 곧 마포를 가리킨다.

정운창

鄭運昌傳

정운창鄭運昌은 보성寶城 사람이다. 어려서 병을 잘 앓아서 홀로 바둑으로 심심함을 달랬는데, 십 년이 되자 홀연히 깨닫는 것이 있는 듯하였다. 처음 서울에 왔을 때 그의 재능을 아는 사람들이 없었다. 당시 금성金城 현령을 지냈던 정박鄭樸[1]이 바둑으로 이름이 알려졌다. 정운창은 정박이 남산에서 바둑 모임을 연다는 것을 알고 가서 구경하였다. 바둑 두는 이가 실수를 하자, 정운창이 씩 웃었다. 정박이 돌아보며 말하였다.

"객이 또한 바둑을 잘 두는가?"

정운창이 겸손하게 말하였다.

"시골 사람이라 일찍부터 포위하면 먹는다는 것쯤은 압니다."

정박은 그의 용모가 매우 촌스러움을 보고서 가장 못 두는 사람을 내세워 상대하게 하였다. 여남은 수를 두자 정박은 말하였다.

"너는 적수가 안 된다."

그 다음 잘 두는 사람에게 두게 하였다. 겨우 반 정도 두었는데 정박

1_ **정박鄭樸** | 《조선왕조실록》, 영조 32년 2월 12일조에 금성金城의 전 수령 정박이 환곡還穀에 허록虛錄하여 폐단이 생겼다는 말이 보이나, 정박에 관해 자세한 것은 알 수 없다.

은 말하였다.

"너도 적수가 안 된다."

다시 자기에 버금가는 자에게 두게 하였다. 바둑이 끝남에 계가計家할 것도 없이 되었다.

"너희들은 적수가 안 된다."

정박은 결기를 내며 바둑판을 끌어다 스스로 상대하였다. 세 번 싸워 세 번을 졌다. 곁에 있던 사람들이 모두 말하였다.

"그대는 누구인가? 국기國棊로다."

이에 정운창의 이름이 하루 만에 서울에 퍼지게 되었다.

어느 정승이 바둑을 매우 좋아하였는데, 정운창을 불러다가 김종기金鍾基 · 양익빈梁益彬 · 변응평卞膺平[2]의 무리들과 날마다 바둑을 겨루게 하였는데, 정운창이 높은 수를 보이지 않으니, 정승은 그가 힘을 들이지 않는다고 의심하여 남원의 상화지霜華紙[3] 이백 장을 내어서 그것을 걸고 타일렀다.

"힘을 써서 열 번을 이기면 너에게 주고, 또 종기를 매질하리라."

정운창은 이에 바둑돌을 내려놓는데, 당당하게 완벽한 수를 내놓았다. 포위하는 것은 성채와 같고, 끊는 것은 창끝과 같고, 세우는 것은 지팡이를 짚은 것과 같고, 합치는 것은 바느질한 것과 같고, 응하는 것은 쇠북과 같고, 우뚝 솟는 것은 봉우리와 같고, 덮는 것은 그물과 같고, 비추는 것은 봉홧불과 같고, 함정에 빠뜨리는 것은 도끼 구멍에 끼

2_ **김종기**金鍾基 · **양익빈**梁益彬 · **변응평**卞膺平 | 김종기는 조희룡趙熙龍의 《호산외기壺山外記》에 김종귀金鍾貴라는 바둑 잘 두는 이가 나오는데, 그와 동일인인 듯하다. 양익빈 · 변응평은 당대에 바둑으로 알려진 인물인 듯하나 자세한 것은 알 수 없다.

3_ **상화지**霜華紙 | 윤이 나고 질긴 고급 종이. 특히 순창 등지에서 만든 것이 유명하다.

우는 것과 같고, 변화하는 것은 용과 같고, 모이는 것은 벌과 같았다. 김종기는 땀이 흘러 이마를 적셨지만, 당해낼 수가 없었다. 세 판을 지나자 김종기는 뒷간에 가려고 일어서며 정운창에게 따라 나오라고 눈짓하였다. 한참 있다 들어와서 다시 바둑을 두는데, 정운창은 때때로 실수를 하였다. 김종기가 빌었기 때문이다. 정운창은 서울에서 제일가는 고수가 되었는데, 이십여 년 만에 죽었다. 그 후에 이한흥李漢興[4]이란 자가 나왔다.

기사棊史는 말한다.

바둑 두는 사람들의 논평에 "정운창은 최기상崔起尙[5]에게 넉 점이 부족하고, 최기상은 덕원령德源令[6]에게 넉 점이 부족하다"는 말이 있다. 그러니 덕원령이 가장 잘 두었던 것이다. 또 들으니 "바둑의 솜씨에는 천재天才와 인공人工의 차이가 있다"고 한다. 정운창의 경우는 어찌 인공적으로 된 바둑이라고 하겠는가? 정운창은 장기도 잘 두었는데, 당시에 대적할 자가 드물다고 한다.

4_ **이한흥**李漢興 | 유재건의 《이향견문록》에 김한흥金漢興이라는 바둑 잘 두는 이가 나오는데, 그와 동일인인 듯하다.

5_ **최기상**崔起尙 | 미상.

6_ **덕원령**德源令 | 이서李曙(1449~1498). 자는 정수晶叟. 세조의 셋째 아들로 바둑을 잘 두어 '일수기一手棊'라고 일컬어졌다.

신아

申啞傳

탄재炭齋는 성이 신申이고, 청도군淸道郡에 사는 벙어리 칼 대장장이이다. 그는 이름이 알려지지 않았고 호號로 행세하였다. 칼을 잘 만들었는데, 칼이 날카롭고 가벼워서 왕왕 일본의 것을 능가하였다. 칼 만드는 대장장이는 대개 쇠를 세심하게 고르는데, 탄재는 쇠의 품질은 묻지 않고 다만 값만을 물었다. 값이 중한 것이 상품上品이었기 때문이다. 탄재는 성질이 매우 포악해서 자기에게 거스르는 자가 있으면 부젓가락과 쇠망치를 겨누었다. 도의 감사監司가 일찍이 그에게 명령하여 일을 하라고 했는데, 사자使者 앞에서 상투를 자르며 거절하였다.

탄재는 물건에 박식하였다. 군수가 구슬갓끈을 살펴보게 하였는데, 그는 침으로 긋고 지푸라기를 꽂아 도이島夷[1]의 채색 호박琥珀 모양을 만들어, 연경燕京에서 사온 것이라고 알려주면서, 손을 들어 남에서 북으로 북에서 동으로 돌려 보였는데, 사람들은 아직도 믿지 못하는 기색이었다. 탄재가 크게 노하여 갓끈을 잘라 불 속에 던지니 송진 냄새가 났다. 군수가 말하였다.

1_ 도이島夷 | '섬나라 오랑캐'라는 뜻으로 일본이나 동남아를 가리킨다.

"진정 확신을 하겠다. 그러나 갓끈이 완전치 못하게 되었으니 장차 어찌하겠나."

탄재는 집으로 달려가 무엇을 움켜쥐고 돌아왔는데, 모두 그 종류들이었다.

태어나면서 벙어리인 자는 반드시 귀머거리인데, 탄재도 벙어리이면서 귀머거리였으므로 다른 사람과 의사소통을 할 수 없었다. 오직 고을 아전 중에 손으로 말을 대신할 줄 아는 자가 있어서 몸짓으로 말하면 서로 그 마음의 곡절을 다 표현할 수 있었으므로 매양 그가 와서 통역을 해주었다. 아전은 탄재보다 먼저 죽었는데, 탄재는 상가에 가서 널을 치며 종일 개처럼 부르짖었다. 얼마 안 되어 그도 병으로 죽었다. 탄재가 만든 칼은 이제 세상에 드물다.

탄재는 처음 아내를 얻었을 적에 몹시 흡족해했는데, 우연히 아내의 월경대를 보고는 몹시 더럽게 여겨, 그로부터 아낙네가 짓는 밥은 먹지 않았다. 그의 조카가 쌀을 씻고 밥을 지어서 그를 끝까지 봉양하였다.

매계자梅谿子[2]는 말한다.

그가 상투를 자른 것은 자수自守하는 이와 닮았고, 호박을 알아본 것은 생지生知와 닮았다. 이 벙어리는 혹시 도道가 있는 자였는가? 그렇다면 그는 한갓 대장장이만은 아닐 것이다. 아! 아전이 죽으매 애통해하였으니, 지음知音의 어려움이란 그런 것이 아니겠는가?

2_ 매계자梅谿子 | 이옥의 별호.

내가 일찍이 그가 만든 칼을 얻었는데, 날카로움이 머리카락을 날릴 수 있을 정도이고, 얇기가 금방이라도 부서질 것 같은 정도였다. 칼을 감상하는 이들이 "참 잘된 것입니다만, 약간 메마르니 솥에 찐 고기를 다루어보면 좋아질 것입니다"라고 하였다.

장 봉사

蔣奉事傳

장 봉사蔣奉事[1]라는 자는 서울 사람이다. 두루 사대부 집을 다니며 사람을 만나면 반드시 그의 집과 제삿날이나 회갑날을 물었다. 그날이 오면 반드시 찾아간다. 가면 꼭 음식 대접을 받게 되는데, 그는 주는 대로 먹고, 먹다가 남는 것이 있으면 소매에 넣고 또 다른 집으로 간다. 하루에 예닐곱 집 혹은 열 집을 거치기도 한다. 이 때문에 거리에 나가면 반드시 장 봉사를 만나게 되는데, 그의 소매에는 국물이 항상 줄줄 흘렀다.

어떤 사람이 그를 천하다고 여기며 그렇게 하는 까닭을 물으니, 장 봉사가 대답하였다.

"나는 장차 그것으로 내 점〔卜〕을 확인하려고 하오."

"당신은 무슨 점을 치는 것이오?"

장 봉사가 말하였다.

"난 음식으로 점을 치는데, 귀시龜蓍[2]보다 훨씬 영험하다오. 그 집 마

1_ **봉사奉事** | 훈련원 · 군기시 등에 두었던 종8품 동반東班의 관직. 여기서 장 봉사가 실제로 이 관직을 지냈던 것은 아니고, 다만 조선조 후기에 생원生員 · 첨지僉知 · 직장直長 · 봉사 등 관직명을 일반인의 호칭으로 사용하던 관례에 따른 것으로 보인다.

루에 올라가 절을 하고 앉으면, 잠시 후 주인이 여종을 불러 상을 올리지요. 나는 상을 끌어다 그 만들어진 모양새를 보고, 젓가락을 들어 그 맛을 보며, 조금씩 씹으면서 생각하면, 그 집의 성쇠와 존망을 앉아서도 미루어 알 수 있지요. 내가 일찍이 어느 판서의 집에 갔는데, 그 제사의 음복飮福 음식이 기이하고 화려했으며, 그 잔치 음식은 정교하고 신기하여 내가 적이 우려했더니, 이제 증험이 되었다오. 또 일찍이 어느 수령의 집에 갔는데, 그 제사의 음복 음식이 깨끗하고 향기로웠으며, 그 잔치 음식은 꾸밈이 없고 후하여 내가 적이 축하했더니, 이제 역시 증험이 되었다오.

다만 내가 남 몰래 깊이 걱정하는 것은 온 세상의 음식이 담박하던 것이 날로 달콤해지고, 거칠던 것이 날로 차지게 되고, 풍성하던 것이 날로 얍삽해지고, 아담하던 것이 날로 사치에 넘쳐서, 예전에는 반만 먹어도 배부르던 것이 요즘은 그릇을 씻은 듯 먹어 치워도 오히려 입맛이 남는다오. 누가 이렇게 만든 것인지 나는 정말 모르겠소.

또 음식 하나가 이러할진댄, 의복이 점점 화려해지는 것과 집이 점점 커지는 것과 음악이 점점 음란해지는 것과 시중드는 여자들이 점점 예쁘게 꾸미는 것을 같은 부류로 미루어 알 수 있지요. 천지가 재물을 생성하는 것은 한도가 있는데 사람들이 재물을 소비하는 것은 끝이 없으니, 비록 하늘에서 쌀이 떨어지고 땅에서 술이 솟아난다 하더라도 백성이 어찌 굶주리지 않을 수 있으리오. 이것이 내가 걱정하는 까닭이라오."

2_ **귀시**龜蓍 | 거북점과 시초蓍草점. 거북점은 거북의 등껍데기를 불에 태워 그 갈라지는 모양을 보고 길흉을 판단하는 점이고, 시초점은 톱풀을 이용하여 괘卦를 정하는 점이다.

물었던 자가 말하였다.

"세상은 지금 당신을 먹기만 하는 사람이라고 생각하고 있는데, 실은 그중에 깊은 생각이 있었군요. 아! 이런 원칙에서 점을 친다면 누가 감히 수긍하지 않으리오?"

가객 송실솔

歌者宋蟋蟀傳

송실솔宋蟋蟀[1]은 서울의 가객歌客이다. 노래를 잘 불렀는데, 특히 실솔곡蟋蟀曲을 잘 불러서 '실솔蟋蟀'이라는 이름으로 알려졌다.

실솔은 젊을 때부터 노래를 배웠다. 그 소리가 트인 뒤에는 급한 폭포가 쏟아져서 웅장하고 시끄러운 곳에 가서 날마다 노래를 불렀다. 한 해 남짓 되자 노랫소리만 남고 폭포 쏟아지는 소리는 들리지 않았다. 또 북악산 꼭대기에 가서 높고 먼 곳에 기대어 정신없이 노래를 불렀는데, 처음에는 소리가 갈라져서 통일되지 않더니 한 해 남짓 되자, 폭풍도 그의 소리를 흐트러뜨리지 못하였다.

이때부터 실솔이 방에서 노래하면 소리는 들보에서 울리고, 마루에서 노래하면 소리는 대문에서 울리고, 배에서 노래하면 소리는 돛대에서 울리고, 시냇가 또는 산속에서 노래하면 소리는 구름 사이에서 울렸다. 징을 치듯 굳세고, 옥구슬처럼 맑고, 연기가 날리듯 연약하며, 구름이 가로 걸린 듯 머무르고, 제철의 꾀꼬리처럼 자지러지며, 용이 울듯

1_ **송실솔宋蟋蟀** | 송실솔에 대하여 아직 밝혀진 바는 없지만, 본 전에 나오는 다른 가객인 이세춘李世春·지봉서池鳳瑞가 《해동가요海東歌謠》, 〈고금창가제씨古今唱歌諸氏〉조에 언급되어 있는데, 송실솔도 〈고금창가제씨〉조에 등장했을 개연성이 있다. 〈고금창가제씨〉조에 송씨 성을 가진 자는 송용서宋龍瑞(자는 운경雲卿)뿐이다. 송실솔과 동일인일 가능성이 없지 않다.

떨쳐 나왔다. 그의 소리는 거문고에도 알맞고, 생황에도 알맞으며, 퉁소에도 알맞고, 쟁箏에도 알맞아, 그 묘함을 극치에 이르게 하여 남김이 없었다. 이에 옷깃을 여미고 갓을 바로 쓰고 사람 많은 자리에 가서 노래를 부르노라면, 듣는 이들은 모두 귀를 기울이고 허공을 쳐다보며 누가 노래를 부르는지 알지 못하였다.

당시 서평군西平君 공자 표標[2]는 부유하고 호협豪俠하며 천성이 음악을 좋아하였는데, 실솔의 노래를 듣고 기뻐하여 날마다 함께 놀았다. 매양 실솔이 노래하면 공자는 반드시 거문고로써 반주를 하였다. 공자의 거문고 연주 역시 당시에 묘한 솜씨였으므로 둘의 만남은 매우 즐거운 일이었다.

공자가 한번은 실솔에게 말하였다.

"너는 내가 거문고로 따라가지 못하여 반주가 될 수 없도록 할 수 있느냐?"

실솔은 이에 소리를 길게 빼며 〈후정화後庭花〉[3] 곡조로 〈취승곡醉僧曲〉[4]을 불렀다. 그 노래는 이러하였다.

2_ **서평군**西平君 **공자 표**標 | 《조선왕조실록》, 숙종·영조 조에 서평군 이요李橈라는 인물이 여러 번 등장하는데, 이요의 오기誤記인지 혹 이요의 아들인지, 아니면 별개의 인물인지 확실히 알 수 없다.

3_ **〈후정화**後庭花**〉** | 원래 〈후정화〉는 〈옥수후정화玉樹後庭花〉로 중국 진陳나라 후주後主가 지은 애상스런 가락의 악곡 명칭이었으나, 송실솔이 활동하던 당시에는 〈후정화〉라는 가곡창歌曲唱 곡조가 있었던 듯하다. 《남훈태평가南薰太平歌》나 《근화악부槿花樂府》 등의 가집에는 삭대엽數大葉·만대엽慢大葉 등의 악곡 곡조 명칭에 나란히 〈후정화〉를 적어 놓았다.

4_ **〈취승곡**醉僧曲**〉** | 술취한 중을 희화화한 노래로 여러 가곡집에 그 가사가 남아 있다. 《진본 청구영언珍本靑丘永言》의 것을 제시하면 이러하다. "長衫쓰더 즁의적삼 짓고 念珠쓰더 당나귀 밀밀치하고 釋王世界 極樂世界 觀世音菩薩 南無阿彌陀佛 十年工夫도 네 갈듸로 니거스라 밤中만 암居士 품에 드니 념불 경 업셔라."

장삼을 베어내어 미인의 속옷 짓고　　長衫分兮, 美人褌
염주를 끊어내어 나귀 고삐 만들었네.　　念珠剖兮, 驢子紂
십 년 공부 나무아미타불　　十年工夫, 南無阿彌陀佛
어디서 살꼬, 저리로 가자.　　伊去處兮, 伊之去

노래가 3장으로 막 바뀌는데, 별안간 '땅' 하고 중의 바라 소리를 내었다. 공자는 급히 술대를 빼서 거문고의 배를 두들겨 노래에 맞추었다. 실솔은 또 낙시조樂時調[5]로 바뀌 노래하며 〈황계곡黃鷄曲〉[6]을 불렀다. 아래의 장에 이르렀다.

벽상壁上에 그린 황계黃鷄 수탉이　　直到壁上, 所畫黃雄鷄
긴 목을 늘어뜨리고 두 나래 탁탁 치며　　彎折長嚨喉, 兩翼槖槖鼓
꼬끼오 울 때까지 놀아보세.　　鵠槐搖啼時游

곧바로 꼬리 끄는 소리를 내고는 한 번 껄껄 웃었다. 공자는 바야흐로 궁성宮聲을 뜯는다, 각성角聲을 울린다, 정신없이 하면서 여음餘音을 고르다가, 뚱땅뚱땅 미처 응하지 못하고 자기도 모르는 사이 손에서 술대가 떨어졌다. 공자가 물었다.

5_ 낙시조樂時調 | 시조를 얹어 부르던 가곡창 곡조의 일종. 원래 저음으로 구성된 '낮은 조'라는 의미였으나 영조 · 정조 시대에는 주로 사설시조를 얹어 부르는 선법旋法으로 변화하였다.

6_ 〈황계곡黃鷄曲〉 | 쾌락적 유흥을 추구하는 노래로 여러 가집에 그 가사가 전하는데, 《진본 청구영언》의 것을 들면 이러하다. "노새노새 매양쟝식 노새노새 낫도 놀고 밤도 노새 壁上의 그린 黃鷄수둙이 뒤ᄂᆞ래 탁탁치며 긴목을 느리워서 홰홰쳐 우도룩 노새그려 人生이 아츰이슬이라 아니놀고 어이리." 19세기 말에는 이 가사가 12가사 〈황계타령〉의 하나로 편입될 정도로 유행하였다.

"내 정말 따라가지 못하였다. 그런데 네가 처음에는 바라 소리를 내더니 또 한 번 껄껄 웃은 것은 무슨 까닭인고?"

실솔이 답하였다.

"중이 염불을 마치면 반드시 바라로 끝을 맺고, 닭의 울음이 끝나면 꼭 웃는 것 같습죠. 그래서 그랬습죠."

공자와 여러 사람이 모두 크게 웃었다. 그의 골계가 또한 이러하였던 것이다. 공자가 평소에 음악을 좋아했으므로 이세춘李世春 · 조오자趙襖子 · 지봉서池鳳瑞 · 박세첨朴世瞻과 같은 당대의 가객들이 모두 날마다 공자의 문하에서 놀며 실솔과 서로 사이좋게 지냈다. 세춘이 그의 모친상을 당했을 때, 실솔은 그의 무리와 함께 가서 조문하였다. 문에 들어서면서 상주의 곡소리를 듣고는 말하였다.

"이건 계면조界面調야. 평우조平羽調[7]로 받아야 마땅하지."

영전에 나아가 곡哭을 하였는데, 곡이 노래처럼 되었다. 들은 사람들이 서로 전하며 웃었다.

공자는 집에 악기 다루는 사노私奴 십여 인을 길렀고, 거느리고 있는 여인들도 모두 가무를 잘하였다. 악기를 다루며 환락을 맘껏 누린 지 이십여 년에 세상을 마쳤다. 실솔의 무리도 역시 모두 몰락한 채 늙어 죽었다. 박세첨만이 그의 여자 매월梅月과 함께 지금까지 북악산 아래 살고 있다. 왕왕 술에 취하고 노래가 그치면, 사람들에게 공자와 예전에 놀던 일을 말하면서 흐느끼고 탄식함을 금치 못하였다.

—이상 김진균 옮김

7_ **계면조**界面調 · **평우조**平羽調 | 국악에서 쓰이는 선법의 이름. 계면조는 슬프고 처절한 느낌의 가락. 평우조는 평조와 우조가 결합된 선법인 듯하나 정확히 어떤 가락인지 알 수 없다.

부목한

浮穆漢傳

우리나라 말에 승僧을 '중'이라 이르고, 노승老僧을 '수좌首座'라 이르고, 사미沙彌를 '상좌上佐'라 이르고, 화두타火頭陀[1]를 '부목한浮穆漢'이라 이르고, 중으로서 환속한 자를 '중속한重俗漢'이라 이른다.

진천鎭川 산중에 한 절이 있었는데, 절에는 한 수좌가 있고 수좌는 한 상좌를 데리고 있었다. 수좌는 매양 상좌를 불러 말하였다.

"나에게 술 한 말을 빚어다오."

술이 겨우 익으면 어디에서 오는지도 알 수 없는 어떤 한 부목한이 찾아온다. 수좌는 상좌에게 술항아리를 메게 하고 부목한과 함께 소나무 그늘 고요하고 외진 곳으로 가서 이야기하고 또 마시곤 하였다. 이야기는 대개 불교의 오묘한 이치에 관한 것이라서 상좌는 무슨 말인지 알지 못하였다. 술이 다하면 부목한은 문득 일어나서 갔다. 술은 몇 달에 한 번 빚었는데 익을 때가 되면 반드시 그가 찾아오고, 오면 반드시 그곳으로 가서 마셨으나 가만히 들어보아도 다음 만나기를 기약하는 말은 없었다. 이와 같이 한 것이 한 해였다.

하루는 부목한이 술이 다하여 일어나려다가 갑자기 처연한 기색으로

1_ **화두타火頭陀** | 식사와 난방을 담당하는 중을 가리킨다.

말하였다.

"그대는 아무 날〔某日〕의 일을 알고 있는가?"

"어찌 모르겠는가?"

"어떻게 하려는가?"

"순순히 받아들이겠네."

"어찌 피하지 아니하는가?"

"내가 이 산에 들어온 것은 이미 스스로 정한 것이 있어서라네."

"그렇다면 이 세상에서 노는 것이 오늘로서 그만이로구만. 나중 아무 날에 내가 그대를 위하여 오겠네."

"그러게."

드디어 서로 바라보다가 헤어졌다.

부목한이 물었던 아무 날이 되자, 수좌는 새벽에 일어나서 향탕을 갖추어 목욕하고 가사袈裟를 입고 가부좌를 한 채 아미타불을 염송하면서 소리가 끊어지지 않았다. 저녁때가 되매 앞산에 호랑이가 나타났다는 소문이 있었는데, 수좌가 곧 문을 열고 나갔다. 옷이 미처 문지방을 다 나가기도 전에 무언가가 달려들어 수좌를 움켜서 달아났다. 여러 중들이 소리를 지르면서 쫓아가 숲 아래 이르러 보니, 수좌가 다친 데는 없고 다만 옷깃에 호랑이의 잇자국만 있었다. 탕약을 입에 흘려 넣었으나 소생하지 못하자, 드디어 염을 하여 버드나무 관에다 안치하였다. 다비茶毗[2]할 날짜를 받으니 곧 부목한이 약속한 날인 것이다. 다비가 거행되기 전에 부목한이 와서 한바탕 곡을 하는데, 매우 애통해하였다. 다비를 지켜보다가 불이 꺼지자 부목한은 돌아갔다.

2_ **다비茶毗** | 불에 태운다는 뜻으로 곧 시체를 화장하여 그 유골을 거두는 장례법.

상좌는 이에 몰래 행장을 꾸려 뒤따라갔다. 부목한이 꾸짖어 돌아가게 하였으나 듣지 않았다. 이리저리 둘러 구불구불 산골짜기 속으로 들어가 가시덤불과 칼처럼 날카로운 돌들을 지나는데 나는 것 같았다. 상좌도 죽을힘으로 뒤쫓았다. 넘어지면 다시 일어나 쫓아가니 피가 짚신을 적셨는데도 빨리 달리기를 게을리하지 않았다. 이러기를 무려 하루가 지났다.

밤에 부목한이 말하였다.

"이리 오너라. 너는 무엇 때문에 고생을 하며 나를 따라오느냐?"

"나의 돌아가신 스승님은 진실로 이인異人이었습니다만, 제가 미처 그것을 알지 못하였습니다. 그러나 그것은 이미 지난 일입니다. 이제 스님을 두고서 장차 누구를 섬겨야겠습니까? 원컨대, 제자가 되게 해 주십시오."

"아! 성의는 진실로 좋지마는 수명壽命을 어찌하겠는가?"

상좌가 그것을 물었다.

"지금으로부터 삼 년뿐이다. 도를 닦아 수명을 구제하기도 전에 그 바탕이 먼저 없어질 것이니, 이는 한갓 고생만 실컷 하고 효과는 없는 것이다. 너를 위해 생각해보면, 다시 속세로 돌아가 술과 고기를 먹고 인간 본성의 좋아하는 바를 따라서 남은 세월을 마치는 것만 같지 못하다. 그렇지 않다면, 내가 무엇이 아까워서 너를 가르치지 않겠는가?"

상좌는 멍하니 정신을 잃은 채 절을 하고 돌아왔다. 부목한 또한 끝내 성명과 고장을 말하지 아니하고 떠나 버렸다. 상좌가 돌아와 중속한이 되어 늘 저잣거리를 왕래하며 그 일을 상세히 말하고, 스스로 자기가 죽을 날도 말하였다. 사람들 중에 혹 믿지 않는 이가 있었으나 후에 과연 그 날짜에 죽었다고 한다.

매화외사梅花外史는 말한다.

속담에 "동네에 명창名倡이 없고 동접同接[3]에는 문장이 없다(洞內無名倡, 同接無文章)"라고 한 바와 같이 우리나라 사람들은 평소 스스로를 경시한다. 그렇기 때문에 "월越나라에 신선이 있고 촉蜀나라에 부처가 있다(越有仙人蜀有佛)"고 하면 믿지만 "신선이나 부처가 우리나라 어떤 산에 있다(仙佛在我國某山)"고 하면 믿지 않는다. 그들이 우리나라 어떤 산이 또한 촉나라 · 월나라의 어떤 산과 같다는 것을 어찌 알겠는가?

또 이인異人이 세상에 알려지지 않았을 때에 화광동진和光同塵[4]으로 서로 섞여 화두타가 한 것처럼 한다면, 역시 얼굴을 마주치더라도 거의 알아보지 못하고 지나칠지도 모를 일이다. 밭에서 일하는 여인이 반드시 백의관음白衣觀音이 아닌 것도 아니요, 호숫가를 지나가는 나그네가 임금님이 아니라고 어찌 단정할 수 있겠는가? 내가 진천 중의 한 가지 일에서 이미 그 사실을 전해 들었으니, 그렇다면 김삼연金三淵이 남궁두南宮斗를 만났다는 것과 같은 이야기[5]도 모두 믿을 만한 것이라 하겠다. 아! 어떻게 하면 이런 사람을 만나서 알게 될 수 있을까?

3_ **동접**同接 | 같은 곳에서 공부하는 사람. 또는 그러한 관계.

4_ **화광동진**和光同塵 | 빛을 감추고 티끌 속에 섞여 있다는 뜻으로, 자기의 뛰어난 지덕智德을 나타내지 않고 세속을 따름을 말한다.

5_ **김삼연**金三淵**이 … 이야기** | 삼연三淵 김창흡金昌翕이 남궁두南宮斗를 만났다는 사실은 미상임. 허균許筠의 《성소부부고惺所覆瓿藁》에 〈남궁선생전南宮先生傳〉이 있는데, 바로 남궁두南宮斗를 입전立傳한 것이다. 그에 의하면 남궁두는 전라도 임피臨陂의 사대부 출신으로 일찍이 과거를 포기하고 무주茂朱 치상산雉裳山에서 지상선地上仙의 도술을 이루었다. 허균이 부안扶安에서 그를 만났을 때, 그의 나이 83세였으나 용모와 기력은 46~47세 된 사람 같았다고 한다.

류광억

柳光億傳

천하가 버글거리며 온통 이끗을 위하여 오고 이끗을 위하여 간다. 세상이 이利를 숭상함이 오래되었다. 그러나 이끗을 위하여 사는 사람은 반드시 이끗 때문에 죽는다. 그렇기 때문에 군자는 이利를 말하지 아니하고, 소인은 이끗을 위하여 죽기까지 한다.

서울은 장인바치와 장사치들이 모이는 곳이다. 뭇 거래할 수 있는 물품은, 그 가게들이 별처럼 벌여 있고 바둑판처럼 펼쳐 있다. 남에게 손과 손가락을 파는 사람이 있고, 어깨와 등을 파는 사람도 있고, 뒷간 치는 사람도 있고, 칼을 갈아서 소 잡는 사람도 있고, 얼굴을 꾸며 몸을 파는 사람도 있으니, 세상에서 사고파는 것이 이처럼 극도에 달하고 있다.

외사씨는 말한다.

벌거숭이 나라에는 실 · 비단을 파는 저자가 없고, 살아 있는 것을 잡아 날 것으로 먹던 시대에는 솥을 팔지 않았다. 수요가 있어야만 파는 자가 생기는 것이다. 큰 대장장이의 문 앞에서는 칼이나 망치를 선전하지 못하고, 힘써 농사짓는 집에는 쌀 행상이 지나가면서도 소리치지 않는다. 자기에게 없는 다음에라야 남에게서 구하는 것이다.

류광억柳光億은 영남 합천군 사람이다. 시를 대강 할 줄 알았으며 과체科體를 잘한다고 남쪽 지방에 소문이 났으나, 그의 집이 가난하고 지체 또한 미천하였다. 먼 시골 풍속에 과거 글을 팔아 생계를 삼는 자가 많았는데, 광억 또한 그것으로 이득을 취하였다. 일찍이 영남 향시鄕試에 합격하여 장차 서울로 과거 보러 가는데, 부인들이 타는 수레로 길에서 맞이하는 사람이 있었다. 당도해보니 붉은 문이 여러 겹이고 화려한 집이 수십 채인데, 얼굴이 희고 수염이 성긴 몇 사람이 바야흐로 종이를 펼쳐 놓고 팔 힘을 뽐내며 글을 써 보여 그 진퇴를 기다리고 있었다. 그 집 안채에 광억의 숙소를 정해두고 매일 다섯 번의 진수성찬을 바치고, 주인이 서너 번씩 뵈러 와서 공경히 대하는 것이 마치 아들이 부모를 잘 봉양하듯이 하였다. 이윽고 과거를 치렀는데 주인의 아들이 과연 광억의 글로 진사에 올랐다. 이에 짐을 꾸려 보내는데, 말 한 필과 종 한 사람으로 자기 집에 돌아와 보니 이만 전을 가지고 온 사람도 있었고, 그가 빌렸던 고을의 환자還子는 이미 감사가 갚은 터였다.

광억의 문사文詞는 격이 별로 높은 것이 아니고, 다만 가볍게 잔재주를 부리는 것이 장기인데, 이로써 또한 과거 글에 득의하였던 것이다. 광억은 이미 늙었는데도 더욱 나라에 소문이 났다.

경시관이 감사를 만난 자리에서 물었다.

"영남의 인재 가운데 누가 제일입니까?"

감사가 답하였다.

"류광억이라는 사람이 있습니다."

"이번에 내가 반드시 장원으로 뽑겠소."

"당신이 그렇게 골라낼 수 있을까요?"

"능히 할 수 있습니다."

마침내 서로 논란하다가 광억의 글을 알아내느냐, 못하느냐로 내기를 하게 되었다. 경시관이 이윽고 과장에 올라 시제詩題를 내는데 '영남 시월에 중구회重九會를 여니, 남쪽과 북쪽의 기후가 같지 않음을 탄식한다(嶺南十月設重九會, 嘆南北之候不同)'라는 것이었다. 조금 있다가 시권詩券 하나가 들어 왔는데 그 글에,

중양절 놀이가 또한 중음달에 펼쳐지니, 重陽亦在重陰月
북쪽에서 오신 손 남쪽 데운 술 억지로 먹고 취하였네. 北客强醉南烹酒

라고 하였다. 시관이 그것을 읽고 말하였다.

"이것은 광억의 솜씨가 틀림없다."

주묵朱墨으로 비점批點을 마구 쳐서 이하二下의 등급을 매겨 장원으로 뽑았다. 또 어떤 시권이 있어 자못 작법에 합치되므로 이등으로 하였고, 또 한 시권을 얻어 삼등으로 삼았는데, 미봉彌封을 떼어보니 광억의 이름은 없었다. 몰래 조사해보니 모두 광억이 남에게 돈을 받고 돈의 많고 적음으로써 선후를 차등 있게 한 것이었다. 시관은 비록 그러한 사실을 알았지만, 감사가 자신의 글 보는 안목을 믿지 않을 것으로 염려하여 광억의 공초供招를 얻어 증거로 삼기 위해 합천군에 이관移關[1] 하여 광억을 잡아 보내도록 하였다. 그러나 실상 옥사를 일으킬 뜻이 있었던 것은 아니다.

광억이 군수에게 잡혀 장차 압송되기 직전에 스스로 두려워하면서,

1_ **이관**移關 | 공문을 보내는 것을 말한다.

"나는 과적科賊이라 가더라도 역시 죽을 것이니, 가지 않는 것만 같지 못하다"고 여겨, 밤에 친척들과 더불어 마음껏 술을 마시고 이내 몰래 강에 투신하여 죽었다. 시관은 듣고 애석해하였다. 사람들은 그 재능을 아까워하지 않는 이가 없었지만, 군자는 "광억이 죽어 없어지는 것이 마땅하다"라고 말하였다.

매화외사는 말한다.

세상에 팔 수 없는 것이 없다. 몸을 팔아 남의 종이 되는 자도 있고, 미세한 터럭과 형체 없는 꿈까지도 모두 사고팔 수 있으나 아직 그 마음을 파는 자는 있지 않았다. 아마도 모든 사물은 다 팔 수 있지만 마음은 팔 수가 없어서인가? 류광억과 같은 자는 또한 그 마음까지도 팔아 버린 자인가? 아! 누가 알았으랴, 천하의 파는 것 중에서 지극히 천한 매매를 글 읽은 자가 하였다는 사실을. 법전法典에 "주는 것과 받는 것이 죄가 같다(與受同罪)"라고 하였다."

심생

沈生傳

심생沈生은 서울의 양반이다. 그는 약관弱冠에 용모가 매우 준수하고 풍정風情이 넘치는 청년이었다.

일찍이 운종가雲從街[1]에서 임금의 거둥을 구경하고 돌아오던 길에 어떤 건장한 계집종이 자줏빛 명주 보자기로 한 여자를 덮어씌워 업고 가는 것을 보았다. 그 뒤를 한 계집애가 붉은 비단신을 들고 따라가고 있었다. 심생은 겉으로 그 몸뚱이를 겨냥해보고 어린애가 아닌 줄 짐작했다.

그는 바짝 따라붙었다. 그 뒤꽁무니를 밟다가 더러 소매로 스치고 지나가기도 하면서 계속 눈을 보자기에서 떼어 놓지 않았다. 소광통교小廣通橋에 이르렀을 때, 갑자기 돌개바람이 앞에서 일어나 휙 자주 보자기를 반쯤 걷어 버렸다. 과연 보니 한 처녀라. 복숭아빛 뺨에 버들잎 눈썹, 초록 저고리에 다홍치마, 연지와 분으로 아주 곱게 화장을 하였다. 얼핏 보아서도 절세가인임을 알 수 있었다. 처녀 역시 보자기 안에서 어렴풋이 미소년이 쪽빛 옷에 초립을 쓰고 왼편이나 오른편에 붙어서 따라오는 것을 보았다. 마침 추파秋波를 들어 보자기 사이로 주시하던

1_ **운종가**雲從街 | 지금의 종로. 당시 서울의 중심가.

참이었다.

보자기가 걷히는 순간에 버들 눈, 별 눈동자의 네 눈이 서로 부딪혔다. 놀랍고 또 부끄러워서 보자기를 추슬러 다시 덮어쓰고 가버렸다. 심생이 어찌 이를 놓칠 것인가. 바로 뒤쫓아서 소공주동小公主洞[2] 홍살문 안에 당도하자, 처녀는 한 중문 안으로 들어가 버리는 것이었다.

그는 멍하니 무언가 잃어버린 것처럼 한참을 방황하였다. 그러다가 어떤 이웃 할멈을 붙들고 자세히 물어보았다. 호조戶曹에 계사計士[3]로 있다가 은퇴한 집이고, 다만 열예닐곱 살 된 딸 하나를 두었는데, 아직 혼사를 정하지 못하였다는 것이었다. 그 딸이 거처하는 곳을 물었더니 할멈은 손으로 가리키며 말하였다.

"이 조그만 네거리를 돌아서면 회칠한 담장이 나오고, 담장 안의 한 골방에 바로 그 처자가 거처하고 있지요."

그는 이 말을 듣고 도저히 잊을 수가 없어, 저녁에 집안 식구에게 거짓말을 꾸며대었다.

"동창 아무가 저와 밤을 같이 지내자고 하는군요. 오늘 저녁에 가볼까 합니다."

그는 행인이 끊어지기를 기다렸다가 그 집 담을 넘어 들어갔다. 그때 초승달이 어스름한데 창밖으로 꽃나무가 썩 아담하게 가꾸어졌고, 등불이 창호지에 비치어 아주 환하였다. 심생은 처마 밑 바깥벽에 기대앉아서 숨을 죽이고 기다렸다.

이 방 안에 두 매향梅香[4]과 함께 그 처녀가 있었다. 궐녀는 나지막한

2_ **소공주동**小公主洞 | 지금의 서울 중구 소공동.
3_ **계사**計士 | 호조에 속한 회계원. 의관醫官 · 역관譯官과 함께 중인中人 출신의 기술직.

소리로 언문소설을 읽는데, 꾀꼬리 새끼 울음같이 낭랑한 목청이었다.

삼경쯤에 계집애는 벌써 깊이 잠들었고, 궐녀는 그제야 등불을 끄고 취침하였다. 그런데 오래도록 잠을 이루지 못하고 뒤척뒤척 무언가 고민하는 모양이었다.

심생은 잠이 올 리가 없거니와 또한 바스락 소리도 내지 못하였다. 그대로 새벽종이 울릴 때까지 있다가 도로 담을 넘어 나왔다.

그 뒤로는 이것이 일과가 되어 저물어서 갔다가 새벽이면 돌아오는 것이었다. 이렇게 스무날 동안 계속하였으나, 그래도 그는 게을리 아니하였다. 궐녀는 초저녁에는 소설책을 읽기도 하고, 바느질을 하기도 하다가 밤중에 이르러 불이 꺼지는데, 이내 잠이 들기도 하고 더러 번민으로 잠을 못 이루기도 하는 것이었다. 육칠 일이 지나자 문득 '몸이 편치 못하다' 하고 겨우 초경初更인데도 베개에 엎드려 자주 손으로 벽을 두드리며 긴 한숨 짧은 탄식을 내쉬어 숨결이 창밖까지 들렸다. 하루 저녁 하루 저녁 갈수록 더해만 갔다.

스무날째 되는 밤이었다. 궐녀가 갑자기 마루 뒤로 나와 바깥벽을 돌아 심생이 앉아 있는 장소에 당도하였다. 심생은 깜깜한 어둠 속에서 불끈 일어나 궐녀를 붙잡았다. 궐녀는 조금도 놀라는 기색이 없이 낮은 소리로 말하였다.

"도련님은 소광통교 변에서 만난 분이 아니세요? 저는 이미 스무날 전부터 도련님이 다니시는 줄 알았답니다. 저를 붙들지 마세요. 한번 소리를 내면 다시는 여기서 못 나갑니다. 저를 놓아주시면 제가 뒷문을 열고 방으로 드시게 할게요. 놓아주세요."

4_ 매향梅香 | 몸종을 가르키는 말.

심생은 곧이듣고 물러서서 기다렸다. 궐녀는 천천히 돌아 들어가 버렸다. 방에 들어가서는 계집애를 불렀다.

"너, 엄마한테 가서 큰 주석 자물쇠를 주시라고 하여 갖고 오너라. 밤이 깜깜해서 사람이 겁이 나는구나."

계집애가 윗방 마루로 건너가서 금방 자물쇠를 들고 왔다. 궐녀는 열어주기로 약속한 뒷문에다 문고리를 걸고 분명하게 손으로 자물쇠를 채웠다. 일부러 찰카닥하고 자물쇠 채우는 소리를 내었다. 그리고 곧 등불을 끄고 고요히 잠이 깊이 든 듯하였으나 실은 잠을 이루지 못하였다.

심생은 속임을 당하여 분통이 치밀었지만 한편으로는 그나마 만나본 것만도 다행이라 여기고, 또 자물쇠를 채운 방 문 밖에서 밤을 새우고 새벽에 돌아가는 것이었다.

그는 다음날에도 가고, 그 다음날에도 또 갔다. 방에 자물쇠가 채워져 있어도 조금도 해이해짐이 없이, 비가 오면 유삼油衫을 둘러쓰고 가서 옷이 젖어도 관계하지 않았다. 이렇게 다시 열흘이 지났다. 밤중에 온 집안이 모두 쿨쿨 잠들었고, 궐녀 역시 등불을 끄고 한참이나 있다가 문득 발딱 일어나서 계집아이를 불러 얼른 등에 불을 붙이라고 재촉하더니 말한다.

"애, 너희들은 오늘 밤에 윗방으로 가서 자거라."

두 매향이 방문을 나가자, 궐녀는 벽에 걸린 쇳대를 가지고 자물쇠를 따고 뒷문을 활짝 열고, 심생을 부른다.

"도련님, 들어오세요."

심생은 생각할 겨를도 없이 저도 모르게 몸이 벌써 방에 들어와 있었다. 궐녀는 다시 그 문에 자물쇠를 채우고 심생에게 말한다.

"도련님, 잠깐 앉아 계셔요."

그러고는 윗방으로 가서 자기 부모를 모시고 나왔다. 그 부모는 심생을 보고 크게 놀랐다. 궐녀는 말을 꺼내었다.

"놀라지 마시고 제 말을 들어보세요. 제 나이 열일곱으로 발걸음이 일찍이 문 밖을 나가지 못하옵다가, 월전에 우연히 임금님의 거둥을 구경하고 돌아오던 길에 소광통교에서 덮어쓴 보자기가 바람에 날려 걷혔습니다. 마침 그때 한 초립 도령과 얼굴이 마주쳤어요. 그날 밤부터 도련님이 안 오시는 날 없이 이 방문 밑에 숨어 기다린 지 이제 이미 삼십 일이 지났답니다. 비가 와도 오시고, 추워도 오시고, 문에 자물쇠를 채워 거절해도 역시 오시었어요. 저는 곰곰이 생각해보았습니다. 만일 소문이 밖으로 퍼져서 동네 사람들이 알게 되면 밤에 들어왔다가 새벽이면 나가는데 자기 홀로 창벽 밖에 있는 줄을 누가 믿겠습니까? 사실과 다르게 누명을 뒤집어쓰게 되지요. 제가 필시 개에게 물린 꿩이 되는 셈이어요. 그리고 저분은 양반댁 도령으로 지금 바야흐로 청춘이라 혈기가 아직 진정되지 못하여 다만 벌과 나비가 꽃을 탐낼 줄만 알고, 바람과 이슬에 맞음을 돌보지 않으니 며칠 못 가서 병이 나지 않겠습니까? 병들면 필시 일어나지 못하리니, 그렇게 되면 제가 죽이지 않았어도 제가 죽인 셈입니다. 비록 남이 모르더라도 반드시 음보陰報가 있게 됩니다. 또 제 몸은 한낱 중인中人집 딸에 불과합니다. 제가 무슨 절세의 경성지색傾城之色으로 물고기가 숨어 들어가고 꽃이 부끄러워할 만한 용모를 지닌 것도 아닌데, 도련님께서 솔개를 보고 매로 여기시어 제게 지성을 바치되 이토록 부지런히 하십니다. 제가 만일 도련님을 따르지 않으면 하늘이 반드시 싫어하시어 복을 제게 주시지 않을 거예요. 저는 마음을 정하였습니다. 부모님께서는 근심하지 마옵소서. 아! 저는 부모님께서 연로하시고 동기간이 없으니 시집가서 데릴사위를 맞아 살아계실 때에 봉양을 다하다가 돌아가신 뒤에 제사를 모시면 제 소망에 족하다고 생각하였습니다. 이제 일이 뜻밖에 이렇게 되었으니, 이 역시 하늘의 뜻이라. 말해 무엇하겠습니까?"

궐녀의 부모는 어안이 벙벙하여 달리 할 말이 없었고, 심생은 더욱 아무 말도 못하였다.

그래서 같이 동침을 하게 되었다. 애타게 사모하던 끝에 그 기쁨이야 오죽하였으리요. 그날 밤 방에 들어간 이후로 저물녘에 나갔다가 새벽에 들어오지 않는 날이 없었다.

궐녀의 집은 본래 부유하였다. 그로부터 심생을 위하여 산뜻한 의복을 매우 훌륭하게 마련해주었으나, 그는 집에서 이상하게 여길까봐 감히 입지 못하였다.

그러나 심생이 아무리 조심을 하여도, 집에서는 그가 바깥에서 자고 오래 돌아오지 않는 데 의심하지 않을 수 없었다. 그리하여 절에 가서 글을 읽으라는 명이 내렸다. 심생은 마음이 몹시 불만스러웠지만, 집의 압력을 받고 또 친구들에게 이끌려 책을 싸들고 북한산성北漢山城으로 올라갔다.

선방禪房에 머문 지 근 한 달 가까이 되었을 때, 심생에게 궐녀의 언문諺文 편지를 전해주는 사람이 있었다. 편지를 펴보니 유서遺書로 영영 이별하는 내용이 아닌가. 궐녀는 이미 죽은 것이었다.

그 편지의 내용은 대강 이러하였다.

"봄 추위가 아직도 쌀쌀하온데 절간의 글공부에 옥체 평안하시옵니까? 항상 사모하옵는바, 어느 날이라 잊으리까.

소녀는 도련님께옵서 떠나신 이후로 우연히 한 병을 얻어 점점 골수에 사무쳐 백약이 무효하온지라, 이제 필경 죽음밖에 없는 줄 알았사옵니다. 소녀처럼 박명한 몸이 살아본들 무엇하오리까마는, 우선 세 가지 큰 한恨을 가슴에 안고 있으니 죽음을 당해서도 눈을 감지 못하옵니다.

소녀 본래 무남독녀로 부모님의 사랑하오심을 받자와 장차 부모님께서는 적당한 사위를 구하여 만년晩年의 의지를 삼고 후일의 계책을 마련코자 하였더니, 호사다마好事多魔라 뜻밖의 악연에 얽히었군요. 여라女蘿[5]가 외람되게 높은 소나무에 붙었으나 주진지계朱陳之計[6]가 이제 단망斷望이옵니다. 이는 소녀가 아무 낙이 없이 시름하다가 마침내 병으로 죽음에 이른 까닭이옵고, 이제 고당학발高堂鶴髮[7]은 영원히 의뢰할 곳이 없게 되었사오니, 이것이 첫째 한이옵니다.

여자가 출가하면 비록 종년이라도 문에 기대어 손님을 맞는 기생의 몸이 아닌 다음에야 남편이 있고 또 시부모가 있겠지요. 세상에 시부모가 모르는 며느리가 있사오리까. 소녀 같은 몸은 남의 속임을 받아 몇 달이 지나도록 일찍이 도련님 댁의 늙은 여자 하인 하나도 보지 못하였사오니, 살아서 부정한 자취를 남겼고 죽어서 돌아갈 곳 없는 귀신이 될 것이라, 이것이 둘째 한이옵니다.

부인이 남편을 섬기매 음식을 장만하여 공궤供饋하고 의복을 지어서 입으시도록 하는 일보다 큰 일이 있을까요. 도련님과 상봉한 이후 세월이 오

5_ **여라**女蘿 | 넝쿨진 풀의 일종. 지체가 낮은 사람이 높은 사람에게 결탁하는 것을 말한다. 《시경詩經》, 〈소아小雅 · 규변頍弁〉편에 "蔦與女蘿 施於松柏"이라는 구절이 보인다.

6_ **주진지계**朱陳之計 | 주朱 · 진陳 양씨가 중국 진秦나라의 악정惡政을 피해 무릉도원에 들어가 혼인하였다는 고사에서 유래한 말로 혼인함을 가리키는 말이다.

7_ **고당학발**高堂鶴髮 | 늙으신 부모님을 가리키는 말이다.

래지 않음도 아니요, 지어 드린 의복이 적다고 할 수도 없는데, 한 번도 도련님께서 한 사발 밥도 집에서 자시게 못하였고 한 벌 옷도 입혀 드리지 못하였으며, 도련님을 모시기를 다만 침석枕席에서뿐이었습니다. 이것이 셋째 한이옵니다.

그 외 상봉하온 지 얼마 아니 되어 문득 길이 이별하옵고 병으로 누워 죽음이 다가왔으나 대면하와 영결하지 못하옵는 따위는 아녀자의 슬픔일지언정, 어찌 족히 군자에게 말씀드리오리까? 생각이 여기에 이르러 창자가 이미 끊어지고 뼈가 녹으려 하옵니다. 비록 연약한 풀이 바람에 쓰러지고 시들은 꽃잎이 진흙이 된다 하온들 끝없는 이 한은 어느 날이라 다하리오.

아! 창 사이의 밀회密會는 이제 그만입니다. 바라옵건대 도련님은 소녀를 염두에 두지 마옵시고, 더욱 글공부에 힘쓰시어 일찍이 청운青雲의 뜻을 이루옵소서. 옥체를 내내 보중하옵길 천만 비옵니다!"

심생은 이 편지를 받고 자기도 모르게 울음과 눈물을 쏟았다. 이제 비록 슬프게 울어보나 무엇하겠는가. 그 뒤에 심생은 붓을 던지고 무변이 되어 벼슬이 금오랑金吾郎[8]에 이르렀으나 역시 일찍 죽고 말았다.

매화외사는 말한다.

내가 열두 살 때에 시골 서당에서 글을 읽는데 매일 동접들과 더불어 이야기 듣기를 좋아하였다. 어느 날 선생이 심생의 일을 자세히 이야기 해주시면서, "심생은 나의 소년 시절 동창이다. 그가 절에서 편지를 받

8_ **금오랑**金吾郎 | 의금부義禁府의 낭관.

고 통곡할 때에 나도 보았더니라. 그래서 이 이야기를 듣고 지금까지 잊지 않았구나" 하시고, 이어서 "내가 너희들에게 이 풍류 소년風流少年을 본받으라는 것이 아니다. 사람이 일에 당해서 진실로 꼭 이루고야 말겠다는 뜻을 세우면 규중의 처자라도 오히려 감동시킬 수 있거늘, 하물며 문장이나 과거야 왜 안 되겠느냐?" 하셨다.

우리들은 그 당시 듣고 매우 새로운 이야기로 느꼈다. 뒤에 《정사情史》[9]를 읽어보니, 이와 비슷한 이야기가 많았다. 이에 이를 추기追記하여 《정사》의 보유補遺로 삼을까 한다.

9_ 《정사情史》: 《정사유략情史類略》 또는 《정천보감情天寶鑑》이라고도 한다. 중국 명나라 풍몽룡馮夢龍(1574~1646)이 편찬한 것으로, 남녀 간의 정을 다룬 역대 작품들을 주제별로 편집하여 수록하였다. 24권으로 구성되어 있으며, 전체 작품 수는 860여 편이다.

신병사

中兵使傳

예악禮樂은 밝은 것에 속하고, 귀신鬼神은 어두운 것에 속한다. 어두운 것이 밝은 것에 감히 관여하지 못한 지가 오래이다. 그러므로 산귀山鬼, 요괴 같은 것들이 간혹 휘파람을 불고 춤을 추며 황홀한 짓을 하지만, 그것도 밤에나 있을 수 있지 낮에는 그럴 수 없다. 그런데 제해齊諧[1] 지괴志怪와 같은 글에는 "귀신의 어깨가 사람들과 저자에서 서로 부딪친다"고 하였으니, 이 글은 진실로 망령된 것이다. 그러나 그런 일이 있기 때문에 그와 같은 망령된 이야기가 있는 것이다. 아마도 지地와 천天의 구별 없이 통함을 끊었던 것이 옛적 일이라, 지금 장차 잡되게 뒤섞여 이를 막지 못한 데서 온 것이 아니겠는가!

누군가가 말하였다.

"중국의 경우는 내 따져보지 못했으나, 우리나라의 경우에는 이런 일을 들어보지 못하였다. 생각하건대, 중국 사람들 중에 망언을 하는 자가 많은 것이다."

외사씨는 이에 말한다.

1_ **제해齊諧** | 중국 고대의 기괴한 이야기를 수록한 책. 또는 사람 이름이라고도 한다. 《장자莊子》, 〈소요유逍遙遊〉편에 "齊諧者, 志怪者也"라는 구절이 보인다.

이는 그대가 듣지 못해서이다. 어찌 우리나라라고 해서 그런 일이 없겠는가? 내가 들은 바로 고려 때의 평장平章이나 제말諸沫·권청하權淸河·두옥斗玉[2] 같은 이는 귀신이 아니었는가? 근세에도 신 병사申兵使의 일이 있다.

신 병사는 언제 사람인지 알 수 없다. 남양부南陽府[3] 서쪽 삼십 리쯤에 이생李生이란 사람이 형제와 함께 살고 있었다. 어느 날 저녁 이생이 종이에 글씨를 쓰려고 하는데, 형이 안에서 불러 밥을 먹으라고 하였다. 이생이 들어갔다가 얼마 후 나와 보니, 그 종이에 한 줄 글씨가 씌어 있고, 주위에는 사람이 보이지 않았다. 괴이한 나머지 마음을 진정할 수 없었다. 이튿날 구슬끈을 단 갓을 쓰고 직령直領[4]을 입고 온 자가 있어 읍揖을 하고 들어왔는데, 외모가 매우 거룩해보였다. 누구냐고 물었더니 답한다.

"나는 신 병사요. 그대와 이웃해서 살고 있소."

이생이 의아해하자, 그는 집 남쪽의 한 황폐한 무덤을 가리키면서 말하였다.

"저곳이오. 자손들은 이미 끊어졌고, 해변의 주민들이 나를 돌보아 주지 않아 오랫동안 우마牛馬에 시달려 왔소이다. 이제 그대의 힘을

2_ **평장平章이나 … 두옥斗玉** | 평장平章·권청하權淸河·두옥斗玉은 모두 미상. 제말諸沫은 임진왜란 때의 의병장으로 칠원제씨漆原諸氏의 시조이다. 임진왜란이 일어나자 의병을 일으켜 웅천熊川·김해金海 등지에서 승리, 곽재우郭再祐와 함께 이름을 나란히 하였다. 성주목사星州牧使가 되어 의병을 지휘하다가 그곳에서 전사했는데, 뒤에 현령顯靈하였다고 한다.

3_ **남양부南陽府** | 지금의 경기도 화성시 남양면 일대. 이 지역은 고구려 때에 당성군唐城郡으로 불리다가 고려 충선왕 때 남양으로 개칭하였다.

4_ **직령直領** | 깃을 곧게 하여 만든 웃옷. 무관이나 향리들이 주로 입었다.

빌려 이 시달림을 면할 수 있다면 얼마나 고마운 일이겠소? 감히 간청하오."

이생은 이에 승낙하고 보내고 난 뒤에 두려워서 그의 말을 따라주었다. 며칠 뒤에 그가 또 찾아와서는 거듭거듭 고맙다고 하였다. 이로부터 매번 사람이 없는 한가한 때면 꼭 찾아와 옆에 같이 있었다. 그는 다시 편지로 서로 통하기를 청하였다.

"그대가 이 편지를 아무 나무 아래 던져주시오. 내가 마땅히 가서 보리다."

이생이 그 말대로 해봤더니, 얼마 후 책상 위 혹은 처마 밖에서 편지를 얻게 되었는데, 이는 곧 답서로서 그 서식이나 초서 솜씨, 그리고 어투가 모두 정精하고 좋아, 여느 사람과 차이가 없었다.

몇 달이 지나서, 신 병사는 또 이생에게 말하였다.

"큰 은혜를 입었는데 갚을 도리가 없구료. 내가 가만히 그대의 선영先塋을 보았더니 길지吉地가 아니었소. 그대를 위해 좋은 자리를 찾던 중이었는데, 어제야 비로소 갈산葛山에서 좋은 땅을 발견했소. 만약 나를 외면하지 않는다면 그곳으로 이장移葬을 해보시오."

이생 형제는 이 말을 믿고 그와 약속한 시일에 갔더니, 그가 이미 먼저 와 있었다. 점혈點穴 · 개광開壙[5]은 물론 봉분封墳을 만드는 데까지 그는 모두 직접 감독하기를 게을리하지 않았다. 이 사실을 모르는 이들은 그가 지관地官인 줄만 알았다. 이미 부모의 무덤을 옮기고 나서 이생 형제는 어느 날 한가한 기회에 이 일을 논하게 되었는데, 이생이 말하

5_ **점혈**點穴 · **개광**開壙 | '점혈'은 원래 한의학에서 침이나 뜸을 놓기 위해 침혈을 정하는 것을 의미하지만, 여기서는 광壙을 정하는 것을 말하며, '개광'은 그 광을 파는 것을 말한다.

였다.

"면례緬禮[6]는 참으로 중요한 일인데, 저희들이 망령되이 그의 말을 따라했으니, 어찌 요괴가 사람의 가면을 쓰고 우리를 놀린 것이 아닌 줄 알겠습니까?"

이 말이 채 끝나기도 전에 지게문이 열리고 신 병사가 들어오는 것이었다.

"그대가 의심하는 것 또한 괴이한 일이 아니네. 그 잘못은 모두 나에게 있으니, 이제 떠나려 하네."

그런데 옆에 초립艸笠을 쓰고 청포靑袍를 입은 자가 있었는데, 그는 매우 성난 기색으로 예의도 차리지 않은 채 이생을 돌아보며 꾸짖었다.

"그대는 은혜를 모르고 도리어 어른을 요괴로 지목한단 말인가?"

그의 아버지가 질책하여 그만두라고 했으나, 그래도 듣지 않고 밖으로 하인을 불러 소리쳤다.

"너는 속히 바깥 행랑채로 가서 사환使喚 한 놈을 잡아오너라."

전립氈笠을 쓰고 창옷을 입은 자가 "예!" 하고 나가서는 이생의 종을 잡아와 앞에 꿇리었다.

"주인이 죄를 범했으니, 그 종을 매질하는 것이다."
하고는 세 대를 때리고 가버렸다. 매는 그리 아프지 않았으나, 그 종은 끝내 이 일로 죽고 말았다. 이생 또한 두려운 끝에 죽었다. 이로부터 드디어 왕래가 끊겨 오지 않았다.

외사씨는 말한다.

6_ **면례緬禮** | 묘를 옮겨 다시 장사를 지냄.

촛불은 심지가 다 타서 꺼지면 연기가 없으나, 갑자기 불어서 꺼진 것은 연기가 맺혀 오랫동안 흩어지지 않는다. 촛불을 보면 생사의 이치를 알 수 있다. 신 병사와 같은 자는 혹시 갑자기 비명非命에 죽어서 그런 것인가? 마테오 리치[7]의 학설에, "일체 귀신의 자취를 가진 것은 모두 마귀가 거짓으로 장난을 쳐 사람을 속이는 것일 뿐이다(一切鬼神之有跡, 皆魔之假弄而騙人者也)"라고 하였다. 이 말을 믿는다면 소년이 화를 낸 것은 혹시 그의 본상本像이 드러난 것에 대해 화를 낸 것이 아니겠는가?

내가 남양에 가서 들으니, 그 편지는 아직도 보관된 것이 있다고 한다.

—이상 김명균 옮김

7_ **마테오 리치** | Matteo Ricci, 1552~1610년. 한자로는 이마두利瑪竇로 표기한다. 이탈리아의 예수회 선교사. 1580년 중국으로 와서 북경에 머물며 천주교당天主教堂을 짓고 서학西學을 전파하였다. 당시 신종神宗의 두터운 신임을 얻어 서광계徐光啓 · 이지조李之藻 등과 교유하기도 하였다. 본격적인 서양 문물이 중국에 소개되는 계기가 되었다. 《천주실의天主實義》 등의 저서가 있으며, 18세기 이후 우리나라 식자층에도 많은 영향을 끼쳤다.

장복선

張福先傳

우리나라는 자고로 협객俠客이 없다. 가끔 협객이라 일컫는 사람은 모두 기생방에서 떼 지어 노닐며 몸을 검술에 맡겨 옛날 청릉계靑陵契[1]와 같은 자들이었다. 혹은 집안 살림을 돌보지 않고 술을 마시며 마작이나 하는 자들이다. 이들이 어찌 참된 협객이겠는가?

근래에 달문達文[2]이 서울에서 협객으로 이름이 났다. 달문을 협객이라 하는 것은 나이 오십에도 장가를 들지 않고, 남루한 옷을 걸치고도 비단옷 입은 부호들과 서로 형님, 동생 하고 지내기 때문이다. 그가 일찍이 친구 집에서 노닐 적에 그 친구가 은銀 한 봉封을 잃어버리고 달문을 의심해서 물었다.

"여기에 은이 있지 않았던가?"

"그래, 거기 있었지."

1_ **청릉계**靑陵契 | 미상.

2_ **달문**達文 | 영조 때 서울 시정에서 활동하여 일세에 소문이 났던 인물로 일명 광문廣文으로 전하기도 한다. 연암 박지원의 소설 《광문자전廣文子傳》이나 조수삼趙秀三의 《추재기이秋齋紀異》에서 다루어졌으며, 홍신유洪愼猷의 서사시 〈달문가達文歌〉로도 잘 알려져 있다. 여기에 등장하는 달문의 행적이나 인물 형상은 조금씩 차이를 보이고 있는데, 그만큼 당시 그에 관한 이야기가 각양각색으로 퍼져 있었음을 알 수 있다. 그의 성에 대해서도 《추재기이》에서는 '이李'씨로 되어 있는데, 이옥은 '구具'씨로 소개하여 차이를 보이고 있다.

달문은 그에게 미리 말하지 않고 가져간 것을 사과하였다. 그리고 즉시 다른 사람에게 빌려서 그 은을 갚아주었다. 얼마 후 그 친구가 자신의 집에서 잃어버렸던 은을 찾았다. 그 친구는 대단히 부끄럽고 후회하여 달문에게 받은 은을 돌려주며 거듭 사과를 하자, 달문은 웃으며 말하였다.

"괜찮네. 자넨 자네의 은을 찾았고 나는 나의 은을 돌려받은 것인데, 무어 사과할 게 있겠는가?"

이로부터 달문의 이름이 세상에 알려졌다.

경금자絅錦子는 말한다.

구달문具達文은 여항의 점잖은 사람이지 협객은 아니다. 협객에게 있어 소중한 바는 능히 재물을 가볍게 여겨 남에게 잘 베풀고, 의기를 숭상하여 남의 곤란하고 다급한 처지를 주선해주되 보답을 바라지 않는데 있다. 이런 사람이야말로 협객이 아니겠는가.

장복선張福先[3]이란 사람은 평양감영平壤監營의 은고銀庫를 맡아보던 고지기였다.

지금 판서로 있는 채제공蔡濟恭[4] 공公이 평안감사로 있을 때 은고를 조사했더니, 없어진 은이 무릇 이천 냥이나 되었다. 복선의 집은 본래

3_ **장복선**張福先 | 심노숭沈魯崇의 〈사가야화기四街夜話記〉에 '장복상張福相'이라는 인물이 기록되어 있는데, 장복선과 동일인으로 여겨진다.

4_ **채제공**蔡濟恭 | 1720~1799년. 정조 때의 문신. 자는 백규伯規, 호는 번암樊巖. 본관은 평강平康, 1743년 문과에 급제하여 1755년 평안도관찰사를 지냈으며, 형조판서·우의정·좌의정 등을 역임하였다. 남인 출신으로 영조·정조 연간 고위 관직을 역임하였는데, 특히 정조의 두터운 신임을 받아 주요 정책을 집행했던 명신이다.

가난해서 그것을 추징할 수 없어서 법대로 사형을 당할 수밖에 없었다. 그를 옥에 가두어 내일 장차 형을 집행하게 되었는데, 평양 사람들이 모두 그가 죽게 됨을 애석하게 여겨 앞다퉈 술과 밥을 옥중으로 들여보낸다는 소문이 들려왔다.

채 판서가 밤중에 사람을 시켜 옥중을 엿보게 하였더니, 복선은 바야흐로 술잔을 들고 평소처럼 태연하게 담소를 나누고 있었다. 그러다가 문득 종이와 붓을 찾더니 사람들에게 말하였다.

"내가 죽는 것이 진실로 애석하지는 않다. 허나 내가 죽은 뒤에 혹 관의 재물을 훔쳐 사복을 채웠다는 말이 있게 되면 또한 대장부의 치욕이 될 것이다. 내 이제 기록 하나를 남겨 증거로 삼겠다."

드디어 쭉 쓰기 시작하였다.

"아무가 초상에 가난해서 염도 못하고 있을 때에 내가 은 몇 냥을 주었으며, 아무의 장사에 내가 은 몇 냥을 주었다. 내가 주관하여 아무 처녀를 시집보냈고, 아무 총각을 장가들일 때에 몇 냥의 은을 썼고, 모씨의 환자還子와 모리某吏가 포흠逋欠진 것을 갚아주는데, 모두 내가 마련한 은 몇 냥이 들었다."

다 적고 나서 셈해보니, 모두 이천 냥이 넘었다.

이튿날 아침 이미 정패旌牌[5]를 벌여 놓고 복선을 뜰에 꿇리고 장차 형을 집행하려 하는데, 평양 사람들이 급히 뛰어다니며 서로에게 알렸다.

"오늘 아전 장복선이 죽는다."

남녀노소 모두가 둘러싸고 이를 지켜보는데, 개중에는 눈물을 흘리는 사람도 있었다. 기생 백여 명이 모여 다리를 얹은 채 비단 치맛자락

5_ **정패**旌牌 | 관원이 행차할 때 앞에 세우는 깃발 등속.

을 걷어올려 허리띠에 꽂고, 뜰 아래 줄 지어 꿇어앉아 서로 화답하여 노래하였다.

저 사람 살리소서, 저 사람 살리소서.	乞饒它乞饒它
장복선이 저 사람 살려줍사 천 번 만 번 비나이다.	萬乞饒它張福先
미동美洞[6] 대감 채 판서님	美洞爺爺蔡尙書
저 장복선을 살리소서.	彼張福先乞饒全
장복선을 살리시면	張福先如得饒
이번 참에 정승 자리 오르시리.	此回知登上台筵
정승을 못하셔도	上台筵雖未然
전반剪板[7] 같은 비단 댕기	剪板兼子錦唐綦
작은 도령 얻으시와 슬하에 두시리다.	得小郎君在膝前
저 사람 살리소서, 저 사람 살리소서.	乞饒它乞饒它
비나이다, 비나이다. 장복선이 용서하사 명대로 살게 하소.	乞饒福先俾終年

노래가 끝나기도 전에 대열 중에 있던 장교가 커다란 버들상자를 땅에 던지며 여러 사람들에게 말하였다.

"오늘은 장복선이 죽는 날입니다. 그를 살리고 싶은 분들은 여기에 은을 추렴하기 바랍니다."

6_ **미동**美洞 | 서울의 서부에 속한 동명. 지금의 서울 시청 부근으로, 원래는 보은단동報恩緞洞인데 고은단동으로 와전이 되어 미동이 되었다는 말이 있다. 이곳에 채제공의 서울 집이 있었다.

7_ **전반**剪板 | 종이를 도련할 때에 쓰는 좁다랗고 얇은 긴 나뭇조각.

평안도 지방은 본래 은이 많고 풍속 또한 사치스런 곳이라, 은장식을 하지 않은 사람이 거의 없었다. 이에 은장도나 은잠銀簪, 혹은 부녀자들의 은가락지 · 은비녀 · 은노리개 따위를 던져서 마치 눈이 내리듯 분분하였다. 잠깐 사이에 은이 너덧 상자를 채웠는데, 아전이 그것을 달아보니 벌써 천여 냥이 되는 것이었다. 채 판서는 백성들의 원하는 바를 따르고, 또 복선의 인간됨을 기특하게 여겨 그를 석방하라고 명하고, 은 오백 냥을 내어서 도와주었다. 그 이튿날로 관의 장부가 채워졌음을 알려 왔다.

복선이 석방되고 사흘째 되는 날, 원읍遠邑에서 은을 싣고 온 사람이 또한 두셋 있었는데, 모두 이야기를 듣고 기뻐하면서 자기들이 뒤늦게 당도한 것을 부끄러워하였다.

경금자는 말한다.

장복선 같은 자야말로 정말 협객이로다! 그가 관의 재물을 축내면서 사사로이 은혜를 판 것은 법에서 마땅히 사형을 당할 일이다. 그러나 만약에 장복선의 집에 쌓인 재산이 있었던들 어찌 관의 재물을 훔쳐 나라의 법을 범했겠는가? 우리나라 사람들은 성격이 무디고 옹졸할뿐더러, 재물에 인색하여 남의 어려움을 잘 돕는 것으로 이름난 자가 드물다. 장복선은 지방의 일개 말단 아전이지만 넉넉히 옛 대협大俠의 유풍遺風을 지녔다. 관서 지방은 우리나라에서도 풍기風氣나 토속土俗이 다른 지방과 약간 달라서 재물을 가벼이 여기고, 의리를 중히 여기며, 기절氣節을 숭상하고, 명예를 좋아하는 습속이 있어 그러한 것일까?

근년에 어떤 객이 평양을 지나는 길에 장복선을 찾았더니, 그는 마침 안주安州에 가서 돌아오지 않았다고 한다.

이홍

李泓傳

예전 사람들은 소박하였는데, 요새 사람들은 기지機智를 숭상한다. 기지는 기교機巧를 낳고, 기교는 간사奸詐를 낳으며, 간사는 속임수〔騙〕를 낳는다. 속임수가 횡행하면 또한 세도가 날로 어지러워진다.

서울의 서대문에 큰 시장이 있는데, 이곳은 가짜 물건을 파는 자들의 소굴이었다. 가짜로 말하면 백통〔白銅〕을 가리켜 은銀이라 주장하고, 염소 뿔을 가지고 대모玳瑁[1]라 우기며, 개 가죽을 가지고 초피貂皮[2]로 꾸미는 따위이다. 부자형제 간에 서로 물건을 흥정하는 척하며 값의 고하를 다투어 왁자지껄한다. 시골 사람이 이를 흘낏 보고 진짜인가 싶어서 부르는 값을 주고 사면 판 놈은 꾀가 들어맞아서 일거에 이문을 열 곱, 백 곱 보는 것이다. 뿐만 아니라 소매치기도 그 사이에 끼어 있어, 남의 자루나 전대 속에 무엇이 든 것 같으면 예리한 칼로 째어 빼간다. 소매치기를 당한 줄 알고 쫓아가면 요리조리 식혜 파는 골목으로 달아난다. 꼬불꼬불 좁은 골목이다. 거의 따라가 잡을라치면 대광주리를

1_ **대모**玳瑁 | 대모는 열대·아열대 지방에서 서식하는 거북의 일종으로 그 등껍데기를 대모 또는 대모갑玳瑁甲이라 하여 공예·장식품으로 귀중하게 쓰인다.

2_ **초피**貂皮 | 담비 종류 모피의 총칭. 돈피獤皮.

젊어진 놈이 불쑥 "광주리 사려!" 하고 튀어나와 길을 막아 버려 더 쫓지를 못하고 만다. 이런 이유로 시장에 들어서는 사람은 돈을 전장의 진陣 지키듯 하고, 물건을 시집가는 여자 몸조심하듯 하지만 곧잘 속임수에 걸려드는 것이다.

삼한三韓의 백성들이 옛날엔 순박하다고 일컬어졌는데, 근세에는 백면선白勉善[3] 같은 부류처럼 속임질로 유명한 자도 많다. 혹시 민풍民風이 날로 타락하여 순박하던 것이 변하여서 간사하게 된 것일까? 까마득한 옛날, 몽매하던 세상에도 역시 간사한 무리들이 끼어 있었을까?

이홍李泓은 서울 사람이다. 호풍신好風神에 구변이 좋아서 처음 대하는 사람은 전혀 사기꾼인 줄 알지 못하였다. 성질이 재물을 가벼이 여기고 의복·음식을 호사하여 보기는 그럴듯하지만 실은 집이 가난하였다.

홍이 일찍이 대가거족大家巨族에 출입하면서 수리水利를 말하여 돈을 여러 만 냥 얻어내어 청천강淸川江에서 역사役事를 벌였다. 매일 소를 잡고 술을 거르고 원근의 이름난 기생을 불렀는데, 불러서 안 오는 기생이 없었다. 유독 안주安州의 기생 한 명이 재색이 평안도의 으뜸이라 감사의 총애를 입고 있어, 아무리 별성別星[4] 행차라도 그 낯짝도 엿볼 수가 없었으니, 이 기생만은 불러올 도리가 없었다.

홍은 자신이 안주로 가서 열흘 이내에 성사하고 돌아오기로 동류들과 내기를 걸었다. 말에 짐을 싣고 비단 쾌자快子[5]를 걸치고서 구종驅

3_ **백면선**白勉善 | 어떠한 인물인지 자세히 알 수 없으나, 이우성·임형택의 《이조한문단편집李朝漢文短篇集》 하권에 수록된 '백문선白文先'과 동일 인물이 아닌가 여겨진다.

4_ **별성**別星 | 왕명王命으로 지방을 순찰하는 관리를 이르는 말이다.

從[6]도 없이 다만 갓 쓴 사람 하나를 데리고 채찍을 울리며 안주 성내로 들어갔다. 물색을 분별할 줄 아는 사람이라면 홍을 보고 누구나 '개성의 대상大商'으로 인정하는 것이었다.

홍은 그 기생의 집을 찾아가서 숙소를 정하였다. 기생의 아범은 군교軍校로 늙어서 주막을 낸 자였다. 홍은 다음과 같이 약조하며 말하였다.

"내가 가진 것은 값진 물건이라네. 주막에 다른 손님은 받지 말아주게. 나의 이번 걸음은 사람을 기다려야 하는데, 그 사람이 늦게 올지 금방 올지 예측할 수 없다네. 떠나는 날 모든 걸 청산하지. 그리고 내가 원래 입이 짧으니 조석을 각별히 정갈하게 차려주게. 값의 다소를 염려치 말고, 연채烟債[7]는 주인 마음대로 정하게나."

기생 아범이 보니 사람은 장사치요, 싣고 온 짐은 가볍지 않고 묵직한 품이 대개 은자銀子인가 싶었다.

"이키, 좋은 손님이로구나."

사처를 정히 치워 맞이하였다. 홍은 사처에 들어가서 둘러보더니, 잔뜩 상을 찌푸리고 종자從者를 불렀다.

"얼른 장지壯紙를 사 오너라. 사람이 단 하루를 묵더라도 이런 데 누워 있겠느냐?"

방 안 도배를 말끔히 끝내더니, 짐을 머리맡에 옮겨다 놓고 양털 요와 비단 이불을 깔았다. 그리고 행장 속에서 두툼한 장부 한 권, 주판, 조그만 벼루를 꺼내었다. 문을 닫아걸고 종자와 함께 회계를 하는 모양

5_ **쾌자**快子 | 등솔을 길게 째고, 소매가 없는 군복.
6_ **구종**驅從 | 관원官員을 모시고 다니는 하인.
7_ **연채**烟債 | 식대食代.

인데 종일토록 끝나지 않았다. 기생 아범이 문틈으로 귀를 기울여 들으니, 비단이며 향료 · 약재 등속을 셈하는 것이 아닌가. 기생 아범이 자기 여편네인 퇴기退妓와 의논하였다.

"저 손님은 거상巨商이다. 우리 아이를 보면 영락 반하겠지. 반하면 소득도 적지 않을게야. 감사님 덕에 비기겠나?"

드디어 딸을 평양감영에서 살짝 불러와, 문 앞에서 절을 올리게 하였다.

"귀하신 어른이 누추한 곳에 오래 유숙하시기로 젊은 주인이 감히 현신現身하옵니다."

홍은 분주한 듯 사례하며 말하였다.

"이러지 말게. 여주인이 하필 이럴 것이 있겠나?"

홍은 계속 주판알을 굴리면서 안중에 없는 것 같았다. 기생 아범은 '저 양반 대단한 거상이로구나. 안목이 워낙 도저하고 또 재물이 큰 때문이렷다' 하고, 저녁에 다시 조용히 말하였다.

"제 아이가 보시기에 누추하신지요? 손님께서 아주 냉담하시니 애가 지금 매우 무색한 모양입니다."

홍은 누차 사양하고 별로 의향을 보이지 않다가 마지못해 응하는 것 같았다. 기생은 주안상을 차리고 손님과 더불어 노래하고 춤추며 한껏 아양을 떤 뒤에야 요행으로 동침할 수 있었다. 그로부터 기생은 사나흘 동안에 틈틈이 손님과 만남을 가졌다.

하루는 홍이 눈썹을 찌푸리고 근심하는 기색으로 주인을 불러서 묻는 것이었다.

"서도西道[8]에 근일 명화적明火賊이 안 났다던가?"

"없지요."

"의주義州에서 예까지 며칠에 대어오나?"

"얼마 걸립죠."

"그럼 일자가 지났는걸. 말이 병이 났나?"

"손님, 무슨 상심되는 일이라도 있으십니까?"

"연경에서 오는 물건이 며칠 날 압록강을 건너 며칠 날 여기 닿기로 약조하였다네. 그런데 여태 나타나지 않으니 걱정인걸."

종자를 불러 말하였다.

"너 서문西門 밖으로 나가 보아라."

종자가 저녁때 돌아와서 소식이 전혀 없다고 회보하는 것이었다.

그 후 근심으로 날을 보내더니, 사흘째 되는 날 주인을 불러 말하였다.

"내가 시방 중한 재물을 가지고 있기 때문에 나가 보지 못하고 있다네. 이제 주인이 나와 한 집안이나 진배없구려. 내 갑갑해서 병이 날 것 같아 도저히 앉아 기다릴 수 없구먼. 내 물건을 주인에게 맡기겠으니 잘 좀 간수해주게. 나가서 알아보고 오겠네."

사처를 잠근 다음 총총히 나갔다. 홍은 바로 샛길로 빠져 청천강으로 돌아왔으니, 과연 전후 열흘이 걸린 것이었다.

기생의 집에서는 손님이 영 돌아오지 않음이 이상해서 행장을 떠들어 보니, 거위 알만 한 조약돌이 가득 들어 있을 뿐이었다.

한 시골 아전이 군포軍布[9]를 바치러 돈 천여 꿰미를 가지고 상경하였다. 여관을 정하지 못하고 있는 것을 홍이 자기 집으로 데리고 가서 꿈

8_ 서도西道 | 황해도와 평안도 지방에 대한 범칭.

9_ 군포軍布 | 군적軍籍이 있는 사람에게 복역을 면제해주는 대가로 받는 삼베나 무명.

수를 썼다.

"내게 한 가지 술수가 있소, 노자나 해웃값[10]쯤은 벌 것이오."

아전은 좋아라 하며 가진 돈을 몽땅 홍에게 맡겼다. 홍은 조석으로 다소 돈푼을 버는 것 같았다. 십여 일이 지났다. 홍이 문득 남산南山이 경치가 좋다고 떠벌렸다. 그래서 술 한 병을 들고 아전을 앞세우고 팽남彭南골 인적이 드문 곳으로 올라갔다. 홍이 혼자서 술 한 병을 다 마시더니, 목놓아 우는 것이었다.

"원, 한 병 술도 못 이기고 이러우?"

"서울이 이렇게 아름다운데 이곳을 버려야 하다니. 내 어찌 눈물이 나지 않겠소?"

홍은 소매 속에서 한 가닥 줄을 꺼내 소나무 가지에 걸고 목을 매려 하였다.

아전이 크게 놀라서 손으로 막고 곡절을 물었다.

"당신 때문이라오! 내가 어디 남의 돈 한 푼인들 속일 사람이우? 남을 잘못 믿고 그만 당신 돈을 몽땅 떼이고 말았구려. 물어내자니 가난한 놈이 도리가 없고, 그냥 두자니 당신이 성화같이 독촉할 것이라 죽느니만 못하니 말리지 말아주오."

금방 목을 걸고 밑으로 뛰어내릴 기세였다. 아전은 당황하여 발돋움을 하며 말하였다.

"죽지 말아요. 지금부터 당신에게 돈 말은 않으리다."

"아니, 당신이 시방 내가 죽으려니까 이런 말을 하지요. 하지만 말이야 무슨 문서가 되우. 나중에 당신의 말을 무엇으로 막는단 말이오? 지

10_ **해웃값** | 화대花代. 기생이나 창기들과 관계를 가지고 그 대가로 주는 돈.

금 아예 죽느니만 못하지."

아전은 혼자 생각하기를, '저 사람이 죽으나 사나 돈 못 받기는 매일반이고, 죽으면 또 뒷말이 있을 것이다' 하고, 분주히 주머니에서 필묵을 꺼내 돈을 받았다는 증서를 써주고 죽지 말도록 타일렀다.

"당신이 정 그렇다면야 내 하필 죽을 까닭이 있소?"

홍은 옷을 훌훌 털고 집으로 돌아갔다. 그날 저녁으로 당장 그 아전을 몰아내어 대문 안에 들어서지도 못하게 하였다.

법관法官이 이 사실을 풍편에 듣고, 홍을 잡아다가 볼기 일백 대를 갈겼다. 홍은 거의 죽게 되었으나 아주 죽지는 않았다.

홍은 활 쏘는 것을 배우긴 하였지만 모년某年 무과에 오른 것은 활재주로 합격한 것은 아니었다. 방榜이 나붙자, 홍은 유가遊街[11]의 치레를 합격자 중에서도 가장 으뜸으로 하였다. 악공樂工들은 모두 청모시 철릭을 입고 침향사沈香絲[12] 석 자를 늘였다. 그리고 수건 · 전錢 · 포布 이외에도 각기 모란 병풍 한 벌과 포도서장도葡萄犀粧刀[13] 하나씩을 주었던 것이다. 사람들은 홍이 먼 시골로 나가서 남의 집 분묘를 많이 벌초하더니, 그 제위전祭位田[14]을 팔아서 쓰는 것이라고 하였다.

홍의 집은 서대문 밖에 있었다. 어느 날 꽃무늬 비단 창옷을 입고 흰

11_ **유가**遊街 | 과거에 오른 사람이 광대를 거느리고 풍악을 잡으면서 거리를 돌며 좌주座主 · 선진자先進者 · 인척들을 찾아보는 일.

12_ **침향사**沈香絲 | 침향은 침수향沈水香의 준말로 불전에 사르는 향의 일종. 나무 고갱이가 굳어서 물에 잠긴다 하여 '침향沈香'으로 부른다. 침향사는 아마 침향 비단실로 만든 장식용 끈으로 여겨지는데 자세한 것은 알 수 없다.

13_ **포도서장도**葡萄犀粧刀 | 포도 무늬의 무소뿔로 자루를 만든 장도칼.

14_ **제위전**祭位田 | 추수로 제사 비용을 채우는 전답. 제위답 또는 제수답祭需畓.

손으로 만호曼胡 갓끈[15]을 어루만지며 호박 선추扇錘[16]를 굴리며 어슬렁 어슬렁 남대문으로 들어섰다. 그때 남대문 앞에서 한 중이 권선勸善[17]을 하여 경쇠를 치며 시주를 구하는 것을 보았다.

홍이 중을 불렀다.

"스님, 예서 며칠 서 있었습니까?"

"사흘 동안입죠."

"몇 푼이나 들어왔어?"

"겨우 이백여 푼밖에 안 됩죠."

"저런, 늙어 죽겠다. 종일 '나무아미타불'을 외쳐서 사흘 동안에 고작 이백 푼이야! 우리 집은 부자이고 아이들이 많다네. 진작부터 부처님께 한 가지 아름다운 일을 지으려고 하였는데, 스님 오늘 복을 만났어. 내 무엇으로 시주할까?"

홍은 생각에 잠겼다가 이윽고 말하였다.

"유기鍮器가 있는데 쓰임이 있을까?"

"유기로 불상을 지으면 그보다 더 큰 공덕이 없습죠."

"그래, 나를 따라오게."

홍은 앞장서서 남대문으로 들어가더니, 등불이 비치는 집을 가리키면서 말하였다.

"스님, 좀 쉬어 가세."

술어미가 술을 데우고 푸짐한 안주를 내놓았다. 홍은 거푸 십여 잔을

15_ **만호曼胡 갓끈** | 무늬가 없고 거친 갓끈.
16_ **선추扇錘** | 부채 고리에 매다는 장식품.
17_ **권선勸善** | 불교에서 신자들에게 보시普施를 청하는 일.

비우고 나서 비단 주머니를 만지작거리다 껄껄 웃으며,

"오늘 나오면서 술값을 잊고 왔네. 스님, 우선 자네 바랑 속의 것을 좀 빌리세. 가서 곧 갚음세."

하여 중이 술값을 치렀다. 그리고 나와서 길을 가다가 중을 돌아보며 소리친다.

"스님, 따라오는가?"

"예예, 따라가고 말굽쇼."

"유기가 오래된 물건이야. 사람들이 혹 막을지 몰라. 잘 가져가야 할 걸."

"주시는 건 시주님께 달렸고, 가져가는 건 중에게 있습죠. 그것도 잘 못하겠습니까?"

"그래."

다시 또 술집으로 들어가서 중의 돈으로 술을 마셨다. 서너 차례 술집을 들락거리는 동안에 중의 돈은 홀랑 털리고 말았다.

걷다가 또 중을 불렀다.

"스님, 사람이란 무슨 일에나 눈치가 있어야 하는 법일세."

"소승은 그와 같이 한평생을 보낸 사람이죠. 남은 거라곤 눈치밖에 없습죠."

"그래."

다시 몇 걸음 옮기다가 머리를 돌려 중에게 말하였다.

"스님, 유기가 원체 커. 자네 무슨 힘으로 가져가지?"

"크면 클수록 좋지요. 주시기만 한다면 만 근이라도 무엇이 어렵겠습니까?"

"그래."

이때 이미 대광통교大廣通橋[18]를 건너갔다. 홍은 동쪽 거리로 돌아서면서 부채를 들어 종각 속의 인정종人定鐘[19]을 가리켰다.

"스님, 유기가 저기 있어. 잘 가져가야 하네."

중은 이 말을 듣고 자기도 모르게 발딱 몸을 돌이키더니 남산을 바라보고 한참 멍하니 서 있다가 달음질쳐 사라졌다.

홍은 어슬렁어슬렁 철전鐵廛 다리[20] 쪽을 향하여 걸어갔다.

이홍의 생애는 대개 이러하였다. 이는 그의 가장 유명한 일화들을 들어본 것이다. 그는 사람을 잘 속이는 것으로 이름이 났거니와, 이 때문에 나라의 벌을 받아 먼 곳으로 귀양을 가게 되었다 한다.

외사씨는 말한다.

큰 사기는 천하를 속이고, 그 다음은 임금이나 정승을 속이고, 또 그 다음은 백성을 속인다. 이홍 같은 속임질은 하질이니, 족히 시비할 것도 없겠다. 그런데 천하를 속이는 자는 천하의 임금이 되며, 그 다음은 자기 몸을 영화롭게 하며, 그 다음은 집을 윤택하게 한다. 이홍 같은 자는 속임질로 마침내 법망에 걸려들었으니, 남을 속인 것이 아니고 실은 자신을 속인 셈이다. 또한 슬픈 일이다!

—이상 신익철 옮김

18_ **대광통교**大廣通橋 | 지금의 서울 남대문로를 통과하는 청계천에 놓였던 다리. 돌난간이 있었고 서울에서 가장 큰 다리였다고 한다.

19_ **인정종**人定鐘 | 지금의 서울 종로 2가 종각鐘閣의 종을 말한다. 서울 도성 내의 통행의 금지 · 해제를 알리기 위하여 저녁과 새벽에 이 종을 쳤다.

20_ **철전**鐵廛 **다리** | 서울 종로구 관철동貫鐵洞에 있던 다리. 즉 철물교鐵物橋를 가리킨다.

타고 다니던 말

所騎馬傳

말은 수컷으로 검붉은 색이다. 걸음을 잘 걸어 하루에 이백 리를 갈 수 있고, 키는 마부의 어깨를 넘으며, 아는 말을 보면 반드시 발굽으로 땅을 차고 높이 부르짖는데 그 소리가 매우 맑고 씩씩하였다. 그런데 성질은 잘 길들여져 유순하였다. 서로 전하기를 제주산이라 하는데 태어난 지 오 년 만에 우리 집에 왔고 십이 년 동안 우리 집에서 길러졌으니, 말 나이로 셈하면 모두 삼십삼 수禾[1]였다.

신해년(1791) 5월에 나와 함께 서울로 왔다가 병을 얻어 먹지 못하므로 수의를 불러 진찰하게 했더니, "숙열宿熱이 콩팥에까지 침입하여 목숨이 위태롭습니다"라고 하였다. 침을 놓고 약을 투입하여 조금 괜찮아졌기에 고향으로 돌려보냈는데 병이 도졌다. 7월에 내가 서울에 있을 때 고향에서 발송된 편지에 말이 이미 죽었다고 한다.

슬프다! 나는 거의 눈물을 흘릴 뻔하였다. 인하여 사詞를 지어서 애도하였다. 나의 애도는 말을 애석해함이 아니라 그 준걸함을 애석해한 것이고, 내 집에서 오래 있었음을 어여삐 여긴 것이다. 그 사詞는 다음과 같다.

1_ 수禾 | 말의 이齒를 헤아리는 수의 단위.

내 지각이 있을 때로부터	自余之有知
한 노새와 두 말을 잃었다.	喪一驢二馬
노새 잃음은 계집종 잃은 것 같아	喪驢若喪婢
오직 그 어여쁨이 아까울 뿐인데	所惜惟妖冶
말 잃어버림은 사내종 잃은 것 같아	喪馬若喪奴
마치 잃어버린 것이 많은 듯하였다.	如多所失者
너는 제주에서 와서	汝來自濟州
누렇지도 붉지도 않았다.	不皇而不赭
한 발 키에 까만 구름 빛	一丈烏雲色
땀 흘릴 땐 먹을 휘뿌린 듯하였다.	汗則如墨灑
너는 성질도 매우 헌걸차고	汝性甚桀驁
달릴 땐 채찍이 필요치 않았다.	走不待鞭打
매양 성난 채 콩을 찾을 땐	每當怒索豆
그 소리, 지붕을 진동시키지만	聲裂震屋瓦
구유통을 보여주면	槪桶以視之
문득 벙어리처럼 묵묵해진다.	輒自嘿如啞
만약 털과 발을 논한다면	若論毛與足
세상엔 잽싼 말발굽 참으로 많겠지만	世固多疾踝
신통한 알음새로 이야기하면	若論其靈識
너만 한 놈 아마 드물지라.	如汝者蓋寡
가을 벌판에 저물녘, 사냥하는 이광李廣[2]	秋原暮獵李

2_ **이광李廣** | 중국 한나라 문제 · 무제 때 대對 흉노전에서 이름을 날렸던 인물. 무제 때 효기장군驍騎將軍 북평태수北平太守가 되었다. 흉노와의 전쟁에서 대소 70여 차례 승리를 거두니, 흉노가 그를 두려워하여 '비장군飛將軍'이라 하였다.

봄날 궁성에 일찍 조회하러 가는 가지賈至[3]　　春城早朝賈
흰 깃털 굳센 화살로 따랐고　　從以白羽勁
홍등 불빛으로 이끌기도 했다.　　導之紅燈炧
네 만약 마땅한 자리를 얻었다면　　汝若得其地
호매하고도 다시 준수한 자질로　　豪邁復俊雅
오직 응당 북풍에 소리 높여 외치며　　惟應嘶北風
바위의 물이 쏟아지듯 신나게 달릴 것을.　　去如盤水瀉
선비집 안장도 너덜너덜　　儒家弊弊鞍
잔약한 종 짧은 고삐 잡고서　　孱奴短轡把
일 년에 혹 서너 번 외출할까　　歲或三四出
아니면 들녘에 방목이나 했지.　　否則牧在野
어디가 네 마음에 즐거웁더냐?　　於汝心樂乎
이것이 모두 다 운명이로다.　　此莫非命也
네가 병든 몸 억지로 하여 남으로 간 뒤에　　自汝强病南
내 마음 항상 염려를 놓지 않았다.　　心焉念不捨
문득 들려온 소식 네가 벌써 죽었다니　　忽聞汝已斃
처음엔 오히려 거짓인가 의심하였다.　　初猶訝其假
오늘날 세상에 곽경순郭景純 같은 이 없으니[4]　　世無郭景純
아, 이제부터 그만둘밖에　　已矣從此舍

3_ **가지**賈至 | 중국 당나라 사람. 현종玄宗 때부터 숙종肅宗을 거쳐 대종代宗 때까지 지제고知制誥 · 중서사인中書舍人 · 덕중장군德中將軍 · 절간切諫 · 우산기상시右散騎常侍 등을 두루 거쳤다.

4_ **오늘날 … 없으니** | 경순景純은 곽박郭璞의 자. 276~324년. 중국 동진東晉 때의 학자 · 복서가卜筮家. 박학다식하였는데, 특히 음양陰陽 · 역산曆算 · 복서卜筮의 술術에 밝았다. 《수신기授神記》에는 곽박이 죽은 말을 살린 이야기가 실려 있다.

사람과 짐승이 다르지 않은지라 不有人畜異
내 눈물 술잔을 가득 채우네. 余淚可盈斝
하물며 차마 듣지 못할 것 况是不忍聞
마을 사람들 밤중에 몰래 살을 베어갔다네. 村人夜窃剮
수레 빌고 노새 빌려 借車與賃驢
지금부터 내 걸음 구차하네. 從今足苟且
원컨대 너는 빨리 윤회에 들어 願汝早入輪
사람으로 태어나 많은 복 받으라. 爲人多受嘏
다른 날 빈 마구간 지나치게 되면 它日過空廄
눈에 닿는 것, 나의 회포 일으키리라. 觸目余懷惹
차마 이웃집 소로 하여금 忍使隣家牛
홀로 높은 버들 아래 졸게 하랴. 獨眼高柳下
생꼴 한 묶음 가져다가 生芻有一束
그대로 마사馬社[5]에 제사 지내리. 依兼祭馬社
시가 이루어지매 낡은 휘장과 같아[6] 詩成如敝帷
마음 가는 대로 억지로 사람 불러 쓰게 한다. 隨意强呼寫

주인은 말한다.

내가 아이 적에 기르던 닭이 살쾡이에게 물려가서 〈뇌계문酹鷄文〉을

5_ **마사馬社** | 말을 타는 방법을 창시한 사람. 또는 말의 신에게 제사 지내는 사당. 동대문 밖에 있었다.

6_ **낡은 휘장과 같아** | 공자가 기르던 개가 죽자 자공에게 묻어주게 하고 말하기를, "해어진 휘장을 버리지 않는 것은 말을 묻어주기 위해서이며, 해어진 수레의 차일을 버리지 않는 것은 개를 묻어주기 위해서이다(敝帷不棄, 爲埋馬也. 敝蓋不棄, 爲埋狗也)"라고 하였다. 《예기禮記》, 〈단궁檀弓〉편 참조.

지었고, 어른이 되어서 타고 다니던 노새가 죽어서 〈노군전盧君傳〉을 지었다. 지금 말의 죽음에 차마 한마디 말이 없을 수 없고, 또 차마 전에 했던 것처럼 한갓 문장 꾸미기를 일삼을 수도 없다. 이에 문으로써 기록하고, 시로써 애도하고는 합하여 〈소기마전所騎馬傳〉을 삼는다.

—김명균 옮김

남령

南靈傳

남령南靈[1]의 자는 연烟이다. 그의 선조 중에 담파고淡巴菰[2]라는 이가 있었는데, 숭정崇禎[3] 연간에 의술로 이름이 알려졌다. 일찍이 구변九邊[4]을 돌면서 수자리 병사들의 한질寒疾을 치료하여 매우 신효神效를 보았다. 그 공로로 남평백南平伯이 되었는데, 이에 그 자손들은 남南으로 씨氏를 삼게 되었다. 남령은 바로 그의 후손이다. 그는 단소短小하나 몸은 날래고 용감하며, 검누른 얼굴빛에 성격이 매우 강직하고 매서웠다. 또한 병서를 익혀 화공법火攻法에 뛰어났다. 천군天君[5]이 등극한 32년째 여름 6월, 큰 장맛비가 달이 넘도록 그치지 않았다. 이에 영대靈臺[6]의 도적 추심秋心[7]이 군사를 동원하여 반란을 일으켜 격현鬲縣[8]·제주齊州[9]

1_ **남령**南靈 | 남령초南靈草. 즉 담배를 달리 부르는 말. 이 작품은 마음의 혼란함을 남령을 통해 안정시킨다는 측면에서 다루어졌다. 한편 이 같은 성격의 글로 〈수성지愁城誌〉가 있는데, 마음의 혼란함을 술로 안정시킨다는 취지인 바, 본 작품과 비교가 된다.

2_ **담파고**淡巴菰 | 담배는 포르투갈어로 '타바코tabacco'인데, 이를 음차한 것이다.

3_ **숭정**崇禎 | 중국 명나라 의종毅宗의 연호로, 재위 기간은 1628~1644년.

4_ **구변**九邊 | 변방을 말한다.

5_ **천군**天君 | '마음'을 지칭한다. 이는 곧 임금으로 표상되는데, 〈수성지〉, 〈천군연의天君演義〉, 〈천군실록天君實錄〉 등 심성心性을 의인화擬人化한 작품에서도 천군을 설정하여 마음의 문제를 다루었다.

6_ **영대**靈臺 | 천군이 거처하는 곳, 곧 심장을 지칭한다.

등지를 연이어 함락하니 방당方塘[10]도 지켜지지 못했고, 천군을 두어 겹으로 포위하여 해심垓心[11]에서 곤란을 겪게 하였다. 이에 모든 장수를 징발하여 구원하도록 하였는데, 황권黃卷이 은해銀海로부터 곧장 구곡하九曲河로 들어가려 했으나, 적이 불을 놓아 지르니, 황권은 미산眉山에서 찌푸리며 들어가지 못하였다.[12] 어떤 자가 남령이 장수가 될 만하다고 천거하니, 천군은 화정火正 려黎[13]로 하여금 부절을 가지고 가서 남령을 신화장군평남후神火將軍平南侯에 제수하여 빨리 나가 마주 싸우게 하였다. 남령은 명을 받은 후 부절을 쥐고 군에 임하여 금대金臺에 봉수烽燧를 설치하고, 운당곡篔簹谷 혈도穴道를 따라 석성石城을 지나 화지華池를 건너 인후관咽喉關을 넘어 격현에서 적을 만나 불사르니, 적이 도주하였다.[14] 다시 나아가 영대靈臺 아래에서 싸워 적을 크게 쳐부수니, 불꽃이 맹렬하고 연기가 사방에 가득하였다. 이에 추심은 스스로 불에 뛰어들어 죽었고, 잔당은 모두 항복하였다.

7_ **추심**秋心 | '수愁'자를 파자破字하여 의인화한 것이다.

8_ **격현**鬲縣 | 흉격을 뜻한다.

9_ **제주**齊州 | 원래 중주中州 즉 중국의 의미로 쓰이지만, 여기서는 사람의 중심부인 '제주臍州', 즉 '배꼽'을 뜻하는 것으로 판단된다.

10_ **방당**方塘 | 마음의 바탕을 말한다. 〈수성지〉의 '반묘당半畝塘'과 같은 의미로 쓰였다. 주자朱子의 시 〈관서유감觀書有感〉에 "半畝方塘一鑑開, 天光雲影共徘徊"라는 구절이 보인다.

11_ **해심**垓心 | 마음 한가운데라는 뜻이다.

12_ **황권**黃卷**이 … 못하였다** | 황권黃卷은 종이로 곧 '책'을 표상하며, 은해銀海는 '눈', 구곡하九曲河는 '창자', 미산眉山은 '눈썹'을 각각 지칭한다. 이는 사람이 책을 읽으려 하나, 근심에 쌓여 읽지 못하는 심리 상태를 이렇게 표현한 것이다.

13_ **화정**火正 **려**黎 | 화정火正은 불을 관장하던 화관火官이며, 려黎는 종족 이름으로, 중국의 고대 전설상의 고신씨高辛氏의 화관이었다.

14_ **남령은 … 도주하였다** | 금대金臺는 '담배통', 운당곡篔簹谷은 '담뱃대', 혈도穴道는 '담뱃대 구멍', 석성石城은 '담배물부리', 화지華池는 '입 안' 또는 '혀 밑', 인후관咽喉關은 '목구멍'을 각각 지칭한다. 담뱃대에 불을 붙여 담배를 입으로 빨아들여 근심을 없애는 과정을 이렇게 표현한 것이다.

천군은 크게 기뻐하여 사자로 하여금 남령을 책봉하여 서초패왕西楚霸王[15]으로 제수하고 구석九錫[16]을 더해주었다. 그 책문冊文은 이러하다.

“과거 짐의 덕이 부족하여 스스로 심복心腹에 근심을 끼쳤도다. 도적 추심은 그의 무리 장백발長白髮 · 몽불성夢不成 등과 함께 군현을 침략했는데, 그 기세가 매우 커서, 마침내 그 칼날이 방의防意의 성城을 위협하고, 화살이 신명神明의 집에 날라들게 되었도다. 이에 고굉股肱의 고을이 서로 구할 수 없게 되었으며, 폐부肺腑의 신하가 스스로 힘을 쓰지 못하게 되었도다. 국사를 생각함에 위태롭고 미미할 뿐이었는데, 그래도 경卿이 초망艸莽[17]에서 떨쳐 일어나는 것에 힘을 입게 되었다. 그 향내는 윗사람에게 펴졌고 그 위엄은 풀이 눕는 듯, 불꽃이 모두 일어난 듯 파죽지세로 성공을 이루었도다. 철통鐵桶 같은 단단한 포위를 풀고 한순간에 정돈을 하였으며, 회신灰燼의 나머지에 안정을 이루어, 마침내 연기와 먼지로 하여금 놀라지 않게 하고 바람과 풀이 눕게 되었다.

짐은 생각하건대, 불길이 곤륜산崑崙山의 산등성이를 태우면 옥과 돌이 섞이기 쉬운 법이거늘, 병기의 날에 피를 묻히지 않고 오직 적을 몰되 백성으로 하여금 병화兵火의 근심을 모르게 하였으니, 이는 경의 어짊이로다. 화공火攻은 원래 하수의 책략이지만, 능히 손무孫武의 오계五計를 미루어 조조曹操의 배 만 척을 불살랐으니,[18] 이는 경의 슬기로움이다. 한 번 북

15_ **서초패왕西楚霸王** | 원래는 중국 초나라 항우項羽를 일컫는 말이다. 초나라가 남쪽에 있는바, 담배가 남방 지역의 산물이므로 이런 칭호를 붙인 것으로 판단된다.

16_ **구석九錫** | 임금이 공로가 있는 신하에게 특별히 내려주는 아홉 가지 은전. 곧 거마車馬 · 의복衣服 · 악기樂器 · 주호朱戶(대문을 붉은색으로 칠함) · 납폐納陛 · 호분虎賁(從者) · 궁시弓矢 · 철월鐵鉞 · 울창秬鬯(술) 등을 말한다.

17_ **초망艸莽** | 담뱃잎.

을 울려 장사는 노기가 불타듯 하고, 세 번 몰아침에 미친 도적이 연기처럼 흩어졌으며, 관문關門을 부수고 길을 빼앗는 분격에도 몸을 돌보지 않았으니, 이는 경의 용맹이로다. 경은 이 세 가지 덕을 갖추고 있으니 그 공이 제일이로다. 이에 명하여 서초패왕으로 제수하고, 은화철염銀花鐵奩 하나를 내리니 경의 집으로 삼을 것이며, 황유지갑黃油紙匣 한 벌을 내리니 의복으로 삼을 것이며, 녹주낭綠紬囊 하나를 내리니 곤룡포와 면류관으로 삼을 것이며, 은수복통銀壽福筩 하나를 내리니 갑옷과 투구로 삼을 것이며, 화문반죽花紋斑竹 하나를 내리니 부절과 깃발로 삼을 것이며, 백판방궤白板方樻 하나를 내리니 채읍采邑으로 삼을 것이며, 청동로靑銅爐 하나를 내리니 강역疆域으로 삼을 것이며, 철척도鐵剌刀 하나를 내리니 상방검尙方劍[19]으로 삼을 것이며, 삼공풍혈三孔風穴 하나를 내리니 규찬圭瓚[20]으로 삼을 것이다. 경은 이에 흠수欽受할지어다. 아! 조심하지 않으면 반드시 스스로 타고 말 것이니, 유념할지어다."

남령은 비록 서초패왕으로 책봉을 받았으나, 아직 추심의 무리인 우심憂心이 기해氣海[21]에 잠복하고 있어서 자기 나라로 가는 것이 허락되지 않고, 조정에서 벼슬하게 되어 진향사進香使·각다사榷茶使·주천태

18_ **손무孫武의 … 불살랐으니** | 손무는 중국 춘추시대 제齊나라 사람 손자孫子로 병법에 뛰어나 오吳나라 합려闔廬 밑에 들어가 오나라를 패국霸國으로 만들었다. 그의 병서를 《손자병법孫子兵法》이라 한다. 조조는 중국 삼국시대 위魏나라 왕으로 권모술수에 뛰어난 인물이다. 손자와 조조는 같은 시대 인물이 아닌데, 여기서는 뛰어난 병법을 써서 어려운 상대를 물리쳤다는 의미에서 이들을 끌어온 것이다.

19_ **상방검尙方劍** | 임금이 차는 칼을 지칭한다.

20_ **규찬圭瓚** | 임금이 차는 홀笏을 지칭한다.

21_ **기해氣海** | 인체에 정기가 모이는 곳으로 호흡의 근본이 되는 배꼽 밑을 지칭한다. '하단전下丹田'이라고도 한다.

수酒泉太守[22] 등을 겸임하니, 그의 권세가 일세를 흔들었다. 천군은 일찍이 그를 가리키며 "하루라도 그대가 없으면 안 되겠다"고 하였다.

화사씨는 말한다.

옛날 모려慕廬 한담韓菼이[23] 남연南煙(南靈) · 국생麴生[24]과 더불어 망형지우忘形之友가 되었는데, 누군가가 묻기를 "만약 둘 다 겸할 수 없다면 누구를 버리겠는가?"라고 물으니, 한공은 한참을 생각하다가 "모두 버릴 수 없는 것이지만, 부득이하다면 국생을 버릴밖에. 남연은 내가 죽어도 버릴 수 없다"라고 하였다 한다. 내가 남연에 있어서 또한 그렇다. 이에 그를 입전하여 기록한다. 누구는 "남연의 선조는 여송呂宋[25] 사람이다"라고 한다.

—정환국 옮김

22_ **진향사**進香使 · **각다사**榷茶使 · **주천태수**酒泉太守 | 각각 향香 · 차茶 · 주酒를 관리, 담당하는 벼슬로, 이를 모두 남령이 관리하도록 하였다는 것은 인간의 기호물嗜好物 중에 담배가 으뜸임을 의미한다.

23_ **모려**慕廬 **한담**韓菼 | 중국 청대의 문인. 자는 원소元少이고, 모려는 별자別字. 강희 연간에 장원으로 급제하여 예부상서禮部尙書를 지냈으며, 경사에 밝고 문장에도 능했다. 문집으로 《유회당시문고有懷堂詩文稿》 58권이 전한다. 그는 담배를 애호한 것으로 유명하여, 이규경李圭景의 《오주연문장전산고五洲衍文長箋散稿》, 〈다연茶煙〉조에도 "中原則淸韓慕廬菼最嗜, 不離手"라는 기록이 보인다.

24_ **국생**麴生 | 술을 의인화한 표현. 임춘林椿의 〈국순전麴醇傳〉, 이규보의 〈국선생전麴先生傳〉은 술을 의인화한 대표적인 작품이다.

25_ **여송**呂宋 | 필리핀 군도의 주도主島인 루손Luzon 섬. '여송연呂宋煙'은 이 섬에서 나는 향기가 좋고 독한 고급 궐련이다.

각로 선생

却老先生傳

옛날 왕승건王僧虔[1]이 구리로 만든 족집게를 '각로 선생却老先生'이라 불렀다. 나 또한 한 선생이 주머니 속에 있으므로 그의 호를 '각로却老'라 하였다.

혹자가 나에게 물었다.

"선생은 과연 능히 늙음을 물리칠 수 있는가?"

"그렇다."

"사람이 늙으면 뼛속이 비게 되고, 핏기가 사라지고, 살이 시들어 말라지고, 정신도 흐려진다. 그 속이 이미 늙었으므로 겉으로 드러나는 얼굴은 아름답지 못하고, 눈은 맑지 못하며, 귀는 밝지 못하다. 걷는 것을 보면 양어깨는 산처럼 튀어나오고, 허리는 구부정하며, 그 말을 들어보면 혀는 굼뜨고, 이는 어린애 이 갈 무렵과 같이 성글고, 정신은 멍하고, 얼굴색은 초췌하다.

이에 머리카락이 변하여 까맣던 것이 검어지고, 검던 것이 검푸르게 되고, 검푸르던 것이 붉게 되고, 붉던 것이 누렇게 되고, 누렇던 것이

1_ **왕승건**王僧虔 | 중국 남제南齊 때 사람으로 족집게를 의인화하여 '각로 선생却老先生'이라 불렀다고 한다.

허옇게 되고, 허옇던 것이 희게 되고, 희던 것이 눈처럼 희게 되고, 눈처럼 흰 것이 배꽃처럼, 백옥처럼 희게 된다. 희어질 때는 처음엔 머리가 희고, 다음엔 이마가, 다음엔 귀밑이, 다음엔 콧구멍이, 다음엔 수염이, 다음엔 구레나룻이, 다음엔 눈썹이, 그 다음엔 겨드랑이와 배꼽 밑까지 희지 않은 것이 없다. 이와 같이 안팎이 있고, 선후가 있다. 그것을 생물에 비유한다면, 말이 병들어 파리한 뒤에 검던 것이 누렇게 되고, 새는 장차 죽으려 할 때 날개가 빛나지 않으며, 나무는 진액이 빠져나간 뒤에 그 잎이 붉게 되고, 풀은 속이 마른 뒤에 그 가지가 스산하고 향기를 잃게 되는 것이다.

그런즉 늙음에 있어서 털은 밖이며 뒤에 나타나는 것이다. 이런 까닭에 옛날에 늙음을 물리치려는 자는 단사丹砂[2] · 웅황雄黃[3]으로 그 장臟을 바꾸며 황정黃精[4] · 창양昌陽[5]으로 그 상한 곳을 다스려 속에 힘을 기울이지 않은 이가 없다. 그런데 '흰 털을 뽑아내면서 늙음을 물리쳤다'고 하는 사람이 있다는 얘기는 듣지 못하였다. 이는 가을이 가고 겨울이 와서 얼음과 눈이 뒤덮일 때 잠깐 화로를 당겨 손을 쬐면서 '나는 능히 추위를 물리칠 수 있어'라고 하거나, 성이 함락되고 군사들이 무너져 큰 도적이 나라에 침입했을 때 우선 갑옷을 끌고 물러서면서 '내가 능히 도적을 물리칠 수 있어'라고 하는 것과 무엇이 다른가. 이것이 과연 정말로 물리친 것인가? 선생이 늙음을 물리친다는 것이 이것보다

2_ **단사**丹砂 | 진사辰砂라고도 부르며, 수은의 원료 또는 적색 안료로 쓰인다.

3_ **웅황**雄黃 | 석웅황石雄黃. 등황색 또는 황색 광물로 천연으로 나는 비소의 화합물이며 염료, 화약에 쓰인다.

4_ **황정**黃精 | 죽대의 뿌리로 비위脾胃를 돕는 강장제로 쓰인다.

5_ **창양**昌陽 | 창포菖蒲의 일종.

나은 게 무엇인가?"

내가 말하였다.

"아아, 슬프다! 내가 어찌 선생이 늙음을 물리치지 못할 줄 모르는 자이겠느냐? 가령 정말로 늙음을 물리칠 수 있는 자라면 진 시황秦始皇이 이미 오백 명의 동남童男·동녀童女로 하여금 누선樓船을 갖추어 맞이했을 것이고, 원봉주元封主는 벌써 모셔다가 천도장군 문성후文成侯[6]를 삼았을 게 아닌가. 선생이 어찌 우리들과 놀기를 즐겨하겠는가? 자네는 다만 늙음은 물리치지 못하고 선생 또한 그러지 못하는 것만 알고, 늙음을 물리치지 않을 수 없음과 선생이 능히 물리칠 수 있는 바를 알지 못하니, 자네를 위하여 자세히 말하겠네. 아이들 하는 말에 '죽는 것이 서럽지 않고 늙는 것이 슬프다(匪死之嘻, 伊老之悲)' 한다. 사람이 늙음을 싫어함은 죽음에 점차 가까워지기 때문인데 지금 그것을 싫어함이 거꾸로 죽음보다 심하니, 세상에서 늙음을 싫어하여 이를 물리치려고 하는 까닭을 나는 확실히 알고 있다. 혹은 환로가 순탄치 않아 남포藍袍를 입은 지 오래되어[7] 진취進取에 민감하거나, 안사顔駟[8]처럼 불우하게 될까봐 걱정된다면 부득불 선생으로 하여금 늙음을 물리쳐야 할 것이다. 혹은 부모님이 연로하셔서 알록달록한 색동옷을 입고 부모를

6_ **원봉주**元封主**는 … 문성후**文成侯 | 원봉주는 중국 한 무제漢武帝. 원봉元封은 그의 연호. 문성후는 벼슬 이름. 관련된 고사는 미상.

7_ **남포**藍袍**를 … 오래되어** | 남포는 과거 합격자, 관리 후보자가 입는 옷. 여기서는 벼슬을 기다린 지 오래되었다는 뜻인 듯하다.

8_ **안사**顔駟 | 중국 한 문제漢文帝 때의 사람. 한 무제가 낭서朗署를 지나다가 안사의 눈썹과 머리가 하얀 것을 보고 "어찌해서 이렇게 늙었느냐"고 물었더니, 그는 "문제께서 문文을 좋아하셨는데 저는 무武를 좋아했고, 경제景帝께서 얼굴이 아름다운 것을 좋아하셨는데 저는 얼굴이 추했고, 폐하께선 젊은 사람을 좋아하셨는데 저는 벌써 늙었기에 삼세三世를 불우한 채 낭서에 있는 것입니다"라고 하였다. 무제가 그의 말을 듣고 회계태수會稽太守에 봉하였다.

기쁘게 하되 늙음을 칭하기 어려워 노래자老萊子[9]가 아이처럼 놀던 것을 적이 따르려고 한다면 부득불 선생을 끌어와 늙음을 물리쳐야 할 것이다. 혹은 늦게 얻은 아내나 예쁜 계집이 젊음을 좋아하고 늙음을 싫어하므로 아양을 떨고 기쁘게 해주려고 육전陸展[10]의 가식을 배우고자 한다면, 부득불 선생을 빌려 늙음을 물리쳐야 할 것이다. 어떤 경우에는 미워할 만하고, 어떤 경우에는 기뻐할 만도 하며, 어떤 경우에는 슬퍼할 만도 하지만, 내가 선생을 쓰려는 까닭은 그들과는 다르다.

나는 지금 나이가 쉰이고, 이미 벼슬에 마음이 없으며 집안에 다만 아내가 있어 해로한 지 삼십여 년이나 됐으니, 나는 이 세 가지 중에서 둘은 벗어난 셈이다. 위로 자모가 계셔서 연세가 여든이 되셨는데도 아직도 나를 어린애처럼 기르시니, 내가 감히 어머님 앞에서 흰머리를 멋대로 드러낼 수가 없다. 그러나 또한 이것만을 위해서가 아니다. 옛날엔 나이를 숭상하여 존경했으므로 선왕이 연모燕毛의 제도를 두었고,[11] 《서경》에는 '오히려 저 누런 머리의 늙은이에게 물어보라(尙惟詢玆黃髮)'라고 했으며, 《예기》에도 '머리가 반백인 자는 물건을 지거나 이지 말라(斑白者, 不負戴)'고 하였다. 그때는 머리가 새까만 자는 반백이 된 자를 존경했고, 머리가 반백이 되거나 검은 자는 흰 자를 존경했으며, 머리가 흰 자는 누렇게 된 자를 존경하여, 나이에 각각 차례가 있고 예

9_ **노래자老萊子** | 중국 楚나라의 현인. 중국 24효자의 한 사람. 나이 칠십에 백세 된 부모 앞에서 어린애 옷을 입고 어린애 같은 장난을 하여서 늙은 부모를 즐겁게 하였다. 황노黃老의 학을 배워 벼슬하지 않고 《노래자老萊子》 15편을 지었다.

10_ **육전陸展** | 첩에게 잘 보이려고 머리를 염색한 사람. 《남사南史》, 〈사령운전謝靈運傳〉에 "육전은 백발을 물들여 측실에게 잘 보이려 했지만, 푸른 머리 오래가지 못하고 성성한 백발 다시 나왔네(陸展染白髮, 欲以眉側室. 靑靑未解久, 星星行復出)"라는 구절이 있다.

11_ **옛날엔 … 두었고** | 제전祭典이 끝난 뒤 연회를 베풀 때 머리카락 빛으로써 자리를 정하였다.

법에 구별이 있었다. 그런 까닭에 천하에 존경을 받고 영화를 누리는 사람은 털이 누렇고 흰 자이다. 나이로는 삼존三尊[12]의 반열에 놓고, 수명은 오복에서 제일로 숭상되었다. 나이가 많고 늙은 사람은 그 털이 희지 않음을 두려워해야 하는 것이지, 어찌 그것을 물리치며 어기려고 하는가!

지금은 그렇지 않아서 그 사람은 보지 않고 오직 이마 위에 희끗희끗한 것이나, 귀 뒤에 성성한 것이나, 입가와 턱밑에 하얀 것만 보면 업신여기고 박대하는 자는 마치 해오라기나 두루미가 우연히 모여든 것처럼 보아 오직 그 기색을 살펴 날려 보내고자 하고, 순실하고 친절한 사람은 마치 소경이나 절름발이가 태어나면서 그렇게 된 것처럼 여겨 다만 스스로 어쩌지 못하고 불쌍히 여긴다. 무릇 사람이 세상에 나서 학문을 닦지 않거나, 도를 따르지 않거나, 글이 모자라거나, 말이 남과 같지 않다면, 사람들에게 멸시를 당하더라도 이는 그가 자초한 것이니, 누구를 원망하고 누구를 탓하겠느냐. 그러나 혹은 비단이 아닌 베옷을 걸쳤거나, 수레가 아닌 짚신으로 다니거나, 화려한 건물이 아닌 초가집에 살아서 검소한 탓에 사치하는 사람에게 가볍게 보이고, 순박한 탓에 과장하는 사람에게 웃음거리가 된다 하더라도 이는 나에게 무관한 일이다. 부귀는 하늘에 달려 있는 것이니, 내가 부귀를 어떻게 하겠느냐, 저들 역시 나에게 어찌한단 말인가? 혹은 불행하게도 외모에 병이 있어 입술이 언청이라거나, 눈알이 퍼렇게 튀어나왔거나, 코가 납작하고 구멍이 났거나, 이가 빠져 엉성하거나, 손가락이 더 있거나 마디가 짧거나, 발이 성치 못하여 절름발이거나 앉은뱅이 등 그중에 하나라도 있

12_ **삼존三尊** | 맹자의 삼존三尊, 곧 수壽 · 귀貴 · 덕德을 말한다.

다면 사람들이 불쌍히 여기고 헐뜯으며 비웃는 바 된다. 이에 반드시 혼자 끊임없이 슬프게 여겨 용한 의사를 구해 이를 치료하여 꿰매기도 하고, 깎아내기도 하고, 밀랍으로 메우기도 하고, 상아로 박아 넣고자 할 것이다. 그런 까닭에 사람들에게 보이고 싶지 않아 나갈 때는 반드시 방국方麴[13]으로 얼굴을 가리는 것이다. 지금 나는 다행히 삼관三官[14]의 흠이나 오규五竅[15]의 상처가 없는데, 다만 헝클어진 머리가 하얗게 됨으로써 남에게 소외당하고 뭇사람에게 동정을 받고 있는 것인즉, 이것을 불가불 물리친 뒤에라야 그만둘 것이다. 슬프다! 머리에는 갓이 있고, 이마에는 망건이 있으니, 하필 넓게 물리칠 필요가 있겠는가? 다만 귀밑과 턱의 것만 없앤다면 세상 사람들이 싫어하는 늙음을 이미 다 물리치게 된 셈이다. 선생의 늙음을 물리친 것이 이미 많은 것이 아닌가?"

혹자가 말하였다.

"슬프다! 무릇 세상 사람들이 늙음을 대하는 것이나, 당신이 세상 사람들을 대하는 것이 모두 슬픈 일이다. 당신이 장차 밤가루를 분가루에 타서 귤껍질 같은 주름을 없애고, 버드나무를 깎아 단단하게 하여 구두狗竇를 막으며,[16] 꽃을 아로새기고 잎을 마름질하여 넓고 흰 옷소매를 바꾸어 총각들과 구거鳩車[17]의 어린아이들과 더불어 날래고 드세게 파

13_ **방국**方麴 | 대[竹]로 만든 네모난 부채.

14_ **삼관**三官 | 귀[耳], 눈[目], 마음[心]을 가리킨다. 《여씨춘추呂氏春秋》 참조.

15_ **오규**五竅 | 귀[耳], 눈[目], 코[鼻], 입[口], 하규下竅를 가리킨다.

16_ **구두**狗竇**를 막으며** | 앞니가 빠진 빈자리를 메우는 것. '구두개狗竇開'는 앞니가 빠진 것을 희롱하는 말. 《세설신어世說新語》 참조.

17_ **구거**鳩車 | 비둘기 차. 어린아이들이 갖고 노는 장난감.

피리와 대말놀이를 하고 있는 아이들 모임에서 교활하게 논다면 이 역시 잘못된 것이 아닌가. 이를 집안에 비유한다면 안으로는 재물이 말라 있고, 밖으로는 농사나 장사가 막혀 있어, 부엌을 들여다보면 사흘 먹을 양식이 없는데도 바야흐로 능라를 두르고, 용미봉탕龍味鳳湯을 벌여놓고, 거문고와 퉁소를 연주하여 왕개王愷와 석숭石崇[18]의 즐김을 본받는다면 그 집은 곧 망할 것이다. 나라에 비유한다면 천재天災가 거듭되고 민풍이 사나워져서 조야를 살펴보면 급급히 말세의 이익에 빠져 있는데도 바야흐로 상서를 치하하며, 덕화를 찬양하고, 예악을 자랑하며 당唐·우虞의 융성함을 모방한다면, 그 나라는 오래갈 수 없을 것이다. 이와 무엇이 다르겠는가. 나는 당신을 위태롭게 여긴다네."

이에 서로 논란한 것을 서술하여 〈각로선생전却老先生傳〉으로 삼는다.

—권순긍 옮김

18_ **왕개王愷와 석숭石崇** | 중국 진晉나라 때 부호들. 왕개는 황제의 총신이고, 석숭은 큰 부호로 서로 시샘하여 과시한 것으로 많은 일화가 전한다.

이언 俚諺

일난

一難

어떤 사람이 물었다.

"그대의 이언俚諺[1]은 무엇하려고 지었는가? 그대는 어째서 국풍國風이나 악부樂府 또는 사곡詞曲[2]으로 짓지 아니하고, 하필 이 이언을 지었는가?"

내가 대답하였다.

"이것은 내가 한 것이 아니라, 주재자主宰者가 있어 시킨 것이다. 내 어찌 국풍 · 악부 · 사곡을 하고, 나의 이언을 하지 않는단 말인가? 국풍이 국풍이 되고, 악부가 악부가 되며, 사곡이 국풍이나 악부가 되지 않고 사곡이 된 것을 살펴보면, 내가 이언을 하게 됨을 또한 알 수 있을 것이다."

그가 다시 물었다.

"그렇다면 저 국풍 · 악부 · 사곡과 그대의 이언이라고 하는 것은 모

1_ **이언俚諺** | 원래 민간에서 쓰는 속된 말 또는 속담을 가리킨다.

2_ **국풍國風 · 악부樂府 · 사곡詞曲** | 국풍은 고대 중국의 각 지방 여러 나라의 민요 또는 그 민요를 엮은 《시경詩經》 중의 편목들을 가리키며, 악부는 중국 전한前漢 무제 때 음악을 관장하는 관서官署인 악부樂府에서 채집, 제작한 가요 또는 그 체제에 따라 지은 시가를 말한다. 사곡은 중국 당唐 중엽에 발생하여 송대宋代에 성행한 사詞와 원대元代에 성행한 곡曲을 통틀어 이르는 말이다.

두 짓는 자가 지은 것이 아니란 말인가?"

내가 말하였다.

"짓는 자가 어찌 감히 짓겠는가? 짓는 자로 하여금 짓게 하는 자가 지은 것이 되기 때문이다. 이를 짓게 하는 자가 누구인가? 천지만물天地萬物이 바로 그것이다. 천지만물은 천지만물의 성性이 있고, 천지만물의 상象이 있고, 천지만물의 색色이 있고, 천지만물의 성聲이 있다. 총괄하여 살펴보면 천지만물은 하나의 천지만물이고, 나누어 말하면 천지만물은 각각의 천지만물이다. 바람 부는 숲에 떨어진 꽃은 비오는 모양처럼 어지럽게 흐트러져 쌓여 있는데, 이를 변별하여 살펴보면 붉은 꽃은 붉고 흰 꽃은 희다. 그리고 균천광악匀天廣樂[3]이 우레처럼 웅장하게 울리지만, 자세히 들어보면 현악絃樂은 현악이고 관악管樂은 관악이다. 각각 자기의 색을 그 색으로 하고, 각각 자기의 음을 그 음으로 한다.

한 부의 온전한 시詩가 자연 가운데에 원고로 나와 있는데, 이는 팔괘八卦[4]를 그어 서계書契[5]를 만들기 전에[6] 이미 갖추어진 것이다. 이것

3_ **균천광악**匀天廣樂 | 천상의 음악. 균천은 천제天帝가 거한다는 천상의 중앙을 가리킨다. 중국 춘추시대 진 목공秦穆公이 병이 들어 혼수상태에 빠졌다가 깨어나 말하기를, "내가 옥황상제가 있는 곳에 갔더니 매우 즐거웠으며, 여러 신선들과 균천광악을 들었다"라고 하였다. 《열자列子》 권3, 〈주목왕周穆王〉 주註 참조.

4_ **팔괘**八卦 | 중국 상고시대에 복희씨伏羲氏가 만들었다는 여덟 가지 괘. 건乾·태兌·이離·진震·손巽·감坎·간艮·곤坤을 말한다.

5_ **서계**書契 | 중국 태고의 글자로 나무에 새기거나 끈을 엮어 의사를 표시하던 단계의 문자이다.

6_ **팔괘**八卦**를 … 만들기 전에** | 문자를 만들어 쓰기 전이라는 뜻이다. 중국 상고시대에 복희씨는 팔괘를 만들고 서계를 만들어 인문人文의 시초를 열었다고 한다. 공안국孔安國, 〈상서서尙書序〉 참조. 《주역周易》, 〈계사繫辭〉 하에 "상고시대에 결승을 만들어 다스렸는데, 성인이 그것을 서계書契로 바꾸었다"라고 하였으며, 복희씨가 팔괘를 만들고 신농씨神農氏가 결승結繩을 만들고 황제黃帝 때 창힐倉頡이 서계를 만들었다는 기록도 보인다.

이 국풍 · 악부 · 사곡을 지은 사람이 감히 스스로 한 일이라고 말하지 못하고, 또한 감히 서로 도습蹈襲하여 사용하지 못하는 까닭이다. 곧 천지만물이 그것을 짓는 자의 꿈에 의탁하여 그 상相을 드러내고, 기箕에 나아가 정情을 통하는 데에[7] 지나지 않는다.

그러므로 그 사람에 가탁하여 장차 시가 될 적에, 물 흐르듯이 귀와 눈을 따라 들어가 단전 위에서 머물다가 줄줄 잇달아 입과 손끝으로 따라 나오는 것으로, 그 사람의 주관에 의한 것이 아니다. 이를테면 석가모니가 우연히 공작孔雀의 입을 통해서 뱃속에 들어갔다가 잠시 뒤에 공작의 꽁무니로 다시 나온 것과 같다.[8] 나는 모르겠거니와, 석가모니가 석가모니인가? 아니면 공작의 석가모니인가? 그러므로 작자라는 것은 천지만물의 한 상서象胥[9]이며, 또한 천지만물의 한 용면龍眠[10]이라

7_ **꿈에 … 통하는 데에** | 이 대목의 원문 "托夢而現相"은 중국 은殷나라 부열傅說의 고사를 가리킨다. 부열은 원래 들에서 축을 쌓던 사람인데, 어진 재상宰相을 구하던 고종高宗의 꿈에 나타나 결국 재상으로 등용되었다는 일화가 전한다. "赴箕而通情"에 대해서는 미상. 기箕는 28수宿의 하나로 문文을 관장하며, 《장자莊子》, 〈대종사大宗師〉에는 부열이 사후에 동유東維를 타고, 기미箕尾에 올라 열성列星과 견준다는 내용이 보인다.

8_ **석가모니가 … 같다** | 이 비유의 출처는 자세히 알 수 없으나, 공작은 석가모니가 전생에 현신했던 동물이다. 석가모니가 공작왕으로 태어나 세상을 제도한 이야기는 여러 종의 《공작경孔雀經》에 전한다.

9_ **상서象胥** | 역관譯官을 달리 이르는 말. 《주례周禮》, 〈추관秋官 · 상서象胥〉에 "만蠻 · 이夷 · 민閩 · 맥貉 · 융戎 · 적狄 같은 변방의 미개한 나라에서 오는 사신을 관장하여 왕의 말씀과 유시諭示를 전달하는 일을 담당하고 화친하게 한다(象胥, 掌蠻夷閩貉戎狄之國使, 掌傳王之言, 而諭說焉, 以和親之)"라는 구절이 보인다. 본래는 중국에서 동방의 미개인을 기寄라 하고, 남방의 미개인을 상象이라 하고, 서방의 미개인을 적제狄鞮라 하고, 북방의 미개인을 역譯이라 했다. 주周나라 당시에는 이것을 총칭하여 상象이라 하였다.

10_ **용면龍眠** | 화가의 대명사로, 여기서는 천지만물을 그림으로 그리듯이 전달하는 사람이라는 뜻이다. 원래 용면은 중국 북송北宋 때의 이름난 화가인 이공린李公麟의 호. 그는 그림을 그릴 때 직업적 기술을 거부하고 사물의 단순한 묘사에 힘썼으며, 고전 양식의 범주 안에서 자기표현을 매우 강조하였다.

할 수 있다.

지금 역관이 사람의 말을 통역할 때, 나하추〔納哈出〕[11]의 말을 통역하면 북번北蕃의 말이 되고, 마테오 리치[12]의 말을 통역하면 서양의 말이 된다. 그 소리가 익숙지 않다고 하여 감히 바꾸고 고치는 바가 있어서는 안 된다. 지금 화공畫工이 사람의 상像을 그릴 때, 맹상군孟嘗君[13]을 그리면 작달막한 상이 되고, 거무패巨無覇[14]를 그리면 장적長狄[15]과 같은 상이 된다. 그 형상이 일반 사람과 다르다고 하여 감히 미루어 옮기는 바가 있어서는 안 된다. 어찌 이와 다르겠는가?

대체로 논하여 보건대, 만물이란 만 가지 물건이니 진실로 하나로 할 수 없거니와, 하나의 하늘이라 해도 하루도 서로 같은 하늘이 없고, 하나의 땅이라 해도 한 곳도 서로 같은 땅이 없다. 마치 천만 사람이 각자 천만 가지의 성명을 가졌고, 삼백 일日에는 또한 스스로 삼백 가지의 하는 일〔事〕이 있음과 같다. 오직 그와 같을 뿐이다.

그러므로 역대歷代로 하夏·은殷·주周·한漢·진晉·송宋·제齊·

11_ **나하추**〔納哈出〕 | 중국 원나라 말기의 무장武將. 고려 공민왕 11년(1362) 동북면의 쌍성雙城, 지금의 영흥永興을 장악하려고 침입하였으나 이성계에게 참패하였다.

12_ **마테오 리치** | 1552~1610년. 한자로는 이마두利瑪竇라고 표기한다. 명나라 만력萬曆 연간에 중국에서 선교 활동을 한 이탈리아의 예수회 선교사.

13_ **맹상군**孟嘗君 | 중국 전국시대 제齊나라의 재상. 성은 전田, 이름은 문文. 전국시대 말 사군四君의 한 사람으로, 일기일예一技一藝에 뛰어난 천하의 선비들을 초치招致하여, 식객食客이 항상 수천 명이었다 한다. 일찍이 조趙나라를 지나갈 때, 그의 명성을 듣고 구경하러 나온 사람들이 맹상군의 자그마한 체구를 보고 '묘소장부眇小丈夫'라며 모두 웃음을 터뜨렸다고 한다. 《사기史記》 권75, 〈맹상군열전孟嘗君列傳〉 참조.

14_ **거무패**巨無覇 | 중국 한나라 왕망王莽 때의 사람. 키가 십 척, 몸 둘레가 십 위十圍나 되어 말 한 필이 끄는 수레에는 태울 수 없고, 세 필의 말로도 그 무게를 이기지 못하였다고 한다. 《후한서後漢書》 권1, 〈광무제기光武帝紀〉 참조.

15_ **장적**長狄 | 중국 춘추시대에 활동한 적족狄族의 일파. 일명 장적長翟이라고도 한다. 신장이 백 척에 달하였다는 전설이 있다. 《춘추공양전春秋公羊傳》, 문공文公 21년조 참조.

양梁 · 진陳 · 수隋 · 당唐 · 송宋 · 원元 들이 한 시대도 다른 한 시대와 같지 않아 각각 한 시대의 시詩가 있었고, 열국列國으로 주周 · 소召 · 패邶 · 용鄘 · 위衛 · 정鄭 · 제齊 · 위魏 · 당唐 · 진秦 · 진陳 들이 한 나라도 다른 한 나라와 같지 않아서 각각 한 나라의 시가 있었다. 삼십 년이 지나면 세대가 변하고, 백 리를 가면 풍속이 같지 않다. 어찌하여 대청大清 건륭乾隆 연간[16]에 태어나 조선 땅 한양성에 살면서, 이에 감히 짧은 목을 길게 빼고 가는 눈을 억지로 크게 뜨고서 망령되이 국풍 · 악부 · 사곡을 짓는 것을 말하고자 하는가?

내가 이미 눈으로 봄이 이와 같으니, 이러하다면 나는 진실로 인위적으로 짓는 바가 있을 수 없다. 오직 저 장수하는 천지만물은 건륭 연간이라 하여 혹 하루도 있지 않은 적이 없으며, 오직 저 다정한 천지만물은 한양성 아래라 하여 혹 한 곳이라도 따르지 않는 곳이 없다. 또한 나의 귀 · 눈 · 입 · 손도 내가 용렬하다 하여 혹 한 부분이라도 옛사람에 비해서 갖춰지지 아니함이 없을 것이니, 참으로 다행스러운 일이도다. 이것이 내가 또한 짓지 않을 수 없는 것이다. 또한 내가 이언만 짓고 감히 〈도요桃夭〉 · 〈갈담葛覃〉[17] 같은 국풍을 짓지 못하며, 감히 〈주로朱鷺〉 · 〈사비옹思悲翁〉[18] 같은 악부를 짓지 못하며, 아울러 〈촉영요홍燭影

16_ **건륭乾隆 연간** | 1735~1795년. 건륭은 중국 청나라의 제6대 임금인 고종高宗의 연호.

17_ **〈도요桃夭〉 · 〈갈담葛覃〉** | 둘 다 《시경》, 〈주남周南〉에 들어 있는 편명. 〈도요〉편은 시집가는 처녀가 아름다운 모습과 덕을 지녔음을 찬미한 것이다. 그 시에 "아름다운 복숭아꽃이여, 그 꽃이 환하게 빛나도다. 저 처녀가 시집감이여, 그 집안을 화목하게 하리로다(桃之夭夭, 灼灼其華. 之子于歸, 宜其室家)"라고 하였다. 〈갈담〉편은 검약을 실천하는 후비后妃의 덕을 기린 것이다. 그 시에 "죽죽 뻗은 칡넝쿨이 골짜기 가운데 옮겨가서 잎이 무성하거늘, 이것을 베고 삶아서 가는 베 거친 베를 만드니, 입으매 싫증이 아니 나도다(葛之覃兮, 施于中谷. 維葉莫莫, 是刈是濩. 爲絺爲綌, 服之無斁)"라고 하였다.

搖紅〉·〈접련화蝶戀花〉[19]와 같은 사곡을 또한 감히 짓지 못하게 된 까닭이다. 이것이 어찌 내가 한 일인가? 이것이 어찌 내가 하는 일이란 말인가?

부끄러워함직한 것은 천지만물이 나를 통하여 표현되고 활동됨이 옛 사람에게서 표현되고 활동되었는 것에 크게 미치지 못한다는 것이다. 그렇다면 이는 나의 죄이다. 이에 이언의 여러 가락을 감히 국풍이나 악부 또는 사곡이라 하지 못하고, 이미 '이俚'라 하고 또 '언諺'이라 하여 천지만물에게 사죄하게 된 것이다.

나비가 날아서 학령鶴翎[20]을 지나치다가 그 차갑고 야윈 것을 보고 묻기를, '너는 어째서 매화의 흰색, 모란의 붉은색, 도리桃李의 반홍반백색半紅半白色과 같은 빛깔을 띠지 않고 하필 노란색이 되었는가?' 하니, 학령이 말하였다. '어찌 내가 그렇게 했겠는가? 시時가 곧 그렇게 만든 것이다. 내가 시에 대해서 어떻게 하겠는가?' 그대 또한 어찌 나에게 나비와 같이 묻고 있는가?"

18_ **〈주로朱鷺〉·〈사비옹思悲翁〉** | 둘 다 중국 한나라 악부인 요가鐃歌. 〈주로〉는 일명 홍학紅鶴이라고 하는 새 이름인데, 이 새의 형상을 그려서 북〔鼓〕에 장식하고 이로써 곡명曲名을 삼은 것이라 한다. 〈사비옹〉은 한나라 때의 군악軍樂으로서 징〔鐃〕을 두드리며 부르던 노래인데, 주로 행군할 때에 마상馬上에서 연주하였다고 한다.

19_ **〈촉영요홍燭影搖紅〉·〈접련화蝶戀花〉** | 둘 다 사곡의 이름. 〈접련화〉는 작답지鵲踏枝·일라금一籮金·강여련江如練·서소음西笑吟·권주렴卷珠簾·명월생남포明月生南浦·도원행桃源行·동화봉桐花鳳·망장안望長安·세우취지소細雨吹池沼·어수동환魚水同歡·황금루黃金縷·봉서오鳳棲梧·전조접련화轉調蝶戀花 등 별칭이 많다. 쌍조 60자 전·후단 각 5구 4측운으로 되어 있다.

20_ **학령鶴翎** | 국화의 한 종류. 전융剪絨·서시西施와 함께 가장 귀한 품종으로 쳤다고 한다. 김정희金正喜의 《완당집阮堂集》 권10, 〈사국謝菊〉 시에 "일백이라 예순세 종 품목도 하 많은데, 학령이 종경에는 무리 중에 첫째로세(百六十三多品第, 鶴翎終竟出群雄)"라고 하였다.

이난

二難

어떤 사람이 물었다.

"그대는 말하기를 천지만물이 그대에게 들어갔다가 그대에게서 나와 그대의 이언이 되었다고 하는데, 그렇다면 어찌 그대의 천지만물은 유독 한두 가지에 그치고 말았는가? 어찌하여 그대의 이언은 다만 분 바르고 연지 찍고 치마 입고 비녀 꽂은 여자의 일만을 언급했는가? 옛사람이 예禮가 아니면 듣지 말며, 예가 아니면 보지 말며, 예가 아니면 말하지 말라(非禮勿聽, 非禮勿視, 非禮勿言)[1]고 했는데, 또한 그렇게 할 수 있는 것인가?"

내가 벌떡 일어나 자세를 바꾸고 꿇어앉아 사례하며 말하였다.

"선생의 가르침이 깊은 맛이 있다. 제가 잘못했으니 곧장 이것을 태워 버리시라. 그러나 제가 적이 선생께 청하니, 선생께서는 끝까지 가르쳐주시기 바란다. 감히 묻겠다. 《시전詩傳》이란 어떤 책인가?"

"경전이다."

1_ **예禮가 … 말라** | 《논어論語》, 〈안연顔淵〉편의 한 구절을 가져온 것이다. 이 글에서 빠진 "예가 아니면 행하지 말라(非禮勿動)"를 합하여 '사물장四勿章'이라고 하며, 유가儒家에서 수신修身의 절목으로 중시하였다.

"누가 지었는가?"

"당시의 시인이 지었다."

"누가 이를 취했는가?"

"공자孔子이다."

"누가 주註를 달았는가?"

"집주集註는 주자朱子가 하였고, 전주箋註는 한나라의 유자儒者들이 하였다."

"그 큰 뜻은 무엇인가?"

"사무사思無邪, 즉 생각에 사특함이 없는 것이다."

"그 효용은 무엇인가?"

"백성을 교화하여 선善을 이루도록 하는 것이다."

"〈주남周南〉이니 〈소남召南〉[2] 이니 하는 것은 무엇인가?"

"국풍國風이다."

"말한 바는 무엇인가?"

한참 있다가 말하였다.

"대다수가 여자의 일이다."

"모두 몇 편이나 되는가?"

"〈주남〉이 11편이고, 〈소남〉이 14편이다."

"그중에서 여자의 일을 말하지 않은 것은 각각 몇 편씩인가?"

"〈토저兎罝〉·〈감당甘棠〉[3] 등 모두 합하여 5편뿐이다."

"그러한가? 이상하다! 천지만물이 다만 분 바르고 연지 찍고 치마

2_ 〈주남周南〉·〈소남召南〉 | 각각 《시경》 15국풍國風에 들어 있는 것으로, 합하여 '이남二南'이라고 한다.

입고 비녀 꽂은 여자들의 일에 있음은 그 옛날 옛적부터 그러했던 것인가? 어찌하여 옛 시인이 예가 아니면 보지도 듣지도 말하지도 말라는 것을 꺼릴 줄 몰라서 그러했겠는가? 객客이여! 그대가 그 설명을 듣겠는가? 여기에는 까닭이 있다.

대저 천지만물에 대한 관찰은 사람을 관찰하는 것보다 더 큰 것이 없고, 사람에 대한 관찰은 정情을 살펴보는 것보다 더 묘한 것이 없고, 정에 대한 관찰은 남녀의 정을 살펴보는 것보다 더 진실한 것이 없다. 이 세상이 있으매 이 몸이 있고, 이 몸이 있으매 이 일이 있고, 이 일이 있으매 곧 이 정이 있다. 그러므로 이것을 관찰하여 그 마음의 사정邪正을 알 수 있고, 그 사람의 현부賢否를 알 수 있고, 그 일의 득실得失을 알 수 있고, 그 풍속의 사검奢儉을 알 수 있고, 그 땅의 후박厚薄을 알 수 있고, 그 집안의 흥쇠興衰를 알 수 있고, 그 나라의 치란治亂을 알 수 있고, 그 시대의 오륭汚隆[4]을 알 수 있다.

대개 사람의 정이란 혹 기뻐할 것이 아닌데도 거짓으로 기뻐하기도 하며, 혹 성낼 것이 아닌데도 거짓으로 성내기도 하며, 혹 슬퍼할 것이 아닌데도 거짓으로 슬퍼하기도 하며, 또 즐겁지도 사랑하지도 미워하지도 않고 하고자 하는 것도 아니면서, 혹 거짓으로 즐거워하고 슬퍼하고 미워하기도 하고자 하는 것도 있다. 어느 것이 진실이고 어느 것이 거짓인지, 모두 그 정의 진실함을 살펴볼 수가 없다. 그런데 유독 남녀의 정에서만은 곧 인생의 본연적 일이고, 또한 천도天道의 자연적 이치

3_ 〈토저兎罝〉·〈감당甘棠〉 | 《시경》 15국풍 중 각각 〈주남〉과 〈소남〉에 들어 있는 편명. 모서毛序에 〈토저〉편은 후비后妃의 교화를, 〈감당〉편은 소백召伯이 어진 정사를 펼친 것을 찬미한 시라고 하였다.

4_ 오륭汚隆 | 쇠衰하는 것과 성盛하는 것. 곧 성쇠盛衰를 뜻한다.

인 것이다.

그러므로 혼례를 올리고 화촉을 밝힘에 서로 문빙問聘하고 교배交拜하는 일도 진정眞情이며, 내실 경대 앞에서 사납게 다투고 성내어 꾸짖는 것도 진정이며, 주렴 아래나 난간에서 눈물로 기다리고 꿈속에서 그리워함도 진정이며, 청루靑樓 거리에서 황금과 주옥으로 웃음과 노래를 파는 것도 진정이며, 원앙침鴛鴦枕 비취금翡翠衾, 홍안紅顔 취수翠袖를 가까이하는 것도 진정이며, 서리 내리는 밤의 다듬이질이나 비오는 밤 등잔 아래에서 한탄을 되씹고 원망을 삭이는 것도 진정이며, 꽃 그늘 달빛 아래에서 옥패玉佩를 주고 투향偸香[5]하는 것도 진정이다.

오직 이러한 종류의 진정은 어느 경우에도 진실한 것이 아님이 없다. 가령 그것이 단정하고 정일貞一하여 다행히 그 정도正道를 얻었다고 하면 이 또한 '참〔眞〕' 그대로의 정情이고, 그것이 방자 편벽되고 나태 오만하여 불행하게도 그 정도를 잃었다고 하더라도 이 또한 '참' 그대로의 정이다. 오직 그것이 진실한 것이기 때문에 그 정도를 얻었을 때는 족히 본받을 만하고, 오직 그것이 진실한 것이기 때문에 그 정도를 잃었을 때는 또한 경계할 수 있는 것이다. 오직 그것이 진실한 것이라 본받을 수 있고, 그것이 진실한 것이라 경계할 수 있는 것이다.

그러므로 그 마음, 그 사람, 그 일, 그 풍속, 그 땅, 그 집안, 그 나라, 그 시대의 정情을 또한 이로부터 살펴볼 수가 있다. 천지만물에 대한 관찰도 이 남녀의 정에서 살펴보는 것보다 더 진실한 것이 없다.

5_ **투향偸香** | 향을 훔친다는 뜻으로, 남녀가 몰래 정을 통하는 것을 이르는 말이다. 중국 진晉나라의 가충賈充에게 오午라는 딸이 있었는데, 미남인 한수韓壽에게 아버지의 향香을 훔쳐 보내고 정을 통한 고사에서 유래한다. 《진서晉書》, 〈가충전賈充傳〉 참조.

이것이 〈주남〉·〈소남〉 25편에 남녀의 일이 20편 있게 된 까닭이고, 또한 〈위풍衛風〉 39편에 남녀의 일이 37편 있게 된 까닭이며,[6] 〈정풍鄭風〉[7] 21편에 남녀의 일이 16편이나 많이 있게 된 까닭이다. 또한 당시의 시인이 예禮가 아닌 것을 듣고 보고 말하는 것을 꺼리지 않은 까닭이며, 또한 우리 대성지성大成至聖 공부자孔夫子가 이것을 취하게 된 까닭이며, 모씨毛氏[8] · 정현鄭玄[9] · 자양紫陽[10] 등 모든 순유純儒가 전주하고 집주하게 된 까닭이며, 또한 그대가 이른바 '사무사思無邪, 즉 생각에 사특함이 없다'는 것이며, '백성을 교화하여 선善을 이루도록 한다'는 것이다.

그대는 어찌 저 예禮가 아닌 것을 듣는 것이 장차 예가 아닌 것을 듣지 않으려는 것임을 모르며, 예가 아닌 것을 보는 것이 장차 예가 아닌 것을 보지 않으려는 것임을 모르며, 예가 아닌 것을 말하는 것이 장차

6_ **〈위풍衛風〉 … 까닭이며** | 〈위풍〉은 《시경》 15국풍의 하나로 모두 10편으로 되어 있는데, 39편이라 함은 필사 과정에서 생긴 오기誤記가 아닌가 한다.

7_ **〈정풍鄭風〉** | 《시경》 15국풍의 하나.

8_ **모씨毛氏** | 중국 한나라 초기의 학자인 모형毛亨과 모장毛萇을 가리킨다. 모형은 《시경》을 전한 4가家의 한 사람으로, 《시경》을 연구하여 《시고훈전詩詁訓傳》을 지어 모장에게 주었는데, 이것이 《모시毛詩》이다. 나머지 3가에 전해진 것은 유실되었다. 오늘날 '모시'는 《시경》의 다른 이름으로서 모형 · 모장이 전한 것이기 때문에 생긴 명칭이다.

9_ **정현鄭玄** | 중국 후한 말기의 대학자. 자는 강성康成. 경학經學의 대성자大成者. 재야在野 학자로서 경학의 고문古文 · 금문今文 외에 천문 · 역수에 이르기까지 두루 익혔다. 마융馬融에게 사사하였는데, 정현이 낙양을 떠날 때 "나의 학문이 정현과 함께 동쪽으로 떠나는구나" 하고 탄식했다고 한다. 귀향하여 연구와 저술에 몰두하여 《주역周易》, 《상서尙書》, 《모시毛詩》, 《주례周禮》, 《의례儀禮》, 《예기禮記》, 《논어論語》, 《효경孝經》 등 경서를 주석하였고, 《의례》와 《논어》의 정본定本을 만들었다. 그의 저서 중 완전하게 현존하는 것은 《모시》의 전箋, 《주례》, 《의례》, 《예기》의 주해뿐이고, 그 밖의 것은 단편적으로 남아 있다. 그 잔여 부분은 청나라 원균袁鈞의 《정씨일서鄭氏佚書》에 실려 있다.

10_ **자양紫陽** | 주자朱子를 가리킨다. 주자가 자양서당紫陽書堂을 지어 후진을 양성하였으므로 '자양'이라고 한 것이다.

예가 아닌 것을 말하지 않으려는 것임을 모르는가? 하물며 보고 듣고 말하는 것이 반드시 모두 다 예가 아닌 것이 아님에랴!

그러므로 나는 말한다. '시의 정풍正風과 음풍淫風[11]은 시가 아니라 곧 《춘추春秋》[12]이다.' 세상이 일컫는바 음사淫史로, 가령 《금병매金瓶梅》[13]나 《육포단肉蒲團》[14]과 같은 유類도 모두 음사라고만 할 수는 없다. 그 작자의 마음을 추구해보면 비록 정풍이나 음풍으로 구분되는 것이라 하더라도 모두 다루지 못할 것이 없다. 그대는 어떻게 생각하는가? 여기에는 또 한 가지 이유가 있다.

여자란 편벽된 성질을 가졌다. 그 환희, 그 우수, 그 원망, 그 학랑謔浪[15]이 진실로 모두 정情 그대로 흘러나와 마치 혀끝에 바늘을 간직하고 눈썹 사이로 도끼를 희롱하는 것과 같음이 있으니, 사람 중에 시경詩境에 부합하는 것은 여자보다 더 묘한 것이 없다. 부인은 우물尤物[16]이다. 그 태도, 그 언어, 그 복식, 그 거처가 또한 모두 끝 가는 데까지 가게 되어, 마치 조는 가운데 꾀꼬리 소리를 듣고, 취한 뒤에 복사꽃을

11_ **음풍淫風** | 원래 남녀 간의 음란한 풍습을 이르는 말이나, 여기서는 《시경》 15국풍 중에서 주로 남녀 간의 상사相思를 노래한 〈위풍〉·〈정풍〉 등을 가리킨다.

12_ **《춘추春秋》** | 오경五經 중의 하나. 중국 춘추시대 노魯나라의 연대기를 바탕으로 하여 공자가 엮은 편년체編年體의 노나라 역사서.

13_ **《금병매金瓶梅》** | 중국 명나라 가정嘉靖·만력萬曆 연간에 소소생笑笑生이 지은 장편소설. 일설에는 왕세정王世貞이 지었다고도 한다. 《수호전水滸傳》의 서문경西門慶과 반금련潘金蓮의 일화를 소재로 하여 여러 처첩과의 복잡한 인간 관계 및 명대 각 계층의 사회 부패상을 사실적으로 그렸다. 노골적인 색정 묘사로 많은 논란을 불러일으켰다.

14_ **《육포단肉蒲團》** | 중국 명나라 말기에 이어李漁가 지었다고 하는 장편소설. 《금병매》의 영향을 받아 창작되었으며, 일명 《각후선覺後禪》이라 불리기도 한다. 재능 있는 젊은 학자 미앙생未央生과 그의 상대인 여섯 여성 간의 호색적好色的 관계를 세밀하게 묘사하였다.

15_ **학랑謔浪** | 실없는 말로 희롱하고 방탕하게 구는 것.

16_ **우물尤物** | 얼굴이 잘생긴 여자를 폄하하여 이르는 말. 곧 요물妖物이라는 뜻이다.

감상하는 것과 같음이 있다. 사람 중에 시료詩料에 갖추어진 것은 부인처럼 풍부한 것이 없다.

슬프다! 비록 그 묘하고도 풍부한 것이라 하더라도 그것을 다루는 자가 마치 봉황지鳳凰池[17]에 소요하면서 생용笙鏞에 도취된 사람이라면 어느 겨를에 여기에 미칠 수 있겠으며, 푸른 산에 깃들어서 원숭이와 수작하고 학의 소리에 화답하는 사람이라면 어찌 족히 여기에 미칠 수 있겠으며, 이학理學에 몰입하고 풍월을 읊조리는 사람이라면 어찌 자질구레하게 여기에 미칠 수 있겠으며, 술독에 빠진 채 먹을 휘갈기고 화류花柳에 취해 노래하는 사람이라면 또한 어찌 능히 여기에 미칠 수 있겠는가?

지금의 경우는 이것도 아니고, 저것도 아니다. 그 시대를 물으면 연화태평烟花太平으로 희희양양熙熙穰穰[18]한 좋은 세계이고, 그 땅을 물으면 비단을 펼친 듯한 장안에 분주하고 시끌벅적한 큰 도회이며, 그 사람을 물으면 붓과 먹으로 여러 해 동안 잠잠涔涔하고 답답하게 보내는 한가로운 생애이다. 낮에 거리에 나다니면 마주치는 것이 남자가 아니면 여자이고, 밤에 돌아와 책상을 대하면 펼쳐보는 것이 오직 도서 몇 권뿐이다. 그 마음이 간질간질하여 마치 천 마리, 백 마리의 이〔蝨〕가 간에서 두루 달리는 것과 같다. 나는 또한 오장육부五臟六腑를 다 기울여 이 이들을 쏟아내 놓은 뒤에야 그만둘 수밖에 없다.

그러나 이미 시를 짓게 된다면 천지만물 사이에서 그 묘하고도 풍부

17_ **봉황지**鳳凰池 | 궁중의 연못으로 문한文翰의 직을 담당하는 문인학사들이 노닐던 곳. 중국 위진남북조魏晉南北朝 때에 기무機務 · 조명詔命 등을 관장하는 중서성中書省을 궁중의 연못 근처에 설치하여 황제를 가까이서 보필한 데서 유래한 이름이다.

18_ **희희양양**熙熙穰穰 | 즐거운 마음으로 많은 사람이 번잡하게 왕래하는 모양.

하며 정이 진실한 것을 버리고, 내가 다시 어디에 손을 댄단 말인가? 그대는 알아들었는가, 그렇지 못했는가? 생각건대 국풍을 지은 시인이 국풍을 지을 적에 그 재주와 식견이 진실로 나보다 만만 배나 나았겠지만, 그것을 지은 뜻은 대개 또한 나의 생각과 그다지 서로 다르지 않았을 것이다."

삼난

三難

혹자가 이언 가운데 쓰고 있는 의복, 음식, 그릇 등 유명有名 무명無名의 물건들을 대다수 본래의 명칭으로 사용하지 않고, 망령되이 자기의 의사로서 토속 이름에 맞추어 문자로 표현하였다고 하여 주제넘고 괴팍하고 향암鄕闇[1]하다고 말한다.

내가 말하였다.

"그렇다. 그대의 말대로라면 내가 이 법法을 범한 지 오래되었다. 내가 나의 집에 대해 '악양루岳陽樓'[2]니 '취옹정醉翁亭'[3]이니 하지 않고, 나의 실명室名으로서 내 집을 이름하였다. 내 나이 열다섯에 관례冠禮를 하고, 비로소 관명冠名을 가지고 자字도 갖게 되었다. 그런데 내가 옛사람의 이름으로 나의 이름을 삼지 않고, 내가 옛사람의 자로 나의 자를 삼지 않고, 나는 내 이름을 이름으로 하고, 내 자를 자로 하고 있

1_ **향암**鄕闇 | 시골 구석에서 자라 온갖 사리에 어둡고 어리석음.

2_ **악양루**岳陽樓 | 중국 호남성湖南省 동정호洞庭湖에 있는 누각. 이곳에 올라서 동정호를 바라보는 풍치가 좋아 중국의 역대 유수한 시인이나 문인, 묵객들이 즐겨 찾아와 시를 읊조렸다. 특히 두보의 〈등악양루登岳陽樓〉와 범중엄范仲淹의 〈악양루기岳陽樓記〉가 유명하다.

3_ **취옹정**醉翁亭 | 중국 안휘성安徽省의 제주滁州에 있는 정자. 송宋 인종 때 제주자사로 부임한 구양수歐陽脩를 위하여 중 지천智遷이 건립한 것이다. 구양수의 〈취옹정기醉翁亭記〉에 이 정자를 지은 내력이 나와 있다.

으니, 이 법을 범한 지 그 또한 오래되었다. 어찌 한갓 나뿐이겠는가? 그대도 그렇다. 그대는 황제黃帝의 희姬,[4] 진晉나라의 왕王 · 사謝, 당나라의 최崔 · 노盧[5] 등으로 그대의 성을 삼지 않고, 어찌하여 따로 그대의 성을 가지고 있는가?"

그 사람이 웃으면서 다시 말하였다.

"나는 물명物名을 말했는데, 그대는 어찌하여 도리어 사람의 이름을 가지고 억지를 쓰는가?"

내가 또 대답하였다.

"청하건대 물건의 이름으로써 말하겠다. 물건의 이름이 매우 많으니, 눈 앞에 있는 물건 이름으로 말하겠다. 저 띠풀로 짜서 까는 것을 옛사람, 중국 사람들은 '석席'이라 하는데 나와 그대는 '돗자리〔兜單席〕'라 한다. 저 나무로 시렁을 만들어 기름등잔을 놓아두는 것을 옛사람, 중국 사람들은 '등경〔灯檠〕'이라 하는데 나와 그대는 '광명光明'이라 한다. 저 털을 묶어서 뾰족하게 한 것을 저들은 '필筆'이라 하는데 우리는 '붓〔賦詩〕'이라 한다. 저 닥나무 껍질을 찧어서 하얗게 만든 것을 저들은 '지紙'라 하는데 우리는 '종이〔照意〕'라 한다. 저들은 저들의 이름하는 바로써 이름을 삼고, 우리는 우리의 이름하는 바로써 이름을 삼는다.

나는 모르겠거니와, 저들이 이름하는 것이 과연 그 물건의 이름이라

4_ **황제黃帝의 희姬** | 황제는 중국 고대 전설상의 임금. 성은 공손公孫. 일명 헌원씨軒轅氏라고도 하며, 복희씨, 신농씨와 더불어 삼황三皇으로 일컬어진다. 희수姬水로 옮겨가서 살았기에 성을 '희姬'로 바꾸었다는 전설이 있다.

5_ **진晉나라의 … 노盧** | 왕王 · 사謝 · 최崔 · 노盧는 진나라 이래 육조와 당나라에 걸쳐 중국의 대표적인 명문 씨족들이다.

할 수 있으며, 우리가 이름하는 것이 과연 그 물건의 이름이라 할 수 있겠는가? 저 사람들이 '석席'이라 하고 '등경〔灯檠〕'이라 한 것은 이미 반고씨盤古氏[6]가 즉위한 처음에 칙명勅命으로 내린 이름이 아닐진대, 또한 그 본래의 이름이 아니다. 우리가 '붓'이라 하고 '종이'라 한 것도 또한 닥나무와 털의 적친嫡親 부모가 손수 만든 그 당시에 바로 명명한 것이 아니라면, 또한 그 본래의 이름이 아니다. 그것이 그 본래의 이름이 아님은 동일한 것이다. 저들은 마땅히 저들의 이름하는 바로 이름하고, 우리는 마땅히 우리의 이름하는 바로 이름하는 것이다. 우리가 어찌하여 반드시 우리의 이름하는 것을 버리고, 저들의 이름하는 것을 따라야 하겠는가? 저들은 어찌하여 그 이름하는 것을 버리고 우리의 이름하는 것을 따르지 않는단 말인가?

옛날에 한 원님이 아전에게 장에 가서 제수祭需를 사 오게 하였다. 아전이 장부에 의거하여 제수를 다 사들였다. 다만 법유法油라는 것이 있는데, 무슨 물건인지 알지 못하였다. 시험 삼아 기름 파는 남자에게 물어보았더니, 기름 파는 남자가 말하기를, '우리에게는 참기름과 등잔기름 두 가지 기름만 있을 뿐이다. 본래부터 이름이 법유라고 하는 것은 없다'는 것이었다. 아전은 법유를 사지 못하고 돌아왔는데, 끝내 법유가 등잔기름인 줄을 알지 못하였다. 이것은 원님의 잘못이지, 아전과 기름 파는 남자의 잘못은 아니다.

6_ **반고씨**盤古氏 | 중국 고대 전설상의 임금. 천지개벽 후 처음으로 세상에 나온 인간이라고 한다. 세계가 아직 혼돈 상태였을 때 반고가 태어났고 또 천지가 생겨났는데, 반고의 키가 자라남에 따라 하늘과 땅도 자라면서 점점 멀리 떨어져 1만 8,000년 후에 오늘날과 같이 되었다고 한다. 서정徐整, 《삼오역기三五歷記》 참조. 임방任昉이 쓴 《술이기述異記》에 의하면, 반고가 죽은 후 그 사체가 화생化生하여 머리는 사악四岳으로, 눈은 일월日月로, 기름〔脂〕은 강과 바다로, 모발은 초목으로 되었다고 한다.

또 어떤 한 서울 사람이 친한 시골 손을 초청하여 말하였다. '바야흐로 지금 서울의 저자 가게에 청포靑泡가 매우 먹음직스러우니 오게나. 내가 실컷 대접하겠네'라고 하였다. 시골 손은 이것이 기이한 음식이라 여기고 이튿날 그 집을 찾아갔다. 그런데 주인은 녹두부綠豆腐를 많이 차려 대접하는 것이었다. 녹두부란 세간에서 묵이라 이르는 것이다. 시골 손이 화를 내고 돌아와 자기 아내에게 '오늘 아무개가 나를 속였다. 청포란 내가 비록 무슨 음식인지 알지 못하나, 그가 이미 내게 대접하겠다고 했으므로 찾아갔더니 묵만 내놓고 청포는 차리지도 않았다'고 하였다. 오랫동안 화를 내면서도 끝내 청포가 묵인 줄 알지 못하였다는 것이다. 그렇다면 이것은 서울 사람의 책임이지, 시골 손의 책임은 아니다. 우리나라 시인들이 그 등잔기름을 사지 못하고, 청포묵인 줄 모르고 먹는 자가 얼마나 많을까?

시냇가에 새가 있는데 푸른 깃이 매우 고우니 그 이름을 '철작鐵雀'이라 한다. 그런데 우리나라 옛 시에 곧 '대나무 우거진 촌가村家에 비취새 우네(修竹村家翡翠啼)'라고 하니, 월상越裳[7]의 공물貢物이 조선의 촌가에 무슨 관계가 있겠는가? 산속에 새가 있는데 밤이 되면 반드시 슬피우니 그 이름을 '접동接同'이라 한다. 그런데 또 옛 시에 곧 '이 지방의 두견새 우는 소리 차마 듣지 못하겠네(此地鵑聲不忍聞)'라고 하니, 파촉巴蜀의 혼백[8]이 조선 땅에 무슨 관계가 있겠는가? 이러한 종류들은

7_ **월상越裳** | 중국 고대, 남쪽 지방에 있던 나라. 지금의 월남越南. 주공周公이 섭정한 지 6년 만에 예악을 정비하고 천하가 화평하자, 월상에서 공물貢物을 바쳐왔다고 한다. 두보의 〈제장諸將〉 시에 "越裳翡翠無消息, 南海明珠久寂寥"라는 구절이 있다.

8_ **파촉巴蜀의 혼백** | 중국 촉蜀나라 전설에 나오는 두견새를 가리킨다. 두우杜宇는 촉의 임금인 망제望帝가 되었으나 자리를 물려주고 촉 땅을 떠나야만 하였다. 그 후 촉나라 사람들은 두견새가 죽은 망제의 화신이라고 생각하였다고 한다.

다 책責할 수 없을 정도이다.

그러므로 우리나라 사람들이 의복 · 음식 · 그릇 등 무릇 물건에 대해 그 부르고 있는 명칭으로 이름을 지으면 세 살 먹은 어린아이조차 오히려 환히 알고도 남을 터인데, 저 붓을 잡고 종이를 대하여 두어 자의 건기件記[9]를 작성하려 할 때면 곧 좌우로 보며 옆사람에게 묻게 되지만, 그 물건이 어떤 중국 명칭에 해당하는 것인지는 알지 못한다. 어찌 이런 일이 있게 된 것일까?

아! 나는 그 뜻을 알 것 같다. 저들이 말하기를, '토속 이름이라고 하는 것은 토속에서 쓰는 이름이다. 우리가 그것을 다만 입으로만 부를 수 있고 붓으로 적을 수는 없다'고 한다. 나는 모르지만 신라가 국호를 정할 적에 어찌 '경京'이라 하지 않고 '서라벌徐那伐'이라 하였으며, 왕호王號를 일컬을 적에 어찌 '치문齒文'이라 하지 않고 '이사금尼師今'이라 하였으며, 그 성姓을 일컬을 적에 어찌 '호瓠'라 하지 않고 '박朴'이라 하였는가? 어찌 김부식金富軾이 그것을 잊어버리고 쓸 줄 몰랐겠는가?

또 한漢나라의 요가鐃歌[10]와 패설稗說《금병매金甁梅》는 어찌하여 그 가락을 평순하게 하고, 그 말을 전아하게 하여 후세의 다른 나라 사람으로 하여금 모두 환히 알게 하지 않았는가? 어찌 매승枚乘[11]과 사마상여司馬相如[12]가 괴곽함을 좋아하고, 봉주鳳州[13]가 향암스러움이 많아서

9_ **건기**件記 | 사람이나 물건에 관한 기록물.

10_ **요가**鐃歌 | 군가라는 뜻이지만, 악부시樂府詩에 채집된《요가십팔곡鐃歌十八曲》을 가리킨다. 사랑에 대한 굳은 결심을 표현한 〈상야上邪〉와 같은 작품이 들어 있다.

11_ **매승**枚乘 | 중국 전한前漢 초기의 사부辭賦 작가. 자는 숙叔. 강소성江蘇省 회음淮陰 출신. 미문가美文家로서 문명이 높았다. 산문과 운문의 중간 형식인 〈칠발七發〉 등의 작품이 있는데, 뒤의 사마상여 등 사부문학辭賦文學에 큰 영향을 끼쳤다.

그렇게 했겠는가?

슬프다! 가령 그 물건을 이름한 것이 모두 석席 · 등경灯檠 · 필筆 · 지紙라고 한 것처럼 반드시 그 물건에 합당하다면 나도 내 의견을 버리고 남의 의견을 따를 것이며, 반드시 토속 이름을 억지로 맞추어 마치 이기기를 힘쓰는 자처럼 하지는 않을 것이다. 그런데 푸른 깃을 가리켜 비취라 하고, 슬픈 울음소리를 듣고 두견새라 하는 데에 이르러서는 내가 비록 솜씨가 둔하고 혀가 어눌하여 언문시諺文詩를 짓는 데 이르더라도, 결코 법유를 사고 청포묵을 먹는 일은 하지 않을 것이다. 그러니 내가 어찌하여 그 토속 이름을 쓰지 않을 수 있겠는가?

유감스러운 것은 창힐蒼頡[14]이나 주황朱皇[15]이 이미 일찍이 우리를 위하여 따로 문자를 만들지 않았고, 단군檀君이나 기자箕子도 일찍이 글로써 진작부터 말을 가르친 적이 없는 것이다. 그런즉 많은 여러 가지

12_ **사마상여**司馬相如 | 중국 전한의 문인. 자는 장경長卿. 부賦에 있어 가장 아름답고 뛰어나, 초사楚辭를 조술祖述한 송옥宋玉 · 가의賈誼 · 매승枚乘에 이어 '이소재변離騷再變의 부賦'라고도 일컬어진다. 대표작은 〈자허부子虛賦〉 및 그 후편 〈상림부上林賦〉인데, 수사修辭 존중의 풍風은 육조문학六朝文學에 크게 영향을 끼쳤다. 일찍부터 소갈증消渴症을 앓아, 만년에는 섬서성陝西省 무릉茂陵에 칩거하였다. 《봉선문封禪文》은 유고작遺稿作이라고 한다.

13_ **봉주**鳳州 | 중국 명대의 문학가인 왕세정王世貞(1526~1590). 봉주는 그의 호. 자는 원미元美. 또 다른 호는 엄주산인弇州山人. 가정칠재자嘉靖七才子(後七子)의 한 사람으로, 이반룡李攀龍과 함께 이왕李王이라 병칭된다. 격조를 중히 여기는 의고주의擬古主義를 주장하였으나, 이반룡이 진한秦漢의 글과 성당盛唐 이전의 시만을 그대로 모방한 데 비해, 왕세정은 상당히 유연한 태도를 취하였다. 저작에 《엄주산인사부고弇州山人四部考》, 《속고續稿》 등이 있으며, 문학예술론은 《예원치언藝苑卮言》에 수록되어 있다. 중국 4대 기서奇書의 하나로 알려진 《금병매金甁梅》가 그의 작품이라는 설이 있다.

14_ **창힐**蒼頡 | 중국 고대 황제黃帝 때 새와 짐승의 발자국을 보고 처음으로 문자를 창제했다는 인물. 글자의 모양이 올챙이와 같다 하여 과두문자蝌蚪文字 또는 과두조전蝌蚪鳥篆이라 한다. 창힐의 공을 높여 '창제蒼帝'라고도 한다. 《광아廣雅》, 〈석고釋詁〉 참조.

15_ **주황**朱皇 | 중국 고대 황제 때 창힐과 함께 문자를 제작하는 일에 관계된 인물인 듯하나 확실치 않다.

토속 말 중에 혹 문자로서 이름하지 않은 것이 있는데, 그 이름할 수 있는 것은 내가 무엇이 두려워 이름을 만들어 쓰지 않겠는가? 이것이 내가 반드시 토속 명칭을 사용하게 된 까닭이다. 내 어찌 향암스러워 그렇게 했겠는가? 내 어찌 괴팍하여 그렇게 썼겠는가? 또한 내 어찌 주제넘어서 그렇게 표현했겠는가?

그대가 이미 나를 참람僭濫하다고 하였으니, 청컨대 참람함을 피하지 않고 큰 소리로 말하겠다. 일찍이 《강희자전康熙字典》[16]을 보니, '늑扐'자가 실려 있는데 '조선 종실의 이름'이라 하였고, 또 '답畓'자가 있는데 '고려 사람들이 논〔田〕을 일컫는 말이다'라고 하였으며, 우장주尤長洲[17]의 악부樂府에는 우리나라의 속어俗語를 많이 일컬었다. 그대는 두고 보라. 훗날 중국에서 널리 채집하는 자가 있어, 내가 일컬은 물명物名을 기록하고 주석하기를, '조선의 경금자絅錦子[18]가 말한 것'이라고 할 것이다. 우습구려!"

16_ **《강희자전康熙字典》** | 중국 청나라 때에 간행된 자전. 강희제康熙帝의 칙명으로 진정경陳廷敬·장옥서張玉書 등이 완성하였다. 각 자字마다 음운音韻과 훈고訓诂를 달았으며, 214목目의 부수를 세워 약 4만 7,000여 자를 각 부수에 배속시키고, 속자와 통용자를 표시하였다. 전42권.

17_ **우장주尤長洲** | 장주長洲 출신의 중국 청대 문인 우통尤侗(1618~1704)을 가리킨다. 우통의 자는 동인同人·전성展成이며 호는 회암悔庵·간재艮齋, 만년의 자호는 서당노인西堂老人이다. 1679년 박학홍사과博學鴻詞科에 뽑혀 한림원翰林院 검토檢討가 되었고, 《명사明史》 편찬에 참여하였다. 시문에 능하였고 사詞·변문騈文·희곡에도 뛰어났다. 시는 생활의 작은 일들을 쓴 것이 많으며, 자연스러운 시풍은 백거이白居易와 비슷하다는 평을 받는다. 시문집에 《우서당문집尤書堂文集》, 《간재권고유문집艮齋倦稿遺文集》 등을 남겼고, 전기傳奇 《균천악鈞天樂》과 잡극 《독이소讀離騷》, 《조비파弔琵琶》, 《도화원桃花源》, 《흑백위黑白衛》, 《청평조淸平調》가 있다. 《외국 죽지사竹枝詞》 백여 편을 지어 각각 그 나라의 풍속을 말하고 또 각주를 달았는데, 그중 우리나라에 관한 것은 모두 4수이다.

18_ **경금자絅錦子** | 이옥의 별호. 경금絅錦의 경은 홑옷, 금은 문채가 있는 옷. 곧 화려한 옷을 가리기 위해 위에 홑옷으로 가려 입는다는 뜻으로, 자기의 재주를 겉으로 드러내지 않음을 이르는 말이다. 《시경詩經》의 〈봉丰〉과 〈석인碩人〉 시의 다음 시구에서 취하였다. "비단 저고리에 엷은 홑옷 걸치고, 비단 치마 위에 엷은 덧치마 걸치네.(衣錦絅衣, 裳錦絅裳.)"

아조

雅調

아雅는 '항구적인 것'이며 '정당한 것'이다. 조調는 곡曲이다. 대저 부인은 그 어버이를 사랑하고, 그 지아비를 공경하며, 그 집안 살림에서 검소하고, 그 일에서 부지런함이 모두 천성天性의 항구적인 것이며, 또한 인도人道의 정당한 것이다. 그러므로 이 편은 사랑 · 공경 · 검소 · 부지런함의 일을 말하고, 아조雅調라 이름한 것이다. 모두 17수이다.

낭군은 나무 기러기 잡고	郎執木雕鴈
이 몸은 말린 꿩 받들었네.	妾捧合乾雉
그 꿩 울고 그 기러기 높이 날도록	雉鳴鴈高飛
두 사람의 정 다함이 없고지고.	兩情猶未已

복스런 손으로 홍사배紅絲盃 들어	福手紅絲盃
낭군께 권한 합환주合歡酒라.	勸郎合歡酒
첫 번 잔에 아들 셋 낳고	一盃生三子
세 번 잔에 구십 수壽 누리세요.	三盃九十壽

낭군은 백마 타고 왔고	郎騎白馬來

나는 홍교紅轎 타고 시집가네.	妾乘紅轎去
친정 어머니 문 앞에서 이르시길	阿孃送門戒
"시어른 뵈올 때 조심하여라."	見舅拜勿遽
친정은 광통교廣通橋[1] 쪽	兒家廣通橋
시댁은 수진방壽進坊[2]이라.	夫家壽進坊
가마에 올라앉을 때마다	每當登轎時
눈물이 절로 흘러 치마 적시네.	猶自淚沾裳
한번 맺은 검은 머리털	一結靑絲髮
파뿌리 되도록 같이 살자 하였네.	相期到葱根
부끄러운 일 없음에도 수줍어하여	無羞猶自羞
석 달이 가도록 말도 나누지 못했네.	三月不共言
진작에 익힌 궁체 글씨	早習宮體書
이응자가 약간 각이 져 있네.	異凝微有角
시부모 글씨 보고 기뻐하시며	舅姑見書喜
언문 여제학이라 하시네.	諺文女提學
사경에 일어나 머리 빗고	四更起梳頭

1_ **광통교**廣通橋 | 조선조 서울 종로에서 을지로 사이 청계천에 놓여 있던 다리. 부근에 칠목기전漆木器廛과 장전欌廛, 체계전髢髻廛 등이 있었다.

2_ **수진방**壽進坊 | 조선조 서울 중부에 소속된 방坊. 지금의 수송동과 청진동 일대에 해당한다. 피물皮物 · 황랍黃蠟 · 서책 · 휴지 따위를 파는 상전床廛 등이 있었다.

오경에 시부모께 문안하네.	五更候公姥
장차 친정에 돌아가선	誓將歸家後
먹지 않고 한낮까지 잠만 자리.	不食眠日午

누에 쳐 크기가 손바닥만 하매	養蚕大如掌
문 밖으로 나가 부드러운 뽕잎을 따네.	下階摘柔桑
동해 비단 없는 건 아니지만	非無東海紬
요는 취미 삼아 길러 본다네.	要驗趣味長

임의 옷 짓고 깁다가	爲郎縫衲衣
꽃내음이 나를 나른하게 만들면	花氣惱儂倦
바늘을 돌려 옷깃에 꽂고	回針挿襟前
앉아서 《숙향전淑香傳》을 읽는다.	坐讀淑香傳

시어머니께서 주신 패물	阿姑賜禮物
한 쌍의 귀한 옥동자라.	一雙玉童子
감히 차겠다고 말하지도 못하고	未敢顯言佩
유소流蘇[3]로 고이 싸서 넣어두었네.	結在流蘇裏

소비小婢가 창틈으로,	小婢窓隙來
작은 소리로 "아가씨"를 부르며	細喚阿哥氏
"친정 생각 금할 수 없으면	思家如不禁

3_ **유소**流蘇 | 수실이 달린 장막帳幕.

내일 가마 보내겠다 하더이다."　　明日送轎子

초록빛 상사단相思緞[4] 으로　　草綠相思緞
쌍침질하여 귀주머니 지었네.　　雙針作耳囊
세 겹 나비 모양 손수 접어　　親結三層蝶
손을 들어 낭군께 바친다.　　倩手捧阿郞

사람들 다 그네뛰기 즐기는데　　人皆戱秋韆
나 홀로 그 틈에 끼질 않았네.　　儂獨不與偕
남에겐 팔 힘 여리다 말했지만　　宣言臂力脆
옥룡 비녀 떨어뜨릴까 두려워서라네.　　恐墮玉龍釵

해 무늬 놓인 고운 보에 싸서　　包以日文袱
대나무 상자에 간직한다.　　貯之皮竹箱
밤 깊도록 마른 낭군의 옷　　夜剪阿郞衣
손에도 향내 옷에도 향내로다.　　手香衣亦香

옥 같은 손 거듭 씻고　　屢洗如玉手
꽃과 같은 화장 약간 줄인다.　　微減似花粧
시댁 제삿날 곧 있으매　　舅家忌日在
잠시 붉은 치마 벗어둔다네.　　薄言解紅裳

4_ **상사단**相思緞 | 얇게 짠 초록빛 나는 비단. 임의 옷을 지을 때 쓰일 비단이라는 뜻인 듯하다. 《춘향전春香傳》에서 물목이 나열될 때 언급된 비단인데, 자세한 것은 알 수 없다.

진홍빛 꽃무늬 요에 眞紅花布褥
검청색 토산 명주 이불이라. 鴉青土紬衾
어찌 꼭 운문단雲文緞[5]에 何必雲文緞
황금색 네 거북 수놓은 것이어야 하리. 四龜鎭黃金

남들은 다 비단옷도 가벼이 여기나 人皆輕錦繡
나는 보병의步兵衣[6]도 중히 여기리. 儂重步兵衣
가문 밭에서 농부가 호미질하고 旱田農夫鋤
가난한 집 부녀자들이 짜낸 베라네. 貧家織女機

5_ **운문단**雲文緞 | 구름 무늬가 있는 비단. 궁보宮褓의 감으로 많이 쓰였다.
6 **보병의**步兵衣 | 보병목步兵木으로 만든 옷. 보병목은 굵고 거칠게 짠 무명으로 예전에 보병들의 옷감으로 쓰였다.

염조

艷調

염艷이란 화미華美함이다. 이 편에서 다룬 것은 대부분 교사驕奢 · 부박浮薄 · 과장誇粧에 관계되는 일로써 위로는 비록 아雅에 미치지 못하지만, 아래로는 또한 탕宕에 이르지 않는다. 그러므로 염이라 이름하였다. 모두 18수이다.

울릉도화鬱陵桃花[1] 심지 말아요	莫種鬱陵桃
내 새 단장에 미치지 못하잖아요.	不及儂新粧
위성류渭城柳[2] 꺾지 말아요	莫折渭城柳
내 긴 눈썹에 미치지 못하잖아요.	不及儂眉長

당신은 술집에서 왔다지만	歡言自酒家
나는 창가倡家에서 온 줄 알아요.	儂言自倡家

1_ **울릉도화**鬱陵桃花 | 《세종실록지리지世宗實錄地理志》, 〈울진현〉조에 울릉도에서 나는 복숭아가 박처럼 크다는 기사가 나오는데, 조선조 후기에 서울 시전市廛에서 '울릉도 복숭아'를 최상품으로 쳤다고 한다.

2_ **위성류**渭城柳 | 늘어진 버들. 곧 미인의 눈썹을 형용하는 의미로 쓰였다. 원래 위성류는 왕유王維의 〈송인사안서送人使安西〉 시에 "渭城朝雨浥輕塵, 客舍青青柳色新. 勸君更盡一杯酒, 西出陽關無故人"이라는 시구로, 주로 송별을 상징하는 뜻으로 쓰인다.

어찌하여 한삼汗衫 위에　　如何汗衫上
연지가 꽃처럼 찍혀 있나요.　　臙脂染作花

흰 버선 신은 외씨 같은 모습　　白襪苽子樣
벽장동碧粧洞[3]엔 가지 말 것.　　休踏碧粧洞
새로운 맵시를 만드는 침선비針線婢[4]들이　　時體針線婢
나를 보고 구식이라 조롱하지 않을까.　　能不見嘲弄

머리 위에 무엇이 있나?　　頭上何所有
죽절竹節 비녀요, 나비가 나르는 듯.　　蝶飛竹節釵
발 밑엔 무엇이 있나?　　足下何所有
꽃이 피어 있는 듯, 비단신이라.　　花開錦草鞋

속치마는 붉은 항라杭羅[5]요　　下裙紅杭羅
겉치마는 남방사藍方紗[6]라.　　上裙藍方紗
쟁그랑쟁그랑 걸음마다 소리 있어　　琮琤行有聲
은도銀桃[7]와 향가香茄[8]가 서로 부딪네.　　銀桃鬪香茄

3_ **벽장동**碧粧洞 | 지금의 서울 송현동 · 사간동 · 중학동 일대에 있었던 마을. 기생집이 많았다고 한다.

4_ **침선비**針線婢 | 상의원尙衣院에 속하여 바느질을 맡아하던 여자 종. 보통 기업妓業을 겸하였다.

5_ **항라**杭羅 | 여름철 옷감으로 쓰이는 비단. 원래는 중국 항주杭州 산産 비단이라는 뜻이다.

6_ **남방사**藍紡紗 | 쪽빛이 나는 비단의 일종.

7_ **은도**銀桃 | 복숭아 모양의 노리개인 듯하다.

8_ **향가**香茄 | 가지 모양의 노리개.

평상시엔 천도天桃머리 올리느라 常日天桃髻
몸단장 끝나면 팔이 타락처럼 되더니. 粧成腕爲酥
지금 족두리 얹고 보니 今戴簇頭里
연지분 도리어 일찍 바를 수 있네. 脂粉却早塗

다시 동쪽 이웃 노파와 약조하여 且約東鄰嫗
이튿날 아침 노량 나루를 건너네. 明朝涉鷺梁
금년에도 아들 낳지 못할까 今年生子未
몸소 제석帝釋[9] 방房 찾아 묻는다. 親問帝釋房

봉숭아꽃 필 때까지 기다리지 못해 未耐鳳仙花
봉숭아잎으로 먼저 물들여 보았네. 先試鳳仙葉
매양 손톱이 푸를까 염려했더니 每恐爪甲青
오히려 더 붉은 손톱이 되었구나. 猶作紅爪甲

가늘고 고운 백저포白苧布[10] 纖纖白苧布
정녕 이는 진안鎭安 모시일세. 定是鎭安品
말아서 깨끼적삼 지으니 裁成角岐衫
광채가 능단綾緞[11] 같구나. 光彩似綾錦

9_ **제석**帝釋 | 무당이 모시는 신神의 하나. 아기를 점지하고 곡식을 주재하는 신이라고 한다.
10_ **백저포**白苧布 | 눈모시. 삶아서 빛깔이 아주 흰 모시.
11_ **능단**綾緞 | 무늬가 있는 고급 비단의 하나.

머리 위 비녀 부딪치지 마소 莫觸頂門簪
잘못하면 떨어지리니. 轉墮簇頭里
두렵구나, 누군가 와서 보고 恐有人來看
나를 노처녀라 부를까봐. 呼儂老處子

내 상자 속 가득한 옷 儂有盈箱衣
하나하나 자색 수로 꾸민 것. 個個紫繢粧
가장 아끼는 건 아이 적 입던 옷 最愛兒時着
연꽃 망울 분홍 치마라네. 蓮峰粉紅裳

삼월엔 송금단松錦緞[12]이요 三月松錦緞
오월엔 광월사廣月紗[13]라. 五月廣月紗
호남에서 온 참빗 파는 여자 湖南賣梳女
내 집을 재상가宰相家로 착각하네. 錯認宰相家

조심스레 붉은 꽈리 씨를 빼는데 細吮紅口兒
빨고 나니 다만 빈 껍질만 남았네. 扭來但空皮
다시 봄바람 불어넣으니 返吹春風入
둥글기 씨가 방에 있을 때 같구나. 圓似在房時

중배끼[14]가 너무 달면 질리고 甛嫌中白桂

12_ **송금단**松錦緞 | 소나무 문양이 있는 비단의 한 종류인 듯하나 자세한 것은 알 수 없다.
13_ **광월사**廣月紗 | 폭이 넓은 비단인 듯하나 자세한 것은 알 수 없다.

이강고梨薑膏[15]도 너무 독할까 두렵네. 烈怕梨薑膏
비린 어류로는 오직 전복이 제일이고 在腥惟花鰒
과일로 치면 유월 복숭아가 최고라네. 於果六月桃

은어銀魚 같은 귀밑머리 고이 쓰다듬어 細掃銀魚鬢
천백 번 거울 속 들여다본다. 千回石鏡裡
이빨 너무 흰 것 도리어 싫어져 還嫌齒太白
재빨리 묽은 먹물 머금어 보네. 忙漱澹墨水

잠깐 낭군의 꾸중 좀 듣고 暫被阿郎罵
사흘 동안 밥 한 술 뜨지 않았다. 三日不肯飡
내 푸른 옥장도 차고 있는데 儂佩靑玒刀
뉘 다시 내 말 건드릴꼬. 誰不愼儂言

복숭아꽃은 오히려 천박해 보이고 桃花猶是賤
배꽃은 서리처럼 너무 차갑다. 梨花太如霜
연지와 분 알맞게 되어 있으니 停勻脂與粉
살구꽃 화장으로 이 몸 꾸며 본다네. 儂作杏花粧

14_ **중배끼** | 유밀과油蜜果의 한 가지. 밀가루를 꿀과 기름으로 반죽하여 네모지게 잘라 기름에 지져 만든다.

15_ **이강고梨薑膏** | 술의 하나. 소주에 배즙 · 생강즙 · 꿀 따위를 넣고 중탕하여 만든다. 최남선의 《조선상식문답朝鮮常識問答》에서 전주 이강고梨薑膏를 평양 감홍로甘紅路와 정읍의 죽력고竹瀝膏와 함께 조선의 3대 명주로 꼽았다.

낭군은 제비 쌍으로 나는 것 좋아하지만	郎愛燕雙飛
나는 제비 새끼 많은 것 사랑한다네.	儂愛燕兒多
한꺼번에 난 새끼들 다 예쁘니	一齊生得妙
어느 놈을 형이라 할 수 있나?	那個是哥哥

탕조

宕調

탕宕이란 규범에서 일탈하여 막을 수 없음을 이른다. 이 편에서 말한 것은 모두 창기娼妓의 일이다. 사람의 정리情理가 여기에 이르면 또한 일탈하여 금하거나 규제할 수 없으므로, 탕이라 이름한 것이다. 이 또한 《시경詩經》에 〈정풍鄭風〉·〈위풍衛風〉이 있는 것과 같다. 모두 15수이다.

임은 내 머리에 대지 말아요　　歡莫當儂髻
옷에 동백기름 묻어나요.　　衣沾冬柏油
임은 내 입술 가까이 하지 말아요　　歡莫近儂脣
붉은 연지 윤기가 흐를 듯해요.　　紅脂軟欲流

임은 담배를 피우며 오는데　　歡吸煙草來
손으로 동래죽東萊竹[1]을 쥐었네.　　手持東萊竹
채 앉기도 전 먼저 뺏어 감춤은　　未坐先奪藏
내가 은수복銀壽福[2]을 사랑하기 때문이라네.　　儂愛銀壽福

1_ **동래죽東萊竹** | 경남 동래東萊에서 생산되는 담뱃대.

내 은가락지 빼앗아가고 奪儂銀指環
부채에 달린 옥 선추扇錘[3]만 주네. 解贈玉扇錘
금강산을 그린 부채 金剛山畫扇
두었다 다시 누굴 주려나? 留欲更誰遺

"서쪽 정자에 강상월江上月 西亭江上月
동쪽 누각엔 설중매雪中梅." 東閣雪中梅
어떤 사람 번거롭게 곡조 지어 何人煩製曲
내 입 길이 열도록 하는고. 教儂口長開

임은 와서 내게 감기지 말아요 歡來莫纏儂
난 지금 가난 걱정하고 있어요. 儂方自憂貧
한 개의 삼천주三千珠[4] 있다 해도 有一三千珠
겨우 열다섯 꿰미에 값할 뿐이라오. 纔直十五緡

단오선端午扇[5]을 탁 치며 拍碎端午扇
나직이 계면조界面調[6]로 부르니 低唱界面調
일시에 나를 아는 이들 一時知我者

2_ **은수복**銀壽福 | 담배통에 은으로 새겨 놓은 '수복壽福'이라는 글자 장식.

3_ **선추**扇錘 | 부채 끝에 달아 놓은 장식.

4_ **삼천주**三千珠 | 삼천三千은 불교에서 모든 만물을 통틀어 이르는 말로, 곧 진주珍珠가 많이 꿰어 있는 노리개인 듯하다.

5_ **단오선**端午扇 | 단옷날 임금이 가까운 신하와 서울 각사各司에 나눠주던 부채. 민간에서도 단옷날 선물로 부채를 주고받는 풍습이 있었다.

6_ **계면조**界面調 | 시조나 가곡 등을 부를 때 쓰이는 곡조의 하나. 가냘프고 애절한 느낌을 준다.

하나같이 "묘하다, 묘하다, 묘하다" 하네. 齊稱竗妙竗

지금은 이 추월秋月[7]이 늙었으나 卽今秋月老
몇 해 전엔 꿰어 차고 갈 만했네. 年前可佩歸
문군文君[8]이 무슨 직업으로 살았던고 文君何業生
나는 그의 시[9]를 믿을 수 없네. 儂不信渠詩

남은 우리를 중매하려 하지만 人言儂輩媒
우리는 실로 정숙하다오. 儂輩寔自貞
날마다 빽빽한 좌중에서 逐日稠坐中
불 밝힌 채 새벽 맞는다네. 明燭到五更

그 사람 이름자도 알지 못하는데 不知郎名字
어이 직함을 욀 수 있으리오. 何由誦職啣
좁은 소매 차림은 다 포교들이요 狹袖皆捕校
붉은 옷차림은 정히 별감이겠지. 紅衣定別監

7_ **추월秋月** | 조선조 영조 때에 가객歌客 이세춘李世春, 금객琴客 김철석金哲石 등과 그룹을 형성하여 활동했던 유명한 가기歌妓의 이름이 추월이었다. 여기서는 시적 화자가 자신을 추월에 비유한 것으로 보인다.

8_ **문군文君** | 중국 한나라의 부호 탁왕손卓王孫의 딸 탁문군卓文君을 말한다. 사마상여가 유혹하는 금琴 소리에 반하여 밤중에 집을 빠져 나와 그의 아내가 되었다. 두 사람은 성도成都로 달아났으나 생활이 극도로 곤궁하여 다시 임공臨邛으로 돌아와, 문군이 술을 팔고 상여는 시중에 나가 접시닦이 일을 하였다고 한다. 《사기史記》 권117, 〈사마상여열전司馬相如列傳〉 참조.

9_ **그의 시** | 자세한 것은 알 수 없으나, 문군 부부의 일화를 가리키는 듯하다. 무릉茂陵 사람의 딸을 첩으로 삼으려는 사마상여에게 탁문군이 〈백두음白頭吟〉을 지어 결별을 선언하자, 상여가 그만두었다고 한다. 유흠劉歆의 《서경잡기西京雜記》 참조.

내 〈영산곡靈山曲〉[10] 듣고 나서 聽我靈山曲
나를 '반무당'이라 기롱한다. 譏儂半巫堂
그렇다면 좌중의 여러 영감님네 座中諸令監
모두 화랑花郎[11]이란 말이오. 豈皆是花郎

육진六鎭 좋은 달비[12] 六鎭好月矣
머리 쪽마다 주사朱砂[13]로 점찍었네. 頭頭點朱砂
검청색 공단貢緞으로 貢緞鴉青色
새 가리마加里麻[14] 만들어 써 보네. 新着加里麻

장章에는 〈후정화後庭花〉[15]요 章有後庭花
편篇엔 〈금강산金剛山〉[16]이라. 篇有金剛山
내 어찌 계대桂隊[17]의 여자랴? 儂豈桂隊女

10_ **〈영산곡靈山曲〉** | 석가모니가 설법하던 영산회靈山會의 불보살佛菩薩을 노래한 악곡. 우리나라에서 옛날부터 내려오던 속악俗樂의 하나이다.

11_ **화랑花郎** | 화랑이. 어원語原은 신라 화랑에서 나온 것으로 광대와 비슷한 놀이꾼의 패. 옷을 잘 꾸며 입고 가무행락歌舞行樂을 업으로 삼던 무리로, 대개 무당의 남편이었다.

12_ **육진六鎭 좋은 달비** | 달비는 여자들이 장식으로 머리 위에 얹는 머리채. 표준어는 '다리'로, '달비'는 경상도 · 함경도 지방의 방언. 함경북도 육진 지방에서 생산되는 달비가 질 좋기로 유명하였다.

13_ **주사朱砂** | 진홍색의 광택이 있는 육각六角 결정체 모양의 광물.

14_ **가리마** | 지난날 부녀자들이 예복을 갖추어 입을 때, 큰 머리 위에 덮어쓰던 검은 헝겊 조각.

15_ **〈후정화後庭花〉** | 악곡 이름. 일명 〈북전北殿〉이라고도 한다. 원래 중국의 곡조 명으로 고려 때 궁중에서 불리다가, 조선조 성종 때 가사가 음란하다 하여 성현成俔 등이 왕명을 받아 조선 창업을 찬양한 가사로 개작하였다.

16_ **〈금강산金剛山〉** | 조선조 초기 궁중 연회 때에 연주되던 악곡의 하나.

17_ **계대桂隊** | 무속에서 큰 굿을 할 때 음악을 담당하는 무녀를 계대 혹은 기대라고 한다.

일찍이 혼을 풀어 돌아오게 한 적 없었네.	不曾解魂還
작은 한량은 금을 중히 여기고	小俠寶重金
큰 한량은 푸른 수 갖옷이라네.	大俠靑綉皮
요즘 화류계 패두牌頭 가운데	近年花房牌
통청通淸[18]하는 이 다시 뉘 있는고.	通淸更有誰
내가 부른 사당가社堂歌[19]에	儂作社堂歌
시주하는 이 모두 스님들이네.	施主盡居士
노랫소리 절정을 넘어갔을 때	唱到聲轉處
스님들 "나무아미타불".[20]	那無我愛美
상 위엔 탕평채蕩平菜[21]가 쌓였고	盤堆蕩平菜
자리엔 방문주方文酒[22]가 홍건하네.	席醉方文酒
얼마나 많은 가난한 선비 아내들	幾處貧士妻
누룽지 밥조차 입에 넣지 못하는데.	鐺飯不入口

18_ **통청**通淸 | 청관淸官이 될 만한 자격을 얻는 일.

19_ **사당가**社堂歌 | 사당패가 부르던 잡가雜歌의 하나. 〈여사당자탄가女社堂自歎歌〉 따위가 있다.

20_ **스님들 "나무아미타불"** | 원문의 "那無我愛美"를 글자 그대로 풀이하면 "내 어찌 미인을 사랑하지 않으리"로 해석되기에, 이 구는 중의적重意的 의미를 갖는다고 볼 수 있다.

21_ **탕평채**蕩平菜 | 묵청포를 달리 이르는 말로, 초나물에 청포묵을 썰어 넣어 만든 음식. 조선조 영조 때 탕평책蕩平策을 논하는 자리의 음식상에 처음으로 등장하였다는 데서 붙여진 이름이라 한다.

22_ **방문주**方文酒 | 백로주白露酒. 찹쌀, 술밑 따위를 넣고 특별한 방법으로 빚은 술이다.

비조

悱調

《시경》에서 "〈소아小雅〉는 원망하면서도 비悱는 아니다"라고 하였다. 비悱란 원망함이 심한 것을 이른다. 대개 세상 인정이 '아雅'에서 한번 정상正常을 잃으면 '염艷'에 이르고, '염'은 반드시 '탕宕'으로 흐르기 마련이다. 세상에 탕한 자가 있으면 또한 반드시 원망하는 자가 있을 것이고, 진실로 원망하는 마음이 있으면 반드시 정도가 지나쳐 심해질 것이다. 이것이 비조悱調를 짓는 까닭이다. 비란 그 탕을 싫어함이니, 이 또한 환란이 극한 데서 치평治平을 생각하는 것처럼, 돌이켜 '아'의 뜻을 구하려는 것이다. 모두 16수이다.

차라리 가난한 집 여종이 될지언정	寧爲寒家婢
이서吏胥 아내는 되지 마소.	莫作吏胥娘
순라 시작할 무렵 겨우 돌아왔다가	纔歸巡邏頭
파루 치자 되돌아 나간다네.	旋去罷漏後

차라리 이서의 아내 될지언정	寧爲吏胥婦
군인 아내는 되지 마소.	莫作軍士妻
일 년 삼백육십 일에	一年三百日

백 일은 빈방으로 지샌다네. 百日是空閨

차라리 군인의 아내 될지언정 寧爲軍士妻
역관 아내는 되지 마소. 莫作譯官婦
상자 속 능라綾羅[1] 옷 있다 해도 篋裏綾羅衣
어찌 오랜 이별에 값하리오. 那抵別離久

차라리 역관의 아내 될지언정 寧爲譯官婦
장사꾼 아내는 되지 마소. 莫作商賈妻
반 년 만에 호남에서 돌아오더니 半載湖南歸
오늘 아침 또 관서로 떠난다네. 今朝又關西

차라리 장사꾼의 아내 될지언정 寧爲商賈妻
난봉꾼 아내는 되지 마소. 莫作蕩子婦
밤마다 어딜 가는지 夜每何處去
아침에 돌아와 또 술타령. 朝歸又使酒

당신을 사나이라 하여 謂君似羅海
여자 이 한 몸 맡겼는데 女子是托身
비록 날 어여삐 여기진 못할망정 縱不可憐我
어쩌자고 번번이 날 구박한단 말인가. 如何虐我頻

1_ **능라**綾羅 | 무늬가 있는 고급 비단.

석새베[2] 새 버선 三升新襪子
시쳐 만든 것 볼 넓어 문득 싫구나. 縫成轉嫌寬
상자 속에 둔 버선본 箱中有紙本
어찌 맞춰 보지 않았던고. 何不照憑看

내 머리 빗질하는 틈 타 間我梳頭時
나의 옥비녀 훔쳐갔네. 偷我玉簪兒
두어도 내겐 쓸모없는 물건이나 留固無用我
누굴 줄는지 모르겠네. 不識贈者誰

국과 밥그릇 사납게 집어다가 亂持羹與飯
내 면전에 대고 던지네. 照我面前擲
당신 변한 입맛 때문이지 自是郎變味
내 솜씨 어찌 전과 다르리. 儂手豈異昔

순라군들 지금쯤 흩어졌을까? 巡邏今散未
낭군은 달 질 때야 돌아오네. 郎歸月落時
먼저 잠들면 반드시 화내고 先睡必生怒
안 자고 있어도 또한 의심 두네. 不寐亦有疑

긴 다리 한껏 뻗어 使盡闌干脚
공연히 내 몸을 걷어차네. 無端蹴踘儂

2_ 석새베 | 240올의 날실로 짠 성글고 굵은 삼베.

붉은 뺨에 푸른 멍 생긴 뒤　　紅頰生靑後
무슨 말로 시어른께 답할까?　　何辭答尊公

일찍이 자식 없음 한탄한 지 오래나　　早恨無子久
무자식 도리어 좋은 일이라.　　無子返喜事
자식이 만약 지 애비 닮는다면　　子若渠父肖
남은 여생 또 이처럼 눈물 흘리리.　　殘年又此淚

정녕 용하다는 판수 무당　　丁寧靈判事
삼재三災 때문이라 말하네.　　說是坐三灾
도화서圖畫署에 돈 보내　　送錢圖畫署
특별히 큰 매 그림 사 오게 했네.[3]　　另購大鷹來

하루에 삼천 번 만나도　　一日三千逢
삼천 번 모두 화낸다네.　　三千必盡嚇
발뒤꿈치 계란처럼 둥근 것　　足趾雞子圓
아마 이 또한 꾸짖으리라.　　猶應此亦罵

시집올 때 입은 옛 다홍치마　　嫁時舊紅裙

3_ **삼재三災 … 했네** | 우리나라 민속에 삼재가 드는 해에 머리가 셋인 매를 그려 방문 위에 붙이는 풍습이 있었다. 사람마다 각기 삼재가 드는 해가 있으므로 해당되는 해에 붙인다. 삼재는 크게는 수재水災·화재火災·풍재風災를 말하고, 작게는 도병刀兵·기근飢饉·역려재疫癘災를 말한다. 삼재년三災年은 신자진생申子辰生은 인묘진년寅卯辰年에, 해묘미생亥卯未生은 사오미년巳午未年에, 인오술생寅午戌生은 신유술년申酉戌年에, 사유축생巳酉丑生은 해자축년亥子丑年에 든다고 한다.

두었다가 수의壽衣 지으려 했는데	留欲作壽衣
낭군의 투전 빚 갚으려고	爲郞投牋債
오늘 아침 울면서 팔고 왔네.	今朝淚賣歸
밤에 느티나무 밑 우물물 긷다가	夜汲槐下井
문득 스스로 섧고도 고달픈 생각나네.	輒自念悲苦
헤어져 혼자 살면 내 한 몸 편하지만	一身雖可樂
당상堂上에 아직 시부모님 계시네.	堂上有公姥

—이상 이현우 옮김

희곡 戱曲 — 동상기 東床記

김신사혼기 제사

金申賜婚記題辭

바쁜 것은 진실로 참을 수 없거니와 한가한 것도 또한 참을 수 없다. 지금 만약 한 사람을 방 안에 매어두고 눈으로 보지 못하게 하고, 귀로 듣지 못하게 하며, 입으로 말하지 못하게 하고, 손과 발을 놀리지 못하게 한다면, 성급한 사람은 한나절도 참지 못하고 끈기 있는 사람이라도 사흘밖에 버틸 수 없을 것이다. 이런 까닭에 "차라리 삼 년 학질은 견딜지언정 하루의 한가함을 보내기는 어렵다(寧守三年瘧, 難爲一日閑)"라고 한다. 한가함은 진실로 내가 고통스러워하는 것이니, 다른 사람들도 모두 그러한가, 그렇지 않은가?

신해년(1791) 6월, 찌는 듯한 더위에 장마가 겹쳐 사람들은 그 괴로움을 견디지 못하였다. 과거 공부를 해보려 해도 함께 공부할 창반窓伴[1]이 없으니 혼자 억지로 하기도 어렵고, 고문古文과 시를 지어보려 해도 재주가 미치지 못할 뿐만 아니라 흥미도 시들하였다. 책을 보고자 해도 졸음

---

*_《동상기東床記》에서의 '동상東床'은 혼인을 의미하는 말이며, 여기서는 '동상東床'이라는 표현이 맞으나, 가람본을 제외한 모든 이본에 '東廂記'라고 되어 있다. 필사하는 과정에서 중국의 유명한 희곡《서상기西廂記》를 의식하여 '東廂記'라고 표기한 것으로 보인다. '東廂'이라는 말은 여기서 아무런 의미가 없으므로 취하지 않는다.

1_ **창반**窓伴 | 동접同接과 같은 말. 즉 과거 공부를 함께하는 벗을 뜻한다.

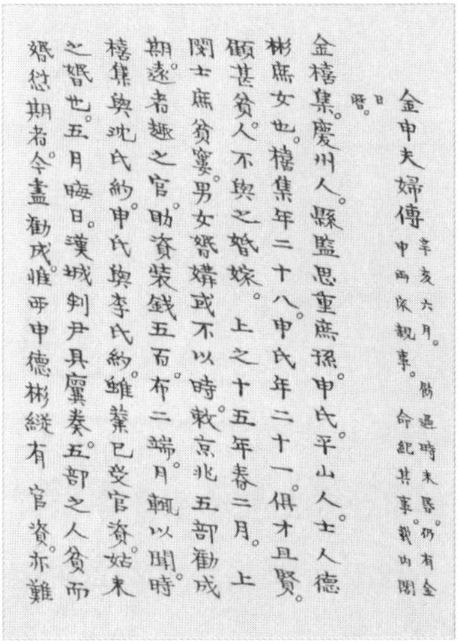

金申夫婦傳 辛亥六月。以過時未婚。仍有金申兩家親事。命紀其事。載內閣日曆。
金禧集。慶州人。縣監思重庶孫。申氏。平山人。士人德
彬庶女也。禧集年二十八。申氏年二十一。俱才且賢。
頗甚貧。人不與之婚嫁。上之十五年春二月。上
閔士庶貧寠。男女婚嫁或不以時。敕京兆五部勸成
期遠者趣之。官助資裝錢五百布二端。月輒以聞。時
禧集與沈氏約。申氏與李氏約。雖業已受官資。姑未
之婚也。五月晦日。漢城判尹具庠奏。五部之人貧而
婚愆期者。今盡勸成。惟西申德彬。縱有官資。亦難

《김신부부전金申夫婦傳》
이옥의 《동상기》와 때를 같이하여 이덕무李德懋도 《김신부부전》을 지은 바 있다.

이 금방 밀려오고, 잠을 자려 하면 어느새 수십 마리 파리 떼가 눈썹을 핥고 코를 빨아 꿈을 이룰 수도 없었다. 일어나 나가보려 해도 비가 오는 데다 땅이 질척거려 발이 빠지니 나갈 수도 없었다. 형편이 어찌할 수 없는지라, 또한 미치고 병나지 않는다고 스스로 보장할 수도 없었다.

아이종이 장터에서 돌아와 들은 것을 이야기해주는데, 전혀 새로운 것이었다. 나는 그것을 듣고, “기이하도다, 거룩하도다! 그리고 나의 한가로움을 물리칠 수 있겠다”라고 하고, 몸을 일으켜 붓을 놀려 한 편 희곡을 지으니, 손이 조금 풀리고 눈이 조금 맑아짐을 느꼈다. 무릇 전사塡詞를 하는 데 하루, 교정을 보는 데 하루, 등사를 하는 데 또 하루, 모두 삼 일 동안의 한가함을 해소할 수 있었다. 이 삼 일 동안은 비도 더위도 파리 떼도 문제가 되지 않았으니, 내가 얻은 바가 또한 많았다.

행여 관객이 계신다면 사건이 혹 거짓인가 묻지 말 것이며, 이 글이 어떠한 체재인지도 묻지 말 것이며, 또한 모름지기 작자가 누구인지도 묻지 말 것이다. 다만 한가함을 해소하는 데 소용이 된다면 또한 반나절의 도움은 될 것이다. 매화탕치농梅花宕癡儂은 쓴다.

―정환국 옮김

정목[1]

正目

궁한 사내 남동南洞에서 남몰래 한탄하고　窮措大南洞竊歎
나이 많은 처녀 북궐北闕에 알려졌네.　老處女北闕徹聞
여러 재상 서성西城에서 혼례 일을 맡고　諸尙書西城主婚
정겨운 부부 동상東床에서 은혜에 감격하네.　好夫婦東床感恩

1_ **정목**正目 | '제목정명題目正名'의 준말로 희곡에 붙이는 표제表題. 대개 칠언이나 팔언으로 두 구句 혹은 네 구로 이루어져 있다. 정목은 대사로 말하는 것이 아니라 연회 장소에 대련對聯으로 써 붙이는 것으로, 책으로 낼 때에는 희곡의 앞뒤 어디에나 배치할 수 있다.

제1절[1]

第一折

(김생이 등장한다.)[2]

대명천지에 집 없는 나그네요,	大明天地無家客
태백산중에 유발有髮한 중이라오.[3]	太白山中有髮僧

천생의 성은 김金이고 이름은 희집禧集이외다. 가세로 말할 것 같으면 경주김씨 중 쇠미한 집안으로, 출세한 조상이 대수代數가 멀지 않고, 벼슬길이 이어져 내려와 동네 여러 사람들이 모두 수재秀才[4]라고 불렀다오. 다만 가계가 기울고 무너져 빈궁해진 까닭에 삼순구식三旬九食하고 십년일관十年一冠하니,[5] 정히 안빈낙도安貧樂道의 생애올시다. 성 아

1_ **제1절第一折** | 첫 번째 단락이라는 뜻. 절折은 중국 원대元代 잡극의 한 단락을 일컫는 말로 현대 희곡의 '막幕'에 비견되지만, 잡극에서는 막을 사용하지 않고 인물의 등장과 퇴장으로 한 단락의 기준을 삼는 점이 다르다. 중국 명대明代 전기傳奇(희곡)에서는 이를 '출出' 또는 '척齣'이라 하였다.

2_ **김생이 등장한다** | 저본에는 행동을 가리키는 지문地文과 대화, 독백 등의 대사臺辭가 구별 없이 되어 있는데, 번역문에서는 현대 희곡의 형식에 맞추어 지문을 ( )로 묶었다.

3_ **대명천지에 … 중이라오** | 상장시上場詩에 해당하는 것으로, 등장인물이 처음 무대에 등장하여 흔히 시 한 구절을 읊어 시작을 알린다.

4_ **수재秀才** | 일반적으로 일정한 양반 신분으로서 미혼자를 가리키는 호칭.

래 작은 집은 게딱지 같이 좁다오. 속담에 "가난이 용천龍泉을 더럽힌다(艱難醜龍泉)"고 하였으니, 과연 나는 가난의 소치로 어려서 배우지 못하고 나이가 들어서도 업業이 없어 문文도 아니고 무武도 아니며, 재주도 없고 덕도 없이 어느덧 금년 스물여덟이 되었다오. 이 때문에 세상에서 이른바 장가丈家라고 하는 것이 청천靑天에 오르는 것보다 어렵다오. 인생 삼십이 오늘 아니면 내일인데, 여태껏 도령道令이란 호칭을 면치 못하고 있다오. 남대문을 쌓던 강님도령[6]아! 장안의 왈자曰者 정도령아! 비록 나 자신의 일이지만, 생각해보매 가련하다, 가련하다! 가소롭다, 가소롭다!

【상화시賞花時[7]】(김생이 창한다.) **세상 인간 천하 중에 궁하고 궁한 중에 그 누가 가장 궁한가? 한 칸 집이 아방궁이라, 이문동里門洞[8]의 작은**

5_ **삼순구식**三旬九食**하고 십년일관**十年一冠**하니** | 삼십 일 동안 아홉 번밖에 식사를 못하고, 십 년에 겨우 한 번 갓을 써볼 정도로 가난한 생활을 한다는 뜻이다.

6_ **강님도령** | 무당이 섬기는 신의 하나. 서울 남대문을 지은 총각 도편수의 이름이라 하며, 선혜청 부군당에 모셨다고 한다.

7_ **상화시**賞花時 | 곡패曲牌 이름. 중국 원나라 잡극의 십이궁조十二宮調 중 선려궁仙呂宮 혹은 상조商調에 속하는 것으로 주로 선려궁 투수套數의 첫곡으로 쓰인다. 그 형식은 글자 수 7。7。5。4、5。를 기본 구식句式으로 한다. 여기서 '투수'란 몇 개의 곡조가 서로 연관되어 일정한 질서로 배열된 것을 지칭하는 잡극 용어로 '투곡套曲'이라고도 한다. 이 투수를 구성하는 곡조를 그 위치에 따라 '수곡首曲', '과곡過曲', '미성尾聲' 등으로 지칭한다. 곡조의 구식을 표시할 때, 글자 수의 숫자 뒤에 '。' 표시는 평측운을 적용해야 하는 자리이며, '、' 표시는 평측운에 구애되지 않는 자리를 나타낸다. 이 〈동상기〉에서 곡조와 글자 수 형식이 일치하지 않는 이유는 츤자襯字(연결사, 감탄사 등 보충적 의미를 드러내는 어휘)가 글자 수에 구애되지 않고 끼어들어 있기 때문이다.

8_ **이문동**里門洞 | 이문里門은 동네 어귀의 문을 말하는데, 조선조 서울에는 동네 이름으로 불렸다. 그래서 '이문'이라 부르는 동네가 많았는데, 여기서는 남동南洞의 한 동네를 지칭하는 것으로 판단된다.

동네에 살고 있다. 짝 없는 사나이 조조홍條條紅이로다.

이 달이 무슨 달인가? 눈앞엔 아지랑이가 흔들흔들, 푸른 사초 둑엔 새잎이 뾰족뾰족. 물억새는 서걱서걱 소리 내고, 종달새는 세 발〔丈〕까지 날아오르네. 삼 년 묵은 말가죽은 오호롱지호롱. 늙은 도령의 심사이에 참기 어렵구려.

【요么[9]】 제비 쌍으로 날아 동서로 깃들고, 하얀 나비 암수가 희롱하며 날고 있네. 문득 복사꽃 붉게 핀 것을 보니, 이 생각 저 생각에 머리 긁적이며 봄바람을 원망하네.

(탄식한다.)[10] 휘이.(한숨 소리가 휘파람 소리 같으면서도 소리가 나지 않음) 삼신 제석帝釋이 점지하여 내가 태어났을 때 입도 남과 같고, 눈도 남과 같고, 코도 남과 같아 나의 신상에 달린 모든 물건은 그 물건마다 남들과 같아, 어찌 일찍이 그 반이라도 남에게 미치지 못한 바가 있겠는가마는, 다만 저 혼인하는 일에서는 남에게 미치지 못하였네. 곧장 구십에 삼 분의 일, 육십에 절반이 되도록 이른바 처자식 재미는 일찍이 본 적이 없으니, 만고천하에 어찌 이 같은 신세가 있으리오? 이 몸 양반의 후예로 얼마간 옛 성현의 말씀을 들었으니, 남자로 태어나면 아내 가지기를 원하여 일처일첩一妻一妾은 사람이면 모두 둔다고 했는데, 대저 장안의 팔만 가구에 양반집이나 백성의 집을 막론하고 나처럼 서른이 되

9_ **요么** | 중국 희곡에서, 앞과 같은 곡조로 반복해서 부를 때 쓰는 용어이다. 여기서는 앞의 상화시賞花時 곡조를 반복하는 것이다. 다만 곡조가 반복되는 요편么篇에서는 글자 수가 변동되기도 한다.

10_ **탄식한다.** | 원문은 "탄과嘆科"라고 되어 있는데, 이때 '과科'는 희곡에서 행동을 가리키는 용어이다.

도록 장가를 가지 못한 이가 몇몇이나 되겠는가? 또한 하물며 근래 조혼早婚이 풍습을 이루어 세가대족世家大族은 제쳐두고 비록 여염집 백성이라도 밥덩이를 먹을 만한 집이면 열다섯에 장가가고 열여섯에 아내를 얻지 않은 이가 없다. 내가 일찍이 보아온 바다.

【점강순點絳脣[11]**】 많고 적은 소년소녀들이 꽃가마와 수놓은 말안장으로 맞이하고 보내는데, 아가씨 열다섯에 좋은 신랑 얻게 되고, 도령님 열넷에 아름다운 새악시를 맞이하네.**

【혼강룡混江龍[12]**】 하물며 처가에서 높이 받들어 신랑의 호사**好事 **정승과 같음에랴. 자색 비단 장복**章服 **입고, 타는 것은 백설 같은 화총마**花驄馬[13]**라네. 노란 두루주머니엔 수놓은 띠 늘어뜨리고, 푸른 승두**僧頭**부채**[14]**는 향풍**香風**을 풍기네. 원앙 함께 잠드니 푸른 물결이 깊고, 복사꽃 일찍 맺어 붉은 꽃술 흔들리네. 나 같은 것은 그 나이로 따지면 두 갑절 어른이 됨 직하다.**

이런 이야기는 도무지 남의 집 일이니, 애간장이 아픈지라 말한들 소용이 있으랴. 나 같은 것은 내 스스로 장가들 방책이나 강구해야 할 터인데, 천 번을 생각하고 만 번을 헤아려도 어떠한 요술로 아기씨를 얻

11_ **점강순**點絳脣 | 곡패 이름. 선려궁에 속한다. 원래 중국 남조南朝시대 양梁나라 강엄江淹의 시 〈영미인춘유咏美人春游〉의 "白雪凝瓊貌, 明珠點絳脣"에서 따온 명칭으로, 처음에는 사체詞體의 하나였다가, 원대 희곡의 곡패로 쓰이게 되었다고 한다. 형식은 4。7。4。5。를 기본 구식으로 한다.

12_ **혼강룡**混江龍 | 곡패 이름. 선려궁에 속한다. 형식은 4、7。4、4。7、7。3、4、4。를 기본 구식으로 한다.

13_ **화총마**花驄馬 | 총이말. 갈기와 꼬리가 푸르스름한 흰 말.

14_ **승두**僧頭**부채** | 중의 머리처럼 둘레가 둥그렇게 생긴 부채.

어올 수 있겠는가?

내가 일찍 듣자 하니, 옛날 어느 늙은 도령이 있어 나처럼 가난하였는데, 한 미륵彌勒을 공양하고 있었다더라. 그 미륵이 늙은 도령에게 자비를 베풀어 현몽現夢으로 두 자의 진언眞言을 주었는데, 물건을 붙게도 하고 물건을 떨어지게도 하는 것이었다. 도령은 이것으로 재물을 모으고, 이것으로 이웃에 사는 양반에게 장가도 들 수 있었다. 어느 백성이 딸을 치우려고 혼일을 맞이했는데, 도령이 그 각시를 보고 또 진언을 써서 빼앗아 자기 소실로 만들었다고 한다. 나 같은 것은 그 진언을 얻었을 때 만사 제쳐두고 가장 먼저 그러한 각시의 몸이 나에게 달라붙도록 한다면, 어찌 좋지 않겠는가? 어찌하여 이곳에는 영험한 미륵이 하나도 없단 말인가?

얼마 전에 어떤 중매쟁이가 중매를 많이도 하였다. 어느 상놈이 나이가 매우 많았는데 중매쟁이에게 혼인을 맺게 해 달라고 하였다. 중매쟁이가 가서 "신랑은 다시 논할 것도 없고, 집안 내력은 장량張良[15]과 같으며, 나이는 열에 여덟이 꼭 찼으니 딱 좋은 신랑이다"라고 하였다. 장인이 될 자가 이야기를 듣고 매우 기뻐하며 혼인을 확정하였다. 며칠이 지나 중매쟁이가 다시 와서 말하기를, "자세히 알아보니, 이 신랑의 나이는 열에 여덟이 아니고 스물에 넷이라는데, 나이가 많아 꺼려지지 않는가?" 하였다. 신부의 집에서는 그 말을 종각의 기둥처럼 굳게 믿었는데, 전안奠雁을 마치고 나서 보니 신랑은 팔십이 다 된 늙은 상놈이었

15_ **장량張良** | ? ~ 기원전 189년. 자는 자방子房. 중국 한韓나라 출신으로 오세五世 동안 재상宰相을 지낸 귀족 가문이었는데, 진秦이 한나라를 멸하자 진 시황秦始皇을 공격하였다가 실패하였으며, 후에 한 고조漢高祖를 도와 천하를 통일하는 공을 세웠다.

다. 장인이 어찌 화를 안 내겠는가. 중매쟁이를 크게 꾸짖어 말하길, "너, 이 찢어 죽일 계집년아! 난장 맞아 장독 걸릴 계집년아! 아이고, 어찌하여 말을 꾸며 나를 속였느냐?" 하였다. 그 중매쟁이는 깔깔 크게 웃으며 말하였다. "내가 어찌 털끝이라도 차이 나게, 반점이라도 어긋나게 말했으며, 터럭만치라도 너를 속였는가? 장량은 오대에 걸쳐 상한相韓을 하였다. 전에 말한바 집안 내력이 장량과 같다는 것은 이자가 윗대부터 상한常漢이었다는 말이다.[16] 열에 여덟, 스물에 넷이라는 말은 모두 팔십이라는 말이다. 네가 눈으로 들었느냐, 코로 들었느냐? 귓구멍 속에 말을 매는 말뚝을 박았느냐?" 그 장인은 비록 절통하였으나 물릴 수 없는 훙정이 된 것이라, 또한 어찌하겠는가?

내게 이런 중매쟁이가 있어서 나를 위해 정성을 다한다면, 내 처지가 비록 홍문관弘文館 교리校理나 분향한림焚香翰林[17]이나 이조좌랑吏曹佐郎에는 못 미치지만, 가세가 오대 상놈보다는 훨씬 낫지 않겠는가? 내 나이가 비록 아기 신랑은 아니지만 저 구구 팔십 일에 하나 적은 늙은 상놈에 비한다면 도리어 새파란 도령님이 아니겠는가? 내 어찌 좋은 신랑감이 아니겠는가? (탄식한다.) 휘이. 이 상놈은 아마 부자였던 게다. 나 같은 것은 술 한 잔도 나올 데가 없으니, 어떤 중매쟁이가 무슨 높은 덕을 보려고 나를 위하여 힘을 쓰겠는가? 결국 저 야차夜叉의 세미稅米 마련이며, 도깨비의 나락 마련이며, 옹기장수의 셈이로다.[18] 이를 장차

16_ **장량은 … 말이다** | 상한相韓은 한나라에서 재상을 하였다는 말이며, 상한常漢은 상놈이라는 말로서 상한相韓과 상한常漢의 발음이 같은 점을 이용해 중매쟁이가 장인 될 사람을 속인 것이다.

17_ **분향한림焚香翰林** | 예문관藝文館 검열檢閱. 예문관에서 사초史草 꾸미는 일을 맡아보던 정9품 벼슬.

어찌할꼬? 아!

【금국향金菊香[19]】 환갑 흰머리 늙은이의 절반 나이가 되도록, 군자의 좋은 배필 홀로 못 만났네. 어떤 처궁妻宮이 이 모양으로 흉할꼬. 마음의 화火가 가슴을 태워 긴 탄식에 또 바람이 일어나네.

【분접아紛蝶兒[20]】 집안을 둘러보니, 차가운 이불에서 뉘와 더불어 꿈을 꿀꼬? 짧은 우의牛衣[21]를 누구에게 주어 바느질할꼬? 향방 없는 상사병의 병세가 위중하구나. 만약 월하선옹月下仙翁[22]의 자리에 맞닥뜨린다면 그 붉은 선[23]을 끊어 버리고, 그 푸른 눈동자를 타박하리라.

나는 북한산 노장老長의 수좌首座도 아니요, 장의동壯義洞 지사知事

18_ **야차夜叉의 … 셈이로다** | 사나운 귀신인 야차가 세미稅米 내줄 것을 기대하고, 도깨비가 먹을 식량을 준비해줄 것을 기대하고, 옹기장수가 팔지도 못한 옹기 값을 헤아리며 부자가 된 듯한 망상을 하는 등의 일로서 대개 요량할 수 없는 허망한 일을 가리킨다.

19_ **금국향金菊香** | 곡패 이름. 상조商調에 속하는데, 《구궁대성남북사궁보九宮大成南北詞宮譜》에는 상각조商角調에 속하는 것으로 되어 있기도 하다. 그 형식은 7。7。7。4。5。를 기본 구식으로 한다. 원래 중국 원대 잡극에서는 한 절 안에 하나의 궁조로만 곡조를 선택해야 하는데, 앞에서는 선려궁의 곡조를 사용하고, 여기서는 상조의 곡조를 사용하고, 뒤에 가서 중려궁의 곡조를 사용한 것은 원대 잡극의 규칙에 어긋나는 것이다. 명대 남희전기南戲傳奇(희곡)에서는 이것이 정확히 지켜지지 않았다. 이것은 〈동상기〉를 창작할 때 원대 잡극 형식을 모방하면서도, 원대 잡극의 규칙을 엄밀히 인식하지 않았거나 명대 남희전기의 영향을 적지 않게 받은 때문으로 보인다.

20_ **분접아紛蝶兒** | 곡패 이름. 중려궁中呂宮에 속한다. 원래 중국 송宋 모방毛滂의 〈동당사東堂詞〉에서 유래한 곡조명인데, 조금 변형되어 곡패에 쓰였다. 북곡北曲에서는 4。7。7。3、3、4。4。7。을 기본 구식으로 하고, 남곡南曲에서는 4。6。7、6。4。7。을 기본 구식으로 한다.

21_ **우의牛衣** | 삼베로 만든 남루한 옷.

22_ **월하선옹月下仙翁** | 남녀 간 혼인의 인연을 맺어주는 신.

23_ **붉은 선** | 원문은 "홍선紅線"인데, 월하선옹이 남녀 간에 인연을 맺어 서로 끌어당기며 혼인을 하게 만드는 줄.

영감 늙은이도 아닌데, 이게 무슨 팔자인가? 참고 지낸 것이 이미 여러 해인데, 모르겠다, 이제부터 또 몇 년이나 고행을 견뎌야 서방 극락세계를 볼 수 있을꼬? (탄식한다.) 휘이. 어디 있는지 모를 큰 공덕의 아기씨여! 그대가 나의 배필이 되기로 되어 있다면 무슨 일로 인하여 소식 또한 돈절頓絶인가? 이것은 하지 못할 정경情景이 아닌가? 아아, 위를 보고 아래를 보고 사방팔방을 둘러보아도, 어디에 병신 팔삭둥이가 낳은 계집이 나처럼 궁한 놈의 처가 되려 하겠는가?

아! 사립문 밖에 누가 찾아왔네. 게 누구요? (문에 나가 맞이한다.) 아, 동네 임장任掌[24]이 오셨네그려. 무슨 일로 나를 부르오?

임장任掌: 김 도령. 빨리 자기 성명, 본관, 나이를 여기 적어주오.

김생金生: 무슨 일이오?

임장: 관가 공문에, 늙은 도령의 있으나 마나 한 물건을 그대로 두어서는 쓸데가 없으니, 일일이 적어 책으로 엮은 뒤에 모두 잘라, 나처럼 박주薄酒나 먹는 동네 임장에게 주어서 회쳐서 안주 삼으라 하였소.

김생: 농지거리는 그만하오. 책으로 엮어가는 것이 진짜 무슨 까닭이오?

임장: 한성부漢城府 공문에, 오부五部 안의 각 동네 늙은 도령을 책으로 엮어 보고케 하고, 관가에서 혼례를 도와 며칠 내로 혼인을 이루어 준다 하였소. 좋구나 좋아. 늙은 도령 장가갈 시절이니 좋은 술 한 잔으로 나에게 대접하지 않을 수 없겠소. (명첩을 받아 거두어간다.)

24_ **임장**任掌 | 조선조에 서울의 각방各坊 또는 지방의 동리에서 호적이나 기타의 공공 사무를 맡아보던 사역使役을 통틀어 일컫는다. 서울 각방에는 별문서別文書 · 별유사別有司가, 지방에는 면임面任 · 이임里任 등이 있었다.

김생: 허어. 요즘 꿈 징조가 사뭇 좋았고, 오늘 식전에는 어디 있는지 모르는 까치가 나를 향해 까악까악 울어대더니, 과연 오늘 좋은 소식을 듣게 되는구나.

【단정호端正好[25]】 분부를 들으니 도리어 꿈과 같네. 오늘 아침 무슨 바람이 불었던고. 문득 사주단자를 보낸 것같이 벌써 춘심이 동하는구나.

조정에서 하려 하면 어찌 안 될 리가 있겠는가? 이번엔 내 정녕 장가들게 되었네. 어떤 아기씨가 나의 몫으로 배정되어 올는지 모르겠다. 조정의 처분을 기다리리라. (퇴장한다.)

—정환국 · 김진균 옮김

25_ **단정호**端正好 | 곡패 이름. 단정호는 두 종류가 있는데, 하나는 정궁正宮에 속하는 곡조이고, 다른 하나는 선려궁에 속하는 곡조이다. 두 종류 모두 형식은 3.3。7。7。5。를 기본 구식으로 한다.

제2절

第二折

(아전들이 등장한다.)

요임금의 세상이요, 순임금의 시절이라. 나라에 풍운風雲[1]의 경사 있고, 가내에는 계옥桂玉[2]의 근심 없네.

소인들은 중부 · 남부 · 동부 · 서부 · 북부 등 오부의 서원書員[3]이올시다. 달포 전 한성부의 지휘 아래 삼가 임금님의 교지[4]를 받자와, 혼인을 조성하는 일로, 오부 안에 사는 노총각 · 노처녀를 각별 수소문하여 방방곡곡에 한 사람도 빠짐없이 책자로 만들어 보고하라 하시기로, 소인들은 즉시 각 동에 반포하여 각 동 임장들과 함께 살피며 수소문한 후에, 존위尊位[5] 어른이 해당 부에 문서를 보고했습니다.

1_ **풍운風雲** | 용호龍虎가 풍운을 만나 하늘로 오름을 뜻한다. 곧 영웅이 명군明君을 만나 그 재능을 발휘하여 공명과 부귀를 얻음을 비유하는 말이다.

2_ **계옥桂玉** | 계신옥립桂薪玉粒의 준말. 땔나무는 계수나무보다 귀하고 쌀은 옥보다 귀하다는 뜻으로 물가가 매우 비싸다는 말이다. 《전국책戰國策》, 〈초책楚策〉에 "蘇秦之楚, 三日乃得見乎王 … '楚國之食貴於玉, 薪貴於桂'"라는 구절에서 유래하였다.

3_ **서원書員** | 조선조에 각 관아에 딸린 아전의 하나. 서리書吏보다 격이 낮았다.

4_ **임금님의 교지** | 《정조실록正祖實錄》, 15년 2월 9일조와 이덕무李德懋의 《김신부부전金申夫婦傳》에는 정조 임금이 가난한 백성들이 제때에 혼인하지 못한 것을 가련히 여겨 오부五部에 칙령을 내려 혼인할 것을 권하고, 혼인 날짜를 멀리 잡은 경우에는 앞당기게 하였다는 내용이 보인다.

5_ **존위尊位** | 동리나 면에서 우두머리가 되는 어른. 주로 동장을 말한다.

해당 부에서 수정하여 책자를 만들어 붙이고 연결시켜 한성부 판윤 대감[6]께 문서로서 보고했지요. 모두 합하여 그 수를 세는데, 어느 부部, 어느 방坊, 어느 계契, 제 몇 통, 제 몇 호에 사는 노도령의 성명은 아무개이며 나이는 몇이며 본관은 어디이고, 노처녀 아무개는 아비는 아무개이며 나이는 몇이며 본관은 어디이고 등등. 이상 기백 기십 인을 보고해 들인 후에, 조정의 처분에 따라[7] 적합한 혼처를 물색하여 혼인할 것을 재촉하되, 호조에서 신랑 한 사람마다 포목 몇 필에 돈 몇 냥, 처녀 한 사람마다 포목 몇 필에 돈 몇 냥으로 혼인을 부조하라 하시니,[8] 이는 전에 없던 성덕盛德의 일이지요. 요사이 우리나라에 성덕의 일이 그 수를 셀 수 없으니, 간략히 대강만 말씀드리리다.

지난번 참혹한 흉년에 도성 안의 수많은 거지 아이들이, 만일 자휼字恤하는 은전으로 새 창고를 열어 진휼賑恤하지 않았더라면 어찌 한 여식인들 살아남을 수 있었겠습니까? 이 또한 성덕의 일이지요. 지난번 북도北道에 해를 이은 참혹한 흉년이 들었을 때, 만일 조정에서 힘을 다해 진휼[9]하지 않았더라면 북도의 백성들이 살아날 길이 없었을 터이니,

---

6_ **한성부 판윤 대감** | 이때 한성부 판윤은 구익具廙(1737~1804)이었다. 구익은 본관이 능성綾城, 자는 익지翼之. 판중추부사判中樞府事 구윤옥具允鈺의 아들. 영조 37년(1761) 정시庭試 문과文科에 급제하여 정언正言·이조참판吏曹參判·대사헌大司憲을 역임하고, 정조 즉위년에 유배되기도 하였다. 1784년에 다시 대사헌大司憲이 되었으며, 1790년 11월 4일에 한성부漢城府 판윤判尹에 취임하였다. 그 후 병조·형조·공조의 판서判書와 판의금부사判義禁府事를 거쳐 1804년 지돈녕부사知敦寧府事로 세상을 떠났다.

7_ **조정의 처분에 따라** | 《정조실록》, 15년 6월 2일조에 "오부五部에서 혼사를 시켜야 할 남녀의 별단別單을 올렸는데 모두 281인이었다. 유학幼學 신덕빈申德彬의 딸이 유학 김희집金喜集과 혼사 말이 오가니, 상上이 특별히 호조판서 조정진趙鼎鎭과 선혜청 제조 이병모李秉模에게 혼인 차비를 갖추고 잔치를 열어 혼례를 치러줄 것을 명하고, 내각에 소속된 관리 중 글을 짓는 사람에게 전傳을 지어 그 일을 기록하도록 명하였다"는 기사가 보인다.

8_ **호조에서 … 하시니** | 《정조실록》에 의하면 혼수로 포목 2필과 돈 500냥을 보조케 하였다.

이 또한 성덕의 일이지요. 재작년에 평안도의 사내들이 한 도道를 비우고 상경할 때에 한 손에는 개 모가지를 끌고, 또 한 손에는 처자를 이끌고서 쥐들이 그 꼬리를 문 것처럼 모화관慕華館으로 줄줄이 흘러들어왔을 때, 만일 종각에 임금께서 어거하셨을 때에 양식을 내려보내는 한 조치가[10] 없었더라면 어찌 그 여식들이 살아서 고향으로 돌아갈 수 있었겠습니까? 이 또한 성덕의 일입니다.

작년 6월 이후에 형조와 한성부의 양사兩司가 외방 팔도의 죄인으로 찬배竄配[11]와 도류徒流[12]의 죄목에 해당한 자와 태장笞杖[13]과 수속收贖[14]의 죄목에 해당한 자들을 일제히 방면하였으니, 이 또한 성덕의 일입니다. 병신, 정유, 무술, 기해, 경자, 신축 등 지금까지 16년 동안에 전세田稅와 환자還子, 공포貢布를 탕감한 것이 몇 백만 냥이 되는지 알 수 없으니, 이 또한 성덕의 일입니다. 이런 일, 저런 일에 성덕의 일이 한두 가지가 아니거니와, 이번에 노도령과 노처녀의 혼인을 돕는 한 조치는 더욱 성덕의 일 중에 성덕의 일입니다.

9_ **지난번 … 진휼** | 《정조실록》에 의하면 정조 13년과 14년 사이에 서북 지방에 홍수와 해일, 연이은 흉년으로 수많은 유민이 발생했는데, 《정조실록》, 13년 6월 3일조에는 북도 백성들의 세稅를 모두 탕감해주라는 내용이 보인다.

10_ **재작년에 … 조치가** | 《정조실록》, 14년 6월 1일조에 "황해도 관찰사가 올린 장계에 의하면, 황해도 유민이 9,345구口이고 아직 안집하지 못한 자가 5,022명"이라는 보고가 있고, 14년 2월 11일조에는 "서북 지방 유민 수십 명이 어가御駕가 지나는 길 옆을 지나가니, 부역과 환곡을 면제해주고 돈과 베를 주어 고향으로 돌아가게 하였다"는 기사가 보인다.

11_ **찬배竄配** | 장소를 정하고 죄인을 귀양 보내는 것.

12_ **도류徒流** | 도형徒刑과 유형流刑. 도형은 징역이고, 유형은 죄인을 먼 곳으로 추방하여 그곳에 있게 하는 형벌로 둘 다 오형五刑에 속한다.

13_ **태장笞杖** | 태형笞刑과 장형杖刑. 태형은 회초리로 볼기를 치는 것이고, 장형은 곤장으로 볼기를 치는 형벌로 둘 다 오형에 속한다.

14_ **수속收贖** | 죄인에게 속전贖錢을 거두는 것.

여러분들은 이것을 헤아리시라. 인간 만사 이별 중에 독숙공방獨宿空房이 가장 슬픈 일이라. 바야흐로 봄기운이 화창할 때 초목은 무리 지어 자라고 꽃은 만발한데, 나비는 훨훨 날고 꾀꼬리는 꾀꼴꾀꼴 지저귀는 이 시절, 홍글항글 이 심사 붙일 데가 없으니 비통한 마음 향할 곳이 없도다. 하늘 보고 크게 한숨 쉬다가 땅 보고 크게 한숨 쉬고, 나직한 소리로 탄식하다가 긴 소리로 탄식하여 곧장 사람으로 하여금 간장이 다 녹게 한다오. 이는 천지간에 화기를 비감悲感으로 손상시키는 크게 잘못된 일이라. 이번에 조정의 덕분에 힘입어 노도령은 장가들고, 노처녀는 시집가게 되었구려. 장안 대로상에 신랑 행차가 기뻐 날뛰는 개인 양 내달리니, 이것이 어찌 성덕의 일 중에 제일가는 성덕의 일이 아니리오?

【금상화錦上花[15]】 (아전들이 창한다.) **당신들 부부의 인연 하늘로부터 온 것이라 말하지 마소. 하늘 외에 또 하늘 가리키라면, 바로 임금님이로세. 이같이 끌리고 합함은 사람에게 달린 것이요, 혼인은 흐르는 물과 같음이라. 오늘 여자가 시집가고 남자가 장가듦은 조정에서 백성을 자식처럼 여기기 때문이라오.**

만약 조정의 처분이 아니었다면 저 사람들 팽조彭祖[16]와 동갑이 되도록, 당백사唐百絲[17]처럼 머리가 하얘지도록 실로 장가 맛을 보기 어려웠

15_ **금상화**錦上花 | 곡패 이름. 12궁조宮調 중 쌍조雙調에 속한다. 형식은 4、4。4。4。4、4。4。4。를 기본 구식으로 하고, 반복되는 요편에서는 5、5。4、4。4、4。4、4。를 기본 구식으로 한다.

16_ **팽조**彭祖 | 중국 고대 전설 속의 인물. 예로부터 장수하는 사람의 대명사로 일컫는다. 요임금 때 등용되어 팽彭 땅에 봉해졌으며, 양생술로 800여 세를 살았다고 한다.

17_ **당백사**唐百絲 | 중국에서 들여온 흰 명주실.

을 것이라오.

소小: 상덕上德이라면 상덕이려니와, 무릇 세상 혼인은 아래쪽 사람들의 하품下品으로 지내려 해도 오히려 백여 금을 집어삼키고도 모자랄 것이다. 저 사람들은 혼인을 단지 호조에서 보내준 베 필과 돈 냥으로 어찌 치르려 하는고? 생각건대 모양을 제대로 갖추지 못하리로다.

대大: 저 사정을 잘 알지 못하는 이야기 따위는 듣기조차 싫다.

【요么】 한 장 예장지禮狀紙의 함函과 세 폭 무명 홑이불에 각시의 붉은 치마는 이웃에서 빌리고 신랑의 남색 도포는 시전에서 세내어, 대강대강 치러 권정례權停禮[18]로 하리로다.

비록 맨몸 두 사람이 아무 차린 것 없는 곳에서 네 번 절만 하더라도 명색이 혼인이라 한다면 곧 좋은 일이니, 이 사이의 재미가 어찌 삼천 냥짜리의 혼인과 같지 않겠는가? 이 이야기는 그만두자. 좋든지 싫든지 간에 이것은 그들이 좋은 것이지, 우리 명을 받들어 시행하는 자에게는 좋고 나쁜 것이 무관하다. 우리들의 맡은바 일은 저 만들어진 장부 속의 도령과 처녀가 이미 다 혼인했는가에 대한 것이다. 자네는 책을 가지고 와서 나와 함께 살펴보자. 이름 윗부분에 흑점 하나가 있는 사람은 이미 혼인한 자이고, 점이 없는 사람은 아직 그대로 남아 있는 자이다. 지금까지 점을 받지 못한 사람은 몇 명이나 되는가?

소: (일어나서 책을 본다.) 어느 방坊, 어느 계契 노도령 아무는 몇 월 며

18_ 권정례權停禮 | 정식 절차를 다 밟지 않고 임시 방편으로 적당히 진행하는 의식. 원래 조정朝廷의 식전式典에 임금이 나오지 아니하였을 때 임시 특례特例로 허위虛位된 채 거행하는 의식을 말한다.

칠에 어느 곳으로 장가들었고, 어느 방, 어느 계 노처녀 아무는 몇 월 며칠에 어느 곳으로 시집가서 거의 다 처리되었구나. 어! 한 사람이 남았네.

대: 자네는 보라. 누가 지금까지 혼인을 못했단 말인가?

소: 남대문 밖 이문동에 사는 김희집金禧集인데, 나이 스물여덟으로 그가 어디 갔다가 지금까지 장가도 못 갔단 말인가? 우환이로다, 우환이로다!

대: 그는 만인과萬人科[19] 초시初試에 낙방한 거자擧子[20]요, 경술년 대풍년에 비렁뱅이 팔자로다.

【원앙살鴛鴦煞[21]**】 방금 고도리**高突伊[22]**도 모두 새 각시를 얻고 가시나는 모두 아기씨가 되었는데, 비유컨대 신선이 하늘로 올라갈 때에 집도 올라가고 닭도 가고 삽살개도 가고 온 집안이 전부 우화등선**羽化登仙[23] **하는데, 늙은 쥐만은 땅에 떨어져 가련한 팔자가 된 것이라. 그는 비록 이름이 희집**禧集**이지만 원래 기쁨을 모으지 못하였도다.**

내가 생각난다. 그 사람은 한 달 전에 좋은 혼처가 광주廣州에 있다 하여 판윤 대감이 경기감영에 통보하여 좋은 일이 거의 굳어질 뻔했는

19_ **만인과**萬人科 | 무과武科를 말한다. 농사꾼 · 공장工匠 · 장사치 · 용례傭隷 · 주졸走卒 등 서인庶人과 하천下賤까지 모두 응시할 수 있다고 하여 이르던 말이다.

20_ **거자**擧子 | 고려 · 조선 시대에 각종 크고 작은 과거시험에 응시한 사람을 이르던 말이다.

21_ **원앙살**鴛鴦煞 | 곡패 이름. 12궁조 중 쌍조에 속한다. 그 형식은 7。7。4.4。4.4。7。4。7。을 기본 구식으로 한다.

22_ **고도리**高突伊 | 포도청에서 교수형을 맡아보던 사람.

23_ **우화등선**羽化登仙 | 신선이 되어 올라갈 때, 겨드랑이에 날개가 달려서 공중으로 올라간다는 뜻이다.

데, 어찌 짐작이나 했으랴? 동지팥죽이 쉬었다느니, 동대문에서 나온 달걀에 뼈가 있다느니[24] 하며 이간질하는 말로 바람이 드니, 광주 양반이 갑자기 배짱을 내밀어서 감영 사또도 어쩔 수가 없었지. 그게 바로 저 도령임이 분명하리로다.

소: 내 평생에 절통하게 여기는 것은 바로 혼인에 이간질하는 말이다. 이간질하는 놈이 그 혼인할 집을 향하여 가다가 도중에 큰 물에 휩쓸려 사경에 이르러, 허허 나쁜 일로 옳지 못한 일을 하다가 이 꼴이 되었구나 하고 탄식하며 말했어야 할 것이다. 그 혼인이 지금은 이루어진다. 대체 그놈은 무슨 심보인가?

대: 한담은 그만두고 다시 자세히 살펴보세.

소: (일어나서 책을 뒤적인다.) 아, 또 한 사람이 있구나.

대: 그게 누구냐?

소: 새문 밖 거평동居平洞[25]에 사는 처녀 신씨는 나이 스물넷이요, 그 부친은 유학幼學 덕빈德彬이라는 분이니, 이 사람만이 점을 받지 못한 축에 속하였다네.

대: 옳거니 옳거니, 이 거평동 가장 작은 골목에 작디작은 반찬가게를 하는데, 일각중문 초가삼간에 살고 있다. 가련하도다, 그 고생이여!

24_ **동대문에서 … 있다느니** | 계란유골鷄卵有骨. 남이 마음먹고 도와줘도 일이 안 되는 재수 없는 경우를 비유하는 말. 이런 일화가 전한다. 황희黃喜 정승이 너무 가난하게 살자, 보다 못한 세종대왕이 어느 하루 남문南門으로 들어오는 물화物貨를 모두 하사하기로 명하였다. 그런데 종일토록 큰비가 내려 남문으로 들어오는 물화가 없고, 저녁때에 달걀 한 꾸러미가 들어왔는데, 삶아보니 모두 부화되다가 만 것이었다고 한다.

25_ **거평동居平洞** | 평동平洞. 현재 서울 종로구 신문로 2가 지역을 말한다.

【요幺】 겨울 달은 밝으나 눈 속에서 사람들은 추위를 싫어하고, 가을 꽃은 아름다우나 봄이 간 뒤라 누가 아름답다 일컬으리오? 한 무더기 수심愁心이 뱃속에 가득 차 사람을 죽게 한다는 것은 묻지 않아도 알 수 있다. 누에가 늙으면 그래도 고치를 만들고, 꽃이 늙으면 그래도 열매를 만들 수 있는데, 처녀가 늙으면 무엇을 할 것인가?

세상에 지극히 어려운 일이 세 가지가 있다. 형세 없는 무반의 첫 벼슬길이요, 기구器具[26] 없는 선비의 감시초시監試初試요, 가난한 처녀의 혼인이라. 이 세 가지 일 중에 가장 어려운 것은 가난한 처녀의 혼인이다. 얼마 전에 한 노처녀가 다행히 혼처를 구해서 사주단자가 오고 택일단자가 가고, 혼인 날짜가 점점 다가오는데, 그 처녀는 기쁨을 견딜 수 없었지만 체면이 있기에 참고 참았다. 사람에게 말할 수 없는데 더 참을 길이 없어, 측간으로 달려가 가만히 개를 불러 말하였다. "멍멍아, 내가 내일모레면 시집을 간단다." 개가 어찌 알아들을 수 있겠는가? 단지 하품만 한 번 하니, 그 처녀 민망하고 민망하여 또 개를 보고 말하였다. "멍멍아, 내가 너에게 허황된 말을 할 것 같으면, 내가 너의 여식女息이다."

사람의 심정이 이쯤에 이르니, 어찌 지극한 즐거움이 있어서가 아니겠는가? 이 처녀는 아마 내일모레에 시집을 갈 수가 있을 것이다. 이 총각과 이 처녀는 해당 부에서 또한 어쩔 수 없을 것이다. 다만 자기 운이 통하기를 기다려 혼처가 저절로 생겨 바야흐로 혼인하게 될 것이다. 우리는 우선 기다려보세. (함께 퇴장한다.)

— 이현우 · 나종면 옮김

26_ 기구器具 | 과거시험에 필요한 붓 · 벼루 · 종이 등을 말한다.

제3절

第三折

(아전들이 등장한다.)

열흘 동안 여울목에 앉아 있더니 하루 만에 여울 열 개를 건넜다네.

소인들은 호조와 선혜청 서리올시다. 조정의 분부에 노도령 김희집과 노처녀 신씨가 끝내 합당한 혼처가 없어 아직까지 그대로 있다고 하니, 허다한 노신랑 노처녀 중에 이 두 사람만 그러한 것은 우연한 일이 아닌 듯합니다. 조정에서 이 두 사람에게만 특별히 후한 은혜를 내리는 것은 아니고 이 또한 그들의 팔자소관이니, 신씨 처녀와 김 신랑을 처분에 따라 곧 부부가 되게 하되 속히 거행토록 하였습니다.

혼사에 관련된 모든 일은 선혜청과 호조에서 전례보다 월등하게 갖추어 지급하되, 선혜청 당상관과 호조판서의 친자녀 혼례 예식과 똑같이 하여 착실하게 혼사를 주관하라고 하였습니다. 우리 호조 당상관인 무침교無沈橋 조 판서趙判書 대감은 남자 쪽 혼사를 주관하고, 선혜청 당상관인 대사동大寺洞 이 판서李判書 대감은 여자 쪽 혼사를 주관하게 하였습니다. 각각 신랑신부의 친아비가 되어서 혼서지婚書紙와 답혼서지答婚書紙를 두 분 대감께서 사륙변려문으로 짓게 하였습니다. 신랑의 사주단자가 오가고 길일을 택하니, 혼인 날짜는 이번 달 12일이올시다. 날짜가 바짝 다가오니, 양가에서는 혼수를 급히 준비하되 미흡함이 없도록 하라고 하였습니다.

【사해아耍孩兒[1]】 몇 번이나 처녀의 눈물 두 눈에서 흘렸던고. 총각 옷 또한 응당 눈물로 다 적셨으리. 하늘 같은 성덕과 바다처럼 큰 은혜로 이 혼인이 좋은 시절 정해졌네. 전날엔 헐벗고 굶주린 곤궁한 처지였으나 이후로는 신랑신부 호사好事를 맞이한 사람이니, 친부모는 걱정으로 귀밑머리 긁적이지 마소서.

선혜청의 무명과 호조의 돈으로 혼수를 준비함에 돈과 옷감이 얼마나 들었는지는 말할 것도 없고, 다만 최상품으로 잘 준비해야만 되었지요. 이는 조정의 성덕 아님이 없거니와, 두 분 대감께서 신칙하여 봉행하는 본의를 저희들이 감히 털끝만치라도 소홀히 할 수 있겠습니까?

우선 겉치장부터 살펴서 점검해보지요. 신랑이 타는 말은 배꽃 같은 백설마白雪馬로 푸르디푸른 머리 장식과 은엽사銀葉絲 당안장唐鞍裝으로 별초別抄[2] 김金 아무개가 지난번 새로 상납한 말이니, 신랑이 타는 말로는 첫 번째로 골라서 사용하는 것입니다. 무늬 있는 청사초롱 두 쌍은 훈련도감訓練都監 것이요, 무명으로 된 큰 차일 중 하나는 어영청御營廳에서, 또 하나는 금위영禁衛營에서 빌린 것입지요. 여덟 장짜리 민무늬 지의地衣[3]와 푸른 선을 두른 행보석行步席[4]은 장흥고長興庫[5]에서

1_ **사해아**耍孩兒 | 곡패 이름. 반섭조般涉調에 속한다. 그 형식은 7。6。7。6。7。7。3。4。4。를 기본 구식으로 한다.

2_ **별초**別抄 | 임금의 행차 때에 어가御駕를 호위하기 위하여 금군禁軍 외에 특별히 뽑은 군사.

3_ **지의**地衣 | 가장자리를 헝겊으로 꾸미고 폭을 이어 제사나 연회 때에 쓰는 큰 돗자리.

4_ **행보석**行步席 | 귀한 사람이나 신랑신부를 맞이할 때 마당에 까는 긴 돗자리.

5_ **장흥고**長興庫 | 돗자리 · 종이 · 유지油脂 등의 관리 및 궐내의 여러 관청에서 쓰는 물품의 공급에 관한 일을 맡아보던 관사.

빌린 것이요, 모란 병풍은 제용감濟用監[6]의 것이요, 상보도 제용감의 것입지요. 놋쇠로 된 큰 촛대 두 개는 공조工曹, 다리가 높은 상〔高足床〕은 선공감繕工監,[7] 향꽂이는 사복시司僕寺,[8] 향받침은 상의원尙衣院, 산〔生〕 기러기는 경기감영京畿監營, 부용향芙蓉香은 내국內局,[9] 청원향淸遠香·목홍촉木紅燭·심홍촉心紅燭·홍라조紅羅照·만화방석萬花方席·전안석奠鴈席·교배석交拜席 등은 각 아문 및 호조와 선혜청에서 빌려 왔습지요. 용머리 새긴 함函을 지는 옥동자玉童子는 세물전貰物廛에서, 기럭아비[10]가 쓴 주사립朱絲笠과 패영貝纓,[11] 수화자水靴子[12]는 군문軍門에서 차용하였지요. 신부가 탄 금장식을 박은 교자轎子는 빌린 물건이 아니라 효경교孝經橋에 사는 박 생원朴生員의 소유로 세내어 왔나이다.

【오살五煞[13]】 기러기를 바치고 절할 때에 넘어지기 쉽고, 말에 오를 적에 떨어지기 쉬우며, 붉은 촛불 아래에서는 더욱 삼갈지라. 생전 처음 공

6_ **제용감**濟用監 | 진헌포물進獻布物·인삼·사여의복賜與衣服 및 능사나단綾紗羅緞·포화布貨와 채색입염彩色入染·직조織造 등에 관한 사무를 관장하던 관사.

7_ **선공감**繕工監 | 토목과 건축에 관한 사무를 관장하던 관사.

8_ **사복시**司僕寺 | 궁중의 가마나 말에 관한 일을 맡아보던 관사.

9_ **내국**內局 | 궁중의 의약을 맡아보던 관청. 내의원.

10_ **기럭아비** | 신랑이 신부 집으로 혼례를 올리러 갈 때 기러기를 안고 가는 사람. 기럭아비는 주립朱笠을 쓰고 흑단령黑團領을 입는다.

11_ **패영**貝纓 | 산호珊瑚·호박琥珀·밀화蜜花·대모玳瑁·수정水晶 따위로 만든 갓끈을 말한다.

12_ **수화자**水靴子 | 무관들이 비올 때에 신는 장화. 수혜자水鞋子.

13_ **오살**五煞 | '살煞'은 곡패 이름. 《원사각률元詞斠律》에 의하면 북곡北曲의 살격煞格에는 남려살南呂煞·월조살越調煞·반섭살般涉煞·황종살黃鐘煞의 4종이 있다. 이 중 남려살은 혼자 쓰일 수 있지만, 월조살은 수미收尾 대신에 사용되며, 반섭살은 반드시 '사해아耍孩兒'의 뒤에 놓인다고 한다. 그 용례는 많게는 팔살八煞에서 작게는 이살二煞에 이르며, 살의 순서와 배열은 대개 팔살八煞, 칠살七煞 … 하는 식으로 거꾸로 배열함이 일반적이지만, 일살一煞, 이살二煞 … 순으로 하는 경우도 있다고 한다. 여기서의 살은 반섭살에 속하는 것이다.

작 병풍 속의 밤이요, 분에 넘친 부용 장막 속의 봄이로다. 자세히 살펴보아도 끝내 분간하기 어려우니 신선인가, 귀신인가? 꿈인가, 생시인가?

아차! 시종배에 대한 것을 잊을 뻔했구려. 볼랍시면 호조와 선혜청과 한성부 오부의 서리 · 서원 · 사령 · 통대방通大房 등이 일제히 나아간다. 또 신랑 차림 살펴보세. 초립을 쓰기에는 이미 나이가 많아 가늘디가는 양대칠립涼臺漆笠을 하고 은빛 세모시 청도포, 하얀 세모시 중치막,[14] 하얀 세모시 소창의小氅衣[15]에 생명주 홑적삼이며, 한포단漢布緞 초록 허리띠에 두록대단豆綠大緞 두루주머니, 주황색 당사로 나비 모양 수술 달았네. 흰모시 겹잠방이, 가는 베 속옷 홑잠방이, 곱게 짠 무명 새 버선, 흰모시 통행전筒行纏,[16] 초록 당사 가는 대님, 홑끈 망건, 붉은 대모관자, 자주색 당사로 만든 끈, 검은색 청서피靑黍皮 바탕에 사슴가죽 명주색 당혜唐鞋 등 모두 준비하였으니, 서피鼠皮를 바치느라 잠방이 벗을 염려가 무어 있으리오?[17] 겹비단 검은 사모를 쓰고, 겹각袷角 자주색 비단 예복에 최상품 무소뿔 허리띠를 매고, 검은 사슴가죽신을 신고서 예복 안에는 자주색 겹창의〔複氅衣〕[18]요, 푸른색 삼대승두선三臺僧頭扇[19]이라. 극진하고도 극진하도다.

14_ **중치막** | 벼슬하지 않는 선비가 입던 웃옷의 하나. 길이가 길고 소매가 넓으며, 앞은 두 자락 뒤는 한 자락이며, 옆은 무가 없이 터져 있다.

15_ **소창의**小氅衣 | 바지 저고리 위에 입던, 옷 길이가 길고 소매가 좁은 남자 두루마기의 한 가지.

16_ **통행전**筒行纏 | 바지 고의를 입을 때 정강이에 감아 무릎 아래에 매는 행전의 일종. 통행전은 아래에 귀가 달리지 않은 예사 행전.

17_ **서피**鼠皮**를 … 있으리오?** | 자세한 의미는 알 수 없으나, 대개 극히 가난하고 어려운 처지에서 있는 일을 뜻하는 듯하다.

18_ **겹창의**〔複氅衣〕 | 벼슬아치가 평상시에 입던 웃옷. 소매가 넓고 뒷솔기가 갈라져 있다.

19_ **삼대승두선**三臺僧頭扇 | 화려한 접부채의 하나. 접부채는 부채살의 수와 부채꼭지의 모양, 부속품 및 부채 바탕의 꾸밈에 따라 다양한 종류가 있는데, '삼대승두선'이란 대가 3층으로 이루어지고 부채꼭지 모양이 중의 머리처럼 둥그런 부채를 말하는 듯하다.

【사살四煞】 집이 가난하면 옷차림이 따라서 가난하기 마련인데, 사람이 새로우니 옷차림 또한 새롭구나. 원래 저 사람 풍신風神이 준수한데 도포를 입으니 단아한 모습이 선비와 같고, 관대冠帶를 하고 나니 복색이 휘황찬란하여 중신重臣과도 같다네. 한 입으로 말하기 힘들 지경이라. 마땅히 장인 장모는 바가지처럼 입이 벌어지고 거꾸러지며 갓을 떨어뜨리리라.

신랑 의복 우선 두고 저 신부 의복 일습을 점검해볼작시면, 흰모시 붉은 깨끼적삼, 구슬처럼 빛나는 명주 쌍침 허리띠, 흰모시 네 폭 속옷, 가늘디가는 베 붕어 모양 잠방이, 진홍빛 주름 비단 겹치마, 쪽빛 가는 명주 홑치마, 청모시 보통치마며, 웃옷 삼작三勺은 초록색 송화색 보라색으로 갑사甲紗 · 숙초熟綃 · 광월사廣月紗[20] 등이며, 자주색 삼회장三懷粧 저고리요, 오합 무지기,[21] 삼합 무지기, 가는 무명 버선이며, 푸른 바탕에 붉은 무늬 비단 당혜며, 낭자머리는 육진달비〔六鎭月子〕[22] 족두리에 은죽절銀竹節[23]이로다.

속담에 이르기를 "생전 호사 한 번이요, 죽어 호사 한 번이라(生前好事一番, 死後好事一番)"고 하더니, 참으로 난생 처음 호사로다. 어여미 · 거두미[24]와 붉은 장삼, 금실로 봉황을 수놓은 스란치마[25]와 진주부채는

20_ 갑사甲紗 · 숙초熟綃 · 광월사廣月紗 | 이들은 모두 비단의 일종으로 갑사는 품질이 좋은 비단을 가리키고, 숙초는 연사練絲로 짠 비단을 말하며, 광월사는 미상.

21_ 무지기 | 한복 치마를 입을 때 겉치마가 풍성하게 보이도록 받쳐 입는 속치마. 길이가 서로 다른 치마를 층이 지게 하여 만드는데 3층, 5층, 7층 등의 종류가 있다. 여기에서 '오합 무지기', '삼합 무지기'라 할 때 합合은 층層을 뜻하는 것이 아닌가 한다.

22_ 육진달비〔六鎭月子〕 | 달비는 여자들이 머리숱을 많게 보이도록 덧얹었던 딴머리로 '다리' 혹은 '다래'라고도 한다. 육진월자는 함경북도 육진(六鎭: 慶源 · 慶興 · 富寧 · 隱城 · 鍾城 · 會寧) 등지에서 산출되는 달비라는 뜻이 아닌가 한다.

23_ 은죽절銀竹節 | 은으로 대나무 마디같이 만들어 여자의 쪽에 꽂는 장식품.

모두 저 수모手母[26]에게 세낸 물건이로다.

【삼살三煞】 새에게 날개깃이 없으면 문채가 없고, 아녀자에게 옷이 없으면 몸을 가릴 수 없으니, 필경 비단옷과 화장품이 필수이라. 허술한 초가집도 처음으로 아홉 폭 붉은 비단치마 있음을 알지로다. 촌 할망구야 묻지 마라. 한편으론 비상한 팔자요, 한편으론 무한한 천은天恩이로세.

신랑 전안할 때와 신부 신행 때에 임무를 맡은 하님下任[27]이 합해서 몇 쌍인가? 나조羅照[28] 차비 한 쌍이요, 향동자香童子 차비 한 쌍이요, 부용향芙蓉香[29] 차비 한 쌍이요, 홍촉紅燭 차비 한 쌍인데, 납채納采 때에 쓴 것을 전안 때에 또 쓴다. 신부의 현구례見舅禮 때에 향香 하님 한 쌍은 남색 치마에 자줏빛 저고리요, 경대鏡臺 하님과 식치食饎 하님이 한 짝을 이루는데, 모두 아이 하님으로 삼회장 옥색 저고리에 남색 치마로다. 폐백 하님 한 쌍과 몸〔體〕 하님 한 쌍의 옷은 모두 옥색 회장저

24_ **어여미·거두미** | 어여미는 부인이 예장할 때에 머리에 얹던 큰머리인 어여머리를 말하는 듯하고, 거두미는 큰머리를 한자식으로 표현한 말인 거두미머리를 말하는 듯하다. 거두미머리는 예식 때 여자의 머리 위에 크게 틀어 올린 가발로, 어여머리 위에 나무로 만든 큰 머리틀을 얹은 것이다.

25_ **스란치마** | 입으면 발이 보이지 않는 폭이 넓고 긴 치마. 단 밑에 금박 따위를 박아 덧붙였다.

26_ **수모手母** | 혼례에 필요한 물품을 준비해두고 잔칫집에 빌려주어 세를 받기도 하며, 신부의 화장을 도와주고 예절을 거행할 때에 거들어주는 여자.

27_ **하님下任** | 신부가 신행 올 때에 친정 쪽에서 따라와 신부의 시중을 들어주는 여자. 국립중앙도서관본에는 '하림下林', 가람본에는 '한임漢任'으로 되어 있고, 한국학중앙연구원본에는 앞부분에는 '원임媛任', 뒷부분에는 '차지次知'로 표기가 혼용되고 있다. '차지'란 각 궁방의 일이나 높은 벼슬아치의 집안일을 맡아보던 사람을 이르는 말이다.

28_ **나조羅照** | 신랑 될 집에서 신부 될 집으로 혼인을 청하는 의례 때, 신부 집에서 초처럼 불을 켜는 물건을 말한다. 갈대나 대나무를 한 자쯤 잘라 묶어 기름을 붓고 붉은 종이에 싸서 만든다.

29_ **부용향芙蓉香** | 혼인 때 피우던 향의 한 가지. 향꽂이에 꽂아서 족두리 하님이 들고 신부 앞에 서서 나간다.

고리에 남색 치마이고, 아이 하님 한 쌍은 칠보 족두리와 초록 당의唐衣에 붉은 치마를 입고 도투락댕기를 드리었구나. 유모 · 수모 · 방지기〔房直〕[30] 등은 착용할 긴 옷과 탈 안마鞍馬의 물품을 미리 대령하였구나.

또 신방에 들일 물품을 점검해볼작시면, 비단에 화조 그린 침실 병풍, 화문석 등매,[31] 네모난 초록비단 돗자리, 꽃 수놓은 진홍 비단 이불깃, 자주색 명주 처네,[32] 뒤가 붉은 꽃무늬 자리가 있구나. 둥근 면에 두 마리 학을 수놓은 것은 신랑 베개요, 네모진 면에 아홉 마리 봉황을 수놓은 것은 신부 베개라. 남자 요강 여자 요강, 남자 빗 여자 빗, 폭 넓고 올 가는 다섯 자 베수건, 비누통과 양치목[33]이며, 옻칠에 금박 박은 혼서함婚書函에 금전지金剪紙와 모단보毛緞袱, 분홍 명주 내외보內外袱, 일문보溢紋褓와 자주색 보자기라. 누런 옻칠을 한 농과 책상, 새빨간 삼층 왜倭기구는 경대鏡臺에 들어가는 것이 아라사俄羅斯(러시아) 금갑경金匣鏡에 놋젓가락 유기 반상이라. 신방에 있는 것이 또한 적지 않구나.

【이살二煞】 베개를 베어보니 처음에는 내 머리인가 의심되고, 옷을 입어보니 내 베잠방이인가 의심되며, 밥을 먹음에 굶주릴 때의 내 밥주발[34]인가 의아하게 여겨진다. 모란 병풍은 어찌 오늘 처음 보는 것이 아니겠으며, 금갑경은 과연 평생에 들어보지 못한 것이 아니런가. 그대는

30_ **방지기**〔房直〕 | 관아 심부름꾼의 하나.

31_ **등매** | 헝겊으로 가선을 두르고 뒤에 부들자리를 대서 만든 돗자리. 등메.

32_ **처네** | 덧덮는 얇고 작은 이불. 겹으로 된 것과 솜을 얇게 둔 것이 있다.

33_ **양치목** | 이를 닦는 베.

34_ **굶주릴 … 밥주발** | 원문에는 "서산완西山椀"이라 되어 있는데, 서산西山은 백이伯夷 숙제叔齊가 숨어 살며 고사리를 캐먹다 굶어 죽은 산을 말하므로, 굶주리는 처지를 비유하는 말로 보고 풀이하였다.

응당 이것이 요지瑤池[35]의 세계로 인정될 것이며, 혹은 그림 속의 신선으로 여겨질 것이다.

모든 일을 거의 제대로 마쳤으니, 잔치 절차 또한 간략하게 할 수 없다. 봉상시奉常寺[36] 요리사 몇 명을 급히 불러 갖추어 준비하게 하였는바, 시루떡 · 인절미 · 골무떡 · 백설기 · 송편이며, 난면卵麵 · 산면酸麵이며, 유과 · 붉은 산자 · 중백기[37] · 다식과 양색료화兩色蓼花[38] · 각색 강정과 고기만두 · 어채[39] · 개장 · 영계찜 · 생선회 · 육회 · 양지머리 수육 · 저냐(전유어) · 화양누루미[40] · 돼지고기 · 수육 · 잡탕 · 탕평채 · 화채며, 사과 · 능금 · 유행柳杏[41] · 자두 · 배 · 생률 · 대추 · 참외 · 수박 등등 모든 것을 요리사에게 책임지고 진설하게 하였도다. 아! 수파련〔繡八蓮〕[42]도 꽂아두지 않을 수 없다. 이는 곧 사또상이나 하마연蝦蟆宴[43]의 큰 상과 일반이로구나.

【우又[44]】 평생 음식으론 죽과 밥만 알았으니, 한 숟가락 맛보지 않아

35_ **요지**瑤池 | 중국 주周나라의 목왕穆王이 서왕모西王母와 만났다고 하는 신선 세계.

36_ **봉상시**奉常寺 | 제사와 시호諡號에 관한 일을 맡아보던 관청.

37_ **중백기** | 유밀과의 한 가지. 흔히 제사에 쓰인다.

38_ **양색료화**兩色蓼花 | 미상.

39_ **어채** | 생선의 살과 해삼, 전복, 익힌 소의 허파, 곤자소니 등을 잘게 썰어 버섯과 함께 녹말에 묻혀 끓는 물에 데쳐 만드는 음식.

40_ **화양누루미** | 삶은 도라지를 얇게 썰어 쇠고기, 버섯 등과 섞어 양념하고 볶아 꼬챙이에 꿰고 끝에 삼색사지三色絲紙를 감은 음식.

41_ **유행**柳杏 | 자두의 일종.

42_ **수파련**〔繡八蓮〕 | 잔치 때 모양 치레로 쓰이는 종이로 만든 연꽃.

43_ **하마연**蝦蟆宴 | 외국 사신이 도착했을 때 베풀던 연회. 하마연下馬宴.

44_ **우**又 | 가람본과 한국학중앙연구원본에는 '일살一煞'로 되어 있고, 국립도서관본에는 '이살二煞'로 되어 있다. 여기서의 '우又'는 앞의 곡조를 반복하라는 의미로 보이는데, 이 자리는 앞의 살 곡조를 반복하는 자리이므로 '일살一煞'로 적혀 있어야 한다.

도 배가 먼저 부르구나. 반 됫박 누런 밤은 신랑 소매에 들었고, 석 잔 술 붉은 실은 수모의 술 주전자라. 모조리 다 먹더라도 변괴라고 막지 마소. 이렇게 큰 상은 평생 다시 못 받을 것이네.

이제 나무와 돌이 다 갖추어졌는데 빠진 것은 상량문上樑文이라 하더니 지금 빠진 것은 오직 날짜가 미치지 않아 혼수를 안배하여 기다리고 있음이라.[45] 흔히 하는 말로 처녀가 늙는 것은 복이 남은 덩어리라 하더니, 과연 그렇도다. 저 처녀가 만약 일찍 혼인했더라면 어찌 이리 좋은 일을 얻었으리오. 이것이 천생 팔자로서 마땅히 늦게 오는 복이 있음이요, 조정의 성덕이 고금에 비할 바가 없어 필부필부匹夫匹婦가 모두 이런 특이한 운수를 얻은 것이라. 장하고도 장할씨고!

【수미收尾[46]】 어젯밤 봄비 속에 백화가 일제히 피어나고, 빗물이 인간 세상에 흘러내려 모든 내와 연못에 가득 찼네. 임금의 은혜 얼마인가 헤아린다면 동해 바다가 오히려 가히 있으리라.

—신익철 옮김

45_ **이제 … 있음이라** | 이 대목을 보면 혼일을 기다리고 있는 것으로 보이지만, 이 절의 앞부분에 있는 혼수 품목과 혼례 절차를 묘사한 부분은 현장감을 살리기 위해 현재형으로 번역하였다.

46_ **수미收尾** | 곡패 이름. 투수套數를 마무리하는 미성尾聲의 하나로 '살미煞尾', '수살미隨煞尾'라고도 한다. 앞에 살煞을 사용한 뒤에 미구尾句로 이 형식을 사용하기 때문에 '수미收尾'라는 명칭으로 불린다. 이 '수미'에는 다양한 구식이 있다.

제4절

第四折

(세 사람[大·二·三]이 아이종을 데리고 등장한다.)

"삼 년 큰 가뭄에 단비를 만남과 천 리 타향에서 옛 친구를 만나는 것, 화촉 밝힌 신방에 달 없는 밤과 젊은 나이에 금방金榜[1]에 이름이 붙는 것(三年大旱逢甘雨, 千里他鄕見故人, 花燭洞房無月夜, 少年金榜掛名辰)", 이 시는 옛사람의 네 가지 기쁨을 읊은 시라. 이 네 가지 일은 모두 인생에 마음 흡족한 일인데, 그중에 신방에 화촉 밝힌 밤이 더욱 재미있는 일이라네. 늙은 도령의 화촉이라면 바로 인간 천하에서 극락의 세계로세. 근래 듣자 하니, 김 도령이 조정의 처분 덕에 장가를 들게 되었다네. 우리들은 모두 서로 친한 처지인데, 이 혼인은 여느 혼인과는 다르고 게다가 사백 년을 내려온 오랜 풍습이 있는지라, 한 번 가서 보고 축하도 해주고 매도 치지 않을 수 없네그려. (일어서서 김 도령의 문에 도착한다.) 김 도령! 아차, 김 서방! 집에 있는가?

김생金生: (나온다. 본다.)

대大: 자네의 일처럼 이렇게 특별한 일은 없었네.

김생: 천은天恩이 아닌 것이 없네. 감축感祝하여 몸 둘 바를 모르겠네.

1_ 금방金榜 | 과거에 급제한 사람의 이름을 쓴 방榜.

대: 성덕의 일이로세, 성덕의 일이야. '복사꽃의 아리따움이여, 환하게 피었도다. 이 아가씨의 신행이여, 그 집안을 화목하게 하리로다(桃之夭夭, 灼灼其華, 之子于歸, 宜其室家)'[2]라 한 것은 참으로 오늘 성덕의 일이로세.

이二: '총각이 쌍상투하였더니 우뚝이 관을 쓰고 있도다(總角丱兮, 突而弁兮)'[3]라 하였으니, 자네의 모습이 오늘은 물고기가 변하여 용이 된 것일세.

삼三: 우리들이 오늘 원님도 보고 환자도 타려 하네. 자네는 사백 년을 내려오는 오랜 풍습을 아는가?

김생: (웃는다.)

대: 우리 세 사람 중엔 내가 당상堂上[4]이니, 내가 마땅히 문목問目을 내고 공초供招를 받겠다. 너는 하나하나 사실에 따라 바로 공초를 올려야 할 것이다. 몽둥이는 누가 잡으려나? 법식에 맞춰 시행하라!

이: (큰 소리로 '예이'라고 외친다. 띠를 풀어 올가미를 만들어 김 도령의 앞에 펼쳐 놓는다.) 어느 쪽 발이 네가 미워하는 발인고? 속히 미워하는 발을 내놓을 것이다!

김생: (일어나서 할 수 없이 발을 내놓는다.)

이: (띠를 걸치고 돌아선다.)

삼: (아이종에게) 얘야, 빨랫방망이를 가져오너라!

2_ **복사꽃의 … 하리로다** | 《시경》, 〈주남周南 · 도요桃夭〉편을 인용하였다.

3_ **총각이 … 있도다** | 《시경》, 〈제풍齊風 · 보전甫田〉편을 인용한 것으로, 원래 인용 부분의 원문은 "婉兮孌兮, 總角丱兮, 未幾見兮, 突而弁兮"이다.

4_ **당상堂上** | 정3품 이상의 관계官階를 말한다. 여기서는 당상에 앉아서 죄인을 다루는 위치를 말한다.

아이종: (빨랫방망이를 바친다.)

삼: (방망이로 친다.) 이거, 장맛비처럼 때려 족치겠다. 살갗이 다 떨어지도록.

김생: 아야, 아야! 내 무슨 죄를 지었기에 이토록 심하게 치는가?

대: (웃는다.) 네 죄를 네가 참말 모르느냐? 여러 사람이 모두 서 있는데, 너만 홀로 자빠져 누워 발을 하늘로 향하고 있으니 이것이 죄가 아니냐? 네가 장가가기 하루 전에 네가 먼저 무슨 물건을 보냈느냐?

김생: 혼서지와 채단을 보냈다네.

대: 또 무슨 물건을 보냈느냐?

김생: 함을 보냈다네.

대: 그 함은 장에서 사온 것이냐, 자기 집에서 만든 것이냐? 어떻게 실어 보냈느냐?

김생: 호조에서 마련해 보낸 것이고, 기럭아비가 지고 갔다네.

대: 호조에서 마련해 보냈다면 특별하게 만들었을 테고, 늙은 도령의 함이라 무거웠을 테니, 지고 가기가 힘들었을 것이 틀림없어. 네가 장가갈 때 길에는 구경꾼이 하나도 없었느냐? 어떤 말들이 있었느냐?

김생: 늙은이, 젊은이, 사내, 여편네들 구경꾼이 자못 많았는데, 하는 말들은 듣지 못했네.

대: 간악하구나, 간악해! 매우 쳐라!

삼: (방망이로 친다.)

김생: 아야, 아야! 곧이 말하겠네, 곧이 말하겠어. 큰 길가에 종 아이들이 뒤를 좇아오면서 합창하며 꾸짖기를 '새서방! 그 색시에게 전날 주었던 빈대떡 값을 갚아라' 했고, 또 한 패거리는 손을 들어 가리키며 야유하기를 '창피하겠네, 창피하겠어. 이 신랑 수염이 거의 났으니 나

이가 열다섯은 찬 것 같은데, 잘생겼네, 잘생겼어' 했네. 이 밖에는 참으로 들은 게 없네.

대: (웃는다.) 네가 말을 타고 처가에 도착했을 때, 말머리가 먼저 들어갔느냐, 네 머리가 먼저 들어갔느냐?

김생: 말머리가 먼저 들어갔네.

모두들: (크게 웃는다.)

대: 네가 말을 내려서부터 합궁할 때까지를 한번에 자세하게 자백해 올려라!

김생: 나 죽네, 나 죽어! 제발, 봐주게 봐줘, 제발!

대: 네 온몸이 모두가 조정에서 봐준 것인데, 네가 또 무슨 생각으로 봐주길 바라느냐? 매우 쳐라!

삼: (방망이로 친다.)

김생: 아야, 아야! 내가 말을 타고 처가에 가서, 전안하고 조금 물러나 두 번 절했지.

【소량주少梁州[5]**】** (김이 창唱한다.) **차일을 치고 병풍을 두른 전안청**奠雁廳**에서 국궁**鞠躬**으로 절하고 일어섰다. 나는 재배**再拜**할 때 정성을 다하였고, 머리를 조아리며 따로 우리 조정**朝廷**에 절하였네.**

동뢰연同牢宴[6]으로 들어서니 수모가 신부를 거들어 재배하게 하였네.

5_ **소량주**少梁州 | 곡패 이름. '소량주小梁州'로도 표기. 정궁에 속하는데, 중려궁과 상조에서도 쓰인다. 형식은 7。4。7。3。5。를 기본 구식으로 한다.

6_ **동뢰연**同牢宴 | 혼례에서 신랑과 신부가 교배交拜를 마치고 마주 앉아 술잔을 나누는 잔치.

【요么】 원래 오늘 일을 자세히 보고해야 될 줄 알았다. 다정한 심사 이기지 못해 잠시 눈을 돌려 봤는데도 마음이 진정되지 못하였네. 내가 장차 무슨 복력福力으로 저러한 색시를 모시게 되었는가?

그 수모가 곧 나더러 답배答拜하라고 권했지만, 나는 그래도 서울 신랑인데 어떻게 속아 넘어갈 수 있겠는가? 마침내 또 신부가 재배를 하므로 내가 비로소 답례로 재배하였네. 양쪽으로 마주하여 꿇어앉음에 수모가 붉은 실을 풀은 다음 석 잔의 합환주合歡酒를 권하였네.

【작답지鵲踏枝[7]】 첫 번째 잔을 마심은 오래 살라는 것이고, 두 번째 잔을 마심은 공경公卿의 자리에 오르라는 것이고, 세 번째로 오는 잔을 마심은 특히 아들 셋을 낳으라는 것이라[8] 하니, 만약 이 말이 허탄하고 망령되지 않다면 술잔까지 삼켜 오래도록 취하여 깨어나지 않으리라.

신방에 이르러 상회례相會禮를 치르고, 신부는 이어 그날의 신부례新婦禮[9]를 행하고 돌아왔네. 나는 저녁을 잘 먹고 잠도 잘 잤네. 제발, 제발! 풀어주게, 풀어주게.

대: 너는 합궁 절차를 그렇게 허술하게 빼먹을 심산인가? 속히 조목조목 말을 하라.

김: 저녁을 먹은 후에 신방에 들어가니 붉은 촛불은 휘황하고, 금침은 찬란하고, 향 연기는 방 안에 가득하였네. 얼마 안 있어 신부 또한

7_ **작답지鵲踏枝** | 곡패 이름. 선려궁에 속한다. 형식은 3。3。4。4。7。7。을 기본 구식으로 한다.

8_ **아들 … 것이라** | 원문은 "삼개첨정三個添丁"으로 되어 있는데, 첨정이란 사내아이를 낳는 것을 말한다. 아들을 낳음으로써 군적軍籍에 장정壯丁을 첨가添加한다는 뜻이다.

9_ **신부례新婦禮** | 일반적으로 신부가 처음 시댁에 들어가는 예식을 말한다. 여기서 말하는 "그날의 신부례〔當日新婦禮〕"가 어떤 절차인지는 미상.

들어왔지.

【조소령調笑令[10]】 이는 꽃가지가 바람을 타고 실려 온 것인가? 구름 걷힌 푸른 하늘에 밝은 달이 떠오른 것인가? 천상의 선녀가 화장 거울을 대한 것인가? 관음보살觀音菩薩이 신령神靈을 드러낸 것인가? 내가 머리를 들어 자세히 보니 낯설지 않았다. 원래 조금 전에 내게 절한 신부로다.

그의 붉은 치마를 벗기고, 그의 녹의綠衣[11]를 벗게 하고, 그의 은비녀를 뽑아주고, 그의 속옷을 벗기고, 잘 잤다네. (크게 웃고 말하지 않는다.)

대: 노도령의 행사는 묻지 않아도 알 만하다. 또한 자네의 혼인은 특별히 판부判付[12]한 것으로 조정에서 지시를 내려 한 혼인이니, 처녀를 꾀어내는 보통의 도적놈들과는 분명히 분간이 된다. 일단 그대로 넘어가세. 듣자 하니 너는 지금 재물도 많고 쌀도 많아, 지난날 고양이 죽도 못 먹던 시절과는 천지 차이라 하니, 너는 빨리 술과 안주를 준비해라.

삼: (띠를 풀어 내려놓는다.)

김생: (일어나 앉는다.) 큰 봉변이로고, 큰 봉변이로고! 애야, 너는 술집에 가서 소주 몇 잔과 좋은 안주를 사 오너라.

아이종: (술과 안주를 가져온다.)

대: (술을 마신다.)

이: (술을 마신다.)

10_ **조소령調笑令** | 곡패 이름. 월조越調에 속한다. 형식은 2。3。7。7。6。7。6。을 기본 구식으로 한다.
11_ **녹의綠衣** | 젊은 여자가 차려입는 연두저고리. '녹의홍상綠衣紅裳'이란 말이 있다.
12_ **판부判付** | 신하가 건의한 안건을 임금이 허가하는 것. 판하判下, 주하奏下와 같은 뜻이다.

삼: (술을 마신다.)

모두: (취한다. 일어나 춤을 춘다.)

김생: (창唱을 한다.)

【천하악天下樂[13]**】 오늘 소신은 술 한 잔을 따라 성심으로 우리 임금을 축원하오며, 우리 임금의 은혜를 종신토록 잊지 못하겠습니다. 넓고도 넓은 푸른 바다의 깊음이요, 높고도 높은 붉은 해의 유장함이라. 원컨대 우리나라의 성인**聖人**께서 만수무강하시기를! 얼씨구 좋을시고.**

【태평령太平令[14]**】 원자궁**元子宮**과 소관가**小官家 **모두 성상**聖上**과 일반**一般**으로 하늘이 끝없이 복을 내려 수복강령**壽福康寧**을 누리게 하옵소서. 노래가 네 번 거듭됨에 별은 빛나고 바다는 평온하고, 천세**千歲**를 축원함에 해가 떠오르고 달이 항상 빛나도다. 이로부터 만년토록 태평하면서 희희낙락**熙熙樂樂 **봄날의 경치와 같을지라.**

절씨구나 좋을시고! 지화자 좋을시고, 정 좋을시고! 어와 성은이여! 이내 팔자 좋을시고, 좋을시고나! (모두가 마당을 돌면서 달려 내려간다.)

시詩로 맺는다.[15]

금을 입힌 나비 떼 수놓은 한 쌍의 원앙 　　　　泥金簇蝶繡雙鴛

13_ **천하악**天下樂 | 곡패 이름. 선려궁에 속한다. 형식은 7。2。3。7。3。3。5。를 기본 구식으로 한다.

14_ **태평령**太平令 | 곡패 이름. 쌍조에 속하는데, 정궁에서 사용할 수도 있다. 그 형식은 7。7。7。7。2。2。2。7。을 기본 구식으로 한다.

15_ **시**詩**로 맺는다** | 원문에는 "시왈詩曰"이라고 되어 있는데, 하장시下場詩에 해당하는 것으로, 연희演戲가 끝날 무렵 이 시로써 종결을 짓는다.

백마白馬와 금안장 동리 문에 빛나도다	白馬金鞍輝里門
임금이 내린 붉은 비단 삼백 척	御賜紅羅三百尺
붉은 비단 올올이 모두 임금의 은혜로세.	紅羅縷縷摠君恩
봄바람도 가난한 집엔 불어들지 않아	春風吹不到貧家
적막한 꾀꼬리 반 늙은 등걸에 울고 있더니	寂寞鶯啼半老查
하룻밤 동군東君[16]이 우로雨露를 베풀어	一夜東君宣雨露
두 가지에 붉고 푸른 복사꽃 느지막이 피었다네.	兩枝紅碧晩桃花

—김진균 · 한영규 옮김

16_ 동군東君 | 봄을 주관하는 신. 중국 당나라 성언웅成彦雄의 〈유지사柳枝詞〉에 "東君愛惜與先春, 草澤無人處也新"이라는 구절이 있다.

부록 1 김려 戱鑢의 제후 題後

《묵토향초본》의 뒤에*

題墨吐香草本卷後

나[1]는 경금자 이군李君 기상其相[2]과 더불어 함께 학업을 연마하던 벗이다. 기상은 사람됨이 개결介潔하고 의기義氣가 넘쳐서, 옛 절협節俠[3]의 풍도가 있었다. 그 문장은 섬세하면서 정사情思가 샘솟듯 하고, 그 시는 경쾌하고 청신하면서 격조가 초각峭刻[4]하다. 기상의 말에 "나는 요즘 세상의 사람이다. 내 스스로 나의 시, 나의 문장을 짓는 데 선진양한先秦兩漢에 무슨 관계가 있으며, 위진삼당魏晉三唐에 무어 얽매일 필

---

*_《묵토향초본》은 《담정총서藫庭叢書》 목록에 들어 있으나, 통문관 소장본에는 이 사집詞集이 수록된 권이 낙질되고 없다. 이 제후는 《담정유고藫庭遺藁》, 〈총서제후叢書題後〉에 있는 글을 가져왔다.

1_ **나** | 김려金鑢(1766~1821)를 가리킨다. 김려의 자는 사정士精, 호는 담정藫庭·해고海皐·귀현자歸玄子. 본관은 연안延安. 집안 당색은 노론 시파時派였다. 15세에 성균관에 입학하여, 27세에 진사시에 급제, 32세 되던 1797년에 강이천姜彝天의 비어蜚語 사건에 연루되고, 1801년 신유사옥辛酉邪獄에 걸려 41세 되던 1806년까지 10년간 유배 생활을 하였다. 1812년부터 벼슬길에 올라, 1817년부터 2년간 연산현감을 지냈고, 1821년 함양군수로 재직 중 사망하였다. 문집으로 《담정유고藫庭遺藁》가 있다. 자신의 글을 비롯하여 그와 교유한 사람들의 글을 모아 《담정총서藫庭叢書》 34권 17책을 만들었는데, 그 가운데 이옥의 유고 11종을 편집, 수록하고 그 제후題後를 썼다.

2_ **기상其相** | 이옥의 자字.

3_ **절협節俠** | 절조節操를 중히 여기는 협사俠士.

4_ **초각峭刻** | 날카롭고 까다롭다는 뜻. 중국 청나라 유수鈕琇가 설목雪木의 《곡엽집槲葉集》을 평하면서 "冷艶峭刻, 如其爲人"이라고 하였다.

요가 있는가" 하였다. 기상은 전사塡詞[5]에 더욱 능하였는데, 나는 그것을 별로 탐탁하게 여기지 않았다.

기상이 일찍이 소를 타고 내가 있는 여릉廬陵[6]을 찾아왔다. 옷소매에서 책 한 권을 꺼내는데 향기를 토하는 먹, 《묵토향墨吐香》이라 제題한 것이었다. 스스로 말하기를 "내가 무척 고심하여 쓴 것이다"라고 하였다. 내가 그것을 책상자 속에 넣어두었는데, 지금 기상이 죽은 지 어느덧 오 년이 되었다. 우연히 상자를 뒤지다가 이것을 발견하고, 그가 평생 부지런히 힘쓴 뜻을 슬퍼하여 이에 붓으로 베껴 한 책으로 만들었다.

—이현우 옮김

5_ **전사塡詞** | 사詞는 중국 수隋·당唐 시대에 발생한 장르로, 후대 사람들이 흔히 전시대의 사에 의거하여 구식句式·자수字數·평측平仄·압운押韻 등을 맞추어 지었기 때문에 '전사塡詞'라 일컫게 되었다.

6_ **여릉廬陵** | 김려 집안의 별업別業이 있던 곳. 여릉이 어느 곳인지 알 수 없으나, 김려의 시 가운데 아우 황鍹을 여릉 별업으로 보내는 작품이 있다. 《담정유고》 권1, 〈봄이 저물 때, 아우 황을 여릉 별업으로 보내며春晩送舍弟鍹歸廬陵別業〉 참조.

《문무자문초》의 뒤에

題文無子文鈔卷後

세상 사람들이 "이기상李其相은 고문古文에 능하지 못하다"고 한다. 이는 기상이 스스로 한 말이기도 하다. 기상이 스스로 생각하기에, '고문을 배우면서 허위에 빠진 것이 금문今文을 배워 오히려 유용함만 같지 못하다'고 여긴 것이다. 귀로만 듣는 자들이 남의 말에 부화附和하여 "이기상은 고문에 능하지 못하다"라고 한다. 슬프다!

기상이 저술한 것은 대부분 내 책상자 속에 있는데, 지금 《문무자문초文無子文鈔》 한 권을 우선 베껴 써서 세상 사람들에게 보인다. 요컨대, 이것으로 세상에서 스스로 고문을 잘한다고 여기는 자들에게 자기의 글을 이것과 비교하여 어느 것이 참이고, 어느 것이 허위인가를 묻고자 하는 것이다. 또한 나는 〈남쪽 귀양길에서南征十編〉를 세 번 반복하여 읽고 더욱 감탄하였다. 아아! 이는 아는 자와 더불어 말할 뿐이고, 알지 못하는 자와는 말할 수 없는 것이다.

무인년(1818) 중양일에, 담수潭叟는 간성현재艮城縣齋[1]에서 쓴다.

—윤세순 옮김

1_ **간성현재艮城縣齋** | 당시 김려는 간성현감, 곧 연산현감으로 재직 중이었다.

《매화외사》의 뒤에

題梅花外史卷後

나는 이기상의 시와 산문을 사랑한다. 그 기묘한 정감과 특이한 생각은 마치 누에가 실을 토하는 것 같고, 샘이 구멍에서 솟아나는 것 같다. 이제 이 책을 보니, 곧 그의 잡저외서雜著外書이다. 비유하자면 노래 잘하는 사람의 노래를 들을 때 범범〔渢渢〕한 정시正始의 소리이다가 변하여 상성商聲의 맑고 밝은 소리가 되고, 우성羽聲의 처량하고 괴로운 소리가 되는 것과 같다. 이것은 맹상군孟嘗君이 일찍이 옹문雍門의 금琴에 눈물을 흘렸던[1] 까닭인 것이다. 독자들은 간혹 그가 때때로 속어俗語를 사용하고 있음을 병통으로 여기지만, 그러나 또한 재주가 지나친 것일 뿐이다. 송분자誦芬子[2]가 일찍이 말하기를, "이기상의 붓 끝에 혀가 달렸다(其相筆端有舌)"라고 하였는데, 나도 좋은 평이라고 여긴다.

해는 기묘년(1819) 2월 기묘일 바로 보름날, 담수는 황성黃城의 논산論山 해오海厫에서 쓴다.

—김명균 옮김

1_ **맹상군孟嘗君이 … 흘렸던** | 맹상군이 중국 제齊나라 재상일 때 옹문주雍門周의 금琴 소리를 듣고 감동하여 눈물을 흘렸다는 고사를 가리킨다.

2_ **송분자誦芬子** | 강이천姜彝天(1769~1801)의 별호.

《화석자문초》의 뒤에

題花石子文鈔卷後

나는 평생에 고문古文과 시詩·소騷騷[1] 짓기를 좋아하여, 공을 들인지 또한 여러 해가 되었다. 그런데 말에 있어서는 혹 막혀서 원만하기 어렵게 되고, 글자에 있어서는 혹 억지로 끌어 써서 익숙해지기 어려웠다. 매양 이 때문에 근심을 하였는데, 또 한漢·당唐 이래 여러 명공名公들의 시문을 읽어보니, 역시 그러하여서 마음속으로 글을 짓는 것은 본래 이와 같은 것이라 여기게 되었다.

나의 친구 이기상이 문사를 짓는 것을 봄에, 매양 붓을 잡고는 즉시 써 내려가 빠르기가 바람과 번개 같아서, 손에서는 팔뚝을 멈춤이 없으며, 마음속에서는 막히는 생각이 없었다. 장편長篇·대문大文·단율短律·소결小闋을 막론하고 원만하지 않은 말이 없었고, 익숙하지 않은 글자가 없었다. 그것을 읽는 자 중에는 혹 그가 때때로 방언과 속어를 사용하는 것을 싫어하여 문장의 한 흠이라 여기기도 하지만, 그러나 대개는 전혀 생삽生澁하거나 견강부회牽强附會한 흔적이 없었으니, 진실로 한 시대의 뛰어난 재주라 할 만하다. 마침 그의 글 한 권을 얻어 또 다시 베껴두기로 한다.

1_ 소騷 | 한시의 한 체體. 중국 초楚나라 굴원의 〈이소離騷〉 및 송옥의 부賦가 여기에 속한다.

기묘년(1819) 3월 기미일 곡우穀雨에, 담정노인藫庭老人은 집청대集淸臺 꽃 아래에서 쓰노라.

— 하정승 옮김

《중흥유기》의 뒤에

題重興遊記卷後

해는 계축년(1793) 나는 맹원孟園의 비홍함취정霏紅涵翠亭[1]에서 이옥 기상과 서유진徐有鎭 태악太嶽과 나의 아우 서원犀園 옥형玉衡과 더불어 달밤에 모여, 술을 마시고 시를 짓다가 드디어 산으로 놀러 갈 약속을 맺었는데 장소는 북한산으로 정하였다. 약속한 날짜가 되었는데 서태악은 일이 있어 오지 못하고, 민사응閔師膺 원모元模가 약속 없이 오게 되었다. 사흘 동안 마음껏 보고 돌아온 것이 진실로 승사勝事였다.

나와 기상은 모두 그날그날의 기록을 남겨, 그것을 합하여 일부一部로 만들고 이르기를 《중흥유기重興遊記》라 하여 내 집에 보관해두었다. 얼마 안 있어 내가 북쪽으로 유배를 가게 됨에, 책은 제기緹騎의 변란[2] 중에 모두 없어지고 말았는데, 오직 기상의 초고만은 그 아들 우태友泰에게 남아 있었다. 이에 베껴 쓰게 한 다음, 지난번에 붙였던 이름을 그대로 하여 따로 한 권을 만들었다.

1_ **비홍함취정**霏紅涵翠亭 | 김려의 가회동 고택에 딸린 부속 원정.

2_ **제기**緹騎**의 변란** | 제기란 죄인을 체포, 압송하는 관리를 가리킨다. 중국 한나라 때 금군禁軍 기마병騎馬兵이 붉은 옷을 입은 데서 유래한 말이다. 여기서는 김려가 신유사옥에 걸려 유배를 가게 된 일을 말한다.

기묘년(1819) 4월 기사일 욕불일浴佛日[3]에, 담수는 삼청동三淸洞 오악도재五岳圖齋에서 쓴다.

— 한영규 옮김

3_ **욕불일**浴佛日 | 석가釋迦의 탄일誕日인 음력 4월 8일을 말한다. 이날 불상佛像을 향탕香湯으로 씻기 때문에 '욕불浴佛'이라 한다.

《도화유수관소고》의 뒤에

題桃花流水館小稿卷後

세상에서 간혹 이기상의 글을 비방하여 "고문古文이 아니고, 소품小品일 뿐이다"라고 한다.

나는 가만히 웃으며 말한다.

"이 어찌 족히 문장을 말할 만한 자이겠는가? 남의 글을 논하는 자는 그 고금古今을 논할 수 있고, 그 대소大小를 논할 수도 있겠다. 그러나 만약 '소품일 뿐 고문이 아니다'라고 한다면, 이는 다만 남의 말을 듣고 그대로 믿는 자의 말에 불과하다. 《월절서越絶書》[1]나 《비신秘辛》[2]이 어찌 일찍이 소품이 아니며, 또 어찌 고문이 아니겠는가? 또 글을 보는 것은 꽃을 보는 것과 같다. 모란과 작약의 풍성함과 요염함을 가지고 패랭이꽃과 수국을 버리고, 가을 국화와 겨울 매화의 고담함을 가지고

1_ **《월절서越絶書》** | 저자는 미상. 중국 수 · 당 시대의 지志에는 '자공子貢의 저록著錄'이라 하였고, 《사고제요四庫提要》에는 한나라 원강袁康이 찬한 것으로 나오며, 근래에 연구된 바로는 한 사람이 일정한 시기에 지은 것이 아니라고 한다. 원서原書는 25편인데 지금은 15권만 전한다. 그 문장은 《오월춘추吳越春秋》와 매우 비슷하며, 춘추시대 월국越國의 사적을 기록하고 있다.

2_ **《비신秘辛》** | 비秘는 비밀 서적이란 뜻이고, 신辛은 간지干支의 차례를 뜻하는 말인데, 책의 권질卷帙 번호이다. 《한위총서漢魏叢書》에 들어 있는 것으로 잡다한 사실을 기록해두었는데, 양신楊愼이 말하기를, "책의 첫머리에 비신이라는 두 글자는 해석할 수 없으니 다만 책의 권질에 갑을甲乙 정도로 이름을 붙인 것이다(卷首有秘辛二字, 不可解. 要是卷帙甲乙名目)"라고 하였다.

붉은 복사꽃과 살구꽃을 미워한다면 이를 일러 꽃을 아는 자라고 말할 수 있겠는가?"

내가 이기상의 원고를 읽고서 작은 글제〔小題〕 약간 편을 뽑아내어, 따로 한 권의 책을 만들고 이르기를 《도화유수관소고桃花流水館小稿》라고 이름을 붙였다.

기묘년(1819) 5월 소회小晦, 작은 그믐날 기축일에 담옹藫翁은 쓰노라.

—이지양 옮김

《경금소부》의 뒤에

題絅錦小賦卷後

임자년(1792) 봄에 나는 진사시에 합격하였다. 이 해 가을 매사梅史 이기상과 더불어 서반촌西泮村의 김응일金應一[1]의 외사外舍에 머물며 공령변려체功令騈儷體를 습작하였다. 매양 아침저녁 틈나는 대로 멋대로 단부短賦를 지었는데, 혹 강엄江淹[2]과 포조鮑照[3]를 본뜨고, 혹 구양수歐陽脩[4]와 소식蘇軾[5]을 모방한 것이 각기 수십 수였다. 합하여 한 권을 만

1_ **김응일**金應一 | 성균관 근처 반촌의 주민으로, 과거 응시자들에게 숙식을 제공하며 생활하는 사람인 듯하다.

2_ **강엄**江淹 | 444~505년. 중국 남조 양나라의 문인. 자는 문통文通. 부賦를 잘 지어 늘 포조鮑照와 병칭되었다. 저술은 자편自編한 전후前後 2집이 있었으나 망실되었고, 부賦로는 〈한부恨賦〉, 〈별부別賦〉 2편이 있는데, 문사文辭가 화려하고 표현이 매우 구체적이다.

3_ **포조**鮑照 | 414~466년. 중국 남조 송나라의 문인. 자는 명원明遠. 출신이 미천하여 벼슬길에 어려움이 많았으며, 자신의 신세에 대한 울분과 문벌 사회에 대한 비판을 토로한 작품이 많다. 서정성이 짙은 〈무성부蕪城賦〉 등을 남겼다. 문집에 《포참군집鮑參軍集》이 있다.

4_ **구양수**歐陽脩 | 1007~1072년. 중국 북송 때의 문인. 자는 영숙永叔. 호는 취옹醉翁. 미려하고 격식에 치우친 태학체太學體를 개혁하고, 한유를 모범으로 하는 고문운동을 일으켜 큰 반향을 얻었다. 그의 부賦는 인사人事와 경물 묘사가 선명하고 생동감 있으며, 형태면에서도 여러 제약에서 벗어나 있다는 평가를 받는다. 만년에 지은 〈추성부秋聲賦〉는 만물을 죽이는 가을의 쓸쓸한 바람소리에 우주 만물의 쇠락을 서정적 필치로 그려낸 수작으로 꼽힌다.

5_ **소식**蘇軾 | 1036~1101년. 중국 북송 때의 문인. 자는 자첨子瞻. 호는 동파東坡. 문장에서는 당송팔대가의 한 사람이며, 시에 있어서도 송나라 제1의 시인으로 꼽힌다. 당시唐詩가 서정적인 데 대하여 그의 시는 철학적 요소가 짙었고, 새로운 시경詩境을 개척하였다. 대표작인 〈적벽부赤壁賦〉는 정情과 경景이 융합된 가운데 시인의 기발한 상상력이 발휘된 명편으로 회자된다.

들어 나의 책상자에 갈무리하였다.

정사년(1797)에 나는 비어옥飛語獄[6]에 연루되어 영성寧城[7]으로 귀양 가게 되었고, 신유년(1801)에 피체被逮되어 유배지를 진해鎭海로 옮겼다. 병인년(1806)에 비로소 풀려 돌아와 보니, 내 평생 지은 글들이 다 일실逸失되어 약간의 것도 남지 않았다. 작년, 기상의 아들 우태가 나에게 기상의 유고를 교정해주기를 부탁해왔다. 그때 지은 잡부雜賦 약간 편으로, 아직도 초고 상태로 있는 것을 볼 수 있었다. 기상은 가히 아들을 두었다고 할 만하다. 다시 그의 존몰存沒을 생각하고 나도 모르게 눈물이 앞을 가렸다. 이에 그것을 뽑아내어 베껴두기로 한다.

기묘년(1819) 5월 단오端午 다음날 병인일에, 담옹藫翁은 쓴다.

—이현우 옮김

6_ **비어옥飛語獄** | 정조·순조 연간에 천주교 포교 및 당시 민간에 떠돌던 진인眞人 출현설과, 주로 시파계時派系 유생들의 해도행海島行 계획 등이 뒤섞이고 부풀려져 발생한 옥사獄事. 처음에 정조는 강이천·김이백金履白·김려를 귀양 보내는 것으로 마무리 지었는데, 순조 즉위 후 신유사옥 때 노론 벽파 쪽에서 이 사건을 천주교와 관련하여 재심하였다. 그때 강이천은 고문으로 죽고, 김려·김선 등은 각각 진해鎭海와 초산楚山으로 유배되었다.

7_ **영성寧城** | 함경도 부령富寧의 별칭.

《석호별고》의 뒤에

題石湖別稿卷後

내가 이기상의 글을 초鈔하여 종류별로 분류한 것이 십수 종이다. 그러나 아직도 빠진 것이 있어 다시 초본을 뒤져 약간 편을 수습收拾하여 《석호별고石湖別稿》라고 제목을 붙였다. 기상이 전에 자신을 '석호주인石湖主人'이라 자호自號했기 때문이다. 이 책의 글은 자못 다른 글과 다른데, 〈야인과 군자野人養君子說〉·〈전세 이야기田稅說〉·〈말에 대하여 논함斗論〉 등이 모두 유용한 글들이요, 또한 소중히 여길 만한 것이다. 이 밖에 또 거질巨帙 몇 상자가 남아 있는데, 아직 착수하지 못하고 있다. 조용한 때를 기다려서 초록하여 정사淨寫하려고 한다.

여름 18일 무신일 입추立秋에, 담옹은 북산의 추옥僦屋[1]에서 쓴다.

—이지양 옮김

1_ 추옥僦屋 | 임시로 거처하는 집. 즉 셋집.

《매사첨언》의 뒤에

題梅史添言卷後

내가 이기상의 유고를 교정하는데 《첨언添言》이라는 한 책이 있었다. 〈과책科策〉·〈축씨竺氏〉·〈오행五行〉 세 편, 칠팔 문항文項이었다. 대개 고인의 저서 체제를 본받은 것으로, 완성되지는 못한 것이었다. 지금 그 세 편이 비록 적지만 그것이 세상의 교화에 도움됨이 매우 클 것이며, 문장도 짜임새가 그런대로 아담하고 깔끔하니, 이것이 기상의 본면목이다. 그러하기에 따로 베껴서 《매사첨언梅史添言》이라 이름 짓고 총서에 수록해둔다.

기묘년(1819) 6월 하현下弦 계축일에, 담로薄老는 만선와萬蟬窩에서 쓴다.

—김진균 옮김

《봉성문여》의 뒤에

題鳳城文餘卷後

정조대왕 을묘년(1795) 가을이었다. 매사 이기상이 귀양살이의 엄명을 받아 호서의 정산현定山縣으로 편관編管되었다가, 9월에 영남의 삼가현三嘉縣으로 다시 옮겨졌다. 이듬해 봄, 별시에 응하여 수석을 하였으나 임금의 명령으로 방榜의 끝에 붙여졌다. 5월에 기상이 부친상을 당하고, 기미년(1799) 겨울에 다시 삼가로 갔다가 경신년(1800) 봄에 비로소 풀려 돌아왔다.

지금 그 남겨진 글 가운데 〈봉성필鳳城筆〉이라는 것이 있는데, 그가 유배되었을 때 토속과 고적을 기록한 약간의 항목들이다. 문장이 자못 아름답고 깔끔하여 사랑스럽다. 이에 베껴서 《봉성문여鳳城文餘》라고 이름 지었다. 옛사람들이 사詞를 지어서 시여詩餘라고 하였는데, 아마도 시詩 같으면서도 시가 아니기 때문이지만 기실 시의 나머지이다. 나 또한 이 책을 비록 문文의 정체正體는 아니라고 여기지만, 기실 문의 나머지라고 말해둔다.

기묘년(1819) 늦여름 말복末伏 다음날인 신해일에, 담사藫士는 쓴다.

—김동석 옮김

《경금부초》의 뒤에

題絅錦賦草卷後

내가 어려서부터 문장을 지어 여러 공들 사이에 다녔는데, 자못 머리를 숙이면서 남의 아래에 있으려는 뜻이 없었다. 그러나 공령문功令文에서 김성지金性之[1]를 두려워하고, 사부詞賦에 있어서 이기상을 두려워하였다. 매양 자리에 임해 상대할 적에 종이를 펴고 붓을 빨면 으레 쩔쩔매며 불안하여 마음대로 능가할 수 있는 기세를 펴지 못하였다. 이것이 무슨 까닭인가? 대개 아이 적부터[2] 어깨를 나란히 하며 배우면서 벗을 삼았기 때문에 그 기세가 이와 같지 않을 수 없었다. 이것은 태사공이 이른바 위약威約을 쌓는 세勢이니,[3] 문장에 있어 또한 그러하다.

지금 기상이 이미 죽고 성지도 늙었으며 나도 쇠하고 또 병들었으니, 끝내 남의 아래가 되고 말 것인가? 아, 우습도다! 마침 《경금부초絅錦賦草》를 얻어서 이를 장정하여 한 권으로 만들고, 그 책 끝에 쓴다.

1_ **김성지**金性之 | 김호천金浩天. 성지는 그의 자. 호는 지천芝川. 조실부모하고 김려의 집에서 식객으로 있었다.

2_ **아이 적부터** | 원문의 "초츤髫齔"은 다박머리에 앞니를 갈 무렵의 어린아이라는 뜻으로, 일고여덟 살 때를 이르는 말이다.

3_ **위약**威約**을 쌓는 세**勢**이니** | 다른 사람에 의하여 위세가 제약됨. 사마천의 〈보임소경서報任小卿書〉에 "사나운 호랑이가 함정에 빠지게 되면 꼬리를 흔들며 음식을 구걸하는 것이니, 이것은 위세가 눌려서 점차 그러한 것이다(猛虎在檻穽之中, 搖尾而求食, 積威約之漸也)"라는 대목이 보인다.

경진년(1820) 무술 보름에, 담옹은 쓴다.

—나종면 옮김

| 찾아보기 |

| ㅂ |

| ㅅ |

| ㅊ |

完譯
李鈺全集